빌 브라이슨
발칙한 영국산책

KB117828

NOTES FROM A SMALL ISLAND

Copyright © 1995 by Bill Bryson

All rights reserved

빌 브라이슨
발칙한 영국산책

까칠한 글쟁이의 달콤쌉싸름한 여행기

빌 브라이슨 지음 ─ 김지현 옮김

21세기북스

차례

일러두기

* 이 책은 1995년에 출간된 책으로, 현재 상황과 차이가 있을 수 있음을 알려드립니다.
* 본문의 괄호 중 본문의 글자크기와 같은 것은 '저자의 말', 본문보다 글자크기가 작은 것은 '역자주'임을
  알려드립니다.

01

다시 영국,
그리고 23년 전

도버를 바라보며

존오그로츠

글래스고

에든버러

리버풀

루드로우

런던

본머스

도버

영국에서 오래 살다보면 자신도 모르는 새 받아들이게 되는 영국인 특유의 생각들이 있다. 그 중 하나가 과거에는 영국의 여름이 지금보다 길었고 해가 나는 날도 더 잦았다고 생각한다는 것이다. 그들은 또 영국이 노르웨이에게 축구시합으로 쩔쩔매는 일은 있을 수 없다고 생각한다. 마지막으로 영국인들은 자기 나라 영토가 무척 넓다고 착각하고 있다. 특히 이 마지막 믿음이 가장 확고하다.

만약 어느 술자리에서 서리에서 콘월까지 차를 몰고 갈 거라고 말한다면(이 거리는 미국인에게 있어 타코 한 봉지 사러 나설 정도밖에 안 된다), 이 말을 들은 주변의 영국인들은 숨을 크게 한 번 들이쉬었다가 조심스럽게 내뱉고는 뭔가 대단한 사실을 밝힌다는 듯이 서로 눈길을 주고받은 뒤 이렇게 말할 것이다.

"흠, 글쎄 이거 좀 골치 아프겠는걸."

그러고 나서는 곧바로 스톡브리지로 가는 A30도로를 따라가다가 일체스터로 이어지는 A303도로를 타는 편이 나은지 아니면 맬릿을 경유해 글래스톤베리로 이어지는 A361도로를 타는 편이 나은지를 두고 한참을 떠들기 시작한다. 그러다보면 어느 순간엔가 대화는 보다 구체적인 지형지물에 관한 내용으로 변해 있고, 말을 꺼낸 당사자는 속으로 놀라 고개를 이리저리 돌리며 잠자코 이야기를 듣는 수밖에 없게 된다.

"거 있잖아, 위민스터 외곽에 있는 고속도로 대피소 말이야. 아, 왜 손잡이가 부서진 제설함이 있는 데 거기 몰라?"

그러면 누군가가 이렇게 한마디 거든다.

"리틀 퓨킹(약간의 구토) 방향으로 가다보면 B6029로터리를 못간 지점에 있어."

이쯤 되면 이야기를 처음 꺼낸 자신만 빼고 모두가 이 활발한 논쟁에 빠져 있다는 사실을 알아차리게 된다.

"그래, 거기서 한 4분의 1마일(약 400m)정도 가다가 좌회전을 하는데 첫 번째 갈림길 말고 두 번째 갈림길에서 좌회전을 해야 한단 말이지. 그럼 양 옆으로 관목이 쭉 늘어선 길이 나온다고. 거기 관목은 대부분 산사나무인데 가끔씩 개암나무가 섞여 있기도 해. 아무튼 그 길을 따라 가다가 저수지를 지나서 철교 밑을 통과하고 나면 버거드 플라우먼 Buggered ploughman(피곤한 농부)이 나와. 그럼 거기서 오른쪽으로 확 꺾어."

"근사하고 아담한 선술집이지.(여기서는 주로 파는 빵이나 치즈에 맥주를 곁들인 영국의 간단한 식사 중 하나인 '플라우먼스 런치Ploughman's lunch'를 파는 선술집을 가리킴.)"

이때 갑자기 누가 불쑥 끼어든다. 대게 이런 사람은 꼭 두툼한 카디건을 입고 있다.

"올드 토 잼(발가락 사이의 묵은 때)맥주를 파는데 먹을 만해."

"군 사격훈련장을 지나 경주로를 쭉 따라가다 보면 시멘트 건물이 나오는데, 그 건물 뒤로 돌아 내려가면 B3689우회로로 빠지는 길이 나와. 그 길로 가면 그레이트 섀깅에서 철길을 가로질러 가는 것보다 3~4분은 아낄 수 있어."

"굳이 크류케른에서 출발하는 것만 아니라면."

누군가 또 새로운 정보가 있다는 듯 끼어든다.

"혹시 크류케른에서 출발할 거라면…."

선술집에서 영국인들은 지명만으로도 몇 시간이고 떠들어댈 수 있는 사람들이다. 게다가 그들은 행선지가 어디냐에 상관없이 한 가지 점에 있어서는 일치된 의견을 보인다. 월요일 아침 열 시에서 금요일 오후 세 시 사이에는 오크햄턴, 런던 북부순환로, 서번 브리지 서쪽 방면(서쪽으로 가는 차량에게만 통행료를 부과함)은 반드시 피해가야 한다는 거다. 물론 법정공휴일은 예외지만 그런 날에는 아예 집밖으로 나갈 생각조차 말라고 경고한다.

"나는 말이야. 쉬는 날에는 동네 구멍가게에도 안가."

새된 목소리로 흥분하며 말하는 이 남자의 주장은 마치 악명 높은 스카치 코너(영국 노스요크셔의 리치몬드 근처에 위치한 A1간선도로와 A66간선도로의 교차점)의 병목현상을 피하기 위해서는 집구석에서 한발자국도 움직이지 않는 게 좋다고 충고하는 것과 같다.

B도로의 복잡다단함과 도로 보수공사로 역주행을 하는 일이 잦은 지점, 맛있는 베이컨 샌드위치를 살 수 있는 맛집에 관한 이야기를 하도 열심히 떠들어대는 통에 듣는 사람 귀에서 피가 흘러나올 지경이 되면 그제야 무리 중에서 한 명이 고개를 돌려 맥주 한 모금을 들이키며 언제쯤 떠날 생각이냐고 물을 것이다.

이때 절대로 솔직한 말을 내뱉는 멍청한 짓을 해서는 안 된다.

"아, 글쎄요. 한 열 시쯤 떠날까 하는데요."

이렇게 말하면 그들은 이 말을 신호로 지금까지의 절차를 처음부터 다시 시작할 것이다.

"열 시라?"

그들 중 한 명은 분명 고개가 어깨에 닿을 때까지 갸우뚱거릴 것이다.

"혹시 아침 열 시요?"

그러고는 오만상을 찡그린다.

"뭐 거야 전적으로 댁 마음이지만, 내가 내일 오후 세 시쯤 콘월에 도착할 계획을 세웠다면 어제쯤에는 출발했을 거라고 말해주고 싶소."

그러면 또 누군가 "어제?"라고 말하며 끼어든다. 이번에는 앞서 말한 사람의 생각이 엉뚱하다는 듯 비웃기까지 한다.

"이봐 콜린, 자네가 깜빡한 모양인데 이번 주에 노스 윌트셔와 웨스트 서머셋이 중간 방학이야. 스윈던에서 워민스터까지는 죽음이라구. 그러니 지난 주 화요일에는 출발했어야 해."

"게다가 이번 주말에 리틀 드리블링에서 '위대한 서부 증기기관차와 트랙터 몰기 대회'가 열린다고."

건너편에 앉은 누군가가 한 마디 거들면서 어슬렁어슬렁 이쪽으로 올 것이다. 왜냐하면 나쁜 소식을 전하는 건 언제나 묘한 희열을 주기 때문이다.

"업톤 덥톤에 있는 리틀 셰프 로터리가 37만 5000대의 차들로 가득 찰걸. 차 안에서 열하루쯤 보내면 겨우 주차장을 빠져나올 수나 있으려나. 그러니 엄마 자궁에 있을 때부터 출발했어야 한다는 거지. 어쩌면 막 사정된 직후 출발했어도 보드민 건너편에서 주차공간을 못 찾아 헤매고 있을지도 모르지."

한때는, 그러니까 내가 좀 젊었을 때는, 이런 놀라운 경고성 발언들을 액면 그대로 받아들였다. 그래서 집에 돌아가기가 무섭게 자명종을 맞춰 놓고 온 식구들의 원성을 사더라도 모두를 깨운 다음 억지로 차 안으로 밀어 넣고 새벽 다섯 시에 길을 나섰었다. 하지만 그 결과 우리는 아침 먹을 시각에 벌써 뉴키에 도착했고, 일곱 시간을 기다린 후에야 홀리데이 파크의 형편없는 방갈로를 얻을 수 있었다. 최악은 그곳을 누키nookie, 즉 '성교'라는 속어로 부르는 줄 알고 그곳의 우편엽서를 잔뜩 사모을 생각으로 여행계획을 짰다는 점이다.

어쨌거나 여기서 알 수 있는 건 영국인들의 거리감각이 자기들 멋대로라는 사실이다. 아무것도 없는 푸른 바다 한가운데 영국만이 유일하게 떠있는 외로운 섬이라는 말도 안 되는 생각을 영국인들이 당연하게 여긴다는 점만 봐도 알 수 있다.

물론 영국인들도 다소 추상적으로나마 근처에 유럽이라 불리는 분명한 실체를 지닌 땅덩이가 있다는 사실을 인식하고는 있다. 독일군에게 한방 먹이려고 직접 그 땅으로 건너간 일도 있었고 내리쬐는 햇빛 아래서 휴가를 즐기려면 그 땅에 갈 필요가 있다는 사실도 알고 있다. 하지만 영국인들은 유럽을 디즈니월드나 마찬가지로 본다. 만약 당신이 영국의 언론매체에서 보여주는 내용으로 세계지리에 대한 개념을 익혔다면, 미국은 영국 근처 어딘가에 있는 곳이 되고 프랑스와 독일은 포르투갈 서쪽에 위치한 아조레스 제도 어디쯤에 붙어 있을 거라고 짐작하게 된다. 또 호주는 중동의 어느 뜨거운 나라쯤 될 테고, 그밖에 다른 나라들은(이를테면 부룬디, 엘살바도르, 몽고, 부탄 같은) 신화 속에 존재하거나 아예 우주선을 타고 지구 밖으로 나가야 갈 수 있는 곳이 된다.

올리버 노스(유명 군사 전문기자이자 권위 있는 군사평론가), 로레나 보빗(자고 있는 남편의 성기를 잘라내었던 여성), 오제이 심슨 같이 별 볼일 없는 미국 인사들을 위해 영국 언론들이 얼마나 많은 지면을 할애했는지 보라. 그리고 어느 해가 됐건 스칸디나비아, 오스트리아, 스위스, 그리스, 포르투갈, 스페인 등 아무 나라라도 좋으니 이들에 관해 다룬 뉴스 1년치와 비교해보면 내가 말하고자 하는 바가 무엇인지 금방 이해하게 될 것이다.

이건 정말 개념 없는 짓이다. 이탈리아에 정치적 위기가 닥치거나 독일 카를스루 지역으로 핵폭탄이 떨어진다고 해도 아마 영국 언론들은 지면의 한 귀퉁이만을 할애할 것이다. 하지만 미국 웨스트버지니아 주 시골 촌구석의 어떤 여자가 화가 나서 남편의 거시기를 잘라 창 밖으로 던져버렸다고 하면 그날 당장 아홉 시 뉴스에서 머리기사 다음으로 중요하게 다뤄지고 〈선데이타임스〉에서는 사실 확인을 위해 조사팀을 꾸린다. 이게 무슨 말인지는 다들 잘 알 거다.

남부 해안가에 위치한 본머스에 처음 갔을 때 겪은 일이 생각난다. 당시 나는 자동차에서 라디오를 켜고 여기저기 채널을 돌리고 있었다. 그런데 프랑스 말이 흘러나오는 방송이 너무 많다는 사실에 깜짝 놀랐다. 당장 지도책을 찾아본 결과 그곳은 런던보다 프랑스 셰르부르에 더 가까웠다. 이 사실을 알고 적지 않게 당황했다. 하지만 다음날 직장에 나가 이 사실에 대해 언급하자 동료들 대부분이 내 말을 믿으려 하지 않았다. 지도를 펴서 눈앞에 디밀어도 미심쩍은 표정으로 얼굴을 잔뜩 찡그린 채 이런 말만 해댔다.

"뭐 엄격하게 물리적 의미로 따져 보면 더 가깝다고 볼 수도 있겠지."

마치 내가 시시콜콜한 것까지 따져대는 좀팽이라는 식으로 반응했다.

그러니까 일단 영국해협에 들어서면 그때부터는 완전히 새로운 개념의 거리감각이 필요하다는 말로 들렸다. 물론 그 말이 상당 부분 맞기는 하다. 하지만 런던에서 비행기를 타고 커피에 탈 조그만 우유통의 금박 뚜껑을 벗기다가 그만 엎질러서 나와 옆사람까지 온통 우유 범벅이 될 짬도 없이(참으로 놀라운 일이지 않는가? 그 조그만 통에 그렇게 많은 우유가 들어 있다니!), 파리나 브뤼셀에 도착해 온통 잔느 모로와 이브 몽땅처럼 생긴 사람들로 둘러싸인다면 이를 어떻게 설명할 것인가.

지금까지 이 모든 이야기를 주저리주저리 늘어놓는 이유는 어느 화창한 가을날 오후에 마흔네 살이나 된 내가 칼레의 어느 더러운 해변에 서서 영국해협 건너편 지평선에 있는 노두露頭를 바라보며 느낀 경이로운 느낌이 어떤 것인지 설명하기 위해서다. 맑고 화창한 날씨 아래 선명하게 보이는 그 노두는 도버의 화이트 클리프였다.

내가 칼레에 와야만 했던 이유는 영국 일주를 시작하면서 내가 처음 이 나라를 보았던 그때를 그대로 재현하며 바다를 건너 다시 이 나라로 들어가고 싶었기 때문이다. 영국에서 거의 20년을 보낸 우리 부부는 잠시 동안 미국으로 돌아가기로 했다. 아이들에게 다른 나라에서 살아보는 체험을 하게 하고, 아내 역시 일주일 내내 밤 열 시까지 운영되는 가게에서 쇼핑하는 경험을 만끽하는게 좋다는 생각에서였다. 또 갤럽조사에 따르면 3700만 미국인들이 한번쯤 외계인에게 납치된 적이 있다고 믿는다는데, 그 글을 읽고 나자 나 역시 내 조국이 나를 필요로 한다는 생각이 굳어졌다. 하지만 그러기 전에 나는 영국을 마지막으로 한번 돌아보고 싶었다. 20년 간 나의 보금자리였던 이 친절한 녹색 섬에 대한 고별여행이랄까 뭐 그런 걸 하고 싶었던 거다.

머리로는 20마일(약 32km) 정도 밖에 떨어지지 않은 짧은 거리에 영국이 있다는 걸 알고 있었지만 이 화창한 프랑스 해변에 서서 실제로 영국을 한눈에 바라보고 있으니 그 사실이 도무지 믿기지 않았다. 정말이지 나는 이러한 사실을 너무나 믿을 수가 없어서, 자신만의 생각에 잠겨 터덜터덜 걸어가는 한 남자에게 묻지 않을 수 없었다.

"엑스큐제 무아, 무슈(선생님, 실례합니다)."

나는 내 프랑스어 실력을 최대한 동원해 물었다.

"세 앙글르테르 '저기'(저기가 영국인가요)?"

그 남자는 잠시 생각에서 벗어나 고개를 들고 내가 손가락으로 가리키는 곳을 쳐다보더니 어두운 표정으로 고개를 끄덕였다. 마치 "안타깝게도 그렇군요"라고 말하는 것만 같았다. 그리고 가던 길을 계속해서 터덜터덜 걸어갔다.

"이런, 정말 그러네"라고 중얼거리며 나 역시 공상에 빠져들었다. 순간 머릿속에서는 음악이 짜잔 울려 퍼지며 화면이 바뀌는 전형적인 텔레비전의 한 장면이 펼쳐졌다.

20년도 더 됐지만 그때 본 영국의 모습이 떠올랐다. 1973년 3월 어느 안개 낀 밤이었다. 그때 나는 칼레에서 출발한 야간 페리 호를 타고 막 도버에 도착한 참이었다. 칼레까지는 룩셈부르크에서 출발해 도보와 히치하이크로 이동했다. 룩셈부르크에는 뉴욕발 아이슬란드 항공사 비행기를 타고 왔다. 집에서 그렇게 멀리 떠나온 건 처음이었다. 진정한 의미에서 외로움을 경험한 것도 그때가 처음이었다. 하지만 당시 나는 묘하게 들떠 있었다. 경이로움과 혼란스러움, 전율이 서로 앞 다퉈 싸워댔다.

한 20여 분간 도버 항 여객터미널은 쏟아져 나오는 자동차와 트럭, 통관수속을 하는 사람들로 분주했고, 모두들 런던으로 향하느라 술렁거렸다. 그러다 갑자기 주변이 잠잠해졌고, 영화 〈불독 드럼몬도〉 속의 한 장면처럼 나는 안개가 흐르는 거리를 어슬렁거리며 배회했다. 영국의 도시 한 구석을 혼자 독차지하고 있는 건 근사하면서도 조금은 당황스럽고 어딘지 모르게 불안한 면이 있었다.

그 중에서도 가장 당황스러운 일은 모든 호텔이나 게스트하우스가 밤에는 영업을 하지 않는 것 같다는 점이었다. 런던행 기차 안에서라도 밤을 보내야겠기에 기차역까지 걸어갔지만 그곳 역시 어둠에 잠긴 채 굳게 닫혀 있었다. 어찌해야 할지 몰라 멍하니 서 있는데 길 건너 어느 게스트하우스 2층에서 창문을 가득 채우는 텔레비전 불빛이 보였다. '만세! 누군가 깨어 있는 사람이 있군!' 나는 서둘러 길을 건너며 늦은 밤에 찾아오게 된 데에 대한 예의바른 사과의 말을 마음씨 착한 집주인에게 전할 준비를 했다. 그러고 나서 이어질 안주인(마더 테레사 같은)과의 기분 좋은 대화를 상상했다. 공연히 손사래를 치면서 폐를 끼치니 사양하겠다는 나의 미약한 저항에도 불구하고 안주인은 나를 부엌 식탁으로 부산스럽게 안내해주겠지.

"더 이상 말하지 말고 그냥 가만히 앉아 있기나 하시우, 젊은 양반. 그렇게 오랫동안 돌아다녔으니 분명 무척 배가 고플 게요. 딱하기도 하지."

그러고는 두툼한 로스트비프가 끼어 있는 샌드위치와 약간의 감자 샐러드에 어쩌면 맥주 두어 병도 같이 내놓을지 모르지.

게스트하우스까지 가는 보도는 칠흑같이 어두웠다. 영국식 주택 현관에 영 익숙지 못한 데다 신이 나서 서둘렀던 까닭에 그만 계단을 헛

디뎌 넘어지고 말았다. 그 바람에 나는 얼굴로 문을 들이받았고, 빈 우유병들이 덜그럭거리며 요란한 소리를 냈다. 그와 동시에 위층 창문이 열렸다.

"거기 누구요?"

째지는 목소리가 울려 퍼졌다.

나는 한 걸음 뒤로 물러서서 코를 비벼대며 고개를 쳐들었다. 그리고 머리에 헤어롤을 만 것으로 보이는 실루엣을 유심히 쳐다보았다. 테레사 수녀와는 영 딴판으로 생겨 보였다.

"안녕하세요, 방을 좀 구하는데요."

"지금은 영업 안 해요."

"아."

그럼 내 만찬은 어떻게 되는 거지?

"처칠로 가보세요. 프론트(해안도로)에 있어요."

"어느 건물 프론트요?"

나는 되물었지만 이미 창문은 굳게 닫힌 지 오래였다.

처칠은 호화스러운 외관에 밝은 조명으로 언제든지 방문객을 맞이할 준비를 하고 있었다. 창문으로 양복을 차려 입고 바에 앉아 있는 사람들을 볼 수 있었다. 하나같이 우아하고 상냥해 보이는 게 노엘 코워드(영국의 극작가 겸 배우로 1차 세계대전 이후 세대의 허무와 환멸을 반영한 희극으로 유명) 연극에 등장하는 인물들 같았다. 나는 어두운 구석에 서서 머뭇거렸다. 사교상의 예의로 보나 옷차림으로 보나 나는 그런 시설에 들어가기에 적당한 행색이 아닌데다, 나의 빈약한 여행 경비로는 감당하지 못할 가격대가 분명했다. 나는 이미 바로 어젯밤에 의심스러운 눈초리로 나를 쏘아보는 피카르디 호텔리어에게 화려한 색상의 프랑 한 다발을 뿌린 터였다. 푹신한 침대와 다채로운 동물들의 뼈가 함유된 불가사의 한 사쐬르 한 접시의 대가였다. 물론 그 뼈 대부분은 커다란 냅킨에 싼 채 은밀하게 처리했다. 그리고 그때 이래로 나는 지출에 보다 신중을 기하기로 마음먹고 있었다. 결국 나는 손짓하며 불러대는 치칠의 따스한 온기를 뒤로 하고 내키지 않는 발걸음을 돌려 터벅터벅 어둠 속으로 걸어 들어갔다.

해안도로를 따라 더 걷다보니 버스정류장이 하나 나왔다. 바람은 막을 수 없었지만 지붕으로 하늘은 가리고 있었다. 딱 그 정도가 내가 선택할 수 있는 최선이었다. 배낭을 베개 삼아 벤치에 드러누워서 재킷을 바짝 잡아 당겼다. 얇은 널빤지로 만들어진 벤치는 딱딱한데다가 둥그런 볼트가 떡하니 박혀 있어서 편안하게 몸을 가누기는 힘들었다. 의심할 나위 없이 볼트를 거기에 박아 놓은 이유도 딱 그것임이 분명해 보였다. 나는 그대로 누워서 한참 동안 저만치 아래서 해변을 쓸어가는 파도의 소리에 귀를 기울이다가 뒤죽박죽된 꿈으로 점철된 길고 긴 어둠 속으로 빠져들어갔다. 꿈속에서 나는 북극의 유빙 위에서 의심스러운 눈초리를 뿜어대는 프랑스 놈을 피해 방방 뛰어다녔다. 그 놈은 새총과 볼트 한 자루를 들고 기묘한 자세로 조준을 해 새총을 발사했다. 총알은 계속해서 내 엉덩이와 다리를 때려댔다. 도대체 나에게 왜 이러는지 묻자, 그는 내가 물이 스며나오는 음식을 린넨 냅킨에 담아 몰래 훔쳐서 호텔방 서랍장 뒤에 감추었기 때문이라고 말했다.

숨을 헐떡이던 나는 세 시쯤에 잠에서 깨어났다. 빳빳하게 굳은 몸은 추위로 벌벌 떨렸다. 안개는 말끔히 걷히고 대기는 고요하고 청명했으며 하늘은 별빛으로 빛났다. 저 멀리 방파제 끝에 있는 등대 불빛이 끊임없이 바닷물 위를 스쳐 지나가고 있었다. 사람의 눈을 끄는 참으로 매혹적인 풍광이었지만, 너무나 추워서 제대로 감상할 수가 없었다. 나는 와들와들 떨며 배낭을 뒤져서 몸을 데울 수 있다고 보이는 건 뭐든지 다 끄집어냈다. 플란넬 셔츠 한 장, 스웨터 두 개, 여벌 청바지 한 개가 나왔다. 모직 양말은 벙어리장갑으로 삼았고 플란넬로 만든 사각팬티 한 벌은 머리에 뒤집어써서 필사적으로 머리를 따뜻하게 감쌌다. 그리고 다시 무거운 몸을 털썩 벤치에 기댄 채 의연한 자세로 죽음을 기다렸다. 하지만 정작 나를 찾아온 건 졸음이었다.

안개가 심하게 끼면 경고음을 내는 농무 경적소리가 갑자기 울려대는 바람에 다시 잠에서 깼다. 어찌나 소리가 크던지 하마터면 그 좁은 자리에서 나가떨어질 뻔했다. 비참한 기분으로 일어나 앉았지만 추위는 조금 가신 듯했다. 세상은 어디서 왔는지 모를 우윳빛 여명에 푹 잠겨 있었다. 갈매기들이 물 위를 빙글빙글 돌면서 울어댔고, 그 너머에는 돌로 만든 방파제 옆으로 거대한 페리호가 환한 조명을 비추며 더 넓은 바다를 향해 당당하게 미끄러져 나가고 있었다. 나는 한참을 그대로 앉아 있었다. 무언가를 골똘히 생각하기보다는 그저 무언가 생각해내려 애쓰는 애송이에 가까웠다. 다시 한 번 배의 농무 경적이 커다랗게 신음하며 꽝하고 바다 위를 휩쓸고 지나갔고, 잠시 잠잠했던 갈매기들은 또다시 흥분해서 꽥꽥대며 날아다녔다.

나는 양말로 만든 벙어리장갑을 벗고 손목시계를 쳐다보았다. 오전 5시 55분이었다. 멀어져가는 페리호를 바라보면서 이 시간에 대체 저 배는 어디로 가는지 궁금했다. 그나저나 그러는 나는 어디로 가야하나?

배낭을 집어 들고 발을 질질 끌며 해안도로를 따라 한 바퀴를 돌았다.

이제는 평화롭게 잠들어 있는 처칠 근처에서 작은 개를 산책시키고 있는 어느 노인과 마주쳤다. 그 개는 수직선을 이루고 있는 면이라는 면에는 모두 오줌을 싸려고 발광을 하느라 세 발로 질질 끌려 다니고 있어, 산책이라고 하기에는 어려운 산책을 하고 있었다! 내가 가까이 다가가자 노인은 목례로 아침인사를 건넸다.

"화창한 날씨가 될지도 모르겠구려."

노인은 젖은 수건 뭉치처럼 보이는 하늘을 기대에 부푼 얼굴로 올려다보았다. 나는 근처에 문을 연 식당이 있느냐고 물었다. 노인은 그리 멀지 않은 곳에 식당이 하나 있다면서 나에게 길을 알려 주었다.

"캔트 주에 맛좋은 기사식당caff이 있소."

"운전기사를 상대하는 송아지calf라고요?"

나는 불안한 표정으로 되물었다. 그리고 두어 걸음 물러섰다. 그놈의 개가 내 다리에 수분을 공급하려고 기를 쓰는 모양새를 포착했기 때문이다.

"화물차 운전사들 사이에서는 꽤 인기가 있소. 왜 기사 양반들은 유명한 맛집들을 잘 알고 있다지 않은가."

노인은 천사 같은 미소를 지어 보이고는 비밀스러운 이야기라도 털어놓는 양 내 쪽으로 고개를 숙이며 속삭였다.

"그런데 식당에 들어가기 전에 그 머리에 쓴 팬티는 벗는 게 좋을 것 같네만."

나는 머리를 움켜잡았다.

"오, 이런!"

그리고 얼굴을 붉히며 까맣게 잊고 있었던 사각팬티를 머리에서 치웠다. 뭔가 해명을 하고 싶었지만 노인은 다시 하늘을 살피고 있었다.

"분명 오늘 날씨는 맑아질 거야."

단정적인 어조로 말한 노인은 개를 끌고 또 다른 수직의 물체를 찾아 떠났다. 노인과 개가 가는 모습을 보던 나는 뒤로 돌아서 해변도로를 따라 걷기 시작했다. 길바닥으로 빗방울이 후드득후드득 떨어지기 시작했다.

노인이 소개해준 식당은 매우 좋았다. 활기찬 분위기에 적당한 습도를 유지한 실내는 상쾌하고 아늑했다. 나는 달걀과 콩, 감자튀김, 베이컨, 소시지가 담긴 큰 접시와 빵과 마가린이 담긴 작은 접시에 차 두 잔까지 시켰다. 이 모든 게 22페니에 불과했다. 음식을 다 먹고 나자 새사람으로 다시 태어난 기분이 들었다. 나는 트림을 하고 이를 쑤시며 행복한 얼굴로 거리를 걸었다. 도버가 기지개를 켜고 되살아나고 있었다.

날이 밝았다고 해서 도버의 모습이 엄청나게 더 나아보인다고 할 수는 없었다. 하지만 적어도 나에게는 그랬다. 그 아담한 규모며 포근한 공기가 좋았다. 그들은 마주치는 사람들마다 서로에게 "좋은 아침!" "안녕하세요!" "날씨가 참 별로죠? 하지만 화창하게 갤지도 몰라요!" 라고 인사를 건넸다. 기본적으로 유쾌했으며 나름의 균형 잡힌 질서를 유지하고 있었다. 게다가 아무런 사건사고도 일어나지 않았지만 그러한 일상을 감사하게 받아들이는 듯한 그들의 태도가 내 마음에 쏙 들었다. 도버 전체를 통틀어도 1973년 3월 21일을 특별하게 기억할 만한 이유를 가진 사람은 나와 그날 태어난 몇 명의 아기들, 그리고 머리에 팬티를 뒤집어쓰고 돌아다니는 어느 미친놈과 마주친 노인 한 분 정도가 될 것이다.

나는 영국의 체크인 시간을 몰랐다. 그래서 오전이 절반쯤 지나갈 때까지 기다려보기로 했다. 시간이 많이 남은 관계로 도버를 찬찬히 둘러보면서 매력적이고 조용하면서도 친절하되 지나치게 비싸지 않은 게스트하우스를 찾아보았다. 그리고 정확하게 열 시가 되었을 때 신중하게 선정한 어느 게스트하우스의 문 앞에 섰다. 질서정연하게 서 있는 우유병을 흩트려놓지 않는 데 신중을 기했음은 말할 필요도 없다. 조그만 호텔처럼 보였지만 실제로는 게스트하우스였다. 아니, 좀 더 엄밀히 말하자면 하숙집에 가까웠다.

이름은 기억나지 않지만 그 안주인의 모습은 분명하게 떠올릴 수 있다. 중년 후반의 나이에 무시무시한 체구를 가진 그 여인은 '거시기 부인'이라 불렸다. 부인은 나에게 방 하나를 보여주고 편의시설들을 한 차례 관광시켜 준 다음 그곳에 거주하기 위해 지켜야 하는 그 많고 복잡한 규칙들을 약술하기 시작했다. 아침식사는 몇 시에 준비되는지, 목욕을 하려면 히터를 어떻게 켜야 하는지, 하루 중 건물을 비워야만 하는 시각은 언제인지, 그리고 목욕이 허용되는 시각은 언제인지(이상하게도 건물을 비워야만 하는 시각과 목욕이 허용되는 시각은 일치했다), 전화를 받거나 밤 열 시 이후에 외부에 있으려면 어떤 주의를 해야 하는지, 변기 물을 어떻게 내리고 변기 솔은 어떻게 사용하는지, 화장실 휴지통에 버릴 수 있는 물건은 무엇이 있는지, 외부 휴지통에 조심스럽게 버려야 하는 물건들은 무엇인지, 집 안에 들어올 때마다 발을 어떻게 닦아야 하는지, 침실에 있는 백열 난방기는 어떻게 사용해야 하는지,

그리고 그 사용이 가능한 때는 언제인지(당연히 빙하기 정도는 되어야 했다) 등등. 온통 처음 듣는 소리라 도무지 갈피를 잡을 수가 없었다. 내가 살던 곳에서는 모텔에 방을 잡으면 열 시간 동안 그 방을 마음껏 어질러 놓다가 다음날 아침 일찍 떠나면 그만이었다. 그런데 이건 마치 군입대라도 하는 것 같았다.

"최소 숙박은 1박에 1파운드씩 해서 5박이에요. 영국식 아침식사 포함이구요."

"5박이요?"

살짝 숨이 막혔다. 하룻밤만 머물 생각이었기 때문이다. 도대체 도버에서 5일이나 무슨 일을 하란 말인가?

거시기 부인의 한쪽 눈썹이 둥그렇게 휘었다.

"더 오래 있을 작정이었나요?"

"아니요. 사실…."

"다행이군요. 주말에 스코틀랜드 연금수령자들이 한 무더기 오기로 되어 있거든요. 같이 지내면 아주 어색할 거예요. 아니 거의 불가능한 일이라고 볼 수 있죠."

거시기 부인은 엄한 눈초리로 나를 자세히 뜯어보았다. 마치 카펫에 묻은 얼룩이라도 보는 듯한 시선으로 나를 난처하게 만들기 위해 무언가 할 일이 없을까 찾는 것만 같았다. 그러고는 이렇게 말했다.

"제가 지금 외출을 해야 하는데, 죄송하지만 한 15분 내로 방을 비워 줄 수 있을까요?"

나는 순간 당황했다.

"죄송하지만, 지금 저보고 나가 있으란 말씀이신가요? 저는 지금 막 여기 왔는데요."

"이곳 규칙이 그래요. 네 시에는 돌아와도 좋아요."

부인은 자기 할 말만 하고 돌아서더니 나를 다시 되돌아봤다.

"참, 한 가지 더, 죄송하지만 침대를 쓰실 땐 카운터페인counterpane(침대커버)을 벗기고 사용해주세요. 얼룩이 지는 일이 몇 번 있었거든요. 만약 내 말을 무시하시고 카운터페인을 사용하셨다가 손상되는 일이 발생하면 그에 대한 손해배상을 청구할 겁니다. 무슨 말씀인지 이해하시겠어요?"

그저 나는 아무 대꾸도 못하고 고개만 끄덕였고, 부인은 그 말을 마지막으로 총총 사라져 버렸다. 나는 밀려드는 당혹감과 피곤함에 한동안 멍하니 그대로 서 있었다. 그리고 갑자기 집이 그리워졌다. 어제 나는 미칠 것 같이 불편한 자세로 길가에서 밤을 지새웠다. 근육이란 근육은 온통 욱신거리고 볼트 대가리를 누르고 잠을 청하느라 등바닥이 울룩불룩해져 있었으며, 피부는 두 개 국가를 돌아다니며 얻은 흙먼지로 살짝 코팅되어 있는 상태였다. 그런 나를 그때까지 지탱해주던 힘은 조금만 참으면 따뜻하고 쾌적한 목욕을 하고 폭신한 이불을 푹 덮고 불룩한 베개를 벤 채로 대략 열네 시간 정도 평안하게 깊은 잠에 빠져들 수 있으리라는 기대였다.

그런데 나의 악몽이 끝나기는커녕 이제 막 시작되고 있었다. 그러한 현실을 서서히 깨달아가며 멍 하니 서 있는데 방문이 열리더니 거시기 부인이 성큼성큼 방을 가로질러 세면대 형광등 아래로 갔다. 그러고는 형광등을 켜는 정확한 방법을 몸소 시범 보였다.

"획 잡아당길 필요 없어요. 가볍게 당기는 걸로 충분해요."

그렇지만 곧 형광등을 쓸데없이 켜두었다는 사실을 기억해낸 모양인지 아무리 봐도 획 잡아당기는 게 분명한 몸짓으로 형광등을 끄더니 나와 방 안을 다시 한 번 미심쩍은 눈으로 스윽 훑어보고는 자리를 떠났다.

부인이 완전히 사라졌다는 걸 확인한 나는 조용히 문을 잠그고 커튼을 친 다음 세면대 수채통에 소변을 보았다. 그리고 배낭을 뒤져서 책 하나를 꺼낸 다음 문가에 서서 한참 동안 나의 쓸쓸한 방 안에 잘 정리되어 있는 낯선 물건들을 살펴보았다.

"도대체 카운터페인이 뭐야?"

나는 조그만 목소리로 툴툴거리다가 살금살금 방을 나왔다.

1973년 봄의 영국은 정말 색다른 곳이었다. 당시 환율은 지금보다 더 높아서 1달러에 2파운드 46페니 수준이었고, 주마다 받는 실제 급료는 평균 30파운드가 조금 넘는 수준이었다. 감자칩 한 봉지는 5페니였고, 청량음료가 8페니, 립스틱이 45페니, 초콜릿비스킷이 12페니, 다리미가 4파운드, 전기주전자가 7파운드, 흑백텔레비전 60파운드, 컬러텔레비전 300파운드, 평균 외식비는 1파운드였다. 뉴욕에서 런던까지 가는 정기 항공권은 겨울에는 87파운드 45페니, 여름에는 124파운드 95페니였다. 카나리아 제도에서 황금연휴를 껴서 일주일 정도 머무르려면 65파운드면 족했다. 15일이면 93파운드면 된다.

이 모든 것에 대한 정보는 이번 여행을 시작하기 전에, 내가 도버에 처음으로 왔던 날인 1973년 3월 20일자로 발행된 〈타임스〉지에서 찾아본 거다. 그날 발행된 〈타임스〉지에는 전면에 걸쳐 정부 공시가격이 실려 있었는데 거기에는 이런 것들의 가격이 얼마인지 세세하게 설명해주고, 일주일 후부터 시행될 부가가치세를 적용하면 가격이 어떻게 달라질지에 대해 알려주었다. 그런데 그 공시의 요점은 부가가치세의 시행으로 가격이 올라가는 것도 있지만 반면에 가격이 내려가는 것도 있으니 안심하라는 것이었다.(하! 웃기시네!) 날이 갈수록 쪼그라들어가는 대뇌를 열심히 움직여 기억을 돌이켜보면 항공편으로 우편엽서를 미국에 보내는 데 4페니가 들었고, 맥주 한 잔에 13페니, 펭귄출판사의 페이퍼백 한 권을 사는 데는 30페니가 들었다. 영국에서 십진법에 따른 화폐단위(과거 영국은 1파운드가 20실링, 1실링이 12펜스, 21실링을 1기니, 5실링을 1크라운, 2실링 6펜스를 반 크라운, 2실링을 플로린이라 하는 복잡한 화폐제도를 시행해왔으나, 1975년부터 파운드와 펜스(페니)를 사용하는 십진법 화폐제도로 바뀌었다)를 사용한 지 겨우 두 번째 기념일을 맞이했음에도 사람들은 여전히 머릿속으로 재빨리 계산해 이렇게 말하곤 했다.

"세상에나 맙소사. 이건 거의 6실링쯤 되는 거잖아!"

하지만 무엇보다 놀라운 건 그 당시에 봤던 주요 사건의 머리기사를 요즘 잡지에서도 흔히 볼 수 있다는 사실이다. '프랑스 항공교통 관제사들 파업 돌입' '북아일랜드 통합에 있어서 신구 양 교도에 의한 권력 분담이 요청되다' '원자력연구소 폐쇄 예정' '폭풍으로 철도편 일시 불통' 그리고 크리켓 관련 단골기사도 어김없이 등장하고 있었다. '영국 맥없이 주저앉다.'(이번 주 신문에서는 상대편이 파키스탄이라는 점만 달랐다.) 또한 1973년 당시를 떠올렸을 때 희미하게 생각나는 신문 머리기사들 중에서 가장 인상에 남는 부분은 불안한 노사문제를 다룬 기사들이 너무 많았다는 점이다. '영국가스공사 파업 위기' '2000명의 공무원 파업 돌입' '데일리미러 런던 판 발간 중지' '크라이슬러 동맹 파

업 후 1만 명 대량해고' '노동절에 대한 법령을 무산시키기 위한 조직
적 대응' '교직원 파업으로 1만 2000명의 학생들 학교수업 중단', 이 모
든 일이 단 일주일 만에 일어난 것이다. 그 해에는 오일쇼크가 발생했
고 히스 정권이 상당히 어려움을 겪고 비틀거리던 때였다.(하지만 총선
은 이듬해 1월이었다.) 그해가 다 가기 전에 석유배급제가 시행됐고 전
국의 주유소마다 사람들이 족히 반마일(약 800m)은 되도록 줄줄이 늘어
서 있었다. 인플레이션은 28퍼센트까지 치솟았다. 무엇보다 화장지, 설
탕, 전기, 석탄 등 생필품이 심각하게 부족했다. 전 국민의 절반가량은
파업을 했고, 그나마 나머지도 일주일에 3일 동안만 일을 할 수 있었다.
크리스마스 시즌에 백화점은 조명 대신 촛불을 밝혔고, 정부의 명령으
로 인해 열 시 뉴스가 끝나면 까맣게 변해 버리는 텔레비전을 보는 사
람들의 얼굴에도 낙담한 기색이 역력했다. 영국이 유럽공동시장에 가
입한 것도 그해였다.

지금에 와서 생각해보면 도무지 믿을 수 없는 이야기 같지만, 대구
조업권을 두고 아이슬란드와 전쟁을 벌이기도 했던 해였다.(비록 무기
력하고 비겁하게 '그 흰살생선을 내려놓지 않으면 발포하겠다!'라고 말
하는 정도였지만 어쨌든 전쟁은 전쟁이었다.)

한마디로 당시는 영국 현대사에서 가장 특별한 시기 중 하나였다는
말이다. 물론 이슬비 내리는 도버 항에 도착한 그 3월의 나는 그런 사실
은 하나도 모르고 있었다. 정말 아무것도 몰랐기 때문에 오히려 그곳에
서 잘 지낼 수 있었다. 내 앞에 모습을 드러낸 모든 것이 낯설고 신비스
러웠으며 사람들이 흔히 생각할 수 없을 정도로 흥미진진했다. 영국에
는 한 번도 들어본 적이 없는 영어표현들이 넘쳐났다. 스트리키 베이컨,

숏 백 앤 사이드, 벨리샤 비콘, 서비에트, 하이 티, 아이스크림 코넷 등이 그것이다.(앞에서부터 설명하면 스트리키 베이컨은 삼겹살 모양의 베이컨이고, 숏 백 앤 사이드는 일명 귀두컷이라 불리는 것으로 머리 윗부분만 남기고 잘라버린 머리 모양이며, 벨리샤 비콘은 꼭대기에 노란 구슬을 단 말뚝 모양의 교통표지로 차량에게 보행자의 횡단장소임을 경고하는 것이다. 서비에트는 식탁용 냅킨을 말하고, 하이 티는 오후 늦게 또는 저녁 일찍 먹는 가벼운 식사를 의미하고, 아이스크림 코넷은 흔히들 말하는 아이스크림 콘을 말하는 것이다. 이외 나머지 영국식 표현들은 이 책 마지막에 있는 어휘사전을 참고하기 바란다.)

스콘, 페이스티, 토세스터, 슬라우는 어떻게 발음해야 할지 알 수도 없었다. 테스코, 퍼트셔, 덴비그셔, 카운슬 하우스, 모어캠비 앤 와이즈, 레일웨이 커팅, 크리스마스 크래커, 뱅크 홀리데이, 시사이드 락, 밀크 플로트, 트렁크 콜, 스카치 에그, 모리스 마이너, 포피 데이 등등의 표현은 정말이지 처음 듣는 말이었다. 내가 아는 거라곤 뒤에 L자 표지판(임시면허 운전자를 나타내는 번호판)을 달아놓은 자동차는 나병환자Laper들이 운전하는 자동차를 나타낸다는 정도였다.(그렇지 않고서야 그렇게들 그 차를 피해 도망갈 이유가 없으니까!)

나는 무식과 무지가 철철 넘쳐흘렀다. 아주 간단한 거래도 내게는 수수께끼 같았다. 한 남자가 신문 가판대에서 "넘버 식스(담배상표의 하나) 스무 갑 주세요"라고 말하고는 담배를 받는 모습을 보았던 나는 그 후로 한참 동안을 신문가판대에서 뭔가를 주문할 때는 숫자로 해야 하는 줄로만 알고 있었다. 한번은 선술집에 들어가 한 시간을 앉아서 기다리다가, 주문을 하려면 직접 가서 해야 한다는 사실을 뒤늦게 깨달은 적도 있다. 하지만 그 다음에 찻집에 가서 그렇게 하려고 하니 이번에는 또 가만히 앉아 있으면 주문을 받으러 오겠다고 했다.

찻집 아가씨는 나를 자기라고 불렀다. 가게 안에 있는 아가씨들 모두가 나를 자기라고 불렀고 남자들은 대부분 나를 친구라고 불렀다. 도착한 지 열두 시간도 지나지 않았는데 이들은 벌써 나를 사랑해주고 있던 것이다. 게다가 모든 사람들이 나와 같은 방식으로 음식을 먹었다. 이건 정말이지 환상적이었다. 오랫동안 우리 엄마는 나 때문에 절망의 시간을 보내야 했다. 왼손잡이인 내가 정중하지만 단호한 태도로 미국식 식사법을 거부했기 때문이었다. 왼손으로 포크를 잡고 음식을 고정시킨 다음 오른손으로 칼을 잡아 음식을 자르고 나서는 포크를 다시 오른손으로 옮겨 잡아 음식을 입으로 가져가는 수고스러운 방식은 사절이었다. 그건 말도 안 되는 번거로운 절차였다. 그런데 이곳에 오니 온 나라가 나와 같은 방식으로 음식을 먹고 있었다. 게다가 차도 왼쪽으로 다녔다! 여긴 천국이었다. 나는 영국에 발을 들여놓은 지 채 반나절도 지나지 않아 이곳이야말로 내가 원하던 바로 그곳이란 사실을 알 수 있었다.

나는 행복한 기분으로 하루 종일 정처 없이 이곳저곳을 싸돌아다녔다. 주택가와 상점가를 기웃거렸고 버스정류장이나 길모퉁이에서 들려오는 사람들의 대화를 엿들었으며 가게 유리 너머의 채소장수, 정육점 주인, 생선장수를 흥미롭게 쳐다보았다. 벽에 붙어 있는 불법전단지와 건축허가서의 문구를 흥미진진하게 읽기도 했다. 도버 성에 올라가서 감탄사를 쏟아내며 경관을 감상하고, 페리호를 쳐다보았다. 또 하얀 절벽 와이트 클리프와 빅토리아 시대의 감옥인 올드 타운 옥사를 경외심

가득한 시선으로 바라보았다. 그러다가 오후 늦게 충동적으로 영화관에 갔다. 영화관 안에 들어가면 따뜻하고 뽀송뽀송할 것이라는 생각이 들었던 탓이기도 했지만, 옷가지를 불충분하게 차려입은 젊은 아가씨들이 유혹하는 모양새로 줄서 있는 영화 포스터가 나를 꾀어내는 데 한몫했다.

"서클? 스톨? 어떤 걸로 드릴까요?"

표 파는 아가씨가 말했다(영국 극장들은 대부분 1층은 스톨, 2층은 드레스 서클, 3층은 어퍼 서클, 4층이나 그밖의 좌석은 발코니로 부른다).

"아니요. 저는 〈소박한 부인의 스와핑〉을 볼 건데요."

나는 어리둥절한 얼굴로 조그맣게 말했다.

극장 안에 들어서자 또 다른 신세계가 눈앞에 펼쳐졌다. 영국 특유의 또박또박한 발음이 생생하게 전달되는 극장광고와 영화예고편을 처음 보았고, 영국 영화검열기구의 인증문구도 처음 보았다.("이 영화는 영국영화심의위원회 회장인 할레크 경에 의해 성인에게 적합한 것으로 인증되었습니다. 할레크 경은 이 영화를 무척 즐겁게 감상했습니다.") 그리고 또 하나 새롭게 발견한 즐거운 사실은 영국의 영화관에서는 흡연이 가능하다는 것이다. 화재위험 따위는 아랑곳하지 않는 모양이었다. 영화감상은 사교생활을 위한 정보와 다양한 어휘를 배웠다는 점에서 충분히 가치 있는 일이었다. 하지만 그와 동시에 땀내 나는 발이 쉴수 있는 반가운 기회이자 알몸뚱이로 희롱하는 아름다운 아가씨들을 여럿 볼 수 있는 기회가 되기도 했다. 처음으로 알게 된 많은 어휘 중에는 더티 위켄드(불륜의 상대와 보내는 주말), 루(변소), 오페어(가정에 입주해 집안일을 거들며 언어를 배우는 유학생이나 여성), 세미디테치드 하우스(두 가구 연립주택), 셔츠 리프터(남자 동성연애자), 가스레인지에 기댄 채 하는 스위프트 셰그(순식간에 해치우는 성교)와 같은 말들이 있었다. 이런 것들은 이후 다양한 경우에 매우 유용하게 사용할 수 있었다. 또 신기한 경험 중 하나는 영화 중간의 쉬는 시간에 키아오라를 맛본 일이었다.(오렌지 향이 나는 따뜻한 시럽인데 이것을 기분 전환용으로 한 잔 하는 음료라고 말할 사람은 세상에 영국사람뿐일 거다.) 이 음료라 불리는 액체는 영원한 권태로움에 사로잡힌 듯 보이는 매점 젊은 아가씨에게서 구입했다. 그 아가씨는 조금 떨어진 곳을 멍하니 응시한 채로 전구 장식이 달린 선반에서 손님이 원하는 물건을 정확하게 찾아내는 재주를 지니고 있었다. 영화를 보고 나온 나는 영화 광고에서 강력 추천한 조그만 이탈리아 식당에서 저녁식사를 하고 흡족한 얼굴로 게스트하우스로 되돌아갔다. 어느새 도버는 밤으로 뒤덮여 있었다. 전체적으로 배우는 것이 많았던 매우 만족스러운 하루였다.

애초에는 일찍 잠자리에 들 생각이었지만 방으로 가는 길에 '투숙객 라운지'라는 팻말이 걸려 있는 문을 발견하고 호기심이 동해서 문을 살짝 열어보고 말았다. 큼직한 응접실에는 안락해 보이는 의자 몇 개와 긴 의자 한 개가 놓여 있었다. 하나같이 빳빳하게 풀 먹인 덮개를 쓰고 있었다. 직소 퍼즐과 문고판 도서들이 적당히 꽂혀 있는 책장 하나와 손가락 자국이 잔뜩 묻은 잡지 몇 권이 쌓여 있는 작은 테이블도 있었다. 그리고 큼직한 컬러텔레비전이 보였다. 나는 안으로 들어가 텔레비전을 켜고 잡지를 뒤적이면서 텔레비전 화면이 나오기를 기다렸다. 잡지는 모두 여성지였다. 하지만 우리 엄마나 누나가 읽던 것과는 다른 종류였다. 엄마나 누나가 읽던 잡지의 기사에는 언제나 섹스와 만족도에 관한 이야기 천지였다. '다중 오르가슴을 위한 새로운 시도' '사무실 섹스, 그 성공 요령' '타히티, 떠오르는 섹스 명소' '열대우림을 축소시키는 사람들, 섹스에 좋은가?' 영국의 잡지는 이보다 점잖은 방법으로 간절한 염원을 그려내고 있었다. '내가 만드는 카디건과 풀오버 세트' '저렴하게 단추를 다는 법' '슈퍼마켓용 밀착기로 비누 절약하는 법' '여름이 왔다! 마요네즈의 계절이다!'

텔레비전 화면이 나오기 시작할 무렵 다른 투숙객 한 명이 방안으로 들어왔다. 김이 모락모락 나는 물대야와 수건을 들고 있었다. 그는 나를 보더니 '이런!'이라고 놀란 듯 말하고 창가 옆자리에 앉았다. 마른 체격에 혈색은 약간 붉었는데 그가 들어오자 방안 가득 연고 냄새가 진동했다. 어딘지 모르게 외모에서 변태성욕자 같은 분위기가 풍겼다. 고등학교 때 체육 선생님이 자위행위를 지나치게 많이 하면 얼굴에 다 드러난다고 하셨는데, (한마디로 그 체육 선생님 같은) 딱 그런 얼굴이었다. 확실치 않지만 아까 낮에 〈소박한 부인의 스와핑〉을 상영했던 영화관에서 껌을 사는 그를 본 것도 같다는 생각이 들었다. 그 남자 역시 나와 비슷한 생각을 했는지 나를 몰래 쳐다보다가 머리에 수건을 뒤집어쓰고 얼굴을 대야에 가져다 댔다. 그날 저녁 내내 그러고 있었다.

잠시 후 대머리 중년 사내, 그러니까 구두 영업사원이라고 생각되는 남자 한 명이 안으로 들어와서 나에게 "어, 안녕하쇼!"라고 인사를 건넸고 수건을 뒤집어 쓴 남자에게는 "리처드, 안녕"이라고 했다. 그리고 내 옆에 자리를 잡고 앉았다. 뒤이어 보행용 지팡이를 든 나이 지긋한 남자 한 명이 합류했는데 다리가 한쪽밖에 없어 위태위태해 보였다. 그는 험악한 얼굴로 우리 모두를 노려보다가 살짝 고개를 까닥거리고는 의자에 털썩 주저 앉았는데 꽤 까다로운 성격의 소유자인 것 같았다. 자리에 앉아서도 한 20분 동안은 하나 남은 다리를 이리저리 움직이느라 용을 썼다. 마치 묵직한 가구라도 배치하는 것 같았다. 아마도 이 사람들이 그 장기 투숙객들인 모양이었다.

텔레비전에서는 〈옆집 놈은 깜둥이〉라는 제목의 시트콤이 방영되고 있었다. 그게 진짜 제목은 아니었을 테지만 결국 그런 내용이었다. 흑인이 이웃에 산다는 게 무슨 시트콤 소재가 될 수 있는지.

"세상에, 그렌, 너희 집 벽장에 유색인종 놈이 있잖아!"

"어두울 때는 사람인지 분간이 안 간다니깐."

대사가 온통 이런 식이었다. 정말 대책 없이 얼간이 같은 시트콤이었다. 내 옆에 앉은 대머리는 어찌나 웃어댔는지 나중에는 눈물까지 훔쳤다. 수건 밑에서도 이따금씩 우습다는 듯 콧김을 내뿜는 소리가 들렸다. 하지만 외다리 남자는 절대로 웃지 않았다. 그저 나를 노려보고만 있었다. 예전에 혹시 나와 나쁜 인연으로 엮인 적은 없었는지 기억해내려고 애쓰는 표정이었다. 고개를 들 때마다 그의 시선이 나에게 고정되어 있다는 걸 알아차릴 수 있었다. 내심 뜨끔했다.

곧 화면 가득 폭발하는 별 모양이 떠올랐다. 중간 광고시간임을 나타내는 표시였다. 그 틈을 타 대머리는 친근하게 굴며 나에게 두서없이 이름이 뭐며 어떻게 이곳에 오게 되었는지 등을 물어왔다. 내가 미국인이라고 말하자, 그 남자는 무척 기뻐했다.

"꼭 한 번쯤은 미국에 가보고 싶었는데. 어디 말해 봐요. 거기에도 울워스(대형 유통업체)가 있나요?"

"네, 울워스는 원래 미국 회사인데요."

"그게 무슨 소리요! 대령님, 지금 이 말 들으셨죠? 울워스가 미국 회사라네요."

외다리 소유자가 대령인 모양인데 그는 이런 이야기에는 아무런 감흥이 없는 모양이었다.

"그럼 콘플레이크는요?"

"네, 그게 무슨 말씀이시죠?"

"미국에 콘플레이크가 있느냔 말이요?"

"그것도 원래 미국에서 만든 거죠."

"그럴 리가, 말도 안 돼!"

나는 슬쩍 웃으면서 제발 이곳에서 나가자고 내 다리에게 사정을 했다. 하지만 어찌된 일인지 내 하체는 영 움직일 생각을 안했다.

"이거 참! 그럼 콘플레이크도 있는 미국을 등지고 뭐하러 영국까지 온 거요?"

나는 그의 질문에 내키지는 않았지만 지금까지 살아온 내 삶의 궤적을 이력서 한 장 분량으로 간추렸다. 그러고는 더듬더듬 이야기하기 시작했다. 하지만 곧 텔레비전 방송이 다시 시작되었고 대머리는 그저 내 이야기를 듣는 시늉만 하고 있었다. 결국 나는 말꼬리를 흐리고는 2부가 방영되는 내내 대령의 쏘아보는 눈길이 전해주는 열기를 온몸으로 받아들였다.

방송이 끝나자 나는 자리에서 일어나 행복한 3인방에게 따뜻한 아듀 인사를 건넸다. 그런데 문이 열리고 거시기 부인이 쟁반 위에 다양한 종류의 비스킷 한 접시와 찻잔 등을 들고 들어왔다. 모두들 활기를 띠고 기운차게 움직이기 시작했다. 두 손을 싹싹 비벼대며 이렇게들 말했다.

"우, 정말 좋아요."

나이가 어떻게 되었든 어떤 사회적 배경을 지녔든 상관없이 모든 영국인들은 따뜻한 차를 마실 수 있다는 생각만으로도 진심으로 기뻐했고, 그때 그들에게 받은 인상은 지금까지도 내 뇌리에 깊게 박혀 있다.

"오늘 〈새들의 천국〉은 어땠나요, 대령님?"

거시기 부인이 대령에게 차와 비스킷을 건네면서 물었다.

"나야 모르지."

대령은 능글맞게 대꾸했다.

"텔레비전이 말이야…."

그는 의미심장한 시선과 함께 내 쪽으로 머리를 살짝 기울였다.

"다른 채널에 맞춰져 있었거든."

거시기 부인 역시 대령과 마음이 통했는지 싸늘한 시선을 보내왔다. 아무래도 둘이 잠자리를 같이 하는 사이가 아닌가 싶었다.

"〈새들의 천국〉은 대령님께서 가장 좋아하시는 방송이에요."

부인은 단순한 미움을 넘어 감정이 실린 목소리로 말하며 차와 제일 딱딱해 보이는 비스킷 하나를 내게 건넸다.

나는 불쌍하기 그지없는 표정으로 웅얼거리며 사과했다.

"오늘은 바다오리에 관한 내용이 나올 차례였어요."

수건을 뒤집어쓴 변태가 불쑥 끼어들며 거들었다. 한 건 했다는 표정이었다.

거시기 부인은 '애가 말도 할 줄 아네'라는 표정으로 그를 빤히 쳐다보더니 "바다오리!"라며 안타깝게 탄식했다. 그러더니만 한층 더 날카로운 표정으로 나를 쏘아보았다. 그 표정에는 마치 어떻게 인간으로서 그 정도 기본도 없냐는 식의 비난이 담겨 있었다.

"우리 대령님은 바다오리를 좋아하시는데. 그렇죠, 아서?"

그 둘이 같이 자는 게 확실했다.

"당연하지."

대령은 그렇게 말하고는 씁쓸한 표정으로 초콜릿 부르봉 비스킷 하나를 덥석 베어 물었다.

나는 부끄러운 낯으로 차를 홀짝거리며 비스킷을 씹어 먹었다. 우유를 탄 차를 마시는 것도 처음이었고 바위 같은 과자를 먹어보는 것도 처음이었다. 과자는 카나리아의 부리를 단단하게 할 목적으로 만든 것 같았다. 한참 후에 대머리가 나에게 조용히 다가오더니 내 귓가에 대고 소곤댔다.

"대령님은 신경 쓰지 말아요. 다리를 잃어버린 뒤로는 사람이 달라졌으니까."

"그렇군요. 어서 잃어버린 다리를 되찾으셨으면 좋겠네요."

나는 차마 속내를 감추지 못하고 이렇게 비꼬았다. 대머리는 내 말에 너털웃음을 지었다. 하지만 순간 더럭 겁이 났다. 웃자고 한말을 고대로 대령과 거시기 부인에게 전하는 게 아닌가 싶었지만, 그는 두툼한 손을 나에게 내밀며 자기소개를 했다. 지금은 그 이름이 기억나지 않지만 영국 사람만이 가질 수 있는 그런 이름이었다는 건 분명하다. 콜린 크랩스프레이(똥물튀김)였는지, 버트럼 팬티셸드(생리대)였는지, 아니면 뭐 그 비슷한 이름이었겠지. 나는 쓴웃음을 지으며 그가 놀리려고 일부러 그런 이름을 댄다고 생각했다.

"농담을 잘하시네요."

"농담 아닌데."

그는 싸늘한 어조로 말했다.

"어째서 농담이라고 생각하는 거요?"

"그냥, 그러니까, 그게 흔한 이름은 아니잖아요."

"뭐, 당신이라면 그렇게 생각할 수도 있겠군요."

그는 그대로 대령과 거시기 부인에게로 고개를 돌렸고, 순간 나는 깨달았다. 이제 나는 도버에서 영원히 친구를 사귀지 못할 거라는 걸.

그 일이 있은 후 이틀 동안 거시기 부인은 사정없이 나를 괴롭혔다. 다른 투숙객들이 나를 염탐해서 부인에게 증거를 수집해 갖다 바치는 것 같았다. 부인은 외출하면서 방불을 끄지 않았다며 큰소리로 내게 면박을 주었고, 화장실에서 일을 보고 변기 뚜껑을 내려놓지 않았다고 잔소리를 해댔다. 대령님께서 쓰실 뜨거운 물을 내가 다 써버렸다고 꾸중을 하기도 했다. 하지만 대령이 복도에 나와 문손잡이를 덜거덕거리면서 불만 가득한 소리를 쏟아내기 전까지는 뜨거운 물에 임자가 있는 줄은 생각도 못하고 있었다. 또 이틀 연속 주문했던 영국식 아침식사에서 토마토 튀김을 남겼다고 한소리를 듣기도 했다.

"또 토마토 튀김을 남기셨더군요."

두 번째 날 아침에 부인이 말했다. 무슨 말로 대꾸를 해야 할지 생각이 나지 않았다. 부인이 논란의 여지가 없는 사실을 말하고 있었기 때문이었다. 그래서 부인과 마찬가지로 미간을 찡그리고 그 비위 상하는 음식을 노려보고만 있었다. 사실 지난 이틀 동안 그 음식의 정체가 무엇일지 궁금해 하던 터였다.

"죄송하지만요."

부인은 수년 동안 갈고 닦은 짜증과 성질이 가득 담긴 음성으로 이렇게 말했다.

"앞으로는 아침식사로 토마토 튀김을 먹고 싶지 않은 경우에는 아무쪼록 미리 말씀을 해주시겠어요?"

겸연쩍은 나는 멀어지는 부인을 지켜만 봤다.

"나는 그게 선지 덩어리인줄 알았다고요!"

부인의 뒤통수에 대고 이렇게 소리쳐주고 싶었지만 결국 아무런 말도 못하고 몰래 방에서 나오려다가 다른 사람들의 의기양양한 미소와 마주쳐야 했다.

그 후로 나는 가능하면 숙소에 있지 않으려고 노력했다. 나는 당장 도서관에 가서 카운터페인이 무슨 뜻인지 찾아봤다. 그래야 그 문제만이라도 비난을 면할 수 있을 것 같았다.(그 단어가 침대커버라는 뜻인 것을 알고는 놀란 가슴을 쓸어내릴 수밖에 없었다. 지난 사흘 동안 내 내 유리창만 만지작거렸기 때문이다.) 숙소 안에서는 최대한 조용히 지내면서 주의를 끌지 않으려 노력했다. 심지어 삐거덕거리는 소리가 요란한 침대에 누워서도 몸을 뒤척일 때 아무 소리도 내지 않는 신공을 발휘하기도 했다. 하지만 아무리 애를 써봐도 나는 타고난 밉상인 모양이었다. 셋째 날 오후, 몰래 방으로 들어가던 나는 거시기 부인과 복도에서 딱 마주쳤다. 손에 빈 담뱃갑을 들고 있던 부인은 쥐똥나무 울타리에 그 담뱃갑을 찔러 넣은 장본인이 내가 아니냐고 추궁했다. 나는 아무 죄도 없는 사람들이 왜 경찰서에서 말도 안 되는 진술서에 서명을 하는지 그 이유를 그제야 이해할 수 있었다. 그날 저녁 나는 사람들의 눈을 피해 재빨리 목욕을 마쳤다. 하지만 뜨거운 물을 잠그는 걸 잊어버린 데다 배수구에 머리카락을 남겨두는 실수까지 저지른 중죄인이 되었다. 그리고 다음날 아침에는 결정적인 굴욕을 당했다. 거시기 부인은 아무런 말도 없이 나를 화장실로 끌고 가더니 쓸려가지 않고 남아 있는 조그만 똥 덩어리를 보여주었다. 결국 아침식사 후에 내가 그곳을 나가는 것으로 합의를 봤다.

나는 런던으로 가는 고속열차를 잡아타고 뒤도 돌아보지 않은 채 도버를 떠났다. 그리고 다시는 도버를 찾지 않았다.

02

첫 기억속으로
출발하다

칼레에서 도버로

그런 내가 지금 칼레에 와 있다. 게다가 23년 만에 도버를 다시 찾으려 한다. 내일 일찍 페리호를 타고 나면 영국을 진지하게 탐험하게 될 것이다. 이 나라의 공식적인 면모나 내밀한 부분을 모두 망라해 조사할 계획이다. 하지만 오늘은 아무런 할 일이 없다. 격정도 없고 나를 옭아매는 근심도 없다. 그저 즐겁게 보내면 그만이다.

칼레는 영국인을 위한 장소다. 영국인들은 여기에서 트레이닝복 차림으로 어디든 갈 수 있다. 그런 면에서 칼레는 흥미롭다. 전쟁 중에 칼레는 심한 폭격을 당했고, 그 때문에 전후 도시계획에 의해 다시 건립되었다. 그래서인지 칼레는 마치 1957년에 개최된 '시멘트 박람회'의 잔여물처럼 보인다. 칼레에는 혀를 내두를 정도로 많은 건물이 늘어서 있는데, 이들 대부분은 우울하기 짝이 없는 아르메 광장 주변에 몰려 있다.

건물들은 하나같이 슈퍼마켓에서 물건을 담는 봉지를 본 따 만든 것 같다. 특히 네모반듯한 제이콥스 크림크래커 봉지 모양이 많다. 일부는 길을 가로질러 세워져 있다. 1950년대 건축가가 콘크리트의 새로운 가능성에 완전히 매료되었다는 점을 상징적으로 보여주는 증거였다. 시내에 들어선 건물 중에는 홀리데이인 호텔도 있는데, 말할 것도 없이 콘플레이크 상자 모양을 하고 있다.

그렇다 해도 상관은 없었다. 늦가을에 맞는 화창한 봄날 같은 날씨를 선보이는 여기는 프랑스였다. 그리고 나는 긴 여행을 시작할 때면 어김없이 찾아오는 행복감에 도취된 상태였다.

하지만 칼레 거리에 있는 사람들은 이브 몽땅이나 잔느 모로처럼 생기지 않았고, 심지어 〈시네마 천국〉의 주인공인 필립 느와레 같이 친근하고 포근한 인상을 주지도 않았다. 나는 무척 실망스러웠다. 어쩌면 당연한 일이었다. 운동복을 입은 영국인들만이 거리를 가득 채웠기 때문이다. 목에 호루라기를 걸고 축구공이라도 들고 있어야 딱 어울릴 옷차림이었다. 하지만 정작 그들이 질질 끌고 다니는 건 덜거덕거리는 소리를 내는 무거운 여행용 가방이었고, 다른 손에는 고약한 치즈냄새로 가득한 묵직한 쇼핑백이 들려 있었다. 네 시면 페리호를 타고 집으로 돌아가야 하는 사람들이 그런 치즈를 왜 사며 그걸로 대체 뭘 하려고 하는지 궁금했다. 그들 옆을 지나치면 으레 이런 말을 들을 수 있다.

"이따위 염소치즈 한 봉지가 60프랑이나 한단 말이야? 사가면 마누라가 좋아나 할지 모르겠군."

거리의 사람들 모두가 향긋한 차 한 잔과 제대로 된 음식을 갈구하는 얼굴을 하고 있다. 햄버거 가판이라도 차리면 한 몫 단단히 챙길 수 있을 것 같았다. '칼레 버거'라는 이름이 딱 어울리는군.

쇼핑을 하고 조용히 말다툼하는 것 말고는 칼레에서는 달리 할 일이 없다. 물론 시청건물 밖에는 그 유명한 로댕 동상이 있고 '뮤제 데 보자르 에트 델 라 덴텔'이라는 이름의 박물관도 하나 있다. 내 프랑스어

실력이 아직 녹슬지 않았다는 전제로 번역해보면, 이 박물관의 이름은 '아름다운 예술과 치아 박물관' 정도 될 것 같다(원뜻은 '조형예술과 레이스 박물관'이다). 그러나 박물관은 문을 닫았고 시청건물을 보려면 한참을 걸어야 했다. 게다가 로댕 동상이라면 우편엽서로도 충분히 볼 수 있다. 결국 나는 다른 사람들과 마찬가지로 코를 쿵쿵거리며 기념품 상점 근처를 어슬렁거렸다. 칼레에는 기념품 상점이 참으로 많았다.

어찌된 영문인지는 도무지 알 길이 없지만 프랑스 사람들은 싸구려 종교 기념품을 만드는 데 만큼은 특별한 재능을 가지고 있는 것 같았다. 나 역시 아르메 광장 한쪽 구석에 있는 음침한 가게에서 마음에 드는 물건을 발견했다. 플라스틱으로 만든 성모마리아 상이었는데 조개 껍질과 작은 불가사리, 구불거리는 해초, 번들거리는 가재 집게발로 장식된 돌집에 앉은 마리아가 마치 이리로 오라는 듯 유혹하는 손짓을 보내는 것 같았다. 마리아의 머리 뒤쪽으로는 플라스틱 커튼고리를 접착제로 고정해 후광효과를 냈고 가제 집게발에는 '칼레!'라는 문구를 깔끔한 글씨체로 새겨 넣었다. 가격이 적잖아서 망설이자 주인은 플러그를 콘센트에 꽂았고 그러자 마리아 상에는 유원지에서나 볼 수 있는 놀이기구처럼 환한 불빛이 들어왔다. 이 모습을 보자 나는 하나만 사는 걸로 부족하지 않을까 고민하기 시작했다.

"세 트레 졸리(매우 귀엽죠)."

주인은 내가 진짜로 돈을 꺼낼 준비를 하자 놀란 듯 입을 다물어버리고는 서둘러 물건을 포장해 돈을 받아냈다. 내가 정신을 차리고 "으악, 여기가 어디지? 이보세요, 도대체 내 눈앞에 놓인 이 볼품없는 물건의 정체는 뭐죠?"라고 소리 지르기 전에 서둘러 일을 처리해 버린 것이다.

"세 트레 졸리."

눈뜬 채 잠을 자고 있는 나를 방해하고 싶지 않았던지 주인은 나직이 되풀이해 말했다. 아마도 오랜만에 물건이 팔린 모양이었다. 가게를 나서자 내 등 뒤로 닫힌 가게문 사이로 기쁨의 환호성을 선명하게 들을 수 있었다.

나는 자축을 위해 '가스통 파펭 가문과 그 외의 무명 인사들을 위한 거리'에서 가장 유명한 카페에 들어가 커피를 주문했다. 카페 안으로 들어가니 비로소 칼레가 프랑스처럼 보였다. 사람들은 양 볼에 키스를 하며 인사를 했고, 지탄이나 골루아즈 같은 프랑스산 담배의 푸르스름한 연기가 맴돌고 있었다. 건너편에 앉은 검은색 옷차림의 우아한 여인은 어딘가 모르게 잔느 모로를 닮은 구석이 있었다. 〈황량한 인생〉이라는 영화에서 장례식 장면 전에 담배 한 대를 재빨리 피우고 페르노를 마시는 잔느의 모습을 떠올리게 했다. 나는 집에 보낼 엽서를 쓰고 커피를 음미했다. 그리고 땅거미가 질 때까지 그곳에 앉아 있었다. 계산을 하려고 부산스럽게 돌아다니는 종업원을 향해 다정한 손짓을 보냈지만 헛수고였다.

카페를 나온 나는 길 건너편에 있는 작은 식당으로 들어갔다. 값은 저렴했지만 맛은 놀라웠다.(프랑스 사람에게 꼭 해주고 싶은 말이 있는데, 거긴 정말 제대로 된 감자튀김을 만들 줄 안다.) 저녁을 먹은 후에는 꼭 필립 느와레처럼 생긴 남자가 도살장에서 쓰는 앞치마를 두르고 서빙을 하는 카페에서 벨기에산 맥주 두 병을 마셨다. 그 다음에는 호텔 내 방으로 돌아왔고 한참 동안 조개껍질을 두른 성모마리아를 가지고 놀다가 호텔 밖의 자동차 소음을 들으며 잠이 들었다.

다음날 아침식사를 일찍 마친 나는 제라르 드빠르디유에게 숙박비를 치렀다.(지금 생각해보니 참 놀라운 일이다.) 그리고 희망의 새 날을 맞이하기 위해 길을 나섰다. 배표와 함께 받은 조그만 약도를 꼭 움켜쥔 나는 여객터미널을 찾기 시작했다. 약도상으로 보면 아주 가까운 시내 어딘가에 있을 것 같았지만, 실제로 2마일(약 3.2km)은 족히 떨어진 곳에 있었다. 버려진 공장이 늘어선 황무지와 콘크리트 덩어리가 널브러진 수십 에이커의 공터를 지나야 도달할 수 있었다. 어느새 나는 굵은 철사를 다이아몬드형의 고리로 엮은 울타리 구멍을 비집고 들어가, 창문이 부서진 객차 사이를 천천히 걷고 있었다. 칼레에 있는 다른 사람들은 어떻게 페리호를 타러 가는지 알지 못했지만, 막연하게나마 이런 식으로 가지는 않을 거란 생각이 들었다. 길을 걸어가는 내내 마음이 불안했다. 아니 사실 눈물이 날 정도로 겁이 났다. 배가 떠날 시간은 다가오고 있었지만 저만치 보이는 여객터미널은 도무지 가까워지지 않았기 때문이다.

고속도로의 중앙분리대를 휙 뛰어넘어 제방을 기어 올라가서 간신히 도착할 수 있었다. 꼴찌였지만 가까스로 시간은 맞출 수 있었다. 흡사 탄광사고에서 살아남은 듯한 몰골을 한 나는 중증의 생리증후군을 앓는 것처럼 보이는 떽떽거리는 여자에 의해 난폭하게 밀려 셔틀버스에 올라탔다. 버스 안에서 소지품을 꺼내보다가 꽤 비싼 값을 치르고 산 사랑스러운 성모마리아 상이 후광은 떨어져 나갔고 조개껍질도 벗겨져 버렸다는 사실에 실망해야 했다.

배에 올라타자 온몸에 식은땀이 흐르기 시작했고 점점 불안해졌다. 나는 뱃멀미를 하는 편이었다. 솔직히 말하자면 오리보트만 타도 뱃멀미를 했다. 이 배가 차량까지 수송하는 로로페리(이 '로로'라는 말은 아무래도 '울렁울렁'을 잘못 쓴 게 아닌가 싶다)라는 사실은 이 사태에 아무런 도움도 되지 않았다. 내 목숨줄을 쥐고 있는 이 선박회사가 수문 닫는 걸 깜빡할 확률이 신발을 신은 채 목욕하러 욕조에 들어갈 확률보다 더 낮았지만 이 역시 도움이 되지 않기는 매한가지였다.

배 안에는 사람들로 빼곡히 들어찼고 모두 영국인들이었다. 처음 15분 정도는 여기저기 어슬렁거리며 어떻게 다른 사람들은 저렇게 깨끗한 상태로 배에 오를 수 있었을까를 궁금해 했다. 그리고 잠시 동안 면세품을 사려는 운동복 입은 사람들의 소란에 한몫했다가 재빨리 탈출해서 식당에 가서 식판을 들고 엄청나게 비싼 음식을 쳐다보다가 다시 식판을 내려놓았다.(이 짓을 하겠다고 줄을 서다니!) 그러고는 미친 게 아닐까 싶을 정도로 활발한 아이들 속에서 앉을 만한 곳을 찾다가 결국에는 선선한 바람이 불어오는 갑판으로 나갔다. 그곳에는 시퍼런 입술에 머리를 산발한 274명의 사람들이 태양이 환하게 빛나고 있으니 춥지 않은 게 당연하다며 스스로를 납득시키는 중이었다. 재킷은 바람을 맞아 펄럭이며 총성이 울리는 소리를 냈고, 작은 꼬마들은 배가 흔들릴 때마다 갑판을 따라 이리저리 밀려다녔다. 이 매서운 바람은 어느 뚱뚱한 여자의 무릎 위에 놓인 찻잔을 넘어뜨려 모든 사람들을 은근히 기쁘게 만들기도 했다.

얼마 지나지 않아 도버의 화이트 클리프가 바다 위로 솟아올라서 우리를 향해 스멀스멀 다가오기 시작했다. 우리가 탄 페리호는 금방이라도 도버 항으로 들어가 부두에 어색하게 코를 쑤셔 박을 것만 같았다. 누군지 알 수 없는 목소리가 걸어 나갈 승객들은 선샤인 라운지 옆에 있는 ZX-2 갑판의 오른쪽 출구로 모이라고 안내했다. 그 정도면 누구나 알아들을 수 있다는 투였다. 승객들은 모두 한참 동안 여기저기를 헤매며 개별적으로 배 구석구석을 탐험하고 다녔다. 나도 계단을 오르내리고, 식당과 일등석 라운지를 지나고, 저장실을 들락거리고, 동인도인 선원으로 붐비는 주방을 지나고, 다시 간이식당으로 들어가 반대편 입구로 나가보았다. 그리고 마침내(도무지 어떻게 해냈는지는 모르겠지만) 환영의 인사를 보내는 습기 가득한 영국의 햇살 아래 설 수 있게 되었다.

많은 세월이 흐른 뒤라 어서 다시 도버를 보고 싶은 마음이 간절했다. 나는 해안도로를 따라 시가지로 성큼성큼 걸어갔다. 예전에 하룻밤을 지새운 그 버스정류장을 찾아내고는 은밀한 기쁨의 탄성을 자아내기도 했다. 담즙빛 녹색 페인트를 열한 번도 넘게 덧칠한 듯했지만, 그것 말고는 변한 게 하나도 없었다. 눈앞에 보이는 바다 풍경도 그대로였다. 다만 마지막으로 본 것보다 바다 물빛이 더 푸르고 더 반짝거린다는 정도가 있을 뿐이었다. 하지만 정류장을 제외한 다른 것들은 모두 달라져 있었다. 기억을 곰곰이 더듬어보니 그곳에는 우아한 모양의 조지왕조 시대의 저택들이 줄지어 있었는데, 지금은 격에 맞지 않는 거대한 콘크리트 아파트 단지가 조성되어 있었다. 서부지역으로 가는 주요 직통도로인 타운월 가는 내가 기억하던 것보다 폭은 더 넓어졌고 도로 교통 상황은 더 험악해졌다. 시내중심가로 연결되는 지하도 역시 새로 생긴 것이었다. 그곳 역시 알아볼 수 없을 정도로 달라져 있었다.

주요 상권지역의 거리는 차량통행이 금지되었다. 마켓스퀘어는 바닥을 포장하고 문양을 새겼으며 주철 장식이 늘어선 평범한 광장으로 변해 있었다. 도심 전체가 내 기억 속에서 찾아볼 수 없는 널찍하고 번잡한 도로에 휘감겨 쥐어짜지는 것처럼 보였다. 화이트 클리프 체험관이라는 거대한 관광명소도 새로 생겼는데, 이름을 보아하니 80억 년 된 분필이 되면 어떤 기분인지를 느껴보는 그런 곳인 모양이었다. 뭐 하나 알아볼 수 있는 게 없었다. 이제 영국은 어딜 가나 그 도시가 그 도시 같다. 곳곳마다 부츠(화장품, 약, 건강용품 등을 파는 영국의 편의점)가 있고, 스미스 서점이 있으며, 막스앤스펜서(영국 최대의 잡화점 매장)가 있다.

나는 심란한 마음으로 거리를 걸었다. 내 기억 속에서 중요한 위치를 차지하고 있던 곳이 이렇게 낯설어졌다는 사실이 마음에 들지 않았다. 아무리 봐도 생전 처음 와보는 것만 같은 중심가를 투덜거리면서 걸어가기를 세 번째 반복하던 나는 맹세코 전에 단 한 번도 와본 적이 없는 어느 골목길에서 우연히 극장 하나를 보게 되었다. 대단한 예술작품인양 고색창연하게 재건축을 했음에도 불구하고 〈소박한 부인의 스와핑〉의 본거지임을 분명히 알아볼 수 있었다. 그리고 그 극장을 알아보는 순간 모든 것이 선명해졌다. 기준으로 삼을 만한 장소가 분명해진 것이었다. 그제야 내가 어디 있는지 정확하게 알 수 있었다. 나는 신중하게 발을 내딛어 500야드(약 450m) 북쪽으로 걸어간 다음에 그곳에서 다시 서쪽으로 걸어갔다. 그때부터는 눈을 가리고도 갈 수 있었다. 드디어 나는 거시기 부인의 건물 앞에 서 있게 되었다.

여전히 숙박업을 하고 있었고 내가 기억하는 모습에서 실질적으로 변한 것은 하나도 없는 듯 보였다. 다만 정원 앞 공간을 포장해서 주차 구역을 만들었고 컬러텔레비전과 실내화장실이 완비되어 있다는 사실을 선전하는 플라스틱 표지판이 달려 있었다. 문을 두드려볼까 생각했지만 딱히 득 될 일이 아닐 것 같았다.

용가리 같았던 거시기 부인은 지금쯤은 그곳에 있지 않을 게 분명했다. 은퇴했거나 이 세상을 떠났거나 아니면 남부 해안가에 즐비한 요양원 중 한 곳에서 지내고 있을 게 분명했다. 그녀는 영국 게스트하우스의 근대화를 감당해낼 수가 없었을 것이다. 그녀가 어떻게 방마다 화장실이 있고 커피 내리는 설비를 갖췄으며 방으로 피자를 배달해 먹을 수 있다는 사실을 참아낼 수 있겠는가. 거시기 부인이 요양원에 있는 게 맞다면(내 생각에는 그럴 확률이 가장 높다), 그곳 직원들이 동정심과 분별력을 발휘해 부인이 변기에 오물을 묻히거나 아침식사를 남기거나 게으름을 피우면 즉시 잔소리를 좀 해주길 바란다. 그렇게들 해주면 거시기 부인은 집에서 지내는 것처럼 편안한 마음을 가지고 지낼 것이다.

이런 생각을 하고 나자 기분이 좋아진 나는 도버를 뒤로 하고 포크스톤 가도를 따라 기차역으로 걸어갔다. 그리고 런던으로 가는 다음 기차표를 샀다.

03

런던 찬양

런던

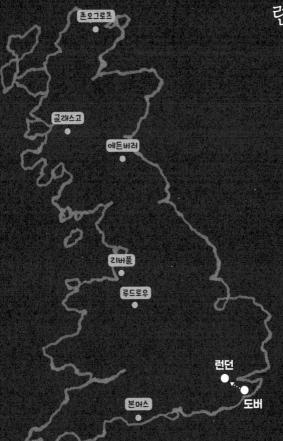

존오그로츠

글래스고

에든버러

리버풀

루드로우

런던

도버

본머스

이거 뭐야. 런던은 대도시 아니었어? 도버를 떠난 지 20분은 지난 것 같은데 작달막한 벽돌집들이 늘어선 회색빛 교외 풍경이 끝도 없이 이어지고 있었다. 집들은 마치 소시지를 만들 때 사용하는 기계를 크게 만들어 집을 뽑아낸 게 아닌가 싶을 정도였다. 이런 집들을 보고 있으니 자못 궁금해졌다. 특색이라고는 하나 찾아볼 수 없는 똑같이 생긴 집들 사이에서 여기에 사는 수백만 명의 사람들은 매일 저녁 자신의 집을 어떻게 찾아가는 걸까?

나라면 분명 미아가 될 것 같다. 내게 있어 런던은 언제나 흥미롭고 신비로운 수수께끼 같은 공간이다. 나는 8년 동안 런던 부근에서 지냈고 텔레비전을 통해 지역소식을 계속 접했으며 밤마다 신문을 읽었고 결혼식과 퇴임식에 참석하기 위해 거리 이곳저곳을 돌아다니며 활동범위를 넓히기도 했다. 여기저기 흩어져 있는 폐차장을 돌아다니며 한 푼이라도 아끼겠다고 무모한 여행을 감행한 적도 있다. 하지만 여전히 런던은 내가 간 곳보다 가보지 못한 곳이 더 많은 장소다. 신문을 읽거나 아는 사람들과 이야기를 나누다보면 지난 21년간 내가 여기에 살면서도 알지 못했던 구역의 이름을 접하고 놀라는 일이 끊이지 않았다.

"텅스텐 히스(텅스텐 황무지) 근처 패그 엔드(맨 끄트머리 자락)에 집 한 채 구입했어요."

누군가 이런 말을 한다면 아마도 나는 심각하게 고민할 것이다. 왜냐하면 나는 한 번도 그런 지명을 들어본 적이 없기 때문이다. 어떻게 그런 곳이 있을 수가 있단 말인가.

일전에 《런던 A-Z》라는 시내 안내책자 하나를 배낭에 쑤셔넣어둔 적이 있었다. 그런데 지금 마스 초코바 반 조각이 배낭에 남아 있다고 생각하고 배낭 안을 뒤지다가 찾던 것은 못 찾고 그 책자를 우연히 발견했다. 책을 집어든 나는 무심코 책장을 뒤적거리다 생소해 보이는 수많은 행정구역과 마을, 구석구석 숨어 있는 소도시들을 발견하고는 참으로 놀라웠고 동시에 내심 재미있다는 생각을 하게 됐다. 마지막으로 이 책을 펼쳤을 때는 본 적이 없는 것 같은데 지금 보니 생소한 지명들이 잔뜩 나와 있었다. 더든 힐, 플라쉐트, 스네어스브룩, 풀웰 크로스, 엘손 하이츠, 하이엄 힐, 레스네스 히스, 비컨트리 히스, 벨 그린, 베일 오브 헬스. 엥? 베일 오브 헬스Vale of Health라면 활력의 계곡이란 말인가? 어떻게 이런 신기한 이름의 장소를 모르고 지냈지? 이 책을 다음에 다시 보면 또 다른 낯선 지명들이 나를 반갑게 맞이할 거란 생각이 들었다. 햄생크(정강이살 햄), 이스트 스터터링(동쪽 말더듬이), 라돈 히스(방사선 물질에 노출된 벌판), 볼락스(고환) 같은 지명 말이다.

《런던 A-Z》는 크고 묵직하지만 매우 흥미진진하다. 크리켓 경기장과 하수처리장, 이름 모를 공동묘지, 구불구불한 교외의 뒷골목 등을 꼼꼼하게 찾아내서 정리해 놓았고 온갖 지명들을 모두 적어놓아서 오히려 눈에 잘 들어오지 않기도 했다. 나는 달리 할 일이 없어서 색인을 뒤적이다가 서서히 그 내용에 빠져들었다. 런던에는 다 합쳐 4만 5687개의 도로가 있었다.(물론 다소 차이는 있을 수 있다.) 거기에는 21개나 되는 글로스터 길(글로스터 광장, 글로스터 크레센트, 글로스터 가로수길, 글로스터 골목을 포함해)과 111개쯤 되는 스테이션 로드, 35개의 카벤디쉬 로드, 66개의 과수원길, 74개의 빅토리아 로드, 159개의 교회길, 25개의 에비뉴 로드가 있었고, 그 외에도 같은 이름을 가진 지명이 무수히 많았다. 하지만 정작 재미있는 지명은 몇 개 되지 않았다. 콜드 블로우 레인(서늘한 바람길), 글림싱 그린(연초록), 햄셰이드 클로즈(돼지고기 그늘 골목), 캑터스 워크(선인장 오솔길), 너터 레인(나무열매 줍는 사람의 차로) 정도가 다소 사람들의 이목을 끌 만했다. 전에 어디선가 읽기로는 엘리자베스 여왕 시절에는 그로프컨트 레인(여자 성기를 더듬는 길)이라는 지명이 런던 어딘가에 있었다고 한다. 하지만 지금은 더 이상 존재하지 않는 모양이었다. 이런 식으로 나는 30분가량을 즐겼고, 이제 눈부시게 화려하고 이해하기 힘들 정도로 복잡한 대도시에 들어섰다는 사실에 기뻤다. 그리고 그 지도책을 다시 배낭에 집어넣다가 반쯤 먹다 남긴 마스 초코바를 발견하는 보너스를 얻었다. 초코바의 끝부분에는 실 보푸라기가 덕지덕지 묻어 있었다. 그 때문에 맛이 변하지는 않았지만 양은 좀 변한 것 같았다.

빅토리아 역은 평소와 다름없이 헤매는 관광객과 곳곳에 잠복해 있는 암표상, 곤드레만드레 취한 취객들로 인산인해를 이루고 있었다. 역 밖으로 나가는데 세 명이 차례로 달려들어서 잔돈이 좀 있냐고 물어보았다. 정중하게 대꾸했다.

"아니요, 하지만 물어봐줘서 고맙소."

20년 전에는 이렇지 않았다. 그때는 런던에서 거지를 만나는 게 다소 신기한 일이었다. 뿐만 아니라 그들은 하나같이 딱한 사연을 지니고 있었다. 지갑을 잃어버렸는데 어린 누이나 뭐 그런 사람에게 골수를 기증하러 당장 메이드스톤에 가야 해서 2달러가 간절히 필요하다 했다. 하지만 이제는 그냥 노골적으로 돈을 요구하고 있었다. 그게 더 간단하겠지만 재미는 한층 떨어졌다.

택시를 잡아타고 프리스 가에 있는 해즐릿 호텔로 갔다. 나는 해즐릿 호텔을 좋아한다. 일부러 외진 곳을 택해 건물을 세운지라 찾기가 어렵기 때문이다. 원래의 의도를 지키기 위해 간판이나 명판 같은 것도 하나 달려 있지 않다. 이런 까닭에 택시에 타서 기사보다 우위에 서는 흔하지 않은 경험을 할 수도 있다. 여기서 잠깐 런던의 택시기사들이야말로 이견 없이 이 세상에서 가장 훌륭한 운전사라고 분명히 말해둬야겠다. 그들은 모두 믿을 수 있고 착실하며 친절하고 예의바르다. 또 택시 안팎을 얼룩 하나 없이 깔끔하게 관리하고 손님이 원하는 곳에 정확히 데려다주기 위해 어떤 불편함도 감수하는 고도의 서비스 정신으로 무장하고 있다. 하지만 묘한 구석이 딱 두 개 있다. 하나는 반듯한 아스팔트 거리를 200피트(약 60m) 이상 달리지 못한다는 점이다. 도무지 왜들 그러는지 이해할 수 없는 일인데, 어디에 있든지 길 상태가 어떻든지 간에 200피트만 직진하고 나면 택시기사들 머릿속에 빨간 불이 켜지는지 모두들 갑자기 옆골목으로 들어가버린다. 호텔로 가거나 기차역으로 가거나 상관없이 택시기사들은 그 주변을 적어도 한 번 이상은 뺑뺑 돌아서, 택시에서 내리기 전에 여러 각도에서 목적지를 관찰할 수 있도록 도와준다.

또 하나 특색 있는 점은 내가 해즐릿 호텔을 좋아하는 것과 일맥상통하는데, 호텔처럼 택시기사가 반드시 알아야만 하는 장소를 자신이 모르고 있다는 사실을 인정하기 힘들어한다는 점이다. 사실 난 이런 점을 다소 기분 좋게 받아들인다. 런던에서 택시운전을 하려면 소위 말하는 전문지식을 익혀야 한다. 요컨대 이 놀랍도록 거대하고 복잡한 도시에 있는 유명한 기념비적 장소와 공동묘지, 크리켓 경기장, 경찰서, 호텔, 병원 그리고 거리란 거리 이름은 죄다 익혀야 한다는 말이다. 몇 년에 걸쳐 이 지식을 습득한 택시기사들이 자신이 이룬 업적을 자랑스러워하는 건 당연한 일이다. 그러니 런던 한복판에 한 번도 이름을 들어본 적이 없는 호텔이 있다는 사실을 인정하는 것은 죽기보다 싫은 일일 것이다. 그래서 그들은 무지를 인정하기보다 유도심문 쪽을 택한다. 일단 한두 블록 정도 아무데로나 차를 몰고 가다가 백미러로 뒷자리에 앉은 손님을 흘긋 보면서 다소 과하게 태평한 척하면서 은근슬쩍 묻는 것이다.

"해즐릿 호텔이라면 커즌 가에 있는 거 말씀하시는 거죠? 블루 라이온 호텔 건너편에 있는?"

하지만 그 순간 손님의 입가에 아는 체하는 미소와 함께 이의를 제기하려는 기색을 감지하면 서둘러 이렇게 말한다.

"아, 잠시만요. 헤이즐버리를 말씀하시는 걸로 착각했네요. 그래요, 헤이즐버리인 줄로만 알았습니다. 해즐릿 호텔로 가신다고 말씀하셨죠?"

이제 기사는 완전히 방향감각을 잃고 아무렇게나 차를 몬다.

"그게 셰퍼드 부시에 있나요?"

이제 기사는 자신 없는 어투로 은근슬쩍 묻는다.

그럼 손님은 프리스 가에 있노라고 대답한다. 그럼 또다시 기사는 대뜸 아는 척을 한다.

"네, 그렇죠. 거기 있죠. 저도 알고 있었습니다. 참 현대적인 건물이죠. 유리창이 많은."

"아닌데요. 18세기에 지어진 벽돌 건물인데요."

"그렇죠. 저도 알고 있었습니다."

그리고 즉시 너무나도 극적인 유턴을 선보여 그로 인해 자전거를 타고 지나가던 행인을 가로등 기둥으로 돌진하게 만든다.(하지만 걱정할 필요는 없다. 런던에서 자전거를 타는 사람들은 모두 바지자락을 고정시키는 집게를 하고 뒤로 흘러가는 모양의 기괴한 헬멧을 쓰고 있기 때문이다. 이런 장비들을 보면 정말 안전한지 한 번 넘어트려 보고 싶다는 충동을 갖게 마련이다.)

"이런, 손님 이야기를 듣다보니 자꾸만 헤이즐버리하고 착각하게 되네요. 허허."

기사는 그렇게 한 마디 덧붙이고는 마치 자신이 그 호텔 위치를 알아낸 걸 다행으로 여기라는 듯 껄껄대며 웃는다. 그러고는 스트랜드 대로를 벗어나 러닝 소 레인(고름이 흘러나오는 길)이나 스핑크터 도로(괄약근 도로) 같은 좁다란 길로 꺾어 들어간다. 그 길 역시 런던의 다른 길과 마찬가지로 있는 지도 몰랐던 곳이다.

해즐릿은 괜찮은 호텔이다. 하지만 내 마음에 드는 점은 호텔답지 않은 모습이다. 오래 전부터 영업을 해온 호텔이고 직원들도 친절하다. 큰 도시의 호텔에서는 참 보기 드물 정도로 친절들 하다. 하지만 모두들 이 일을 그리 오랫동안 해온 사람들이 아니라는 인상을 약간 준다. 예약을 하고 투숙하러 왔다는 말이라도 할라치면 호텔직원들은 패닉 상태에 빠진 표정을 짓고는 어쩔할 바 몰라 안절부절하며 예약카드와 방 열쇠를 찾으려고 서랍을 샅샅이 뒤진다. 정말 매력적인 모습이다. 객실을 청소하는 귀염성 있는 아가씨들 역시 최고다. 이 대목에서 또 짚고 넘어가야 할 부분은 객실은 항상 흠 하나 없이 깨끗하고 대단히 안락하다는 점이다. 그런데 문제는 이 아가씨들이 영어로 된 명령어를 한 번도 들어본 적이 없는 사람들 같다는 거다. 비누 같은 비품을 좀 가져다 달라고 말하면 이 아가씨들은 말하는 내 입을 자세히 살펴보고는 곧 '이거요?' 하는 표정을 하고는 화분이나 옷장 같은 비누와는 영 거리가 멀어 보이는 것들을 가져다준다. 참 근사한 곳이다. 다른 곳에는 전혀 가고 싶은 생각이 들지 않게 만든다.

호텔의 이름이 헤즐릿인 이유는 이 건물이 원래는 아주 유명한 수필가의 집이었기 때문이란다. 객실에는 그 수필가의 친구들, 그러니까 같이 잠자리나 그런 것을 함께 한 여자들의 이름이 붙어 있다. 솔직히 고백하건데 내가 그 사람에 대해 아는 것은 아주 대략적이다. 내 머릿속에 저장되어 있는 헤즐릿에 관한 정보는 다음과 같다.

이름: Hazlitt(철자가 맞나?) William.

국적: 영국(아마도 그럴 것이다. 하지만 어쩌면 스코틀랜드일 수도 있다.)

살던 시대: 1900년 이전

가장 유명한 작품: 모름

후세에 남긴 경구나 명언: 모름

다른 유용한 정보들: 그의 집이 현재는 호텔로 사용되고 있음

언제나처럼 나는 시간이 나면 꼭 헤즐릿에 관해 책을 찾아 읽어서 이 부족한 정보를 채워 넣겠다고 다짐했다. 하지만 또 언제나처럼 곧 그 사실을 잊어버리고 말 것이다. 대신 나는 배낭을 침대에 던져놓고 조그만 공책과 펜 하나를 집어 들어 아이 같은 열정과 탐구심을 품고 거리로 나섰다.

정말 런던은 흥미진진한 곳이다. 그 진저리나는 늙은이 사무엘 존슨의 생각에 동의하기 싫은 데다 '런던에 싫증이 나면 그 사람은 인생에 싫증이 난 것이다'라는 그의 유명한 말이 과장된 허풍이라고 생각함에도 불구하고(이건 비가 올 때 미소를 우산 삼으라는 말보다 더 얼빠진 소리다) 이의를 제기할 수 없다. 소 한 마리만 죽어도 사람들이 모여드는 그런 곳에서 7년을 살았던 나로서는 런던이 정말로 황홀하고 눈부셔 보였다.

어째서 런던에 사는 사람들은 이 세상에서 가장 멋지고 근사한 도시에 살고 있다는 사실을 깨닫지 못하는지 이해할 수가 없다. 누군가 내게 묻는다면 나는 런던이야말로 파리보다 더 아름답고 흥미진진하며 뉴욕 다음으로 가장 활기찬 곳이라고 말할 것이다. 뉴욕도 여러 가지 중요한 면에서는 런던에 미치지 못하는 경우가 있다. 역사로 따져도 더 오래됐고, 공원도 더 근사하고, 언론은 더 활기차고 다양하며, 극장은 더 훌륭하며, 뉴욕보다 훨씬 많은 오케스트라와 박물관이 있고, 광장에 낙엽도 더 많고, 거리는 더 안전하고, 이 세상의 그 어떤 대도시보다 거주민들이 예의바르고 공손한 곳이다.

이 도시에는 마음에 드는 자잘한 것들, 그러니까 부수적인 문화라 부를 만한 것들이 내가 아는 그 어느 도시보다 더 많다. 체리 빛이 도는 붉은 색을 띤 원통형 우체통, 횡단보도에 사람이 있으면 무조건 브레이크를 밟는 운전자들, 세인트 앤드류 성당이나 크리프게이트에 있는 세인트 자일스 성당 같이 근사한 이름이 붙어 있는 작은 성당들, 링컨스인 법학원과 레드 라이언 광장 같이 정적이 흐르는 한적한 지역, 빅토리아 시대 무명씨가 로마시대 토가를 입고 있는 재미난 동상, 선술집, '까만 모자'라는 애칭을 가지고 있는 택시, 2층 버스, 여러모로 도움이 되는 경찰들, 점잖은 벽보, 거리에서 넘어지거나 물건을 떨어뜨리면 언제라도 걸음을 멈추고 도와주러 달려오는 사람들, 어디에나 마련되어 있는 벤치들. 세상 어느 대도시에서 자기 집에 유명한 사람이 살았다는 사실을 알리는 파란색 기념명판을 걸어 놓는단 말인가? 장담하건데 그런 도시는 없다.

히드로 공항과 날씨, 건축가 리차드 세이퍼트의 앙상한 손가락이 닿았던 건물만 제외한다면, 런던은 거의 완벽에 가까운 도시다. 오, 물론 막상 런던에 가보면 대영박물관 직원들이 자동차로 앞마당을 어지럽히지 못하도록 조치를 취한 다음, 그곳을 정원 비슷하게 만들어야 한다는 생각을 하게 될 수도 있다. 또 버킹엄 궁전 바깥에 세워진 그 끔찍한 군중 제지용 철책을 치워버리고 싶어질 수도 있다. 그 철책은 멋대로 헝클어진 모양을 하고 있는데다 싸구려로 보여서 그 안에서 군중들에게 포위당해 있는 폐하의 위엄을 전혀 세워주지 못하고 있기 때문이다. 물론 자연사박물관도 사람들이 망가뜨리기 전 원래 모습 그대로 되돌려 놓아야 한다.(특히 1950년대부터 집 안에 등장하기 시작한 벌레들을 전시한 진열장도 되돌려야만 한다.) 그리고 당장 모든 박물관의 입장료 제도를 철폐하고 50년대 성행했던 영국식 찻집인 리옹스 코너 하우스도 되돌려놓게 해야 한다. 단, 이번에는 먹을 만한 음식을 좀 갖춰야 하겠지만.

마지막으로 반드시 처리해야 할 일은 브리티시텔레콤 이사회 이사들을 모조리 내몰아 해외로 헐값에 팔아버린 물건을 찾아놓으라고 해야 한다. 그들에게 지구촌 여기저기 흩어져 정원창고나 샤워실로 사용되고 있는 빨간 공중전화부스를 하나도 남김없이 찾아내라고 지시해야한다. 그 일이 끝나면 이사진 전원을 해고해야 한다. 아니 죽여버려야한다. 그래야만 런던은 다시 한 번 그 찬란한 아름다움을 빛낼 수 있을 것이다.

특별히 할 일도 없이 런던에 와보는 것은 몇 년 만에 처음이었다. 이거대하고 풍부한 도시 유기체 안에서 하릴없이 떠도는 존재가 되었다는 사실에 약간의 스릴을 느꼈다. 나는 느릿느릿 걸어 소호와 레스터 광장을 지나 체링크로스 가에 있는 서점을 돌며 약간의 시간을 들여 내멋대로 책 진열을 바꿔놓았다. 그리고 블룸스버리를 정처 없이 돌아다니다가 마지막으로 그레이스인 도로를 건너 오래된 타임스 빌딩으로갔다. 이제 빌딩은 내가 이름도 들어보지 못한 회사의 사무실로 쓰이고 있었다. 일주일에 25시간만 일하고도 꽤 괜찮은 액수의 월급을 받는 은근한 기쁨과 주조활자나 시끄러운 식자실을 기억하는 사람만이 느낄수 있는 아련한 향수가 격렬하게 밀려왔다.

1981년에 〈타임스〉에서 일을 시작했을 때만 해도 당시 언론사의 과잉 인력채용과 부진한 생산력은 아무리 좋게 보려 해도 아니었다. 내가 원고를 정리하는 편집기자로 일했던 기업소식란 편집부는 모두 다섯 명이었는데 우리는 이리저리 싸돌아다니다가 약 2시 30분경 사무실로 돌아와 오후 내내 석간신문을 읽고 차를 마시면서 취재기자들이 오기를 기다렸다. 샤또네프 뒤파프 몇 병을 반주삼아 즐기는 세 시간짜리 점심식사를 마치고 편집부로 되돌아오는 길을 찾아내는 어려운 도전을 이겨낸 취재기자들은 일단 책상머리에 안착하고 나면 제일 먼저 경비사용 내역을 꾸며내는 일을 한다. 그 다음에는 허리를 잔뜩 구부리고 속삭이는 목소리로 브로커들에게 전화 몇 통을 걸어서 아까 점심 때 후식으로 크렘블레를 먹으면서 주워들은 비밀 정보에 관한 이야기를 나눈다. 마침내 한 페이지 정도 되는 기사를 작성하는 둥 마는 둥 한 다음에는 자리에서 일어나 길 건너 블루 라이언 선술집으로 타는 목을 축이러 간다. 대략 5시 30분쯤 되면 편집기자들은 한 시간 정도 시간을 들여서 몇 장짜리 기사에 약간의 첨삭을 가한 다음 코트 주머니에 두 손을 찔러 넣고 퇴근해 버린다. 진정한 의미에서 일다운 일이란 게 없었다.

일을 시작하고 한 달이 지날 무렵 동료 중 한 명이 나에게 경비내역서에 가짜 지출을 만들어서 3층에 가져다주는 방법을 알려주었다. 그렇게 하면 3층에 있는 작은 창구에서 대략 100파운드 정도의 현금을 타낼 수 있었다. 그건 말 그대로 내가 한 번도 만져본 적 없는 큰 액수였다. 우리는 6주간 휴가를 낼 수 있었고, 아이를 출산한 경우 남성육아휴직을 3주간 쓸 수 있었으며 4년마다 한 달의 안식년 휴가를 낼 수 있었다. 당시 런던의 신문사 거리인 플리트 거리는 정말 경이적으로 훌륭한 곳이었으니 그런 곳의 일원으로 지낸다는 것은 정말이지 감격스럽고 흥분되는 일이었다.

하지만 참으로 안타깝게도 좋은 순간은 언제나 영원할 수 없다는 게 세상의 이치였다. 그로부터 몇 달 후 루퍼트 머독이 〈타임스〉를 인수했고 또 그로부터 며칠이 안 지나서 건물 가득 하얀색 반팔셔츠를 입고 햇볕에 탄 피부를 드러낸 수상한 호주인들이 북적거렸다. 그들은 종이 집게가 달린 필기판을 들고 눈에 띄지 않는 곳에 잠복해서 사람들의 관을 짜려고 치수를 재는 것처럼 보였다. 이 직원들에 관한 이야기를 하나 들은 적이 있는데, 내 생각에는 아무래도 실화인 것 같다. 하루는 이들이 우연히 4층에 가게 되었다고 한다. 거기에는 몇 년 동안 아무런 일도 하지 않고 지내는 사람들이 잔뜩 있었다. 결국 4층 사람들은 자신들의 존재 이유를 설득력 있게 설명해내지 못해서 그 자리에서 일격에 해고를 당하고 말았지만, 그 전에 카지노로 달려 나갔던 한 사람만은 그 숙청에서 제외되었다고 한다. 당연히 그 사람은 나중에 자리로 돌아와 텅 빈 사무실을 발견하게 되었다. 그러고 나서 2년 동안 자기 자리를 지키고 앉아 다른 동료들에게 무슨 일이 생긴 걸까 막연히 궁금해하며 지냈다고 한다.

내가 일하던 부서는 효율성 재고를 위한 대공세의 충격이 비교적 덜한 편이었다. 대신 보다 큰 규모의 경제뉴스 부서에 편입되었다. 이건 다시 말하면 야근을 해야 하고, 하루에 대략 8시간은 근무를 해야 했으며, 경비 예산도 잔인하리만큼 짜다는 뜻이었다. 하지만 그 중 최악은 신문사의 전신電信 수신실의 '빈스'와 정기적으로 만나야 하는 일이었다.

빈스의 악명은 대단했다. 만약 그가 진짜 인간이었다면 단박에 지구상에서 가장 무서운 인간으로 등극할 수 있었을 것이다. 그의 정체를 알지는 못했지만, 5피트 6인치(약 170cm)의 키에 마르고도 강인한 적개심을 내보이며 항상 더러운 티셔츠를 입는 존재라는 정도만 파악하고 있었다. 믿을 만한 소문에 의하면, 그는 아기로 태어나지 않고 엄마의 배꼽에서 부풀어올라 온전한 성인의 모습을 갖춘 채로 튀어 나와 하수구로 잽싸게 들어갔다고 했다. 빈스가 처리하는 몇 안 되는 단순하고 소소한 일 중 하나는 매일 밤 월스트리트 보고서를 우리에게 배달해 주는 것이었다. 매일 밤 나는 그에게 가서 슬슬 어르고 달래서 그 보고서를 받아와야만 했다. 대게 그는 잡음이 요란하게 울리는 전신 수신실을 아무렇게나 어질러 놓고, 위층 기획실에서 약탈해온 가죽의자에 축 늘어져서 책상 위로 피 묻은 닥터마틴 구두를 올려놓았다. 구두는 종종 커다란 피자상자 옆에 놓일 때도 있고 가끔씩은 그 피자상자 안에 들어가 있을 때도 있었다.

매일 밤 나는 쭈뼛거리며 열려 있는 문을 두드린 다음 공손하게 보고서를 보았느냐고 그에게 물으면서, 시각이 이미 11시 15분이나 되었는데 우리는 10시 30분에 그 보고서를 받았어야만 했다고 중얼거렸다. 그런데 그는 저 수많은 인쇄기계에서 마구 떨어져 아무렇게나 내버려진 수북한 종이들 가운데서 어느 게 월스트리트에서 보내온 건지 찾아볼 수나 있는 걸까?

"잘 모르시는가 본데, 지금 피자 먹고 있는 중입니다."

빈스의 대답은 늘 이랬다.

모든 사람들이 빈스에게 각자 나름의 접근법을 사용하고 있었다. 협박을 해본 사람도 있었고, 뇌물수수를 택한 사람도 있었다. 따뜻한 우정을 쌓으려고 노력하는 사람도 있었다. 하지만 나는 애걸하는 편을 택했다.

"제발, 빈스. 부탁인데 좀 찾아봐 주시겠어요? 아주 잠깐이면 찾을 수 있을 거예요. 그렇게 해주시면 제가 험난한 이 세상을 살아가는 일이 훨씬 수월해질 겁니다."

"꺼져."

"제발 부탁해요, 빈스. 제게는 아내와 부양해야 할 가족이 있어요. 그런데 월스트리트 보고서가 매일 늦는 바람에 저는 해고 위협을 받고 있어요."

"꺼져."

"그럼 어디 있는지 저한테 알려만 주세요. 그럼 제가 찾을게요."

"여기 있는 건 아무것도 함부로 손대서는 안 된다는 건 알고 있겠지."

전신 수신실은 '전국 인쇄업자와 보조자들 협회'라는 수수께끼 같은 이름을 지닌 조합의 고유영역이었다. 이들이 신문 산업의 하위 지위에 대한 부도덕에 가까운 장악력을 유지하는 방법은 비밀 기술을 독점하는 것이었다. 예를 들면 기계에서 토해내는 종이를 찢어내는 방법과 같은 비밀 기술 말이다. 내 기억으로는 빈스가 휴양지인 이스트본으로 6주 과정의 교육을 갔었던 적이 있었다. 그 일로 너무나 피곤하고 지친 빈스는 저널리스트들이 문지방을 넘는 것조차 허락하지 않았다.

내 간청이 주체 못할 징징거림으로 변하기 시작하면 그제야 빈스는 무거운 한숨을 내쉬고 세모꼴 피자 한 조각을 입에 쑤셔 넣은 다음 문가로 걸어온다. 그리고 장장 30초 간 내 앞에 얼굴을 바짝 들이민다. 이때가 가장 겁나는 순간이다. 그는 원시시대부터 묵혀둔 입 냄새를 내뿜었고, 쥐 같은 두 눈을 반짝거렸다.

"정말 지긋지긋하게 성가시게 구는구먼."

그는 낮은 목소리로 호통을 치며 아밀라아제가 적당히 섞인 축축한 피자 조각을 내 얼굴 곳곳에 뿌려주었다. 그러고는 월스트리트 보고서를 가져다주거나 아니면 노기 띤 얼굴로 다시 책상으로 돌아가 앉았다.

그가 둘 중 어떤 행동을 하게 될 지 미리 알 수 있는 방법은 아무 것도 없다. 그저 그의 처분에 맡길 수밖에.

한번은 유난히 부탁을 잘 안 들어주는 날이 있었다. 나는 빈스의 불복종 행위를 조간신문의 편집부장인 데이비드 홉킨슨에게 보고했다. 그도 마음만 먹으면 만만찮게 무서운 사람이었다. 데이비드는 헛기침을 하면서 일을 해결하려 전신 수신실로 들어서기까지 했다. 노동조합 간의 작업 구분 규칙을 조롱하는 아주 인상적인 장면이었다. 하지만 잠시 후 상기된 얼굴로 피자 조각을 닦으며 돌아오는 그는 완전히 다른 사람처럼 보였다. 데이비드는 낮은 목소리로 빈스가 곧 월스트리트 보고서를 가지고 올 것이지만 지금은 그를 더 이상 방해하지 않는 편이 좋겠다고 말했다. 결국 내가 찾아낸 가장 간단한 해결책은 〈파이낸셜 타임스〉 초판에서 종장 시세를 알아내는 것이었다.

1980년대 초반 플리트 거리는 종잡을 수 없을 정도로 통제가 안 되는 상황이었다고 말을 하고 싶지만, 그 정도로는 당시 문제의 심각성을 온전히 전하지 못하는 것 같다. 인쇄업자들의 조합인 '국립그래픽협회NGA'는 각 신문사에 필요한 인쇄업자의 수를 정해주었고(그 수는 수백 명에 달했다), 경기 후퇴기에 몇 명을 해고할지도 결정했다(당연히 0명이었다). 그리고 그 수에 따라 경영진에게 청구서를 발행했다. 신문사 경영진에게는 자신의 회사에서 일하는 인쇄업자를 해고하거나 고용할 권한이 없었다. 사실 사주가 신문사에 몇 명의 인쇄업자가 일하고 있는지조차 알지 못하는 경우가 태반이었다. 지금 내가 들고 있는 1985년 신문 헤드라인을 보자. '회계 감사원, 텔레그래프에서 300명의 잉여 인쇄업자가 채용되어 있었음을 밝혀내다.' 그러니까 이 말은 '데일리 텔레그래프'라는 신문사가 실제로 일하지도 않는 300명의 인쇄업자에게 월급을 지급하고 있었다는 말이다. 인쇄업자들은 성과급제로 급여를 지급받고 있었기 때문에 그 계산 절차가 아주 복잡다단했다. 그래서 플린트 거리의 식자실에는 전화번호부 만한 두께의 성과급 장부가 있었다. 인쇄공들은 두툼한 급여 위에 특별수당도 챙겼는데 100,000,000분의 1 페니까지 따져서 받아가는 경우도 있었다. 그 명목도 다양해서 규정을 벗어난 크기의 글씨를 다룬 경우나 두툼한 편집본을 처리한 경우, 영어 이외의 다른 언어를 식자한 경우, 문장의 맨 끝에 있는 하얀 여백을 정리한 경우 등이 이유가 되었다. 건물 이외의 장소에서 작업할 상황이라도 오면, 그러니까 예를 들어 건물 밖에 놓이는 광고용 문안 같은 작업이라도 해야 하는 경우에는 일을 하지 않고도 돈을 더 받았다. 한 주가 마무리 될 때마다 NGA의 고위간부가 이 모든 추가급여를 더하고 거기에 '추가작업'이라는 편리한 명목으로 약간의 금액을 덧붙여서 경영진에게 청구서를 보내곤 했다. 결과적으로 수많은 고참 인쇄업자들은 뒷거리 인쇄소에서도 할 수 있는 정도의 대단치 않은 기술을 가지고 영국 소득액 중 최상위 2퍼센트에 달하는 수입을 마음껏 누리고 있었다. 이건 제정신으로는 도저히 할 수 없는 짓이었다.

결국 예상치도 못하게 갑자기 이 모든 상황이 종료되었다. 루퍼트 머독과 그의 앞잡이들은 런던 이스트 엔드의 와핑에 있는 개간지에 은밀히 새로운 편집시설과 생산설비를 준비했다. 그리고 1986년 1월 24일 타임스의 경영진은 가장 호전적인 조합원 5250명을 갑자기 해고해버렸다. 그날 저녁 편집부 직원들은 위층에 있는 회의실로 불려갔다. 그곳에서 편집부장인 찰리 월슨이 책상 위로 올라가 변화를 선언했다. 월슨은 무시무시한 스코틀랜드 사람인데다 머리부터 발끝까지 머독과 같은 부류의 사람이었다. 그는 특유의 스코틀랜드 억양으로 우리를 향해 이렇게 말했다.

"앞으로 계집애 같이 말랑말랑한 당신네 영국인들은 와핑에서 일하게 될 거요. 거기서 열씨미 아주 열씨미 일하쇼. 내 신경을 거슬리는 일만 없으믄 모가지를 확 잘라서 우리집 크리스마스 푸딩 위에 얹어 놓는 일만은 안 할라니까. 불만 있소?"

400명의 겁에 질린 저널리스트들은 그 방에서 허둥지둥 나와서 흥분된 어조로 재잘거리면서 직장생활 최대의 극적인 사건에 휘말리고 있다는 현실을 감수하려 애썼다. 하지만 그때 나는 우두커니 혼자 서서 즐거운 생각으로 온몸에 전율이 느껴졌다. 이제 다시는 빈스와 일하지 않아도 된다!

04

그때는
잘 몰랐던
도시, 와핑

런던 옆 와핑

와핑은 1986년 여름 이후 한 번도 가보지 못했기에 다시 가보고 싶다는 마음이 간절했다. 그래서 오랜 친구이자 같이 일한 동료 한 명과 만날 약속을 미리 정해놓고 챈서리 레인 역으로 가서 지하철을 탔다. 나는 런던의 지하철을 정말로 좋아한다. 지구의 창자 속으로 돌진해 들어가 기차를 잡아타는 듯한 초현실적인 느낌이 든다. 그 아래는 나름의 작은 세상이 있었다. 나름의 묘한 바람이 부는 기후 체계가 존재했고, 오싹한 소음과 함께 기름 냄새가 진동했다. 방향감각을 완전히 잃고 급기야 검댕투성이의 광부들이 교대하러 떼를 지어 지나가는 모습을 보게 되더라도 전혀 놀랍지 않을 때까지 땅속으로 내려가면, 더 아래쪽으로 미지의 선로 위를 우르릉 쾅쾅 소리를 내며 열차가 달려갔다. 그런데 그 모든 일은 정말 질서정연하고 조용하게 일어났다. 계단과 에스컬레이터를 오르내리는 사람들이나 머리를 흔들며 어둠 속으로 미끄러져가듯 사라지는 만원 지하철을 타고 내리는 사람들 모두 한마디 말도 없었다. 마치 〈살아있는 시체들의 밤〉이라는 영화의 등장인물들처럼 보였다.

나는 플랫폼 아래 있는 또 다른 플랫폼에 서 있었다. 최근에 런던에 세워진 문명의 이기로 보이는 그곳에는 전자신호기가 헤이너트 행 열차가 4분 후에 도착한다고 알려주고 있었다. 나는 고개를 돌려 모든 문명의 이기 중 최고의 걸작에 주의를 집중했다. 바로 런던의 지하철노선도인 '언더그라운드 맵'이었다. 이건 정말 완벽한 제품이라 할 수 있다. 언더그라운드 맵은 사람들의 기억에서 사라진 영웅 헤리 벡이 1931년에 만들었는데, 실직 상태였던 그 도안가는 땅 밑으로 가면 어디에 있든 크게 문제될 게 없다는 사실을 일찍이 깨닫고 있었다. 벡은 그야말로 직관적인 수완을 발휘하여 각 지하철역이 순서만 제대로 표시되어 있고 환승역만 분명하게 묘사되어 있다면, 그 비율은 마음대로 왜곡할 수 있다는 사실을 알게 됐다. 사실 그가 만든 노선도에는 비율에 따른 사실적 묘사 자체가 아예 없다. 그는 전기 배선체계가 가진 순서의 정확성을 노선도에 부여하면서, 지상 위에 세워진 도시의 무질서한 실제 지리나 지형과는 거의 상관이 없는, 완전히 새로운 가공의 런던을 창조해냈다.

이런 사실을 이용하면 뉴펀들랜드나 링컨셔 출신 사람들을 신나게 놀려먹을 수도 있다. 일단 그 사람들을 뱅크 역에 데려가서 런던 시장의 관저로 쓰이고 있는 맨션하우스를 찾아가보라고 하는 것이다. 벡이 만든 노선도는 뉴퍼들랜드 출신도 금방 알아볼 수는 있다. 그들은 용감히 센트럴 라인을 잡아타고 리버풀 스트리트 역으로 가서 그곳에서 동쪽으로 가는 서클 라인으로 갈아탄 다음 다섯 정거장을 더 갈 것이다. 그렇게 열심히 찾아가 지상으로 올라와보면, 조금 전에 있던 곳에서 겨우 200피트(약 60m) 더 내려간 곳에 도착해 있다는 사실을 발견하게 될 것이다. 그들이 지하철을 타고 오는 동안 우리는 근사한 아침식사를 하고 약간의 쇼핑까지 마칠 수 있다. 자, 그럼 이번에는 그레이트 포틀랜드 가로 데려가서 리전트 파크에서 만나자고 말해보라.(맞다. 아까와 똑같은 식이다!) 그런 다음에는 템플 역으로 데리고 가서 알드위치 역에서 랑데부하자고 통고해보자. 얼마나 재미있겠는가! 그렇게 끌고 돌아다니는 일도 지겨워지면, 그때는 브롬프턴 로드 역에서 만나자고 말하도록 하라. 1947년에 폐쇄된 역이니 그 사람들을 다시는 만날 일이 없을 것이다.

런던 지하철여행의 백미는 지상을 실제로 보지 않는다는 점에 있다. 그냥 상상만 해야 한다. 다른 도시의 지하철 역 이름은 따분하고 평범하다. 뉴욕의 렉싱턴 에비뉴, 베를린의 포츠담 광장, 미니애폴리스의 서드 스트리트 사우스처럼. 하지만 이와 대조적으로 런던의 지명은 거의 대부분 목가적이고 매혹적으로 들린다. 스탬퍼드 브룩, 턴햄 그린, 브롬리 바이 보, 메이다 베일, 드레이톤 파크 등등. 이름만 보고는 지상에 있는 게 도시라는 생각이 들지 않는다. 그냥 제인 오스틴 소설의 배경이다. 산업화 이전의 황금시대에 존재했던 거의 신화에 가까운 도시 아래를 왕복하고 있다는 상상을 쉽게 할 수 있다. 스위스 코티지는 더 이상 번잡한 교차로가 아니고, 세인트 존 우드라고 알려진 거대한 오크나무 숲 한가운데 있는 생강빵집(크리스마스에 먹는 생강빵으로 만든 과자집)이 된다. 초크 팜은 갈색 작업복을 입은 기운찬 농부들이 초크라는 식물을 베어 열매를 수확하는 너른 들판이 된다. 블랙프라이어는 고깔을 쓰고 성가를 부르는 수사들이 가득한 곳이고, 옥스퍼드 서커스에는 커다란 서커스 천막이 있게 된다. 바킹은 들개 떼가 들끓는 위험한 장소가 되고, 데이돈 보이스는 부지런한 위그노 교도 직조공들의 공동체가 된다.

화이트 시티는 성벽으로 둘러싸이고 포탑이 우뚝 솟아 있는 눈부신 아이보리 색의 엘리시움(그리스 신화에 나오는 선량한 사람들이 사는 사후세계)이 되고, 홀란드 파크에는 풍차가 가득 들어서게 된다.

하지만 이런 백일몽에 잠시 빠져 있게 되면 지상에 올라가서 실망하게 된다는 문제가 있다. 타워 힐에 도착해 지상으로 올라갔지만 그곳에는 타워(탑)도 없고 힐(언덕)도 찾아볼 수 없다. 로얄 민트 가에도 더 이상 로얄 민트(영국조폐국)가 없다.(언제나 로얄 민트라고 하면 초록색 은박지가 싸고 있는 엄청나게 커다란 초콜릿을 연상하곤 한다.) 지금은 어디론가 이전되어 버렸고 그 자리에는 그을린 유리가 잔뜩 달려 있는 건물 하나가 서 있다. 런던의 시끄러운 한 구석을 차지하고 있던 상당수 건물은 완전히 자취를 감추었고 그 자리는 그을린 유리가 잔뜩 달린 커다란 건물이 대신하고 있다. 마지막으로 이곳을 방문했던 때가 겨우 8년 전인데 런던브리지와 런던타워마저 없었다면 이 근방을 제대로 알아보기도 힘들었을 것이다.

나는 하이웨이라고 불리는 몹시도 시끄러운 거리를 따라 걸어가며 새로 개발된 지역의 풍물에 내심 놀랐다. 어떤 건물이 더 추하고 흉한지 경연대회를 여는 중인 것 같았다. 거의 십년에 가까운 세월 동안 건축가들은 이곳으로 와 이런 말을 했던 모양이다.

"상태 나쁜 게 겨우 이 정도란 말이지? 어디 그럼 내가 솜씨 한번 발휘해 최악이란 어떤 건지 보여주지!"

그리하여 탄생한 것이 바로 뉴스 인터내셔널 복합단지다. 이 단지는 런던 최대의 추물로써 지구라는 행성의 공기조절장치처럼 생겨먹었다.

마지막으로 이 건물을 보았던 건 1968년이었다. 그때는 이 건물만 홀로 쓸쓸히 서 있었을 뿐 주변에는 온통 쓰레기장과 텅 빈 창고들 뿐이었다. 그리고 내 기억 속의 하이웨이는 비교적 조용한 고속도로였다. 하지만 지금은 대형 화물차들이 왕래하면서 포장도로를 들썩이게 만들고, 딱 봐도 건강에 해로워 보이는 푸르스름한 기체를 대기 중에 내뿜어대고 있었다. 뉴스 인터내셔널 건물에는 〈타임스〉〈선데이 타임스〉〈선〉〈뉴스 오브 월드〉〈투데이 신문사가〉입주해 있는데 불길한 기운이 감도는 울타리와 자동문으로 둘러싸여 있는 것은 여전했다. 하지만 원자력단지의 플루토늄 창고에서나 볼 법한 엄중한 경비가 돋보이는 리셉션 센터가 있다는 것은 달라진 점이었다. 어떤 테러를 감안해서 그렇게 대비하고 있는지 알 수 없는 노릇이었지만, 굉장히 야심만만한 기획으로 마련된 장소란 건 분명했다. 그렇게 물 샐 틈 없는 복합빌딩은 처음 봤다.

나는 경비실 창문에 내 모습을 보여주고 나서 친구를 호출해줄 때까지 밖에서 기다렸다. 눈앞에 펼쳐진 평화롭고 평온한 풍경이 나를 섬뜩하게 만들었다. 내 두개골에 낙인찍혀 있는 기억은 시위대와 말을 타고 있는 경찰들 그리고 분노한 시위대의 피켓들이었다. 1986년의 길고 긴 겨울 런던에서 있었던 사상 최대 규모이자 가장 폭력적이었던 노동쟁의가 벌어진 장소가 바로 이곳이었기 때문이다. 어떤 밤에는 수천 명의 군중들이 경찰을 상대로 몇 시간 동안 전투를 벌이기도 했었다.

그런데 문득 이 추하고 못생긴 거대 빌딩에서 7개월을 일했지만 단한 번도 와핑 지역을 돌아다니며 구경했던 적이 없었다는 사실이 떠올랐다. 갑자기 한번 살펴보고 싶다는 열망이 생겼다. 그런데 마침 공교롭게도 내가 찾아온 친구가 자리에 없다고 했다. 그래서 나는 냉큼 인근 지역을 탐사하러 발걸음을 옮겼다.

노동쟁의가 벌어지는 동안 머독의 직원들이 와핑 거리를 돌아다니는 것은 현명하지 않은 정도를 뛰어넘어 매우 위험한 처사였다. 인근의 선술집이나 카페에는 기분이 좋지 않은 인쇄업자들과 파업을 지지하는 단체의 대표자들이 우글우글했다. 특히 스코틀랜드 광산노동자들은 무시무시했다. 그들은 기꺼운 마음으로 무기력한 저널리스트들의 사지를 쑥 뽑아서 야간행진 시에 횃불로 사용하고도 남을 사람들이었다. 어떤 저널리스트는 와핑에서 조금 떨어진 곳에 있는 선술집에 들어갔다가, 우연히 이전에 같이 일했던 인쇄업자들을 만났고, 그들이 얼굴에 유리잔을 세게 내리치는 바람에 거의 죽을 뻔했던 기억이 난다. 죽을 뻔한 정도가 아니었더라도 그날 밤을 생각처럼 즐겁게 지내지는 못했던 건 확실하다.

그렇게 안전하지 못했던 상황이라 대규모 시위라도 있는 밤에는 경찰들이 그 복합빌딩 안에 있는 사람들을 오밤중까지 밖으로 나가지 못하게 막았다. 언제 풀려날 수 있을지 알 수 없는 상황이었기에 우리는 차에 탄 채 한 줄로 서서 얼어죽을 것 같은 추위와 싸우며 몇 시간이고 버텨야 했다. 보통은 새벽 한 시가 넘으면 시끄럽게 항의를 해대던 무리의 상당수가 경찰에게 밀려서 뒤로 물러나거나 감옥으로 끌려가 갇히거나 그도 아니면 추위와 배고픔에 지쳐 집으로 돌아가곤 했다. 그러면 빌딩 출입구가 활짝 열리고 뉴스 인터내셔널 트럭들의 거대한 차량 행렬이 포효하며 진입로를 통해 하이웨이로 쏟아져 들어갔다. 그러면서 그때까지 남아 있는 시위대가 던지는 벽돌이며 철책 파편의 융단폭격을 감당해야 하곤 했다. 그러는 동안 우리는 지시받은 대로 서둘러

움직여 와핑의 뒷골목을 호위를 받으며 통과한 다음에 공장에서 충분히 멀리 떨어져 안전하다고 판단되면 그제야 각자의 길로 흩어져 갔다.

이런 방식은 며칠 동안은 유효했다. 하지만 어느날 저녁 선술집이 문을 닫은 즉시 길을 나선 적이 있었다. 어둡고 좁은 거리를 따라 차를 몰고 가는데 갑자기 사람들 무리가 어둠 속에서 뛰쳐나와 거리를 장악하더니 우리 차문을 발로 차고 손에 잡히는 대로 다 집어던졌다. 내 앞쪽에서 깜짝 놀랄 정도로 크게 유리창이 깨지는 소리가 들렸고 험악한 사람들의 고함 소리가 들려왔다. 그리고 내 마음 깊은 곳에 영원히 새겨질 정도로 놀라운 일이 벌어졌다. 여섯 대 정도의 차량을 건너뛴 곳에서 누군가가 차문을 열고 밖으로 나와 차의 피해정도를 살피고 있었다. 평소에도 성질이 까다로운 작은 체구의 사내는 국제부 편집국에서 일하는 사람이었는데, 지금이라도 늦지 않았다면 기꺼운 마음으로 4륜구동 랜드로버 차량 뒤로 질질 잡아 끌고가고 싶었다. 그는 마치 타이어에 못이라도 박혔나 하는 얼굴로 차를 세우더니 뒤따르는 차량 모두를 브레이크를 밟게 만들었다.

지금도 그때의 기억이 생생하다. 찌그러진 차체의 내장 일부를 꾹 눌러 제자리로 돌려놓으려는 그를 쳐다보던 나는 놀라고 두려워 어찌할 바를 모른 채 고개를 옆으로 돌렸다가 차창에 붙어 있는 격노한 얼굴을 발견했다. 여러 가닥의 밧줄 모양으로 땋아내린 머리를 하고 군복을 본뜬 서플러스 재킷을 입은 백인이었다. 모든 것이 꿈처럼 이상하고 요상했다. 안면이라고는 전혀 없는 히피 놈이 나를 차에서 끌어내려 죽사발이 되도록 패겠다는 이유가 그와 일면식도 없는 인쇄업자들의 권익을 위해서라는 점이 참 묘한 일이라는 생각이 들었다. 인쇄업자들은 대게 그런 이들을 보면 단정치 못한 히피라고 경멸할 것이고 자신들의 조합에 들어오지 못하게 할 게 분명했는데 말이다.

그러는 내내 반문이 같은 국제부 편집국 직원은 50야드(약 45m) 앞쪽에서 자신의 푸조 차량 주위를 천천히 돌면서 마치 중고차를 구입하려는 사람이 차를 평가라도 하듯 차를 둘러보고 있었다. 그러면서 이따금씩 뒤편에서 벽돌이 날라다니거나 뭔가가 폭발하는 소리가 들리면 놀란 듯 잠시 멈칫거렸는데, 그건 마치 기상이변이라도 본 듯한 폼이었다. 마침내 그는 운전석으로 돌아가 백미러를 확인하고 옆자리에 놓아둔 신문이 안전한지 살펴본 다음에 깜빡이등을 켜고 다시 한 번 백미러를 확인하고 차를 출발시켰다. 그래서 나는 목숨을 건질 수 있었다.

그로부터 6일 후 나는 인디펜던트 사에서 일자리를 얻었다.

이런 사연이 있는 까닭에 목숨을 잃지 않을까 하는 걱정 없이 졸고 있는 듯한 와핑 거리를 걸어 다닌다는 것은 참신하고 기분 좋은 일이었다. 나는 런던이 기본적으로 여러 마을이 모여 이루어진 도시라는 생각에는 절대로 동의하지 않았지만 와핑은 정말 그런 것 같다. 가게들이 다 구멍만 했고 종류도 제각각이었으며 거리의 이름은 친근하고 기분 좋았다. 계피 거리, 뱃사공 길, 식초 길, 우유의 뜰 같은 식이었으니 말이다.

공영주택 단지는 아담하고 활기찬 모양새를 갖췄고 무시무시하던 창고들은 거의 다 말쑥한 아파트로 새롭게 단장해 있었다. 광택이 더해진 붉은 건물의 외장을 보면 나는 본능적으로 몸이 떨려 왔다. 셀레나와 재스퍼란 이름의 시끄러운 멍청이들로 가득했던 한때 자랑할 만한 일터였던 곳이란 생각을 하니 더욱 그랬다. 그래도 여하튼 저 건물 덕에 인근 사람들이 어느 정도의 부를 쌓을 수 있었던 거나 다름없고, 그 덕에 저 낡은 창고들이 훨씬 더 슬픈 운명을 모면할 수 있었다.

와핑 올드 스테어스 근처에서 강을 바라보면서 18, 19세기에는 이 근방이 어떤 모습이었을까를 상상해보려 노력했다. 노동자들이 들끓고 부두에는 주변 거리의 이름을 만들어주었던 온갖 향신료와 조미료 통이 수북이 쌓여 있는 모습을 상상해보았지만 잘 되지 않았다.

1960년까지 10만 명 이상의 사람들이 선창가에서 일하거나 그곳과 관련된 일을 해서 생계를 이어갔고, 런던 도크랜드는 여전히 세상에서 가장 번화했던 항구로 꼽힌다. 하지만 1981년 런던의 모든 항구는 폐쇄되었다. 와핑에서 바라보는 강 풍경은 이제 존 컨스터블의 풍경화만큼이나 평온하고 고요하다. 한 30분은 족히 되는 시간 동안 강을 쳐다보고 있었지만 지나가는 배라고 본 것은 단 한 척 뿐이었다. 그제야 나는 발걸음을 되돌려 해즐릿으로 돌아가는 길고 고된 여행에 나섰다.

05

왕의 나라 영국

런던에서 윈저로

존오그로츠

글래스고

에든버러

리버풀

루드로우

런던

윈저

본머스

도버

나는 특별히 하는 일도 없이 그렇게 며칠을 더 런던에서 머물렀다. 신문사 도서관에서 약간의 조사를 하기도 하고, 하루는 오후 시간을 내서 마블 아치 역 보행용 지하도의 복잡한 망을 헤매며 길을 찾는 수고도 하고, 쇼핑도 조금 하고, 친구 몇 명도 만났다.

만나는 사람마다 내가 대중교통을 이용해 영국을 돌아볼 계획이란 말을 하면 이렇게 말했다.

"아이고, 정말 용감하구먼!"

하지만 나는 영국일주의 방법으로 달리 생각나는 것이 없었다. 영국은 너무나도 다행스럽게 대중교통 체계가 꽤 잘 갖춰져 있었다.(이 말은 토리당이 대중교통 체계를 다 완성하면 더 정확하게 맞는 표현이 될 것이다.) 그래서 나는 이왕 있는 대중교통이라면 열심히 이용해줘야 겠다고 생각했다. 게다가 영국에서 차를 몰고 다니는 건 따분하고 재미없는 일이었다. 우선 도로 위를 돌아다니는 차가 너무 많았다. 내가 이곳에 처음 왔을 때보다 차량이 두 배는 늘어났다. 당시만 해도 사람들은 차를 몰고 다니는 일이 좀처럼 없었다. 주차장에 차를 세워놓고 일주일에 한두 번씩 손질을 해줄 뿐이었다. 그들은 일 년에 두 번 정도 차를 '밖으로 내어놓았다.' 실제로 영국인들은 이런 식으로 말했는데 뭔가 대단한 운행이라도 되는 듯 했다. 그러고는 이스트 그린스테드에 있는 친척을 방문하러 느긋하게 길을 나서거나 헤이링 섬이나 이스트본 같은 곳으로 여행을 갔다. 영국인들에게 차의 용도는 손질을 하고 광을 내는 것 말고는 이것이 전부였다.

그런데 지금은 모든 사람들이 걸핏하면 차를 몰고 나온다. 나로서는 도저히 이해하기가 힘든 일이다. 영국에서는 차를 몰고 다니면 눈곱만큼의 재미도 볼 수가 없다. 우리가 흔히 볼 수 있는 평범한 다층 주차장을 생각해보자. 차를 몰고 가면 일단 그 주변 몇 세대를 지나도록 빙빙 돌다가 영겁의 시간을 들여 보통의 차보다 딱 2인치만 더 큰 공간에 비집고 들어가 차를 집어넣어야 한다. 기둥 옆에라도 주차하면 자리를 건너서 먼저 엉덩이를 밀어 넣으며 조수석 문을 열고 빠져나와야 한다. 그러는 과정에서 막스앤스펜서에서 새로 산 말쑥한 재킷의 등 쪽에는 자동차에 묻어 있는 먼지가 그대로 옮겨 묻는다. 그러고는 무인 주차비 정산기를 찾아나서야 한다. 그런데 그놈의 기계는 1976년부터 동전은 받지도 않고 잔돈도 거슬러 주는 법이 없다. 그리고 언제나 그 기계에 쓰여 있는 지시문을 모조리 읽고 나서야 계산을 하겠다는 한 노인이 내 앞에 서 있다. 글을 다 읽은 노인은 티켓을 넣어야 하는 구멍과 관리자가 쓰는 열쇠구멍에 돈을 집어넣으려 애를 쓴다.

우여곡절 끝에 내 순서가 되어 주차티켓을 받고 다시 차로 돌아가면 그곳에서 아내는 "어디서 무슨 짓을 하다 이제 와요?"라는 인사말로 반겨준다. 아내의 말을 무시하고 다시 한 번 기둥 옆을 간신히 비집고 들어가 재킷의 뒷부분과 구색을 맞추기 위해 앞부분에도 먼지를 묻힌다.

문이 겨우 3인치밖에 열리지 않아 차 앞유리에 손이 닿지 않는다는 슬픈 사실을 깨닫게 된다. 그래서 자동차의 계기판 쪽으로 주차권을 던져본다.(주차권은 펄럭거리며 바닥에 떨어졌지만, 아내는 '빌어먹을!'이라고 중얼거리는 소리를 듣지 못했다. 그대로 문을 잠가버린다.) 다시 기둥 사이를 비집고 나오면 아내는 그렇게 공들여 옷을 입혀놓았는데 그새 지저분해졌다며 투덜거리면서 손으로 먼지를 탁탁 털어준다. 그리고 이렇게 말한다.

"정말이지 이러니 어디를 데리고 다닐 수가 없다니까!"

하지만 그건 시작에 불과하다. 머릿속에서 끊임없이 논쟁을 벌이면서 그 축축한 지옥에서 벗어나는 길을 찾아내야 한다. 아무런 표시도 없는 문을 열면 지하감옥과 변소가 혼합되어 있는 듯한 묘한 방이 나타나거나 세상에서 가장 험하게 사용되어 낡고 낡아 도무지 제대로 작동할지 의심스러운 승강기를 두 시간이나 기다렸다가 타야하기도 한다. 그 승강기는 딱 2인용밖에 안 되어 보이는데다 어떤 때는 이미 두 명이 탑승하고 있기까지 한다. 그 두 명은 무표정한 남자와 남편의 새로 산 막스앤스펜서 재킷에 묻은 먼지를 털어내면서 혀를 끌끌 차며 잔소리를 하는 아내다.

여기서 주목해야 할 점은 이 모든 과정이 우리 삶에 불행이 흘러넘치게 하려고 의도적으로 조장된 것이라는 것이다. '의도적'이라는 말에 특별히 유의해주길 바란다. 전진, 후진을 마흔여섯 번은 해야 간신히 차를 넣을 수 있는 조그만 주차칸막이부터(제발이지 그런 공간은 반듯하게 만들면 안 되겠니?), 최대한 차의 진행을 방해할 수 있도록 세심하게 세워 둔 기둥과 매우 어둡고 비좁은 데다 최악의 각도로 굽어 있어서 항상 연석과 충돌하게 되어 있는 진입로, 그리고 저 멀리 떨어진 곳에 제멋대로 자리 잡고 있어서 도무지 도움이 안 되는 주차요금 정산기에 이르기까지(외국주화를 인식해서 거부할 수 있는 기계가 잔돈을 처리하지 못한다니 이해가 가는가?) 이 모든 것이 성인으로 사는 데 겪게 되는 가장 실망스럽고 기운 빠지는 체험을 하게 만들려고 의도적으로 마련된 것들이다.

하지만 이건 단지 시작에 불과하다. 자동차를 운전하면서 겪게 되는 갖가지 곤혹스럽고 성가신 일이 얼마나 많은지 모른다. 고속도로 위를 달리다가 앞에서 갑자기 방향을 획 틀어재끼는 내셔널 익스프레스 버스기사를 마주칠 때도 있고, 백열전구 하나를 갈아끼우겠다고 기중기를 탄 몇 명이 장장 8마일(약 13km)에 걸치는 거리에 원뿔형의 도로표지를 늘어놓는 경우도 있다. 번잡한 로터리에서는 신호가 자꾸 바뀌는 바람에 20피트(약 6m) 이상을 움직이지 못하는 일도 있다. 또 고속도로휴게소에서 4파운드 20페니나 내고서 커피 한 잔과 코딱지만큼 체더치즈가 묻어 있는 구운 감자를 사야만 하는 일이나, 휴게소 상점에 들어갔더니 남성잡지는 모두 비닐포장이 씌워져 있어 눈요기도 불가능하고 음악테이프 좀 사려고 하면 고속도로 히트송 밖에 팔지 않는다. 막 샛길로 진입해 들어가려는데 트레일러를 몰고 샛길에서 나오는 바보 같은 사람과 마주치는 일도 있고, 레이크 지방의 꼬불꼬불한 도로에서 2차 세계대전 직후에 생산되었던 모리스 마이너를 시속 11마일(약 17km)로 몰면서 뒤쪽으로 3마일(약 5km)은 족히 될 차량 행렬을 이끄는 황당한 사람을 만날 때도 있다. 그는 분명 퍼레이드의 맨 앞에서 행렬을 이끄는 게 소원이었을 것이다. 그 외에도 인내심의 한계를 뛰어넘지 않도록 꾹 참아야 하는 일과 온정신을 유지하기 위해 갖은 애를 써야만 하는 일은 수도 없이 많다.

자동차들은 불쾌하고 더러우며, 사람을 최악의 상황으로 만든다. 모든 보행로마다 온갖 차들이 어지럽게 서 있고, 오래된 시장 광장을 금속제품이나 파는 정신없는 싸구려 판매장으로 바꿔놓기도 하고, 주유소니 중고차매장이니 차량 수리전문점 같은 환경에 암적인 존재들이 줄줄이 진을 치기도 한다. 차라는 차는 모두 끔찍하고 무시무시하게 혐오스럽기에, 이번 여행에는 그 비슷한 것들과는 아무런 상관없는 여행을 하고 싶다. 그리고 무엇보다도 내 아내가 나한테 차를 사줄 리가 만무했다.

그런 연유로 나는 어느 잿빛 토요일 오후 늦은 시각에 승객 하나 없어 보이는 유난히 긴 윈저 행 열차에 올라타게 되었다. 나는 텅 빈 객차 안에서 의기충천하여 앉아 있었다. 그리고 기차가 미끄러지듯 사무단지를 벗어나 연립주택이 구불구불 이어지는 풍경으로 들어가는 것을 바라보았다.

튀크넘에 도착했을 때 그 기차가 그렇게 길면서도 아무도 타지 않았던 이유를 알게 되었다. 따뜻한 옷과 목도리로 무장하고 근사한 일정표에 보온병이 빠끔히 삐져나와 있는 작은 가방을 든 남자들과 소년들이 승강장을 가득 메우고 있었다. 튀크넘 경기장에서 쏟아져 나온 럭비 관중들이 분명했다. 서로 밀치는 법 하나 없이 다들 느긋하게 기차에 올라탔다. 중간에 조금이라도 부딪치거나 자신도 모르게 상대방의 공간을 침범하기라도 하면 '죄송합니다'라고 깍듯이 인사를 하기도 했다. 본능에 가까운 타인을 배려하는 이런 태도는 늘 감탄스럽다. 특히 영국에서는 이런 상황이 일상이어서 주목받지 못한다는 점은 더욱 감동스럽다. 거의 모두가 기차의 종착지인 윈저까지 가는 사람들이었다. 아마도 그곳에 커다란 주차장이 마련되어 있는 모양이었다.

윈저는 그 많은 럭비 팬들을 수용할 준비를 미처 하지 못해서, 개찰구에 수많은 느긋한 얼굴들이 혼잡하게 모여 있게 되었다. 한 아시아인이 잰 몸짓으로 기차표를 모으며 지나가는 모든 사람들에게 감사하다고 말하고 있었다. 기차표를 살필 짬도 없는 상황이었다. 콘플레이크 박스를 떼어 건네도 모를 것 같았다. 승객들 역시 기차표를 가져가줘서 승강장 밖으로 나가게 해주는 것에 대해 감사하고 있었다. 질서와 선의가 빚어낸 작은 기적이었다. 다른 곳이었다면 누군가 상자를 엎어 놓고 위에 올라서서 서로 밀치지 말고 줄을 서라고 호통을 쳐야만 했을 것이다.

윈저의 거리는 빗방울에 반사돼 반짝거렸고 때답지 않게 어둡고 을씨년스러운 겨울 풍경을 연출하고 있었다. 관광객들의 무리는 여전히 남아 거리를 메우고 있었다. 나는 하이 스트리트에 있는 캐슬 호텔에 방을 잡았다. 이 호텔은 수많은 비상구와 복도를 연속해서 지나는 장대한 여행을 착수해야만 자기 객실을 찾아 들어갈 수 있도록 설계되었다. 뒤죽박죽인데다 엉망진창이었다. 일단 계단을 하나 올라가 상당한 거리를 계속 걸어간 다음, 이번에는 다른 계단을 또 내려가 상당히 거리가 있는 별관으로 들어가서야 제일 끄트머리에 있는 내 방에 도착할 수 있었다. 하지만 방은 괜찮았다. 또 창문으로 출입하기로 마음만 먹는다면 레딩에서도 가까웠다.

나는 배낭을 내려놓고 상점들이 문을 닫기 전에 나가 윈저의 모습을 조금이라도 보고자 하는 마음에 왔던 길을 되짚어 돌아나갔다. 사실 윈저라면 잘 알고 있었다. 버지니아 워터에 살던 때 윈저로 와서 쇼핑을 하곤 했기 때문이다. 나는 짐짓 주인행세를 하면서 거리를 활보했지만 대부분의 가게들이 달라졌거나 주인이 바뀌어 있었다. 아니 거의 모든 가게가 그렇다고 봐야 했다. 근사하게 생긴 시청 옆에는 마켓 크로스 하우스가 있다. 위태롭게 기울어져 있는 그 외관을 보면 일본 관광객들의 카메라 세례를 유도하려 일부러 그렇게 지은 게 아닌가 하는 생각을 하게 만든다. 지금은 샌드위치 가게지만 조약돌이 깔린 복잡한 도로에 있는 다른 가게와 마찬가지로 백만 개도 넘는 물건을 팔고 있었고 대게는 관광객들과 연관이 있는 상품들이다. 지난번에 이곳에 왔을 때만 해도 대부분의 가게에서는 삶은 달걀을 담아 놓는 에그컵을 팔았었다. 하지만 지금은 도자기로 만든 예쁘장하고 아담한 오두막집이나 성을 파는 것으로 돌아선 모양이었다. 예나 지금이나 여전한 곳은 라벤더라는 식물에서 내가 상상도 할 수 없을 만큼의 상업적 효용성을 뽑아 올린 우즈 오브 윈저 사社였다. 피스코드 가에는 막스앤스펜서 매장이 더욱 커져 있었고, 해믹스 서점과 로라 애슐리는 위치를 옮겼다. 햄버거 종류를 팔던 골든 에그와 윔피가 없어진 건 그리 놀랍지 않았다.(그렇지만 솔직히 말해 나는 구식의 윔피 음식을 좋아한 편이었다. 요리순서를 뒤죽박죽 섞은 듯한 묘한 영국식 미국 음식에는 나름 매력이 있었다.) 하지만 영국에서 가장 재미있는 쇼핑장소인 대니얼 백화점이 자기 자리를 지키고 있다는 사실에는 기쁜 마음이 들었다.

대니얼 백화점은 대단히 특별한 구석이 있는 곳은 아니다. 영국 소도시에 있는 백화점의 전형적인 모습이라고 생각하면 딱이다. 천장은 나지막하며 작은 규모의 매장들은 다닥다닥 붙어있고 다 해진 카펫에는 전기선을 고정시키기 위한 테이프가 덕지덕지 붙어 있다. 하지만 팔고 있는 물건들의 구색이 아주 묘하다는 특색이 있다. 신축성 있는 팬티와 똑딱이 단추, 핑킹 가위, 포트메리온 자기세트, 노인들을 위한 모자걸이, 눈을 심하게 문지르다보면 보이는 무늬가 있는 두루마리 카펫, 손잡이가 떨어진 서랍장, 살짝 문을 닫고 15초가 지나면 조용히 문이 다시 열리는 옷장 같은 물건들을 볼 수 있다. 대니얼 백화점을 보면 영국인들이 공산주의 치하에서 살게 되면 어떨까 하는 생각을 하게 된다.

오랫동안 나는 공산주의가 실패한 이념이라고 생각해왔다. 하지만 지금은, 포괄적인 의미로 말하는 거지만, 사회 조직을 두고 한 매우 유의미한 그 실험이 러시아인들의 손이 아닌 영국인들의 손에 맡겨졌다면 훨씬 더 잘해내지 않았을까 생각한다. 그 혹독한 사회주의 체제를 성공적으로 이식하기 위해 필요한 모든 것들이 영국인들에게는 고스란히 제2의 천성으로 남아 있다. 일단 영국인들은 뭐가 좀 부족하거나 없어도 잘 지낸다. 또한 모두들 협력하여 일하는 데는 일가견이 있다. 특히 불행에 맞닥트렸을 때는 공익이라고 생각되는 것을 위해 일치단결하는 모습을 보여준다. 무기한이라도 인내심을 갖고 줄을 서서 기다릴 것이고, 아주 훌륭한 불사의 정신을 발휘해서 제한된 식량배급량을 수긍하고, 환자들이나 먹을 법한 담백한 식사를 해야 한다거나 생필품이 갑자기 떨어지는 불편함도 다 감수할 것이다. 토요일 오후에 슈퍼마켓에서 빵을 사려고 했던 경험이 있는 사람이라면 다들 내 말에 동감할 것이다. 영국인들은 누군지도 모르는 공무원의 명령도 기분 좋게 받아들이고 대처 부인이 증명해 보였듯이 독재정권도 용인한다. 수술이나 가정용품 배달이 몇 년 동안 늦어져도 아무런 불평도 없이 기다릴 사람들이다. 중얼중얼 권력에 대한 조롱을 서슴지 않으면서도 실제로는 절대로 반항하는 법이 없는 재주도 갖고 있다. 그리고 부와 권력을 쥐었던 자가 몰락하는 모습을 보면서 엄청난 만족감을 느낄 줄도 아는 사람들이다. 이들은 스물다섯 살만 넘으면 동독 사람들처럼 옷을 입는다. 한 마디로 공산주의를 시행하기에 딱 맞는 조건을 갖춘 사람들이란 뜻이다.

하지만 지금 내 말을 영국 사람들이 공산주의를 했더라면 더 행복하고 더 살기 좋은 나라를 만들 수 있었을 거라고 오해는 말기 바란다. 그저 영국인들이 공산주의에 걸맞은 사람들이라고 말한 것뿐이다. 영국인들이었다면 보다 선한 마음으로 부정행위 하나 없이 공산주의를 잘 처리해낼 수 있었을 것이다. 아니 그 정도가 아니라 1970년 정도까지는 공산주의를 한다고 해도 영국 사람들의 삶이 조금도 변하지 않았을 것이다. 기껏해야 로버트 맥스웰이라는 거물급 사업가를 놓치는 정도였을까.

다음날 아침 나는 일찍 일어나 약간 흥분한 상태로 오전 청결사업에 나섰다. 근사한 하루가 나를 기다리고 있었기 때문이었다. 윈저 그레이트 파크를 횡단하기로 되어 있었다. 세상에서 가장 화려한 공원이 40평 방마일(약 103km²)이 넘는 대지 위에 펼쳐져 있다. 고대의 구조물마다 무성한 숲의 매력이 고스란히 배어 있고, 깊은 원시림, 수목이 무성한 골짜기, 구불구불한 인도와 승마로, 잘 정돈된 정원과 자연스레 조성된 정원, 멀리까지 이어져 있는 매우 매혹적인 호수가 모두 그렇다. 그 주변에는 그림처럼 아름다운 농장, 숲속 오두막, 오래된 조각상들이 드문드문 놓여 있었다. 임금노동자들과 영국여왕이 외국여행을 하면서 가지고 왔지만 달리 놓아둘 곳을 찾지 못했던 물건들이 마을 전체를 차지하고 있었다. 오벨리스크, 토템 폴(북미 인디언이 집 앞 따위에 세우는 토템상 기둥) 등 잉글랜드 공화국 변방의 식민지에서 보내온 진귀한 감사의 선물들이 많았다.

공원 아래 석유가 있다는 뉴스가 발표된 적이 없었으므로 다음번에 올 경우를 대비해서 모든 것을 열심히 보고 누려야만 한다는 생각은 전혀 하지 않았지만, 그곳은 마치 오클라호마의 유전처럼 진귀하게 보였다. 다시 찾은 윈저 그레이트 파크는 여전히 안도감을 주는 어둠 속에 묻혀 평안을 누리고 있었다. 너무나 화려하고 개방된 공간 한가운데 존재하는 그런 폐쇄성은 더욱 신비스럽고 마음을 미혹하는 면이 있다. 그러고 보니 신문에서 공원과 관련된 언급을 한 번 본적이 있다. 2년 전쯤에 영국여왕 엘리자베스 2세의 남편인 필립공이 오래된 오크 나무가 늘어선 가로수 길을 괜히 싫어해 여왕폐하의 나무꾼들에게 지시해서 그 나무들을 모두 없애버리게 했다는 것이었다.

아마도 여왕폐하의 부군 되시는 분이 몰던 말과 입고 있던 반바지인가 니커스인가가 나뭇가지에 걸려 제대로 앞으로 행진할 수 없었기 때문이 아닌가 싶었다. 필립공은 그 심히 발랄하기 그지없는 구석의 기묘한 고안물을 입고 여기저기 돌아다니기를 좋아했다. 윈저 그레이트 파크에서는 필립공이나 다른 왕족들을 심심치 않게 만날 수 있는데 지위에 걸맞은 탈것을 타고 속도를 높여 사람들을 지나 폴로 경기나 엘리자베스 여왕 모후의 사유지에 있는 교회에서 열리는 예배에 참석하러 가곤 했다. 사실 일반인들은 공원도로에서 차를 몰지 못하게 되어 있다. 그래서 그런 식으로 차량 몇 대가 지나가는 일 상당수는 왕족들의 소행이었다. 한 번은 영국의 크리스마스 선물의 날인 '복싱데이(12월 26일을 뜻함)'에 애아빠다운 복장을 하고 새로 사서 광택이 나는 세발자전거를 타고 있는 아이 옆을 지키며 천천히 길을 걷고 있었던 적이 있었다. 그러다가 갑자기 육감이 발동하면서 우리가 지나가던 차 한 대의 진행을 막고 있다는 사실을 문득 깨닫게 되었다. 그래서 고개를 돌려 차를 봤더니 다이애나 황태자비가 운전대를 잡고 있었다. 나는 서둘러 아이와 함께 길옆으로 물러섰다. 황태자비는 미소를 날려 내 심장을 녹여버렸다. 그 후로부터 나는 절대로 그 사랑스럽고 아름다운 여인에 대해 나쁜 말을 하지 않는다. 그녀가 댄서들이나 입을 것 같은 꽉 끼는 타이츠를 사느라 일 년에 2만 8000파운드나 쓰고 다니고 건장한 군인들에게 편집광적인 전화를 걸고 있다며 제정신이 아니라고 말하는 사람들의 압박도 견뎌내고 있다.("우리도 다 그렇게 살잖아?" 이 말은 사람들의 입을 그대로 막아버리는 결정적인 반박이다.)

나는 성 아래에서 출발해 이름도 기막히게 잘 지은 롱 워크라는 산책로를 따라 천천히 걸어서 조지 3세의 기마동상이 있는 곳으로 갔다. 근방 사람들에게는 스노우 힐 정상에 있는 구리기병이라고 알려져 있는, 그 동상 아래서 휴식을 취하며 영국에서 가장 아름다운 전경으로 꼽히는 그곳의 전망에 흠뻑 취해 있었다. 3마일(약 4.8km) 너머 롱 워크 끝에 유유히 자리 잡고 있는 윈저 성의 장엄한 모습과 그 아래 펼쳐진 마을의 풍경 그리고 그 너머로 보이는 이튼 시와 안개 낀 템스 밸리, 부드러운 곡선을 보여주는 구릉지인 칠턴 힐스까지 모든 것이 절경을 이루고 있었다. 아래 개간지에는 사슴이 그림같이 무리지어 풀을 뜯고 있었고, 내가 팔자걸음으로 밟아놓은 기다란 가로수길에는 아침 일찍 산책에 나선 사람들이 점을 찍어대기 시작했다. 나는 히드로 공항에서 이륙한 비행기를 쳐다보다가 배터시 화력발전소와 런던의 우체국 타워를 희미하게나마 알아볼 수 있다는 사실을 알아냈다. 이렇게 떨어진 곳에서도 런던을 볼 수 있다는 사실에 무척 흥분했다. 내 생각에 런던 중심부를 볼 수 있는 가장 먼 곳이 바로 그곳 같았다.

헨리 8세는 런던탑에서 두 번째 아내인 앤 불린의 사형집행을 알리는 대포소리를 듣기 위해 이곳 정상에 올랐다고 한다. 하지만 지금 들리는 소리는 착륙을 위해 비스듬히 나는 비행기의 윙윙거리는 소리와 커다란 덩치의 털북숭이 개 한 마리가 갑자기 나타나 큰 소리로 짖어대는 소리뿐이었다. 곧 주인이 비탈길을 따라 올라와서 그 거대한 타액 표본을 권했다. 물론 나는 거절했다.

나는 공원을 벗어나 로얄 로지 호텔 근방을 지났다. 조지왕조 시대 양식의 분홍색 건물은 엘리자베스 2세 여왕과 그 동생 마거릿 공주가 어린 시절을 보낸 곳이다. 나는 계속 걸어서 주변 숲과 들판을 가로지른 다음 공원에서 가장 좋아하는 장소인 스미스 론이라 불리는 잔디밭에 도착했다. 영국에서 제일 근사한 잔디밭임에 분명한 그곳은 흠 한 점 없는 초록빛이 평평하게 펼쳐져 있으며 그 규모도 엄청나다. 대게는 사람이 한 명도 없지만 폴로 경기가 있을 때는 예외다. 나는 거의 한 시간에 걸쳐 잔디밭을 가로질러 걸었다. 그 덕에 주변에 있는 버려진 조각상 하나를 조사하기 위해서는 한참을 더 걸어야 했다. 그 조각상은 앨버트 공의 것으로 드러났다. 그러고는 다시 한 시간을 들여서 돌아가는 길을 찾았다.

밸리 가든을 지나자 버지니아 워터 호수가 나타났다. 호수는 차가운 아침 공기로 인해 부드러운 물안개를 만들어내고 있었다. 정말 아름다운 걸작이었다. 호수는 컴벌랜드 공작이 컬로든 전투에서 부상을 당한 스코틀랜드 사람들을 기린다는 미명 아래 만들어졌다. 전투의 승전을 축하하는 방법치고는 다소 묘한 행위였지만, 사람이 만들어낼 수 있는 최고의 경치와 조망 탓에 그림같이 아름답고 매우 낭만적이었다. 나무와 아름답게 꾸며진 긴 다리로 완벽한 가로수길이 갑자기 만들어져 있고, 그 끝에는 가짜로 만든 로마의 유적지도 몇 개 있다.

그 건너편에는 포트 벨베데어 별장이 있는데, 이곳은 에드워드 8세가 왕위 이양을 선언하게 된 동기를 제공한 곳이었다. 에드워드 8세는 나치 독일의 정치가 괴벨스와 마음껏 낚시를 다니고 뻔뻔한 얼굴의 심프슨 부인과 결혼하기 위해 왕위를 포기했던 것이다. 이 이야기를 들먹이는 이유는 이 나라가 이번에도 다시 한 번 비슷한 군주제의 위기에 봉착하려 한다는 생각에서다. 사실 나는 왕가에 관한 영국 사람들의 태도를 도무지 이해할 수가 없다. 지난 몇 년 동안(이 시점에서 잠시 노골적인 내 생각을 피력하는 것에 대해 양해를 구하는 바다) 왕가의 사람들은 참을 수 없이 지루한 사람들이었고 윌리엄 심프슨 부인보다 더 매력적인 여성을 찾아보기도 힘들었다. 하지만 영국의 모든 사람들은 왕가의 사람들을 숭배하는 것 같았다. 그러나 기적처럼 왕가의 사람들이 주목을 끌만한 별난 일을 시작했고, 〈뉴스 오브 더 월드(영국 런던에서 발행되는 대중적인 일요신문)〉정도에 걸맞게 기사가 나면, 그러니까 한 마디로 왕가의 사람들이 마침내 흥미를 돋우는 존재가 되면 온 나라가 갑자기 이렇게 말하는 것이다.

"놀라운 일이야. 어서 저들을 없애도록 하자."

바로 그 주에 나는 영국인들의 지적인 생활을 책임지는 네 명의 인물이 등장해 찰스 황태자의 왕위 계승권을 박탈하고 윌리엄 왕자에게 건네야 할지 말아야 할지를 심각하게 논의하는 텔레비전 프로 하나를 보았다. 찰스 황태자와 다이애너 비 사이에서 발생한 미성숙한 유전적 산물에게 그토록 과도한 믿음을 주는 것이 과연 현명한 처사인가 하는 문제는 차치하더라도(내가 볼 때는 아무리 좋게 봐도 측은하게만 보이는 생각이었다), 그들은 가장 중요한 문제를 간과하고 있는 것처럼 보였다. 특권이 세습되는 체제를 계속 유지할 생각이라면 그로 인한 문제는 무엇이든 다 감내해야만 하는 것이 당연하지 않은가 말이다. 그 불쌍한 친구가 제아무리 지루하고 답답하거나, 부인이 될 사람을 선택하는 취향이 별나다 해도 모두 용납해야만 할 일이었다.

이 문제에 관한 내 생각은 내가 작곡한 노래에 깔끔하게 요약되어 있는데 그 노래 제목은 '나는 넬 그윈과 섹스를 했던 자의 장남의 장남의 장남의 장남이라네'이다. 포장에 드는 비용 50페니와 우편비용 3파운드 50센트만 보내주신다면 언제라도 음반을 별도 포장해서 보낼 용의가 있다. 곡을 받기 전까지는 이 신나는 소곡을 콧노래로 부르는 모습을 상상해야만 할 것이다. 나는 이 노래를 흥얼거리며 A30도로를 따라 포효하며 달리는 차량을 재치 있게 가로질러 크라이스트처치 길로 내려가 조용한 가운데 녹음이 우거진 버지니아 워터 마을로 갔다.

가족을 만들다

버지니아 워터, 그리고 에그햄

존오그로츠

글래스고

에든버러

리버풀

루드로우

런던

에그햄

본머스

도버

버지니아 워터

버지니아 워터를 처음 보았던 때는 1973년 8월의 끝자락에 걸려 있던 유난히 무더웠던 오후였다. 도버에 도착한 지 5개월 정도가 지났을 무렵이었다. 나는 그해 여름을 스티븐 카츠라는 친구와 함께 여행했었다. 5월에 파리에서 만나 같이 여행했던 그를 이스탄불에서 감사하는 마음으로 배웅하고 딱 열흘 후에 이곳 버지니아 워터에 도착했다. 당시 나는 피곤하고 여행에 지쳐 있었지만 영국에 다시 돌아와 기뻤다. 나는 런던에서 타고온 기차에서 내리자마자 곧 넋을 잃었다. 버지니아 워터 마을은 그 청초한 모습이 무척 매혹적이었다. 늦은 오후의 그림자가 나른하게 드리워져 있었고 믿을 수 없을 정도로 푸르른 녹음이 우거져 있었다. 온통 초록색이었다. 기차역 너머로는 할러웨이 요양소의 고딕풍 탑이 우뚝 솟아 있었는데, 기차역 너머에 있는 대지 위에 벽돌과 자갈을 터무니없이 잔뜩 쌓아 올려 만든 것 같은 모양을 하고 있었다.

고향에서부터 알고 지내던 친구 두 명이 그 요양원에서 수습간호사로 일하고 있던 터라 자기들이 맡고 있는 층에 잘 곳을 마련해주고 다섯 달 동안 묵혀두었던 오물을 욕조에 뚝뚝 떨어뜨릴 기회를 주겠다고 했다. 원래 내 계획은 다음날 바로 히드로 공항에서 집으로 돌아가는 비행기를 잡아타는 것이었다. 2주 후면 마음 내키지 않는 대학공부를 재개하기로 되어 있었다.

하지만 로즈 앤 크라운이라는 이름의 유쾌한 선술집에서 맥주잔을 잔뜩 기울이다, 그 요양소에서는 하찮은 잡일을 해줄 사람이 언제나 부족하다는 말과 그 일은 나처럼 영어를 모국어로 사용하는 사람에게는 따놓은 당상이라는 말을 어렴풋이 들었다. 다음날 아침 멍한 머리로 잘 생각해보지도 않고 어느새 지원서 양식의 빈칸을 채우는 나를 발견하게 되었다. 그 다음날 아침 일곱 시까지 튜크 병동에 있는 담당 간호사에게 오라는 말을 들었다. 작은 체구에 마음씨는 고와 보이지만 어린아이의 지능을 가진 듯한 한 남자가 호출을 받고 나타나 나를 창고로 데리고 가서 묵직한 열쇠꾸러미와 깔끔하게 개어진 병원 옷가지 한 무더기를 받게 해주었다. 두 벌의 회색 정장에 셔츠, 넥타이, 그리고 몇 벌의 하얀색 가운이었다.(도대체 그곳 사람들은 나를 뭐라고 생각했던 걸까?) 그러고는 길을 건너 남자직원 숙소에 나를 넘겼다. 그곳에서는 백발의 노파 한 명이 삭막한 방 하나를 보여주더니, 예전의 인연을 맺었던 거시기 부인을 떠올리게 하는 말투로 매주 청소를 할 때 더럽혀진 침대보를 함께 갈아야 한다는 것이며 뜨거운 물이 나오는 시간, 라디에이터 작동 방법 등등의 지시문을 퍼부었다. 그것 말고 다른 말도 했지만 너무나 많은 이야기를 순식간에 들은 터라 제대로 알아먹을 수가 없었다. 하지만 나는 지나가듯 카운터페인이라고 말하는 것을 알아듣고 뿌듯한 마음이 들었다. 그거라면 경험을 통해 제대로 알고 있지!

나는 부모님께 만찬을 준비하고 기다리실 필요가 없게 되었다는 편지를 썼다. 그런 다음 몇 시간 동안 새 옷을 입어보고 거울 앞에서 베티 그레이블(1940~50년대를 대표하는 미국 여배우)처럼 포즈를 취해보며 행복에 도취되었다. 그 다음 신중하게 선택한 문고판 몇 권을 창턱에 정리해 올려놓고 밖으로 뛰어나가 우체국에 갔다가 마을 주변을 둘러보았다. 그리고 튜더 로즈라는 이름의 아담한 곳에서 저녁식사를 한 다음 트로츠워스라는 선술집에 들렀다. 주위 환경이 너무나 쾌적하고 달리 대체할 만한 유흥거리를 찾지 못했기에 술을 마셨다. 솔직히 고백하자면 그냥 술을 마신 정도가 아니라 맥주를 폭음했다. 그러고는 떨기나무 몇 그루와 완고하기가 기념비적인 가로등 기둥 하나를 거쳐서 나의 새로운 숙소로 돌아왔다.

다음날 아침 나는 15분 늦게 일어났고 게슴츠레한 눈으로 요양소로 가는 길을 어렵사리 찾아갔다. 업무교대를 하느라 한창 바쁜 사람들에게 튜크 병동으로 가는 길을 물어물어 새집을 지은 머리꼴을 하고선 10분 늦게 도착했다. 담당 간호사는 이제 막 중년으로 접어든 친절한 사람으로 나를 따뜻하게 환영해주면서 차와 비스킷이 어디 있는지와 어디를 청소해야 하는지 일러 주었다. 하지만 그 후로 그를 다시 만날 일이 거의 없었다. 튜크 병동은 장기 입원환자들 중 남자들이 있는 곳이었다. 다들 정신이상이 더 심해지지 않게 하는 정도의 처치만 받고 있었는데 다행스럽게도 다들 자기 몸은 제대로 건사할 정도로 보였다. 각자 식사 운반차에서 아침식사를 가져갔고 면도도 각자 했고, 어느 정도는 침대정리도 했다. 내가 잠시 직원화장실에 가서 제산제를 찾아 헤매는 동안 조용히 자리를 뜨기도 했다. 화장실에서 나와보니 당황스럽게도 병동에는 나 외에 다른 직원이 아무도 없었다. 나는 어찌할 바를 몰라 휴게실, 주방, 기숙사를 돌아다녔다. 병동 문을 열었더니 텅 빈 복도 끝에 세상을 향해 활짝 열려 있는 문이 보였다. 그 순간 사무실에서 전화벨이 울렸다.

"누구인가?"

건너편 목소리가 고함을 쳤다.

나는 안간힘을 써서 내가 누구인지 밝히면서 사무실 창문 밖을 뚫어져라 바라보았다. 튜크 병동의 33명의 환자들이 필사적으로 자유를 갈구하며 이 나무에서 저 나무로 기세 좋게 돌진하는 모습이라도 찾아볼 수 있지 않을까 하는 생각에서였다.

"나는 스미스손일세."

목소리가 말했다. 스미스손이라면 수간호사로 술통 같은 가슴팍을 가진 위협적인 인물 아닌가. 며칠 전 내게 손가락질을 해댔던 사람이었다.

"새로 온 친구로구먼, 그렇지?"

"네, 그렇습니다."

"거기 졸리 있나?"

나는 어리둥절해 하며 눈을 껌뻑거렸다. 영어로 말하고 있는 게 분명했지만 참 요상한 대화란 생각이 들었다.

"그게 졸리다기보다는 조용합니다."

"아니, 내 말은 존 졸리 말일세. 거기 담당간호사. 거기 있느냔 말일세."

"아. 안 계십니다."

"언제 돌아온다고 말은 했나?"

"아닙니다."

"별 일은 없지?"

"그게, 사실은….'

나는 헛기침으로 목소리를 골랐다.

"환자들이 탈출한 것 같습니다."

"환자들이 뭐를 해?"

"탈출 말입니다. 화장실에 갔다 돌아왔는데….'

"이보게, 환자들은 병동 밖으로 나갈 수 있게 되어 있네. 정원 손질을 위해 차출되었거나 직업치료 같은 걸 하는 중일거야. 매일 밖으로 나가지."

"아, 그렇다면 천만다행이네요."

"뭐라고 했나?"

"네. 정말 감사한 일이라고 말했습니다."

"그래, 그렇지."

그리고 전화는 끊겼다.

그날 아침 내내 나는 혼자서 병동을 돌아다녔다. 서랍장과 옷장, 침대 밑을 살펴보고 창고 선반 위를 꼼꼼히 연구하기도 했다. 티백에 담기지 않은 찻잎과 체로 어떻게 차를 만드는지도 알아내려 노력했고, 반짝반짝 광이 나는 복도에서 '미끄러지기 대회' 비공식 세계챔피언에 등극하고 조용히 경의를 표하는 말로 마무리를 하기도 했다. 1시 30분이 되었지만 아무도 점심먹으러 가자는 말을 하지 않아서 나는 자체적으로 일을 정리하고 직원식당으로 갔다. 그곳에서 콩, 감자튀김, 그리고 정체를 알 수 없는 뭔가가 더 있는 접시를 받아들고 혼자 앉았다. 정체 불명의 음식은 나중에 스팸튀김으로 밝혀졌다. 마침 건너편에 스미스

손과 그 동료들이 앉아서 꽤나 떠들썩하게 웃어대며 토론을 벌이고 있었다. 어찌된 일인지 다들 내 쪽을 보면서 재미있어 하고 있었다.

병동으로 돌아와보니 그 사이 환자 몇 명이 와있었다. 대부분은 휴게실 의자에 털썩 주저앉아 대빗자루에 기대어 서 있거나 볼트를 박스에 몇 개 집어넣었는지 세느라 힘들었던 오전의 체력소모를 잠으로 떨쳐버리려고 하고 있었다. 하지만 예외가 한 명 있었으니 니트를 말쑥하게 차려입은 그는 텔레비전에서 방송하는 크리켓 경기를 보고 있었다. 그는 몸집이 작았고 기민했으며 제법 말을 잘했다. 그는 나를 불러 함께 텔레비전을 보자고 했고 내가 미국인이라는 것을 알고는 세상에서 가장 갈피잡기 힘든 스포츠에 대해서 열정적으로 설명해주었다. 나는 그가 직원 중 한 명이라고만 생각했다. 그 수수께끼 같은 졸리라는 간호사와 오후에 교대를 한 인물이거나 요양소에 시찰 나온 정신과 의사 정도가 아닐까 생각했다. 하지만 빙글빙글 돌아가는 구기경기의 복잡함을 자세히 설명하다가 나에게 고개를 돌려 격의 없는 어투로 이렇게 말했다.

"알겠지만, 나에겐 원자 크기의 공이 있어요."

"네?"

나는 여전히 다른 종류의 공에 신경을 집중한 채로 물었다.

"1947년에 국방성연구소에서 독일인들이 실험을 했지. 하지만 절대 비밀이요. 다른 사람에게는 절대로 말해서는 안 돼요."

"아…, 당연히 그래야겠죠."

"러시아인들이 나를 노리고 있어요."

"아, 그래요?"

"그래서 여기 있는 거요. 신분을 위장하고 있는 거지."

그는 의미심장하게 자기 코를 톡톡 치더니 우리 주변에서 졸고 있는 사람들을 감시하는 듯 흘깃 보았다.

"여기 있는 게 그렇게 나쁘지만은 않아요. 물론 미친 사람들이 많이 있기는 하지. 불쌍한 정신병자들. 하지만 수요일에는 풀밭을 뒹굴며 재미난 롤리폴리 게임을 한단 말이지. 자, 이번에 나오는 선수는 국가대표 제프 보이코트에요. 솜씨가 근사하죠. 벤슨의 투구도 문제없이 처리할 거요."

튜크 병동의 환자 대부분은 이런 식이었다. 겉보기에는 멀쩡하고 제정신인 것 같지만 제대로 알고보면 열받은 개처럼 미쳐 있었다. 미친 사람들의 시각으로 한 나라를 알아간다는 것은 흥미로운 경험이었다. 특히 영국에서 살아가기 위한 기초지식을 수련하는 데 도움이 되었다.

영국에서 체류하게 된 초기는 그렇게 흘러갔다. 밤에는 선술집에 갔고 낮에는 거의 텅 비다시피 한 병동을 감독했다. 오후 네 시마다 분홍색 작업복을 입은 스페인 여자 한 명이 덜커덕거리는 손수레를 끌고 차를 나르면, 환자들은 부스스 깨어나 차 한 잔과 노란 케이크 한 조각씩을 받았다. 이따금씩 종적을 알 수 없는 졸리 씨가 나타나서 약을 처방에 따라 조제하거나 비스킷을 추가 주문하곤 했다. 하지만 그것 말고는 매우 조용했다. 나는 그럭저럭 크리켓 경기를 이해할 수 있게 되었고 미끄러지기 실력도 두드러지게 향상되었다.

드디어 나는 그 요양원이 하나의 작은 세계라는 걸 깨닫게 되었다. 실질적으로 빠진 것이라고는 하나 없이 완벽한 하나의 세상이었다. 자체 목공소가 있었고 전기공, 배관공, 도장공도 있었으며 자체적으로 버스를 운영하고 그 버스를 모는 기사도 있었다. 당구장과 배드민턴장이 있었고 수영장도 있었으며 사탕가게와 성당도 있었고 크리켓 경기장과 사교클럽도 있었다. 수족병 치료사와 미용사가 있었고 식당도 있는데다 세탁소와 수선실도 있었다. 일주일에 한 번은 연회장과 같은 곳에서 영화도 상영했다. 심지어 자체적으로 시체안치소도 마련하고 있었다. 환자들은 날카로운 도구를 사용하지 않아도 되는 정원손질은 모두 해내서 주변 땅은 티 하나 없이 깨끗했다. 미친 사람들을 위한 컨트리클럽 같은 곳이었다. 나는 그곳이 무척 마음에 들었다.

하루는 졸리 간호사의 간헐적인 방문이 이루어지는 동안(그가 병동에 없는 동안에 무슨 일을 하는지는 조금도 알아낼 수가 없었다), 플로렌스 나이팅게일이라고 불리는 옆 병동으로 급파되어 환자들을 유순하게 만들어주는 토라자인(항정신병 약물) 한 병을 빌려오게 되었다. 요양소 직원들은 그 병동을 '플로'라고 불렀는데 음울하고 묘한 구석이 있는 곳이었다. 훨씬 심각하게 실성한 사람들이 가득한 그곳에서 환자들은 등받이가 높은 의자에 앉아 계속 몸을 흔들어대고 있거나 여기저기를 정처 없이 돌아다녔다. 담당간호사가 열쇠를 짤랑거리며 토라자인을 찾으려 방을 비운 사이 나는 깩깩 소리를 지르는 몇 무리의 환자를 유심히 보면서 습관성 약물을 일찌감치 끊었던 것이 새삼 다행스럽게 느껴졌다. 방 저쪽 끝에서는 젊고 아름다운 간호사가 맑고 선한 기운을 마구 내뿜으며 움직이는 게 보였다. 그녀는 이 무기력한 폐인들을 한없는 연민과 활력으로 보살피고 있었다. 환자들을 의자로 안내하고 다정한 담소로 환자들의 시간을 즐겁게 해주고 턱에서 뚝뚝 떨어지는 분비물을 말끔히 닦아주고 있었다. 나는 생각했다.

'저 사람이야말로 내게 필요한 사람이다.'

그로부터 여섯 달 후 우리는 근처 성당에서 결혼식을 올렸다. 오늘 크라이스트처치 길을 따라 내려가면서 지나쳤던 바로 그 성당이었다. 커다란 나뭇가지가 서로 얽혀서 만들어진 높은 터널 밑을 지나면서, '넬 그윈' 운운하는 노래의 8소절을 흥얼거리며 가다보니 그 성당이 나왔다. 길을 따라 늘어선 저택들은 변함이 없었다. 다만 집집마다 보관함이 달려 있고 여러 각도에서 집을 비추는 투광기를 하릴없이 늦은 밤까지 켜놓고 있다는 차이는 있었다.

버지니아 워터는 재미난 곳이다. 1920년대에서 30년대에 세워진 마을로, 도로를 사이에 두고 두 줄로 나란히 가게가 늘어서 있다. 그 주변으로 얼기설기 연결되어 있는 사설 도로들은 다시 얼기설기 이어져 그 유명한 웬트워스 골프장과 맞닿아 있다. 숲 사이사이에도 주택이 들어서 있는데, 게 중에는 소위 말하는 영국 특유의 과시적인 스타일로 지어진 집도 있었다. 눈이 아프도록 복잡하게 꾸며진 지붕의 윤곽은 책을 엎어놓은 듯한 모양을 하고 있고, 세부까지 공을 들인 큰 굴뚝이 있었으며, 대여섯 개의 널따란 베란다와 기묘한 크기의 창문들이 달려 있다. 손질이 잘된 아담한 현관 앞에는 장미나무가 몇 에이커는 족히 되는 땅에 늘어서 있다. 처음 봤을 때는 1937년 판《하우스와 가든》의 한 페이지 속을 걷고 있는 것 같은 느낌이 들었다.

하지만 당시 버지니아 워터에 특별한 마력을 더해준 건 따로 있다. 이건 정말 진지하게 하는 말인데, 정신병자들이 마구 돌아다닌다는 점이야말로 버지니아 워터의 매력이다. 대부분의 환자들이 몇 년에서 수십 년에 걸쳐 요양원에서 지내고들 있었다. 때문에 제 아무리 머리가 혼탁

하거나 걷는 모양새가 엉성하고 주춤거려도, 혼자 뭐라뭐라 중얼거리고 다녀도, 잘 가다가 갑자기 허리를 굽혀 인사를 해도, 완전히 정신이 외출한 사람이 보이는 징후 수백 가지를 해도, 대부분의 환자들은 마을을 헤매고 다니다 얌전히 요양원으로 되돌아올 수 있다고 생각하고 있었다. 매일 예상치 못한 재미를 주며 싸구려 담배나 사탕 종류를 사고 있는 정신병자를 만날 수 있다고 생각하면 된다. 차를 마시거나 가냘픈 목소리로 힘없이 뭔가 항의하고 있는 정신병자를 만날 수도 있다.

이런 까닭에 버지니아 워터는 영국에서 가장 특이하고 별난 지역으로 손꼽히게 되었다. 미친 사람들과 부유한 사람들이 똑같이 섞여 지내기 때문이다. 상점주인들이나 지역사람들이 이 문제에 대해 보이는 태도 역시 정말 존경스럽다. 그들은 하나도 이상할 것이 없다는 듯 지냈다. 파자마를 입고 수세미 머리를 한 남자가 제과점 한쪽 구석에 서서 벽을 쳐다보고 큰소리로 열변을 토해내거나, 눈동자를 굴려가며 연신 미소를 짓고 있는 사람이 튜더 로즈 선술집 구석 테이블에 앉아서 주문한 진한 스프에 각설탕을 떨어뜨리고 있는 정도는 대수롭지 않게 넘겼다. 그때나 지금이나 그건 정말 가슴이 따뜻해지는 광경이 아닐 수 없다.

요양원에 수용되어 있는 500여 명의 환자들 중에는 해리라는 이름의 대단히 멍청한 학자가 한 명 있었다. 해리는 늘 딴생각만 하는 어린 아이 정도의 지적수준을 가졌지만 몇 월 며칠을 대기만 하면 그게 과거든 현재든 먼 미래든 상관없이 무슨 요일인지 당장 말해주곤 했다. 만세력을 가지고 해리를 시험해보곤 했는데 한 번도 틀리는 법이 없었다. 1935년 12월 셋째 주 토요일이 며칠이냐고 묻거나 2017년 7월 둘째 주 수요일이 며칠이냐고 물어보면 컴퓨터보다 더 빨리 날짜를 말해주었다.

또 당시에는 그리 대단치 않은 일로 성가시게만 보였지만, 지금 생각하면 참 특이하고 별난 일이 하나 있었다. 해리는 하루에도 몇 번씩 병원직원들에게 다가와서는 이상하게 우는 소리를 내며 1980년에 병원문을 닫을 것인지를 묻곤 했다. 해리의 방대한 병력을 보면 1950년에 젊은 나이로 처음 이 병원에 왔을 때부터 그 질문에 강박적으로 집착을 보여왔다고 했다. 사실 할러웨이는 규모가 크고 매우 중요한 공공기관이기 때문에 절대로 문을 닫거나 할 일이 없었다. 그런데 1980년 어느 폭풍우 불던 날 밤에 그 말이 맞아떨어지는 일이 벌어졌다. 해리는 평소답지 않게 흥분한 상태에서 억지로 잠자리에 들었다. 몇 주 전부터 병원이 문을 닫느냐는 질문을 계속해서 해대고 있었다. 그날 밤 번개가 건물 뒤쪽 지붕을 때려 엄청난 파괴력을 지닌 화재가 일어났다. 그래서 다락방과 병동 몇 개가 화마에 휩쓸려 부서지는 통에 갑자기 요양원 전체를 비워야만 하는 사태가 되었던 것이다.

우리 불쌍한 해리가 침대에 가죽끈으로 묶여 있다가 화염에 휩싸여 죽어갔다면 이야기는 더욱 극적이었을 것이다. 하지만 유감스럽게도 그런 재미있는 이야기를 전해주지는 못할 것 같다. 그 폭풍우 치던 밤 모든 환자들은 안전하게 위험지역에서 벗어나 피난해 있었다. 그러나 나는 이날 밤 이후로 해리가 잔디밭에서 놀던 때처럼 입술을 일그러뜨리고 기쁨에 겨워 미소 짓는 얼굴로 지난 3년간 이 화재를 손꼽아 기다렸을 거라 상상하곤 했다.

당시 요양소에 수용되어 있던 환자들은 마을 아래 처시 지역에 있는 종합병원의 특별병동으로 이송되었었다. 곧이어 환자들은 자유를 박탈당했다. 그들만의 미치지 않은 사람들을 놀라게 하는 그 유감스러운 성향 때문이었다. 그러면서 요양소는 조용히 허물어져갔다. 창문에는 판자가 대져 있거나 깨져 있었고, 스트라우드 길로 난 거대한 정문은 철조망으로 꼭대기를 칭칭 감은 튼튼하고 묵직한 철문으로 닫혀버렸다. 80년대 초반에 나는 버지니아 워터에서 5년을 살다가 런던으로 옮겨 직장을 잡았다. 하지만 이따금씩 그곳에 들러 담장 너머로 버려진 땅과 완전히 폐허로 변해버린 건물을 훔쳐보곤 했다. 여러 개발업자들이 그곳을 야심차게 복합 상업지구를 만든다느니 컨퍼런스 센터를 세운다느니 고급주택 단지를 만들겠다고 덤벼들었다. 이동식 가건물을 몇 개 세워놓고 경비견이 순찰을 돌고 있다는 엄중한 경고문도 세워 놓았다. 경고문의 말을 그대로 믿어준다면 그 경비견들은 통제가 거의 불가능하다고 했다. 하지만 그곳에는 실제로 뭔가 긍정적인 일은 아무것도 일어나지 않았다. 오랜 역사를 지닌 근사한 병원은 현존하는 빅토리아 시대 최고 구조물 중에 열 손가락 안에 꼽힐 정도로 훌륭함에도 불구하고, 십 년 이상 동안 가만히 서서 조금씩 붕괴되어가는 채로 버려져 있었다. 그래서 다시 이곳을 찾았을 때 그때와 비슷한 광경을 보겠거니 생각했다. 사실 내심으로는 경비에게 진입로까지 들어가서 살짝 안을 들여다볼 수 있게 해달라는 비굴한 요청을 어떻게 해야 할지 고민했다. 길가에서는 요양소 건물을 제대로 볼 수가 없었기 때문이었다.

그러니 내가 나지막한 언덕의 정상에 올라섰을 때 외곽을 둘러싸고 있는 벽에 새로 만들어진 근사하고 웅장한 출입문을 발견하고 얼마나 놀랐을지 한번 상상해보라. 큼지막한 간판에는 버지니아 파크에 오신 것을 환영한다는 문구도 적혀 있었다. 그리고 전에는 미처 알지 못했던 요양원 측면 뒤쪽으로 새로 지은 고급주택이 한 무리를 이루고 있었다.

입을 딱 벌린 채로 나는 지금 막 공사를 마친 듯한 포장도로 위를 휘청 휘청 걸었다. 길 양 옆으로는 새 집들이 줄지어 서 있었다. 지은 지 정 말 얼마 되지 않았는지 창문에 스티커가 그대로 붙어 있고 마당은 진창 이었다. 게 중에는 견본으로 마무리가 깔끔하게 되어 있는 집도 있었다. 마침 일요일이라 구경 나온 사람들이 많았다. 집 안에는 시공업체에서 그려놓은 그림이 잔뜩 있는 팸플릿이 있었다. 하나같이 늘씬한 사람들 이 행복한 얼굴로 근사하게 빠진 주택 근처를 한가로이 거닐고 있는 그 림과 전에 몸을 벌벌 떠는 미친 사람들과 함께 영화를 감상했던 곳에서 오케스트라 공연을 감상하는 그림이 있었다. 또 커다란 고딕 양식의 강 당 바닥에 만들어 놓은 실내수영장에서 사람들이 수영하는 그림도 있 었다. 그곳은 한때 내가 배드민턴을 쳤던 곳이기도 하고, 움찔거리며 플 로렌스 나이팅게일 병동의 젊은 간호사에게 데이트를 신청하면서 먼 장래에 혹시 시간이 나거든 나와 결혼해달라는 말까지 했던 곳이었다.

다소 호화스럽게 첨부되어 있던 안내문에 의하면 버지니아 파크의 거주자들은 다양한 주택 중에 하나를 선택할 수 있다고 했다. 고급 독 립주택이나 아파트, 또는 이제는 크로스랜드 하우스라는 수수께끼 같 은 이름으로 불리는 재건된 요양원 건물에 마련된 가구 딸린 호화로운 33개의 셋방 중 아무 데라도 골라잡을 수 있었다. 요양원 부지를 그려 놓은 지도에는 낯선 이름이 군데군데 적혀 있었다. 크노놀리 뮤즈, 채플 스퀘어, 피아자 같은 것은 이전에 존재했던 장소와 아무런 연관성도 없 는 이름이었다. 로보토미(대뇌 전두엽의 백질 절제 수술) 광장이나 일렉트로 컨벌시브(전기충격요법) 코트 같은 이름이 보다 적합할 거란 생각이 들었 다. 시세는 35만 파운드부터 형성되어 있었다.

나는 집 밖으로 다시 나가서 35만 파운드로 살 수 있는 건물이 무엇인지 알아보았다. 정답은 19세기 정신병원이 보이는 흥미로운 전망을 갖춘 소규모 부지에 아담하지만 요란한 장식으로 꾸며진 집이었다. 꿈에 그리며 바라던 것이라고 말하기는 어려울 것 같았다. 집들은 모두 붉은 벽돌로 지어졌고 구식 굴뚝에 값싸고 번지르르한 장식을 한채 빅토리아 시대 양식의 느낌을 따른 것 같았다. D타입이라고 속칭되던 한 견본주택에는 장식용 탑도 있었다. 그 바람에 꼭 요양원이 낳은 새끼처럼 보였다. 시간만 조금 들이면 그 집들이 자라서 요양원이 되는 모습을 충분히 상상할 수 있을 정도였다. 하지만 그런 면을 오히려 노렸던 거라면 성과는 놀라울 정도로 크다고 할 수 있었다. 새로 지은 집들은 낡은 요양원이라는 배경과 삐걱거리거나 하지 않았다. 오히려 십여 년 전에는 없었던 뭔가가 더해져 재미나게 정신이 나간 부류의 사람들과 내가 갖고 있는 행복한 추억이 담긴 그 거대한 건물들이 안전하게 보존되고 있었다. 나는 수고한 개발업자들에게 모자를 벗어 인사를 건네고 그곳을 떠났다.

원래는 전에 살던 집까지 천천히 걸어갈 생각이었다. 하지만 1마일(약 1.6km)도 넘게 가야하는 데다 발이 까져서 아파왔다. 해서 스트라우드 길을 따라 내려가며 상당히 볼품없는 집이 하나 들어서 있는 예전 병원 사교클럽 자리와 간호사나 직원들의 숙소로 쓰였던 건물들이 흩어져 있는 곳을 지나갔다. 그리고 다음에 이곳을 지나갈 때는 그나마 남은 것들은 다 사라지고 차고가 두 개 달린 큰 저택들이 자리를 차지하고 있을 거라는 데 100파운드를 걸었다.

2마일을 더 걸어서 에그햄으로 들어섰다. 그곳에서 빌렌 부인이라 불리는 유쾌한 안주인이 사는 집을 찾아갔다. 그 부인은 사심 없는 친절을 수도 없이 베풀었는데, 그 중에는 나의 장모님이 되어주신 일도 포함된다. 특정 나이의 모든 영국 부인들이 갑작스레 손님을 맞이할 때 늘 보여주는 그 우왕좌왕하는 매력적인 모습을 선보이며 우리 장모님은 부리나케 부엌으로 들어가셨고, 나는 난롯불에 발가락을 쬐며 돈을 내는 투숙객이 아닌 신분으로 처음 들어가 보았던 영국집이 바로 이곳이란 생각을 떠올렸다. 어느 일요일 오후 아내는 나를 애인이라고 하며 집으로 데리고 갔었다. 나와 아내, 그리고 아내의 가족들 모두는 이 아늑하고 따뜻한 거실 공간에 비집고 들어앉아, 과녁을 맞히는 〈불스아이〉라는 게임과 세대가 다른 가족이 팀으로 나오는 〈제너레이션 게임〉이라는 텔레비전 프로그램을 봤다. 그 외에도 다른 텔레비전 프로그램을 봤는데 내 생각에는 다들 오락성이 부족해 보였다.

어찌되었거나 당시 일은 나에게 새로운 경험이었다. 1958년 이후로 나는 사교적인 환경이라 불릴 만한 곳에서 가족을 만난 적이 없었다. 크리스마스 때 몇 시간을 어색하게 함께 하는 게 고작이었다. 그래서 가족 간의 정이 흠씬 느껴지는 자리에 함께 하고 있다는 사실은 기분 좋은 참신함으로 다가왔다. 지금도 나는 영국의 그런 면을 높이 평가하고 좋아한다. 비록 〈불스아이〉가 잠시 방송을 중지할 예정이라는 소식에 기뻐 날뛰었던 것은 사실이었지만 말이다.

우리 장모님, 아니 어머님은 요리를 담은 쟁반을 들고 거실로 나오셨다. 잠시 나는 어머님이 한 무리의 나무꾼이라도 집에 찾아왔다고 착각하신 게 아닌가 생각했다. 어머님이 가지고 나오신 음식은 케언곰 산이 먹을 수 있는 음식물로 재탄생한 건 아닐까 하는 생각을 들게 만드는, 김이 모락모락 나는 음식이었다. 맛난 음식을 게걸스럽게 먹어 치운 나는 커피 한 잔을 들고 만족스럽게 부풀어 오른 배를 두드리며 의자에 푹 기대어 앉았다. 그리고 어머님과 이런저런 이야기를 나누었다. 아이들 이야기며 곧 미국으로 옮겨가게 된 이야기에 내 직장일과 어머님의 과부생활에 대해 도란도란 이야기했다. 그날 저녁 늦게(여기서 늦게라는 표현은 어머니나 나 같은 구식 사람들 기준에서 한 말이다) 어머니는 다시 한 번 우왕좌왕 모드로 돌입하셔서 집의 방마다 다 돌아다니며 한바탕 공사를 벌이시는 듯한 소리를 내시더니 손님방에 잠자리를 봐두었다고 알려주셨다. 깔끔하게 이불을 개어놓은 침대에 따뜻한 물병까지 마련되어 있었다. 최대한 대충대충 세정의식을 마친 나는 기꺼운 마음으로 침대 안으로 기어들어갔다. 어째서 할아버지 집이나 장모님 집 침대들은 한결 같이 안락하고 쾌적한 걸까. 나는 곧 잠이 들고 말았다.

07

단점을
중얼거리며
산책하다

본머스에서
크라이스트처치까지

존오그로츠

글래스고

에든버러

리버풀

루드로우

런던

본머스

도버

크라이스트처치

다음 행선지는 남부 해안가 최대 휴양지인 본머스
였다. 휘몰아치는 비를 맞아가며 저녁 5시 30분에 도착했을 땐, 이미 진
한 땅거미가 내렸고 많은 자동차들이 거리를 쌩쌩 달리고 있었다. 헤드
라이트 불빛이 반짝거리는 빗방울을 휩쓸고 지나갔다. 여기도 1970년
대에 한 2년간 살았기 때문에 안다면 아는 곳이었다. 하지만 역 주변은
대규모로 재개발을 한 상태였다. 도로가 새로 깔리고 못 보던 사무실
건물이 우뚝 서 있었다. 그리고 현재 자신의 위치를 확인하기 위해 땅
다람쥐처럼 몇 분에 한 번씩 지상으로 올라갔다 내려오게 만드는 헷갈
리는 지하도 역시 낯설었다.

　이스트 클리프에 도착했을 즈음에는 비에 흠뻑 젖은 채 계속해서 투
덜댔다. 검은 바다 위에 우뚝 솟아 있는 이스트 클리프 근방에는 중소
형 호텔들이 모여 있었다. 본머스에 대해 해줄 말이라면 그곳에서는 호
텔 보는 눈이 한층 까다로워진다는 것이다.

　사방팔방 어디로 가든 거리마다 줄지어 서 있는 반짝반짝 빛나는 편
안하고 호화로운 건물을 두고, 나는 골목길에 있는 호텔을 선택했다. 간
판이 마음에 든다는 것이 선택의 이유가 되었다. 세차게 쏟아지는 빗

줄기 사이로 반짝거리는 분홍색 네온사인은 나를 유혹하는 듯했다. 나는 빗물을 뚝뚝 흘리며 안으로 들어가 내부를 대강 훑어보았다. 탁월한 선택이었다는 생각이 들었다. 깨끗하고 고풍스러운 세련미가 돋보이는 데다 벽에 걸린 공고문에 적힌 조식 포함 26파운드의 매력적인 가격! 게다가 안경을 뿌옇게 만들고 재채기를 연달아 하게 만드는 질식할 것 같은 온기까지 갖추고 있었다. 나는 소매 춤에서 몇 그램의 물을 살포시 따라내고 1인실에서 2박을 할 수 있겠는지 물었다.

"밖에 비가 오나요?"

프런트의 여직원이 밝은 목소리로 물었다. 나는 재채기를 하다가 손등으로 얼굴의 물기를 닦아내기를 반복하며 숙박등록을 하고 있었다.

"아니요. 타고 온 배가 침몰해서 마지막 7마일(약 11km) 정도 뱃길을 헤엄쳐서 왔어요."

"네, 그러세요."

여직원은 내 말을 제대로 듣지 않았는지 대수롭지 않다는 듯 다음 말을 이어갔다.

"그럼 저녁식사는 저희 호텔에서 하실 건가요?"

아가씨는 물이 떨어져 얼룩투성이가 된 내 숙박부를 흘깃 보았다.

"브라일크림 씨?"

다른 대안이 무엇이 있는지 신중히 생각했다. 장대비를 뚫고 터벅터벅 한참을 걸어야 한다 생각하니 그대로 호텔에서 해결하는 쪽으로 기울었다. 게다가 직원아가씨의 상큼발랄한 콩만한 두뇌와 물로 얼룩진 나의 악필이라는 조건 하에서라면 내가 먹은 저녁식사를 엉뚱한 객실에 청구할 가능성이 농후했다. 나는 저녁식사를 하겠노라고 말하고 열쇠를 받아든 다음 물방울을 뚝뚝 흘리며 내가 묵을 방을 찾아 나섰다.

영국에는 1973년 이후로 상당히 좋아진 것이 수백 개도 넘는다. 잠시만 시간을 내서 생각해본다면 감탄을 자아낼 만큼 긴 목록을 만들어낼 수도 있다. 하지만 그 중에 유스호스텔의 발전 정도를 뛰어 넘는 것은 거의 없다고 볼 수 있다. 이제 영국의 유스호스텔에서는 컬러텔레비전을 볼 수 있고, 먹어줄 만한 비스킷 한 봉지와 함께 커피를 끓일 수 있도록 마련된 트레이가 비치되어 있으며, 푹신한 수건과 함께 1인용 욕조가 있고, 무지개 색 화장솜과 샴푸, 세정제, 로션 등이 담긴 조그만 플라스틱 용기가 어여쁘게 진열되어 있다. 심지어 내가 머물게 된 객실의 침대 옆에는 쓸 만한 조명등도 있고, 부드러운 베개도 2개나 마련되어 있었다. 매우 행복했다.

욕조에 물을 세게 틀어놓고 비치된 세정제와 크림을 모두 풀어 넣었다.(너무 놀라지 말기 바란다. 세밀히 연구해서 모두 같은 성분으로 만들어진 것임을 확인하고 한 일이다.) 비누거품이 보글보글 일어나며 욕조 위 3피트(약 91cm) 지점까지 천천히 그 향을 전파하기 시작하자, 방으로 돌아가 편안한 마음으로 외로운 여행자만의 습관적 행위에 빠져들었다. 신중하고 조심스러운 태도로 배낭의 짐을 풀고 젖은 옷은 라디에이터 위에 아무렇게나 던져 놓았다. 그리고 졸업파티에 나가는 고등학생처럼 결벽 증세를 보이며 조심스럽게 옷을 침대 위에 펼쳐 놓았다. 그 다음에는 침대 협탁에 반드시 놓아야만 하는 여행용 알람시계와 읽을거리를 꺼내놓고 안락한 분위기가 날 정도로 조명을 조절했다. 그런 후 다시 욕조로 돌아가 에로영화에서나 볼 법한 풍성한 거품 속을 한참 동안 뒹굴었다.

목욕을 마친 후 산뜻하게 옷을 차려입고 넋이 나갈 정도로 장미향을 풍기며, 나는 아무도 없는 널따란 식당에 들어섰다. 그리고 각종 장비가 갖춰진 테이블로 안내를 받았다. 빨간 냅킨을 작은 꽃 모양으로 접어넣어 둔 와인 잔, 스테인리스로 만든 작은 배에 얌전히 놓인 소금통과 후추통, 톱니바퀴 모양으로 둥그렇게 짜인 버터가 담긴 접시, 인조 백합한 가지가 꽂혀 있는 목 짧은 꽃병. 나는 대번에 이곳 음식이 맛은 평범하지만 성대하게 차려질 거라 생각할 수 있었다. 나는 눈을 감고 넷까지 센 다음에 오른팔을 쑥 내밀었다. 근처를 돌아다니고 있던 웨이터가 내놓은 롤빵 바구니에 손이 안착하리란 걸 알고 있었다. 나의 정확한 타이밍에 웨이터가 깊은 인상을 받았다고 감히 말할 수 있겠다. 이제 웨이터는 초록색 크림스프와 얌전히 포개져 나온 숟가락, 야채요리, 포크 메달리온이라는 이름을 가진 질긴 생가죽 고기 같은 음식을 어찌 대해야 할지 정확히 알고 있는 여행객을 접대하고 있다는 점을 분명히 알게 되었을 것이다.

저녁식사 손님이 세 명 더 들어왔다. 뚱뚱한 부모와 그보다 더 덩치가 큰 십대 아들 가족이었다. 사려 깊은 웨이터가 그 가족을 안내해준 테이블은 내가 앉은 자리에서 무리하게 고개를 빼거나 의자 방향을 틀지 않아도 잘 보이는 곳이었다.

사람들이 식사하는 모습을 지켜보는 건 언제나 재미있다. 하지만 그 중 최고는 단연 뚱뚱한 사람들이 식탁 가득 앉아서 음식물을 진탕 먹고 마시는 광경이다. 그런데 참 진기하고 별난 일은 제 아무리 게걸스럽고 탐욕스러운 사람이라도(게걸스러움이라면 지금 내 앞의 세 식구는 챔피언감이다) 음식 앞에서 절대로 즐거운 표정을 짓지 않는다는 점이다.

마치 덩치를 유지하기 위해 영원히 감당해야 하는 의무를 할 수 없이 이행한다는 듯 보인다. 음식이 앞에 놓이면 고개를 숙이고 닥치는 대로 집어 삼킨다. 그리고 다음 음식이 나오기 전까지 가슴팍에 팔짱을 끼고 앉아서 불편한 얼굴로 주변을 둘러본다. 마치 서로들 오늘 처음 만난 사람들인 양 구는 것이다. 하지만 디저트를 종류별로 날라 선택하게 하는 식기대가 출현하면 상황은 급변한다. 미친 듯 기뻐하며 감탄사를 연발하고 행복한 대화가 넘쳐나기 시작한다. 그날 밤 내가 식사를 하던 곳도 딱 그랬다. 하지만 나와 같은 공간에서 저녁식사를 하던 그들이 음식물을 소비하는 속도는 엄청나게 빨라서 어느새 나보다 반 코스 앞서 나가기 시작하더니 놀라는 내 표정을 숨길 수 없을 정도의 빠른 속도로 모든 음식을 해치워버리고 말았다. 아이스크림 따위를 채운 소형 슈크림인 프로피트롤을 모조리 먹어 버리고, 버찌향의 바닐라와 초콜릿 휘핑크림을 넣고 체리로 장식한 블랙 포레스트 케이크까지 끝장을 보았다. 십대 아들은 그 두 가지 후식을 두 번이나 듬뿍 담아 먹었다. 욕심 사나운 새끼돼지 같으니라고.

이제 나는 선택의 여지가 없었다. 질척거리며 물이 뚝뚝 떨어지는 파르페, 숟가락을 대기만 해도 당장 파티 폭죽처럼 팡 터져버릴 것만 같은 머랭 과자, 딱딱한 노란 크림 덩어리가 울퉁불퉁하게 보이는 버터스카치 푸딩 중 하나를 후식으로 선택해야만 했다. 침울한 얼굴로 나는 버터스카치 푸딩을 택했다. 그런데 문제의 땅딸보 3인조가 어기적거리며 내 테이블 옆을 지나갔다. 턱에 묻은 초콜릿이 번뜩이고 있었다. 나는 포식으로 만족스러워하며 공손하게 미소 짓는 그들에게 다시는 나에게 이런 짓을 하지 말라는 경고를 담아서 무정하고 냉혹한 얼굴로 답해 주었다. 내 메시지가 잘 전달된 모양이었다. 다음날 아침식사 시간에 그들은 내 시야에서 벗어난 곳에 자리를 차지하고 앉았고, 주스를 나르는 식기대에 나의 손이 정박할만한 곳을 충분히 남겨 두었다.

본머스는 참 좋은 곳이다. 일단 바다가 있다. 지금 내 생각에는 바다에 접하고 있는 게 그리 대단한 쓸모가 있어 보이지는 않지만, 지구 온난화가 모두의 예상대로 심화되는 경우에는 아주 편리할 것이다. 그리고 복잡한 구조의 공원이 있다. 한데 뭉뚱그려 놀이공원이라고들 부르는데, 이곳을 중심으로 도심이 크게 두 부분으로 나뉘어 있다. 이쪽 도심에서 저쪽 도심으로 이동하는 기나긴 여정을 이어나가는 쇼핑객들에게는 이 공원이 중간에 잠시 쉴 수 있는 평화로운 녹지가 되기도 한다. 하지만 이 공원이 없었다면 쇼핑객들의 기나긴 여정도 없었을 것이다. 인생이란 게 이 모양이다.

한때 지도에서 이 공원을 상부 놀이공원과 하부 놀이공원으로 표기했었다. 하지만 지방의원인지 아니면 어떤 선의의 세력에서인지 하부라는 단어와 놀이라는 단어가 인접함으로서 의미심장하고도 불건전한 함의를 내표하게 된다는 사실을 알아채 버렸다. 그래서 지금은 상부 놀이공원과 그냥 놀이공원이라고 지도에 표기되어 있다. 이리하여 어휘에 흥분하는 변태들은 혼자 문질러대면서 만족감을 얻을 수 있는, '성기groin'라는 단어와 같은 발음을 지닌 '방파제groyne'로 쫓겨나게 되었다는 이야기다. 본머스는 이런 곳이다. 결점이 될 만큼 고상한 체하면서 그런 면을 자랑으로 여긴다.

이런 식으로 고상과 내숭을 떤다는 사실을 익히 알고 있던 나는 1977년에 본머스로 이사를 왔었다. 이곳이야말로 바덴바덴 같은 독일의 온천 휴양지에 견주는 영국식 해결책이 될 것이라 본 것이다. 그곳에서는 잘 다듬어진 조경, 오케스트라가 연주해주는 로비라운지, 하얀 장갑을 낀 사람들이 놋그릇을 반짝이게 유지하는 화려한 호텔, 밍크코트를 걸친 풍만한 가슴의 노부인들이 한대 걷어차게 생긴 조그만 개를 데리고 걷는 모습(이때 걷어차고 싶다는 마음은 잔인한 의도가 아니라 단순히 그 작은 생물이 얼마나 멀리 날아갈 수 있는지 보고 싶다는 순진하고 담백한 생각에서 나온 것이다) 등을 볼 수 있는 것이다. 하지만 슬프게도 내가 기대했던 이런 모습 중 그 어느 것도 제대로 볼 수 없었다고 말할 수밖에 없을 것 같다.

공원은 매우 매력적이었다. 하지만 호사스러운 카지노와 근사한 유원지 대신에 아담한 야외음악당에서 일요일에 가끔씩 버스차장처럼 옷을 차려 입은 혼성 브라스밴드 연주가 열렸고, 조그만 목재 건축물 몇 개가 우뚝 서 있었다.(하부 놀이공원과 같은 맥락에서 '서 있었다'라는 표현도 용납해주었으면 한다.) 그 건물은 촛불이 들어 있는 유리항아리로 장식이 되어 있었다. 아마도 평화로운 여름밤에 불을 켜서 나비나 요정 같은 것이 환상적으로 표현되도록 해서 야간에 건강한 놀이를 할 수 있도록 해줄 것 같았다. 하지만 이건 확실한 이야기는 아니다. 사실 한 번도 그 항아리에 불이 켜 있는 것을 본 적이 없었다. 여하튼 운영기금도 부족하고 젊은이들이 항아리를 잡아떼다가 서로의 발치에 집어던지며 노는 파렴치한 행동을 일삼았기 때문에 그 구조물들은 곧 철거되어 사라져버렸다.

처음 와서 얼핏 보기에는 그때와 크게 변한 것이 없어 보였다. 하지만 지역발전은 쉼 없이 진행되고 지방의회는 어디서나 열심히 일하고 있었다. 도심을 관통하는 주도로인 크라이스트처치는 상당부분 보행자 전용으로 변해 있었고, 신기한 유리와 강철관 구조물로 장식되어 있어서 거인들의 버스정류장처럼 보였다. 쇼핑 아케이드 두 개가 말끔히 새 단장을 하고 맥도널드와 워터스톤, 딜런 서점이 입점해 있었고 그 외에도 나의 개인적인 수요와는 직접적으로 연관되어 있지 않은 두어 개의 시설이 더 있었다. 하지만 전체적으로 그 수는 줄어들었다. 베일·백화점에는 그 훌륭하던 서적코너가 없어졌고, 딩글 백화점에는 음식코너가 흔적도 남지 않고 사라져버렸다. 또 다른 백화점인 빌레슨도 같이 없어져버렸다. 소규모 슈퍼마켓이었던 인터내셔널 스토어도 찾아볼 수 없었지만, 무엇보다 애통한 일은 세계 최고의 설탕 도넛을 만들어 팔던 아담한 제과점도 사라졌다는 점이다. 애통하고 또 원통한 일이다. 하지만 좋은 면도 있었으니 바로 쓰레기를 한 점도 찾아볼 수 없게 되었다는 것이다. 내가 살았던 때의 크라이스트처치는 옥외 쓰레기통이었다.

이제는 자취를 감춘 예전 제과점에서 모퉁이를 돌아 리치몬드 언덕에 오르면 아트데코 풍으로 지어진 화려한 사무실이 있는데, 바로 〈버몬스 이브닝 에코〉지의 본사다. 그곳에서 나는 2년간 부편집자로 일하면서 디킨스 소설에서 막 빼놓은 듯한 사무실에서 지냈다. 아무렇게나 쌓여 있는 신문지와 어두운 조명에 두 줄로 늘어놓은 책상에 구부정하게 앉아 있는 사람들이 있었다. 그곳의 모든 것은 피곤하고 불길한 침묵 속에 잠겨 있었다. 들리는 것이라곤 서걱서걱 짜증스럽게 긁어대는 연필 소리와 벽시계의 분침이 앞으로 한 눈금씩 움직이며 부드럽게 울려 퍼지는 재깍재깍 소리뿐이었다. 나는 길 건너편에 서서 내가 다니던 직장사무실 창문을 유심히 올려다보고 살짝 몸을 부르르 떨었다.

결혼을 한 후 나는 아내와 함께 2년 정도 미국에 가서 미처 끝내지 못했던 대학과정을 마쳤었다. 에코에서의 일이 영국에서 얻은 최초의 정식 직장이었던 것은 아니었지만, 자격을 갖춘 성인으로서 일하게 된 첫 번째 일터였다. 하지만 그곳에서 일하는 2년 내내 어른을 흉내내는 열네 살짜리 아이 같다는 생각을 떨쳐낼 수가 없었다. 그도 그럴 것이 동료 편집자들이 모두 내 아버지뻘 연배였고, 그밖에 아주 멀리 떨어진 곳에 시체처럼 앉아 있는 두어 명은 그 편집자들의 아버지뻘 연배였다.

　내 옆자리에는 친절하고 박학다식한 잭 스트레이트와 오스틴 브룩스가 있었다. 두 사람은 2년의 세월 동안 인내심을 발휘하며 나에게 많은 것을 가르쳐주었다. '심리 중'이라는 표현의 의미, 영국법상 '차를 취하다stealing a car'와 '차를 타다taking a car'가 얼마나 다른 표현인지, 또 명예훼손의 가능성이 있기 때문에 용의자들에게 '경찰들의 조사과정을 도울 수 있는 것' 외에는 다른 질문을 하지 못하는 이유는 모두 두 사람 덕분에 알 수 있었다.

　나의 안전을 위해 내게 맡겨진 대부분의 일은 주요 여성클럽 두 군데, 즉 '동네여성조합'과 '여성연구원'에서 보내오는 기사의 편집이었다. 매일 산더미같이 들어오는 기사에는 하나같이 화려한 문체로 어이없는 내용이 적혀 있었다.

　'폭스다운에 사는 아서 스모트 씨가 동물그림자 만들기 경진대회에서 매우 매혹적인 실연을 보여주었습니다.'

　'이블린 스터브즈 부인은 회원들에게 최근에 받은 자궁절제수술에 관해 매혹적이고 흥미로운 이야기를 들을 수 있는 영광스러운 시간을 제공했습니다.'

'스루프 부인은 예정된 개 관리법에 대한 강연을 하지 못했습니다. 최근 집에서 키우던 마스티프 종인 프린스가 난폭하게 굴면서 부인에게 상처를 입히는 비극적인 사태가 벌어졌기 때문입니다. 하지만 스메스위크 부인이 이 난국의 해결을 도모하기 위해 과감히 떨쳐 일어나 프리랜서 장례식장 오르간 연주자로 활약하던 경험담을 유쾌하게 들려주었습니다.'

기사는 이런 식으로 몇 페이지씩 계속 이어지면서 감사의 말과 기금 모금에 참여해달라는 호소문, 모금을 위한 모닝커피 파티나 잡화 염가 판매가 성공리에 치러졌는가를 설명하면서 누가 어떤 음료를 대접했고 모두들 얼마나 기쁘게 참여했는지를 전하는 장문의 글이 실렸다. 그때만큼 하루가 길었던 적은 없었다.

창문은 긴 장대로만 열 수 있었던 것이 생각난다. 매일 아침 출근해서 십 분쯤 지나면 연필도 간신히 들고 있을 것만 같은 한 편집자가 의자를 끽끽 시끄럽게 긁어대며 돌아다니기 시작한다. 책상을 치우겠다는 노력의 일환이었다. 한 시간이나 지나야 비로소 의자에서 일어난 그는 다시 한 시간을 들여 발을 질질 끌며 유리창으로 걸어가서 장대로 어찌어찌 창문을 연다. 그리고 다시 한 시간 동안 벽에 장대를 세우고 책상으로 돌아간다. 그 편집자가 다시 자리에 앉기가 무섭게 건너편에 앉은 편집자가 벌떡 일어나 성큼성큼 걸어가 장대로 창문을 닫고 한번 해보라는 식의 표정을 지으며 자리로 돌아온다. 이 시점에 늙은 편집자는 아무 말도 없이 냉철한 얼굴로 의자 긁기 과정을 처음부터 다시 시작한다. 이런 일은 2년 내내 계절을 막론하고 이어졌다. 그 두 사람이 일을 하는 걸 단 한 번도 본 적이 없었다. 나이 먹은 편집자가 일을 할 수 없었던 건 당연히 매일 창문가에 왔다 갔다 하느라 시간을 다 허비하기 때문이었다. 다른 편집자는 대개의 시간 동안 불붙이지 않은 담배 파이프를 빨며 능글맞은 웃음을 내게 건넸다. 그러다가 나와 시선이 마주치면 미국에 관련된 불가해한 질문을 하곤 했다.

"이봐, 미키 루니가 에바 가드너와 결혼생활을 제대로 한 적이 없다고 하는 글을 본 적이 있었는데 그게 사실인가?"

"궁금한 일이 하나 있는데 말이야, 자네가 좀 알 것 같아 물어보겠네. 하와이에 사는 누아누아 새는 분홍색 껍데기 패류만 먹고 사는 이유가 뭔가? 하얀색 껍데기 패류가 개체수도 더 많고 영양분은 똑같은데도 그런다고 하더군."

'동네여성조합'과 '여성 연구원' 기사로 멍해진 나는 그 편집자를 쳐다보며 대답했다.

"네?"

"누아누아 새 이야기는 들어본 적이 있다는 말이지?"

"어, 아닌데요."

그가 한 쪽 눈썹을 위로 치켜 올렸다.

"정말인가? 그거 참 희한한 일이네."

그러고는 다시 담배 파이프를 빨았다.

완전히 이상한 곳이었다. 편집장은 속세를 버린 은둔자로 비서에게 식사를 자기 방으로 가져오게 하고 밖으로 나오는 모험을 감행하는 일은 거의 없었다. 그곳에서 일하는 동안 딱 두 번 편집장을 볼 수 있었는데, 그 한 번은 입사를 위한 면접이었다. 3분 정도 진행된 면접 시간도 그에게는 상당히 불편하게 보였다. 그리고 또 한번은 편집장의 방과 연결되어 있는 문이 벌컥 열렸던 때였다. 흔치 않은 일이었기에 우리 모두는 고개를 들어 그쪽을 바라보았었다. 늙은 편집자조차도 멈출 줄 모르고 창가로 천천히 걸어가는 왕복길을 멈추었다. 편집장도 거의 얼음이 된 듯 놀란 얼굴로 우리를 쳐다보았다. 자신의 방문 너머에 편집자들이 잔뜩 앉아 있었다는 사실을 발견하고 얼떨떨해하는 것 같았다. 뭔가 할 말을 찾는 듯하던 편집장은 잠시 후 아무 말도 하지 않고 뒤로 돌아서더니 그대로 문을 쿵 닫았다. 그것이 내가 편집장을 본 마지막이었다. 그로부터 6주 후 나는 런던에서 새로운 일을 잡았다.

본머스에 달라진 점은 아담한 커피전문점들이 모두 사라졌다는 점이었다. 전에는 서너 집 건너 하나씩 커피전문점이 있어서 헐떡이는 에스프레소 기계와 끈적거리는 테이블을 볼 수 있었다. 이제 휴일 행락객들은 커피를 마시기 위해 어디로 가야 하는지 알 수가 없다. 아, 알았다. 모두들 에스파냐 남부에 있는 코스타델솔 해안으로 가는 모양이다! 하지만 나는 트라이앵글 근처까지 쭉 걸어가야만 했다. 트라이앵글은 지역버스들이 배차시간 사이에 휴식을 취하는 멀리 떨어진 곳에 있다. 그곳에 가서야 겨우 원기를 되찾아주는 쓸 만한 커피 한 잔을 마실 수 있었다.

되돌아갈 길에 대한 걱정과 함께 나는 소풍을 간다고 공상을 하며, 이웃도시인 크라이스트처치로 가는 버스를 잡아탔다. 노란색 2층 버스의 위층 맨 앞자리에 자리를 잡고 앉았다. 2층 버스 위층 자리에 앉아가면 굉장히 신이 난다. 2층 창문을 통해 버스정류장에 서 있는 사람들의 정수리를 내려다 볼 수 있기 때문이다.(그리고 잠시 후 그 사람들이 버스에 올라타면 잘난 척 하는 얼굴을 하면서 이런 생각을 할 수 있다. "난 네 머리통 위를 봤다고.") 그리고 차가 모퉁이를 돌아 질주하거나 대참사가 일어나기 직전의 로터리를 달려갈 때는 흥분에 휩싸여 전율하게 된다. 세상을 완전히 새로운 시각에서 바라보게 된다. 2층 버스 위층 좌석에서 보는 도시는 대개 더 근사한 법이지만, 본머스만큼 근사하게 보이는 곳은 없을 것이다.

거리의 면면을 보자면 여타 다른 영국의 도시들과 본질적으로 크게 다르지 않다. 하지만 2층 버스 위층에서는 갑자기 위대한 영국의 빅토리아 시대 한복판에 있다는 사실을 깨닫게 된다. 본머스는 1850년대 이전에는 존재하지도 않았던 도시다. 크라이스트처치와 풀 사이에 농장 두어 개가 전부였다. 그러다가 갑작스레 번창하기 시작하더니 부두며 해안 산책로를 토해내고 몇 마일 이상 이어지는 화려한 벽돌 사무실과 웅장한 집들이 들어서기 시작했다. 지금은 버스 승객들과 창문닦이들만이 건물에 남아 있는 역사의 증거를 바라보고 있다.

이런 빅토리아 시대 영광의 증거들이 땅에 남아 있지 않다는 것은 참으로 부끄러운 일이다. 물론 건물의 판유리를 모조리 떼어내고 기둥만 남겨놓는다면 스케트칠리 세탁소나 리드 퍼머넌트 주택금융공제조합, 부츠 같은 상점들은 다른 층으로 쫓겨날 것이고, 그렇게 되면 사람들이 상점 내부를 제대로 살펴볼 수 없다. 그것 역시 다른 의미에서 안타까운 손실이 될 것이다. 세탁소 옆을 지나가는데 비닐봉투를 뒤집어 쓴 옷가지가 걸려 있는 선반이나 낡은 카펫 청소기가 한군데 모여 있는 모습 그리고 계산대에 앉아 멍하니 종이 클립으로 이를 쑤시며 지루한 삶을 한탄하는 주인아줌마를 보지 못한다고 상상해보라. 정말 생각하기도 싫은 일이다.

나는 버스의 종점까지 갔다. 크라이스트처치에 새롭게 들어선 대형 할인점인 세인즈베리의 주차장이었다. 보행자전용 고가도로를 이리저리 따라가서 하이클리프 거리로 갔다. 거기서 반마일(약 800m) 정도 더 가다가 작은 골목길로 접어 들어가면 하이클리프 성이 있다. 한때 영국의 백화점 왕, 고든 셀프리지의 집이었지만 지금은 폐허가 되어 있었다.

셀프리지는 유익하고도 건전한 도덕적 가르침을 사람들에게 전해주는 흥미로운 인물이었다. 시카고에 있는 마샬필드 백화점에서 일을 시작했던 한 미국인이 1906년에 런던에다가 유럽에서 가장 큰 쇼핑 매장을 세우겠다는 생각을 품고서 영국으로 이민을 온 것이다. 영국인들은 그가 미쳤다고 생각했다. 그가 가게를 옥스퍼드 가에 세우려고 한다는 사실을 알고는 더욱 그렇게 생각했다. 그곳은 나잇브릿지와 켄싱턴이라는 쇼핑구역에서 멀리 떨어진 곳이었다. 하지만 모든 것을 쏟아부으며 근면성실하게 일한 덕분에 결국에는 성공을 거두었다. 몇 년 동안 셀프리지는 예의바름의 표본이 되었다. 고지식하리만큼 올바른 생활방식에 끊임없이 노력하는 자세를 견지했다. 우유를 많이 마셨고 빈둥거리며 지내는 법도 없었다. 하지만 1918년 아내가 죽자 결혼이라는 제약에서 갑자기 풀려난 해방감에 젖게 되었다. 그는 공연계에서 돌리 시스터스라고 불리던 귀여운 헝가리계 미국인자매와 교제를 시작하며 방탕한 생활에 빠져들었다. 양팔에 돌리 아가씨 한 명씩을 끼고 유럽의 카지노를 전전하고 도박을 하며 흥청망청 돈을 뿌리기 시작했다. 매일 밤 외식을 하고 경주마와 자동차를 구입하는 데 말도 안 되는 액수의 돈을 썼다. 하이클리프 성도 사들였고 근처 헹기스베리 헤드에 250개 방이 딸린 저택을 세울 계획을 세웠다. 10년의 세월이 쏜살같이 흐르는 동안 셀프리지는 8백만 달러를 탕진해버렸다. 셀프리지 백화점의 경영권도 잃고 성, 런던의 집, 경주마, 롤스로이스를 모두 잃고 결국에는 푸트니에 있는 작은 아파트에서 혼자 살고 버스를 타고 다니게 되었다. 그는 결국 무일푼으로 1947년 5월 8일 세상을 등지고 말았다. 여기서 주요 포인트는 그가 쌍둥이자매 두 명과 성관계를 맺는 헤아릴 수 없는 쾌락을 맛보았다는 점이다.

현재 하이클리프의 웅대한 고딕풍 건물들은 사이사이 집들이 다닥다닥 붙어 있어 조화스럽지 않은 광경을 연출하고 있다. 다만 뒤쪽으로 공용주차장을 지나 바닷가로 이어지는 길은 그대로였다. 어떻게 하면 그 많은 집들이 그렇게 빈틈없이 비집고 들어서 아무렇게나 자리를 잡을 수 있는지 알아보고 싶었다. 하지만 어둠이 나직이 내린 언덕 주변에는 아무도 얼씬대지 않았고 주차장에도 차 한 대가 없었다. 나는 금방이라도 부서질 것 같아 보이는 나무계단을 내려가 바닷가로 갔다. 비는 어젯밤에 그쳤지만 하늘은 여전히 험악했고 세찬 바람으로 인해 바다 위에 포말이 미친 듯이 일었다. 파도가 부서지는 소리 이외에는 아무런 소리도 들을 수가 없었다. 바람 때문에 몸을 최대한 앞으로 숙이고 어깨로 차를 밀어 언덕 위로 올리는 사람처럼 무거운 걸음을 옮기며 해변을 돌았다.

해변에 지어놓은 방갈로가 초승달 모양으로 길게 늘어서 있었다. 모두 똑같은 디자인이었지만 하나같이 밝고 다채로운 색상으로 페인트칠을 해놓았다. 겨울동안 문을 닫은 모양인데 4분의 3 정도를 지나고 나니 한 곳이 열려 있었다. 흡사 마법의 상자 같았다. 아담한 현관 앞에는 남녀 한 쌍이 의자에 앉아 있었다. 무릎담요를 덮은 그들은 극지방에서나 입을 법한 옷가지를 두르고 잔뜩 웅크린 자세를 하고 있었다. 그들은 넘어뜨리겠다는 바람과 맞서 싸우는 것 같았다. 그 와중에 남자는 신문을 읽겠다고 펼쳤지만, 바람은 신문지로 그의 얼굴을 싸버렸다. 두 사람 모두 행복해 보였다. 아니 정확히 말하면 행복한지 어떤지 알 수는 없었지만, 적어도 상당히 만족스러운 표정을 짓고 있었다. 영국의 거센 바람에 초췌해져 있는 게 아니라 인도양에 있는 세이셸 공화국의 야자수 아래 앉아 칵테일이라도 한 잔 마시는 양 굴었다. 해변이 내다보이는 가치 있는 부동산 한 자락을 소유했기 때문일 것이다. 길고 긴 대기자 리스트에 이름을 올리고 한참을 기다린 끝에 구매한 것이 틀림없다. 또한 그 남녀가 진정으로 행복해하는 이유는 원하면 언제라도 방갈로 안으로 들어가 다소 덜 춥게 있을 수 있다는 점이었다. 좀 호사를 누려보자고 생각하면 홍차에 초콜릿쿠키를 곁들일 수도 있다. 그 후에는 30분에 걸쳐 어질러놓은 물건들을 행복하게 정리할 것이다. 이들이 황홀경에 가까운 느낌을 얻기 위해 이 세상에서 필요한 것은 이 정도가 전부다.

영국인들의 매력 중의 하나는 스스로의 가치에 대해 잘 모른다는 점이다. 특히 그들이 얼마나 행복한지에 대해서는 정말 하나도 모른다고 하는 게 맞을 것이다. 내가 이런 말을 하면 웃는 사람도 있겠지만 영국인들은 이 세상에서 가장 행복한 사람들이다. 진심에서 우러나온 말이다. 사소한 대화로 영국인을 웃게 만드는 데 얼마나 걸리는지 알아보라. 몇 초밖에 걸리지 않는다. 오랜 친구 아니면 동료로 보였던 두 명의 프랑스인들과 함께 케르크에서 브뤼셀까지 가는 기차의 객실에서 함께 있었던 적이 있다. 여행하는 내내 두 사람은 다정하게 이야기를 나누었지만 두 시간 동안 두 사람의 얼굴에 미소 비슷한 것이 피어오르는 것을 단 한 번도 보지 못했다. 독일인이나 스위스인 또는 스페인이나 이탈리아 사람도 마찬가지다. 하지만 영국인들은 다르다. 절대로!

또 하나 영국인들만큼 비위 맞추기 쉬운 사람들도 없다. 나는 이 점이 가장 특이하다고 본다. 실제로 영국인은 소소한 기쁨이나 쾌락을 좋아한다. 아마도 손님을 대접하는 차나 스콘, 팬케이크, 사탕, 비스킷, 과일 등이 그윽하게 감칠맛 나는 것도 같은 이유일 것이다. 잼과 씨 없는 건포도를 푸딩이나 케이크에 넣어먹는 일을 스릴 만점이라고 여기는 이들은 세상에서 영국인들이 유일하다. 정말 도전적인 내용물을 넣어보라고 권하면, 그러니까 쿠키나 초콜릿과 같은 것을 권하면 백이면 백 망설이면서 너무 과도한 시도라서 음식과 어울리지 않을까 걱정하기 시작한다. 정도를 넘어선 쾌락을 누리는 것이 어쩐지 적당치 않다고 여기는 것 같았다.

"오, 그렇게 할 수는 없어요."

이렇게 말한다.

"아니요, 할 수 있어요."

그러면서 격려하듯 재촉한다 치자.

"그렇다면 아주 작은 조각을 하나만 넣어볼게요."

이렇게 말하고는 날름 작은 조각 하나를 집어넣는다. 그러고는 뭔가 대단히 무모한 짓이라도 저지른 듯한 표정을 짓는다. 이런 식의 태도는 미국인인 나에게는 완전히 낯선 풍경이었다. 대체적으로 미국인들이 살아가는 목적은 지속적으로 존재를 확인하기 위함이다. 거의 끊임없이 입속에 가능하면 감각적인 쾌락을 주는 물질을 쑤셔 넣는 일을 한다는 말이다. 즉각적이면서 풍족하게 욕구를 충족시키는 일을 타고난 생득권生得權으로 여긴다. 누군가 심호흡이라도 하라고 말하면 그럴 수 없다고 대꾸조차 할 필요가 없는 게 미국인들의 방식이다.

처음에는 익숙하지 않은 영국식 태도에 당황하곤 했다. 단호하기 짝이 없으며 지칠 줄 모르는 낙관주의는 엄청나게 무시무시한 불완전한 국면에 닥쳐도 아무렇지도 않게 받아들이게 만든다. "달라질 거야." "불평을 해서는 안 돼." "더 나쁠 수도 있었는데 이만한 게 다행이지." "대단한 건 아니지만 싸니까 기분 좋잖아." "이 정도면 정말 괜찮은 거지." 나도 점차 이런 식의 사고방식에 물들어가서 더할 나위 없이 행복한 삶을 살게 되었다. 황량한 바닷가 길을 산책 나갔던 어느날 축축해진 옷을 입고 추운 카페에 앉아 있다가 밀크티 한 잔과 케이크가 나오자 '오, 최고야!'라고 생각하는 나를 발견하게 되었다. 그때 알았다. 나역시 같은 부류가 되어가고 있다는 것을. 그리고 얼마 지나지 않아 모든 행동을 참신하고 새롭다고 생각하면서 지나친 쾌락에 대해서는 매우 금기시하게 되었다. 호텔에서 토스트를 더 달라고 한다든가 막스앤스펜서 매장에서 푹신한 모직 양말을 산다든가 바지 한 벌이 필요한 데두 벌의 바지를 사게 되었을 때 나는 그러한 감정을 느꼈다. 그렇지만내 삶은 풍족하고 부유해졌다.

이제 나는 방갈로 앞의 행복한 한 쌍과 미소를 주고받고 해변을 따라걸어서 머드포드라는 어촌으로 갔다. 그 작은 마을은 갈대가 많은 크라이스트처치 항구의 복잡한 지형 사이에 있는 모래땅에 고색창연한 수도원을 정면으로 보고 서 있었다. 머드포드는 한때 밀수꾼의 피신처였다. 하지만 지금은 볼보 자동차판매점 주변으로 몇 개 상점이 들어선 아담한 마을이 되었다. 상점들의 이름은 발랄하고 해양적인 분위기를 내고 있다. 솔팅스(소금에 절이기), 호브 투(밧줄로 끌어당기기), 식 오버 더 사이드(배 옆에서 멀미).

그 거리를 지나 계속 길고 지저분한 거리를 걸어 크라이스트처치로 들어갔다. 길고 지저분한 거리에는 자동차 정비소, 먼지 가득한 상점, 죽은 듯 조용한 선술집이 들어서 있었다. 거기서 턱톤, 사우스본, 보스콤을 차례로 지나 본머스로 갔다. 이곳에는 시간이 그리 많은 은혜를 베푼 것 같지 않았다. 크라이스트처치나 사우스본의 상가구역은 모두 쇠락의 소용돌이 속으로 소리 없이 꿀럭꿀럭 빠져들어 가고 있었다. 스투어 강 강둑에 있던 기분 좋은 선술집인 턱톤 브리지는 거대한 주차장을 위해 잔디밭을 제물로 바쳤다. 이제는 영국 최대 외식체인업체 위트브레드의 분사인 브루어 페어라고 불린다. 끔찍한 일이었지만, 확실히 그리고 울적하게도 인기는 있다. 보스콤만이 약간의 전성기를 누리고 있는 것 같았다. 예전에 그 마을의 거리는 숨이 막힐 만큼 볼품없고 불쾌했었다. 쓰레기가 날아다니고 싸구려 상점들과 인정머리라고는 하나도 없어 보이는 슈퍼마켓이 있었고, 백화점은 빅토리아 시대 현관에 억지로 밀어 넣은 식이었다. 하지만 지금은 길옆으로 깔끔하게 정비된 보행자용 도로가 설치되었고 19세기에 세워진 로얄 아케이드 쇼핑센터는 깔끔하고 세련되게 몸단장을 마친 상태였다. 거리 곳곳에는 골동품가게가 문을 열었는데 이전에 있던 일광욕 살롱이나 침구점보다는 훨씬 들여다보는 재미가 있었다.

하이클리프에서 본머스까지는 비교적 장거리 구간으로 약 10마일(약

16km) 정도 거리였다. 그래서 오버클리프 동쪽도로를 따라 마을로 들어가기 전 마지막 구간에 도착했을 때는 무척 행복해졌다. 나는 잠시 걸음을 멈추고 하얀 담장에 기대어 주변 경관을 감상했다. 바람이 잦아든 저녁 무렵, 스러지는 빛 속에서 바라본 본머스의 바다는 매혹적이었다. 바슬바슬 부서질 것 같은 절벽이 길게 이어져 장대한 곡선을 이뤄낸 황금빛 해안가는 와이트 섬 아래에서 퍼벡 힐스에 이르기까지 길게 이어져 있다. 어스름이 깔리는 저녁 본머스의 조명이 유혹하듯 반짝였다. 한참 아래쪽에 있는 방파제는 당당한 위세를 뽐내고 있었다. 바다 저 멀리에서는 지나가는 배들이 어스레한 빛을 깜박거렸다. 온 세상이, 아니 적어도 그 세상 중에 이 한 구석은 마냥 평화로웠다. 그리고 그곳에 내가 있다는 사실이 무척 기뻤다.

앞으로 여행하는 내내 편안하고 안락한 이 작은 섬을 떠나왔다는 사실을 떠올리며 끔찍해하는 때가 있을 것 같았다. 생각만 해도 우울한 일이다. 이번 여행은 애착을 갖고 가꿔온 집을 마지막으로 돌아보는 느낌이다. 사실 나는 이곳을 좋아했다. 그것도 아주 많이. 점원의 상냥한 응대를 받거나 시골 선술집의 난로 옆에 앉아 있거나 이와 같은 풍경을 감상하면 대번에 내가 심각하고 중대한 실수를 하고 있는 게 아닌가 하는 생각을 하게 된다.

바로 이런 까닭에 그 저녁 시간에 본머스의 절벽 위를 걸어가던 사람들은 미국인 아저씨 한 명이 혼자 생각에 잠겨 경전을 외듯 중얼거리는 모습을 보게 되었다.

"끝나지 않을 것 같이 계속 이어지는 겨울비를 생각해봐. 17.5퍼센트의 부가세를 생각해봐. 토요일에 쓰레기를 차에 가득 싣고 하치장으로 갔다가 문이 닫힌 걸 보고 돌아와야 했던 일을 생각해봐. BBC 방송국에서 〈캐그니와 레이시〉라는 드라마만 줄곧 틀어대는 걸 봐야한다는 사실을 생각해봐. 생각해 보라고….”

08

모든 것이
너무 많은 나라

솔즈베리

존오그로츠

글래스고

에든버러

리버풀

루드로우

솔즈베리

런던

본머스

도버

솔즈베리까지는 2층 버스를 타고 갔다. 버스는 신나게 흔들거리는 나뭇가지를 헤치며 구불구불한 시골길을 흔들흔들 달렸다. 나는 솔즈베리를 무척 좋아한다. 도시 하나가 들어서기에 딱 적당한 크기를 가졌다. 극장이나 서점이 들어서기에 딱 좋을 만큼 크고, 사람들이 함께 친근하게 어울려 살기 딱 좋을 만큼 작다.

나는 광장에 있는 번잡한 시장을 가로지르는 길을 택했다. 이런 곳에서 영국인들은 어떤 모습을 하고 있을까 상상했다. 사실 시장에서 보는 영국인들은 언제나 우울하리만큼 번지르르하고 천박하다. 나무상자를 엎어놓고 밟아 뭉갠 양배추 잎사귀들이 너저분하게 널려 있고 클립으로 연결해놓은 차양은 지저분했다. 프랑스 시장에서는 바구니에 담긴 윤이 나는 올리브, 체리, 치즈를 언제든지 골라 살 수 있다. 모든 것이 단정하게 정리되어 진열되어 있었다. 하지만 영국에서는 플라스틱 맥주 통에서 행주나 수건을 골라 살 수 있다. 영국에서는 시장에 가면 마음이 답답해지고 비관적인 생각이 들면서 사람이 굉장히 냉소적으로 변하게 된다.

다시 그 번잡한 상가를 걸으니 참 멋대가리 없게 생긴 게 제일 먼저 눈에 들어왔다. 버거킹을 비롯한 그 일당들이 자리를 차지하고 있었던 것이다. 어딜 가나 각자의 특성이나 유래에 대한 설명은 없고, 특가로 모시겠다는 광고전단만이 유리창에 덕지덕지 붙어있는 모습이 일관성 있어 보였다. 도심 중심부 한 모퉁이에는 룬 폴리 여행사(영국의 대형 여행사)의 작은 건물이 차지하고 있다. 건물의 상층부는 목골 구조의 수수한 아름다움을 선보이지만, 하층부는 지나치게 커다란 판유리 사이에 아프리카 테네리페 섬과 스페인 말라가로 가는 저가 항공편이 있다는 선전문이 손글씨로 쓰여 붙어 있다. 거기에 건물 정면은 타일을 붙여놓았다. 타일이라니! 기차역 화장실에서 떼어다 놓은 것처럼 작고 네모난 타일을 온갖 색깔로 구비해 모자이크풍으로 붙여 놓았다. 끔찍했다. 대체 어떤 건축가와 디자이너, 도시기획가가 만났기에 목골 구조를 지닌 훌륭한 17세기 건물에 이런 일을 저지를 수 있는지 상상하려 애썼지만 실패하고 말았다. 그런데 길가에 늘어선 다른 건물에 비하면 이 정도는 약과였다.

때로 영국 사람들은 분에 넘치게 많은 유산을 물려받은 게 아닌가 하는 생각이 든다. 놀라울 정도로 모든 것이 너무 많은 나라라면 그 유산이 무진장 많아 절대 없어지지 않을 것으로 여기기 쉽다. 숫자만 한 번 살펴보자. 역사적 가치가 있는 오래된 건물 44만 5000개, 중세시대 지어진 교회 1만 2000개, 공유지 150만 에이커(약 6070km²), 통행 가능한 보도 12만 마일(약 19만 3120km), 고고학적 가치가 있는 명소 60만 개다. 내가 살던 요크셔의 한 동네만 해도 북미대륙 전체에서 찾아볼 수 있는 것보다 더 많은 17세기 건물을 보유하고 있었다. 인구가 100명도 되지 않는 벽촌인데도 그랬다. 영국에 있는 모든 마을과 벽촌마다 이런 식이니 그 수가 얼마나 되겠는가? 서로마제국 멸망 이전의 그림, 헛간, 교회, 가축우리, 성벽, 다리 등등은 양이 너무 많아서 헤아릴 수조차 없을 정도다. 어디를 가나 흔하디흔할 만큼 많은 유적이 있으니 그 중에 한 덩이 떼어가도 괜찮지 않은가 생각하는 것이다. 여기서 목골구조 정면 하나, 저기서 조지왕조 시대 창문 하나, 수백 야드의 울타리 담장과 자연석으로 된 성벽 수백 마일을 건드려도 여전히 엄청나게 많은 유적이 남는다. 결국 온 나라가 이런 식으로 잠식당해 끝장날 판이다.

이러한 환경에서 영국의 개발 규제는 너무나 태평하다. 사적史蹟 보호 구역 안에 주택 소유자는 마음대로 문이나 창문을 없애버릴 수도 있고 취향에 따라 지붕 스타일을 바꿀 수도 있다. 정원 담장을 허물 수도 있고 잔디밭을 갈아엎고 대리석을 깔 수도 있다. 그렇게 해도 법적으로는 아무런 문제가 되지 않는다. 집주인이 못하는 일이라고는 집을 완전히 허무는 것뿐이다. 하지만 그것조차도 미묘한 법률적 사항들을 하나씩 따지고 보면 못할 것도 없다. 1992년 레딩에 있는 한 개발회사가 보호 구역에 있는 5개 건물을 허물어서 법정으로 간 일이 있었지만, 675파운드(약 140만원)의 벌금을 부과받는데 그쳤다.

최근에는 이런 일에 대한 자각운동이 일었는가 싶었지만 주택소유자들은 여전히 자기권리를 마음껏 행사하고 산다. 농부들은 거대한 함석 오두막을 허물어 버리고 울타리 담장을 뿌리째 뽑아버릴 수 있다. 브리티시텔레콤은 빨간 공중전화부스를 치워버리고 샤워부스 같은 걸 대신 세워놓을 수 있다. 정유회사들은 주유소마다 싸구려 오색테이프를 걸어놓을 수 있고 소매상인들은 플라스틱으로 만든 간판을 마구 걸어놓을 수 있다. 이렇게들 한다고 해도 아무도 말릴 수가 없다. 하지만 실제로

할 수 있는 일이 하나 있기는 있다. 그런 곳에는 가지 않는 것이다. 나는 몇 년 동안 부츠에는 발도 들여놓지 않았다는 사실을 자랑스럽게 말하고 다닌다. 그 회사가 케임브리지, 첼튼엄, 요크 그리고 내가 앞으로 계속해서 조사할 지역에 있는 주요 아울렛매장의 건물 1층을 원래대로 복원하지 않는 한 절대로 가는 일은 일어나지 않을 것이다. 펄럭거리는 오색테이프를 두르지 않는 주유소를 우리집 반경 20마일(약 32km) 안에서 발견할 수만 있다면 녹초가 될 때까지 뛰어갈 생각도 있다.

공정하게 말하자면 솔즈베리는 다른 도시들보다 보존상태도 훨씬 좋고 잘 꾸며진 곳이다. 대체적으로 근사한 외관을 갖추고 있는 곳으로 바로 이러한 점 때문에 일부에서 지적하는 비난을 면하기도 어렵다. 게다가 시간이 흐를수록 조금씩 이러한 주장에 힘이 실리고 있다. 최근 지자체에서는 한 극장소유주에게 건물 정면의 16세기 목골 구조를 유지하라고 권고했다. 16세기부터 17세기까지 암흑시대에 훼손되었던 건물이 해체 직전까지 갔다가 다시 복원작업을 진행하는 곳을 목격하기도 했다. 복원작업을 진행하던 회사의 이사진은 이런 종류의 일을 자주 하고 있다는 걸 자랑스레 떠벌렸다. 회사의 무궁한 번창을 기원하는 바다.

나는 솔즈베리가 대성당 주변만 망치지 않는다면 무슨 짓을 하든 용서해줄 용의가 있다. 솔즈베리 성당이야말로 영국에서 가장 아름다운 구조물이며 그 주변 환경 역시 더할 나위 없이 아름다운 공간이다.(내 생각에 그렇다는 얘기다.) 돌 하나, 담장 하나, 관목 하나가 더함도 없고 덜함도 없이 딱 들어맞는 자리에 놓여있다. 지난 700여 년 동안 한 번도 손을 대지 않았다면 거짓말이겠지만 손을 댄 사람들 모두 아름다움을 더해놓기만 한 것 같다. 나는 성당의 벤치에서만 살아도 좋을 것 같다고 생각했다. 나는 한 30분간 벤치 중 하나에 앉아서 흐뭇한 마음으로 성당과 잔디밭과 장엄한 건물들의 절묘한 배치를 감상했다. 계속 앉아있고 싶었지만 이슬비가 내리는 바람에 어쩔 수가 없이 일어났다. 그러면서도 주변을 좀 더 둘러보았다. 그리고 솔즈베리 박물관으로 향했다. 박물관 내부를 둘러보는 동안 내 배낭을 맡아줄만한 사람이 계산대 뒤에 있을 거란 생각에서였다.(배낭을 맡아주는 사람이 있었다. 그에게 축복 있기를!) 솔즈베리 박물관은 입장료가 아깝지 않을 만큼 훌륭한 곳이다. 애초 여기에서 많은 시간을 보낼 생각은 아니었지만 로마시대의 유물들과 오래된 그림, 옛 올드새럼의 축척도 같은 것들이 잔뜩 전시되어 있었다. 언제나처럼 나는 이런 것들에게 맥을 못 춘다.

특히 스톤헨지 갤러리가 흥미로웠다. 다음날 가기로 마음먹었던 장소였기 때문이다. 그래서 설명하는 글을 모두 읽었다. 굳이 말할 필요도 없지만 스톤헨지는 엄청나게 대단한 기념물이다. 거석 하나를 드는 데도 500명의 사람이 필요하고, 위치를 잡기 위한 굴림대를 굴리기 위해서는 100명의 사람이 더 필요했다. 잠시 생각을 해보자. 600명의 사람들에게 약 50톤의 돌을 8마일(약 13km)이나 끌고 가달라고 말한 다음에 그 돌을 밀어 올려서 위로 향하게 세우고 이렇게 말해야 했을 것이다.

"좋아요. 수고했어요! 이제 똑같이 20번을 더 반복한 다음 횡석을 더 운반하고 웨일스에서 잘빠진 푸른 돌을 더 날라주세요. 다 끝나면 파티를 합시다!"

장담하건데 스톤헨지의 배후인물은 아마도 사람들을 부추겨 일을 시키는 데 타고난 재주를 지닌 인물이었음에 틀림없다.

박물관을 나와서는 잔디밭을 가로질러 대성당으로 갔다. 솔즈베리 대성당을 한 번도 간 적이 없는 비극적인 사람들에게 미리 경고하자면, 이 성당은 오래전부터 돈 밝히는 곳으로 유명했다. 예전부터 나는 종교 의식을 거행하는 건물에서 헌금을 내라고 괴롭히는 행위에 대해 냉담한 편이었다. 그러다가 옥스퍼드에 있는 성모마리아 대학교 성당의 교구목사를 만난 자리에서 매년 30만 명의 방문객이 찾아와서 내는 성금이 8000파운드에 불과하다는 것을 알게 된 이후로는 부드러운 태도를 갖게 되었다. 그러니까 내 말은 이곳은 아름다운 건축물이니까 그에 걸맞은 감사의 표시는 해야 한다는 이야기다. 하지만 솔즈베리는 신중한 부탁의 말씀을 한 단계 뛰어넘는 조치를 취하고 있다.

일단 극장 스타일의 매표소를 지나면서 '자발적으로' 입장료 2파운드 50페니를 지불해야 한다. 안으로 들어서면 계속해서 주머니를 열라는 요청에 시달리게 된다. 녹음된 메시지를 듣기 위해서나 놋쇠로 된 제품을 문질러보거나 솔즈베리 성당 소녀성가대나 성당의 친구들 단체에 후원을 하려면 돈을 내야 한다. 그리고 근처에 있는 윌턴 하우스에 있는 아이젠하워 사령부에 꽂혀 있던 미국 국기가 낡고 헤어져 다시 복원되어야 한다고 생각한다면 역시 돈을 내야 한다.(나는 10페니를 내고 다음과 같이 썼다. "애초에 그 상태가 되도록 방치한 이유는 뭐죠?") 그렇게 하나씩 세어보니 출입구에서 선물용품점까지 가는 중간에 놓인 모금함의 종류만 아홉 가지였다. 아니 봉헌촛대까지 포함하면 10개라고 볼 수 있다. 거기에 더해서 성당의 본당 회중석을 지날 때면 성당 식구들을 소개하는 전시물과 맞닥뜨려야 하거나(하나같이 미소 띤 얼굴로 사진을 찍었는데 꼭 버거킹에 걸린 직원 소개처럼 보인다), 성당에서 하는 해외 선교사업에 대한 이야기를 듣거나, 성당의 구조를 보여주는 단면도를 전시한 진열장을 봐야 한다. 이 진열장을 보는 게 재미는 있다. 하지만 이건 여기보다 길 건너 박물관에 있어야 더 어울린다. 한마디로 정신없는 곳이란 얘기다. 전동 카트에 올라타서 윙윙 질주하면서 애니매트로닉스 기술로 탄생한, 석공들이나 터크 수사와 같은 성직자들이 완비된 '솔즈베리 성당 가상체험'을 하는 날이 언제나 올까 생각해보았다. 내가 볼 때는 5년 후면 그렇게 될 것 같다.

성당을 다 둘러본 나는 솔즈베리 박물관에 있는 친절한 아저씨에게서 배낭을 돌려받고 관광안내소로 걸어갔다. 그곳에서 담당 젊은이에게 앞으로 이어질 나의 복잡한 여정을 소개했다. 일단 월트셔와 도싯을 들른 다음 스톤헨지에서 에이브베리로 가고 계속해서 라콕, 스투어헤드 정원을 지나 가능하면 쉐르본까지 갈까 한다고 말한 다음 이 모든 것을 3일 안에 해결하려면 어떤 버스를 타야하는지 물었다. 젊은이는 완전히 정신 나간 사람을 보는 듯한 표정을 지으며 말했다.

"영국에서 버스를 타보신 적이 한 번도 없으신가요?"

나는 1973년에 버스를 탄 적이 있었다고 확실하게 말해주었다.

"네, 그때하고 지금은 사정이 조금 달라졌거든요."

젊은이가 말했다.

관광안내소의 젊은이는 솔즈베리와 서쪽지역 사이를 운행하는 버스 시간표를 하나 건네주고 스톤헨지까지 가는 길을 안내하고 있는 부분을 찾아내는 일을 도와주었다. 아침 일찍 스톤헨지로 가는 버스를 탈수 있기를 바랐다. 그래야 오후에 에이브베리로 직행할 수 있기 때문이었다. 하지만 곧 불가능한 일이란 걸 알 수 있었다. 스톤헨지로 가는 첫 버스는 오전 11시가 넘어야 있었다. 도무지 믿을 수 없어 콧방귀를 날려 주었다.

"스톤헨지까지 택시를 타고 가시면 될 것 같은데요. 스톤헨지까지 갔다가 다시 이곳으로 돌아오는 데 왕복으로 약 20파운드(약 4만원) 정도 받을 겁니다."

젊은이가 제안했다.

"미국 여행자분들은 대개 이런 식으로 관광하고 만족해 하시더라구요."

나는 엄밀하게 따지면 미국인이지만 돈을 물 쓰듯 쓰지 않을 만큼 영국에서 오랫동안 살았노라고 설명해주었다. 그리고 조그맣고 납작한 동전주머니에서 동전을 하나씩 꺼내 써야 하는 지경에 이른 건 아니지만 고향으로 가져가 몇 년을 두고 사용할 수 있는 물건이 아닌 것에 20파운드나 지불할 생각이 없다고도 말해주었다. 나는 안내소에서 나와 근처의 커피하우스로 갔다. 그리고 이번 여행을 위해 특별히 마련해 두었던 묵직한 '대영제국 철도시간표'를 배낭에서 꺼내 들고 기차와 버스라는 두 가지 대중교통을 이용해 웨식스(잉글랜드 남부의 옛 이름)를 관통하는 방법에 대한 장고에 들어갔다.

그러면서 꽤 규모가 있는 지역에도 철도가 깔려 있지 않다는 사실을 발견하고 조금 놀랐다. 세 곳만 열거하자면 말보로, 디바이지스, 에임즈베리가 있다. 버스시간표에도 분명하게 연결되어 있는 노선이 하나도 없었다. 반면 라콕으로 가는 버스는 심할 정도로 많고 되돌아오는 노선도 금방 찾을 수 있었다. 14분만 있다가 와도 되고 일곱 시간을 있다가 돌아올 수도 있었다. 선택의 여지가 많았다. 참으로 실망스러운 결과였다.

우울한 마음으로 얼굴을 잔뜩 찡그린 나는 지역신문사를 찾아가 타임스에서 일하던 시절에 사귀었던 피터 블랙로크라는 친구를 찾았다. 솔즈베리에서 살고 있는 이 친구와 그의 아내 조앤은 언젠가 내가 솔즈베리를 지나면 기꺼이 하룻밤 묵도록 해주겠다는 말을 함부로 했던 적이 있었다. 며칠 전에 연락을 해서 조만간 솔즈베리로 가서 오후 4시 30분쯤에 사무실로 찾아가겠다고 메시지를 남겼었다. 하지만 내 전언이 제대로 전달이 안 된 모양이었다. 4시 29분에 도착해보니 막 뒷문으로 빠져나갈 차비를 차리고 있었던 것이다. 물론 이건 농담이다! 친구는 두 눈을 반짝이며 나를 기다리고 있었다. 친구와 천사 같은 친구의 아내는 어서 나를 집에 데리고 가서 푸짐한 음식을 먹이고 술을 대접한 다음, 손님방의 침대를 엉망으로 만들게 하고나서 빌 브라이슨 표 콧소리 심포니의 일곱 시간 연속 공연에 시달리며 밤을 지새우고 싶어 못 견디겠다는 것을 온 몸으로 나타내고 있었다. 두 사람은 친절의 대명사가 될 만한 인물이었다.

다음날 아침 피터는 나와 함께 도심으로 걸어가면서 셰익스피어의 〈뜻대로 하세요〉가 초연된 장소며 트롤럽이 〈바셋 주州 이야기〉에서 배경으로 사용했던 다리 등 지역의 명물을 알려주었다. 그리고 신문사 앞에서 헤어졌다. 2시간 정도 시간을 더 보내야 했던 나는 정처 없이 여기저기 돌아다녔다. 상점을 기웃거리기도 하고 커피도 몇 잔 마시다가 마침내 버스정류장에 도착했다. 그런데 그곳에는 한 무리의 사람들이 10시 55분 출발예정인 스톤헨지 행 버스를 타러 줄 서서 기다리고 있었다. 하지만 버스는 11시가 되어서야 정류장에 들어왔다. 그러고도 20분은 족히 걸리는 시간 동안 운전사는 버스표를 나눠줘야만 했다. 외국에서 온 관광객들이 많았고, 그 중 몇몇은 버스좌석을 잡기 위해서는 돈을 내고 조그만 종잇조각을 받아야 한다는 생각도 하지 못했다. 불쌍한 인간들 같으니라고! 나는 버스에 올라타서 왕복표를 3파운드 95페니에 사고 추가로 스톤헨지 입장료 2파운드 80페니를 냈다.

"2파운드 65페니를 내시면 가이드북을 받으실 수 있는데 사시겠어요?"

매표원 아가씨의 말에 대답 대신 공허한 웃음을 지어주었다.

스톤헨지는 1970년대 초반에 봤던 것과 많이 달라져 있었다. 깔끔한 선물가게와 커피전문점이 들어섰고 유적에 대한 해설을 해주는 시설은 따로 없었다. 하지만 충분히 이해할만한 일이었다. 어찌되었거나 유럽에서 가장 중요한 선사시대 유물이고 영국에서 가장 많은 관광객을 끌어 모으는 십여 개의 유적지 중 하나인 곳이니 굳이 이곳에 대한 가르침을 주거나 흥미를 불러일으키기 위해 돈을 쓸 필요가 없었던 것이다. 예전과 가장 크게 달라진 점은 스톤헨지로 곧바로 다가가서 '데니스 사랑해' 따위의 낙서를 할 수 없게 되었다는 점이다. 이전에는 얼마든지 가능한 일이었다. 하지만 지금은 거대한 환상環狀 열석列石 유적지에서 한참 떨어진 곳에 밧줄을 쳐놓고 접근을 제한하고 있었다. 그 덕에 상당히 개선된 부분은 있었다. 불룩한 돌들이 당일치기 여행객들 사이에 묻히는 일을 피하게 된 것이다. 그 찬연한 아름다움을 아무런 방해 없이 온전히 감상할 수 있게 되었다는 말이다.

하지만 스톤헨지에서 강한 인상을 받게 되는 일은 그곳에 도착한 지 11분이 지나고 그 황홀함에 사로잡혀 기분이 최고조에 달할 무렵까지다. 그로부터 한 40분간 더 주변을 걸으며 스톤헨지를 바라보게 되지만 그건 어디까지나 예의상, 그리고 버스를 맨 처음 뛰쳐나온 사람이었다는데 따른 어쩔 수 없는 책임감, 그리고 2파운드 80페니의 입장료만큼의 체험을 해내고야 말겠다는 강력한 욕망에서 나온 일이었다. 시간을 다 채운 나는 선물가게로 돌아가 책이며 기념품 등을 둘러보고 플라스틱 잔으로 커피 한 잔을 마신 다음 어슬렁거리며 버스정류장으로 가서 솔즈베리로 가는 13시 10분 버스를 기다렸다. 기다리는 시간의 절반은 어째서 버스정류장에 벤치를 설치하지 않았는가에 대해 숙고하고, 나머지 절반은 다음 행선지로 어디를 택해야 하는가를 생각했다.

09

지도만 들고
간다는 것

도싯 해안도로

존오그로츠

글래스고

에든버러

리버풀

루드로우

런던

롤워스

본머스

도버

내가 이해하지 못하는 일은 수천 가지도 넘지만, 그 중에 도저히 이해 못할 일이 하나 있다. 모래더미 옆에 서서 이렇게 처음으로 말한 사람이 도대체 누구였을까 하는 것이다.

"이 모래를 가져가서 잿물 약간과 섞은 다음 열을 가하면 단단하면서도 투명한 물질을 만들 수 있을 거야. 그럼 그걸 유리라고 부르도록 하지."

나보고 둔치라고 부를지도 모르겠지만 나는 아무리 이 세상 끝날 때까지 모래 옆에 서 있어도 그걸로 유리창을 만들 생각을 못해낼 것 같다.

모래가 유리나 콘크리트 같이 유용한 물질로 변화할 수 있는 기적적인 능력을 가졌다는 사실에 감탄하는 것은 사실이지만 자연 상태의 모래는 그리 좋아하지 않는다. 나에게 있어서 모래는 주차장과 바닷물 사이에 있는 비우호적인 장애물에 지나지 않는다. 얼굴로 날아들고 샌드위치에 스며드는데다 열쇠나 동전 같이 중요한 물건을 꿀꺽 삼켜 버리기도 한다. 날씨가 더울 때는 발바닥을 데는 바람에 '으악!' 소리를 지르게 만든다. 몸에 물이 적셔 있기라도 하면 문신처럼 달라붙어서 소방수의 물세례를 맞아도 좀처럼 떨어지지 않는다. 하지만 참으로 신기하게도 비치타월 위에 올라서거나 차에 타거나 방금 청소한 카펫 위를 걸어갈 때면 스르르 잘도 떨어진다.

모래와 조우한 지 며칠이 지난 후에도 신발을 벗을 때마다 신기하게 줄어들지 않는 모래를 한 줌씩 쏟아내게 될 것이고 양말을 벗을 때마다 상당한 양의 모래를 주변에 흩뿌리게 될 것이다. 그 어떤 전염병보다 더 오랫동안 우리 주변에 머무는 게 바로 모래다. 게다가 개들이 변기로 사용하기도 한다. 그러니 다들 나처럼 모래를 최대한 멀리하고 지내는 게 좋을 거다.

하지만 지금 찾아온 스터드랜드 해변이라면 예외로 둘 수도 있다. 어제 솔즈베리 행 버스에서 문득 생각이 나 갑작스레 이곳을 찾았다. 기억저장고를 탐색한 결과 수년 전에 혼자 속으로 했던 다짐 하나를 찾아낸 것이었다. 언젠가 도싯 해안도로를 혼자 걸어보겠노라는 내용이었다. 이 해안도로는 영국 서부해안에서 가장 화려한 풍경을 자랑하며 100마일(약 161km) 가량 뻗어있다. 그런 연유로 나는 태양이 찬란한 9월 아침에 샌드뱅크 페리호에서 막 내려서 큰 맘 먹고 충동적으로 장만한 울퉁불퉁한 도보용 지팡이를 꽉 틀어쥐고 아름다운 해변 주변의 굽은 길을 따라 걸었다. 외출하기 딱 좋은 화창한 날이었다. 푸르른 바다는 출렁이며 햇빛을 받아 반짝거렸고 하늘에는 침대시트처럼 하얀 구름이 둥둥 떠다니고 있었다. 내 뒤로 줄지어 서 있는 샌드뱅크의 집과 호텔들은 맑은 대기 속에서 환하게 빛나는 것이 마치 지중해에 온 듯했다. 나는 가벼운 마음으로 바닷가 끝에서 스터드랜드 마을을 지나 건너편 푸른 언덕까지 이어진 축축하게 젖은 모래사장을 따라 걸었다. 모래사장에는 원래 나체주의자들이 많이 모여 있었다. 따라서 그 길을 걷는

데는 부수적인 즐거움도 따라온다. 하지만 오늘은 3마일(약 5km)을 걸었는데도 사람 한 명 찾아볼 수가 없었다. 앞으로도 아무도 밟지 않은 모래사장이 펼쳐져 있었고 뒤로는 내 발자국만이 남겨져 있었다.

스터드랜드 마을은 나무가 드문드문 심어진 아담한 마을이다. 노르만 양식의 교회가 있고 만 너머로 보이는 풍경이 빼어난 곳이다. 나는 마을 가장자리를 에두르는 길을 따라 걷다가 핸드패스트 곶으로 이어지는 언덕 위를 올라갔다. 중간쯤에서 종자를 알 수 없는 커다란 검은 개 두 마리를 데리고 산책을 나온 한 쌍의 부부를 봤다. 풀밭에서 개들은 까불고 있었다. 하지만 언제나 그렇듯이 그 개들은 나를 보자마자 온 몸의 근육을 경직시키고 두 눈이 시뻘게지도록 부라리더니 앞니가 쑥 커지면서 먹이를 잡아먹으려는 야수로 변신했다. 순식간에 개들은 나를 뒤쫓기 시작했다. 사납게 짖어대며 힘줄을 세우고 앞 다퉈 달려 나와 끔찍하게 생긴 누런 이로 깡충깡충 춤추는 내 복사뼈를 물어뜯었다.

"누가 이 짐승을 좀 떼 주세요!"

나는 인간의 목소리가 아닌 미니마우스 목소리로 비명을 질러댔다.

개 주인이 경중경중 뛰어와 개 줄을 잡아당겼다. 주인 남자는 우스꽝스럽게 멋을 낸 납작한 모자를 쓰고 있었다.

"그 막대기 때문이에요."

주인 남자가 비난조로 말했다.

"우리 개들은 막대기를 좋아하지 않거든요."

"그럼 절름발이들만 공격한다는 말이요?"

"그냥 막대기를 좋아하지 않는다는 겁니다."

"그렇다면 댁의 맹한 부인이 표지판이라도 하나 들고 앞서 걸어가면서 이렇게 말하고 다녀야겠군요. '조심하세요! 막대기라면 환장하는 미친개들이 오고 있어요.'"

짐작하다시피 나는 좀 화가 나 있었다.

"거 이보시오, 그렇게 인신공격 식으로 말하지 마시오."

"지금 댁의 개들이 아무런 이유도 없이 날 공격했단 말입니다. 개를 잘 다루지 못할 거면 키우질 말았어야죠. 그리고 나보고 이보시오 어쩌고 하지 말란 말입니다, 형씨."

우리 둘은 사나운 눈초리로 서로를 노려보고 있었다. 먹살을 잡고 험한 꼴로 진흙탕 속에서 뒹구는 사태가 벌어지기 직전이었다. 나는 손을 뻗쳐 남자의 모자를 획 쳐내고 싶은 거친 충동을 간신히 참아내고 있었다. 그때 한 마리가 다시 내 발목께로 덤벼들었다. 나는 몇 걸음 물러섰다. 그리고 비탈길에 서서 머리를 산발하고 발광하는 미친놈처럼 막대기를 휘둘러댔다.

"쓰고 있는 모자도 시시하기 짝이 없네 뭐!"

나는 씩씩거리며 언덕 아래로 내려가는 두 사람을 향해 소리쳤다. 그렇게 일을 마친 나는 겉옷의 매무새를 매만지고 표정관리를 한 다음에 다시 갈 길을 갔다. 허, 참!

핸드패스트 곶은 풀로 뒤덮인 절벽으로, 족히 200피트(약 60m) 정도 아래에 위험스런 포말이 일렁거리는 바다가 있다. 절벽 끝까지 기어가 아래를 내려다보려면 대담한 용기와 어리석음이 특별한 혼합을 이루어야만 가능하다. 절벽 너머에는 석회암으로 이루어진 높은 봉우리 두 개가 치솟아 있는데 '해리 영감님'과 '해리 영감님 마누라'라고 불린다.

두 봉우리는 한때 도싯과 와이트 섬을 연결하는 다리의 일부라고 한다. 만을 가로질러 18마일(약 29km) 정도 뻗어 있는 이 거대한 바위는 바다의 짙은 안개를 뚫고도 볼 수 있다. 해안가 언덕 너머에는 가파른 오솔길이 발라드 다운까지 이어져 있다. 나이 먹어 숨을 헐떡거리는 나 같은 뚱보에게는 상당히 힘든 코스였지만, 그 끝에서 보는 전경은 그만한 가치가 있었다. 경이로운 모습은 마치 세상의 꼭대기에 와 있는 듯한 느낌을 주었다. 반경 수 마일 안에는 도싯의 언덕들이 굽이굽이 펼쳐져 있는 모양새가 마치 퀼트 이불을 침대 위에 펼쳐서 흔드는 것 같았다. 산울타리를 따라 시골길이 구불구불 이어졌고 언덕 비탈은 산림지대와 농장, 양떼들로 인해 얼룩덜룩했다. 저 멀리서 환하게 빛나는 광활한 은청색 바다는 뭉게구름이 걸려 있는 산 아랫자락과 맞닿아 있었다. 내 발치 아래로 한참을 떨어진 곳에서는 작고 예쁜 바닷가 마을인 스와니지가 말굽 모양의 만 가장자리에 있는 바위에 기대어 몸을 웅크리고 있었다. 그리고 내 뒤로는 스터드랜드가 있었고, 풀 하버와 브라운씨 섬의 질펀하고 축축한 습지가 자리 잡고 있었다. 그 너머에는 끝없이 펼쳐진 안개 속에서 세심한 손길로 보살핌을 받고 있는 농장들이 있었다. 나는 지금 이 아름다움을 말로 형용하기가 어렵다.

나처럼 지친 도보여행객을 위해 이 꼭대기까지 운반되어 온 돌 벤치로 걸어갔다. 영국은 이렇게 세심한 배려와 친절을 자주 베푸는 특이한 나라다. 벤치에 앉은 나는 영국 왕립지도제작원인 오드낸스 서베이에서 도싯 부근을 그린 1:25000 지도를 꺼냈다. 나는 '현재위치'가 화살표로 표시되어 있지 않은 지도를 굉장히 불편해하는 편이다. 오드낸스 서베이의 지도가 그런 부류다. 하지만 지도제작자가 파이크스 피크 같은 것보다 더 작은 풍경은 그냥 생략해버리는 풍조가 흔한 나라에서 살다 온 사람으로서 오드낸스 서베이의 1:25000 지도 시리즈가 선사하는 많은 지형지물에 대한 상세한 기술은 깊은 인상을 남겼다. 지형에는 잔디 한 조각을 비롯해 모든 세세한 것들이 포함되어 있다. 헛간, 이정표, 풍력 펌프, 봉분도 빠짐없이 기록되어 있었다. 모래채취장과 자갈채취장도 구분해 표시하고 철탑에서 뻗어 나온 전깃줄인지 전봇대에서 뻗어 나온 전깃줄인지도 구별해서 표시하고 있다. 심지어 지금 내가 앉아 있는 석조 벤치까지 그려져 있었다. 지도를 보고 내 엉덩이가 차지하고 있는 면적이 얼마나 되는지 알 수 있다는 사실이 놀랍기만 했다.

하릴 없이 지도를 붙잡고 살펴보다가 서쪽으로 1마일(약 1.6km)쯤 가면 오벨리스크가 있다는 사실에 주목하게 되었다. 그리고 그렇게 멀리 떨어진 장소에 기념비를 세울 생각을 왜 했을까 궁금했다. 언덕의 비탈길을 따라 내려가보기로 했다. 하지만 그 1마일은 내가 걸었던 그 어떤 1마일보다 더 길었다. 풀로 뒤덮인 들판을 몇 개 건너고 겁 많고 수선스러운 양떼를 지나 농장 문 몇 개를 통과했다. 마침내 나는 수수하고 소박한 화강암 오벨리스크에 도착했다. 비바람을 맞아 흐릿해진 비명에는 1887년에 도싯 상수도국에서 이곳에 수도관이 지나도록 했다는 말이 적혀 있었다. '이런, 최고군!' 나는 입술을 오므리고 다시 지도를 보았다. 그곳에서 조금만 더 가면 거인의 무덤이라 불리는 곳이 있다고 했다. '이게 진짜 재미있겠는데.'

그래서 그곳을 보러 가기로 했다. 하지만 그건 성가신 일이었다. 다음 등고선을 볼 때마다 매혹적인 명물이 하나씩은 있었다. 환상열석에서 로마식민지(유적지)로 갔다가 폐허가 된 사원까지 전부 다 돌아본다

해도 아주 일부만 보게 될 것 같았다. 특히 나 같은 사람이라면 그나마도 제대로 보지 못할 터였다. 나는 아무리 해도 거인의 무덤을 찾을 수가 없었다. 이만하면 가까워졌겠지 싶었지만 확신을 가질 수가 없었다. 이 지도의 장점이자 단점은 너무나 상세하게 지형지물을 설명하고 있다는 점이다. 지형의 특징을 너무나 많이 설명하고 있어서, 원래 목적하던 곳에 제대로 왔다고 착각하는 일이 빈번하게 발생한다. 나무가 잔뜩 모여 있는 작은 숲을 보게 되면 턱을 긁으면서 이렇게 생각하게 된다. '흠, 그래, 어디 보자. 이게 코딱지 숲이겠지. 그렇다면 저 묘하게 생긴 흙더미는 필경 폴짝폴짝 난장이의 긴 무덤이렸다. 그럼 저기 언덕 위가 좌절의 농장일 거야.' 생각이 여기까지 미치면 확신에 찬 걸음을 성큼성큼 내딛다가 생각지도 못한 곳, 그러니까 포츠머스 항구 같은 곳에 도착해서야 완전히 엉뚱한 곳에서 헤매고 있었다는 걸 깨닫게 되는 식이다.

그래서 그 고요한 오후에 나는 스와니지로 들어가는 내륙도로를 찾으려고, 땀투성이로 녹음이 우거진 도싯의 아름답지만 한적하고 광대한 한쪽 지역을 본의 아니게 도보여행하게 되었던 것이다. 더 과감하게 모험을 하면 할수록 보행자들이 다니는 길을 찾기가 어려워졌다. 오후 서너 시쯤 되자 상황은 점점 심해져서 철조망 밑을 기어가고, 배낭을 머리에 이고 얕은 여울을 건너며, 곰을 잡으려고 설치한 덫에 걸려 발을 비틀어 빼내면서, 다른 곳으로 갈 수 있게 되기를 간절히 바라게 되었다. 때로 잠시 걸음을 멈추고 휴식을 취하면서 지도와 주변 지형물 사이에 일치되는 면이 조금이라도 있는지 알아내려 노력했다. 그러다 결국 자리에서 일어나 엉덩이에 붙은 소똥을 떼어내고 완전히 새로운 방향으로 걸어가기 시작했다. 그런 식으로 저녁 무렵이 다 된 시각에 도착한 곳은 놀랍게도 코프 성이었다. 너무 걸어서 발이 아팠고, 곤경에 처했다 살아남은 훈장인 마른 피가 실개천처럼 달라붙어 있었다.

그래도 운 좋게 어딘가에 도착했다는 점을 축하하기 위해 나는 그곳에서 제일 좋은 호텔을 찾아갔다. 엘리자베스 1세의 영지였던 이 호텔의 이름은 모턴하우스였다. 무척이나 쾌적한 느낌이 나서 기대감이 잔뜩 부풀어 올랐다. 게다가 내가 머물 곳이다.

"멀리서 오셨나요?"

프런트의 아가씨가 숙박부를 쓰고 있는 나에게 물었다. 물론 도보여행의 첫 번째 규칙은 앙다문 이 사이로 거짓말을 내뱉어야 한다는 것이다.

"브로큰허스트에서 왔어요."

나는 순간 충동적으로 동쪽으로 30마일(약 48km)이나 떨어진 마을의 이름을 댔다.

"세상에, 그렇게 먼 길을요?"

나는 노골적으로 남성미를 풍기며 콧방귀를 뀌었다.

"네, 좋은 지도가 있으니까요."

"내일은 어디로 가실 건가요?"

"카디프(웨일스 남부의 항구도시이자 웨일스의 수도)로 갑니다."

"어머나! 걸어서요?"

"다른 식으로는 안 갑니다."

나는 배낭을 들쳐 메고 방열쇠를 집어 든 다음, 세상 물정에 밝은 사람인 양 윙크를 날렸다. 아마도 그 윙크로 아가씨는 거의 졸도할 지경이 되었을 것이다. 그녀는 분명 내가 한 20년만 젊고 조금만 더 잘생기고 코끝에 소똥이 큼지막하게 붙어 있지만 않았다면 좋았을 거라 안타까워했을 것이다.

나는 몇 분에 걸쳐 커다랗고 하얀 수건 하나를 새까맣게 만들고는 마을의 가게 문이 다 닫히기 전에 구경을 하러 서둘러 밖으로 나갔다. 코프는 매우 유명하고 아름다운 곳이다. 석조 오두막이 옹기종기 모여 있고, 그 주변을 사진 속에 나올 법한 톱날 모양을 한 높은 성벽이 둘러싸고 있었다. 마가릿 공주 이후로 사람들의 사랑을 가장 많이 받는 유적지였다. 나는 큰맘 먹고 유쾌한 분위기가 넘치는 번잡한 내셔널트러스트 찻집에서 차 한 주전자와 케이크 하나를 시켜 먹었다. 그리고 급히 옆문으로 나가 성 입구로 갔다. 입장료는 2파운드 90페니였다. 돌덩어리 한 무더기를 보는 대가로는 너무한 가격이 아닌가 싶었다. 게다가 10분 후면 문을 닫는다고 했다. 그래도 나는 입장권을 샀다. 언제 이곳을 다시 올지 알 수 없는 노릇이었기 때문이다. 영국 남부에서 가장 규모가 큰 성의 하나로 꼽혔던 이 성은 영국 내전 중에 왕당정치에 반대하는 사람들에 의해 완전히 해체되다시피 했다. 그리고 난 후에 마을사람들은 남겨진 것들을 마음대로 가져다 썼다. 그래서 마을 주변 대부분이 성의 돌로 만들어져 있다. 또한 그래서 성벽의 조각 같은 것 외에는 그리 볼 게 없었다. 하지만 마을 주변을 가로질러 보이는 광경은 언덕 비탈길에 긴 그림자를 던지며 스러져가는 저녁 햇살과 골짜기 사이로 스멀스멀 스며드는 안개와 잘 어우러졌다.

나는 호텔에서 뜨거운 물로 오랫동안 목욕을 했다. 그리고 나른하고 행복한 피로감에 젖어 모턴하우스가 제공하는 위락시설을 마음껏 누리기로 했다. 일단 바에 가서 술 몇 잔을 들이켠 다음 식당으로 출두했다.

식당에는 여덟 명의 손님이 더 있었다. 모두 백발에 잘 차려입고서 말을 거의 하지 않았다. 영국 사람들은 어째서 호텔 식당에서 이렇게 조용한 걸까? 나이프와 포크가 나직하게 달그락거리는 소리와 2초짜리 대화를 웅얼거리는 소리 외에는 다른 소리를 들을 수가 없었다. 2초짜리 대화는 이런 식이다.

"내일도 날씨가 좋을 것 같아요."

"오, 그거 다행이네요."

"네."

그러고는 다시 침묵이 이어진다. 아니면….

"스프가 맛있네요."

"네."

그리고 다시 침묵.

이런 호텔이라면 브라운윈저 스프와 로스트비프, 요크셔 푸딩 정도의 특색 있는 요리를 내올 거라 기대했다. 하지만 호텔도 변화를 겪었던 모양이었다. 10년 전 메뉴에서는 결코 찾아볼 수 없었던 금화 열 냥짜리 표현들이 눈에 띄었다. 누와제뜨, 타르타르, 두크셀, 쿨리, 탱발 같은 표현으로 별 의미도 없이 잔뜩 부풀려진 말이 괴상한 대문자로 적혀 있었다. 나는 메뉴를 받아 그대로 인용해 주문을 했다.

"먼저 부채 모양으로 편 갈리아 멜론과 컴브리아 산지에서 자연 건조한 햄에 이파리 혼합 샐러드를 곁들여 먹고, 다음으로 브랜디로 불을 붙이고 크림으로 마무리 한 검은 후추 열매 말린 것을 으깨 넣은 소스에 안심 스테이크를 먹겠습니다."

음식은 이름을 읽는 것 만큼이나 먹는 것도 즐거웠다.

나는 이런 새로운 방식으로 이야기를 나누는 것이 꽤나 마음에 들었다. 웨이터에게 이런 식으로 말할 때 상당한 기쁨을 느낄 수 있다. 나는 웨이터에게 수도관에서 막 뽑아낸 물의 광채가 유리 원통에서 자연 그대로의 모습을 드러낼 수 있도록 해서 달라고 부탁했다. 롤빵을 가지고 온 웨이터에게는 표백한 밀을 오븐에 구워서 양귀비 씨앗으로 뒤덮어 위장하고 집게로 집어올린 원판 모양의 것을 보여 달라고 간청했다. 이런 식으로 나는 부채모양을 한 무릎덮개를 달라고 할 때도, 막 빨래를 마치고 다림질을 한 다음 레몬 향을 살짝 뿌린 덮개를 가져와서, 내 무릎에서 떨어져 이제는 내 발과 나란히 이어진 길에 드러누워 있는 기존 덮개의 빈자리를 채워달라고 말했다. 그때 웨이터가 '디저트 메뉴'라고 적힌 카드를 건네주었다. 그제야 우리가 제대로 된 영어표현의 세계로 돌아와 있다는 것을 깨달을 수 있었다.

영국식당은 하나의 원칙이 있다. 두크셀이니 뭐니 시간을 끌고 누와 제뜨니 뭐니 하면서 소란을 피우는 건 얼마든지 봐주지만, 푸딩에 대해서만은 절대 간섭하게 놔두지 않는다. 이 문제에 관해서는 내 말이 절대적으로 맞다. 디저트 목록에 올라간 음식들은 모두 끈적거리고 달달한 음식에 걸맞은 적당한 영어이름이 붙어있다. 나는 끈적거리는 토피 푸딩을 먹었는데 정말 환상적인 맛이었다. 후식을 다 먹고 나니 웨이터는 라운지로 안내했다. 탄약상자 같은 곳에 담긴 갓 볶아 내린 원두커피와 주방장의 특선 민트 웨이퍼(살짝 구운 얇은 과자)가 기다리고 있었다. 나는 테이블 위에 영국조폐공사에서 만든 구리 동전으로 작은 원을 만들고는 위장 내 공기가 살짝 나오려는 것을 참았다가 배출하고야 말았다.

해안가에서 길을 잃었기 때문에 다음날 아침 첫 번째로 처리해야 할 일은 되돌아가는 방법을 찾아내는 것이었다. 코프를 떠나 무거운 발걸음을 옮겨 잔인하리만큼 가파른 비탈길을 올라가 근처에 있는 킹스턴으로 갔다. 성이 멀어지면서 갑자기 조막만하게 보이는 건 잊지 못할 경험이었다.

이번에는 다행스럽게도 평평한 보행자용 작은 길을 택해 걷다가 숲을 지나고 들판을 지나 한적한 고지, 하운스타우트 클리프에 있는 해안도로에 복귀하게 되었다. 다시 한 번 아찔한 절경이 펼쳐졌다. 고래 등처럼 굽은 구릉지와 작은 동굴들이 점점이 찍혀 있는 하얀 절벽, 그리고 넓고 푸른 바다가 밀려오는 인적 드문 해안가. 그날 목적지인 룰워스로 가는 길이 한눈에 내려다 보였다.

길을 따라 나는 가파른 언덕을 오르내렸다. 겨우 오전 10시였지만 때 이른 더위로 기온이 높았다. 도싯 해안가의 구릉지는 대부분 100피트(약 30m) 정도의 높이다. 하지만 그 수가 많고 경사도 심해서 나는 곧 땀 투성이 녹초가 되었고 목이 말라왔다. 배낭을 벗어 안을 뒤적였지만 실망스러운 신음을 내뱉어야만 했다. 풀 하버에서 새로 사서 아침에 열심히 물을 채워 놓았던 예쁜 물통을 호텔에 두고 온 것이다. 격한 목마름에 시달리는데 아무것도 마실 것이 없는 몹쓸 일이 일어났다. 혹시나 킴메리지에 카페나 선술집이 있지 않을까 하는 마음으로 걸음을 옮겼다. 하지만 아름다운 만 건너편으로 난 오르막길에 이르자 규모가 너무 작은 동네라 그런 것이 있을 법하지 않다는 걸 알 수 있었다.

쌍안경을 꺼내 멀리서 마을을 살펴보니 주차장 옆에 웬 이동식 가건물 같은 것이 있는 걸 찾아냈다. 트럭에 만들어 놓은 찻집인지도 몰라 서둘러 길을 따라 걸었다. 아무도 눈길을 주지 않은 듯한 구슬픈 석조

탑을 하나 지났는데, 지금보다 활발한 교역을 펼치던 시절에 남부 해안가를 따라 세워진 터무니없이 커다란 망루인 듯했다. 그리고 가파른 오솔길을 따라 해변으로 내려왔다. 거리가 상당히 떨어져 있어서 한 시간은 족히 더 걸어가야 했다. 행운을 비는 의미로 검지와 중지를 꼰 채로 걸음을 재촉해서 이동식 가건물을 향했다. 하지만 그건 문화보호협회 안내소였고 그나마 문도 닫혀 있었다.

내 얼굴은 고통으로 일그러졌다. 목구멍이 사포처럼 깔깔했다. 반경 수 마일 안에는 찾아갈 곳도 없었고 주변에는 사람 코빼기도 보이지 않았다. 그 순간 기적처럼 아이스크림을 파는 트럭 하나가 언덕을 굴러 내려오더니 아이들을 꼬이기 위해 늘 틀어놓는 반짝반짝 작은 별풍의 노래를 크게 틀어놓고 주차장 가장자리에 자리를 폈다. 젊은이 한 명이 혼자서 느긋하게 트럭의 쪽문을 열고 물건들을 전시하는 동안 초초하게 10분을 기다렸다. 트럭 유리창이 스르르 열리자마자 나는 마실 것을 파는지 물었다. 젊은이는 여기저기를 뒤적거리더니 팬더콜라가 6개 있다고 알려주었다. 나는 그 여섯 병을 모두 사서 트럭으로 드리워진 그늘로 물러났다. 그곳에서 콜라병 뚜껑을 따고 응급처치용 음료를 벌컥벌컥 내 식도로 쏟아부었다.

일단 먼저 분명하게 밝혀둘 것이 있다. 코카콜라, 펩시콜라, 닥터 페퍼, 세븐업, 스프라이트 등 많은 사람들이 특별한 이유 없이 그저 많이들 마시고 있는 소프트드링크류 보다 팬더콜라가 열등하다고 말할 생각도 없고, 따뜻한 음료수를 돈을 주고 사먹는 것이 아주 괴상하고 이상한 일이라고 생각하지도 않았다는 점이다. 그런데 묘하게도 이때 산 음료는 아무리 먹어도 뭔가 부족하게 느껴졌다. 음료수를 연거푸 마셔서 배가 불룩해지고 속에서 액체가 출렁거리는 소리가 들릴 정도가 되었는데도, 기분이 상쾌해지거나 원기가 회복되었다는 느낌을 받을 수가 없었다. 나는 한숨을 쉬면서 나중에 당분이 급하게 필요한 시기가 올 때를 대비해 남은 두 병을 배낭에 집어넣고 가던 길을 계속 갔다.

킴메리지를 지나 2마일(약 3.2km) 정도 더 가면 경사가 매우 급한 언덕의 한쪽 면에 타인햄이라는 이름의 버려진 작은 마을이 하나 있다. 아니 그 흔적이 있다고 하는 편이 낫겠다. 1943년에 영국군은 타인햄 주변 비탈길에 고각도 포탄을 발사하는 훈련을 실시하고자 하니 거주민들은 대피하라는 명령을 내렸었다. 마을주민들은 히틀러에게 본때를 보여주고 나면 다시금 보금자리로 돌아올 수 있을 거라 굳게 믿었었다. 하지만 51년이 지난 지금도 그들은 여전히 되돌아갈 날만을 손꼽아 기다리고 있다. 내가 다소 기분 나쁜 투로 말하는 걸 양해해주길 바란다. 하지만 이건 참으로 수치스럽고 비열한 일이다. 거주민들에게 많은 불편을 끼쳤기 때문만이 아니라(특히 우유 배달을 취소시키지 않았던 거주민들은 큰 불편을 겪어야 했을 것이다), 폭격연습장을 가로지르는 도로가 도보여행자들에게 개방되기를 바라는 나 같은 불쌍한 사람들을 생각하면 그렇다는 이야기다. 현재도 그곳은 간헐적으로 폭격연습장으로 사용되고 있다. 사실 지금은 그 길이 개방되어 있다. 이곳으로 오기 전에 이미 세심하게 확인을 했다. 그래서 나는 킴메리지에서 뻗어 나오는 가파른 산등성이를 오르락내리락하며 여기저기를 돌아다닐 수 있었고 타인햄의 유적이라고 할 수 있는 지붕이 날아간 집들을 둘러보았다. 1970년대에 왔을 때 타인햄은 잡초가 우거진 황량한 땅으로 사람들이 거의 알지 못하는 곳이었다. 하지만 지금은 관광명소 비슷하게 되어버렸다. 도싯 주 의회에서는 커다란 주차장을 만들고 학교와 교회 건물을 작은 박물관으로 만들어 놓았다. 동시에 이런 시설은 타인햄을 영원히 버려진 마을로 낙인찍는 역할도 하고 있었다.

군대가 포격연습을 할 곳이 필요하다는 건 나도 인정한다. 하지만 폭탄으로 날려버리는 데 시각적으로 덜 고려해도 좋은 다른 곳을 얼마든지 찾아낼 수 있었을 것이다. 이를테면 리즈 같은 도시도 있고. 그런데 이상하게도 산비탈에서는 파괴의 흔적을 하나도 찾아볼 수가 없었다. 숫자가 적혀 있는 커다란 붉은 표지판이 여기저기 우뚝 세워져 있기는 했지만 한결같이 흠이 없었다. 그 주변 풍광 역시 마찬가지였다. 아마도 군대에서는 탱탱볼을 가지고 포격연습을 하는 게 아닐까? 어떻게 된 일인지 알 만한 사람이 누굴까? 물론 나는 알 수 없었고 알아낼 능력도 없었다. 나는 죽을 것 같이 가파른 비탈길을 오르느라 점점 약해져가던 체력을 모두 써버리고 말았다. 그 비탈길은 워바로 만을 굽어보며 우뚝 솟아 있는 링스 힐의 정상으로 이어져 있었다. 또 한번의 눈부신 절경이 펼쳐졌다. 풀 하버로 돌아가는 길이 한 눈에 다 보였다. 하지만 다음 순간 내 두 눈은 잔인한 현실을 포착하고 말았다. 되돌아가는 길이 바닷가를 향해 내리막길이 되는가 싶더니 가공할 비탈길을 선보이는 구릉지로 이어지며 급경사를 이루고 있었던 것이다. 나는 팬더콜라로 기운을 북돋우고 다시 돌진해 앞으로 나아갔다.

초목이 우거진 웨스트 울워스라는 마을이 시야에 들어오기 시작할 즈음 구불구불한 긴 내리막길이 시작되었다. 내 두 다리는 이리저리 마구 휘어지고 있었고 발가락 사이에서는 물집이 뽈록뽈록 올라오는 걸 느낄 수 있었다. 룰워스에 도착했을 때는 헛소리를 하며 갈지자로 걸었다. 모험영화에 등장하는 거친 사막에서 탈출해 한참을 헤맨 사람인양 옷은 땀으로 얼룩져 있었고, 뭔가를 중얼거리며 팬더 콜라의 작은 코뚜레 같은 따개를 땄다.

하지만 적어도 이번 여행에서 나는 가장 어려운 대목을 해냈다. 이제 나는 문명세계로 돌아간다. 영국에서 가장 아름다운 아담한 해변 유원지로 간다. 앞으로는 좋은 일만 생길 것이다.

10

걷기 여행

룰워스, 그리고
웨이머스를 지나

존오그로츠

글래스고

에든버러

리버풀

루드로우

런던

룰워스 본머스 도버

　　　　한참 전에 우리 부부가 아이를 낳을 거란 생각을
하신 아내의 친척 한 분이 우리에게 1950년대에서 60년대 사이에 출간
된 레이디버드북스 출판사의 어린이책 한 상자를 보내주신 적이 있다.
그 책의 제목은 《태양 아래서》나 《해변에서 보낸 화창한 하루》 같은 식
이었고, 꼼꼼한 스케치에 화려한 색을 입힌 풍요롭고 만족스러우며 쓰
레기 하나 없는 영국의 모습을 보여주고 있었다. 언제나 태양이 빛났고,
가게 점원들의 얼굴에는 미소가 가득하며, 방금 다리미질을 한 옷을 차
려 입은 아이들은 천진난만하게 놀면서 기쁨과 행복을 누리고 있었다.
버스를 타고 가게에 가거나 공원 연못에 모형 보트를 띄우거나 친절한
경찰 아저씨와 즐겁게 이야기를 나누었다.
　　그 중에서 내가 가장 좋아하던 책은 《섬에서의 모험》이었다. 기실 책
내용에는 제대로 된 모험이랄 것도 없었다. 내용을 간략하게 요약하면
바위에 끼어 있는 불가사리를 찾아냈다는 이야기였다. 하지만 나는 삽
화 때문에 그 책을 무척 좋아했었다.(그 뛰어난 재능이 너무나도 그리
운 J. H. 윙필드의 작품이었다.) 기다란 해안선에 바위 동굴이 있는 전
형적인 영국의 섬을 그리고 있었지만, 지중해 기후나 선불식 무인주차

장, 빙고게임장과 천박한 실내오락실 같은 것은 일절 없었다. 책 속에서 허용되었던 상업 활동은 케이크전문점과 찻집에 제한되어 있었다.

그 후로 이상하게도 이 책의 영향을 받아 몇 년 동안 가족들을 데리고 영국 해안가로 휴가를 떠나게 되었다. 언젠가는 햇빛이 그칠 날이 없고 물은 좌욕용 물처럼 따뜻하며 상업화로 황폐화되어간다는 건 무슨 말인지도 모르는, 그런 마법의 장소를 발견할 수도 있다는 생각을 한 것이다.

그러다가 아이들의 숫자가 늘어나면서 우리 부부는 그 책이 아이들에게 전혀 호감을 사지 못한다는 사실을 알게 되었다. 책 속의 등장인물들이 애완동물가게에 가거나 어부가 배에 페인트칠을 하는 모습을 지켜볼 뿐 기운차고 활발하게 하는 일이 없었던 탓이었다. 나는 영국에서의 삶에 대비하기 위해서는 이러한 삶의 방식이 실질적으로 도움이 된다고 설명하려 애썼지만, 아이들은 도무지 받아들이지 않았고 실망스럽게도 '탑시와 팀'이라는 진저리나는 꼬마 멍청이들에게 애착을 보였다.

이런 이야기를 하는 건 지난 수년 동안 우리 가족이 찾아갔던 작은 바닷가를 통틀어 볼 때 룰워스야말로 내가 생각했던 이상적인 해변에 가장 가까워 보인다는 사실을 말하기 위해서다. 작고 아담하지만 밝고 환한 분위기에 기분 좋은 구식스러움이 있다. 해변의 소박한 상점에서는 순수했던 시절을 떠올리게 하는 물건들을 팔았다. 나무로 만든 범선, 막대기에 걸린 장난감 정리망, 줄 달린 긴 가방에 담겨 있는 화려한 색상의 비치볼 같은 것들이 있었다. 그리고 몇 안 되는 식당은 오후의 크림티를 즐기는 행복한 관광객들로 언제나 북적거렸다. 마을 아래쪽 산기슭의 둥그런 모양으로 보이는 예쁜 만은 아이들이 혼자 기어오를 수 있는 거대한 바위와 잔돌로 장식되어 있고, 여기저기에 조그만 게를 찾아볼 수 있는 얕은 물웅덩이도 있었다. 매우 유쾌한 장소였다.

그러니 내가 얼마나 놀랐을지 상상해보라. 호텔에서 막 깨끗하게 씻고, 한잔 하면서 수고한 하루의 보상을 당연히 받아야할 영양만점 저녁 식사를 할 곳을 찾아나서 보니, 룰워스는 내가 아는 룰워스가 전혀 아니었다. 한복판에는 보기 흉한 거대 주차장이 들어서 있었다. 거리의 상점, 선술집, 여관들은 더러워서 들어가고 싶지 않을 지경이었다. 나는 꽤 큰 선술집을 들어갔다가 곧 후회했다. 엎어진 맥주에서는 상한 듯한 역겨운 냄새가 났고 번쩍거리는 슬롯머신이 가득 들어차 있었다. 내가 그 가게의 유일한 손님처럼 보였지만 테이블마다 빈 맥주잔, 꽁초가 넘치는 재떨이, 먹다 남긴 감자튀김, 그밖에 다른 폐기물들이 아무렇게나 널려 있었다. 내게 내놓은 유리잔은 끈적거렸고 라거 맥주도 따뜻했다. 나는 얼른 잔을 비우고 근처 다른 선술집으로 들어가 보았다. 아주 근소한 차이로 덜 지저분했지만 역시나 내 취향이 아니었다. 너덜너덜한 장식에 시끄러운 음악이 떵떵거렸지만 돈을 낼만한 재밋거리가 없었다. 이러니 선술집마다 파리가 날릴 만했다.(이건 영국식 선술집을 무척 좋아하는 팬의 입장에서 하는 말이다.)

낙담한 나는 근처에 있는 식당으로 발길을 옮겼다. 아내와 내가 게살 샐러드를 먹으며 상류층이라도 된 것 마냥 굴었던 곳이었다. 이곳 역시 달라져 있었다. 메뉴는 새우튀김, 감자튀김, 완두콩 수준으로 떨어져 저소득층을 상대로 장사를 하고 있었고 음식맛은 정말로 평범했다. 하지만 이보다 더 기억에 남는 것은 종업원들의 서비스였다. 식당에서 그렇게 휘황찬란하게 무능하게 구는 사람들은 처음 보았다. 식당 안은 사람들로 꽉 차서 불쾌지수가 계속 올라가고 있었다. 주방에서는 손님이 주문하지 않은 요리를 조리하고 있거나 주문이 누락되거나 둘 중 하나였다. 같은 테이블에 앉아 있는 일행인데도 어떤 사람은 한참 동안 음식 구경도 못하고 있는 반면, 다른 사람은 주문한 코스요리가 거의 동시에 다 나오기도 했다.(물론 이 경우에는 아무도 불평하지 않았다.) 나는 칵테일새우요리를 주문하고 30분을 기다렸다가 음식을 받았지만 여전히 얼어 있는 새우 몇 개를 발견하고야 말았다. 음식을 되돌려보냈지만 다시 받지 못했다. 40분 후 여종업원이 넙치에 감자튀김, 완두콩을 곁들인 음식을 들고 왔다가 주문한 사람을 찾지 못하는 바람에 내가 그 요리를 넘겨받게 되었다. 내가 주문한 것은 대구요리였지만 말이다. 식사를 마친 다음 나는 메뉴판을 보고 적절한 가격을 매긴 다음 얼어 있던 새우 값을 제한 액수의 돈을 테이블에 남겨 놓고 자리를 떴다.

그러고는 호텔로 돌아왔다. 나일론 홑이불과 차가운 라디에이터가 반겨주는 극도의 음울함과 짓누르는 듯한 음산함이 넘치는 곳에 돌아온 나는 침대에 누워 7촉 전구 불빛에 의지해 책을 읽으며 살아생전 다시는 룰워스를 찾지 않겠노라는 진심어린 결심을 살짝 했다.

다음날 아침 자리에서 일어나보니 꽃이 만발한 언덕 위로 비가 떨어지고 있었다. 나는 아침식사를 한 후 계산을 마쳤지만 현관 앞에서 우비를 붙들고 한참 실랑이를 벌이게 되었다. 참 웃기는 일이다. 대개 나는 아무런 문제없이 옷을 잘 입는다. 하지만 우비 바지 한 벌만 입으라고 주면 당장 한 번도 혼자 서 있어보지 못한 사람같이 되고 만다. 나는

20분 간 벽과 가구에 몸을 부딪치고 화분 위로 쓰러지다가 급기야 깽깽이 발로 15피트(약 4.5m)쯤 뛰어 올랐다가 머리를 계단 중심 기둥에 부딪치고 말았다. 마침내 모든 것을 갖추어 입고 나서 벽에 걸린 전신거울을 흘깃 보다가 내가 기괴하게 생긴 커다란 파란색 콘돔처럼 보인다는 것을 깨달았다. 여하튼 이렇게 차려 입은 나는 발걸음을 옮길 때마다 나일론이 버스럭거리는 짜증스런 소리를 내며, 배낭과 도보용 지팡이를 집어 들고 구릉지로 나아갔다. 먼저 햄베리 타우트로 올라간 다음 더들 도어와 매력적인 이름의 가파른 계곡 스크래치 보텀을 지나 계속해서 지그재그로 뻗어 있는 험준한 진흙탕 길을 따라 올라가, 고즈넉하게 안개로 뒤덮여 있는 고지대 쉬레 헤드에 올랐다. 날씨는 형편없었고 빗줄기는 거세고 맹렬했다.

괜찮다면 이쯤에서 나의 응석을 좀 받아줬으면 한다. 열 손가락으로 일단 정수리를 사정없이 두들기면, 심각하게 신경을 건드리거나 부근에 있는 사람들의 시선을 받게 되는 데 얼마나 시간이 걸릴 것 같은가? 신경이 손상되거나 주위 사람의 시선을 끌거나 어느 쪽이든 어서 멈추기만 하면 좋겠다고 생각하게 될 것이다. 그렇다면 그 두들기는 손가락이 그칠 줄 모르고 우비 모자 위로 퍼붓는 빗방울이라고 생각해 봐달라. 속수무책 그 손가락 아니 빗방울을 맞고 있어야만 하는데다, 안경이라고 낀 것이 김이 자욱하게 서려 아무짝에도 쓸모없는 동그라미 두 개가 되었다고도 생각해보라. 거기에 비로 인해 미끄덩미끄덩하는 길을 이리저리 미끄러져 가고 있는 것이다. 자칫 발이라도 한 번 잘못 디디면 저 아래 바위 해변으로 한참 떨어져 나가 바위 위의 한 점 얼룩이 되는 신세가 될 수도 있다. 빵에 바른 잼처럼 되는 거다. 나는 신문기사 머리글을 상상해보았다.

'어차피 떠날 예정인 한 미국인 작가 추락사하다.'

불길한 예감을 떨치지 못한 나는 만화에 등장하는 영감님처럼 곁눈질을 열심히 해대며 계속 걸음을 옮겼다.

룰워스에서 웨이머스까지는 12마일(약 19.3km)이었다. 여행 작가 폴 서룩스의 책《바닷가 왕국》에서 보면 이 구간을 걸어가는 건, 가볍게 깡충깡충 뛰어가고도 크림 티를 한 잔 할 시간도 있고 지역사람들의 말씨나 동작을 흉내 내며 장난칠 여유도 있을 것 같다. 하지만 그가 이곳에 왔을 때는 기상 상태가 더 좋았던 게 틀림없다. 나는 거의 하루를 다 써서 그 길을 걸어야 했다. 쉐레 헤드 부근을 걸어갈 때는 다행스럽게도 평지였다. 다소 높다고 해봐야 창백한 회색빛을 띤 해수면보다 약간 높은 절벽 정도였다. 하지만 내 걸음은 불안정했고 진행도 느렸다. 그리고 링스테드 만에서 갑자기 가파른 내리막길이 나타나더니 구릉지가 끝나버렸다. 나는 비탈길에서 해변으로 내려가는 길을 따라 흐르는 토사류 위를 기다시피 했다. 중간에 잠시 큰 바위와 둥근 돌에 부딪치거나 몇몇 나무의 탄성을 검사하기 위해 멈추기도 했다. 드디어 맨 아래에 도착한 나는 지도를 꺼내 계산을 해보니 이제 겨우 5마일(약 8km)을 왔다는 걸 알 수 있었다. 그나마도 아침 내내 걸어온 것이 그랬다. 도보여행의 진척이 너무 느리다는 사실에 나는 오만상을 찡그리고 지도를 주머니에 찔러 넣고 침울하게 무거운 발걸음을 옮겼다.

그 후로는 파도가 밀려오는 나지막한 언덕배기를 따라 나있는 황량하고 축축한 길을 따라 여행을 이어갔다. 빗줄기가 서서히 약해지더니 음흉한 이슬비로 변했다. 영국 특유의 이슬비는 자욱하게 허공을 메우고 있으면서 암암리에 사람들의 정기를 **빼**내가곤 했다. 한 시경이 되자 웨이머스가 안개를 헤치고 모습을 드러냈다. 둥근 해안선을 이루며 길게 뻗은 만 너머 저만치에 있었다. 나는 조그맣게 기쁨의 탄성을 질렀다. 하지만 거의 다 온 것처럼 보였던 것은 잔인한 속임수에 불과했다. 웨이머스 외곽에 도착하는 데만도 거의 두 시간이 걸렸다. 이어서 끝이 없을 것만 같았던 해안 산책로를 따라 한 시간을 더 가서야 도심에 들어설 수 있었다. 그때 나는 지칠 대로 지치고 발도 절름거리고 있었다. 해안 산책로에 있던 작은 호텔에서 방을 잡고 콘돔 같은 우비에 장화 차림 그대로 침대 위에 한참을 누워 있었다. 그러다가 남은 힘을 그러모아 사람들의 웃음을 살 가능성이 덜한 옷으로 갈아입고 간단히 씻은 다음 시내로 나갔다.

웨이머스는 생각했던 것보다 상당히 좋았다. 유명세를 떨칠 이유가 하나도 아니고 두 개나 되는 곳이었다. 1348년에 흑사병을 처음으로 영국에 소개했고, 1789년에는 미치광이 조지 3세가 해수욕을 유행시켜 세계 최초의 해변 유원지가 되기도 했다. 현재는 조지왕조 시대의 우아함을 유지하려고 노력하는 중이었는데 상당히 성공했다고 볼 수 있다. 물론 다른 해변 유원지처럼 주변에 강렬한 쇠락의 기운이 넘실대고 있기는 했다. 적어도 관광산업에 관해서는 그런 기미가 보이고 있었다. 조지왕과 그 수행원들이 묵었던 글루스터 호텔이(당시는 일반인의 출입이 금지된 국왕 개인의 거처였다) 최근에 문을 닫아서, 현재 웨이머스에는 쓸 만한 대형호텔이 하나도 없었다. 오래된 해안가 도시에 그런 시설이 없다는 건 슬픈 일이었다. 하지만 괜찮은 선술집이 많고 매우 훌륭한 식당인 페리가 있다는 사실을 말할 수 있어 기쁘다. 모두들 항만에 자리 잡고 있는데 새로 개조한 그 지역은 소형어선이 바다 위에서 까딱거리고 있고 선박과 선원들이 득실대는 경쾌한 분위기로 뽀빠이와 브루투스가 당장이라도 모퉁이를 돌아 경중경중 달려올 것만 같다. 페리는 손님들로 붐비고 활기차다. 룰워스를 지나온 사람들에게 큰 기쁨이 되는 곳이었다. 나는 풀 하버 현지에서 잡은 홍합을 먹었다. 사흘간 힘들게 걸어온 뒤여서 풀 하버가 아직도 현지라고 불리는 곳에 있다는 사실은 충격이었다. 그리고 언제나 신뢰할 수 있는 농어요리도 먹었다. 식사를 마친 다음에는 나지막한 천장에 어두침침한 선술집으로 들어갔다. 어쩐지 헐렁한 스웨터를 입고 선장모자를 쓰고 있어야만 할 것 같은 곳이었다. 어찌나 술을 많이 마셨는지 발의 통증이 사라져버렸다.

웨이머스 서쪽에는 50마일(약 80km)에 달하는 호를 이루고 있는 라임만이 있다. 웨이머스 서쪽지역만 보았을 때는 대단히 주목할 만하거나 기억할 만한 풍경이 없었기에 나는 택시를 잡아타고 애보츠베리로 갔다. 그리고 체실 비치를 따라 걷기 시작했다. 웨이머스의 말미에 해당하는 체실 비치가 어떤 곳인지 전혀 모르고 있었던 나는, 곧게 뻗은 길을 따라 걸으며 그곳에는 파도가 무궁한 시간을 들여 갈아놓아 하나같이 매끈한 팥 모양의 작은 자갈들이 많이 쌓여 있다는 걸 알게 되었다. 그 자갈 위를 걸어가는 건 거의 불가능했다. 걸음을 내딛을 때마다 발목까지 푹푹 빠지기 때문이었다. 보다 단단하게 다져진 해안가 산책로에서는 자갈언덕 너머를 볼 수가 없었다. 대신에 바다소리를 들을 수는 있었다. 파도가 해안가로 밀려들어왔다가 빠져나가면서 자갈들이 달그락달그락 쌓여가는 소리가 반복해서 들려왔다. 지루함의 정점을 이루는 산책이었고, 곧 물집 잡힌 발이 욱신거렸다. 웨스트 만에 도착했을 때는 점심을 하기에는 약간 이른 시각이었지만 나는 쾌적한 자리와 먹을 것을 받아들일 만반의 채비를 마친 상태였다.

웨스트 만은 모래언덕이 많은 지역에 여기저기 마구 흩어져 있는 모양새를 하고 있었다. 미국의 골드러시 지역처럼 갑자기 형성된 장소처럼 보였다. 음울한 회색빛에 구질구질해 보이는 데다 물보라를 흠씬 뒤집어 쓴 것 같았다. 나는 뭔가 요기할 만한 장소를 물색하다가 리버사이드 카페라는 이름의 정체를 알 수 없는 점포를 우연히 발견했다. 문을 열고 들어갔는데 보기 드문 특이한 곳이었다. 전체가 들썩거리고 있었기 때문이다. 런던 스타일의 소란스러운 잡담이 가게 안을 가득 채우고 있었고, 손님들은 하나같이 랄프 로렌 광고에서 막 빠져나온 사람들 같았다. 어깨에 스웨터를 헐렁하게 둘러메고 머리에는 선글라스를 올려놓고 있었다. 그건 마치 신마저 저버린 도싯 해안의 한 구석에 풀럼이나 첼시의 일부가 불가사의하게 떠내려와 있는 것 같았다.

런던의 식당가 이외에서는 도무지 찾아보기 어려운 속도감이 그곳에 있었다. 종업원들은 여기저기 뛰어다니며 고객들에게 음식을 건네며 끝없이 이어지는 요구를 만족시키려 노력하고 있었다. 게다가 와인도 내놓았다. 정말 특이하고 이상한 일이라 머리가 어지러울 지경이었다. 평소 나는 점심식사를 거창하게 먹는 편이 아니었지만 음식냄새가 어찌나 훌륭하고 주변의 고급스러운 분위기가 너무나 황홀해서 나도 모르게 대식가처럼 음식을 주문하게 되었다. 제1코스로는 가리비와 가재로 만든 스튜를 시켰고, 다음으로 산더미 같은 감자튀김과 초록색 콩을 곁들인 농어요리와 와인 두 잔을 처리한 다음, 커피와 먹음직스러운 치즈케이크 한 조각으로 마무리를 했다. 친절하고 쾌활해 보이는 아서 왓슨이라는 이름의 식당주인은 손님들 테이블을 여기저기 돌아다녔는데 심지어 나에게도 찾아와주었다. 그리고 10년 전만 해도 이곳은 전형적인 일요일 점심식사나 햄버거와 감자튀김을 파는 평범한 카페였다고 알려주었다. 그런데 조금씩 신선한 생선요리와 보다 근사한 요리를 소개하기 시작하자 이곳에서도 그런 요리를 원하는 사람들이 많다는 사실을 알게 되었다는 것이었다. 지금은 식사 때마다 만원사례를 이루게 되었고, 〈굿 푸드 가이드〉에서 금년에 선정한 도싯 최고의 식당이 되었다는 것도 말해 주었다. 하지만 식당에는 여전히 햄버거도 있고 모든 음식에 감자튀김을 곁들이고 있었다. 나는 그 점이 근사하다고 생각했다.

머리만 가벼웠지 그밖에 모든 신체가 무거워진 채 리버사이드에서 나왔을 때는 오후 세 시가 지나고 있었다. 나는 벤치에 앉아서 지도를 꺼내어 보고는 실망의 콧바람을 내뿜었다. 라임 레지스까지 아직도 10마일(약 16km)이나 남았고 골든 캡까지는 626피트(약 190m)를 더 가야했다. 게다가 영국 남부 해안에서 가장 높은 구릉지가 나와 바다 사이를 가로막고 있었다. 물집 잡힌 발은 욱신거렸고 다리는 아파왔다. 배는 기괴할 정도로 가득 차 있었다. 그런데 비가 조금씩 내리기 시작했다.

그렇게 앉아 있는데 버스 한 대가 다가와 섰다. 나는 일어나서 열린 버스 문에 머리를 드밀었다.

"서쪽으로 가나요?"

운전사에게 물었다. 운전사는 고개를 끄덕였다. 충동적으로 차에 올라탄 나는 버스표를 사고 좌석에 앉았다. 항상 하는 말이지만, 성공적인 도보여행의 비결은 언제 멈춰야만 하는지를 정확히 아는 데 있다.

11

계획대로
되는 건 아니다
엑서터, 그리고 반스테이플

존오그로츠

글래스고

에든버러

리버풀

루드로우

런던

반스테이플
본머스
엑서터
도버

그날 밤은 라임 레지스에서 보냈다. 다음날 오전에 그 도시 여기저리를 쑤시고 다닌 후에 액스민스터 행 버스를 탄 다음 그곳에서 기차를 타고 엑서터로 갔다. 그러는 과정에서 예상보다 시간이 많이 흘렀다. 햇빛이 거의 스러져갈 무렵에서야 엑서터 중앙역을 빠져나와, 조금씩 내렸지만 꽤 성가신 빗줄기 속을 걷게 되었다.

　나는 대로에 있는 호텔을 살피며 도심을 돌아다녔다. 하지만 다들 내가 묵기에는 조금 거창해 보였다. 결국 나는 관광안내소를 찾아가게 됐다. 어쩐지 집 떠나 멀리서 길을 잃은 듯한 느낌이 들었다. 이게 도대체 뭐하는 짓인가 하는 생각이 들었다. 선반에 있는 전단지를 살펴보았다. 샤이어 종마센터, 동물원, 매사냥 센터, 조랑말 센터, 모형철도, 나비 농장 그리고 트위기 윙키 농장(잔가지가 많은 남성 성기라는 의미로 볼 수도 있음)과 고슴도치 병원 같은 것도 있었다.(이건 농담이 전혀 아니다. 참으로 유감스럽지만.) 레저 활동을 위해 필요로 하는 것에 초점을 맞추지 않은 듯 보이는 전단지였다. 또 전단지들은 한결같이 우울할 정도로 문학적 소양이 없음을 드러내고 있었다. 특히 구두점 사용에 있어서는 할 말이 없을 정도였다. 다시 한 번만 더 '영국 최대'라든가 '영국 최고'라는 표현을 사용한 전단지를 보면 당장 그곳으로 달려가 방화를 저지를지도 모른다는 생각이 들었다. 그래놓고 제공하는 서비스들은 지독하게 조촐하다. 장황하게 늘어놓은 특색 있는 명소라는 게 '공짜 주차장' '선물가게' 그리고 늘 빠지지 않는 창의력을 위한 '놀이공원' 같은 것이었다.(그런데 꼴랑 정글짐 하나와 스프링 달린 플라스틱 동물모형 두어 개가 전부인 사진을 실어놓는 아둔함을 보이는 것도 잊지 않는다.) 그런 곳에 대체 누가 가지? 정말 알 수가 없는 노릇이었다.

접수대에는 숙박시설의 예약을 대신해준다는 공지문이 있었다. 나는 많은 도움을 줄 것처럼 보이는 아가씨에게 숙소를 얻을 수 있는지 물어보았다. 아가씨는 내가 얼마의 돈을 지불할 수 있는지에 대해 노골적으로 물었다. 이런 질문은 늘 당황스럽고 솔직히 영국인답지 않다고 느껴졌다. 아가씨와 마찰을 겪으면서 나는 인색하면서 요구조건은 까다로운 범주로 분류되었다. 수건을 훔치지 않으면 로열 클라렌스 호텔에서 1박에 25파운드까지 해주겠다고 흥정을 해오자 나는 기꺼이 받아들였다. 관광안내소에 오는 길에 지나쳤는데, 대성당 광장에 자리잡은 조지 왕조 시대 건물로 크고 하얀 외관이 굉장히 멋있었다. 가보니 정말 생각대로였다. 객실은 새로 꾸며놓았고 '객실 올림픽'을 열 수 있을 만큼 넉넉한 공간을 자랑했다. 쓰레기통 농구, 가구장애물 경마, 욕실문에 매달려 있다가 타이밍 맞춰 침대 위로 뛰어올라가기 등등 외로운 여행자가 할 수 있는 각종 경기가 가능했다. 짧지만 확실한 연습경기를 뛴 나는 샤워를 하고 옷을 갈아입은 다음 시장한 배를 문지르며 거리로 나섰다.

엑서터는 좀체 정을 주기 어려운 곳이다. 전쟁 중에 대규모 폭격을 당했던 곳이라 시의원 같은 지도자들에게는 멋진 기회를 제공했다. 그들은 그 기회를 놓치지 않았다. 도시의 거의 모든 것을 콘크리트로 다시 지은 것이다. 저녁 여섯 시가 조금 넘은 시각이었지만 시내 중심부는 죽음의 도시 같았다. 나는 어두운 가로등 아래 거리를 여기저기 돌아다니며 상점 안을 들여다보다가 묘한 포스터를 봤다. 업계에서는 주로 벽보라고 하는 이것은 영국 지방신문의 일종이다. 나는 이 벽보에 늘 묘하게 매료되었다. 지역사람이 아닌 이들에게는 늘 이해할 수 없는 문구들이 실리기 때문이다('우체통 강간범 공격 재개' '불라, 집에서 탈출'). 아니면 내용 자체가 지루해서 신문 판매를 늘릴 생각으로 이걸 쓴 게 맞나 싶은 것들도 있다('쓰레기통 계약 건으로 시의회 격노' '공중전화기 파괴자들 다시 공격 시작'). 가장 내 마음에 들었던 문구는 '81세 여성 사망'이었다. 이건 정말인데 몇 년 전에 헤멜 햄스테드에서 직접 본 것이다.

내가 엉뚱한 곳으로만 가고 있었는지도 모르지만 여하튼 엑서터 시내 중심부에는 식당이 하나도 없는 것 같았다. 식당 이름에 '좋은'이나 '절대 채식주의자' 같은 말이 들어가 있지 않은 적당한 곳이면 되었다. 하지만 '식당 없는 거리'를 따라 정처 없이 걸을 수밖에 없었다. 거대한 로터리와 복잡한 횡단보도는 여섯 시간 정도는 따로 시간을 내서 걸어야만 할 것 같았다. 마침내 한 오르막길가에서 갈 만한 분식집 몇 개를 발견했고 아무 생각 없이 그 중 하나에 들어간 게 중국집이었다. 젓가락을 사용해 음식을 먹어야 한다는 생각에 뭔가 상서롭지 않은 일이 있을 거란 예감이 들었다. 나만 이렇게 생각하는지 모르겠지만 종이, 화약, 연 등 온갖 유용한 물건들을 발명해낼 정도로 독창적이고 영리하고

3000년 이상의 장대한 역사를 지닌 민족이 아직도 음식을 집는 데 뜨개바늘 두 짝을 사용하는 것 외에 다른 방법을 알아내지 못했다는 건 정말이지 이상하고 또 이상한 일이다. 나는 한 시간 동안 어쩔 줄 몰라 하며 쌀요리를 찔러대고 소스를 식탁보 위에 질질 흘렸다. 자신만만하게 집어 올린 고기 조각을 입가로 가져가 보았지만 이상하게도 고기가 사라져 어디에서도 찾을 수 없기도 했다. 식사를 마칠 무렵에 내 식탁 위는 한바탕 거친 전쟁이라도 벌인 뒤처럼 보였다. 밥값을 치르고 슬쩍 문을 열고 밖으로 나간 나는 호텔로 돌아갔다. 호텔에서 텔레비전을 시청하면서 스웨터 소매깃과 바지깃의 접은 부분에 잔뜩 남아 있는 음식을 간식 삼아 먹었다.

다음날 아침 일찍 일어난 나는 시내를 둘러보기 위해 밖으로 나갔다. 엑서터는 안개 낀 어둠 속에 갇혀 있었다. 하지만 대성당 광장은 잘 정돈되어 있었고 인상적이게도 대성당은 아침 여덟 시인데도 개방되어 있었다. 나는 한동안 성당 뒤뜰에 앉아서 성가대가 아침 연습을 하는 소리를 들었다. 참 아름다웠다. 그러고는 막연히 항구 쪽으로 걸어가 그곳에 가면 볼 게 뭐가 있을까 생각했다. 부두는 상점과 박물관이 들어서면서 나름 예술적으로 개조되어 있었다. 하지만 아직 개장을 하지는 않았다. 아니 어쩌면 이맘때는 영업을 하지 않는 건지도 모르겠다. 어찌 되었거나 사람 코빼기도 볼 수 없는 곳이었다.

하이 스트리트로 다시 돌아와보니 상점들이 문을 열고 있었다. 나는 아침식사를 하지 못한 상태였다. 내 특실요금에 조식은 포함되지 않았기 때문이다. 배고픔이 극에 달한 나는 카페를 물색했다. 하지만 이상하게 엑서터에는 카페도 없었다. 결국 나는 막스앤스펜서로 가서 샌드위치를 사야했다.

막 문을 연 모양이었지만 음식코너에는 손님이 붐볐다. 계산대 앞에는 기다란 줄이 늘어서 있었다. 나는 여덟 명의 쇼핑객 뒤에 자리를 잡고 섰다. 모두들 여자였는데 도무지 불가해한 행동을 똑같이 했다. 돈을 낼 때가 되면 하나같이 화들짝 놀란 시늉들을 하는 거다. 이건 지난 몇 년 동안 나를 곤혹스럽게 만드는 일이기도 했다. 여자들은 멀쩡히 서서 자신들이 선택한 물건의 가격이 금전 등록기에 올라가는 걸 보고 있다가 계산대 직원이 "자기야, 4파운드 20페니네." 뭐 이런 식으로 말하면 갑자기 이런 일은 처음 당한다는 식으로 군다. 일단 "어머!"라고 소리를 지르고 당황해하며 핸드백에서 지갑이나 수표책을 뒤적거려 찾는다. 마치 이런 일이 있을 것이라 그 누구도 말해주지 않았다는 식이다.

남자들은 싱크대에서 커다란 기름투성이 기계를 세척하거나 문에 페인트칠을 해놓고 30초 후에 그 사실을 잊어버리고 덜컥 만지는 등 모자란 점이 많다. 하지만 상점에서 셈을 치르는 일에는 대개 능숙하다. 줄을 서서 기다리는 동안 지갑 안의 재고상태를 조사하고 동전을 정리해놓는다. 그리고 계산원이 가격을 말하는 즉시 거의 비슷한 액수의 돈을 건네고 당장 잔돈을 달라고 손을 내밀고 있다. 거스름돈을 받는데 시간이 한참 걸리거나 영수증이 잘못 찍히는 우스운 짓은 신경 쓰지도 않는다. 그러고 나면 남자들은 특이하게도 꼭 걸어가면서 잔돈을 주머니에 집어넣는다. 그 전에 자동차열쇠를 찾던지 주머니에 꾸겨 넣어둔 6개월 치 영수증을 꺼낼 생각 같은 건 하지도 않고 말이다.

이왕 시작한 김에 과감히 성차별적인 발언을 좀 더 해보겠다. 도대체 여자들은 왜 치약을 아래서 위로 짜서 쓰는 법이 없고 전구 갈기는 늘 다른 사람에게 시키려 드는 걸까? 또 인간의 능력을 넘어선 범위가 분명한 소리를 듣거나 냄새를 맡는 능력은 어찌된 일인가? 다른 방에 있으면서도 방금 만든 케이크의 크림을 한 번 찍어먹어 보려는 걸 귀신같이 알아내는 재주는 어디서 난 거란 말인가? 무엇보다도 화장실에서 4분 이상 있는 게 뭐 어떻다고 그렇게 호들갑을 떠느냐 말이다. 평소에 아주 가깝게 지내는 여성과 나는 다음과 같은 초현실적인 대화를 자주 나눈다.

"거기서 뭐하고 있어요?"(가시 돋친 어투다.)

"주전자 물때를 닦고 있어. 내가 뭘 하고 있다고 생각하는 거야?"

"벌써 30분이나 그러고 있잖아요. 지금 책 읽고 있죠?"

"아니야."

"책 읽고 있는 거 맞네, 그렇죠. 책장 넘기는 소리가 들려요."

"정말 아니야."

물론 이건 1분전까지는 책을 읽었지만 지금은 당신과 이야기를 하고 있는 중이란 말이야.

"열쇠구멍을 막아 놓았어요? 안이 들여다보이지 않잖아요."

"당신 설마 지금 바닥에 꿇어앉아서 열쇠구멍으로 남편이 자기 집 화장실에서 장운동을 하는 모습을 본다는 말은 아니겠지? 제발 그러지 마."

"그럼 당장 나와요. 거의 45분도 넘게 거기서 책을 읽고 있다고요."

문제의 여성이 물러나면 나는 생각에 잠긴다. '지금 이게 정말 일어난 일 맞아? 아니면 전위적인 다다이즘 작품 전시회장 한가운데 있기라도 한 걸까?' 고개를 내저으며 다시 잡지를 펴든다.

하지만 어찌됐거나 아이들의 문제에 있어서는 여자가 최고라고 말해야겠다. 또 구토물 처리와 페인트칠이 된 문에 관해서도 여성의 우수성을 깨끗이 인정한다. 문에 페인트를 칠한 후 석 달이 지났어도 여자들은 문을 조심스레 만진다. 마치 페인트칠이 다시 되살아나기라도 할 거라 생각하는 모양이었다. 이런 점들로 다른 많은 약점을 벌충할 수 있다는 생각을 하니 내 앞에서 차례로 당황해하는 여성들에게도 상냥한 미소를 짓게 되었다. 내 차례가 되었을 때 나는 뒤에 선 사람들에게 이런 종류의 일을 어떻게 처리해야 하는 지 정확한 시범을 보여주었다. 하지만 솔직히 그들이 본보기로 삼았는지는 무척 회의적이다.

나는 거리에서 샌드위치를 먹고 호텔로 돌아가 짐을 정리하고 방값을 치른 다음 밖으로 나가 생각했다. '이제 어떻게 하지?' 나는 아무 생각 없이 기차역으로 걸어가서 기차의 출발과 도착을 알리며 깜빡거리는 화면을 쳐다보았다. 플리머스나 펜잰스로 가는 기차를 탈까 생각도 했지만 그러려면 두 시간 이상을 기다려야 했다. 하지만 반스테이플 행은 곧 출발할 예정이었다. 그곳으로 가서 데번 북부 해안도로를 따라 버스를 타고 톤턴이나 마인헤드로 가면 되겠다는 생각이 들었다. 중간에 린톤과 린머스에 들를 수도 있을 것 같았다. 어쩌면 폴락과 던스터에도 갈 수 있을지 몰랐다. 모두 기분 전환이 될 만한 재미있는 장소였다. 기가 막힌 아이디어 같았다.

나는 매표창구의 사내에게 반스테이플로 가는 편도 기차표를 부탁했다. 편도는 8파운드 80페니지만 왕복표를 끊으면 4파운드 40페니로 끊을 수 있다고 했다.

"이런 요금체계의 논리가 어떻게 가능한지 설명 좀 해주시겠습니까?"
내가 물었다.

"저도 설명해드릴 수 있다면 좋겠습니다, 선생님."

그는 칭찬할 만한 정직한 얼굴로 대꾸했다.

나는 배낭과 기차표를 집어 들고 승강장으로 갔다. 벤치에 앉아 남은 시간 동안 비둘기를 지켜보았다. 비둘기들은 놀랄 만치 어리석고 황당한 생물들이었다. 그보다 더 공허하고 불만족스러운 삶은 생각할 수 없을 정도였다. 비둘기로 살아가기 위해 알아야 할 것은 다음과 같다. 첫째, 한참 동안 정처 없이 돌아다니다가 담배꽁초 같은 부적절한 것을 부리로 쫀다. 둘째, 승강장을 걸어가는 사람을 무서워해서 냉큼 대들보로 날아간다. 셋째, 똥을 싼다. 넷째, 처음부터 다시 반복한다.

승강장의 화면은 작동하지 않았고 역내에 울려 퍼지는 안내방송은 이해할 수 없는 내용이었다. '엑제마'라는 말이 엑스머스라는 걸 알아차리는 데도 한세월이 걸렸다. 그래서 나는 기차가 승강장으로 들어올 때마다 일어서서 주변 사람들에게 질문을 해야 했다. 이성적인 설명이 불가능한 이유로 영국 국영철도의 기차에는 행선지가 맨 앞에 붙어 있었다. 승객들이 철로 앞에서 기다리고 있다면야 무척 편리한 일이겠지만 철로 옆에서 기차에 올라타야 하는 사람들에게는 이상적인 일이라 볼 수 없었다. 다른 승객들 역시 안내방송을 알아듣지 못한 모양이었다. 마침내 반스테이플 행 기차가 역으로 들어서자 대여섯 명의 사람들이 철도청 직원 옆에 한 줄로 서서 그게 반스테이플 행 기차가 맞는지 물어보았던 것이다.

영국 생활이 익숙하지 않은 사람들을 위해 이렇게 하는 데는 어떤 사회적 관습 같은 것이 배경처럼 작용하고 있다는 점을 설명해야만 한다. 차장이 바로 앞에 있는 사람에게 이게 반스테이플 행 기차라고 말하는 소리를 들었어도 "죄송합니다만, 이게 반스테이플 행 기차인가요?"라고 재차 묻는 것이다. 오른쪽으로 불과 3피트 떨어진 곳에 있는 크고 길쭉한 물체가 정말 반스테이플로 간다고 차장이 확인해주면, 그 다음에는 그 물체를 손으로 가리키며 말한다. "이거요?" 그러고는 기차에 올라타서 다시 한 번 "실례합니다만, 이 기차가 반스테이플로 가나요?"라는 식으로 묻는다. 그럼 대부분의 사람들은 그럴 거라 대답한다. 물론 예외도 있다. 꾸러미를 잔뜩 들고 있다가 얼굴이 파랗게 질리면서 서둘러 짐을 챙겨 기차에서 내리는 사람에게는 아무런 답도 들을 수가 없다.

그런 경우에는 반드시 그 사람이 앉았던 자리를 차지하는 게 좋다. 대개 신문이나 먹다 만 초코바가 남아있거나 말짱한 양가죽 장갑이 있는 경우도 있기 때문이다.

내가 엑서터 중앙역 플랫폼을 후다닥 벗어나 기차 안으로 미끄러지듯 들어간 것도 바로 같은 맥락에서였다. 한 남자가 꾸러미를 잔뜩 지고 총총걸음으로 걸어가며, 내 두꺼운 안경으로는 도저히 해석할 수 없는 뭔가를 중얼거리는 것을 창 너머로 목격하자마자 자리를 옮긴 나는 새롭게 소유하게 된 물건을 찬찬히 살폈다. 〈데일리미러〉지와 킷캣 초콜릿은 있었지만 안타깝게도 장갑은 없었다. 기차는 덜컹거리며 달려서 엑서터의 교외지역을 벗어나 초목이 무성한 데번의 시골로 들어섰다. 나는 소위 말하는 타카 라인을 지나고 있는 중이었다. 타카라는 이름의 수달과 연관된 이야기가 있는 곳으로 근처 어딘가에 잘 정리되어 있을 터였다. 풍광은 아주 멋지고 지나치리만큼 녹음이 우거져 있었다. 영국의 주요 산업이 엽록소 생산이 아닌가 생각해도 너그러이 용서할 수 있을 정도였다. 기차는 수목이 우거진 구릉지와 여기저기 흩어진 농장, 그리고 커다란 체스판에서 쓰일 것 같은 네모난 탑이 있는 교회를 지났다. 곧 나는 기차의 움직임이 내게 불러일으키는 행복한 무아지경에 빠져들어서 지나는 작은 마을의 이름을 절반 정도만 주의해서 보게 되었다. 핀헤드(핀머리), 웨스트 스터터링(서쪽 말더듬이), 베이클라이트(살짝 구운), 햄 호크(돼지 뒷다리), 뭐 이런 식의 이름들이었다.

반스테이플까지 38마일(약 61km) 가는 데 1시간 30분이 걸렸다. 나는 반스테이플에서 내려서 급류가 흐르는 토 강을 가로지르는 긴 다리를 지나 시내로 갔다. 30분 가량 좁다란 상점가를 정처 없이 돌아다녔다. 수공예품을 파는 사람들이 있고 규모는 있지만, 활기가 하나도 없는 시장도 돌아다녔다. 그리고 더 이상 그곳에서 얼쩡거릴 필요가 없다는 사실에 안도했다. 예전에 반스테이플은 주요 환승역으로 세 개의 노선이 겹쳐 지나는 곳이었다. 하지만 지금은 엑서터로 가는 노선 하나만 부정기적으로 지날 뿐이다. 나는 버스터미널로 갔다. 사무실 문이 열려 있었고 여자 두 명이 앉아서 기묘한 아일랜드 억양으로 이야기하고 있었다.

그 여자들에게 마인헤드로 가는 버스에 대해 물었다. 그러자 마치 남미의 티에라델푸에고 섬에 가는 길이라도 묻는 사람인양 나를 쳐다보았다.

"시방은 모인헤드로 갈 수 읍서유. 안 되는구먼."

여자 한 명이 말했다.

"시이이월이 시작되믄 모인헤드로 가는 버스 편이 업으니께."

다른 여자가 노래하듯 말했다.

"린톤이나 린머스는 어떤가요?"

"흥."

여자들은 내 순진함에 콧방귀를 뀌었다. 여긴 영국이었다. 그리고 1994년이었다.

"폴락은요?"

콧방귀.

"던스터는?"

콧방귀.

그 여자들이 해줄 수 있는 최고의 조언은 비드포드로 가는 버스를 타고 가서 거기서 다른 버스 편을 알아보라는 것이었다.

"비드포오드에서 운행되는 비사사앙 노선이 있을랑가. 어쩌면 그럴 수도 있다는 것이죠잉. 아닐 수도 있지만서두…, 그럴 리는 업쓸꺼요."

"거기도 이런 식으로 말하나요?"라고 물어보고 싶었지만 그렇게 하지 못했다. 그 방법이 아니고 선택할 수 있는 대안은 서쪽으로 가는 버스였다. 하지만 그건 별로 쓸모가 없어 보였다. 그곳에서는 다른 곳으로 이동할 수도 없었고, 어찌됐든 또다시 절규하는 밤을 보낼 수는 없었다. 나는 감사하다는 말을 하고 그곳을 떠났다.

나는 밖에 서서 모락모락 피어오르는 불안감을 느끼며 이제 무엇을 어떻게 해야 하는지 생각했다. 주의 깊게 설계했던 계획이 무산되고 있었다. 나는 로열 포트슈 호텔이라는 찝찝한 이름의 호텔로 들어갔다. 그곳에서 참치 샌드위치와 커피 한 잔을, 과묵함이 매력인 여종업원에게 주문하고 배낭을 뒤적여 시간표를 찾았다. 일정표를 보니 20분 안에 샌드위치와 커피를 먹고 기차역으로 돌아가 엑서터 행 기차를 타야 했다. 엑서터로 돌아가야 다시 여정을 시작할 수 있었다.

나는 샌드위치가 나오자 거의 통째로 삼키고 커피도 두 모금 만에 다 마셔버린 다음 테이블에 돈을 던져놓고 기차역을 향해 질주했다. 기차를 놓쳐 반스테이플에서 밤을 보내야 할까봐 겁이 났다. 하지만 간신히 시간을 맞출 수 있었다. 엑서터에 도착해서는 곧바로 안내 전광판으로 가 제일 먼저 출발하는 기차를 아무거나 잡아타기로 했다.

그리하여 나는 운명에 몸을 맡기고 웨스턴 슈퍼메어라는 아담한 해변의 유원지로 향했다.

12

비오는 날의 날벼락

웨스턴 슈퍼메어에서 몬머스,
그리고 시몬스 야트

존오그로츠

글래스고

에든버러

리버풀

루드로우

● 시몬스 야트

몬머스 ●

런던

● 웨스턴 슈퍼메어

본머스

도버

내 관점에서 보면 사람이 절대로 슬퍼해야 하지 말아야 할 이유가 세 가지는 있다.

　첫째, 태어났기 때문이다. 그 자체만으로도 놀랄 만한 업적을 이룬 셈이다. 아버지가 사정을 할 때마다(솔직히 우리 아버지들은 다들 상당히 여러 번 사정을 하셨다) 대충 따져도 2500만 개의 정자를 방출한다는 걸 알고 있는가? 이틀이면 영국 인구 전체를 다시 만들어 낼 수 있는 수치다. 우리가 태어나기 위해서는 이론적으로 언젠가 인간이 될 가능성이 있는 2499만 9999개의 꿈틀거리며 나아가는 경쟁자들과의 경주에서 승리해야만 한다. 영국해협 같은 어머니의 자궁을 헤엄쳐서 수정란에 가장 먼저 상륙하려 기를 쓰고 몰려가는 것들 중에 일등이 되어야 하는 것이다. 태어났다는 것만으로도 단연 생애 최고의 업적이 된다. 이건 정말 대단한 일이다. 생각해보면 우리는 편형동물로 여생을 마감할 수도 있었다.

　두 번째는 살아 있기 때문이다. 영겁의 시간 속에서 순간이나마 우리는 신비로운 힘을 가진 존재다. 누구도 영원히 살 수는 없다. 조만간 이전처럼 더 이상 존재하지 않는 순간을 맞이하게 될 것이다. 하지만 바로 여기, 절대로 반복할 수 없는 이 순간, 여기 앉아서 이 책을 읽는 것, 봉봉 초콜릿을 먹는 것, 언론에 오르내리는 멋진 사람과의 뜨거운 섹스를 꿈꾸는 것, 자기 겨드랑이 냄새를 한번 맡아보는 것처럼 그 무엇을 하든 그 존재만으로도 신비하고 경이로운 일이 된다.

세 번째 이유는 먹을 게 지천에 널려 있고 전쟁이 없는 평화로운 시대에 살고 있으며, '나를 맞아준다면 그 오래된 떡갈나무에 노란리본을 달아주오' 같은 노래가 절대로 1위를 차지할 일이 없을 거라는 점에서다.

이런 점만 명심하고 있으면 정말로 슬퍼할 일은 절대 없다. 하지만 올바르게 말하자면 비오는 화요일 저녁, 웨스턴 슈퍼메어에 혼자 있게 된다면 슬픔 비슷한 감정까지는 느낄 수 있다.

기차에서 내려 시내로 과감히 발걸음을 옮길 때는 겨우 여섯 시가 조금 지난 시각이었다. 하지만 웨스턴 주민 전체는 커튼을 내리고 실내에서 지내는 것 같았다. 어둡고 텅 빈 거리에는 사선을 그리는 빗줄기만 가득했다. 나는 기차역에서 나와 콘크리트로 만든 쇼핑센터를 지나 해안도로를 걸었다. 검게 어둠에 묻혀 보이지 않는 바다가 쉴 새 없이 쉭쉭 소리를 내고 있었다. 해안도로에 있는 여관 건물들은 대부분 어둡고 텅 비어 있었다. 영업을 하는 여관도 묵고 싶은 마음이 들지 않았다.

1마일(약 1.6km)쯤 걸어가니 도로 저쪽 끝에 환하게 불이 켜진 건물 세 채가 옹기종기 모여 있는 게 보이기에 그 중 한 군데를 그냥 골랐다. 버치필드라 불리는 곳이었다. 매우 기본적인 시설만 갖추고 있었지만 깨끗한데다 가격도 합리적이었다. 썩 괜찮은 저녁 시간을 보낼 수도 있었다. 하지만 나는 그렇지 못했다.

대강 짐을 푼 나는 다시 시내로 돌아가 저녁식사와 약간의 기분 전환

거리를 찾아 헤매다녔다. 그런데 언젠가 여기를 와본 적이 있는 것 같다는 묘한 기분이 들었다. 하지만 분명 그런 일은 없었다. 웨스턴에 관해 아는 거라고는 배우 존 클리즈(영국 출신의 유명한 남자배우)가 웨스턴에 있는 어느 아파트에서 부모님과 살았다는 것과 그곳에서 다른 곳으로 이사를 갔는데 그 집에 작가 제프리 아처(보수당 부총재를 지낸 적이 있는 영국의 소설가)가 부모님과 함께 그 집으로 이사왔다는 말을 들었던 적이 있다는 것 뿐이었다.(저명인사의 이름을 친한 척 함부로 언급하고 있는 게 아니다. 기사작성을 위해 정말로 존 클리즈를 인터뷰했던 적이 있었다. 존은 참 유쾌하고 좋은 친구였다.) 그 말을 듣고는 참 대단한 일이라고 생각했었다. 짧은 반바지를 입은 두 소년이 서로에게 인사를 건넸고, 둘 중 하나는 위대한 일을 하게 된 것이다. 물론 웨스턴이 낯익다고 느꼈던 건 다른 곳과 다름이 없었기 때문이다. 부츠와 막스앤스펜서, 딕슨, WH스미스 등등 모두 있었다. 하나같이 수백만 번도 더 봤던 것들이라는 사실에 아련한 슬픔 같은 것이 느껴졌다.

나는 브리타니아 인이라는 이름의 선술집에 들어갔다. 실제로 적대감을 드러내지는 않았지만 상당히 비우호적인 분위기의 그 술집에서 묵묵히 맥주 두 잔을 비웠다. 그런 후 중국집에 가서 식사를 했다. 중국 음식이 몹시 먹고 싶어서 간 것은 아니었다. 그때 문을 연 유일한 음식점이 그곳이었기 때문이었다. 나 역시 그곳의 유일한 손님이었다. 아무 말없이 볶음밥과 탕수육 소스를 식탁보 여기저기에 사정없이 뿌려대고 있는데, 갑자기 천둥소리가 요란하게 울리더니 하늘이 열렸다. 정말 그건 열렸다는 표현이 맞았다. 그렇게 세찬 비가 내리는 건 영국에서도 드문 일이었다. 쇠구슬이 쏟아져 내리는 것처럼 빗줄기가 떨어졌다. 얼마 지나지 않아 창가는 물에 젖어 온통 흐릿해지고 말았다. 누군가 호스로 물을 뿌려대는 것처럼 보였다. 여관에서 한참을 걸어왔던 나는 식사속도를 늦추어 천천히 먹었다. 그러다보면 날이 좀 갤까 하는 바람에서였다. 하지만 기상 상태는 나아지지 않았고, 결국 비 내리는 밤거리로 나서지 않을 수 없게 됐다.

옆 상점의 차양 아래 선 나는 무엇을 어떻게 해야 할지 궁리했다. 빗줄기는 맹렬하게 차양을 난타하며 억수같이 흘러내려 배수로를 따라 쏟아져 나왔다. 비는 그칠 새 없이 계속해서 요란한 소리를 내며 내렸다. 눈을 감고 들으면 탭댄스 경연대회가 한참 열리는 한가운데에 있는 것 같았다. 나는 재킷을 머리에 뒤집어쓰고 호우를 헤치며 전속력으로 질주했다. 그리고 도로를 건너서 가장 먼저 눈에 들어오는 환하게 불이 켜진 문으로 피난했다. 오락실이었다. 손수건으로 안경을 닦으면서 현재 상황이 어떻게 돌아가는지 파악하기 시작했다. 넓은 실내는 쿵작거리며 돌아가는 기계들로 가득했다. 전자음이 뿅뿅 나거나 폭탄소리가 저절로 나오는 기계도 있었다. 하지만 아래로 담배를 늘어뜨린 채 잡지를 보며 계산대에 앉아 있는 관리인을 제외하고는 아무도 없었다. 오락기들이 혼자서 게임을 하고 있는 형국이어서 섬뜩하게 보였다.

오락실에 가면 내가 할 줄 아는 것은 단 하나다. 굴착기의 손처럼 생긴 걸로 100만분의 1초 동안 봉제인형을 낚아채야 하는 오락기인데, 그나마 조정장치가 제대로 말을 듣는 법도 거의 없었다. 그 밖에 다른 오락기는 도무지 어떻게 하는 건지 모르겠다. 동전을 어디에 넣어야 할지도 모르고 어찌어찌 넣었다 해도 게임을 시작하는 법도 모른다. 기적이라도 일어나 이 두 가지 장애를 간신히 극복한 경우에도, 게임이 시작되었다는 사실 자체를 알아보지 못하고 간신히 찾아낸 동전반환구를 더듬거리거나 '시작' 단추를 찾느라 한참을 그냥 허비한다. 그러고 30초 동안 내가 무슨 일을 하고 있는지도 모른 채 사지를 휘저으며 미친 듯 난동을 부리고, 아이들은 옆에서 "아빠, 방금 리아 공주를 쐈어요. 바보같이!"라고 소리친다. 그런 다음에서야 기계는 말한다.

"게임 오버!"

이번에도 대체로 이와 비슷한 일이 벌어졌다. 뭔가 이성적으로 설명할 이렇다 할 이유도 없이 나는 50페니를 '킬러 킥 박서'인지 '빌어먹을 뇌를 뻥 차버려라'인지 하는 이름의 오락기에 넣어 버렸다. 그리고 약 1분 동안, 내가 빨간색 단추를 두드리고 조정막대를 이리저리 흔드는 동안, 내 캐릭터인 근육질의 금발 사나이는 공연히 휘장이 드리워진 곳을 발로 차고 마법 원반을 허공으로 마구 날려버렸다. 같은 근육질이지만 파렴치한인 동양인들이 연속해서 등장해 콩팥 조각 같은 것으로 공격해서 내 캐릭터를 양탄자 위로 나가떨어지게 만들었다.

나는 최면상태로 명해져서는 오락기에 돈을 먹이며 하지도 못하는 게임을 하는 이상행동을 보이며 한 시간을 보냈다. 차를 몰아 건초더미에 박기도 하고, 우리 편 병력을 레이저로 쏘아 없애버리기도 하고, 변종 좀비가 한 어린아이에게 입에 담기도 무서운 짓을 하는 걸 나도 모르게 돕기도 했다. 마침내 수중의 돈이 다 떨어지자 밤거리로 나서게 되었다. 빗줄기는 서서히 약해지고 있었고, 거리는 수중도시가 되어 있었다. 배수관이 막혀버린 게 분명했다. 그때 포드자동차에서 만든 빨간색 피에스타 한 대가 엄청난 속도를 내며 보도 바로 옆에 있는 물웅덩이를 지나쳤다. 그 바람에 물웅덩이에 있던 물을 몽땅 내가 뒤집어쓰게 되었다.

　너무 놀라 숨을 헉 들이마신 나는 소리를 질렀다. 문제의 차가 속도를 줄이더니 짧게 자른 머리 세 개가 차창 밖으로 불쑥 튀어나와 반가운 인사말 같은 것을 던지면서 '냐-냐, 냐-냐!'와 비슷한 소리를 지르더니 서둘러 멀리 사라져버렸다. 침울해진 나는 해안도로를 따라 무거운 발걸음을 옮겼다. 한걸음 내딛을 때마다 철퍼덕거리는 소리가 났고, 온몸은 추위로 덜덜 떨려왔다. 이 즐거운 일련의 사건에 대한 기록을 연민의 정을 자아내는 페이소스로 변형시키고자 하는 바람은 없다. 다만 나는 한 차례 꽤 심각한 폐렴을 앓고 회복한 지 얼마 되지 않았다는 말을 하고 싶을 뿐이다. 죽을 뻔했다고 말하지는 않겠지만 낮 시간에 하는 텔레비전 방송을 보고 있어야 할 만큼 아프기는 했었다. 정말 다시는 그런 일을 겪고 싶지 않았다. 나의 굴욕감이 부족할까봐 걱정되었던지 그 피에스타 차량이 우승기념 일주를 다시 시작하는 모양이었다. 오락거리에 굶주렸던 모양인 그 작자들이 다시 내 곁을 지나면서 승리감에 들뜬 목소리로 다시 '냐-냐'거리는 소리를 해대고는 속력을 높여 저 멀리 밤거리로 사라져버렸다. 끼익하는 소리가 나고 잠시 동안 차의 후미가 흔들거리는가 싶었지만 불행히도 가로등 기둥에 처박히는 일은 벌어지지 않았다.

　숙소에 다시 도착했을 때는 냉동인간이 되어 있었다. 그런데 여관 프런트는 반쯤 어둠 속에 묻혀 있었고, 문은 굳게 잠겨 있었다. 내가 얼마나 대경실색했을지 상상해 보시라. 손목시계를 봤다. 세상에, 겨우 아홉 시였다. 도대체 어떻게 돼먹은 도시가 이 모양이지? 초인종이 두 개 달려 있어서 둘 다 눌러 보았지만 아무런 응답이 없었다. 방열쇠를 문에 넣고 돌려봤지만 당연히 소용없었다. 다시 한 번 초인종을 눌렀다. 한참을 두 개의 초인종을 꾹 누르고 서 있는데 점점 화가 치밀어 올랐다. 하지만 그래봐야 만족스러운 사태 해결은 요원했다. 결국 나는 손바닥으로 유리문을 두들기다가 주먹질을 해댔고, 급기야 튼튼한 발로 문을 걸어차며 약간의 발작 증세를 보이게 됐다. 이제 조용한 거리를 나의 시끄러운 외침으로 가득 채울 일만 남아 있었다.

마침내 지하실로 통하는 계단 맨 위에서 여관주인이 모습을 드러냈다. 놀란 듯한 모습이었다.

"죄송합니다, 선생님."

주인은 부드러운 음성으로 말하고 문을 열고 안으로 들여보내 주었다.

"밖에 오래 계셨습니까?"

그 불쌍한 사람에게 어찌나 호통을 쳤는지 지금도 생각하면 얼굴이 붉어진다. 나는 극단적인 표현을 했었다. 그와 그 도시의 주민들을 모두 싸잡아 생각이라고는 없는 사람들이며 좋아하고 싶어도 좋아할 구석이 하나도 없는 이들이라고 비난했다. 신에게도 버림받은 지옥 같은 휴양지에서 내 일생 최대의 불쾌한 밤을 보냈노라 했다. 정신박약아보다 더 낮은 십자릿수 아이큐를 가진 그곳 젊은이들이 차에 가득 올라타서 나를 뼛속까지 젖게 만들었다는 이야기며, 젖은 옷을 입은 채로 1마일(약 1.6km)을 걸었다는 이야기며, 빌어먹을 저녁 아홉 시에 숙소로 잡은 여관 밖에서 오도 가도 못하는 신세가 되어 추위에 떨며 서 있었다는 이야기를 늘어놓았다.

"기억 못하시는 모양인데 제가 상기시켜 드리죠."

나는 새된 목소리로 말했다.

"바로 두 시간 전에 그쪽이 나에게 인사를 한 다음에 문 밖으로 나가는 거리 저쪽으로 가는 제 모습을 배웅하지 않으셨습니까? 그래놓고 내가 다시 안 돌아올 거라 생각하셨단 말입니까? 그러니까 내가 방을 잡아놓고는 공원에서 밤을 지새우고 아침에 돌아올 거라 보셨단 말입니까? 아니면 그냥 원래부터 정신박약이라 생각을 못하는 겁니까? 어느 쪽인지 제발 알려주시죠. 궁금해 죽겠으니까요."

여관주인은 잔뜩 움츠린 채로 내 욕설을 듣고 있다가 손사래를 치며 연신 사과의 말을 늘어놓는 반응을 보였다. 차와 샌드위치를 담은 쟁반을 가져다주고 젖은 옷을 말려주고 방까지 안내한 다음 난방기를 손수 켜주겠노라고 했다. 여관주인은 내 앞에 무릎 꿇고 사무라이 칼로 자신을 찔러달라는 일만 빼고 모든 일을 했다. 그는 적극적으로 나서서 뭔가 따뜻한 음료를 가져오게 해달라고 애원을 했다.

"제가 원하는 건 어서 방으로 들어가서 이 빌어먹을 소굴에서 벗어날 수 있는 시간이 오기만 손꼽아 기다리는 겁니다!"

나는 꽥 소리를 질렀다. 다소 연극 대사처럼 과장된 말이었지만 효과는 강력했을 것이다. 나는 으스대며 2층으로 이어지는 계단으로 올라가 흥분한 채로 복도를 한참 걷다가 순간 내 방이 어디인지 내가 모른다는 사실을 깨달았다. 열쇠에 방번호가 적혀 있지 않았던 것이다.

나는 다시 반쯤 어두워진 여관 프런트로 돌아가 지하실 문가에 고개를 디밀었다.

"실례합니다만, 제가 묵는 방번호가 몇 번이죠?"

나는 작은 목소리로 말했다.

"27번입니다, 선생님."

어둠 속에서 목소리가 울려 퍼졌다.

나는 잠시 미동도 없이 서 있었다.

"감사합니다."

내가 말했다.

"천만에요, 선생님."

목소리가 울려 퍼졌다.

"안녕히 주무십시오."

나는 인상을 찡그리고 헛기침으로 목소리를 골랐다.

"감사합니다."

다시 인사를 건넨 나는 방으로 돌아왔다. 그리고 더 이상의 다른 사건 없이 남은 밤을 보냈다.

다음날 아침, 나는 햇살이 환하게 비쳐오는 식당으로 나갔다. 우려했던 대로 여관주인이 기다리고 있다가 나를 맞아 주었다. 이제는 젖은 옷도 다 마르고 몸도 따뜻해진데다 푹 쉬었기 때문에, 지난밤에 발끈 화를 냈던 일이 끔찍하게 느껴졌다.

"좋은 아침입니다, 선생님."

주인은 아무 일도 없었다는 듯이 밝은 목소리로 말하며 바다가 잘 보이는 전망 좋은 자리로 나를 안내했다.

"잠은 잘 주무셨습니까?"

나는 그의 친절함에 허를 찔려 당황해야 했다.

"아, 네, 네. 사실 잘 잤습니다."

"다행입니다. 잘 되었군요! 주스와 시리얼이 마련되어 있습니다. 마음껏 드십시오. 영국식으로 풀코스 아침식사를 마련해 드릴까요?"

이런 분에 넘치는 상냥한 대접은 참 견디기 힘들었다. 나는 고개를 아래로 폭 숙이고 투덜대는 투로 조용히 말했다.

"저기, 어젯밤에는 정말 죄송했습니다. 제가 조금 화가 나서 그랬습니다."

"괜찮습니다, 손님."

"괜찮지 않지요. 그게, 저, 매우 죄송합니다. 사실 조금 창피하네요."

"저는 다 잊었습니다, 손님. 그래, 영국식 풀코스 아침식사 드릴까요?"

"네, 주세요."

"잘 알겠습니다, 손님."

그렇게 친절한 서비스를 받으면서 자신이 벌레처럼 느껴졌던 적은 그때가 처음이었다. 주인은 즉시 음식을 대령하고 날씨 이야기를 하더니 오늘은 화창한 하루가 될 거라고 말했다. 어째서 그렇게 관대하게 구는지 이해할 수가 없었다. 그러다가 서서히 내가 얼마나 이상하게 보였을지 이해되기 시작했다. 중년의 한 사내가 배낭을 메고 휴가철도 아닌데 갑자기 웨스턴에 나타나 여관에 묵겠다고 하고는 별로 대단치도 않은 불편함 때문에 소리를 지르고 발길질을 해댔으니 말이다. 아마도 내가 미친 사람이라고 생각한 게 분명했다. 어쩌면 정신병원을 탈출한 환자라고 보았을지도 모른다. 그래서 이런 식으로 나를 대하는 게 가장 안전하다고 판단한 것이다. 그게 아니라면 그냥 엄청나게 착한 사람이어서 그랬을 수도 있다. 어느 쪽이든 나는 그 여관주인에게 경의를 표하는 바이다.

아침 햇살을 받아 빛나는 웨스턴은 너무도 사랑스러웠다. 해변에는
플랫 홀름이라 불리는 섬 하나가 맑고 깨끗한 대기 가운데 떠 있었고,
그 너머에는 웨일스의 푸른 언덕이 12마일(약 19km) 정도 이어지고 있었
다. 바다를 건너서까지 이어지는 것 같았다. 전날 밤 그렇게 경멸했던
여관조차도 그리 나빠 보이지 않았다.

나는 몬머스로 가기 전에 와이 계곡에 들렀다. 와이 계곡은 몇 년 전
에 봤던 모습 그대로 아름다웠다. 빛이 들어갈 틈이 없는 검은 숲, 굽이
쳐 흐르는 강, 가파른 산 비탈길에 호젓하게 서 있는 하얀색 농가들. 하
지만 계곡 안에 자리 잡은 마을은 이곳과 어울리지 않을 정도로 평범했
다. 주유소에 딸린 선술집과 선물가게가 마을의 전부인 것처럼 보였다.
나는 '호반지역을 벗어나면 나 역시 지겨워할지도 몰라'라는 워즈워드
의 시 때문에 유명해진 틴턴 수도원을 찾아갔다. 하지만 내가 기억하고
있던 것처럼 영국의 자랑거리가 될 만한 빼어난 명소도 아니고, 그저
그런 마을 가장자리에 있는 수도원이라는 사실에 실망하고 말았다.

비탈진 길에 번화가가 조성되어 있는 몬머스는 당당한 위풍을 자랑
하는 시청건물이 있는 훌륭하고 근사한 소도시였다. 시청 앞에는 랑가
톡 영주 부부의 아들이었던 찰스 롤스의 동상이 있었다. 동상 아래 새
겨진 글귀에는 '기구 조정, 자동차 운전, 비행기 조종의 선구자로서,
1910년 7월 본머스에서 충돌사고로 사망했다'고 쓰여 있었다. 동상의
손에는 초창기 비행기 모형이 들려 있어서, 그 모습이 마치 총을 쏘는
비행기를 휙휙 쳐대는 킹콩처럼 보였다. 이 지역과 어떤 관계가 있는
지에 대한 설명은 없었다. 처치 스트리트에 있는 몬머스 서점 진열장에
내 책이 있었다. 내가 갑자기 서점 이야기를 꺼내는 이유는 당연히 바

로 그 책 때문이다.

날씨가 화창한 틈을 타서 꼭 해야겠다고 생각한 일이 하나 있었기에 나는 더 이상 시간을 지체하지 않았다. 제과점에 들러서 고기파이 하나를 사먹으면서 와이 강을 찾아 나섰다. 몬머스의 근사한 석조 다리를 건너 강기슭 오솔길로 접어든 나는 웨일스 강둑을 따라 북쪽으로 걸어갔다. 처음 40분 동안은 A40번 도로에서 끊임없이 울려퍼지는 통행 차량들의 포효소리를 들어야만 했다. 하지만 골드스미스 숲이라는 곳에 도착하자 강줄기가 급하게 휘어 도로에서 멀찌감치 벗어나더니 지금까지와는 완연히 다른 평화로운 세상이 펼쳐보였다. 머리 위 나뭇가지에서 새들이 요란스레 지저귀는 소리까지 들렸다.

내가 강가로 다가가니 눈에 잘 보이지 않는 조그만 생물들이 퐁당퐁당 물속으로 뛰어들었다. 무심한 듯하다가 활기를 되찾아 흐르는 강 주위로 가을색으로 단장한 나무가 빽빽하게 들어찬 언덕이 빙 둘러 서 있는 모양새가 무척 아름다웠다. 그리고 그 모든 아름다움을 나 혼자 독차지하고 있었다. 거기서 1~2마일 정도 더 걸어간 나는 잠시 걸음을 멈추고 지도를 꺼내 그곳이 어디인지 살폈고 근처 언덕에 아서왕의 무덤이라 불리는 곳이 있다는 것을 알아냈다. 그냥 지나칠 수 없다는 생각에 열심히 언덕을 올라 그 장소로 추정되는 곳을 찾아 여기저기를 돌아다녔다. 중간중간 지도를 꺼내 살펴보면서 머리를 긁적이는 것도 잊지 않았다. 쓰러진 나무와 커다란 바위 위를 힘겹게 오르내리며 한 시간 정도를 헤매던 끝에 정말 그곳을 찾아낼 수가 있었다. 그리 대단할 건 없었다. 석회암 절벽에 자연이 만들어 놓은 작은 공간일 뿐이었다. 하지만 몇 년 만에 처음으로 이곳을 찾은 사람은 내가 유일할 거라는 생각에 즐거워졌다. 최근에 방문한 사람이 있었다는 흔적을 어디서도 찾을 수가 없었다. 온 세상 사람들이 다 그러는 건 아닐지도 모르지만 영국에서라면 방문객의 흔적은 단연 낙서나 먹다 버린 맥주캔이 뒹굴어 다니는 것이다.

시간이 많이 지났기 때문에 나는 숲을 통과하는 지름길로 가기로 했다. 하지만 내가 간과한 사실이 하나 있었다. 나는 최고 높이의 등고선이 밀집된 지역에 있었다는 점이다. 결국 잠시 후 나는 거의 수직으로 떨어지는 경사를 자랑하는 언덕을 내려가게 됐다. 나의 의지와는 상관없이 〈웨스트 사이드 스토리〉에 등장하는 조지 샤키리스를 떠올리게 하는 야릇한 자세로 두 팔을 쑥 내밀고 껑충껑충 뛰면서 숲을 빠져나와야 했다. 물론 이곳은 웨일스이니 장소도 다르고 조지 샤키리스가 겁을 집어먹고 똥을 싸는 일도 없겠지만 말이다. 공중제비를 몇 번 넘고 똥배로 80야드(약 73m) 정도를 미끄러져 내려가는 신기원을 기록한 끝에 현기증이 날 것 같은 벼랑 끝에서 멈추어 설 수 있었다. 눈을 희번덕거리며 100피트(약 30m) 아래를 내려다보니 반짝이는 와이 강이 흐르고 있었다. 갑자기 멈춰 선 연유를 캐고자 시선을 뒤로 돌려보니 내 왼발이 어린 묘목에 얽혀 있는 것을 발견할 수 있었다. 그 묘목이 아니었다면 나는 그곳에 멈춰 설 수 없었을 것이다. 그리고 지금 이 자리에도 없었을 것이다.

"하느님, 감사합니다"라고 나지막이 중얼거린 나는 몸을 추슬러 일어난 다음, 옷에 붙은 나뭇가지와 나뭇잎 비슷한 것들을 탁탁 털어내고 부지런히 언덕을 기어 올라가 오솔길을 다시 찾았다. 다시 강둑에 도착했을 때는 이미 한 시간이 더 지난 후였다. 그 후 시몬스 야트로 하이킹

하느라 한 시간여를 더 보냈다. 수목이 우거진 널따란 낭떠러지인 시몬스 야트는 가공할 높이의 언덕 위에 자리 잡고 있는 까닭에 사방으로 탁 트인 전망을 보유하고 있었다. 넋을 잃게 하는 절경이었다. 행글라이더를 타고서나 볼 수 있을 법한 풍경을 굽어볼 수 있다. 굽이쳐 흐르는 강과 황금물결이 일렁이는 밭과 저 멀리 블랙 마운틴 산맥까지 뻗어가는 산림지역이 만들어내는 완벽한 목가적 풍경이 한눈에 들어왔다.

"뭐, 쓸 만하군."

나는 말했다.

"아주 쓸 만해."

그러고는 근처 어디에 차 한 잔을 마시고 바지도 갈아입을 만한 곳을 찾을 수 없을까 궁리하기 시작했다.

13

다시
생각해봐야 할
때가 아닐까?

옥스퍼드

존오그로츠
글래스고
에든버러
리버풀
루드로우
옥스퍼드
런던
도버
본머스

영국인이거나 나보다 연장자이거나 아니면 이 둘 다에 해당하는 사람들이 특별히 감사하게 생각하는 것들이 있다. 스키 플 음악(블루스나 포크송 따위에서 나온 1920년대의 재즈음악), 구멍이 하나만 있 는 소금그릇, 마마이트(공업용 윤활유처럼 생긴 먹을 수 있는 이스트 농축액), '샐 리'라는 노래를 부른 그레이시 필즈, 만능 연예인 조지 폼비, 바자회 등 에서 싸게 파는 잡동사니, 직접 자른 빵으로 만든 샌드위치, 진짜 우유 가 들어간 홍차, 삶은 양배추, 집안 전기배선 공사야말로 재미있는 대화 소재라는 믿음, 증기기관차, 가스레인지 아래 달린 그릴에서 만든 토스 트, 배우자와 벽지를 고르러가는 일이 즐거운 외출이라는 생각, 포도가 아닌 다른 과일로 만든 술, 난방을 하지 않은 침실과 욕실, 해변에서 바 람막이를 치는 일(바람막이를 치려면 뭐하러 해변에는 나가는지!), 그 리고 크리켓 경기. 그 외에도 당장 떠오르지는 않지만 뭔가 한두 개가 더 있는 것 같다.

앞서 언급한 것들이 따분하다거나 잘못되었다거나 나쁘다고 말하려 는 게 아니다. 다만 저런 것들의 진정한 가치와 매력을 아직은 내가 알 지 못한다는 말을 하려는 것뿐이다. 그리고 위의 목록에 하나 더 추가

하고 싶은 게 있다면 옥스퍼드 대학교를 꼽을 수 있다.

　나는 그 대학에 대해 무한한 존경심을 품고 있으며 800여 년의 쉼 없는 지식노동의 가치를 높이 평가하고 있다. 하지만 고백하건데 그 대학이 왜 있는지는 잘 모르겠다. 이제 영국인들은 라틴어로 빈정거리기를 좋아하는 식민지 통치자를 육성할 필요가 없기 때문이다. 물론 이곳에서 후기칸트학파의 미학이나 라이프니츠와 클라크의 논쟁 같은 심도 깊은 학문 활동도 이루어진다. 하지만 이런 생각도 든다. '대단히 인상 깊은 일이군. 하지만 실업자가 300만에 육박하고 가장 최근 발명품이 제트기엔진이라는 나라에서 조금 한가한 소리 아닌가?' 바로 전날 나이트뉴스에서 아나운서가 기쁜 낯으로 말하기를 삼성에서 타인사이드에 새로운 공장을 건설할 예정이라 밝혔다. 그 공장으로 인해 800명의 일자리가 생길 것이다. 그 800명의 사람들은 기꺼이 오렌지색 작업복을 입고 매일 아침 30분간 태권도를 하게 될 것이다. 낡은 사상을 고수하는 속물이라 손가락질 받더라도 내가 볼 때는, 그러니까 영국을 친근하게 생각하는 사람의 관점에서 볼 때는, 영국의 산업기술이 너무 뒤떨어지다보니 미래의 경제안보마저 한국기업에게 의지하는 것으로 보인다. 그러니 이제는 교육의 우선순위를 재검토해서 2010년 즈음에는 식탁에 뭔가 먹을거리를 올려줄 학문에 대해 다시 생각해봐야 할 때가 아닌가 싶다.

　몇 년 전인가 〈대학의 도전〉이라는 특별방송을 본 적이 있다. 미국에는 〈대학 경기장〉이라는 이름으로 방영되었다. 미국 대학생들과 영국 대학생들이 팀을 이루어 겨루는 프로그램이었는데, 영국팀이 싱거울 정도로 쉽게 이겨서 전체 프로그램은 당황스러울 정도로 조용하게 진행되었다. 영국 학생들은 거의 기계적으로 정답을 연속해서 맞혔다. 반면 미국 학생들은 인상을 찡그린 채 안절부절 못하고 있었다. 그들의 얼굴에 드러난 생각은 이랬다.(그 눈을 보면 정말 이렇게 생각했을 거라 짐작할 수 있다.) '도대체 윤회가 무슨 말이야?' 최종 점수는 12000 대 2정도였다. 이런 점수는 영국인들을 불쾌하게 했을 것이다. 영국인들은 뭔가를 너무나 잘해 도드라지는 걸 내심 불편해하기 때문이다. 하지만 여기서 정말 생각해야 할 문제는 다른 차원이다. 한 점의 의심도 없이 확신하건데 당시 게임에 참여했던 대학생들을 추적해서 그 이후 어떻게 살아가고 있는지 알아본다면, 미국 대학생들은 모두 채권거래나 기업운영으로 연간 85만 달러를 벌어들이고 있는 반면 영국 대학생들은 폴란드 남서지역 슐레지엔에서 구멍 난 스웨터를 입고 16세기 합창곡의 음질에 대한 연구를 하고 있을 것이다.

하지만 걱정 마시라. 옥스퍼드 대학교는 중세 이후로 발군의 재능을 뽐내어 왔으니, '(소니 영국법인의 하나인)옥스퍼드 대학교 주식회사'가 되어도 오랫동안 생명을 유지할 수 있을 것이다. 그러니까 내가 꼭 집어 해주고 싶은 말은 대학이 보다 상업적인 사고를 지향할 필요가 있다는 말이다. 내가 갔을 당시에는 3억 4천만 파운드의 기금을 5년 안에 조성하자는 운동이 성공리에 완수되고 있었다. 그야말로 깊은 인상을 주는 일이었다. 적어도 기업의 후원이 어떤 가치가 있는지는 인식하고 있는 것 같았다. 학교 안내서를 찬찬히 훑어보면, 다음과 같은 문구들을 여기저기서 만날 수 있다. 완전히 새로워진 슈레이드 위트 시리얼(무설탕, 무가염)과 함께하는 동양철학 강좌, 매일 저렴한 가격으로 제공되는 와이페이모어의 해리 카펫이 후원하는 경영전문대학원.

요 근래 이런 식의 기업 후원이 영국인들의 삶에 조금씩 스며들고 있고, 이제는 대단히 자연스러운 일이 된 것 같다. 그래서 '캐논배 축구대회' '코카콜라컵 축구대회' '에너자이저 경주대회' '앰버시 담배 후원 세계스누커당구 챔피언십' 같은 대회도 열린다. 머지않아 '켈로그 후원 왕세자비' '미쓰비시가 자랑스럽게 선보이는 리젠트 공원' '삼성 시티 (예전에는 뉴캐슬이라 불렸다)'도 보게 될 것 같다.

이야기를 하다 보니 옆길로 새버렸다. 사실 옥스퍼드에 대한 내 불만은 기금모금이나 학생들에 대한 교육방법과는 아무 상관이 없다. 진짜 불만은 그 흉측한 외관이다. 머튼 가를 걷다보면 내가 무슨 말을 하는지 이해하게 될 것이다. 우리는 크라이스트처치 칼리지 뒤편을 한가롭게 걸을 때, 세심하게 의도된 코퍼스크리스티의 고요함과 700년 이상의 역사를 가진 머튼의 아름다움을 느낄 수 있어야 한다. 머튼은 세계적으로 인정받는 역사적인 건축물들이 밀집해 있는 곳이다. 17~18세기의 귀족들이 살았던 근사한 주택과 연철로 만든 우아한 대문, 그리고 박공구조로 만든 건물들이 이루어내는 경관은 너무나 조화롭다. 몇몇 주택은 건물 정면에 전선을 아무렇게나 걸어놓는 바람에 외관을 약간 손상시키기도 했다.(정신이 똑바로 박힌 사람들이라면 전선 따위는 집안으로 집어넣었을 것이다.) 하지만 크게 괘념치 말도록 하자. 그 정도는 넘어갈 수 있다. 맨 끝에 떡하니 차지하고 앉아 피해갈 수도 없게 만드는 건물의 정체가 대체 무엇이란 말인가? 변전소일까? 수감자들을 위한 사회복귀 시설인가? 아니다. 그것은 머튼 칼리지 학장의 사택이다. 분별력 없이 1960년대에 몰래 세워진 추한 건물로, 그것만 아니었다면 머튼 가는 완벽 그 자체였을 것이다.

이번에는 왔던 길을 되돌아가 카이발드 가로 가보자. 거기에는 잊어진 길 하나가 있다. 머튼 가와 도심의 대로 사이에는 그림같이 아름다운 샛길들이 미로처럼 얽혀 있는데, 그 가운데 있다. 동쪽 끝에는 주머니에 쏙 들어갈 것 같은 작은 광장도 있다. 조그만 분수와 나무 그늘과 벤치 몇 개가 간절히 필요한 곳이다. 하지만 정작 보이는 것은 이중삼중으로 주차된 차들로 뒤범벅된 모습이다. 그 다음에는 오리엘 광장으로 가보자. 이곳 역시 여기저기 내팽개쳐진 차들로 번잡스럽다. 그 다음에는 콘마켓으로 올라가자.(시선을 다른 곳으로 피하는 편이 좋을 것이다. 정말 소름끼치도록 추한 곳이다.) 이어서 브로드 가와 세인트 자일즈를 지나자.(여전히 자동차 천지로 정신이 없다.) 지치고 낙담한 심신을 이끌고 마침내 당도한 곳은 눈에 거슬리는 파렴치한 외관의 콘크리트 건물이다. 그것은 웰링턴 광장이라는 희한한 이름을 가진 지역의 대학 행정실 건물이다.

아니다. 이곳에서 발걸음을 멈추는 건 취소다. 다시 콘마켓 가로 되짚어가서 낮은 천장에 어두운 조명을 자랑하는 끔찍한 클래런던 쇼핑센터로 들어갔다가 퀸 가로 나와, 마찬가지로 마음에 드는 구석이라고는 하나도 없는 웨스트게이트 쇼핑센터와 차가운 유리창이 달린 중앙도서관을 지난 다음 지나치게 자란 고름에서 쉬도록 하자. 그 고름은 바로 옥스퍼드 지방의회 본청이다. 계속해서 세인트 에베스 성당의 교구를 가로지른 다음 법원을 지나 황량한 옥스펜스 거리의 굽은 길을 따라 걸으며 길가의 카센터며 풍경의 아름다움을 해치는 애처로운 아이스링크장, 주차장 등을 볼 수도 있다. 그리고 마무리로 파크엔드 가에 가득한 불결함을 느낄 수도 있다. 하지만 지방의회 본청 앞에서 그만 걸음을 멈추고 후들거리는 다리를 구해주는 게 좋다는 생각이 든다.

이 세상 어디도 이곳처럼 날 괴롭힐 수는 없을 것이다. 이곳의 모든 사람들은 그러니까 옥스퍼드에서 이야기를 나눠본 모든 사람들은 옥스퍼드가 이 세상에서 가장 아름다운 도시라고 감히 말한다. 살기 좋고 기념물들의 보존상태도 뛰어나다는 말을 함부로 구사한다. 한때 옥스퍼드가 말로 다할 수 없을 정도로 아름다웠던 시절이 있었음은 나도 인정한다. 크라이스트처치 초원, 레드클리프 광장, 대학 캠퍼스, 캐트 스트리트, 털 스트리트, 퀸즈 레인, 식물원, 포트 초원, 대학 공원, 클래런던 하우스, 그리고 옥스퍼드 북부 전체가 모두 근사하다. 또 세상에서 가장 근사한 서점과 가장 근사한 선술집, 동급의 다른 도시에서는 찾아보기 힘든 훌륭한 박물관도 모여 있다. 거기에 실내 시장도 있다. 심장을 녹여버릴 만한 경치도 군데군데 있다.

하지만 그만큼 엉망인 곳도 많다. 어떻게 이럴 수가 있을까? 이건 심각한 문제다. 1960년대와 70년대에 활동했던 대학 당국자들과 건축가, 도시 개발자들이 단체로 정신발작이라도 일으켰던 걸까? 훌륭한 공예가들이 모여 살던 제리코 거리를 다 부숴버려야 한다는 제안이 심각하게 오갔는가 하면, 크라이스트처치 초원을 가로지르는 우회도로를 만들어야 한다는 말이 있었다는 사실을 알고 있는가? 그런 생각은 단순히 잘못된 정도가 아니라 형법으로 다스려야 한다. 하지만 이 도시에는 그보다 작은 규모의 비슷한 일이 계속 되풀이되고 있다. 머튼 칼리지 학장의 사택만 봐도 그렇다. 그렇다고 이곳이 최악이라고 말하는 건 아니다. 더한 곳도 있지만 그 건물을 세울 때 얼마나 말도 안 되는 일이 연속해서 일어났는지 생각해 보면 기가 막힌다. 일단 건축가는 건물을 설계할 때 800년의 전통을 지닌 건축물들을 둘러보고도 유리창 달린 토스트기계 같은 건물을 착상했어야 했다. 머튼에 사는 교육 좀 받았다는 훌륭하신 분들로 구성된 위원회에서는 후대에게 물려줘야 하는 지역의 유산에 대해 지대한 무관심을 가져야 했다. 그리고 혼잣말로 이렇게 중얼거렸어야 했다.

"1264년 이후로 이 고장에는 근사한 건물들만 들어서왔어. 그러니 이번에는 기분전환 삼아 못난이 건물도 세워보지, 뭐."

그리고 도시 계획을 세우는 당국자들도 이렇게 말했어야 했다.

"그래, 그거 괜찮은 생각이네! 다른 곳에도 보기 싫은 건물은 얼마든지 있다고!"

그러면 이 도시의 모든 사람들, 그러니까 학생, 대학교수, 상점주인, 회사원, 옥스퍼드 보존재단의 회원들 모두가 이런 결정을 묵인하고 아무런 소동도 벌이지 않았어야 했다. 이런 일이 200번, 아니 300번, 아니 400번 정도 더 일어나고서야 현대의 옥스퍼드를 만날 수 있었다. 이게 과연 이 세상에서 가장 아름답고 문화유산이 잘 보존된 도시라 할 수 있는가? 난 도저히 인정할 수가 없다. 옥스퍼드는 너무나도 오랫동안 통탄할 만한 무능과 엄청난 무관심 속에서 버텨온 도시다. 옥스퍼드에 살고 있는 모든 사람들은 일말의 수치심을 가져야 한다.

이런, 이런! 괜히 울컥해서 격한 소리를 늘어놓았다. 자, 분위기를 바꿔 좋은 면을 살펴보도록 하자. 예를 들면 애시몰린 박물관 같은 곳 말이다. 정말 최고의 박물관이라 할 만한 곳이다. 지구상에서 가장 오래된 국립 박물관이면서 최고의 시설을 자랑한다. 그런데 늘 텅 비어 있다. 오전 내내 박물관에서 고대유물을 정중하게 관찰하는 동안 다른 사람은 볼 수 없었다. 이따금씩 한 무리의 어린 학생들이 전시실 사이를 질주하고 그 뒤를 어찌할 바 몰라 하며 쫓아다니는 선생님을 가끔씩 목격할 수 있을 뿐이었다. 나는 한가로운 걸음으로 피트리버스 인류 박물관과 대학 박물관을 찾아갔다. 두 곳 모두 1980년대의 정취가 느껴지는 예스러움을 뽐내는 모습이 마음에 들었다. 다음으로 블랙웰 서점과 딜런 서점으로 가서 저인망 작업으로 책들을 샅샅이 둘러보고는 밸리올 대학을 여기저기 둘러보았다. 크라이스트처치 초원을 어슬렁거리기도 했고, 제리코 거리와 옥스퍼드 북부에 있는 저택 사이를 배회하기도 했다.

이 불쌍한 옥스퍼드를 내가 너무 심하게 대했는지도 모르겠다. 기본적으로는 아름다운 곳이다. 연기가 자욱한 선술집이며 서점, 학구적인 분위기도 훌륭하다. 좋은 모습만 보고 콘마켓이나 조지 가 같은 곳에는 얼씬도 하지 않는다면 나무랄 데 없다. 나는 특히 밤의 옥스퍼드를 더 좋아한다. 더 이상 산소마스크를 쓰지 않아도 될 만큼 통행량이 줄어들고, 불가사의하게 인기 좋은 도네르 케밥을 파는 차량이 가득 들어선다. 나는 그 음식이 영 당기지 않는다.(꼭 죽은 사람의 다리 잘라낸 것을 쌈 싸먹는 기분이다!) 하지만 거리에는 뭔지 모를 생동감이 감돈다. 높다란 담벼락 사이로 꾸불꾸불 이어진 뒷골목의 어둠도 마음에 든다. 그곳에서라면 잭 더 리퍼 같은 연쇄살인범이 도네르 케밥 장수를 꼬챙이로 찌르거나 사지를 절단해버릴 것 같은 기대를 할 수도 있을 것 같다. 또 세인트 자일즈 도처를 돌아다니다 브라운 레스토랑에서 벌어지는 술잔치에 푹 빠져버리는 일도 좋다. 영국답지 않게 친절한 그곳에서는 맛좋은 시저샐러드와 베이컨치즈버거를 쿵쿵거리는 음악이나 가짜 도로표지판이 없는 상태에서 느긋하게 즐길 수 있다. 무엇보다 내가 그곳에서 술 마시는 게 좋았던 이유는 책을 들고 앉아도 사교성 떨어지는 이단아로 보이지 않는다는 점에서였다. 신나게 웃고 떠드는 젊은이들 사이에 앉아서 나도 한때 저들처럼 넘치는 힘과 납작한 배를 가지고, 섹스를 잠시 누워 있을 수 있는 기회 이상의 대단한 것으로 생각하던 때가 있었음을 마음껏 회상할 수 있는 분위기였다.

호텔에 체크인하면서 충동적으로 3박을 하겠다고 적었던 나는 셋째 날 오전 나절에 지루함에 좀이 쑤시기 시작했다. 그래서 조지 오웰이 묻혀 있고 적당한 거리에 있다는 이유만으로 서튼 코트니로 산책을 나섰다. 노스 힝크시로 이어지는 비옥한 목초지를 따라 도심을 벗어난 나는 칠스웰 계곡인지 해피 계곡인지 이름이 헷갈리는 지역을 지나 보어스 힐을 향해 계속 걸어갔다. 밤에 비가 내렸던 터라 진흙이 묵직하게 달라붙어 보행을 방해했다. 어느새 진흙은 발의 두 배나 묻어 있었다. 조금 더 걸어가니 길이 자갈로 덮여 있었다. 아마도 보행을 용이하게 해주려는 배려 같았다. 하지만 실제로는 자갈이 진흙투성이 신발에 박혀서 발에 매우 커다란 건포도를 달고 다니는 꼴이 되고 말았다. 보어스 힐 꼭대기에 도착한 나는 전경을 감상하기 위해 잠시 걸음을 멈추었다. 시인 매튜 아널드가 그 유명한 '꿈꾸는 첨탑'이라는 표현을 하도록 만든 바로 그 전경이었다. 하지만 정연하게 늘어선 고압선용 철탑이 완전히 망쳐 놓았다. 내가 아는 바로는 옥스퍼드셔보다 더 많은 고압선 철탑이 있는 곳은 없었다. 그리고 걸음을 멈춘 또 하나의 목적은 나뭇가지로 신발에 붙어 있는 진흙을 떼어내기 위함이었다.

보어스 힐에는 아름다운 대저택들이 많았다. 하지만 나라면 그런 곳에서 행복하게 살 수 없을 것 같았다. '회전금지'라고 쓰인 경고문이 꽂혀 있는 진입로를 세 개나 발견했던 것이다. 도대체 얼마나 쩨쩨하고 우스꽝스러운 사람들이기에 그깟 잔디밭 조금 갖겠다고 저런 경고문을 세운단 말인가? 사람이 길을 잃을 수도 있고 방향을 잘못 잡을 수도 있지. 설혹 그렇게 해서 진입로 끝에서 차 좀 돌린다고 얼마나 큰 손해를 보겠느냔 말이다. 나는 앞으로 그런 진입로에서는 필요하든지 아니든지 상관없이 반드시 차를 돌릴 생각이다. 독자 여러분들도 기회가 생기는 대로 나와 똑같이 해주기를 간청하는 바이다. 그리고 집주인이 차를 돌리는 장면을 목격할 수 있도록 경적을 한두 번 울려주면 참 좋겠다.

서닝웰에서 시작되는 뒷길로 내려와 애빙던에 도착했다. 애빙던은 저소득층을 위한 공영주택 제도가 최고로 잘 된 곳이라 생각한다. 넓은 잔디밭과 깨끗한 집들이 보기 좋았다. 아담하면서도 근사하면서도 호기심을 대단히 돋우는 진귀한 모습의 마을회관이 돌출된 지형 위에 우뚝 솟아 있었다. 마치 누군가 40일간의 홍수에 대비해 놓은 듯했다. 하지만 이것 말고도 애빙던에 대해서는 할 말이 참 많다. 일단 최고로 소름끼치는 상점가가 있다. 나중에 알게 된 사실이지만 많은 중세시대 저택을 싹 쓸어버리고 세운 것이라 했다. 그리고 변두리 지역을 어떻게 하면 추하고 흉측하게 만들까 고집스레 노력을 들였다.

서튼 코트니는 지도상으로 본 것보다 상당히 멀리 있는 것 같았다. 하지만 이따금씩 템스 강을 보면서 걷는 일은 즐거웠고 애써 가볼만한 곳이었다. 아름다운 집들과 느낌이 좋은 선술집 세 개와 전쟁을 기념하는 작은 초원이 있었다. 게다가 교회묘지에는 조지 오웰만 누워 있는 게 아니라 영국의 수상이었던 애스퀴스도 묻혀 있었다.

나보고 평생 아이오와 시골 촌놈으로 살 사람이라고 욕해도 좋지만 이 작은 섬에 죽은 사람의 문패가 빼곡하게 들어차 있다는 생각을 하면 늘 감명을 받는다. 작은 마을의 교회묘지에 세계적인 인물이 두 명이나 묻혀 있다는 사실이 놀랍지 않은가! 우리 아이오와 주라면 이 중에서 한 명이라도 묻히게 된다면 무척 자랑스럽게 생각할 것이다. 아니 원뿔 모양 교통표지판을 발명한 사람이나 그 비슷한 정도의 사람의 무덤이라도 기꺼이 자랑스럽게 생각할 수 있다.

나는 오웰의 무덤을 찾았다. 무덤에는 장미 덩굴 세 가지가 제멋대로 자라 있었고 유리 병에는 조화가 꽂혀 있었다. 그 뒤로 간결한 비문이 적힌 소박한 비석이 있었다.

에릭 아서 블레어 이곳에 묻히다
1903년 6월 25일 출생
1950년 1월 21일 사망

아무런 감상도 느껴지지 않는 비문이었다. 허버트 헨리 애스퀴스의 묘도 근처에 있었다. 무덤은 차항아리 모양을 한 심상치 않은 방식으로 땅에 묻혀 있었다. 애스퀴스의 비문 역시 이상하게도 요점만 적혀 있었다. 아주 간단했다.

애스퀴스 옥스퍼드의 백작
영국의 수상
1908년 4월~1916년 12월 동안 재직

1852년 9월 출생

1928년 2월 15일 사망

이상한 걸 모르겠는가? 스코틀랜드 사람이거나 웨일스 사람이라면 단박에 알아차렸을 것이다. 그 묘지는 전체적으로 조금 이상했다. 그러니까 이 교회묘지는 유명한 작가를 영세민처럼 매장하고 이름을 밝히지 않거나 전 영국의 수상을 후손들이 어느 나라의 수상인지도 모를 만큼 까맣게 잊어버리도록 땅으로 꺼져버리게 묻어두었단 말이다.

애스퀴스 옆에는 '1950년 4월 29일에 잠든' 루벤 러버리지가 누워 있었고 그 바로 옆에는 '사무엘 루이스 1881 - 1930'와 '앨런 슬레이터 1924 - 1993'가 무덤 하나를 둘이 나눠 쓰고 있었다. 정말 흥미로운 지역이다. 무덤 하나에 둘을 매장하다니, 누군가 잠이 들어도 묻어버리는 곳이란 이야기였다. 다시 생각해보니 우리 아이오와도 산 사람을 생매장할 수 있기만 하다면, 조지 오웰이나 애스퀴스 수상 같은 대단한 인물들의 무덤 같은 건 부럽지 않을 것 같았다.

14

그림책에나
나올 법한 풍경들

코츠월드 구릉지,
그리고 솔트웨이

존오그로츠

글래스고

에든버러

리버풀

루드로우

코츠월드 구릉지

런던

본머스

도버

나는 이번 여행의 기본 원칙을 일시 중지하고 3일 간 차를 빌려 탔다. 뭐 어쩔 수 없었다. 코츠월드 구릉지를 꼭 보고 싶었는데 기계의 동력 없이 그곳에 가볼 수 있는 방법을 찾을 수가 없었다. 그 옛날 1933년에 프리스틀리가 《영국여행》에서 말하기를 영국의 철도가 온 나라 구석구석까지 뻗어 있고 심지어 대저택에서는 개인 역을 갖추고 있을 정도의 황금기에도 코츠월드 구릉지로 가는 노선은 단하나뿐이었다고 했다. 그런데 지금은 공연히 언덕 가장자리만 빙 돌아가는 노선 하나를 제외하고는 그나마도 없어지고 말았다.

그래서 나는 옥스퍼드에서 차를 빌렸다. 2톤짜리 낯선 기계덩어리를 조정하면서 어떤 일이 생길까 하는 생각에 마음이 들떴다. 그동안 렌터카를 사용한 경험에 비추어보면 한 장소를 떠나려면 그곳에 사는 대다수의 사람들에게 인사를 건네야만 했다. 내 렌터카는 보틀리와 힝크시를 한참 돌아다니고 나서, 카울리에 널찍하게 자리 잡은 로버 자동차공장으로 가서 향수를 불러일으키는 빠른 방향 전환을 선보인 다음, 블랙버드 레이즈를 지나서 밖으로 나가 행성 궤도를 도는 우주선처럼 로터리를 두 번이나 빠르게 돌다가 나를 내팽개친 다음에 다시 옥스퍼드로 되돌아갔다. 나도 어찌할 도리가 없었다. 나는 뒷유리의 와이퍼를 끄기 위해 온 정신을 쏟고 있어야 했던 것이다. 그 와이퍼는 자기 의지를 가지고 움직이는 것 같았다. 나는 또 앞유리에 거품세제가 묻어 앞이 보이지 않을 정도로 흐려진 상태를 어떻게 닦아내야 하는지 방법을 찾아야만 했다. 스위치란 스위치는 다 눌러보고 막대기란 막대기는 모조리 흔들어 보았지만 계속해서 정체모를 액체가 뿜어져 나왔다.

　그래도 그 덕에 카울리에 있는 감자마케팅위원회라는 거의 알려진 바 없는 흥미로운 건물을 볼 기회를 갖게 되었다. 나는 차를 돌려 그곳의 주차장에 들어서고 나자 완전히 길을 잃었다는 사실을 깨달았다. 그 건물은 1960년대 세워진 대형건축물로, 4층 높이에 내 짐작으로는 400~500명의 노동자들을 수용할 수 있을 정도로 규모가 컸다. 나는 대쉬보드에서 찾아낸 차량사용 설명서에서 종이 몇 장을 찢어 그걸로 앞유리를 닦으러 차에서 내렸다. 하지만 곧 사람들의 이목을 끄는 감자마케팅위원회 본사 건물의 웅장함을 주시하게 되었다. 경탄스러울 정도의 규모였다. 도대체 감자를 마케팅 하는 데 얼마나 많은 사람들이 필요한 걸까? 에드워드 왕가 담당부서라는 표시가 있는 문도 있을 것 같았고, 특별한 토핑부서도 있을 것 같았다. 하얀색 셔츠를 입은 사람들이 기다란 테이블에 둘러앉아 있으면, 차트를 가진 사람이 펜트랜드 스퀘어 품종의 출하에 대비한 판매촉진운동 계획에 대해 신이 나서 설명하고 있을 것 같았다. 그들만의 세상에서 살면 어떨까 상상하니 참으로 요상할 것이 분명했다. 한번 생각해보라. 일평생 일하는 시간 내내, 먹을 수 있는 감자줄기를 개발하거나 감자튀김이나 말린 감자로 된 똥을 싸라는 명령 때문에 불면증에 시달린다니! 그들이 칵테일파티를 연다면 어떤 풍경이 연출될지 생각해 보는 것도 좋겠다. 생각할 필요도 없는 일이기는 하다.

나는 차로 돌아가 한참동안 제어장치를 살피면서 내가 얼마나 이런 기계덩어리를 혐오하는지 실감했다. 어떤 사람들은 자동차를 타기 위해 태어났지만, 그렇지 않은 사람도 있다. 아주 간단하다. 나는 자동차 운전을 혐오하고 차에 대해 생각하는 것도 싫어하며 차에 대해 이야기하는 것은 질색이다. 특히 차를 새로 구입한 후 선술집에 갔을 때가 제일 싫다. 그러면 꼭 어떤 사람이 새 차에 대해 꼬치꼬치 캐묻기 때문이다. 그런 상황이야말로 내가 제일 끔찍해하고 무서워하는 것이다. 나는 질문의 내용조차도 이해할 수가 없다.

"새 차를 샀네."

사람들은 말한다.

"운전해보니 어때?"

벌써부터 할 말이 없게 만드는 질문이다.

"그냥 차 운전하는 것 같던데. 왜, 자네는 차 운전 한 번도 안 해봤나?"

그러면 다들 질문을 퍼붓기 시작한다.

"연비는 어떤가? 엔진 용량은? 몇 마력이야? 엔진은 DOHC 방식인가 아니면 이중잠금장치에 긴 축까지 갖춘 카브레터가 달린 2기통 회전축 방식인가?"

나는 죽었다 다시 깨어나도 차에 대해 알고 싶지 않다. 그런 사람들을 이해할 수도 없다. 다른 기계에는 이런 식으로 흥미를 보이지 않지 않은가? 지난 몇 년 동안 선술집에서 누군가가 새 냉장고를 샀다고 말하는 사람이 있으면 꼭 한번 이렇게 질문 공세를 펴고 싶었다.

"오, 정말요? 그 귀염둥이는 프레온가스 용량이 얼마나 되나요? 에너지 효율은 얼마나 되나요? 냉각 방식은 뭐에요?"

이번에 빌린 차에는 보통과 다름없는 온갖 스위치와 똑딱 단추가 달려 있었다. 각각에는 사람들이 뭐가 뭔지 헷갈리도록 하려 그려놓은 표식들이 붙어 있었다. |ㅇ| 라는 표시가 붙은 스위치는 뭐에 쓰는 걸까? 수신율이 떨어지는 텔레비전 같이 생긴 네모 비슷한 표시가 뒷유리 히터라는 걸 무슨 재주로 알아낸단 말인가? 계기판 한가운데에는 똑같은 크기의 둥그런 눈금판이 두 개 있었다. 하나는 속도를 표시하는 것인지 알았지만 나머지 하나는 도무지 알 수가 없다. 바늘이 두 개 달렸는데, 하나는 매우 천천히 앞서 움직이고 다른 하나는 좀체 움직이는 법이 없었다. 나는 한참을 그 계기판을 쳐다보다가 문득 깨달음을 얻었다. 정말이다. 이건 시계다!

마침내 옥스퍼드에서 북쪽으로 10마일(약 16km)쯤 떨어진 곳에 있는 우드스톡에 도착했을 즈음에, 나는 완전히 기력을 다해 보도블럭 연석에 차를 쿵 박고 멈춰서버렸다. 그 기계덩어리를 몇 시간 동안 내버리게 되어 기쁘기 그지없었다. 어찌되었거나 우드스톡은 무척 마음에 들었다. 조지왕조 시대의 저택은 당당하고 위엄 있는 것이 왕가의 분위기가 풍겼다. 선술집은 그 수가 많은데다 다들 안락하고 편안했다. 상점은 다양하고 흥미로웠으며 외관도 모두 손상되지 않은 채였다. 마을에서 찾아볼 수 있는 놋쇠장식은 한결같이 반짝반짝 윤이 났다. 우체국에는 예전에 사용했던 흑백의 간판을 그대로 사용하고 있었다. 다른 데서 사용되는 빨간색과 노란색의 로고보다 훨씬 우아하고 세련되어 보였다. 심지어 바클레이스 은행조차도 어찌된 일인지 건물 정면을 청옥색 플라스틱으로 뒤덮어버리지 않고 버티고 있었다.

번화가는 야자수로 만든 바구니를 어깨에 메고 트위드를 입은 쇼핑객들로 붐볐다. 나는 상점가를 어슬렁어슬렁 걸어가다가 한 번씩 걸음을 멈추고 진열창 안을 들여다보기도 했다. 당당한 조지왕조풍의 저택들을 한참 지나니 갑자기 블렌하임 궁과 정원이 나왔다. 당당한 풍채를 자랑하는 아치문 아래에 입장권 매표소가 있었다. 어른의 입장료는 6파운드 90페니라고 적혀있어서 안내문을 자세히 살펴보니, 그 요금은 궁 견학과 나비집, 모형기차, 놀이공원 입장 등 다양하고 많은 문화적 위락시설의 이용이 포함되어 있는 것이었다. 그리고 그 아래에는 정원 입장료는 90페니라고 적혀 있었다. 하마터면 속아 넘어갈 뻔했지만 정당한 이유 없이 90페니를 약탈당할 수는 없었다. 나에게는 믿음직한 영국의 왕립지도제작원 지도가 있었다. 지도에 보니 이곳은 일반인들의 출입이 가능한 곳이었다. 그래서 나는 조소를 날리며 입구로 다가갔다. 만일의 사태에 대비해 지갑에 손을 대고 있기는 했지만, 매표소의 남자는 현명하게도 나를 건들지 않았다.

입구를 지나자 너무나도 갑작스런 변화가 찾아와 어안이 벙벙해질 정도였다. 분명 번잡한 소도시가 있었는데 문 하나를 건너니 전원풍의 유토피아가 있었다. 영국 화가 게인즈버러의 그림 속 인물들이 느린 걸음으로 걸어다닐 것만 같았다. 눈앞에는 구석구석 꼼꼼하게 꾸며진 2000에이커(약 8km²)의 전경이 펼쳐져 있었다. 듬직한 밤나무, 우아한 플라타너스, 당구대처럼 매끈한 잔디밭, 한가운데 위풍당당한 다리가 놓인 호수와 후세에 길이 남을 만한 바로크 양식의 작품들 다수가 있었다. 참 훌륭했다.

나는 정원을 관통하는 굽은 길을 따라 걸어 들어가 번잡스러운 방문객 주차장을 지나쳐 유원지 주변을 돌아다녔다. 나중에 다시 천천히 둘러볼 생각을 하고, 일단은 공원을 가로질러 반대편 출구로 나가 블라돈 간선도로로 들어섰다. 블라돈은 수많은 차량 통행의 무게에 부르르 떨며 지내는 존재감 없는 작은 마을이었다. 하지만 그 중심부 교회묘지에는 윈스턴 처칠이 묻혀 있었다. 비가 내리기 시작하는 데다 번잡스런 길을 한참 동안 걸어야 갈 수 있는 곳이었기에 과연 이런 고생을 하고 갈 필요가 있을까 의구심이 들기 시작했다. 하지만 도착했을 때는 오기를 잘했다는 생각이 들었다. 묘지는 호젓하고 아름다웠다. 처칠의 무덤은 너무나 단출해서 허물어져가는 비석 가운데서 열심히 찾아내야 했다. 무덤을 찾은 사람은 오직 나 한 명뿐이었다. 처칠과 아내 클레미는 사람들의 눈에 거의 띄지 않을 정도로 조그만 묘지를 사용하고 있었다. 깊은 인상을 받은 반면, 가슴이 아프기도 했다. 별로 대단할 것도 없는 비천한 전직 대통령이라 해도 죽고 나면 거대한 기념도서관이 세워지는 나라에 살았던 나로서는 놀랍기 만한 일이었다. 허버트 후버 같은 전직 대통령도 아이오와에서 한참 떨어진 곳에 세계무역기구의 본부처럼 생긴 기념관을 갖고 있다. 그런데 영국에서 20세기 최고의 정치인으로 손꼽히는 위인을 기념하는 행위는 의사당 광장에 세워진 조촐한 동상 하나와 이 간소한 무덤이 전부였다. 칭송받아 마땅한 이런 절제의식에 깊이 감동했다.

나는 발걸음을 되돌려 블렌하임 궁으로 가서 유원지 근처와 다른 명소를 탐색하고 다녔다. 궁에 마련된 '유원지'라는 말의 영어 표현인 '기뿜의 정원'이라는 말은 아마도 '당신의 돈을 갈취해서 기쁘다'라는 말을 줄인 것이 아닌가 싶다. 방문객들이 선물가게나 찻집에서 더 많은 돈을 쓰게 하거나 블렌하임 영지 목공소에서 만든 문이나 벤치 같은 물건을 사게 하는 일에만 몰두하고 있었다. 십여 명의 사람들이 행복한 얼굴로 여기저기를 기웃거리고 다녔다. 어떤 꽃집에 가더라도 공짜로 구경할 수 있는 것들을 보는 대가로 6파운드 90페니나 지불했다는 사실은 전혀 개의치 않는 것처럼 보였다. 정원을 떠나 궁을 향해 다시 걸음을 옮기면서 조그맣게 만들어 놓은 모형 증기기관차를 구경할 수 있는 기회가 생겼다. 정원의 한쪽을 가로지르는 작은 선로 위를 달리고 있었다. 영국인 50명이 회색빛 하늘에서 이슬비가 부슬부슬 내리는 싸늘한 날 웅크리고 앉아, 그 작은 기차가 200야드(약 180m) 정도 되는 거리를 도는 모습을 즐겁게 구경하는 장면은 쉽게 잊지 못할 순간이었다. 나는 바로크 양식의 건축가 밴브로가 세운 다리를 건너, 거대하고 제멋대로 생긴 둥근 탑이 있는 곳으로 갔다. 말보로 공작 1세가 궁과 호수를 내려다보려고 세운 것이었다. 정말 특별한 건축물이었다. 규모도 규모였지만, 100층 높이는 되어야 가능한 전망을 볼 수 있게 하기 때문이었다. 자신의 정원에 이러한 둥근 탑을 세울 생각을 하는 사람은 도대체 어떻게 생겨먹은 건지 궁금했다. 우리의 친애하는 위니(처칠의 애칭)의 검소한 무덤에 비하면 놀라운 대조를 이루는 일이다.

내가 지나치게 단순화해서 생각하는 경향이 있는지 모르겠지만, 블렌하임 궁의 규모나 말보로 공작의 위업은 아무리 봐도 다른 것에 비할 때 묘한 불균형을 이룬다. 물론 미칠 듯한 기쁨의 순간에 감사의 마음을 담아 나라에서 보상하는 것은 얼마든지 이해할 수가 있다. 가령 평생 카나리아 제도에서 2주 휴가를 보낼 수 있는 권리를 준다든지 나이프와 포크 세트나 커피 끓이는 기계 같은 걸 선물할 수는 있다. 하지만 오데나 르데나 말프랄케 같은 벽촌에서 거둔 승전보로 음모나 꾸미는 어리석은 늙은이에게 유럽의 대저택을 하사하거나 공작지위를 내리는 걸 당연하다고 해야 할지는 죽을 때까지 모르겠다. 무엇보다도 이상한 점은 선대 조상이 전쟁을 잘하는 기술이 있었다는 이유만으로, 300년이 지난 뒤 후손들이 미니 기차와 튜브로 만든 성을 만들어 정원을 어지럽히고 입장료를 받아 챙기면서 자신의 힘으로 얻지도 않은 높은 지위와 특권을 누린다는 점이다. 나에게는 정상이 아닌 일로만 비춰질 뿐이었다.

언젠가 말보로 공작 10세가 딸의 집을 방문했다가 2층 계단 위에 서서 칫솔에 치약거품이 안 생긴다고 대경실색해 소리를 질렀다는 기사를 읽은 기억이 난다. 사연인 즉, 그동안은 시종이 늘 칫솔에 치약을 먼저 묻혀 두어서 이 공작 각하께서는 문제의 치아관리 도구에서 저절로 거품이 생기는 것이 아니라는 사실을 모르고 있었던 것이었다. 이것 보란 말이다.

둥근 탑이 있는 곳에 서서 장자상속제의 기묘한 관습에 대해 생각하고 있는데, 몸을 단정하게 꾸민 한 젊은 아가씨가 적갈색 말을 타고 바로 내 옆을 지나갔다. 누구인지 알 수 없었지만 꽤나 부유한 특권층인 것 같았다. 나는 습관적으로 약간의 미소를 지어 보였다. 그러자 그 아가씨는 단호한 시선으로 나를 노려보았다. 나 같은 건 미소를 건넬 만한 주제가 못 된다는 식이었다. 그래서 나도 똑같이 했다.

차를 몰고 이틀에 걸쳐 코츠월드 구릉지를 여행했다. 정말 마음에 안

들었다. 코츠월드 구릉지가 밉상이라는 말이 아니다. 그놈의 차가 문제였다. 움직이는 기계 안에 앉아 있으면 세상으로부터 완전히 봉쇄당하고 속도감도 엉망이 된다. 나는 어려서부터 걸어다니는 속도나 아니면 영국 철도를 타고 가는 정도의 속도에만 익숙했다. 물론 이 둘이 거의 비슷한 속도인 경우가 참 많다. 그래서 하루 종일 수많은 도로포장용 자갈길과 살육의 현장, '해상에서 귀여움 떨기' 같은 요상한 곳들을 이리저리 헤매며 여기 쿵 저기 쿵 받으며 돌아다니다가, 브로드웨이에 있는 한 주차장에 차를 내버리고 걸어 다니게 되자 정말 안도하게 되었다.

브로드웨이를 마지막으로 본 건 어느 8월의 오후였다. 악몽 같은 교통체증과 발을 질질 끌며 돌아다니는 당일치기 여행객들로 온통 정신이 없었다. 하지만 지금은 여행시즌이 아니어서 조용한 것이 사라진 마을 같았다. 중심가도 텅 비어 있었다. 심지어 아름다워 보이기도 했다. 지붕이나 중간 세로틀을 단 멀리온 식 창문, 박공벽과 손질이 잘 된 정원 모두 보기 좋았다. 그리고 황금빛을 내는 코츠월드 석회암은 정말 대단했다. 햇빛을 흡수했다가 다시 반사해내는 통에 제 아무리 흐린 날에도 브로드웨이와 같은 마을은 1년 365일 내내 햇볕을 쬐고 있는 것 같았다. 사실 오늘은 해가 쨍쨍하고 화창했다. 가을의 상쾌한 기운으로 온 세상이 막 빨래해 놓은 듯이 깨끗하고 청명했다. 번화가 한가운데로 들어서자 코츠월드 구릉지로 이어지는 기다란 도보용 도로를 안내하는 표지판이 보였다. 나는 오래된 건물 사이로 난 좁은 오솔길을 따라 씩씩하게 걸어갔다. 그 좁은 오솔길은 양지바른 초원을 가로질러 가다가 경사가 급해지면서 브로드웨이 타워가 있는 곳으로 이어졌다. 터무니없이 큰 그 탑은 마을 한가운데 혼자 우뚝 서 있었다. 그 꼭대기에서 바라보는 이브샴 계곡은 그렇게 높은 곳에서 보는 전망이 늘 그렇듯이 경이로웠다. 부등변사각형 모양의 농장은 저 멀리 있는 숲이 우거진 언덕으로 이어지고 있었다. 영국에는 그 어떤 나라보다 어린이 그림책에 있을 법한 아름다운 풍경을 많이 보유하고 있었다. 이렇게 인구밀도가 높고 산업중심으로 성장해나가는 작은 섬나라에서는 참 힘든 일이기도 하다. 하지만 아무리 그렇다 해도 120여 년 전이었다면 보다 근사한 시골풍의 전망을 볼 수 있었을 거란 생각을 떨쳐 버릴 수는 없었다.

원래부터 아름다운 풍경 속에서 살다보면 이러한 것들이 얼마나 훼손되기 쉬운지 알기 어렵다. 내 앞에 펼쳐진 풍경에는 고압선용 철탑, 군데군데 조성된 택지, 멀리서도 눈에 띄는 창고형 매장 같은 것들이 섞여 있었다. 게다가 더한 일은 촘촘히 연결되어 있던 짙은 산울타리들이 닳아빠지고 끊어지는 징후가 여기저기 눈에 띈다는 점이었다. 그건 마치 부드러운 면 침대보를 마구 잡아 떼놓은 것처럼 보였다. 여기저기 잡초가 우거진 울타리의 파편이 평범하기 그지없었을 들판 한가운데 궁지에 몰린 채 처량하게 서 있었다.

1945년에서 1985년까지 영국에서는 9만 6000마일의 울타리담장이 소실되었다. 이는 지구를 네 바퀴나 돌 수 있는 길이다. 시골 관리감독에 관한 정부정책이 뒤죽박죽으로 운영되는 바람에 24년 동안 농부들은 울타리를 심어서 보조금을 받기도 하고 뿌리째 뽑아내고 보조금을 받기도 했다. 1984년에서 1990년 사이에는 정부가 울타리를 제거하는 데 보조금을 지급하는 제도를 철회했음에도 불구하고 5만 3000마일이 더 소실되었다. 가끔 다음과 같은 주장을 듣게 될 때가 있다.(내가 이런 이야기를 다 알고 있는 건 울타리담장에 관한 좌담회에 3일간 참석한

적이 있기 때문이다. 아이들에게 유명상표 운동화를 신게 해주기 위해 했던 일 중 하나였다.) 울타리담장이 사실은 공유지를 사유화하기 시작한 인클로저 운동의 유적에 불과하기에, 그런 것을 보존하자고 하는 건 시골 지역의 자연스러운 발전을 저해하는 일이 될 뿐이라는 것이다. 사실 이런 식의 주장을 계속 듣다보면 모든 종류의 대화가 괜한 까탈을 피우는 식이 되고 발전과 진보에 역행하는 방해가 될 뿐이다. 지금 이 글을 쓰면서 인용하려고 준비한 자료에도 중진 개발업자인 팔럼보 경이 이와 같은 맥락으로 한 말이 있다. 문화유산을 계승해야 한다는 막연한 개념은 '실재 존재하지도 않았던 황금기에 대한 향수라는 짐을 지고 가는 일일 뿐이며, 설혹 그 황금기라는 것이 있었다 하더라도 발명과 창의력이 죽어지내던 시대를 지칭하는 것에 다름 아니다'는 주장이었다. 참으로 어리석은 소리여서 내 가슴이 다 찢어질 듯 아파온다. 일단 저런 식의 논리라면 스톤헨지나 런던탑도 당장 허물어뜨려야 한다는 결론에 도달한다. 사실관계라도 정확히 짚고 가자면 많은 울타리담장은 아주 오래오래 전부터 있었던 것이다. 케임브리지셔에는 주디스 울타리라고 불리는 매우 특별하고 아름다운 울타리담장이 있다. 그것은 솔즈베리 성당보다 더 오래되었고, 요크 대성당보다도 더 오래되었으며, 영국 내 그 어떤 것보다 더 오래 되었다.

그런데 이 울타리담장의 파괴를 막을 수 있는 법령도 없는 형편이다. 그러니까 도로를 넓혀야 하거나 땅주인이 말뚝이나 쇠창살로 만든 담이 더 좋겠다고 생각하게 되면 몇 시간 만에 900년 역사를 자랑하는 울타리를 불도저로 밀어버릴 수도 있는 것이다. 이건 미친 짓이다. 영국에 있는 산울타리 절반 이상은 인클로저 운동이 일어나기 이전부터 있던 것들이고 앵글로색슨족이 그 땅을 차지하기 5일 전에도 있었을 것이다. 울타리담장을 보존해야 하는 이유는 단순히 오래되었기 때문만은 아니다. 그 울타리가 주변 풍광을 더욱 빼어나고 아름답게 해주기 때문이다. 울타리담장은 영국을 영국답게 하는 가장 중요한 요소다. 울타리담장이 없다면 영국은 뾰족탑 건물이 있는 인디애나주가 될 지도 모른다.

정말 어떨 때는 아주 화가 치밀어 올라 미치겠다. 영국 사람들은 이세상에서 가장 아름답고 정교하게 꾸며져 마치 공원 같은 전원 풍경을 누리고 살고 있다. 오랜 시간이 만들어낸 산물이다. 그런데도 분통이 터지도록 그 사실에 대해 잘 모른다. 한 세대가 다 지나기도 전에 울타리담장 대부분이 사라질지도 모르는 일이다.

지금 내가 말하는 건 '존재하지도 않았던 황금기에 대한 향수'가 아니다. 그 무엇과 비교해도 손색이 없는 아름다움을 뽐내고 있는 초록색의 생명체에 대해 이야기하는 것이다. 그러니 누구라도 나에게 "울타리담장이 원래 고대부터 존재하던 문화유산이 아니래"라고 지껄이기만 하면 당장이라도 그의 안면을 가격할 생각이다. 나는 "당신의 말에 동의하지 못하겠습니다만, 당신이 완전히 멍청이가 될 권리를 위해 끝까지 싸우겠다"는 볼테르의 그 유명한 금언을 신봉하는 사람이다. 하지만 때로는 한계를 세우고 예외를 두는 게 필요할 때도 있는 법이다.

나는 수목이 우거진 뒷길로 빠져나가 3마일(약 4.8km) 정도 떨어진 스노우쉴로 갔다. 나뭇잎은 황금색과 적갈색으로 물들어 있었고 푸르고 광활한 하늘에는 구름 한 점 없었다. 이따금씩 V자 대형으로 천천히 날아가는 철새들이 하늘을 가로지를 뿐이었다. 외출하기 딱 좋은 날이었다. 숨을 한껏 들이마신 다음 폴 로브슨(1930년대를 풍미했던 미국 출신의 베이스 가수)의 목소리로 '삐빠빠 룰라'를 부르고 싶은 날이었다. 스노우쉘은 햇살을 받으며 꾸벅꾸벅 졸고 있었다. 시골집 몇 채가 경사진 초원에 옹기종기 모여 있었다. 나는 스노우쉘 정원에 들어가기 위해 입장권을 샀다. 지금은 영국문화보호협회가 소유하고 있지만 1919년에서 1956년까지는 찰스 웨이드라는 괴상한 사람의 집이었다. 그는 평생 동안 온갖 잡동사니를 마구 모았다. 개중에는 멋진 물건도 있었지만 거의 쓰레기나 마찬가지인 것도 있었다. 클라비코드(피아노의 전신인 건반악기), 현미경, 플라망 태피스트리, 코담배갑, 지도, 육분의자리, 사무라이 무사의 갑옷, 앞바퀴가 큰 클래식 자전거 등등 없는 게 없었다. 어찌나 집에 많은 물건을 모았는지 나중에는 그 자신이 머물 공간도 남지 않았다고 한다. 그래서 남은 여생은 별채에서 행복하게 지냈단다. 물론 그 별채 역시 그가 죽는 날까지 조금도 치우지 않고 있었다고 한다. 나는 그곳이 무척 마음에 들었다. 그곳에서 일정을 마친 나는 태양이 서녘으로 기울고 매혹적인 장작연기 냄새가 아련하게 퍼져가는 가운데 왔던 길을 되짚어 차가 있는 곳으로 돌아갔다. 행복했다.

그날 밤은 시런세스터에서 보내고 다음날에는 아담한 코리니움 박물관 주변을 즐거운 마음으로 돌아보았다. 참으로 빼어나고 아름답지만 어찌된 일인지 사람들에게 잘 알려지지 않은 곳이었다. 그곳의 소장품에는 로마시대의 모자이크 작품, 동전, 공예품 등이 있다. 박물관 관람을 끝낸 후에는 윈츠콤으로 차를 몰았다. 윈츠콤 북쪽에는 언덕이 하나 있는데 인적이 아주 드문 곳으로 색다르고 근사해서 소개하고 싶지 않다는 생각마저 들게 한다. 이 고요한 곳의 평화를 깨는 이들은 정말 소수의 몇몇 사람들뿐이다. 그곳에 가면 서들리 성 주변을 마음껏 감상할 수 있고 그 유명한 벨라스 냅의 한적하고 기다란 구릉지를 하이킹할 수도 있다. 하지만 나는 솔트 웨이Salt Way라 불리는 풀로 뒤덮인 길로 곧장 갔다. 이곳의 이름이 솔트 웨이, 즉 소금길이 된 이유는 중세시대에 소금이 이 길로 운반되었기 때문이다. 탁 트인 전원 풍경이 한눈에 들어오는 아름다운 산책로는 한참을 뻗어나가다가 계곡 사이로 이어진다. 그 계곡은 자동차가 한 번도 지나간 적이 없을 것만 같았다.

그러다가 코울 힐이라고 불리는 곳에 이르면 길은 갑자기 수목이 우거진 숲으로 변한다. 햇빛도 잘 들지 않을 만큼 짙은 녹음이 원시시대의 느낌을 전하는 그곳을 뚫고 지날 수 있는 것은 가시넝쿨 뿐인 듯했다. 그곳 어딘가에 내 최종 목표지가 있었다. 지도에 '로마시대 저택(의 유적)'이라고 표시되어 있는 곳이었다. 한 삼십 분쯤 지팡이로 풀숲을 여기저기 파헤치며 다녔다. 그러다가 마침내 오래된 담벼락의 최하부로 보이는 것을 발견하게 되었다. 별것도 아닌 것처럼 보였다. 어쩌면 돼지우리의 흔적인지도 몰랐다. 하지만 거기서 몇 피트 더 걸어가니 야생 담쟁이덩굴에 가려져 있던 더 낮은 담벼락을 보게 되었다. 담벼락은 오솔길 양쪽으로 계속 이어졌다. 오솔길은 젖은 나뭇잎이 쌓여 있었지만, 그 아래로는 판석으로 포장이 되어 있었다. 나는 이미 로마시대 저택 안에 들어와 있었던 것이다. 흔적이 남아 있는 내실의 바닥에는 비료 부대를 깔아놓고 각 모퉁이를 돌로 눌러 놓았다. 바로 이것을 보러 여기까지 왔던 것이다. 친구들이 이곳에 대한 이야기를 해주었지만 나는 믿지 않았다. 비료 부대 아래에는 정말 완벽한 로마시대 모자이크가 있었다. 약 4평방피트 면적의 그 작품은 정교한 무늬가 흠 없이 잘 보존

되어 있었다. 가장자리가 약간 깨어지기는 했지만 전체 상태는 분명 양
호했다.

이곳은 상상할 수도 없을 정도로 먼 과거에 로마의 한 가정이 살았던
집이었다. 그리고 오랜 세월에 거쳐 숲으로 변해버렸다. 여기에 서서
발치의 모자이크 작품을 내려다보는 게 얼마나 황홀한 기분인지는 말
로 표현하기가 어려울 정도다. 모자이크가 그려지던 1만 6000여 년 전
에는 수목이 우거지기 훨씬 이전이라 사방이 탁 트여 햇빛이 찬란하게
들어오는 열린 공간이었을 것이다. 박물관에서 이런 유물을 보는 것과
원래 있던 장소에 그대로 있는 유물을 보는 것은 완전히 다른 느낌이
들었다. 어째서 이런 것들을 모아다가 코리니움 박물관 같은 곳에 가져
다 두어야 하는지 알 수가 없다. 아마도 이건 멍청한 당국자의 태만의
결과일 것이라 생각이 되지만, 그래도 이렇게 자기 자리를 지키고 있는
유물을 직접 체험할 수 있어 좋았다. 나는 한참을 작은 돌 위에 앉아 경
탄하는 마음으로 주변의 모습을 눈에 담았다. 한때 이곳에서 토가를 입
은 사람들이 이 바닥을 딛고 서서 자기 나라 말인 라틴어로 담소를 즐
겼을 모습을 회상했다. 한편 우거진 풀숲 한가운데 흠 없이 그대로의
모습을 간직하고 있는 이 유적이 대단하다는 생각이 들었다.

조금 바보스러운 말로 들릴지도 모르겠지만 문득 내가 그동안 봐왔
던 그 모든 로마시대의 유물들이 박물관에서 관람거리가 되라고 만들
어진 것이 아니었다는 사실이 생각났다. 모자이크를 떼어내 현대식 건
물 안에 가져다 놓지 않고 원래 자리에 그대로 두었기 때문에 원래대로
바닥 구실을 하고 있었던 것이다. 기분전환용으로 감상하는 공예품이
아니었다. 이 말은 사람들이 밟고 다니며 사용하는 뭔가라는 말이다.

로마인들이 샌들을 신고 걸어 다녔던 느낌을 그대로 기억하고 있는 바닥이었다. 마법 같은 순간이었다.

한참 후에 나는 일어서서 조심스레 비료 부대를 원래 자리로 돌려놓고 돌멩이로 지그시 눌러 놓았다. 막대기를 집어든 나는 모든 것이 잘 정돈되어 있는지 확인하고 발걸음을 돌려 20세기라는 경박스럽고 기묘한 세상으로 돌아가는 길을 내는 일을 시작했다.

추신: 몇 달 후 이 책의 영국판이 출간되자 그 지역에 대해 잘 아는 어떤 사람이 나에게 편지를 보내와서 그 모자이크 바닥이 로마시대의 것이 아니라 빅토리아왕조 시대에 만들어진 복제품이라고 일러주었다. 아, 창피.

15

영국인의 천재적 작명센스

밀턴케이스에서 런던, 캠브리지

렌터카를 타고 옥스퍼드로 돌아간 나는 밀턴케인스로 가기로 결정했다. 도로지도를 슬쩍 보고나서 이곳을 목적지로 정했었던 이유는 그곳이라면 기차를 타고 가기 쉬울 것 같다는 생각에서였다. 하지만 그건 영국철도 체계의 특성을 간과한 결정이었다. 나는 런던으로 다시 돌아가 지하철을 타고 유스턴 역까지 간 다음에서야 밀턴케인스로 가는 기차를 탈 수 있었다. 30마일(약 48km) 가량 떨어진 마을로 이동하기 위해 120마일(약 193km) 가량을 이동해야 했다.

시간과 비용이 많이 드는 방법인데다, 살짝 내 성미를 돋우는 일이었다. 유스턴에서 출발한 기차가 만원인지라 푸념을 늘어놓는 한 여자와 열 살배기 아들을 마주보고 가야 했던 일은 그래도 참을 만했다. 비록 그 아이가 다리를 흔들며 내 정강이를 계속 걸어차고 돼지 같은 눈으로 나를 노려보면서 코를 후벼 그 분비물을 먹는 엽기적인 행동으로 짜증나게 했지만 말이다. 그 아이는 코를 얼굴 한가운데 달린 간식자판기쯤으로 생각하는 듯했다. 나는 책에 정신을 집중하려 애를 썼다. 하지만 생각과는 달리 내 시선은 어느새 위로 올라가 의기양양한 얼굴을 하고 나를 노려보며 손가락 하나를 바삐 놀리는 아이에게 향하곤 했다. 상당히 불쾌한 상황이었다. 그래서 마침내 기차가 밀턴케인스에 도착했을 때 머리 위 선반에 있던 배낭을 꺼내 그 아이의 머리 위를 스칠 듯이 스쳐 지나갔다. 그 자리를 떠나게 되어 너무 기뻤다.

밀턴케인스는 전후에 지어진 서른두 개의 '신도시' 중 하나다. 그 짧지만 무모했던 시기에는 적어도 공학을 연구하는 사람에게 사회공학이라는 말이 그리 불길한 용어가 아니었다. 그래서 이 '모범 지역'들은 자기주장이 강하고 부유하며 진보적으로 완전히 다시 태어난 영국인들이 사는 곳 같았다. 뉴스의 특정 장면만 보면 국가적 차원에서 1939년 뉴욕에서 열린 세계박람회를 재현하려는 것 같았다. 그리고 밀턴케인스는 여러 면에서 이 운동의 본질을 전형적으로 보여주는 장소였다.

밀턴케인스에 막 도착했을 때는 그곳이 그리 싫지 않았다. 그저 웬만한 곳은 되리라 생각했다. 기차역에서 나와 크고 탁 트인 광장으로 나오니 삼면으로 반사경이 달린 건물이 줄지어 서 있었다. 보통의 영국 도시에서는 생각할 수 없는 웅장함이 느껴졌다. 밀턴케인스는 반마일 정도 떨어진 곳의 구릉지에서 이어진, 경사진 대지에 자리 잡고 있었다. 아래로는 보행자들을 위한 지하도로가 갖추어져 있었고 사방이 탁 트인 넓은 공간 여기저기에는 자동차 주차장과 절대로 키가 자라는 법이 없는 요상한 나무들이 있었다.

여러 가지 면에서 밀턴케인스는 이제껏 보았던 그 어떤 도시보다 우월했다. 지하도는 윤이 나는 화강암으로 꾸며져 있었지만 낙서를 얼마든지 허용하고 있는 것도 그랬고, 영구 보존용 검은 물웅덩이는 다른 계획도시의 설계 특징을 본떠 만들어진 것 같았다. 이 도시는 온갖 스타일이 교묘하게 섞여 있었다. 풀 한 포기 없는 넓은 중앙도로는 어두침침한 것이 어딘가 프랑스풍이다. 도시 외곽에 있는, 공업화의 느낌이 살짝 묻어나는 조경시설은 독일식이다. 네모반듯한 도로망과 숫자로 도로이름을 정한 것은 미국을 연상시킨다. 건물들은 그 어떤 국제공항의 근처에서라도 쉽게 찾을 수 있는 아무런 특징 없는 외관을 하고 있다. 한마디로 영국 같아 보이는 것은 하나도 없다는 말이다.

그 중에서도 가장 이상한 점은 상점이 하나도 없고 돌아다니는 사람도 하나 없다는 것이다. 도심 한가운데를 한참 돌아다니다가 한 거리의 끝에서 끝까지를 걸어보고 그 거리에 수직으로 이어지는 다른 거리를 또 걸어가 보았다. 주차장마다 차가 가득 세워져 있었고 입을 크게 벌리고 있는 사무실 유리창에는 생명체의 흔적이 있었지만, 길을 지나다니는 차량 하나가 없고 끝없이 이어지는 가로수를 따라 걷는 보행자도 하나 없었다. 도심 어딘가에 커다란 쇼핑몰이 있다고 알고 있었다. 그에 관한 글을 읽은 적도 있었다. 하지만 죽을 때까지 찾을 수가 없었다. 길을 물어볼 사람을 한 명도 만날 수 없었던 것이다. 또 짜증스러운 건 대부분의 건물이 쇼핑몰처럼 생겨먹었다는 사실이다. 쇼핑몰처럼 보이는 후보들을 찾아서 가까이 다가가 조사해봤지만 번번이 보험회사 본사 같은 것으로 판명 나곤 했다.

결국 나는 한참을 걷다가 주택가로 들어서게 됐다. 깔끔하지만 하나같이 똑같은 노란색 벽돌로 지어진 집들과 구불구불한 거리와 절대로 자라지 않는 나무가 심어진 산책로가 한도 없이 펼쳐졌다. 그렇지만 여전히 사람 하나 찾아볼 수 없는 사정은 똑같았다. 나는 언덕 꼭대기에 올라 반경 4분의 3마일(약 1.2km) 정도 지역에 산재해 있는 푸른 지붕을 유심히 관찰하다가 쇼핑몰일지 모른다는 생각이 든 한 곳을 발견하고 길을 나섰다. 처음에는 상당히 쾌적하게 보였던 보행자 전용도로가 점점 화를 돋우기 시작했다. 구불구불한 길은 근사한 풍경을 보여주었지만 좀체 목적지에 데려다 줄 생각이 없어보였다. 그 길을 설계한 사람이 2차원적 사고만 한 게 분명했다. 설계도면상에서나 좋아보였을 법한 것 외에는 다른 쓸모가 전혀 없어 보이는 우회로가 자꾸 나왔다. 집과 가게 사이의 먼 거리를 움직여야 하는 사람들이 합리적인 직선도로를 이용하고 싶을 거란 생각은 하나도 못한 것 같았다. 더한 일은 반지하 세상에서 길을 잃게 만들고는 토지의 경계마저 볼 수 없게 차단당해야 한다는 점이다. 현재 위치가 어떻게 되는지 확인하기 위해 위로 기어올라야만 하는 경우가 자주 있었다. 기껏 열심히 올라가면 내가 가고자 하는 곳과는 전혀 상관없는 장소에 왔다는 사실에 허탈하기만 했다.

그렇게 투덜거리며 기어 올라가기를 몇 번 반복한 끝에 마침내 한 시간 전에 찾아 나섰던 푸른 지붕이 모여 있는 장소와 정반대에 와 있다는 사실을 확인하게 되었다. 여기는 차량통행이 많아 중앙분리대가 있는 간선도로 옆이었다. '텍사스 자택 요양소'라는 간판과 맥도날드 간판 같은 광고판들이 보였다. 다시 보행자 도로로 돌아왔지만 어떻게 해야 그 간선 도로 건너편으로 갈 수 있을지 알 도리가 없었다. 골목길은 여러 갈래로 갈라지다가 조경이 잘 된 모퉁이를 돌아 사라져가고 있었다. 어느 길도 가볼 만하지 않았다. 결국 나는 경사진 길을 따라 올라가 기존 도로와 같은 높이의 길을 걷기 시작했다. 그렇게 하면 적어도 내가 어디 있는지는 알아볼 수 있을 터였다. 그리고 그 길을 따라 한참을 걸어가 기차역으로 돌아가게 되었다. 이상하게 어느 샌가 기차역은 주택가에서 아주 멀어져 있었다. 이러니 아침 내내 걸어 다니는 사람을 하나도 만나지 못했던 것이 당연했다.

기차역에 도착했을 때는 장거리 마라톤을 한 듯한 피로감이 몰려오며 커피 한 잔이 간절해졌다. 기차역 밖에서는 밀턴케인스의 지도를 팔고 있었다. 아까 올 때는 미처 알아차리지 못했던 일이었다. 나는 지도를 들어 유심히 살피며 그 빌어먹을 쇼핑몰이 어디 있는지 찾았다. 따져 보니 처음 도심에서 정찰을 시작했던 곳에서 불과 100피트(약 30m) 정도 떨어진 곳에 있었는데 알아보지 못한 것이었다.

한숨을 내쉰 나는 이유를 알 순 없지만, 그곳을 반드시 보고야 말겠다는 결심을 했다. 다시 보행자용 지하도를 지나 지상으로 올라온 다음에 사무실 건물들이 들어선 활기 없는 중심부를 또 지났다. 걸어가면서 생각하니 백지 설계도를 마주하고 앉아 모범 도시를 세우는데 거의 무한대의 가능성을 활용할 수 있었던 도시계획가가 기차역에서 겨우 1마일 정도 떨어진 곳에 쇼핑센터를 세우기로 결심한 건 참으로 이례적인 일이었다.

믿기 어려운 일이었지만 쇼핑센터는 주변 도시보다 더 엉망이었다. 분명 쇼핑몰 디자이너들의 모임에서는 늘 그곳이 웃음소재로 등장할 것이다. 규모는 엄청나게 컸다. 100만 평방피트는 되어 보였다. 지구상에 현존하는 모든 프랜차이즈와 앞으로 생겨날 모든 프랜차이즈가 다 입주해 있었다. 하지만 어둡고, 결정적으로 호감이 안가는 건물이 반 마일은 족히 되어 보이는 무미건조한 길가 양쪽을 차지하고 있었다. 정신이 이상하게 되지 않고는 알아볼 수가 없는 곳이었다. 그런 곳에 식당이 있을 것 같지도 않았고 만남의 장소가 있을 것 같지도 않았다. 앉을자리도 거의 없고, 인테리어의 특징도 딱히 찾아보기 어려웠다. 여기는 세상에서 가장 큰 버스정류장 같았다. 화장실은 몇 개 없고 그나마도 찾기 어려웠다. 그래서 축구경기 쉬는시간에 가는 화장실처럼 많은 사람들로 북적였다.

나는 지금까지 살면서 본 것 중에 가장 더러운 맥도날드에서 커피를 마셨다. 앞서 사용한 사람들이 테이블에 수북이 쌓아놓은 쓰레기더미를 헤치고 작은 공간을 확보한 나는 기차시간표와 노선도를 들고 앉았다. 가슴을 찌르는 아픈 절망감을 느끼며 런던으로 되돌아갈 것인지, 아니면 계속해서 럭비나 코번트리 또는 버밍엄으로 이동할 것인지의 선택의 기로에서 망설였다. 사실 그 어디도 가고 싶지 않았다. 옥스퍼드에서 캠브리지 가는 길에 밀턴케인스에 들러 점심만 해결하겠다는 간단한 계획은 너무나도 거창하게 느껴졌다.

시간은 빠르게 흘러가고 있었다. 예전에 나는 사람들과 잘 교류하지 않으면서 반쯤 은둔생활을 하던 시절이 있었다. 그때 우리 집은 요크셔 데일스에 있었는데, 부엌에 앉아 영국 전체를 6주나 7주 만에 편하게 여행할 수 있는 방법이 무엇일지 생각한 적이 있다. 그때는 어디든지 데려다주는 비행기도 염두에 두고 있었다. 채널 제도도 갈 수 있고 룬디나 셰틀랜드 등 거의 모든 도시를 갈 수 있었다. 존 힐러비가 쓴 《영국여행》이라는 책에서는 영국의 끝에서 끝까지 도보여행을 하는 데 8주가 걸렸다고 했다. 빠른 속도를 자랑하는 최첨단 대중교통의 도움을 받으면 영국 대부분을 6주에서 7주면 다 살펴볼 수 있기는 하다. 하지만 내게 주어진 시간의 절반을 이미 소비해버린 지금 나는 잉글랜드 중부지방도 다 지나지 못하고 있는 형편이었다.

그래서 우울한 기분으로 물건들을 주섬주섬 챙기고 역으로 가서 런던으로 돌아가는 기차를 잡아탔다. 런던에서 처음부터 다시 시작해야 만 했다. 하지만 머릿속은 텅 비어 있었다. 그래서 늘 하던 일을 또 했 다. 기차가 버킹엄셔의 가을을 맞이한 농지를 지나는 동안 지도를 쫙 펴고 정신없이 지명을 살펴보기 시작했다. 이것이야말로 영국에서 지 내면서 변함없이 큰 즐거움을 주는 일이었다.

영국에서는 천재적 작명 센스가 빛을 발하지 않는 영역이 거의 없다. 어떤 종류의 명칭을 선택해도 그 매력에 빠져들 수 있다. 감옥 이름에 벌레나무 숲이나 이상한 길이란 이름을 붙이고, 선술집 이름에 고양이 와 속임수, 새끼양과 깃발을, 들꽃 이름에 별꽃이나 숙녀의 침대솜, 푸 른 개망초와 열병을 쫓다를, 축구팀 이름으로는 수요일의 셰필드나 어 느 물리학자의 별장, 남쪽나라 여왕에 이르기까지 하나같이 매력적인 이름들을 붙였다.

물론 영국인들이 작명 솜씨를 단연 뽐내는 분야는 지명이다. 얼음결 정의 변화 같은 이름을 보면 3만여 개에 다다르는 영국 지명들이 고대 로부터 전해 내려오는 은밀한 비밀을 간직하고 있는 게 아닌가 싶다. 19세기 소설의 등장인물 이름과 비슷한 마을 이름도 있다. 이를테면 브 레드포드 피버렐, 콤프턴 발렌스, 랭턴 헤링, 워턴 피츠페인이 그렇다. 화학비료처럼 들리는 이름도 있고, 신발탈취제, 구강청정제, 개사료, 욕 실세제, 피부질환처럼 들리는 이름도 있다. 심지어 스코틀랜드산 얼룩 제거제 같은 이름도 있다. 태도에 문제가 있는 마을도 있고, 이상한 현 상이 일어나는 마을도 있다. 이름만 들으면 나른한 여름날 오후에 초원 을 나르는 나비가 연상되는 마을 이름도 있고, 마냥 귀엽고 장난스러운 이름을 지닌 마을도 수없이 많다. 내가 생각하는 최고의 이름은 손튼

르 빈즈(콩이 자라는 가시덤불 농지)다.(나를 그곳에 묻어주길 바란다!)

여기에는 사소하지만 사람들이 잘 눈치 채지 못하는 특징도 있다. 바로 이러한 이름을 가진 도시들이 대개 한데 어우러져 있다는 사실이다. 예를 들어 캠브리지의 어느 작은 지역에는 블로 노튼Blo Norton, 릭킹홀 인 페리어Rickinghall Inferior, 헬리온스 범스테드Hellions Bumpstead, 어글리Ugley가 있고, 또 많은 영감을 일깨워주는 쉘로우 보웰스Shallow Bowells도 있다. 나는 당장이라도 그곳으로 가서 '가벼운Shallow 내장Bowel'이라는 그곳을 샅샅이 살펴보고 싶기도 하고, 무엇이 노튼을 아래로 향하게 하는지Blo, 릭킹홀을 열등하게 만드는Inferior 것이 무엇인지 알아내고 싶었다. 하지만 지도를 흘깃 보다가 도로 하나를 중앙에 둔 지형에 시선을 빼앗겼다. 매우 매력적인 여운이 남는 그곳의 이름은 '악마의 제방Devil's Dyke'이었다. 한 번도 이야기를 들은 적이 없는 장소였지만, 왠지 뭔가 있을 것만 같이 느껴졌다. 벌써 기분도 좋아지고 있었다.

다음날 아침 늦은 시각에 캠브리지셔의 리치라는 촌락의 외곽으로 난 길을 걷다가 제방이 시작되는 지점을 찾게 되었다. 날씨가 잔뜩 흐린 게 음산했다. 사방에 안개가 가득했고, 가시거리는 바로 앞에 있는 것도 못 볼만큼 짧았다. 짙은 안개를 헤치고 나가는데 갑자기 제방이 불쑥 모습을 드러내 깜짝 놀랐다. 나는 그 꼭대기까지 기어올랐다. 짙은 안개로 둘러싸인 그곳은 이상하고 음험한 분위기가 나는 고지대였다. 1300년 암흑시대 중에서도 최악의 암흑이 이어지던 시기에 데블스 다이크는 주변 경관과 어울리지 않게 혼자만 60피트(약 18m) 높이에 7.5마일(약 12Km) 정도의 길이로 리치와 디톤 그린 사이에 자리 잡고 있었다. 하지만 실망스럽게도 어째서 악마의 제방이라 불리는지 아는 사람이 아무도 없었다. 16세기에 들어서면서 붙여진 이름이라 했다. 평평한 습지 한가운데 서 있는 제방은 위협적이면서 고대의 분위기를 풍기고 있다. 하지만 동시에 무언가를 기념한다는 미명 아래 터무니없이 크게 지은 건축물로 보이기도 한다. 그 제방 건설을 위해서는 엄청난 노동력이 필요했을 것이다. 하지만 침략군 모두가 제방을 돌아서 진군해야만 이 나라에 쳐들어올 수 있었다는 사실을 깨닫는 데는 대단한 군사적 재능이 필요 없다. 사실 영국으로 쳐들어가기 위해서는 반드시 제방을 돌아 진군해야만 했다. 곧 데블스 다이크는 원래 용도가 사라지고 단지 소택지에 사는 사람들에게 60피트 높이에 올라보면 어떤 느낌인지를 알려주는 일만 하게 되었다.

물론 풀로 뒤덮인 대지 위에서 쾌적하고 편안한 산책을 가능하게 하기도 한다. 그날 오전 나는 그 모든 것을 온통 독차지할 수 있었다. 제방의 가운데쯤을 걸을 무렵이 되어서야 다른 사람들의 모습이 보이기 시작했다. 대부분 뉴마켓 히스의 너른 초원에서 개를 산책시키고 있었는데, 안개 속에 있으니 다들 유령처럼 보였다. 제방은 뉴마켓 경마장을 가로질러 지나고 있었다. 비록 그 경마장을 제대로 보지는 못했지만, 재미있는 곳 같았다. 이어서 말 사육으로 번창한 것 같은 시골길로 들어섰다. 사육장은 서서히 안개가 걷히자 앙상한 나뭇가지 사이로 연이어 늘어서 있었다. 각 사육장에는 하얀색 울타리를 두른 방목장과 커다란 저택이 있고, 화려한 마구간이 여기저기 산재해 있었다. 마구간 지붕에는 작은 풍향계가 달려있었는데, 그 바람에 테스코 슈퍼마켓처럼 보이기도 했다. 이렇게 잘 정비된 길을 따라 산책하는 것이 편하기는 하지만 조금 단조로운 면도 있다. 지나가는 사람 한 명 만나지 못한 채 두어 시간을 더 걷다보니 디톤 그린에서 제방이 끝나버렸다. 난데없는 상황에 황망해하며 잠시 서 있었다. 겨우 오후 두 시가 조금 넘은지라 도보여행의 피로감이 전혀 느껴지지 않았다. 디톤에는 기차역이 없다는 걸 잘 알고 있었다. 그렇지만 캠브리지까지 가는 버스는 탈 수 있을 거라 생각했었다. 실제로 버스정류장을 찾아내기도 했다. 하지만 캠브리지에 가려면 2일을 더 기다려야 한다는 사실을 알고는 멍해져 버렸다. 나는 주변을 살피다 뉴마켓으로 가는 번잡한 도로를 따라 4마일 (약 6.4km) 정도 더 걸어서 캠브리지로 가는 기차를 잡아탔다.

시골에서, 그것도 관광시즌이 아닌 때에 도보여행의 즐거움을 계속 느끼려면, 반드시 아늑한 방과 영양가 있는 식사가 필요하다. 하루 여행을 마친 후에는 아늑한 호스텔 하나를 찾아 방을 잡고 활활 타오르는 벽난로 앞에서 술 몇 잔을 들이켜야 한다. 하루 종일 많이 움직였으니 이 정도 호사는 마음껏 누려야 마땅하다. 하지만 캠브리지에 도착한 나는 여전히 팔팔한 이방인이라 호사를 누릴 자격이 없었다. 게다가 도착 시간이 많이 늦어질 거라고 예상해서 미리 유니버시티 암스 호텔에 방을 예약해두기까지 했다. 그곳이라면 내가 기대했던 모든 것들이 반드시 있고, 노교수님의 휴게실 같은 분위기가 날 거라 기대했었다. 하지만 실상은 실망 그 자체였다. 어두운 방은 안내책자에 나온 설명과 애처로울 정도로 부조화를 이루었다.

나는 썩 내키지 않는 마음으로 주변을 살피러 나갔다. 지금은 캠브리지가 매우 훌륭한 도시고 재미있는 지명을 가진 곳이 많은 근사한 곳이란 사실을 알고 있다. '푸르른 예수'와 '예수의 평화'라는 두 지명만 봐도 만만치 않은 곳이란 사실을 알 수 있다. 하지만 오늘날까지도 나는 여전히 그곳에 대한 감정이 좋지 않다. 중앙시장은 쓰레기장 같았고, 중심가를 둘러싼 콘크리트 구조물들은 비관적인 수준이었다. 음산한 기운까지 느껴졌다. 결국 나는 중고서점을 기웃거렸다. 특별히 찾는 것은 없었지만 우연히 삽화를 곁들여 셀프리지스 백화점의 역사를 말하는 책을 발견하게 되었다. 나는 하이클리프 성이 버려지게 된 경위와 음란한 돌리 시스터스에 얽힌 외설적인 비화를 찾아볼 수 있기를 기대했다.

하지만 슬프게도 그건 셀프리지스 이야기를 건전하게 각색한 버전이었다. 돌리 시스터스에 관해서는 지나가듯 단 한 번 언급되었다. 그것도 셀프리지스가 아저씨 같은 심정으로 돌봐주었던 오갈 데 없는 순진한 처자들인양 말하고 있었다. 청렴하던 셀프리지스가 돌연히 쇄락하게 된 데에 대한 언급은 거의 없었고, 하이클리프 성에 관한 이야기는 일언반구도 찾아볼 수가 없었다. 그래서 다시 책을 제자리에 내려놓았다. 오늘은 하는 일마다 실망스러웠다. 게다가 뉴마켓에서 지팡이까지 잃어버렸다.

책을 들고 자리에 누웠지만 스탠드의 전구가 나가 있었다. 불을 밝힐 수 없었다는 말이다. 그래서 저녁 내내 침대에 가만히 누워서는 〈캐그니와 레이시〉 재방송을 봤다. 이 고릿적 방송이 어떻기에 BBC방송국 관리자의 이성을 잃게 만드는지 알고 싶었다.(가장 그럴듯한 원인은 아마도 샤론 글레스의 가슴이 아닐까 싶다.) 여러 사람들이 보는 데는 이유가 있겠지 싶어 계속해서 봤다. 그러다가 안경을 쓴 채로 잠이 들었는데 몇 시인지 모를 시각에 일어났다가 화면이 미친 듯 지직거리는 텔레비전을 보게 되었다. 텔레비전을 *끄*기 위해서 자리에 일어난 나는 뭔가 단단한 물체에 걸려 쿵 넘어지면서 머리로 텔레비전을 *끄*는 재주를 선보이게 됐다. 어쩌다 그런 일이 가능했는지, 혹시나 이걸 개인기로 승화시킬 수 있는 방법은 없을까 궁리했다. 그러다가 나의 걸음을 방해했던 물건이 바로 지팡이라는 사실을 발견했다. 지팡이는 뉴마켓에 있는 게 아니라 객실 침대다리와 의자 사이에 몸을 감추고 있었던 것이다.

'그나마 잘된 일이 하나 있네' 하는 생각이 들었다. 나는 갑자기 흘러내리는 피를 막기 위해 휴지로 콧구멍을 틀어막고 다시 몸을 이끌고 침대로 기어들어갔다.

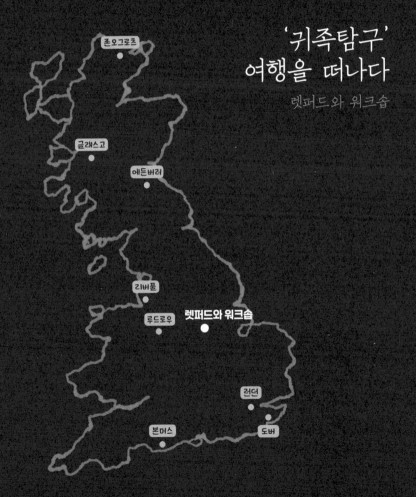

16

'귀족탐구'
여행을 떠나다
렛퍼드와 워크숍

- 존오그로츠
- 글래스고
- 에든버러
- 리버풀
- 루드로우
- 렛퍼드와 워크숍
- 런던
- 본머스
- 도버

일을 요상하게 처리하는 것만큼 영국사람들이 기뻐하는 일도 없다. 홍차에 우유를 넣어 마시고, 도로 반대편으로 차를 몰고, 콜몬딜레이_{Cholmondeley}를 첨리라 하고, 벨보아를 비버라고 발음하며, 4월에 태어난 엘리자베스 여왕을 6월에 축하하는 데다, 도무지 이해할 수 없는 비공식적인 이유로 왕실근위병에게 모피로 만든 휴지통을 뒤집어놓은 것 같은 털가죽 모자를 씌워놓는다.

영국 생활을 하면서 이름에 신경을 써야만 하는 거의 모든 영역들, 이를테면 크리켓 경기 규칙에서 의사당 운영방법에 이르기까지 다양한 영역에서 영국인들은 굳건한 의지를 보여주고 있다. 외국인에게 혼동을 주고야 말겠다는.(그러니까 한 마디로 그게 목적이란 말이다.) 하지만 영국식 관행의 수준은 너무 난해해서 때로는 자국민들까지도 혼란스러울 때가 있다. 그 중 하나는 고릿적부터 복잡하게 얽혀 특권을 누리는 귀족이다.

어떤 사람은 뭐시기 '경'이라 불리고, 또 어떤 사람은 거시기 '남작'이라고 불린다. 그런가하면 무슨무슨 '자작'이나 '백작'이라는 호칭도 있다. 나는 늘 어떤 기준으로 그러한 지위를 나누는지 궁금했지만, 막상 들어도 헷갈렸다. 내가 가진 일말의 지식으로 도움을 줄 수도 있지만, 우선 경고를 해야겠다. 수세기에 걸친 영국 역사에 뿌리를 둔 대부분의 일들이 그러하듯이 귀족제도는 말도 못하게 복잡하다.

어찌나 복잡다단한지 이것을 주제로 한 필독서인《귀족총람》은 아홉 권에 달하는 분량을 자랑한다. 비슷한 다른 책으로는 디브렛이 쓴《영국귀족연감》이 있는데, 빽빽한 글자가 422페이지나 채우고 있다. 이 책에는 저녁식사 시에는 어디에 누가 앉아야 하며 옷은 어떻게 입어야 하는지 등에 관한 내용을 다루고 있다. 이 귀족제도의 운영논리는 너무나 불가사의해서 귀족사회의 사령부에 해당하는 런던의 국가문장원College of Arms의 몇몇만이 제대로 이해하고 있을 정도라고 한다. 문장관보 루즈 드라공 1세, 가터 문장관, 문장관보 블루맨틀 1세와 같이 화려한 작위로 불리는 관리들이 그곳에서 의례, 계승, 작위를 받은 자들의 행동거지에 관련된 문제를 해결하고 있다.

하지만 복잡한 문제가 하나 있다. 어떤 사람이 경, 백작, 공작이라는 호칭으로 불린다고 해서 그가 정말 그런 지위를 누리고 있는 것은 아니라는 사실이다. 귀족의 친척들도 본인은 전혀 귀족이 아닐지라도 의례상의 호칭으로 불리도록 허용된다. 귀족의 등급이 높을수록 이러한 관례적인 작위를 마음대로 사용할 수 있다. 그래서 렌스터 공작의 장남이 자칭 킬데어의 후작이라고 할 수 있다. 물론 실제로 그는 후작이 아니다. 영주의 특권을 누릴 수도 없고, 영국 상원에도 앉아 있을 수도 없다. 하지만 후작인척 하는 이 아들의 아들 역시 오팔리 백작이라는 호칭을 사용할 수 있다.(실제로는 렌스터 자작이라고 알려져 있다.) 그리고 이 연쇄적인 서열에서 한 사람이 죽기라도 하면 나머지 사람들은 모조리

한 단계씩 등급이 올라간다. 야구에서 한 명씩 주자를 홈으로 내보내는 것과 같다.

여기서 문제가 복잡해지는 이유가 더 있다. 수 세기가 흐르는 동안 이 귀족들 상당수가 여러 개의 호칭을 축적해 놓았다는 점이다. 보퍼트 공작, 우스터 후작, 보트코트 경, 우스터 백작, 허버트의 허버트 경, 이 모든 작위가 한 사람에 대한 것이다. 또 대부분의 귀족들은 평민의 이름이라 부를 만한 이름도 가지고 있는데, 이 역시 작위 못지않게 인상 깊다. 마서린 페라드 자작은 그 대단한 작위에 더해서 입에 붙이기 영어려운 '존 클랏워시 탤벗 포스터 화이트-멜빌 스케핑턴' 같은 이름을 한껏 즐기고 있다. 영국에서 사용되고 있는 작위가 4만 개나 되지만 실제 귀족의 숫자는 아주 적다. 120명 이하, 즉 영국 인구 중 0.2퍼센트에 해당하는 정도다.

작위를 수여받으면 얻게 되는 부수입 중에 가장 주요한 것은 런던에서 최고라고 꼽히는 클럽 입장이 가능하다는 점이다. 바로 영국 상원이다. 작위를 갖고 있는 이들 중에서도 극소수만이 실제로 상원에 들어간다. 좌석이 겨우 250개 밖에 되지 않으니 그도 그럴 것이다. 하지만 그곳에 들어간 귀족 대다수는 말을 하는 법이 거의 없다. 묵언수행에 있어서 최고라 일컬어지는 이는 왈드그레이브 백작 12세다. 그는 1936년에 상원에 자리를 차지하고 앉았지만, 1957년까지 할 말이 없었다고 한다. 상원에 속한 이들은 배심원으로 소환당하지 않고, 국가선거에서 투표가 금지된다. 또한 교수형을 당할 때 마로 된 밧줄이 아닌 실크로 된 밧줄로 목이 매달릴 수 있는 권리가 주어지기도 한다. 물론 영국에서는 사형제도가 40년 전에 금지되어서 마지막 특권은 실효성이 떨어지기는 한다.

진정으로 고귀한 귀족 태생은 여왕과 그 직계존비속에서 시작된다. 여기에는 켄트, 글로스터, 콘월의 왕실 공작령이 포함되어 있다. 그 아래로는 서열 순서대로 두 명의 대주교와 왕족이 아닌 공작 25명, 27명의 후작, 162명의 백작과 백작부인, 99명의 자작, 24명의 주교, 880명의 남작과 남작 부인이 있다. 부풀린 게 아니라 사실 이들은 그 내부가 아주 잘 짜인 집단이다. 이들 사이에서 혈족혼은 흔한 일이 아니다. 하지만 등급이 위로 올라갈수록 이들은 혈족혼이 실질적으로 필요한 일이라 인식하고 있다. 왕족이 아닌 공작 25명은 결혼이나 혈연으로 맺어진 친척들이다. 그 중 5명은 장난기 많고 활발한 찰스 2세와 그의 수많은 정부 사이에서 난 직계손이다. 명성이나 고상함에 있어서 공작들은 자기들만의 기준으로 등급을 세워놓았다. 공작은 항상 정식 작위명으로 호명해야 한다. 비교적 낮은 계급의 귀족은 단순하게 '경'이라는 호칭으로 대신 불러도 된다. 그래서 바스의 후작은 때로 바스 경이라고 불리기도 한다. 하지만 공작에게는 절대로 이렇게 해서는 안 된다.

몇몇 작위는 여자 후손들에게 승계되기도 하지만 대부분은 그렇게 할 수가 없다. 예를 들어 데본셔의 공작이 아들이나 다른 남자 상속인을 두지 못하게 되면, 그 작위는 그대로 소멸되어 버리는 것이다. 평균 네다섯 개의 귀족 작위가 매년 사라진다고 한다. 이런 추세가 계속된다고 전제하고 계산해보면, 귀족제도의 세습은 2175년이면 모두 사라져 버린다. 나는 제발 그렇게 되기를 바란다.

내가 갑자기 이런 이야기를 꺼낸 것은 다음날 아침 부풀어 오른 콧구멍에서 휴지 뭉치를 빼낸 다음에 체크아웃을 하고는 문자 그대로 '귀족

탐구'를 하러 워크숍을 향해 떠났기 때문이다. 영국에서 가장 특이한 괴짜라고 알려진 포틀랜드 공작 5세가 조상대대로 물려받은 집을 철저하게 조사하러 가는 참이었다.

그래서 나는 피터버러로 가는 기차를 타고가다 본선 기차로 갈아타고 북쪽으로 갔다. 지난밤에 뒤숭숭한 꿈을 꾸었는데, 〈캐그니와 레이시〉가 나오는가 하면 영국에서 납세를 위해 필요한 소득신고서를 1975년부터 하나도 정리해놓지 않았다는 사실을 발견하는 꿈이었다.(나를 대부업자들의 손에 넘기겠다는 협박을 해댔다. 그러니 새벽녘에 숨을 헐떡이며 잠에서 깨어났을 때 침대시트가 어땠을지는 충분히 상상할 수 있을 것이다.) 이런 연유로 나는 마음을 가라앉힐 수 있는 조용한 여행이 필요했다. 그리고 그런 여행은 기차여행에서만 가능했다.

그러니 내 뒷자리에 휴대전화기를 든 사내놈이 탑승했다는 사실을 발견했을 때는 정말 낭패스럽기가 이만저만이 아니었다. 이런 인간들이 얼마나 사람의 화를 돋우며 민폐를 끼치는지는 다들 잘 알 것이다. 내 뒷자리에 앉은 그 사람은 정도가 더 심했다. 목소리가 우렁찬데다 바보 같은 소리를 마구 지껄이며 자아도취에 빠져 있었다. 내용도 딱히 용건이 있는 것도 아니었다.

"어이, 클라이브. 나야. 1-0-7번 기차를 타고 가는 중이야. 예상대로라면 13시에 본사에 도착할 걸세. 펜트랜드 광장 계획안에 관한 보고가 시급하네. 뭐라고? 아니, 난 맨스파이퍼 작업에서는 제외됐어. 이봐, 나 같은 기찬 사람을 고용하는 이유가 뭔지 알겠나? 뭐라고? 내가 휴대폰만 있으면 진창에 뒹구는 돼지가 되어도 행복해 할 사람이라서라고? 허, 그거 참 재미있는 이야기인데."

그리고 잠시 침묵하다가 다시 말하기 시작했다.

"여보세요. 자기야. 1-0-7번 기차를 타고 가는 중이야. 5시면 집에 도착할 거야. 그래, 평소하고 똑같이 그런단 말이야. 내가 휴대폰을 갖고 있는 멍청이 중의 멍청이라는 사실 외에는 당신에게 딱히 할 말은 없어. 동커스터에 도착하면 또 아무 용건 없는 전화를 할게."

그 다음에 다시 시작했다.

"클라이브, 날세. 그래. 아직도 1-0-7번 기차를 타고 있어. 그런데 그랜덤에서 눈곱만큼 지체가 있었어. 그래서 도착예정 시간은 처음에 이야기했던 13시가 아니라 13시 02분이 되겠네. 필이 전화하면 내가 여전히 구제불능 멍청이라고 전해주겠나?"

아침 내내 이런 식이었다.

나는 창밖을 주시하며 렛퍼드를 찾았다. 그곳에 내려서 워크숍으로 가는 버스로 갈아타야 했다. 렛퍼드에 대해서는 아는 것이 아무것도 없어서 오랫동안 참 불가사의한 곳이란 생각을 해왔었다. 7년 동안 요크셔 집에서 런던으로 가는 길에 매일 같이 지나던 곳이었다. 동부해안도로에서 주요한 정류장으로 꼽히는 곳이었다. 하지만 단 한 번도 그 정류장에서 사람이 내리거나 타는 걸 본 적이 없었다. 철도노선을 보면 렛퍼드는 대문자로 표시되어 있다. 인쇄상의 지위로만 보면 리버풀, 레스터, 노팅엄, 글래스고와 같은 상당한 규모의 지역과 동급이었다. 하지만 그곳에 대해 아는 바가 전혀 없었다. 사실 기차에서 그 한적한 역을 처음 보기 전까지는 그곳의 이름을 들어본 적도 없었던 것 같다. 게다가 그곳에 가보았다거나 알고 있다는 사람을 만난 적도 없었다. 내가 가지고 있는《영국도시에 관한 모든 것》에는 우리가 미처 알지도 못하

는 곳곳에 관한 상세하고 자상한 설명이 다 나와 있다. 키리뮈어, 넛츠
포드, 프레스톤판스, 스와들린코트, 듄스, 포퍼, 위그타운 같은 곳들도
있다. 하지만 렛퍼드에 관해서는 절대침묵을 고수하고 있다. 이건 기회
였다.

그래서 2시간 후 승객 중 유일하게 렛퍼드에서 내렸다. 온몸으로 안
개비를 맞으며 시내로 걸어 들어가는 내 눈매는 매서웠다. 참으로 다행
스럽게도 렛퍼드는 잔뜩 찌푸린 회색 구름이 드리운 가운데도 유쾌하
고 매력적으로 보였다. 훨씬 더 유명한 도시들도 이런 상황에서라면 황
량하고 피곤해 보였을 터였다. 도심의 중심에는 조지왕조 시대의 건물
들이 우아하게 서 있었고, 그 옆으로 커다란 규모에 근사한 외관을 자
랑하는 광장이 있었다. 도심 성당의 옆에는 묵직해 보이는 검은색 대포
가 놓여 있었는데, '1855년 세바스토폴에서 포획'이라고 쓰인 명판이
붙어 있었다. 이 지역민들의 입장에서는 진취성을 상징하는 훌륭한 전
시물이 될 거란 생각이 들었다. 크림반도의 요새를 맹공하고 가지고 온
노획물을 노팅엄셔에 있는 작은 도시의 시장에서 발견하는 것이 날이
면 날마다 있을 수 있는 일은 아니다. 상점가는 거래가 활발하고 정비
도 잘 되어 있었다. 여름휴가를 보내고 싶은 장소라고 말하기는 어려웠
지만 꽤 호감이 가는 도시였다.

작은 찻집에서 차 한 잔을 마신 후 버스를 타고 워크숍으로 갔다. 워
크숍은 규모면에서나 돌아가는 상황이 렛퍼드와 비슷했다.(그런데 워
크숍은《영국도시에 관한 모든 것》에 소개돼 있다.) 렛퍼드와 워크숍은
자치구 의회장을 유치하기 위해서 경쟁을 벌인 적이 있었다. 그때 워크
숍이 졌던 게 분명하다. 왜냐하면 그 의회사무실이 렛퍼드에 있었기 때

문이다. 건물은 당연히 추악하고 주변과 전혀 어울리지 않았지만, 다행히 그 밖의 다른 곳이 모두 자제력을 발휘해서 충분히 보기 좋았다.

워크숍은 듀커리스라 불리는 작은 지역을 관할하는 비공식 중심지였다. 역사적 의미가 있는 5개의 공작령이 각각 반경 20마일(약 32km) 이내에 있다. 뉴캐슬, 포틀랜드, 킹스턴, 리즈, 노퍽의 영지가 모두 영국 북중부 지역의 한구석에 있었던 것이다. 비록 리즈와 포틀랜드는 그 공작령 권리를 잃었고, 나머지도 거의 대부분 영향력이 약해져가고 있기는 했다.(사이먼 윈체스터가 쓴《영주의 지배력》에서 보면, 뉴캐슬 공작은 햄프셔에 있는 작은 집에서 살고 있다고 한다. 그곳에 살다보면 튜브로 만든 성이나 기차모형 같은 것에 돈을 쏟아 붓는 일이 얼마나 어리석은지 깨닫게 되리라 생각된다.)

내 최종 목적지는 웰벡 대저택이었다. 포틀랜드 공작의 집이었던 그곳은 세간의 평가에 의하면 영국에서 가장 웅대하고 기품 있는 저택이다. 포틀랜드 공작은 1954년 이후로 그곳에서 살지 않았다. 놀이공원이나 동물원에 대한 선견지명이 부족했기 때문이었다. 포틀랜드 공작 5세인 스코트 벤팅크(1800~1879)는 오랫동안 내 마음속의 영웅이었다. 내가 좋아하는 노년의 벤팅크는 역사에 길이 남을 위대한 은둔자다. 그는 어떤 형태로든 사람과 접촉하지 않기 위해 별 이상한 짓도 서슴지 않았다. 그 웅장한 집에서 아주 작은 공간을 마련해 머물면서 방문을 뚫어 메시지 상자를 달고 그 안에 쪽지로 글을 적어 하인에게 전달하는 방식으로 의사소통을 했다. 음식은 부엌에서 식당까지 조그만 철로를 만들고는 그 위로 운반했다. 어쩌다가 사람을 만나기라도 하면 공작은 나무토막처럼 가만히 서 있었다. 그러면 하인은 가구라도 있는 것처럼 모른

척하고 그곳을 지나갔다.

이것은 모두 사전에 미리 준비된 훈련에서 나온 것이었다. 만약 이를 따르지 않은 사람은 공작의 개인 스케이트장에서 지쳐 쓰러질 때까지 스케이트를 타야 했다. 관광객들은 대저택과 정원을 얼마든지 구경할 수 있었다. 다만 공작의 말대로 "나를 보지 않겠다는 약속을 지킬 정도로 믿을 만하기만" 하면 됐다.

어떤 이유에서인지 공작은 상당한 유산을 이용해 지하에 또 다른 대저택을 지었다. 한창 공사가 진행 중일 때는 1만 2000명의 사람을 고용했다고 한다. 그리고 마침내 완성된 저택에는 250피트(약 76m) 너비의 도서관과 200명의 손님을 수용할 수 있는 영국에서 가장 큰 무도장이 있었다고 한다. 손님을 절대로 초대하지 않을 사람이 만든 집에 그런 것을 두었다는 건 참 이상한 일이었다. 터널과 비밀통로가 여기저기로 뻗어나가 다양한 방을 연결하고 있었고, 근처 지역까지 상당한 거리로 이어져 있었다. 한 전기작가의 말대로 "그건 공작이 핵전쟁을 대비해 놓은 것" 같았다. 공작은 런던으로 갈 일이 생기면 문을 꽁꽁 걸어 닫은 마차를 타고 1.5마일(약 2.4km) 길이의 터널을 지나 워크숍 기차역 근처로 갔다. 그리고 거기서 영국의 수도까지 특별히 뚜껑이 마련된 화물차를 타고 갔다. 그리고 그 화물차는 공작의 런던 집인 하코트 하우스까지 갔다.

공작이 죽자 지상의 집을 찾은 상속자들은 가구가 하나도 없는 실내를 보게 되었다. 하지만 가운데 있던 방 하나만은 예외였는데, 공작이 사용하던 실내용 변기가 하나 놓여 있었다. 연회실은 이상하게도 바닥이 없었다. 방은 대개 분홍빛으로 칠해져 있었다. 2층에 있는 공작이 거주하던 방에는 천장까지 닿도록 수백 개의 초록색 상자가 쌓여 있었다. 그 안에는 갈색 가발이 하나씩 들어 있었다. 결론은 그가 친하게 지낼 만한 사람이었다는 것이다.

나는 워크숍에서 천천히 나와 클럼버 공원 주변으로 갔다. 영국문화 보호협회 자회사가 나란히 옆에 있었다. 그리고 3~4마일 정도 떨어진 웰벡 애비로 가는 길로 보이는 오솔길을 찾아냈다. 진흙투성이 산길을 따라 한참을 걸어야 했다. 도로표지판을 보니 그곳은 로빈후드 길이라고 불린다 했다. 하지만 셔우드 숲처럼 보이지 않았다. 침엽수 조림지가 끝도 없이 펼쳐지고 있었다. 일종의 나무농장 같은 곳이었는데 섬뜩했다. 죽은 듯 느껴지는 불가사의한 정적이 흐르고 있었다. 걸어가다가 나뭇잎으로 반쯤 가려진 시체에 걸려 넘어질 만한 곳이었다. 그런 일은 질색이다. 경찰들의 심문에 답하지 못하는 나의 무능 때문에 그 즉시 용의선상에 서게 될 것이 분명했다.

"10월 3일 수요일 오후 4시에 어니에 있었습니까?"

창문도 없는 심문실에 앉아 쩔쩔매는 내 모습이 상상이 갔다.

"아마도 옥스퍼드에 있었을 겁니다. 아니면 도싯 해안도로에 있었을지도 모르겠네요. 이런, 잘 모르겠어요."

이러면 다음 장면에서 나는 '벌레나무 숲' 감옥에서 우편가방을 바느질하고 있을 것이다.

그런데 일이 점점 이상하게 풀려갔다. 나무 꼭대기쯤에서 희한하게 바람이 일더니 나무가 휘청휘청 춤을 추었다. 하지만 바람이 땅으로 내려오지는 않았다. 그래서 땅에 있는 모든 것들은 잠잠했지만, 조금 오싹했다. 그리고 사암으로 이루어진 가파른 협곡 사이를 지나는데 나무

뿌리들이 기괴한 형상을 이루면서 넝쿨처럼 바위 표면으로 자라나 있었다. 나무뿌리 사이로 수백 개의 낙서가 새겨져 있는 게 보였다. 이름과 날짜가 있었고 때때로 하트 모양이 두 개 겹쳐 있는 것도 있었다. 적혀 있는 날짜는 상당한 간격을 두고 있었다. 1861년, 1947년, 1962년, 1990년. 정말 이상했다. 이곳은 연인들에게 매우 잘 알려져 있는 명소거나 아니면 한 쌍의 남녀가 정말 오랫동안 사귀었다는 표시일 것이다.

조금 더 걸어가니 지붕에 총구멍이 있는 한적한 옛날 감옥이 있었다. 그 너머에는 경사진 들판 가득 억세게 자란 겨울밀이 보였다. 다시 그곳을 넘어서니 빼곡한 숲 가운데 커다란 초록색 지붕이 보였다. 웰벡 애비였다. 아니 그랬으면 좋겠다고 바랐다는 말이 더 정확하다. 나는 들판 외곽으로 난 길을 따라 걸었다. 진흙투성인 길은 상당히 길었다. 포장도로로 들어서기까지 거의 45분이 걸렸다. 하지만 이번에야말로 제대로 찾아왔다는 확신이 들었다. 갈대가 많은 좁다란 호수 옆을 지나는 길이 나왔다. 믿음직한 나의 지도에 따르면 수 마일 이내에 이런 물웅덩이는 단 하나뿐이었다. 길을 따라 1마일(약 1.6km)쯤 갔더니 커다란 출입구가 보였다. 옆에 세워진 표지판에는 '관계자 외 출입금지'라고 적혀 있었다. 하지만 그 너머에 무엇이 있는지에 대한 언급은 없었다.

나는 잠시 어찌해야 할지 몰라 엉거주춤 서 있었다.(행여 내가 작위를 받게 된다면 '엉거주춤 경'이 좋을 것 같다.) 결국에는 조금 더 들어가 보는 모험을 감행하기로 했다. 이렇게 먼 길을 와서 보고자 했던 대저택을 잠깐이라도 봐야 했다. 나는 조심스레 앞으로 걸어갔다. 길은 비싼 재료로 꼼꼼하게 손질되어 있었다. 길옆으로 심어진 나무들 사이로 숨어 조금 더 멀리까지 갈 수 있었다. 몇 백 야드 정도 더 걸어가니 나무가 성겨지면서 잔디밭이 펼쳐졌다. 백병전 훈련장 같이 보였다. 군인들이 기어오르는 그물과 기둥 위로 통나무 얹혀 있었다.(여긴 뭐지?) 조금 더 가보니 호수 옆에 이상야릇한 느낌을 주는 포장된 땅바닥이 보였다. 마을에서 멀리 떨어진 곳에 마련된 주차장 같았다. 순간 나는 기쁨의 탄성을 내지르며 깨달았다. 이곳은 바로 공작의 그 유명한 스케이트장이 분명했다. 정원 깊숙이 들어온 셈이니 이제 문제될 것이 없었다. 나는 계속 직진해서 마침내 저택의 정면과 마주하게 되었다. 상당히 웅장했지만 이상하게도 이렇다 할 특징이 보이지 않았다. 확장공사를 몇 번 거치면서 서툰 손길로 고쳐 놓았기 때문이었다. 저 멀리 건너편에는 크리켓 경기장이 있었다. 돌아다니는 사람은 한 명도 없었지만 주차장에는 차가 몇 대 있었다. 어떤 시설인 것 같았다. 어쩌면 IBM 같은 회사의 연수원 같은 것일지도 몰랐다. 그런데 어째서 이렇게 간판 하나 없이 있는 거지? 나는 건물로 다가가서 창문으로 안을 들여다보려 했다. 그런데 문이 열리더니 제복을 입은 남자 한 명이 모습을 드러냈다. 그리고 심각한 얼굴로 나에게 성큼성큼 다가왔다. 그가 가까이 다가오자 상의에 적혀 있는 MOD라는 글자가 눈에 들어왔다. MOD, 그건 국방부의 약자였다. 이런!

"안녕하세요!"

나는 바보 같은 미소를 활짝 지었다.

"선생님, 지금 국가소유지에 불법침입하신 것을 알고 계십니까?"

나는 잠시 망설였다.

"여기가 햄튼 코트 궁이 아니란 말씀이신가요? 그럴 리가요. 방금 택시 운전사에게 175파운드나 지불했단 말입니다"라고 말하면서 아이오와 주에서 온 관광객 흉내를 낼 것인가, 아니면 솔직히 실토할 것인가. 나는 실토했다. 존경심을 가득 담아 조그만 목소리로 오랫동안 포틀랜드 공작 5세를 흠모해왔던 이야기부터 시작해서 지난 몇 년 동안 이곳을 얼마나 와보고 싶어 했는지 아느냐며, 한참을 걸어왔던 터라 잠시 훔쳐보고자 하는 유혹을 뿌리칠 수 없었다는 것까지 모조리 털어놓았다. 이번에는 일을 제대로 해낸 것 같았다. 제복의 남자 역시 스코트 벤팅크에게 애정을 갖고 있는 게 분명해 보였다. 그는 눈치 빠르게 정부 소유지의 가장자리로 나를 호송했다. 위협적인 분위기는 여전했지만 자신과 마찬가지 흥미를 지닌 이를 알게 되어 내심 기뻐하는 것 같았다. 그는 아까 본 장소가 스케이트 링크가 맞다고 확인해주었고 터널이 지나는 곳을 손으로 가리켜 알려주었다. 거의 사방으로 뻗어 있는 듯했다. 그의 말에 의하면 터널은 아직도 멀쩡했지만 지금은 창고로만 사용되고 있다고 했다. 하지만 지하 무도장과 방들은 체육실 등의 다양한 용도로 사용되고 있다고 했다. 국방부에서는 백만 파운드를 들여 무도장을 개조했다고도 했다.

"그런데 여기는 뭐하는 곳인가요?"

내가 물었다.

"연수원입니다."

내가 들은 답은 이게 전부였다. 어찌되었든 우리는 길의 끝에 이르게 되었다. 그는 내가 가는 모습을 끝까지 확인했다. 나는 왔던 길을 되짚어 커다란 들판을 가로질러 걸었다. 거의 다 건넜을 무렵에서야 뒤로 돌아서 나무 꼭대기 위로 솟아 있는 웰벡 애비 지붕을 쳐다봤다. 국방부에서 지하 터널과 방을 잘 유지하고 있다는 사실을 알게 되어 기뻤다. 하지만 완전히 봉쇄하고 대중에게 공개하지 않은 점은 유감이었다. 어쨌거나 영국의 귀족들이 스코트 벤팅크처럼 특이하게 머리가 이상해진 사람을 날이면 날마다 배출해내는 것은 아니지 않는가. 물론 최선의 노력을 기울이고 있기는 하지만. 이런 생각을 곱씹으며 나는 워크숍으로 돌아가는 기나긴 여정에 돌입했다.

17

이것이
시네라마다
링컨과 브레드포드

그날 밤은 링컨에서 즐겁게 보냈다. 저녁식사 전후로 가파른 고대 거리를 돌아다녔다. 천장이 낮고 폭이 좁으며 어둠침침하지만 무한하다시피 한 넓은 공간을 차지하고 있는 성당과 고딕양식의 탑 두 개를 보면서 탄성을 자아내기도 했다. 아침에 다시 보면 어떨지 매우 궁금했다. 나는 링컨이 좋았다. 아름답고 잘 보존된 곳이기도 하지만 적당히 외진 곳이라는 점에서 더 좋다. 헨리 모튼은《영국을 찾아서》에서 링커셔의 너른 들판을 세인트 마이클스 산에 비유했다. 그 말은 정확했다. 지도를 확인하니 불과 몇 마일 떨어진 곳에 노팅엄과 셰필드가 있었다. 하지만 이곳을 찾는 이는 아무도 없는 것 같았다. 그러한 큰 도시 주변에 있는데도 불구하고 누구의 눈길도 끌지 않았다는 점이 무척 마음에 들었다.

내가 그곳을 방문할 때 맞춰 〈인디펜던트〉지에 링컨 성당의 주임 사제와 회계담당자 사이의 오래된 분쟁에 관한 기사가 났다. 알고 보니 6년 전에 그 회계 담당자가 아내와 딸과 친한 친구 한 명과 함께 성당에 보관중인 대헌장 사본을 호주로 가져가 6개월 동안 기금 마련을 위한 해외원정을 했었다는 것이다. 그 원정은 재정적으로 완전한 실패였다.

50만 파운드가 넘는 돈이 소모됐다. 양피지에 쓴 문서 하나를 위해 사람 네 명이 사용한 경비라고 하기에는 상당히 과한 비용이었다. 자애롭게도 이 비용의 대부분은 호주 정부에서 감당했다. 하지만 성당도 5만 6000파운드를 떠안아야 했다. 그리고 주임 사제는 이 사연을 언론에 흘려서 교회의 품격을 떨어뜨리고 말았다. 참사회는 아연실색했다. 링컨 교구의 주교는 조사를 지시하면서 참사회장(주임 사제)에게는 사직을 명했다. 하지만 참사회장은 사직을 거부했고, 결국 서로를 맹비난하는 사태까지 오게 되었다. 장장 6년 동안이나 끌어온 사건이었다.

그래서 다음날 아침, 소리가 메아리쳐 울려 퍼지는 아름다운 링컨 성당의 광대한 공간에 발을 디디면서 내심 성가집이 날아다니고 성직자들이 보기 흉하게 서로를 붙잡고 신나게 씨름을 해대는 장면을 보는 게 아닌가 기대했었다. 하지만 실망스럽게도 성당은 매우 평온했다. 그러나 영국의 다른 성당들과 달리 관광객 무리가 떼 지어 몰려다니는 일은 없어 좋았다. 솔즈베리 성당, 요크 성당, 캔터베리 성당들에 비해 링컨 성당의 한적함은 기적에 가까웠다. 이정도 규모의 건축학적 장관을 선보이는 곳이 외부인들에게 잘 알려지지 않은 경우는 찾아보기 힘들다. 더햄 정도가 그럴까?

본당에는 쿠션이 깔린 철제의자가 있었다. 정말이지 이해할 수 없는 일이었다. 이런 성당이라면 목재로 된 긴 의자를 사용해야 하는 거 아닌가? 지금껏 본 영국 성당은 모두 이런 식이었다. 하지만 이곳은 언제든지 접어 치우거나 한쪽에 쌓아올릴 수 있는 철제의자가 삐뚤삐뚤 들어서 있었다. 무슨 이유일까? 본당 안에서 폴카 같은 시골 춤이라도 춰야 하나? 이유가 어찌되건 싸구려로 보이는 의자들은 높은 아치형 천장이나 스테인드글라스, 고딕양식의 창문장식 등의 화려한 외관과는 전혀 어울리지 않았다. 순전히 비용 절감에만 목숨을 거는 시대에 사는 건 때로 매우 가슴 아픈 일이다. 그렇지만 그것 때문에 중세시대의 석공, 유리세공사, 목수들이 재료를 확실히 써가면서 재주를 발휘했는지는 확인할 수 있었다.

조금 더 머물고 싶었지만 반드시 지켜야 할 중요한 일정이 있었다. 오후 서너 시까지는 브레드포드로 가서 전 세계에서 가장 흥미진진한 시각예술공연을 감상해야 했다. 매우 큰 규모로 많은 사람들의 사랑을 받는 국립사진영화 어쩌구 박물관에 있는 픽처빌 시네마에서는 매달 첫 번째 주 토요일이면 〈이것이 시네라마다〉를 무삭제 판으로 상영했다(시네라마는 세 대의 영사기를 동시에 사용하여 입체감을 내는 초와이드 스크린 방식 영화다). 영화 역사상 가장 훌륭한 이 작품을 볼 수 있는 곳은 그곳이 유일했고 그날은 마침 네 번째 주 토요일이었다.

그 영화를 얼마나 간절히 보고 싶었는지는 말로 다 표현할 수가 없을 정도다. 가는 내내 동커스터에서 환승할 기차를 놓치지 않을까 애를 태워야 했다. 하지만 브레드포드에 도착했을 때는 시간이 충분하고도 남았다. 사실 거의 세 시간이나 일찍 도착했었다. 살짝 걱정이 됐다. 브레드포드에서 세 시간을 보내기 위해 할 수 있는 일이 무엇이 있을까?

브레드포드가 이 세상에 존재하는 이유는 브레드포드와 비교해보면 세상에 안 좋은 곳이 없다는 사실을 알리기 위해서다. 정말 존재의 이유가 확실하고 자기 역할에 매우 충실한 곳이다. 여태까지 여기보다 더 퇴락한 곳은 찾아볼 수가 없었다. 이 동네 상점보다 더 텅 비어 있는 곳도 찾아보기 어려웠다. 창문은 비누자국이 그대로인데다 너덜너덜한 콘서트 포스터로 덮여 있었다. 포스터는 허더즈필드와 퍼드시 같은 보다 활기 넘치는 지역에서 열리는 대중가수의 콘서트를 안내하고 있었다. 또 이곳처럼 많은 사무실 건물에 '세놓음'이라는 전단지로 장식한 지역도 찾아보기 힘들다. 도시 중심가에는 상점들 넷 중 하나는 비어 있고, 그나마 문을 연 곳도 간신히 버티는 기색이 역력하다. 내가 브레드포드에 온 직후 랙험 백화점이 폐장을 선언했다. 그래서 사람들은 이제 그저 여러 상점들을 모아놓은 곳에 불과한 안데일 센터로 가게 되었다.(그건 그렇고 60년대 쇼핑센터들은 왜 한결같이 안데일 센터라고 불렸을까?) 브레드포드의 쇄락은 막을 길이 없어보였다.

한때 이곳은 빅토리아 건축양식이 집대성된 훌륭한 곳이었다. 하지만 지금은 그런 흔적을 찾아보기 어렵다. 수십 개의 훌륭한 건물들이 사라진 자리에는 넓은 도로와 네모반듯한 사무실 건물들이 대신했다. 의도가 좋았을지는 모르겠지만 그로 인해 도시의 모든 것들이 고통을 받고 있다. 조금 붐빈다 싶은 도로에서는 건너편에서 오는 보행자와 몇 단계에 걸친 협상을 해야 했다. 1단계, 횡단보도 중간 안전지대에 선다. 2단계, 낯선 사람들과 한참을 기다리고 있다가 4초가 남았을 때 전력 질주로 건너편으로 달려간다. 이런 식의 교통체계는 아주 간단한 일도 귀찮고 성가신 일로 만들어 버렸다. 특히 대각선으로 길을 건너야할 때는 신호등이 네 번 바뀌는 것을 기다려야 했다. 다해서 30야드 정도의 거리에 불과한 길에서 말이다. 더 심한 일은 시내의 주요 보행자도로가 지하도와 연결되어 있다는 것이다. 운이 나쁘면 길을 걷다 자신도 모르게 지하도로 내려가게 되는데, 물론 지하도는 음침하고 기분 나쁜 분위기를 풍기고 있다. 게다가 지하도는 배수시설도 엉망이다. 언젠가 호우

경보가 내렸을 때는 여기에서 익사한 사람도 있다고 했다.

이런 지역들을 여행하다 보면 정신나간 도시계획에 대해 많이 생각하게 된다. 그래서 어느날 나는 도서관에 가서《브레드포드-내일의 모습》인가 뭔가 하는 책을 구해서 본 적이 있었다. 50년대 후반에서 60년대 초반에 출간된 그 책에는 건축가가 그려놓은 흑백 그림으로 가득했다. 막대기처럼 홀쭉해서는 활기차고 확신에 찬 걸음걸이로 활보하는 사람들로 붐비는 환한 보행자구역이며, 지금은 불길하게만 보이는 사무실 건물을 그려놓았다. 갑자기 그들이 무엇을 하려고 했는지를 분명히 알 수 있을 것 같았다. 도시개발자들은 진정으로 새로운 세상을 만들고자 했던 것이다. 좁은 도로와 그을음투성인 나지막한 건물들을 일시에 쓸어버리고 그 대신에 환한 쇼핑센터와 환한 사무실, 도서관, 학교, 병원을 세워놓고 그 모든 것을 환한 타일로 장식한 지하 통행로로 연결해서 보행자들이 지상의 차량으로부터 안전하게 격리되도록 한 것이다. 책 속의 모든 것은 밝고 환하고 깨끗하고 즐거워 보였다. 심지어 유모차를 끌고 나온 한 여자가 지하 만남의 광장에서 잡담을 나누고 있기도 했다. 그러나 현재 그 도시는 외관은 무너져내렸고 사무실은 대부분 텅 비었다. 실망스러운 도로에는 보행자가 줄어들었다. 물론 경제적으로도 황폐화되어가고 있었다. 어쩌면 어쩔 수 없는 현상인지도 모른다. 하지만 적어도 산산조각난 새 건물이 아니라 산산조각난 오래된 고건물이 있는 도시로 남을 수도 있는 일이었다.

최근에 브레드포드 지자체는 필사적으로 그나마 남아 있는 오래된 건물들을 관광명소로 장려하는, 측은하면서 아이러니한 행위를 한 일이 있었다. 그 오래된 건물들은 도심에서 멀리 떨어진 곳에 있는 바람에 불도저의 손길에서 벗어날 수 있었다. 이들은 모두 커다란 창고인데, 창고라고 부르는 것이 적당하지 않아 보일 수도 있겠지만, 여하튼 창고는 창고다. 대부분 1860년에서 1874년 사이에 지어진 것으로 신고전주의 양식을 고수하고 있어 양털 깎던 헛간이라기보다는 투자금융회사처럼 보였다. 이 창고와 인근 지역을 통틀어 '작은 독일'이라고 부른다.(이런 이름이 붙은 건 당시 독일인들이 양모무역을 장악하고 있었기 때문이다.) 한때 이런 지역이 많았다고 한다. 실제로 1950년대만 해도 브레드포드의 중심지 전체가 창고와 공장, 은행, 그리고 모직을 계산하고 분류하고 장사하는 데만 사용되었던 사무실이었다고 했다. 그러다가 모직사업이 하향세로 접어들게 되었다.(어쩌다 그리되었는지는 하느님이나 아실 것 같다.) 짐작컨대 미래에 대한 과신과 투자부족에 따른 공황과 퇴각이라는 일반적인 일이 아니었을까 싶다. 어찌되었든 제분소는 사라졌고 사무실의 불은 꺼지기 시작했으며, 한때 양모무역의 중심 시장으로 활기를 띠었던 양모거래소는 차츰 쇠퇴해가다 결국 먼지투성이의 폐허가 되었다. 그리하여 지금은 브레드포드가 한때 명성이 자자하던 곳이라고 생각하는 사람은 아무도 없게 되었다.

몇몇 검은 창고건물만이 살아남았지만 이 지역의 장래성 역시 밝아 보이지는 않는다. 내가 방문했을 때는 3분의 2정도는 건물 주변에 발판이 설치되어 있었고, 나머지 건물에는 '세놓음'이라 적힌 간판이 달려 있었다. 개조된 건물은 비교적 세련된 단장을 했지만, 영원히 비어있을 것으로 보였다. 그 와중에도 스무 채 이상의 건물이 개조작업 중이었다.

정부에서 밀턴케인스의 모든 사람들에게 퇴거명령을 내리고 회사들에게는 모두 브레드포드로 이주하라고 명령한다면 괜찮지 않을까 하는 생각이 들었다. 그렇게 하면 진짜 도시가 되살아날 수도 있다. 그러면 밀턴케인스는 현재의 '작은 독일'처럼 사람의 왕래가 거의 없는 곳이 될 수도 있을 것이다. 물론 이런 일이 일어날 가능성은 없다. 정부가 이런 명령을 내릴 일도 없을 뿐더러 자유시장 방식에서는 절대 이런 일이 일어날 수가 없다. 회사는 주차장이 많은 커다란 현대식 건물을 원하기 마련이고, 브레드포드에서 살고자 하는 사람은 아무도 없을 것이기 때문이다. 누군들 그렇지 않겠나? 뭐 어찌어찌 기적이라도 일어나서 이 고색창연한 아름다운 유물에서 거주할 사람들을 찾아낸다고 한들 죽어가는 도시 심장부에 있는 고립무원의 소규모 문화유물 보존지역 정도밖에 더 되겠는가?

브레드포드에 매력이 전혀 없는 건 아니다. 1914년에 첨탑과 망루 등의 과장된 양식으로 지어진 알람브라 극장은 보기 좋게 개조되어 그 화려함이 더해졌고 팬터마임을 보기에 가장 좋은 장소가 되었다.(팬터마임 관람은 영국의 크리스마스 전통 중에 내가 가장 좋아하는 것이란 말을 해야겠다. 이번에도 빌리 피어슨이 나오는 〈알라딘〉을 보러 갈 것이다. 얼마나 웃기냐고? 오줌을 지릴 정도다.) 국립사진영화 아이맥스 어찌구 박물관도(도무지 정확한 이름을 기억할 수가 없다) 이 도시 한구석을 밝게 비추는 역할을 하고 있다. 한때 세상에서 가장 형편없는 실내 아이스링크가 위락시설의 전부였던 도시로서는 다행스러운 일이었다. 그리고 괜찮은 선술집도 있다. 이번에도 그 중 하나인 맨빌 암스에 들어가서 맥주 한 잔과 칠리요리 한 사발을 해치웠다. 맨빌은 브레드포드에서 요크셔 살인마가 자주 출입했던 것으로 유명했다. 하지만 그보다는 끝내주는 칠리요리가 명성을 얻어야 마땅했다. 정말 맛있다.

아직도 한 시간이나 더 남았지만 그냥 텔레비전 사진 어쩌구 박물관으로 걸어갔다. 내가 그곳을 좋아하는 이유는 입장료를 받지 않기 때문이기도 하지만, 이런 시설을 이런 지역에 둔 것이 참 기특한 일이라는 생각 때문이기도 했다. 나는 다양한 전시실을 둘러보다가 떼 지어 다니는 많은 사람들이 2시에 상영하는 아이맥스 영화를 보기 위해 상당한 액수의 현찰을 쓰는 모습을 보고 깜짝 놀랐다. 전에 아이맥스 영화를 본적이 있었는데 솔직히 어떤 매력이 있다는 건지 이해가 안 갔다. 스크린이 크고 시각적 모사가 대단히 훌륭하다는 점은 알겠지만 아이맥스 영화들은 대체로 내용이 너무 지루했다. 진지하고 느릿한 어조로 인류가 이것을 정복했다느니 운명을 감당했다느니 그런 말만 했다. 실제로 이번에 사람들이 몰려가서 보려는 영화의 제목도 〈우주의 운명〉이었다. 제아무리 어리석은 자라도 사람들이 진정으로 원하는 건 롤러코스터를 타고 신나는 공중 급강하를 경험해보는 일이란 걸 알고 있는데 말이다.

시네라마 회사의 사람들은 이미 40년 전에 이 점을 잘 이해하고 있었다. 그래서 광고에서 죽음에 도전하는 듯한 롤러코스터 체험을 집중 부각시켰다. 〈이것이 시네라마다〉를 처음이자 마지막으로 본 것은 1956년에 시카고로 가족여행을 가서였다. 1952년 이후로 영화는 일반적으로 상연되고 있었다. 하지만 대도시에는 너무나 많은 사람들이 살고 있었고, 아이오와 같은 곳에는 그런 영화가 절대로 들어올 일이 없었다. 물론 그래서 이 영화는 이 영화만을 보려는 외지인들로 가득했다. 우리가 이 영화를 봤을 때는 관람석을 차지한 대부분의 사람들이 작업복에 풀줄기를 질겅질겅 씹는 촌부들이었다는 점을 솔직히 말해두겠다. 사실 영화에 대한 내 기억은 거의 없다고 해도 무방하다. 1956년 여름에 나는 겨우 네 살이었다. 하지만 무척 마음에 들었었다. 그래서 어서 다시 보고 싶어 안달이 날 지경이었다.

그래서 나는 서둘러 영화관 입구로 갔다. 상영시간까지는 아직 30분이 남았지만 나는 얼어붙을 듯 차가운 이슬비를 맞으며 혼자 서 있었다. 15분을 서 있으니 영화관 문이 열렸다. 나는 영화표를 사면서 계약조건으로 관람석 중앙이면서 구토를 할 충분한 공간 확보가 가능한 좌석을 요구했다. 그리고 원하던 자리로 가서 앉았다. 극장은 근사했다. 좌석은 플러시 천으로 덮여 있었고 둥글게 휘어진 커다란 스크린은 벨벳 커튼으로 가려져 있었다. 잠시 동안은 영화관이 온통 내차지인 것처럼 보였다. 하지만 다른 사람들이 들어오기 시작하더니, 상영시간이 2분 정도 남은 시각에는 거의 만석이 되었다.

두 시를 알리는 종소리가 울린 다음 영화관의 조명은 꺼지고 스크린을 덮고 있던 커튼이 15피트(약 4m) 정도 열렸다. 스크린 위로 탐험가 로웰 토마스가 등장해 영화에 대한 소개를 하는 장면이 나왔다. 그는 세계여행을 과시하는 물건들로 가득 찬 서재에 앉아서 우리가 앞으로 보게 될 경이로운 광경에 대해 이야기했다. 이런 영화소개 장면을 이해하기 위해서는 역사적 맥락에서 살펴볼 필요가 있다. 시네라마는 1950년대 초반 할리우드를 문닫도록 위협하는 텔레비전의 출현에 대한 필사적인 대응의 일환이었다. 그래서 이 영화소개 장면은 일부러 흑백으로 촬영해서 텔레비전 화면 크기로 보여주었던 것이다. 사람들의 잠재의식에 평소에 보는 화면이 이 정도밖에 안 된다는 것을 일깨워주려는 의도였다. 영화예술의 역사에 관한 짧지만 재미없는 이야기를 마친 토마스는 우리에게 편안히 앉아서 영상예술이 선사하는 최고의 장관을 즐기라고 했다. 그리고 토마스가 사라지고 사방에서 낭랑한 오케스트라의 연주가 들려오더니 커튼이 뒤로 젖혀지면서 거대한 둥근 스크린이 모습을 드러냈다. 갑자기 우리는 생생한 컬러에 흠뻑 젖어 있는 세상으로 던져져 롱 아일랜드의 롤러코스터를 타게 되었다. 그건 정말이지 끝내주는 경험이었다.

천국이었다. 그렇게 오래된 간단한 영사시스템으로 만들어내는 삼차원 입체효과는 기대 이상이었다. 정말로 롤러코스터를 타고 있는 것 같았다. 하지만 실제와 비교할 수도 없이 근사한 점이 있었다. 그 롤러코스터는 1951년산이었다. 옛날에나 볼 수 있었던 스튜드베이커스와 드소토스 자동차가 가득한 주차장 위로 치솟아 올랐다가 천둥소리를 내면서 통 큰 바지에 헐렁한 베기 셔츠 차림을 한 사람들의 무리를 지나갔다. 그건 영화가 아니었다. 시간여행이었다.

진심으로 하는 말이다. 3D 입체효과의 마술과 입체음향 그리고 찬란하게 빛을 발하는 선명한 영상으로 인해 40년 전으로 거슬러 올라간 듯한 느낌을 받을 수 있었다. 그건 나에게 특별한 여운을 주었다. 이 영화가 촬영되었던 1951년 여름에 나는 어머니 뱃속에서 웅크리고 앉아 엄청난 속도로 몸무게를 늘리고 있던 중이었다. 그런 식의 갑작스런 몸무게 증가는 그로부터 35년 후에 담배를 끊고 나서야 다시 경험할 수 있었다. 영화 속 세상은 내가 막 태어나려고 했던 그 세상이었다.

세 시간을 그렇게 행복하게 보낸 적은 처음인 것 같았다. 전 세계를 다 돌아다녔다. 〈이것이 시네라마다〉는 일반적인 의미의 영화가 아니라, 그 시대의 경이로운 광경을 최대한 사실적으로 보여주고자 하는 여행담이었기 때문이었다. 우리는 곤돌라를 타고 베니스를 돌아다녔고, 통바지에 화려한 색상의 배기 셔츠를 입은 사람들과 나란히 부두에 서서 바다를 바라보았다. 쉰부른 궁전 밖에서 비엔나소년합창단의 노래를 들었고 에든버러 성에서 벌어지는 엄격한 군악행진을 보았다. 스칼라 오페라하우스에서 아이다의 일부분을 한참 본 다음에(이건 조금 지루했다) 비행기를 타고 미국 전역을 둘러보는 것으로 마무리했다. 나이아가라 폭포 위를 활공했는데 지난 여름에 내가 갔던 바로 그곳이었다. 하지만 시네라마로 보는 폭포는 다국적 호텔과 전망대 때문에 제대로 된 관광이 어려웠던 악몽 같은 곳과는 달랐다. 나이아가라 폭포 뒤로는 나무와 나지막한 건물과 차가 별로 없는 주차장이 있을 뿐이었다. 플로리다의 사이프러스 가든도 찾아갔는데 젊은 수상스키어들이 우리들만을 위한 수상스키 쇼를 보여주었다. 그리고 저공비행으로 미국 중서부 지방의 잔물결이 출렁이는 농경지 위를 날아가다가 캔자스시티 공항에서 흥미진진한 착륙을 하기도 했다. 로키산맥을 스치듯 지나가서 그랜드캐넌의 어마어마한 광대함을 흠뻑 느껴보기도 했고, 가공할만한 협곡인 자이온 국립공원에서는 바위의 노출부를 빠른 속도로 지나면서 기체를 좌우로 기울였다. 로웰 토마스는 이것이야말로 이제껏 선보인 영화기술의 최고봉이라고 말했다. 그리고 이 모든 화면을 보는 동안 모르몬성막합창단이 부르는 〈신이여 미국을 축복하소서〉는 입체효과가 더해져 생생하게 연주되었다. 처음에는 허밍으로 시작해 잔잔하게 흐르던 노래가 나중에는 독일식 양배추절임을 먹어보자는 식으로 목청껏 외쳐 부르는 크레센도로 높아졌다. 기쁨과 자부심의 눈물이 내 안구에 넘실거렸다. 자리에서 벌떡 일어나 '여러분, 이것이 나의 조국입니다'라고 외치고 싶은 걸 간신히 참아냈다.

영화가 끝나자 우리는 이슬비가 부슬부슬 내리는 음침한 브레드포드로 우르르 쏟아져 나왔다. 이건 시네라마 시스템에 타격을 주는 일이었다. 나는 유명한 소설가이자 극작가인 프리스틀리의 동상 옆에 서서 내 앞에 펼쳐진 황량하고 절망적인 도시를 응시하며 생각했다.

"그래, 이젠 집으로 돌아갈 준비가 됐어."

그리고 한 가지 생각을 덧붙였다.

"하지만 그전에 먼저 카레요리는 먹자."

18

집에 들르다

솔테어와 빙리, 해러게이트

브레드포드의 명소를 소개하기에 앞서 카레요리 전문식당에 대해 말한다는 것을 깜빡했다. 큰 실수를 할 뻔했다. 브레드포드는 양모무역을 잃어버렸는지 몰라도 대신에 천여 개의 훌륭한 인도식당을 얻었다. 개인적으로 나는 괜찮은 물물교환이었다고 생각한다. 섬유 두루마리에 대한 나의 개인적인 수요는 제한적이지만, 인도음식은 삽으로 퍼담아 주어도 다 먹을 수 있을 만큼 무한하기 때문이다. 브레드포드의 카레식당 중에서 가장 오래되고 가장 맛있으면서 가장 값이 싼 식당은 카슈미르다. 알람브라 극장에서 멀지 않다. 계단을 올라가 레스토랑 2층으로 올라가면 더 좋은 자리를 잡을 수 있다. 새하얀 테이블보가 깔려 있고 반짝반짝 윤이 나는 깨끗한 포크와 나이프가 갖춰져 있다. 하지만 진정한 카레 애호가라면 합성수지가 깔려 있는 기다란 식탁에서 낯선 사람들과 나란히 앉아야만 하는 지하로 내려가야 한다. 이곳은 고유한 인도풍으로 나이프와 포크 따위에 연연하지 않는다. 두툼한 난을 더러운 손으로 찢어 먹어야 한다. 3파운드면 작은 연회를 벌일 수도 있다. 감칠맛 나는 음식은 무척 뜨겁다. 어찌나 뜨거운지 내 뱃속에서는 지글거리는 소리가 났다.

물리도록 양껏 음식을 먹은 나는 올챙이배를 하고 브레드포드 거리로 나섰다. 이제 무엇을 해야 할지 생각했다. 토요일 저녁 여섯 시가 조금 넘은 시각이었지만 사방은 죽은 듯 고요했다.

산맥 너머에는 우리 집과 사랑하는 가족이 있다는 사실이 가슴이 저리도록 생생하게 느껴졌다. 하지만 어떤 이유에서인지 예정했던 여행을 다 마치지 못하고 돌아가면 부정행위를 한 듯한 느낌이 든다. 물론 한편으로는 이런 생각도 든다. '빌어먹을! 난 춥고 외롭다고. 집에서 겨우 몇 걸음 떨어진 곳에서 밤을 보내고 싶진 않아.' 그래서 나는 포스터 스퀘어 역으로 걸어가 텅 빈 기차를 타고 스킵톤으로 가서, 택시를 잡아타고 내가 살고 있는 데일스로 갔다. 길가에서 내린 다음 걸어서 집으로 갔다.

어둠이 내린 시각에 아늑한 집에 도착하는 일은 대단히 기쁜 일이었다. 창가에는 환영의 불빛이 가득했다. 그 집은 나의 것이고 집 안에는 나의 가족이 있었다. 나는 차량 진입로를 걸어가서 부엌 창문으로 안을 들여다보았다. 모두들 부엌 식탁에 둘러앉아 게임을 하고 있었다. 아! 나는 한참을 식구들을 쳐다보며 깊은 사랑과 존경이 고조되는 가운데 영화 〈멋진 인생〉에 나오는 지미 스튜어트가 자신의 삶을 훔쳐볼 때와 같은 심정이 되었다. 잠시 후 나는 집 안으로 들어갔다.

텔레비전 드라마의 한 장면 같은 이야기를 늘어놓지 않고서야 이때 이야기를 쓸 수가 없다. 그래서 요크셔 데일스의 어느 집 부엌에서 마음 따뜻해지는 동화 같은 가족의 재회 이야기는 잠시 접어두고 주의를 돌려 다소 엉뚱하지만 솔직한 이야기 하나를 하려 한다.

1980년대 초반 나는 시간이 날 때마다 자유기고가로 활발히 활동했었다. 주로 기고한 매체는 항공사 잡지였다. 한 번은 '우연의 일치'를 주제로 하는 기사를 쓸 수 있겠다는 생각이 들어서 기존에 기고하던 잡지사에 문의했다. 잡지사에서는 관심을 보이며 기사를 써주면 500달러를 주겠다고 했다. 퍽 흡족한 액수였다. 하지만 정작 글을 쓰기 시작하자 우연의 일치가 일어날 가능성에 대한 온갖 정보를 수집했지만 충분치 못했다. 과학적 연구들이었지만 주목할 만한 내용이 없었다. 과연 만족스러운 기사를 보장할 수 있을지 의문이 들었다. 1500자가 들어가야 하는 공간을 다 채우지 못하리라는 사실을 깨달았다. 그래서 나는 잡지사에 글을 송고할 수 없다는 내용의 편지를 쓴 후 다음날 부칠 요량으로 타자기 위에 올려놓았다. 그러고 나서 고상한 옷으로 갈아입고 〈타임스〉로 출근을 했다.

당시에 친절한 문학파트 편집기자인 필립 하워드는 서평용 견본도서가 너무 많이 쌓여서 책상을 뒤덮어 버리기 때문에 일 년에 두어 번씩 직원들에게 책을 판매하곤 했었다. 그건 정말 대단히 신나는 일이었다. 거의 공짜다 싶은 가격에 책을 한 무더기 얻을 수 있기 때문이었다. 하드커버는 25페니, 페이퍼백은 10페니씩 팔았다. 그렇게 받은 돈은 간경병 재단과 같은 기자들이 소중하게 여기는 자선단체에 기부하곤 했다.

그날도 출근을 해보니 엘리베이터 옆에 오후 네 시에 책판매가 있다는 공고문이 붙어 있었다. 책상에 코트를 던져놓고 서둘러 필립의 방으로 갔다. 안은 벌써 사람들로 혼잡스러웠다. 나도 그 난투극에 발을 들여놓았다. 제일 먼저 시선이 닿은 책은 《주목할 만한 우연의 일치에 관한 실화》였다. 하필이면 주목할 만한 우연의 일치라니? 지금부터 이야기는 다소 불가사의할 정도다. 책을 열어보니 내가 필요로 했던 소재가 있었을 뿐만 아니라, 제일 처음 나오는 우연의 일치가 돋보이는 사건의 주인공 이름이 브라이슨이었다.

이 이야기를 몇 년째 선술집에서 사람들에게 해주고는 하는데, 그럴 때마다 사람들은 한참 동안 고개를 끄덕이며 생각을 하다가 서로들 쳐다보면서 이렇게 이야기한다.

"있잖나, 방금 반슬리로 갈 때 M62번 도로 근처로 가지 않고 갈 수 있는 방법이 생각났어. 기즐리에 있는 행복한 먹보길 알지? 거기 두 번째 모퉁이에서 차를 돌리면 말이지…."

아무튼 나는 집에서 사흘 간 머물면서 가정생활의 혼돈에 푹 젖어 강아지처럼 행복해했다. 아이들과 장난치고 뛰놀고, 무차별 애정행각을 남발하고, 아내를 졸졸 따라다니다가 부엌 한구석에 놓인 신문지에 소변을 보았다. 배낭 안의 물건을 모조리 꺼내놓고, 우편물을 가져오기도 하고 정원 주변을 어슬렁거렸다. 또 매일 아침 내 침대에서 일어나는 기쁨을 마음껏 누렸다.

조만간 다시 집을 떠나야만 한다는 사실을 외면하고만 싶었다. 그래서 한 이틀 정도 주변을 둘러보기로 했다. 셋째 날 아침 친한 친구이자 이웃인 데이비드 쿡이라는 친절하고 재능 넘치는 화가를 붙잡고 솔테어와 빙리를 하루에 다녀오자고 했다. 거기는 데이비드의 고향이었다. 여행에 동행자가 있다는 건 참 좋은 일이다. 또 요크셔 한 곳에서 나고 자란 사람의 눈을 빌어 그곳을 보는 일도 재미있었다.

솔테어를 방문한 적은 한 번도 없었다. 생각해보면 놀라 자빠질만한 일이었다. 솔테어는 1851년에서 1876년 사이에 타이터스 솔트 경이 세운 공업단지다. 타이터스가 어떤 사람이었는지는 이해하기가 좀 어렵다. 일단 그는 19세기가 배출한, 산업주의를 지향하는 자본가로서 절대 금주주의자이고 독선적인데다 하나님을 숭배했다. 한마디로 그는 노동자들을 고용하는 게 아니라 소유하고자 하는 사람이었다. 그의 공장에서 일하는 노동자들은 그가 지은 기숙사에서 살아야 했고, 그가 다니는 교회에서 예배를 드려야 했으며, 그의 지시를 일언반구의 어김없이 따라야 했다. 마을에는 선술집이 들어서지 못하도록 막았고, 지역의 공원에서는 고성방가, 흡연, 오락 등의 꼴사나운 행동을 철저히 금지했다. 그 바람에 공원에 가도 제대로 즐길 수가 없었다. 강에서 배를 타는 건 허용되었는데 어떤 이유에서인지 한 번에 네 명 이상의 사람이 함께 탈 수는 없었다. 사람들은 싫든 좋든 아주 맑은 정신을 유지한 채로 부지런하고 얌전하게 지내게 되었다.

하지만 다른 면에서 보면 그는 당시로서는 보기 드물게 사회복지에 대한 인식을 가지고 있었다. 타이터스 경이 부리는 일꾼들은 당대 전 세계 어느 곳의 산업노동자들보다 더 깨끗하고 더 건강하며 더 편안한 생활여건을 누리고 있었음은 반론의 여지가 없다.

나중에야 리즈-브레드포드 도시광역화가 시행되어 사방으로 범위가 넓어졌지만, 처음 솔테어가 형성될 때는 그냥 전망 좋은 시골에 불과했다. 브레드포드 중심지에 포진한 매음굴에 비하면 대단한 변화였다. 1850년대에는 교회보다 매춘가가 더 많았고 하수구에도 뚜껑이 덮여 있지 않았다. 음침하고 더럽고 다닥다닥 달라붙은 주택가에서 벗어난 타이터스 경의 일꾼들은 통풍이 잘되고 널찍한 주택으로 이사 했다.

집 앞뒤로 작은 마당도 생겼고 각 집마다 가정용 가스가 공급되며 최소한 두 개 이상의 침실이 있었다. 그들에게 그 작은 공간은 분명 에덴동산처럼 보였을 것이다.

솔트 경은 에어 강과 리즈-리버풀 운하를 내려다보는 비탈진 곳에 유럽에서 제일 큰 방직공장을 지었으며, 이는 '산업궁전'이라 불렀다. 사방으로 9에이커 정도에 달하는 공장은 베니스의 산타마리아 글로리오자를 본떠 이탈리아풍 종탑으로 우아하게 장식되었다. 주변으로는 공원과 교회가 세워졌고, '사교, 휴양, 교육'을 담당할 마을회관, 병원, 학교 그리고 조약돌로 포장된 네모반듯한 도로를 따라 850개의 단정한 돌집이 만들어졌다. 이 중에서 가장 주목할 만한 기획은 노동자들을 위한 마을회관이었다. 이곳은 노동자들이 음주라는 위험에서 벗어나 주의를 다른 곳으로 돌리게 하려는 목적에서 지어졌다. 여기에는 체육관, 연구실, 당구장, 도서관, 독서실, 강연과 연주가 가능한 강당까지 갖춰져 있었다. 육체노동자에게 보다 나은 삶을 살 수 있는 기회가 이렇게 잔뜩 주어진 때는 역사상 한 번도 없었다. 그리고 많은 이들이 그 기회를 놓치지 않고 잡았다. 제임스 워딩턴이라는 사람은 정규교육을 단 한 번도 받지 않았던 양모업자였다. 하지만 그는 언어학의 세계적 대가가 되었고 대영제국과 아일랜드의 음성학회에서 지도적 인사가 되었다.

오늘날까지 솔테어는 기적적으로 그 모습이 손상되지 않고 잘 보존되어 있다. 그러나 공장은 오래전에 생산을 멈췄고, 주택은 이제 개인의 소유가 되었다. 공장 1층에서는 데이비드 호크니 작품을 상설전시하고 있었다. 근사한 전시회가 공짜이기까지 했다. 공장의 다른 공간은 소매상에게 넘어가 다양한 디자이너 의상과 고급스럽고 세련된 가정용품,

책, 엽서를 팔고 있었다. 이런 곳을 찾아낸 건 기적이었다. 여피족의 천국 같은 이런 곳이 대도시의 한 귀퉁이에 자리 잡고 있다니. 하지만 나름 잘 어울리는 것 같았다.

데이비드와 나는 전시장을 천천히 둘러보았다. 전에도 호크니의 작품에는 크게 관심을 두지 않았다. 하지만 다시 보니 이 말은 할 수 있을 것 같았다. '그 사람, 선도 그을 줄 알더군.' 전시관을 나온 우리는 당시 노동자들의 집이 있는 거리를 돌아다녔다. 하나같이 아늑하고 깔끔했으며 보존상태가 훌륭했다. 잠시 후 우리는 로버츠 파크를 지나 시플리 글렌으로 갔다. 나무가 우거진 가파른 협곡을 지나니 공유지가 나왔다. 사람들이 개를 데리고 산책할 수도 있을 만했다. 하지만 한 번도 관리하지 않고 방치한 곳처럼 보였다. 사실 이곳은 한 세기 전만 해도 큰 놀이공원이 있던 자리였다. 놀이공원이라는 게 처음으로 세상에 소개되던 당시에 세워졌다고 했다.

여러 놀이기구 중에는 공중그네와 초기 제트코스터가 있었다. 또 포스터에 '이 세상에서 가장 크고 가장 신나며 가장 가파르게 내려가는 썰매'라고 광고를 하던 놀이기구도 있었다. 이 놀이기구의 사진을 본 적이 있는데, 파라솔을 든 아가씨들과 빳빳한 셔츠 깃이 돋보이는 콧수염이 난 남자들이 가득 했다. 모두들 아주 재미있어 보였다. 특히 썰매가 눈에 들어왔는데 가공할 경사의 비탈길이 있는 위험한 산에서 4분의 1마일 정도를 내려가는 놀이기구였다. 1900년 어느날, 말쑥하게 차려입고 썰매 활강을 즐기던 사람들 몇몇이 언덕 위로 케이블카를 타고 올라가 머리카락이 주뼛 서는 비탈길을 빠르게 내려오려 하고 있었다. 그런데 올라가던 케이블카를 끌던 케이블이 툭 끊어져 버렸다. 탑승객들은 속수무책으로 아래로 돌진해 산 아래서 엉망이 되었지만, 밑에 있는 사람들은 스릴 있는 죽음을 맞이했다. 그 일로 시플리 글렌 놀이공원은 끝이 났다. 오늘날에는 예전의 스릴과 흥분의 흔적을 느릿느릿 기어가는 글렌 전차에서 찾아볼 수 있다. 신중하고 차분하게 근처 언덕을 오르내리는 이 철도는 1895년부터 있었다. 키가 큰 풀숲 사이로 원조 썰매가 지났던 흔적을 발견할 수도 있다. 그 흔적을 보기만 해도 약간의 전율을 느낄 수 있다.

이 지역은 전체가 그리 멀지 않은 과거의 흔적을 고대로 담은 유적지 같은 곳이다. 잡초가 우거진 궤도를 따라 1마일 정도 올라가면 타이터스 솔트 2세가 1870년에 지은 화려한 석조궁전 밀너 필드가 있다. 당시는 솔트 가문의 재산이 한없이 늘어나고 영원히 안전할 것처럼 보이던 때였다. 하지만 사람이 살면서 어찌 미래를 기약하겠는가? 1893년 직물산업이 갑자기 침체되면서 솔트 가문은 지나친 사업 확장으로 타격을 입고 종국에는 회사의 소유권까지 잃게 되었다. 경악과 수치심에 떨면서 솔트 가문은 저택과 공장 등 소유재산을 처분해야만 했다. 그러고 난 다음 이상하게도 상서롭지 못한 일들이 연속해서 일어났다. 그 후에 밀너 필드를 소유한 사람들은 한 명도 빠지 않고 모두 뜻밖의 불행과 지독한 일을 겪게 됐다. 골프채로 자신의 발을 세게 쳤다가 상처가 덧나서 죽은 사람도 있었고, 집에 돌아왔다가 어린 신부가 동업자와 침대 위에서 벌거벗고 레슬링을 하는 걸 발견하고 동업자에게 총을 쏜 사람도 있었다. 아니 어쩌면 신부와 동업자 둘을 다 죽였는지도 모르겠다. 이 부분에 관해서는 이야기가 분분하다. 어찌됐거나 그는 침대를 엉망으로 만들어놓고는 경찰서로 끌려가 목을 길게 잡아 빼야 했다.

곧이어 그 저택은 그곳에 사는 사람을 반드시 파멸시키고야 만다는 평판을 얻게 됐다. 그곳으로 이사한 사람들은 오래지 않아 핏기 하나 없는 얼굴로 끔찍한 부상을 입고 다시 나왔다. 1930년에 마지막으로 저택이 매물로 나왔지만 사겠다는 사람이 아무도 없었다. 그래서 20년 간 빈집으로 방치되어 있다가 1950년이 되어서야 철거됐다. 이제 그곳에는 잡초만이 우거져 있었다. 이제 그곳을 지나는 사람들은 한때 북부 최고의 저택이 있었던 장소란 생각을 할 수가 없다. 하지만 무성한 풀숲 사이를 살펴보면 예전에 온실 바닥으로 쓰였던 깔끔한 무늬의 흑백 타일조각 같은 걸 찾아낼 수 있다. 묘하게도 윈치콤에서 봤던 로마식 모자이크를 생각나게 했고 그때와 거의 같은 정도로 놀랍고 신기했다.

생각해보면 보통 일이 아니었다. 타이터스 솔트 2세가 화려한 저택에 서서 에어 강을 내려다보다가 가공할 크기를 자랑하던 솔트 공장이 쨍그랑 소리를 울리며 하늘에 증기연기를 가득 뿜어내고 있는 모습을 바라보던 것이 불과 1세기 전이었다. 그런데 지금은 완전히 사라졌다. 아버지 타이터스 솔트를 다시 살려내 가문의 재산이 탕진됐고 그가 세운 공장에 세련된 가정용품과 엉덩이를 드러낸 벌거벗은 남자의 그림이 가득한 현실을 보여주면 어떻게 생각할까?

우리는 한동안 그 호젓한 산 정상에 서 있었다. 그곳에서는 에어데일 너머 수 마일 거리의 지형까지 볼 수가 있었다. 번잡한 도시와 집들은 가파른 산허리를 지나 황량한 고지대 바위산까지 이어졌다. 문득 궁금해졌다. 북부지방의 산허리에 올라서면 늘 궁금해하던 것이었다. 저 집에 사는 저 사람들은 모두 무얼하며 살까? 예전에는 에어데일 지역 여기저기에 수십여 개의 공장이 있었다. 빙리만 해도 열 개 이상의 공장이 있었다. 하지만 사실상 거의 모두 사라져버렸다고 봐야 한다. 슈퍼마켓을 만들려고 허물었거나 박물관, 아파트 단지, 복합쇼핑몰 등으로 바뀌었다. 빙리에 마지막으로 남아 있는 섬유공장인 프렌치 밀 역시 1~2년 전에 폐쇄되어 유리창이 깨진 채로 버려져 있다.

북부로 이사했을 때 크게 놀란 일 중에는 이 지역이 상당히 광대하다는 사실을 알게 된 것이었다. 마치 다른 나라 같다는 생각이 들 정도였다. 북부의 지형이나 그 느낌 때문에 이런 생각이 들었던 것 같다. 고지대에 있는 광활한 황무지, 탁 트인 하늘, 자연석으로 만든 구불구불한 담벼락, 그을음으로 뒤덮인 공업도시, 데일스에 있는 아늑한 석조 오두막들 때문일 것이다. 이곳 사람들은 독특한 억양과 전혀 다른 어휘를 사용한다. 때로는 놀라울 정도로 솔직한 화법을 구사해서 속을 시원하게 해준다. 또 북부지역 사람들과 남부지역 사람들은 참 별나게도, 반대편의 지형을 강하게 부인한다. 이 모든 요인들 때문에 내가 북부를 이국적으로 생각하게 된 것 같다. 런던의 신문사에서 일하던 시절에 나는 "핼리팩스가 대체 남요크셔와 북요크셔 중 어디에 있다는 거야?"라고 묻는 질문에 주변의 모든 사람들이 당황스러운 얼굴로 인상을 찡그리는 걸 목격하곤 했다. 그런데 북부로 이사해서 사람들에게 전에 윈저 근처에 있는 서리에 살았다고 말했을 때도 나는 그와 똑같은 표정을 볼 수 있었다. 아무래도 내가 지도라도 펼치고 손가락으로 가리켜달라고 할까봐 긴장한 것 같았다.

남부 사람과 비교했을 때 가장 큰 차이는 북부 사람들은 아마도 경제적 손실에 민감하고 과거의 중요성에 대해 뼈저리게 알고 있다는 점일 것이다. 프레스턴이나 블랙번 같은 곳을 지나면 정말 그런 생각이

든다. 브리스틀과 워시 사이에 직각으로 선을 그려 넣으면 영국을 남과 북으로 나눌 수 있다. 이때 양측에 대략 2700만 명 정도가 살아 인구분포는 엇비슷하다. 그런데 1980년에서 1985년 사이에 남부에서는 10만 3600명의 실업자가 생겼고, 같은 기간에 북부에서는 103만 2000명의 실업자가 발생했다. 거의 10배나 되는 셈이다. 공장들은 계속해서 문을 닫았다. 저녁에 텔레비전을 뉴스를 보면 대부분이 공장 폐쇄에 관한 내용이었다. 그러니 내가 이렇게 묻는 것이다. 저 집에 사는 저 사람들은 무얼해서 벌어먹고 살까? 좀더 분명하게 이야기하자면, 그 자녀들은 앞으로 무얼하며 살아가게 될까?

우리는 그곳을 벗어나 엘드위크로 이어지는 길을 따라가다 플랑부아 양식의 문루門樓 를 지나쳤다. 데이비드가 풀이 죽은 소리로 말했다.

"여기 살던 친구가 있었어."

지금은 산산조각 부서져가고 있어서 창문이며 문간은 벽돌로 막혀 있었다. 훌륭한 건축물이 서글픈 폐허가 되었다. 그 옆에는 성벽으로 둘러싸인 오래된 정원이 방치되어 잡초가 무성한 채로 있었다.

데이비드가 길 건너편의 한 저택을 손으로 가리켜 보였다. 저명한 천문학자 프레드 호일의 어릴 적 생가였다. 호일은 자서전에서 하얀 장갑을 낀 하인들이 밀너 필드의 문을 드나드는 모습이 어땠는지 회상하고 있다. 그러면서도 이상하게 그 높은 벽 너머 일어났던 비극과 추문에 대해서는 일체 입을 다물었다. 중고서점에서 3파운드를 주고 그의 자서전을 샀을 때 앞부분 정도에는 총격전과 한밤중의 비명에 관한 이야기가 나오리라는 예상을 했었다. 그러니 책을 읽고 나서 내가 얼마나 실망했을지 상상할 수 있을 것이다. 조금 더 걸어가자 커다란 공영아파트 단지 세 개가 나왔다. 외딴 곳에 볼품없이 세워진 이유로 전망 좋은 산비탈에 있으면서도 그것을 전혀 누리지 못하고 있었다. 하지만 데이비드는 그 아파트 단지가 많은 건축상償을 탔다고 했다.

비탈길을 따라 산을 내려와 빙리로 들어서면서 데이비드는 1940~50년대에 그곳에서 보냈던 유년의 시절을 추억했다. 영화를 보러가던 행복한 시간에 대해서도 말했다.("수요일에는 히포드롬 극장으로 가고, 금요일에는 머틀 영화관으로 갔지.") 신문지에 싼 생선튀김과 감자칩을 사먹은 이야기며 딕 바튼 라디오 방송과 퀴즈쇼를 애청했다는 이야기, 반공일 오후에 문을 닫았던 이제는 무슨 일인지도 모를 이야기, 제2초소, 자전거 탄 사람들, 끝이 없을 것만 같았던 여름날에 대해 말했다. 예전에 빙리는 당당하고 위대한 대영제국의 심장부에서 믿을 만한 엔진의 작은 톱니 같은 존재였다. 바쁘게 돌아가는 공장이 있는가 하면 극장이나 찻집 같은 상점들이 가득한 활기찬 중심가도 있었다. 지금 우리가 걷고 있는 촌스럽고 한산한 이 볼품없는 곳이 그랬다는 사실이 도무지 믿기지 않았다. 히포드럼 극장은 울워스가 인수했었다. 하지만 그마저도 예전에 사라지고 없었다. 도시의 중심부에는 브레드포드 빙리 건축조합 건물이 험악한 분위기를 풍기며 서 있다. 외관이 딱히 보기 싫다기보다는 주변 경관과 어울리지 않기 때문에 그렇게 말한 것이다. 건축조합 건물을 비롯해 완전히 방치되어 지저분하기 그지없는 60년대 상점가는 빙리 고유의 특징을 완전히 잊어버려 복구할 도리가 없어 보였다. 오히려 그래서 빙리의 중심가 너머에 여전히 가보고 싶은 장소가 있다는 사실은 나를 기쁘게 했다.

우리는 학교와 골프장을 지나 벡풋 팜이라 불리는 곳으로 갔다. 골짜기에 있는 작고 예쁜 석조로 지어진 농가였다. 그 옆에는 개울 하나가 졸졸 소리를 내며 흘러가고 있었다. 브레드포드의 주요 간선도로가 겨우 몇 백 야드 너머에 있었음에도 그곳은 자동차가 없던 몇 세기 전으로 되돌아간 듯했다. 우리는 개울가로 주변을 따라 걸었다. 은은한 햇볕이 내리쬐는 그 길은 사람의 마음을 사로잡았다. 예전에는 이곳에도 공장이 들어서 있었다고 데이비드가 말해주었다. 개울은 언제나 지독한 냄새가 진동하고 거품투성이의 끈적끈적한 물질로 덮여 있었다고 했다. 믿을만한 정보통에 의하면 그곳에 손을 담그면 즉시 피부가 떨어져 나간다고도 했다. 지금은 생기 넘치는 초록빛 개울의 건강한 모습을 되찾았고 그 지역 일대 어디에서도 산업화의 흔적이 느껴지지 않았다. 오래 전에 세워졌던 공장은 깨끗하게 멸균세척해서 창자를 빼낸 후 아파트 단지로 개조했다. 우리는 계속 걸어서 '5단계 도크'라 불리는 곳으로 갔다. 그곳에서는 리즈-리버풀 운하의 수심을 5단계에 걸쳐 재빠르게 100피트(약 30m)까지 끌어올릴 수 있다. 우리는 프렌치 밀의 철조망으로 만든 경계선 너머로 깨진 유리창을 쳐다보았다. 이제 빙리의 모든 것은 다 쪽 빨아먹었다는 느낌이 들었다. 우리는 '늙은 백마'라고 불리는 선술집으로 들어가서 엄청난 양의 맥주를 들이켰다. 여행을 하는 내내 데이비드와 내가 계획한 일이었다.

　다음날은 아내와 함께 해러게이트로 쇼핑을 갔다. 아니 내가 해러게이트를 둘러보는 동안 아내가 쇼핑을 했다고 말하는 게 더 정확하겠다. 내가 볼 때 쇼핑이란 건 남녀가 절대 함께 할 일은 아니다. 모든 남자들은 드릴처럼 시끄러운 소리가 나는 물건을 사서 얼른 집에 가 그것을 가지고 놀 생각을 하는 반면, 여자들은 시내에 있는 거의 모든 것을 다 보고 적어도 1500개 이상의 다양한 옷감을 직접 만져봐야 성이 풀리기 때문이다. 여자들이 상점에 걸려 있는 옷가지란 옷가지는 다 만져보고 자 하는 이상한 강박을 가지고 있다는 사실에 얼떨떨해하는 건 나 혼자만이 아닐 것이다. 아내가 갑자기 방향을 바꿔 20~30야드를 걸어가 앙고라염소털로 된 점퍼나 면벨벳으로 된 여성용 잠옷 같은 걸 만져보기만 하는 장면을 한두 번 목격한 게 아니다.

"그게 마음에 들어?"

전혀 아내의 취향이 아닌 것 같아서 나는 놀란 목소리로 묻곤 했다. 그러면 아내는 제정신이냐는 시선으로 나를 보았다.

"저거?"

그리고 이렇게 말한다.

"아니, 흉측하게 생겼잖아."

"그럼 도대체 왜?"

언제나 나는 이렇게 묻고 싶었다.

"그렇게 한참을 걸어서 그걸 만져보고 싶었던 거야?"

하지만 오랜 남편경력을 자랑하는 나로서는 쇼핑할 때는 아무 소리도 하지 말아야 한다는 걸 잘 알고 있었다. "배고파." "지겨워." "발이아파." "그래, 그것도 잘 어울리네." "그럼 두 개 다 사지 그래." "오, 여보, 제발." "그냥 집에 가면 안 될까?" "몬순으로 또 간다고? 오, 제발참아줘." 이런 소리를 백날 해봐야 아무 소용이 없었다. 그래서 나는 늘 아무 말도 하지 않는다.

오늘은 우리 브라이슨 마나님께서 구두쇼핑 태세를 갖추셨다. 그건 싸구려 양복을 입은 어느 불쌍한 남자가 몇 시간이고 엇비슷한 신발류를 끝도 없이 갖다 바쳐도, 결국에는 아무것도 사지 않을 거란 말이다. 그래서 나는 현명한 결정을 내렸다. 냉큼 달아나 해러게이트를 둘러보기로 한 것이다. 아내에게 내 사랑을 증명하기 위해 나는 아내를 카페 베티로 데려가 커피와 케이크를 대접했다.(베티 카페의 가격을 감당하려면 일단 몇 대 흠씬 얻어맞아 정신이 나가야 한다.) 그곳에서 아내는 평소와 마찬가지로 랑데부를 위한 꼼꼼한 지시를 내렸다.

"울워스 앞에서 3시에 만나요. 하지만…, 그거 그만 좀 만지작거리고 내 말 잘 들어요. 만약 러셀 브롬리에 내가 찾던 구두가 없으면 레이블로 가야 해요. 그렇게 되면 막스앤스펜서의 냉동식품 코너에서 3시 15분에 만나요. 아니면 해믹 서점의 요리책 코너나 아동서적 코너에 있을 거예요. 물론 부츠에 가서 토스트기를 만져보고 있지 않는다는 전제에서요. 하지만 어쩌면 러셀 브롬리에서 같은 구두를 계속 신어보고 있지도 몰라요. 그렇게 되면 넥스트 밖으로 3시 27분이 넘지 않게 와야 해요. 알았죠?"

"응."(아니.)

"실망시키지 말아요."

"물론이지."(행여나?)

그리고 나서 아내는 키스를 해준 다음 가버렸다. 나는 커피를 마시면서 여종업원들이 아직도 프릴 달린 모자에 검정 드레스를 입고 하얀 앞치마를 하고 다니는 이 근사한 명물의 우아하고 고풍스러운 분위기를 음미했다. 이런 장소는 좀더 많아져야 한다고 이 연사 외치는 바이다.

카페티에르(일명 프렌치 프레스라고 불리는 커피메이커)에 담겨 나오는 커피와 끈적거리는 번을 먹으려면 팔과 다리 한 짝씩은 내놓아야 하지만, 그만큼 비싼 값을 충분히 한다. 하루 종일 자리를 차지하고 앉아 있어도 뭐라 하지 않는다. 사실 지금 진지하게 그렇게 할까 생각중이다. 너무나 마음에 드는 곳이다. 하지만 해러게이트를 꼭 둘러봐야만 했다. 그래서 나는 계산을 한 다음에 해러게이트의 최신 명소인 빅토리아 가든 쇼핑센터를 보러갔다. 이름이 다소 거창한 이유는 빅토리아 가든 바로 위에 건물을 지었기 때문이다. 그러니 원래는 '쇼핑센터로 인해 파괴된 아담한 공원'이라고 해야 마땅하다.

사실 공원은 별로 신경 쓰이지 않는다. 다만 영국 최고의 공중화장실도 같이 파괴했다는 점은 신경 쓰인다. 광택이 나는 타일과 번쩍거리는 황동장식이 달린 반지하의 보물창고를 부숴버린 것이다. 남자화장실은 무척 근사했고 여자용도 괜찮다는 보고를 받은 바 있었다. 다 좋다. 이것도 그냥 넘어가자. 하지만 새로 생긴 쇼핑센터 건물은 가슴이 찢어질 정도로 끔찍하게 생겼다. 이것저것들을 뒤죽박죽 모방해놓은 것에 불과했다. 로마시대 온천을 본뜬 거리에 맥도날드 지붕을 얹혀놓은 꼴이었다. 무슨 이유에서인지는 짐작도 못하겠지만 지붕에 딸린 난간은 실물크기의 남자, 여자, 어린아이들로 장식해놓았다. 도대체 무슨 생각으로 그렇게 했는지는 하느님이나 아시겠지만 내가 보기에는 무슨 인민대회당과 같이, 그러니까 많은 사람들이 주인인 곳 뭐 이런 의미가 아닌가 싶었다. 하지만 정작 그 모습은 다양한 연령대의 수십 명의 시민이 대량 자살을 감행하는 것처럼 보였다.

쇼핑센터에서 스테이션 퍼레이드로 나가는 쪽은 원래 아담한 빅토리아 가든과 쾌적한 공중화장실이 있던 곳이었지만, 지금은 계단이 많은 노천 원형경기장이 대신하고 있었다. 아마도 요크서에서 일 년에 두어 번 정도 맞이하는 화창한 날에 그곳에 한번 앉아보라고 만든 듯했다. 도로 위에는 조지왕조풍과 이탈리아풍과 또 뭔지 모를 스타일이 혼합된 다리가 쇼핑센터와 주차장 건물을 이어주고 있었다.

앞서 영국인들이 유적물을 대하는 방식을 언급한 적이 있으니 독자 여러분들은 내가 그런 종류의 것들에 목매는 광팬이라고 착각했을 수도 있다. 슬프게도 아니다. 이것저것을 섞어 따라 만든 건물이라도 주변을 염두에 두고 지어졌더라면 얼마든지 좋아할 수 있다. 하지만 지금 내 눈앞에 있는 것은 고대 잉글랜드 성을 디즈니랜드 버전으로 만들어놓은 것에 불과했다. 이런 것은 정중히 사양하는 바이다.

이견을 보이는 사람도 있을 수 있다. 빅토리아 가든은 최소한 현대적인 건물에 전통적인 건축미를 어느 정도 불어넣는 효과가 있으며, 근처에 있는 유리로 만든 네모상자보다는 부조화가 덜하다. 그 네모상자에는 코업 백화점이 좋다고 입주했었다.(말이 나온 김에 하는 말이지만 그 건물이야말로 못난이의 대명사다.) 조악하기로는 엇비슷하지만 코업 백화점 건물보다는 상상력이 약간 더 부족하고 아무런 감흥도 주지 않는다고 볼 수 있다.(물론 이 두 건물 모두 메이플스 건물보다는 훨씬 낫다. 60년대 세워진 그 큰 아파트 건물은 얼빠진 인간이 심심풀이로 만들어놓은 것처럼 빅토리아 시대 건축물들이 길게 늘어선 거리 한가운데 수십 층 높이로 혼자만 우뚝 솟아 있다. 어떻게 이런 일이 가능했는지!)

자 그렇다면 월트 디즈니와 건축가 미스 반 데어 로에에 대해서는 논

외로 하고, 이 학대받은 불쌍한 영국의 도시들을 어떻게 하면 좋을까? 안타깝게도 내게 답은 없다. 하지만 답을 찾고 싶다. 지금까지보다는 좀더 나은 방법을 건축가들이 알고 있기를 바란다. 주변의 분위기를 완전히 해치지 않고도 미래지향적이면서 세련된 건물을 세우는 방법이 분명 있을 것이다. 다른 유럽의 나라들도 잘들 해내고 있다.(프랑스는 예외다.) 영국이라고 못할 이유가 없지 않은가?

이런 장황한 푸념은 이만하면 충분한 것 같다. 해러게이트는 다른 지역보다는 무모한 개발의 상처가 훨씬 덜한 곳이다. 스트레이에는 튼튼한 부잣집들이 올려다보이는 215에이커의 공원 같은 곳이 있다. 영국에서 가장 넓고 쾌적한 광장으로 손꼽히는 곳이다. 그곳에는 오래됐지만 좋은 호텔과 깨끗한 상점들이 있고, 상류사회의 고상하면서도 질서정연한 분위기가 난다. 한마디로 어디에서나 볼 수 있는 근사한 도심이라는 뜻이다. 독일 최대의 온천도시인 바덴바덴을 연상시키는 구석도 있다. 하지만 놀랄 일은 아니었다. 전성기에는 이곳도 온천도시였다. 그것도 매우 유명했었다. 로열 펌프룸 박물관에서 집어왔던 전단지를 보니 1926년까지 하루에 2만 6000잔의 온천수를 제공했다는 말도 있다. 지금도 원하는 사람은 얼마든지 온천수를 마실 수 있다. 수도꼭지 옆에 있는 안내문에는 온천수 음용이 헛배부름에 아주 좋다고 했다. 물로 헛배를 불릴 수 있다니 참으로 흥미로운 주장이었다. 나는 하마터면 조금 마실 뻔하다 헛배 부르는 증상을 예방하는 데 좋다는 말이란 사실을 깨달았다. 거 참 이상하게도 써놨지.

나는 박물관 주변을 둘러보고 걸어가다 올드스완 호텔을 지나쳤다. 아가사 크리스티가 남편이 난봉꾼에 짐승 같은 놈이라는 사실을 알고

서 몸을 숨겼던 장소였다. 그 다음 몽펠리에 가를 따라 올라갔다. 무시무시하게 생긴 값비싼 골동품을 파는 상점들이 가득한 예쁜 거리였다. 나는 75피트(약 23m) 높이의 전쟁기념관을 살펴본 다음, 스트레이 지역을 한참 동안 무작정 돌아다녔다. 공원이 내려다보이는 대저택에서 살면서 고급스러운 상점가를 산책하는 삶이라면 무척 근사하겠다는 생각을 했다.

해러게이트처럼 점잖고 부유한 곳이 브래드포드나 볼턴 같은 시골에도 존재할 수 있다는 걸 누가 생각이나 할까? 바로 이것이야말로 영국 북부의 유별난 특색이다. 해러게이트나 일클리 같은 북부의 부촌이 남부의 비슷한 수준의 도시보다 훨씬 더 시각적으로 부유해보이고 품위가 있어 보인다. 그래서 나는 북부가 더 흥미롭다고 외친다!

드디어 오후의 햇살이 스러져가는 걸 느낀 나는 상점가의 중심부로 돌아갔다. 그곳에서 머리를 긁적이며 패닉에 가까운 공포를 느끼고 있었다. 우리 집 마나님과 어디서 언제 만나자고 했는지 전혀 기억나지 않았다. 그대로 멍하니 서 있었다. 그때 기적처럼 아내가 다가왔다.

"여보!"

아내는 밝은 목소리로 말했다.

"이렇게 먼저 와서 나를 기다리고 있을 줄은 생각도 못했어."

"여보, 무슨 소리야. 나를 좀 믿어보라고. 한참 전부터 와서 기다리고 있었어."

그리고 우리 부부는 나란히 팔짱을 끼고 겨울날의 저녁놀을 향해 천천히 걸어갔다. 영화의 해피엔딩처럼.

19

판타지 속으로

맨체스터에서 위건

나는 리즈 행 열차를 탔다가 맨체스터 행 열차로 갈아탔다. 빽빽하게 들어선 오래된 공장과 검댕이 묻어나는 마을이 아니었다면, 내가 살았던 곳과 놀랄 정도로 닮은 가파른 산골짜기를 통과하며 기차는 아주 천천히 달렸다. 그리 유쾌하지 않은 여행이었다. 오래된 공장들은 세 가지 유형으로 나눌 수 있다. 첫째는 유기물이다. 창문이 깨지고 '세놓음' 표지판이 세워져 있다. 두 번째는 폐기물이다. 풀이 자라지 않은 광장처럼 보인다. 셋째는 택배회사나 차고처럼 제조업을 하지 않는 장소로 개조된 경우다. 여행 내내 이런 오래된 공장을 수백 개도 넘게 봤지만, 맨체스터 외곽에 들어서고 나서야 처음으로 뭔가를 만드는 공장을 봤다.

집에서 늦게 출발했기 때문에 어느새 네 시였다. 맨체스터의 피커딜리 역에서 빠져나오니 어둠이 내리기 시작했다. 비가 내려 반들반들해진 거리에는 많은 차량이 지나갔고 보행자들도 바삐 걸음을 옮겼다. 맨체스터는 매력적인 대도시의 면모를 갖추고 있었다. 나는 완전히 제정신이 아닌 이유로 값비싼 피커딜리 호텔에 방을 예약했다. 내 방은 11층이었다. 하지만 전망만 보면 85층은 되는 것 같았다. 아내가 조명탄을 준비해서 지붕 위에 올라가 서 있는 걸 좋아하는 여자였다면, 그곳에서 아내를 볼 수도 있을 것 같았다. 맨체스터는 엄청나게 커 보였다. 누런 조명이 있고 느릿느릿 자동차가 지나가는 거리가 끝도 없이 여기저기로 뻗어나가고 있었다.

나는 텔레비전을 만지작거리고, 문구용품을 싹쓸이한 다음, 작고 납작한 비누를 따로 모셔 놓았다. 비싼 만큼 뽑아먹을 수 있는 건 모두 뽑아먹을 작정이었기에 바지 전용 프레스다리미에 바지 한 벌을 넣어 두었다. 그래봐야 엉뚱한 곳에 영원히 지지 않는 주름만 잡혀나올 걸 뻔히 알면서도.(완전히 비생산적인 게 나일까, 아니면 이 모든 것들일까?) 일을 다 마친 나는 산책 겸 식당을 알아보려고 밖으로 나갔다.

영국의 식당과 나는 아마도 반비례 관계에 있는 모양이다. 식당이 많으면 많을수록 내 조촐한 식욕에 적당히 어울릴 만한 곳을 찾기는 더 어려워진다는 말이다. 내가 원한 건 골목길에 있는 아담한 이탈리아 식당 정도였다. 체크무늬 테이블보가 깔린 테이블에 키안티 포도주 한 병과 불 켜진 촛불 하나가 있는, 1950년대 분위기가 물씬 풍기는 그런 정도를 원할 뿐이었다. 예전에는 영국에 이런 장소가 많았다. 하지만 지금은 찾기가 쉽지 않다. 한참을 걸었지만 커다란 비닐 메뉴판과 참담한 음식을 제공하는 프랜차이즈 음식점이나 과장된 설명과 지나친 가열로 만들어진 실망거리 세 가지가 나오는 코스 요리를 17파운드 95페니에 사먹어야 하는 호텔식당 외에는 찾을 수가 없었다. 결국 나는 차이나타운으로 갔다. 화려하고 커다란 아치문으로 세상에 자신의 존재를 외치던 그곳은 잠시 후 그 원기를 잃어버렸다. 커다란 사무실 건물 사이로 드문드문 식당이 있었지만, 아무리 봐도 동양의 거리를 걷고 있다는 생각을 할 수는 없었다. 크고 근사한 식당에는 사람들이 꽉 차 있었다. 그래서 나는 이층에 있는 식당으로 갔다. 실내장식은 초라했고 음식은 간신히 먹어줄 만하고 서비스는 완벽한 무관심 그 자체였다.

기분 나쁘게 불길한 기운을 뿜어내는 거리를 지나 정처 없이 한참을 걸어왔던 터라(그보다 더 어두운 도시가 있는지 모르겠다), 현재 내 위치가 어디인지 정확히 알 수 없었다. 맨체스터의 거리는 언제나 거기가 거기 같다. 어딘가 특정한 장소로 다가가고 있는지 아니면 멀어지고 있는지 전혀 종잡을 수가 없다. 마치 이곳도 저곳도 아닌 공간을 헤매고 다니는 것만 같았다.

결국 나는 안데일 쇼핑센터라는 커다란 검은색 건물 옆에서 걸음을 멈췄다.(또 이 이름이네.) 불후의 실패작이다. 맨체스터처럼 연중 비가 내리는 곳에서 지붕 아래서 쇼핑을 할 수 있는 장소는 분명 괜찮은 면이 있을 거라 생각한다. 그리고 그런 일을 할 거라면 도시 외곽이 아닌 중심가에서 하는 게 훨씬 좋은 건 당연한 이치다. 하지만 저녁 여섯 시가 넘어 문이 닫히면, 그때서부터는 길을 가로막는 25평방에이커의 죽음과도 같은 거대한 걸림돌이 될 뿐이다. 창문 안으로 들여다보니 내가 전에 갔을 때와는 달리 실내를 새로 단장해서 매우 근사해 보였다. 하지만 외곽은 그 흉물스러운 타일로 인해 세상에서 가장 큰 남자화장실처럼 보였다. 그리고 실제로 캐논 가를 지날 때 보니 머리를 짧게 깎고 팔뚝에 문신을 잔뜩 새긴 젊은이 셋이서 건물을 그 용도로 사용하고 있었다. 그들은 나에 대해 별다른 신경을 쓰지 않았다. 하지만 시간이 늦었고 거리에는 나처럼 존경받을 만한 외모를 가진 사람이 거의 없다는 사실을 깨달았다. 그래서 나는 그 젊은이들이 나를 조금 전과 비슷한 용도로 사용하기 전에 서둘러 호텔로 돌아갔다.

다음날 일찍 일어난 나는 부슬비 내리는 거리로 나서며, 이번에는 맨체스터에 대한 분명한 인상을 갖게 될 만한 일을 하기로 결심했다. 나에게 맨체스터는 그 어떤 이미지도 남기지 못했다. 아무것도 없었다. 영국의 다른 도시는 하나같이 뭔가 기억에 남는 특징이 있어서, 나는 중심적인 모티프로 도시들을 기억하고 있었다. 뉴캐슬은 다리가 있고, 리버풀은 영국 최초의 마천루인 리버 빌딩과 부두가 인상적이었다. 에든버러에는 성이 있고, 글래스고에는 거대한 켈빙로브 공원과 찰스레니 매킨토시의 건물이 있었다. 심지어 버밍엄은 흉측한 투우장으로 기억하고 있었다. 하지만 맨체스터는 나에게 영원히 백지였다. 도시에 인접해 있는 공항 정도? 맨체스터에 관해 이야기하면 맨체스터 유나이티드 축구팀과 디자이너 로우리 같은 것들이 희뿌연 인상으로 머릿속에서 마구 돌아다녔다. 그리고 취리히였는지 어디에 있는 노면전차가 잘 돌아가는 것 같아 따라하려는 계획이 있었다는 것, 할레 오케스트라, 맨체스터에서 창간된 〈가디언〉 신문(이 신문은 맨체스터에서 없어진지 몇 년이 되었다)도 생각이 나기는 했다. 또 거의 4년마다 한 번씩 차기 하계올림픽의 개최권을 얻기 위해 감동적인 노력을 기울인다는 것도 기억이 나기는 한다. 경륜장 건설에 4억 파운드를 쓰고 탁구종합경기장이나 공업도시의 미래를 위해 반드시 필요한 커다란 구조물 건설에 2억 5천만 파운드를 쓴 일도 있다.

로우리를 제외하고는 이곳 사람들이 다 알고 있다는 그 위대한 맨체스터 출신 위인을 한 명도 모른다.(맨체스터가 로마식 이름이라 그런 면도 좀 있다.) 시청 앞에 세워진 많은 동상을 보면 맨체스터가 전성기에는 상당한 유명인사를 배출한 곳이 맞기는 한 것 같다. 하지만 그와 동시에 동상들이 입고 있는 플록 코트와 구레나룻 수염을 보면 유명인사를 배출하는 일은 이제 그만두었거나 아니면 동상 만드는 일을 그만둔 것이 분명했다. 그 동상들을 하나씩 봤지만 하나도 알아볼 수가 없었다.

하지만 이걸 전적으로 내 탓으로 돌릴 수는 없다. 맨체스터 자체가 하나의 고정된 이미지를 갖지 못하기 때문이다. '내일의 도시를 오늘 만들어나갑니다'가 이 도시의 공식 슬로건이다. 하지만 실제로 맨체스터는 자신의 정체성에 대해 두 가지 상반된 생각을 하고 있다. 캐스필드 지역에서는 현재, 과거의 도시를 세우느라 여념이 없다. 오래된 육교와 창고를 청소하고 부두에 자갈을 다시 까는가 하면, 오래된 아치형 다리에는 광택이 나는 페인트를 살짝 덧입히고, 부둣가에는 구색에 맞게 가로등을 다시 설치하고 있다. 공사를 다 마치고 나면, 정확히 19세기의 맨체스터가 어땠는지 볼 수 있을 것이다. 아니면 최소한 와인바나 주철로 만든 쓰레기통, 문화유산을 안내하는 표지판 등은 볼 수 있을 것이다. 반면 샐퍼드키 지역에서는 완전히 반대인 방침을 내세우고 과거의 흔적을 지우기 위한 모든 조치를 취하고 있다. 한때 번성했던 맨체스터 운하의 부두를 축소판 댈러스로 만들려 하고 있다. 거긴 좀 이상하다. 유리창으로 만든 현대식 사무실 건물과 고가의 아파트가 거대한 도심 한가운데 난데없이 밀집해 있는데 겉보기에는 모두 텅 빈 것 같다.

맨체스터에서 꼭 찾아봐야 할 것은 이론상으로나 볼 수 있을 거라고 생각하게 되는 바로 그것, 코로네이션 스트리트에 줄지어 늘어선 집들이다. 코로네이션 스트리트에 대해서는 따로 부가적인 설명을 해야겠다. 장기 방영되었던 텔레비전 드라마 이름이기도 한데 생각이 있는 사람이라면 누구라도 좋아하지 않을 수 없는 프로그램이었다. 맨체스터 어딘가의 전형적인 노동자 거리에 위치한 벽돌 연립주택에 사는 사람들의 모습을 상세하게 묘사했다. 사실 예전에는 이런 거리가 많았다고 한다. 하지만 지금은 몇 마일을 걸어도 벽돌로 된 연립주택 같은 건 찾아볼 수가 없다. 지칠 줄도 모르고 진행했던 도시재건축사업 덕이었다. 하지만 그건 문제가 안 된다. 왜냐하면 언제라도 진짜 코로네이션 스트리트를 볼 수는 있다. 그라나다 스튜디오 관광을 하면 되는 것이다. 내가 지금 하고 있는 게 바로 그거다. 주요 독립텔레비전 네트워크 방송사로 꼽히는 그라나다 방송국은 할리우드의 유니버설 스튜디오가 관광 명소로 탈바꿈한 아이디어를 차용했다. 나는 오래전부터 이곳에 꼭 한번 와보고 싶었다. 참 기괴한 아이디어라고 생각했기 때문이다.

나는 그곳이 얼마나 인기가 많은지 보고 깜짝 놀랐다. 스튜디오에서 상당히 떨어진 길가에 거대한 주차장이 있었는데, 아침 9시 45분인데도 만차였다. 워킹톤, 달링톤, 미들브로, 동커스터, 웨이크필드 등 영국 북부지역 전역에서 몰려온 버스들이 백발의 사람들을 옮겨나르고, 차에서는 사람 좋아 보이는 행복한 가족들이 무리지어 쏟아져 나왔다.

나는 족히 150야드(약 137m)는 되는 줄에 합류하면서 실수한 게 아닌가 생각했다. 하지만 정각 10시에 회전식 개찰구가 열리자 줄은 빠르게 앞으로 나가기 시작하더니 몇 분 만에 안으로 들어갈 수 있게 되었다. 가슴이 섬뜩하도록 놀란 사실은 그곳이 꽤 근사하다는 사실이었다. 나는 코로네이션 스트리트를 한가롭게 거닐다가 기계적인 스튜디오 관광이나 할 줄 알았다. 하지만 그곳은 방송 스튜디오를 일종의 놀이공원으로 꾸민 곳으로, 아주 근사했다. 의자가 요동을 치는 모션마스터 극장도 있어서 마치 정말 우주공간에 내던져지거나 산 절벽 아래서 밑으로 내팽개쳐지고 있다는 느낌이 들고도 남았다. 또 다른 극장에서는 비닐 선글라스를 쓰고 서툰 페인트공과 실내장식가가 나오는 3D입체 코미디영화를 봤다. 재미있는 음향효과의 시연과 특수효과 분장도구를 사용해 모골이 송연한 장면도 있었다. 젊은 배우들이 열연했던 가짜 하원에서 벌이는 논쟁은 대단히 재미있고 활기찼다. 이 모든 것들이 상당히 세련됐을 뿐만 아니라 훌륭한 재치가 번득인다는 점이 기억할 만했다.

영국에서 20년이나 살아왔지만, 나는 여전히 도무지 웃길 것 같지 않은 장소에서 발견한 수준 높은 유머에 즐거움과 감동을 느낀다. 다른 나라에는 없을 것 같은 그런 장소에서도 유머를 찾을 수 있다. 노천시장에서 장사하는 노점상의 속사포 같은 말 속에도 있고, 거리 예술가들의 판에 박힌 퍼포먼스에도 있다. 불타는 곤봉을 가지고 저글링을 하거나 외발자전거를 타고 재주를 피우거나 자신이나 관중 한 명을 재물 삼아 웃음보를 터트리는 그 모든 퍼포먼스에도 유머는 존재한다. 크리스마스 팬터마임 공연장이나 선술집에서 외로운 이방인들과 우연히 만난 대화를 하는 중에도 발견할 수 있다.

몇 년 전에 나는 워털루 역에 갔다가 수선스러운 광경을 본 적이 있었다. 클래펌 환승역에서 화재가 나는 바람에 철도운행 전체가 어려워졌던 것이다. 한 시간 동안 백여 명의 사람들은 믿을 수 없을 정도의 인내심을 발휘하며 섣불리 건들지도 못할 침묵으로 텅 빈 기차시간표를 쳐다봤다. 때때로 7번 승강장에서 기차가 떠난다는 소문이 사람들 사이에 퍼지면 모두들 슬슬 일어나 걸어가다가, 문가에서 사실 기차는 16번 승강장이나 2번 승강장에서 떠난다는 다른 새로운 소문을 접하게 된다. 결국 기차역에 있는 거의 모든 승강장에 가서 움직일 생각이 없는 기차 좌석에 앉아있기를 반복하던 나는 곧 리치몬드로 떠난다는 '급행' 승무원 차를 찾아냈다. 차에는 나 말고 다른 임차인이 한 명 더 있었다. 양복을 입은 그는 우편가방 위에 앉아 있었다. 빨간색 수염이 엄청 무성했다. 그 수염으로 침대 매트리스 속을 채워도 될 것 같았다. 얼굴에는 온 세상의 피곤은 다 담은 듯한 것이 집에 도착할 희망을 오래전에 버린 사람처럼 보였다.

"얼마나 오래 여기 계셨습니까?"

내가 물었다.

그는 생각에 잠겨 숨을 토해냈다. 그리고 말했다.

"이렇게 말하죠. 여기 처음 왔을 때는 면도를 깨끗이 한 상태였습니다."

참 마음에 드는 말이었다.

불과 몇 달 전에 가족들과 함께 프랑스의 '유로 디즈니랜드'에 다녀온 적이 있다. 기술적인 면에서 볼 때는 최고였다. 디즈니랜드에 있는 놀이기구 하나에 쏟을 돈이면, 마을회관에서 하는 아마추어 축제 같은 그라나다 스튜디오 관광코스를 만들고도 남는다. 극장에 앉아 그라나다의 가짜 하원의원 논쟁을 보며 배꼽을 잡다가 문득 디즈니랜드에서는 한 번도 웃지 않았다는 사실을 떠올렸다. 영국인들의 장기인 재치, 특히 냉정하고 풍자적이면서 천연덕스러운 재치는 디즈니랜드를 만든 심각하고 따분한 기획자에게는 완전히 불가능한 일이었을 것이다. 하지만 불행히도 디즈니가 더 유명하다. 만약 디즈니에서 하원의원들의 논쟁이 벌어졌다면 진지하고 감상적인 언사로 놀랍도록 치열하게 논쟁하다가 3분을 넘기지 못하고 끝날 것이다. 정말로 서로 이겨먹겠다고 달려든단 말이다. 하지만 영국에서는 아예 꾸며낸 이야기라는 전제를 두고 있어서 그 누구도 이길 가능성이 아예 없다. 그저 웃자고 하는 이야기다. 너무나 진행이 잘되고, 현명한 이야기들이 활발하게 오가자 나는 참을 수가 없었다. 이런 곳을 너무나 그리워할 거란 생각에 우울해졌다. 그라나다 스튜디오 관광에서 웃음기를 하나도 찾아볼 수 없는 곳은 오로지 코로네이션 스트리트 뿐이었다. 하지만 수백만 사람들에게 그곳은 거의 성지와 같은 곳이다. 나는 〈코로네이션 스트리트〉를 무척 좋아했다. 내가 영국 텔레비전으로 가장 처음 본 프로그램이었기 때문이다. 물론 처음에는 무슨 소리들을 하는지 알지도 못했다. 하지만 어느새 빨려 들어가게 되었다. 아이오와 드라마에서는 항상 부유하고 무자비한 성공을 거둔 사람들이 1500달러짜리 정장을 입고 네모반듯한 고층 마천루에서 지내는 모습이 나왔다. 그리고 주인공들은 연기를 아주 잘하거나 아니면 머릿결이 아주 좋거나 둘 중에 하나로 결정되었는데, 대개는 머릿결이 좋은 사람이 남녀 주연 자리를 꿰찼다. 하지만 여기 드라마에서는 보통 사람들이 평범한 어느 거리에서 사는 이야기를 전해주었다. 내가 거의 이해하기 힘든 말들을 했지만 말이다. 첫 번째 광고가 나올 즈음에 나는 열광적인 추종자가 되어 있었다.

그러던 어느날 나는 플리트 거리에서 야근을 하는 잔인한 운명을 맞이하게 되는 바람에 정기적인 시청을 하지 못하는 신세가 되었다. 지금은 〈코로네이션 스트리트〉가 방영될 때 방에 있지도 못한다. 드라마가 하는 내내 "어니 주교는 어디 있어? 저건 또 누구야? 데어드레이가 레이 랭턴이랑 같이 있었던 거 아니야? 렌은 어디 갔어? 스탠 오그덴은 죽었어?"이런 질문을 하다 보면 잠시 후 쫓겨난 신세가 되고 만다. 몇 년 동안 〈코로네이션 스트리트〉를 보지 않았어도 여전히 그 촬영 세트장을 재미있게 걸을 수 있었다. 텔레비전 드라마에서 나온 거리라는 이유만으로도 충분히 좋았다. 그리고 진짜 세트장이었다. 그라나다 방송국에서는 드라마를 촬영하는 월요일이면 놀이공원 영업을 하지 않았다. 영락없이 진짜 거리 같기도 했다. 집들은 견고하고 진짜 벽돌로 만들어져 있었다. 하지만 다른 사람들처럼 유리창으로 빠끔히 안을 엿보니 벌어진 커튼 사이로 보이는 실내에는 전기선과 목수들의 연장만이 덩그러니 놓여있을 뿐 아무것도 없어서 실망하고 말았다.(실내 장면은 그 뒤에 있는 스튜디어 건물에서 모두 촬영되었다.) 그런데 거리 한쪽 끝에 현대식 주택 두 채가 있는 걸 발견하고 당혹스러웠다. 슬프게도 신문판매점이 전보다 더 말쑥해지고 잘 가꾸어진 모양이었다. 나는 친숙하고 신성한 잔디밭에 서서도 여전히 기분이 안 좋았다. 사람들은 삼삼오오 무리지어 거리를 이리저리 돌아다니다가 현관문을 건드려보고 레이스 커튼 사이로 안을 엿보았다. 나는 착하게 생긴 아담한 부인을 붙잡았다. 파란색 물감으로 행군 머리에 비올 때 쓰는 투명한 모자를 쓰고 있었다. 모자는 빵봉지로 만든 것 같았지만 그 부인은 나에게 지금 누가 어떤 집에 사는지 뿐만 아니라 한참 전에는 누가 어떤 집에 살았는지까지 소상히 알려주었다. 덕분에 나는 재빨리 이해의 수준을 높일 수 있었다. 잠시 후 푸른색 머리카락의 아담한 부인들이 나를 빙 둘러서서 내 충격적인 질문에 답을 해주고 있었다.

"데어드레이가 젊은 제비족이랑? 천만의 말씀!"

그리고 그 말이 사실이라는 것을 증명하기 위해 엄숙한 표정으로 고개를 끄덕여보였다. 이 유명한 거리를 왔다갔다 해본다는 건 정말 대단히 스릴 넘치는 경험이었다. 그러다가 길 맨 끝 모퉁이를 돌아서니 갑자기 19세기 런던 거리로 들어서게 되었다. 〈셜록 홈스〉의 촬영장이었다. 순간 이 모든 게 허구로 꾸며낸 판타지란 사실을 깨닫고 충격을 받았다.

원래부터 한 시간 정도만 머물 생각이어서 스튜디오 안내 코스나 코로네이션 스트리트의 선물가게 근처에는 얼씬도 하지 않았는데도 시계를 보니 거의 1시가 다 되어가고 있었다. 나는 서둘러 공원에서 나와 멀리 떨어진 호텔로 돌아갔다. 괜히 하루치 숙박료를 더 낼 수도 있었다. 아니면 최소한 바지가 너무 구워지는 불상사가 일어날 수 있었다.

그로부터 45분 후 나는 피커딜리 정원의 가장자리를 무거운 배낭을 메고서는 다음 행선지로 어디를 삼을지도 모른 채 걷고 있었다. 미들랜드로 가볼까 하는 마음도 얼핏 들었다. 그 웅대하고 도발적인 지역에 가서 과거의 수렵채집 생활에 대한 사죄를 잠시 했었기 때문이다. 하지만 빛바랜 붉은색의 2층 버스가 행선지를 안내하는 창에 '위건'이라는 푯말을 세워놓고 내 옆에 서 있었다. 결정은 내 몫이었다. 그런데 바로 그 순간 바지 뒷주머니에 조지 오웰이 쓴 《위건 피어로 가는 길》이라는 책이 나왔다. 그리하여 난 주저 없이 그것을 하늘이 보내준 징조로 보았다.

위건으로 가는 버스표를 사고 2층 뒷좌석 중간쯤에 앉았다. 위건은 맨체스터에서 15~16마일 떨어진 거리에 있는 게 분명했다. 하지만 오후가 다 지나고서야 도착했다. 일관성 있게 뻗어 있는 울퉁불퉁한 길을 이리저리 비틀거리며 한참을 달려가야 했다. 길가에는 조그만 연립 주택들이 나란히 늘어서 있었다. 모두 4층짜리 건물이어서 이발사가 잘 깎아놓은 것 같이 보였다. 중간에 주유소도 있고 슈퍼마켓, 은행, 비디오 대여점, 파이가게, 도박장 같은 시설이 마련된 상점가도 있었다. 에클레스와 워슬리를 지나 휘황찬란한 거리도 지나쳤다. 나는 계속해서 한 번도 들어본 적이 없는 곳을 지나갔다. 버스는 정차를 자주 했다. 20 피트마다 버스정류장이 있는 것 같았다. 그리고 거의 매 정류장마다 사람들이 오르고 내렸다. 거의 대부분 가난하고 지쳐 보였다. 실제 나이보다 스무 살씩은 더 들어 보이지 않을까 싶었다. 승객들은 거의 대부분 중년의 부인들로 말도 안 되는 헤어스타일에 숙련된 흡연가들의 가래 섞인 걸걸한 웃음소리를 냈다. 하지만 친절했고 쾌활했으며 자신들의 운명에 만족하며 사는 것 같았다. 서로들 '자기'라고 부르고 있었다.

가장 놀라운 일은, 아니 보는 관점에 따라 별로 대수롭지 않은 일이될 수도 있지만, 버스가 지나치는 길에 있는 연립주택들이 모두 깔끔하고 단정해서 사람들이 잘 관리했음을 보여주고 있다는 점이었다. 모든것이 수수하고 만족스러웠다. 현관이란 현관은 모두 환했고 창문마다빛이 났다. 문지방에는 말끔하게 페인트가 칠해져 광이 났다. 《위건 피어로 가는 길》을 꺼내서 한동안 다른 세상으로 가 보았다. 지금 지나치는 이 작은 공간과 같은 배경을 갖고 있지만 책에서 눈을 뗄 때마다 내눈에 보이는 건 묘하게 부조화스러운 세상이었다.

오웰은 우리가 마이크로네시아 제도의 얍 섬 사람들을 생각하듯 노동자 계급을 생각했다.(오웰이 어린 시절에 이튼스쿨에 다녔다는 과거는 그냥 잊도록 하자.) 낯설지만 재미있는 인류학적 현상으로 본 것이다. 《위건 피어로 가는 길》에서 그는 어린 시절에 가장 무서웠던 순간이 노동자들과 함께 어울려 있다가, 병째 돌려 마시는 술을 받아먹어야 했을 때라고 했다. 솔직히 이 글을 읽고 나니 오웰에 대해 의구심이 들기 시작했다. 오웰이 그린 1930년대 노동자들은 욕지기가 날 정도로 불결했다. 하지만 실제로 내가 접한 모든 증거에 의하면 그들 대부분은 집요할 정도로 청결유지를 위해 노력했다. 우리 장인어른은 심한 가난 속에서 자라나서 극도의 궁핍함에 얽힌 감동적인 이야기를 많이 하시곤 했다. 무슨 소리인지 알 사람은 알 것이다. 아버지는 공장에서 사고로 돌아가시고 37명(?)의 형제자매가 남았지만, 마실 물과 함께 먹을 거라곤 이끼로 끓인 스프와 지붕 슬레이트 한 조각이 전부였다. 일요일에는 아이 한 명과 1페니어치 양반풀나물을 맞바꿨다는 식이다. 그리고 장인어른의 장인어른은 요크서 사람이었는데 그보다 더 감동적인 사연이 있었다. 부츠가 한 짝밖에 없어서 깡충깡충 뛰어 학교까지 갔고, 딱딱한 빵과 코딱지 샌드위치를 먹고 컸다고 했다. 그러나 어느 경우든지 결말은 다음과 같았다.

"하지만 우리는 언제나 깨끗했고 온 집안은 얼룩 하나 없었다네."

꼭 짚고 넘어가야 할 일은 두 장인어른 모두 결벽증이랄 정도로 온몸을 벅벅 밀어 불순물을 제거하셨던 분들이라는 것이다. 그 분들의 셀 수도 없이 많은 형제자매, 친척들도 마찬가지였다.

이런 이야기를 장인어른과 나눈 직후에는 소설가며 극작가이자 매우 착하기까지 한 윌리스 홀을 만나서 이 문제에 대해 이야기를 나누게 되었다. 홀은 리즈에서 가난하게 자랐고 남루하고 조건이 좋지 않은 집에서 살았지만 결단코 더럽지 않았다고 확언해주었다.

"전쟁이 끝난 후에 우리 어머님은 더 좋은 집에서 살게 되셨지. 그곳에 사시던 마지막 날까지 바닥에서 천장까지 구석구석 닦고 다니셔서 광이 날 정도였어. 다음날 철거될 거란 사실을 아시면서도 청소하셨네. 집을 더럽게 해놓고 나가는 것을 참을 수 없어 하셨어. 장담하건데 그런 생각은 우리가 살던 동네에서 그다지 유난스러운 것도 아니네."

조지 오웰이 공공연하게 일반 대중노동에 대한 연민을 피력했음에도 불구하고, 오웰의 책 속에 그려진 모습을 보고는 그들이 보다 높은 차원의 정신적 활동을 할 수 있을 거란 생각을 하기는 쉽지 않다. 하지만 리즈 인근에서만 보더라도 한 세대 동안 월리스 홀, 작가 케이스 워터하우스, 배우 피터 오툴을 배출해냈다. 그와 비슷하게 가난한 샐퍼드 지역에서도 앨리스테어 쿡(그가 가난한 환경에서 태어나 자랐다니 믿기가 어려운 일이다)과 화가 해롤드 라일리를 배출해냈다. 영국 전체를 통틀면 이와 비슷한 경우가 훨씬 더 많을 것이다.

오웰이 너무나 생생하게 불결함과 천박함에 대해 묘사했기에 긴 언덕길을 따라 실제로 도착했을 때 그 청결하고 정돈된 모습에 놀라지 않을 수가 없었다. 나는 산기슭에서 내렸다. 상쾌한 공기를 다시 마실 수 있어 기뻤다. 이제 나는 그 유명한 방파제를 찾아 걸음을 옮겼다. 위건 피어는 매력적인 명소였다. 오웰의 보고서 쓰는 기술과 관련해 조심해야 할 것이 있다. 도심에서만 며칠을 보낸 오웰은 이 부두가 파괴되었다고 결론지었다.(그 문제에 있어서는 폴 서룩스도《바닷가 왕국》에서 같은 실수를 저질렀다.) 내 말이 틀렸다면 얼마든지 정정해도 좋다. 하지만《위건 피어로 가는 길》이라는 제목의 책을 쓰면서 도심에만 머물렀다 해도 실제로 부두가 있는지 없는지 누군가에게 물어볼 생각도 못했다니 정말 이상하지 않은가?

어쨌거나 부두를 찾는 건 어렵지 않다. 거의 사방에 부두로 가는 길을 안내하는 표지판이 있기 때문이다. 부두는 사실 리즈-리버풀 운하의 한쪽에 있는 오래된 석탄창고였는데 어쩔 수 없이 다시 단장을 하고 관광명소가 되었다. 박물관, 기념품가게, 매점이 들어서고 비꼬는 투가 하나 없는 '오웰'이라는 이름의 선술집도 있었다. 하지만 슬프게도 금요일에는 영업을 하지 않는다고 했다. 그래서 나는 그 주변을 돌아다니다 창문으로 슬쩍 박물관의 전시품을 보았다. 상당히 흥미롭게 보였다. 길을 건너니 부두만큼 매력적인 곳이 있었다. 진짜로 운영을 하는 공장이었다. 거대한 붉은색 벽돌 건물의 2층에는 '트렌서필드 밀'이라는 이름이 화려하게 새겨져 있었다. 지금은 코톨드 섬유회사에 속해 있지만 그 희귀성만으로도 충분히 관광명소가 될 자격이 있었다. 현관에는 관광안내소, 공장물건 판매소, 매점을 가려면 어디로 가야하는지를 알려주는 표지판이 있었다. 깃털이불이나 뭐 그런 걸 만드는 모습을 사람들이 구경하러 줄까지 서는 건 다소 이상했다. 여하튼 금요일에는 이곳 공장 역시 공개되지 않는다고 했다. 매점도 닫혀 있었다. 그래서 나는 위건의 중심지로 걸어갔다. 하이킹 치곤 괜찮았지만 썩 건질만한 건 없었다. 위건의 가난한 경제 사정은 악명이 워낙 높았다. 그래서 근사한 외관에 잘 보수된 중심가의 모습에 완전히 놀라고 말았다. 상점들은 장사가 잘 되는 듯 사람들로 붐볐다. 여기저기 많은 벤치는 주변에서 벌어지고 있는 모든 경제활동에 참여하지 못하는 사람들이 앉아 있기 좋았다. 어떤 재능이 뛰어난 건축가가 기존 건물에 새로운 쇼핑몰을 입주시킨 모양이었는데, 단순하면서도 기술 좋게 만들어 훌륭한 효과를 내고 있었다. 입구의 유리 캐노피는 건물 주변에 깔린 자갈과 딱 맞아 입구가 환하고 현대적으로 보이게 만들었다. 이 책에서 수십 페이지에 걸쳐 내가 이야기한 것들이 이제 겨우 이루어진 셈이다. 영국 전체를 돌며 유일하게 본 것인데 그게 찢어지게 가난한 위건이라는 점도 흥미로웠다.

축하하는 의미로 홍차 한 잔과 끈적끈적한 빵을 먹기 위해 코린티아 커피라운지라는 곳으로 갔다. 그곳의 자랑거리는 위건 지역광고에서도 나왔듯이 '조지왕조 시대의 감자 오븐'이었다. 나는 계산대의 아가씨에게 그 기계가 뭐냐고 물었다. 아가씨는 마치 내가 이상한 질문을 한다는 듯 쳐다봤다.

"그야 감자요리를 하기 위한 기계죠."

아가씨가 말했다.

그래도 물어볼 수도 있지. 나는 음식을 받아 테이블로 갔다. 그곳에서 잠시 앉아서 옆 테이블에 앉아 있는 멋진 아가씨들을 보며 속으로 "멋진 걸!"이라고 감탄하며 수줍은 미소를 지었다. 기차역을 향해 걸어가면서는 어쩐지 기분 좋은 하루였다는 생각이 들었다.

20

과음의 규칙

리버풀에서 랜디드노까지

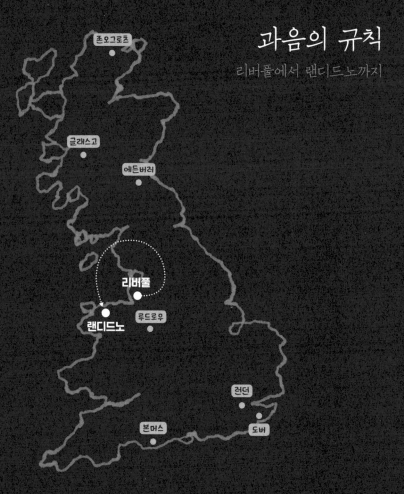

리버풀로 가는 기차를 탔다. 가보니 쓰레기 축제가 열리고 있었다. 사람들은 바쁜 일상에서 벗어나 아이스크림 포장지, 담뱃갑, 비닐봉지로 다른 때는 거들떠보지도 않던 주변을 꾸미고 있었다. 수풀 속에서 몸을 부르르 떨어대기도 했다. 도로와 하수구에는 색다른 질감을 덧칠해 주기도 했다. 그들은 쓰레기 봉지에 담은 것을 어디에 뿌려댈지 열심히 궁리들을 하고 있었다.

요란하게 미친 짓이 벌어지는 가운데 나는 아델피 호텔에 방을 예약했다. 이전에 왔을 때 눈여겨본 길가에 있는 호텔인데 어딘가 고색창연한 당당함이 느껴져 꼭 한 번은 가보고 싶었다. 하지만 한편으로는 이번에도 비싼 호텔일 듯한데, 내 바지가 다시 한 번 프레스다리미에 들어가는 고난을 참아낼 수 있을지 자신이 없었다. 하지만 막상 호텔에 가서 체크인을 할 때 깜짝 놀랐다. 주말 특별 할인요금이 적용되어서 돈이 남았던 것이다. 리버풀이 자랑하는 근사한 선술집 어디라도 들어가 마음껏 맥주를 마시고 식사를 할 수 있을 정도의 여윳돈이 생겼다.

리버풀에 막 도착한 사람들이 다 그렇듯이 나도 음악을 사랑하는 필하모니 선술집의 화려하고 웅장함 속에 빠져서 한 손에는 맥주를 들고 행복한 금요일을 만끽하는 사람들과 어깨를 비벼대고 있었다. 필(한 번 이상 부를 때는 이렇게 불러도 된다)은 사실 평소 내 취향보다 사람들이 지나치게 많았다. 앉을 자리뿐만 아니라 설 자리도 찾기 힘든 지경이었다. 그래서 나는 내 생애 최고의 소변보는 시간을 누릴 수 있도록 연거푸 맥주 두 잔을 들이켰다. 화려한 장식을 자랑하는 필의 남자화장실만큼 소변 누기에 좋은 장소는 세상에 없었다. 일을 다본 나는 좀더 조용한 곳을 찾아 그곳을 떠났다.

그리고 찾아간 곳은 바인스였다. 필하모니 선술집만큼이나 화려한 실내장식을 자랑했지만 훨씬 더 조용했다. 나 이외의 손님은 세 명이 전부였다. 참 이상하단 생각이 들었다. 조각가 그린링 기번스 추종자로 보이는 주인이 벽은 우드패널링으로 장식했고, 시멘트 천장은 일반적인 벽지보다 더 화려한 괜찮은 선술집이었기 때문이다. 맥주를 마시면서 호화로운 주변 경관을 음미하고 있는데 한 남자가 원래 붙어있던 상표를 긁어서 떼어내고 만든 플라스틱 모금함 하나를 들고 다가와서 장애아들을 위해 기부를 하라고 청했다.

"어떤 장애아요?"

내가 물었다.

"휠체어를 타는 그런 어린이들이요."

"제 말은 어떤 단체에서 나오셨냐는 거예요."

"아, 그게, 저, 장애어린이협회 같은 데에요."

"뭐 합법적인 단체기만 하면야 무슨 상관이 있겠어요."

나는 그에게 20페니를 주었다. 이래서 리버풀을 좋아하지 않을 수가 없다. 공장이 다 사라져 일자리는 없어졌고 온 도시가 축구에 목숨 걸고 지내지만, 리버풀 사람들은 여전히 인품이 훌륭하고 창의력이 뛰어나다. 그래서 다음 올림픽 개최권을 따겠노라는 비상식적인 야망 같은 걸로 절대 사람을 괴롭히지 않는다.

바인스가 썩 마음에 들었던 나는 맥주 두 잔을 더 마시고 나서야 비로소 뭔가로 배를 채워야겠다는 생각을 하게 되었다. 그렇지 않으면 현기증이 나서 비틀거리며 거리의 물건들에게로 몸을 던지며 '마더 매크리' 노래를 부르게 될 지도 몰랐다. 밖으로 나가자 어찌된 영문인지 선술집이 있는 언덕이 갑자기 가팔라져서 걷기가 힘들었다. 혼미해진 머리로 생각해보니 아까는 분명 산 아래로 내려가고 있었는데 지금은 산을 올라가고 있었다. 그래서 갑자기 모든 것이 달라보였던 모양이었다. 가까운 그리스 식당 밖에 서서 조금씩 몸을 흔들면서 메뉴가 무언지 조사해보았다. 그리스요리는 그리 좋아하는 편이 아니다. 훌륭한 요리에 대해 무례를 범하려는 건 아니니 이해해주길 바란다. 하지만 그리스 음식을 맛보면 항상 내가 입던 청바지를 끓여놓은 듯한 느낌이 들었다. 하지만 그 식당은 너무나 한적해서 주인이 밖에 선 나만 뚫어져라 쳐다보는 바람에 어느새 안으로 비척비척 들어가게 되었다. 그런데 식사는 훌륭했다. 무얼 먹었는지는 모르지만 양도 많고 맛있었다. 또 왕자님 대접을 해주었다. 그런데 바보같이 맥주를 더 들이부어서 음식을 쓸어 넣어버렸다. 식사를 마치고 계산을 한 다음 통 크게 팁을 주어서 식당 식구들 모두가 부엌문으로 몰려나왔고, 자꾸만 사라지는 재킷 소매에 손 하나를 찔러 넣는 지난한 과정을 반복했다. 완전히 만취했다. 비틀거리며 상쾌한 공기를 마시러 밖으로 나왔다. 갑자기 구역질이 났다.

자 이제 두 번째 과음의 규칙을 말하겠다.(첫 번째 규칙은 당연히 덩치 큰 여자를 갑자기 좋아하지 말라는 것이다.) 가파른 비탈길에 있는 음식점에서 술 마시지 마라. 나는 축 늘어진 노끈처럼 이리저리 휘청거리는 내 다리 같지 않은 다리로 언덕을 내려갔다. 아델피 호텔은 엄청나게 멀리 보이다가 갑자기 가까워지기도 하는 흥미로운 마술을 선보이고 있었다. 망원경을 거꾸로 보는 것 같았다. 마치 내 머리는 7~8야드 뒤쯤에서 오고 있는데 풀썩풀썩 걸어가는 두 발은 저만큼 앞에서 가는 것 같았다. 나는 어쩔 수 없이 두 발을 따라갔다. 발은 기적적으로 나를 언덕을 따라 고속질주하게 만들고 안전하게 길을 건네준 다음 아델피 호텔의 입구로 가는 계단까지 무사히 오르게 해주었다. 호텔 입구에서 무사 도착을 축하하는 의미로 회전문을 완벽하게 한 바퀴 돌아서 다시 탁 트인 밖으로 나갔다가 다시 뒤로 돌아가니 갑자기 호텔 바닥과 높은 천장이 눈에 들어왔다. 잠시 여기가 어디냐 딸꾹질을 하던 나는 서서히 야간근무 직원이 나를 조용히 바라보고 있다는 사실을 깨달았다. 남아 있던 위엄을 모두 끌어모은 나는 엘리베이터를 혼자 타는 게 불가능하다는 사실을 정확히 인식하고 웅장한 계단으로 간신히 올라가다 자빠지고 말았다. 어떻게 했는지는 도무지 모르겠지만 영화 필름을 거꾸로 돌리면 볼 수 있는 그런 장면을 연출했다. 기억나는 건 뒤로 벌떡 몸을 일으켜 세우고 목을 빼고 쳐다보는 사람들에게 나는 괜찮다고 알린 후 아델피의 끝도 없이 이어지는 복도를 따라 돌아다니며 내 방을 찾는 탐사를 한참 했다는 사실이다.

충고 한 마디 하겠다. 머지 강의 페리호는 타지 마라. 배를 타고 나서 약 하루 간 머릿속에 '게리와 페이스메이커스'의 히트곡이 메아리치는 것을 각오하지 않고는 할 일이 못 된다. 머지 강 페리호에서는 그 노래를 승선할 때 틀어주고 내릴 때 틀어주고 그 사이에도 수시로 틀어준다. 다음날 아침에 그 배를 탈 때만 해도 자리에 앉아 바다 위에서 크루즈 여행을 즐기면 죽을 것 같은 숙취가 좀 나아지리란 생각을 했었다. 하지만 '페리호가 머지 강을 건너네'라는 노랫소리가 나의 두개골 상태를 더욱 악화시키고 말았다. 그것만 아니라면 머지 강 페리호는 탈만 했다. 산들바람이 부는 날이라면 오전시간을 보내기에도 적당하다. 시드니 없는 시드니 크루즈 여행 같았다.

노래를 틀지 않을 때면 배에서 볼 수 있는 명소에 대한 소개를 했다. 하지만 음향시설이 엉망이어서 내용의 80퍼센트는 바람에 날아가버렸다. 들리는 것이라고 '300만'이나 '세계 최대'와 같은 단어 몇 개뿐이었다. 석유 보유량을 말하는 건지 알콜중독자의 숫자를 말하는 건지 알 도리가 없었다. 요지는 이곳이 한때는 위대한 도시였지만 지금은 리버풀이란 거다.

내 말을 오해하지 마시라. 나는 리버풀을 무척 좋아한다. 아마 영국에서 가장 좋아하는 도시로 꼽을 수도 있다. 하지만 이 도시는 미래보다 과거에 더 많이 비중을 두고 있다. 갑판 난간에 기대어 수 마일 앞으로 개미 한 마리도 보이지 않는 바닷가를 보면서, 그리 오래되지 않은 200년 전에 리버풀은 풍요와 번영을 누리면서 10만 명의 일자리를 직간접적으로 제공했다는 사실이 믿기지 않았다. 아프리카와 버지니아에서 수입한 담배, 남태평양에서 공수한 팜유, 칠레의 구리, 인도의 황마 등 생각할 수 있는 거의 모든 무역품들이 이곳을 거친 다음에 유용한 것으로 재가공되는 절차를 거치곤 했다. 그리고 1000만 명의 사람들이 새로운 세계에서의 새로운 삶을 찾아 떠났다. 도로는 황금으로 포장되었고, 사람들은 재산이 너무 많아 계산하지도 못할 지경으로 살 수 있다는 이야기들이 사람들을 매료시켰다. 우리 조상의 경우에는 보다 경박한 생각에서 신세계를 찾아 떠났다. 지금은 다음 세기에는 아이오와에서 눈을 치우는 일이나 토네이도 같은 것들을 살짝 피하고 싶다는 생각을 하며 살고 있다.

리버풀은 대영제국에서 세 번째로 부유한 도시가 되었다. 런던과 글래스고에는 더 많은 백만장자가 살고 있었다. 1880년에는 버밍엄, 브리스틀, 리즈, 셰필드를 모두 합친 것보다 더 많은 세수를 올리는 곳이 되었다. 앞서 언급한 지역의 인구를 모두 합해도 리버풀의 절반밖에 안 됐다. 큐너드 화이트 스타 철도회사는 리버풀에 본사를 차렸다. 그 외에도 지금은 이름을 잊어버린 다른 철도회사가 수도 없이 많이 있었다. 그때는 블루 라인, 퍼널 라인, 뱅크 라인, 코스트 라인, 퍼시픽 스트림 라인, 맥앤드류 라인, 엘더 뎀프스터 라인, 부스 라인 등등 리버풀에서 출발하는 철도노선이 많이 있었다. 지금 선박 편보다도 많았다. 그래서 바닷가에 아무것도 없이 유령처럼 떨리는 게리의 목소리만이 울려 펴지는 거라 볼 수 있다.

리버풀의 쇠락은 겨우 한 세대 동안 벌어진 일이었다. 1966년에도 리버풀은 여전히 영국에서 런던에 이어 두 번째로 꼽히는 번창하는 항구 도시였다. 그런데 1985년이 되자 전체적으로 모든 지표가 추락해서 테스나 하틀풀, 그림스비, 임밍엄보다 더 조용하고 규모가 작아져버렸다. 하지만 전성기에는 정말 특별한 곳이었다. 해상무역은 리버풀에 부와 일자리만 가져다 준 것이 아니라 세계적으로 드문 세계시민주(州)의 기풍을 갖추게도 해주었다. 지금도 여전히 그런 정신은 이어지고 있다. 그래서 리버풀에 있지만 어딘지 다른 곳에 있는 것 같다는 느낌을 받게 되기도 한다.

나는 페리호에서 내려 앨버트 도크로 갔다. 한때는 그곳의 물을 빨아들여서 주차장으로 만들자는 계획을 세운 적도 있는 곳이다. 경제적 어려움으로 휘청거리는 이 시골지역에 뭔가가 아직 남아 있다는 건 기적처럼 보였다. 도크 건물은 모두 고급스러운 개조가 시작될 예정이다. 오래된 창고는 사무실, 아파트, 식당으로 변해서 서류가방에 휴대전화기를 가지고 다니는 사람들이 좋아할 만한 장소가 될 것이다. 도크는 테이트갤러리 지점과 머지사이드 해양박물관을 입주시켰다. 이것은 리버풀이 마땅히 자랑스러워해야 하는 성공적인 도시개발사업이다.

나는 머지사이드 해양박물관을 무척 좋아한다. 잘 꾸며져 있기 때문이 아니라 리버풀이 위대한 항구도시로 위상을 높였을 당시의 모습이 어땠는지를 충분히 알려주기 때문이다. 사실 당시에는 생산적인 활동과 함께 기업에 대한 통치권도 충분히 가질 수 있었다. 지금은 완전히 찾아볼 수 없는 일들이지만 말이다. 바닷가를 걸으면서 거대한 배들이 섬유 두루마리나 묵직한 커피나 향신료 자루를 싣기도 하고 내리기도 하는 시대, 배가 떴다 하면 수백 명의 사람들 즉 항해사, 항만 노동자, 흥분한 승객 무리들이 올라탔던 시대, 그런 시대에서 살았다면 얼마나 좋았을까. 오늘날에는 버려진 녹슨 컨테이너가 바닷가로 끝도 없이 이어져 있고, 어느 외로운 사내가 선실에서 지내며 그것들을 한쪽으로 치우고 있다.

한때 바다를 풍미했던 불후의 모험 이야기를 머지사이드 해양박물관은 하나도 빠짐 없이 포착해내고 있었다. 특히 나는 박물관 2층에서 회의실을 꾸밀 법한 커다란 배 모형에 매혹되었다. 젠장! 너무 멋졌다. 모형일 뿐이었지만 환상적이었다. 리버풀의 멋진 배란 배들은 모두 모여 있었다. 타이타닉, 임페라토르, RMS 매저스틱(원래는 비스마르크에서 만든 것인데 전쟁의 약탈물로 포획된 것이다), 그리고 완전히 사랑스러운 TSS 보봉이 있다. 깔때기 모양의 통풍구가 달린 넓은 갑판이 인상적이 배다. 설명에 따르면 이 배는 리버풀, 브라질, 리버플레이트 스트림 내비게이션 유한회사의 공동 소유물이었다. 설명을 읽는 동안 다시는 이렇게 아름다운 것을 보지 못하리란 생각에 가슴이 아렸다. 프리스틀리는 이 선박들을 보고 성당과 함께 현대의 가장 위대한 구조물이라 불렀다. 참으로 옳은 말이다. 섬뜩했다. 나는 죽어도 하얀색 정장에 파나마 모자를 쓰고 천장에 선풍기가 돌아가는 바를 찾아다니는 일을 할 수 없을 것이다. 때로 삶이란 압도적으로 불공평하다.

두 시간 동안 박물관을 돌아다니며 전시물들을 열심히 봤다. 더 있고 싶었지만 호텔에 가서 체크아웃을 해야 했다. 아쉬운 작별을 고하고 리버풀의 중심가를 잇는 빅토리아 거리를 따라 호텔로 돌아갔다. 호텔에서 물건을 챙기고 계산을 했다.

포트 선라이트로 가보고 싶다는 생각이 굴뚝같았다. 포트 선라이트는 윌리엄 레버가 비누공장의 노동자들을 수용하기 위해 1888년에 세운 도시로, 산업화의 본보기가 된다는 점에서 솔테어와 비교해보고 싶었다. 그래서 리버풀 중앙역으로 가서 기차를 탔다. 그런데 록 페리에서 엔진에 문제가 생겼으니 나머지 길은 버스를 이용해달라는 안내방송을 듣게 되었다. 뭐 괜찮았다. 서두를 일도 없었고 버스를 타면 주변을 더 자세히 볼 수 있었기 때문이다. 위럴 반도를 따라 한참을 달리다가 운전기사 양반이 포트 선라이트 정류장에 곧 도착한다고 알려주었다. 포트 선라이트에서 내리는 사람은 나뿐이었다. 나는 앞문을 두들기고 신음소리와 함께 문이 열리기를 기다렸다.

"실례합니다만."

내가 말했다.

"그런데 여기는 포트 선라이트 같지 않은데요."

"거야 여기가 베빙톤이니까요."

운전기사가 말했다.

"다리가 낮아서 포트 선라이트에 최대한 가깝게 댈 수 있는 곳이 여기밖에 없어요."

이런.

"그럼 포트 선라이트는 정확히 어디죠?"

이 질문은 푸른색 연기가 자욱하게 피어오르는 버스 뒤통수에 대고 했다. 나는 배낭을 어깨에 짊어지고 방향이 맞기만을 바라면서 선택한 길을 따라 걸었다. 한참을 걸었지만 길이 어디로 이어지는지 알 수가 없었다. 포트 선라이트처럼 보이는 곳은 아무데도 없었다. 한참 후에 납작한 모자를 쓴 한 노인이 비틀거리며 다가왔다. 포트 선라이트로 가는 방향을 좀 손가락으로 가리켜 달라고 부탁했다.

"포트 선라이트!"

노인은 온 세상 사람들이 귀머거리라고 생각하는 듯 고함치듯 대꾸했다. 한편으로는 그런 곳에 가고 싶어 하다니 바보 같다고 생각하는 것 같기도 했다.

347

"부스booze(술)를 원해?"

"버스요?"

나는 놀라서 말했다.

"여기서 얼마나 더 가면 있는데요?"

"부스를 원하느냐고 물었잖아!"

노인은 보다 강한 어조로 다시 되풀이했다.

"무슨 말씀이신지 알겠어요. 그러니까 정확히 어느 쪽으로 가야죠?"

노인은 내 가슴팍을 앙상한 손가락으로 푹 찔렀다.

"자네에게 필요한 건 부스야!"

"알았다고요."(이 지긋지긋한 벙어리 노인네야.)

나는 노인과 비슷하게 목청을 키워 말했다.

"어느 길로 가야할지 알고 싶다고요!"

노인은 마치 내가 너무 바보같아서 견딜 수 없다는 듯 보았다.

"엄청 독한 부스여야겠어! 자네에겐 독한 부스가 필요해."

그 말을 마지막으로 노인은 소리 없이 턱만 움직이면서 발을 끌며 걸었다.

"어쨌든 고맙습니다. 어서 돌아가세요."

나는 어깨를 쓰다듬으며 노인의 뒤통수에 대고 말했다.

나는 베빙톤으로 돌아가 가게에서 길을 물어보기로 했다. 애초에 그렇게 했어야 했다. 알고 보니 포트 선라이트는 길을 따라 내려가다가 철도 다리 밑을 지나 환승역 다음에 있었다. 아니면 반대로 돌아가도 된다고 했다. 비가 세차게 오고 있어서 고개를 낮게 숙이고 걸었더니 그리 많은 것이 보이지는 않았다.

나는 반 마일 정도 걸었다. 빗물에 젖은 한걸음 한걸음이 가치가 있었다. 포트 선라이트는 아름답고 보기 좋은 아담한 텃밭 공동체였다. 솔테어의 석조 오두막이 밀집되어 있었던 것보다 훨씬 더 활기차게 보였다. 탁 트인 초록빛 공간이 있고 선술집과 무성한 이파리 속에 반쯤 숨어 있는 작고 아담한 집이 있었다. 돌아다니는 사람은 한 명도 없었고 가게나 선술집, 박물관, 레이디 레버 갤러리도 문을 열지 않았다. 그렇게 고생해서 왔는데 이런 대접이라니. 불쾌했다. 비는 왔지만 걸음을 늦추며 최대한 즐기려 했다. 아직도 공장이 남아 있어 놀랐다. 내가 보기에는 여전히 비누를 찍어내는 기계가 돌아가는 것만 같았다. 관광시즌이 지난 비오는 토요일에 포트 선라이트에서 볼 수 있는 건 그게 다란 생각이 들었다. 그래서 나는 방금 내렸던 버스정류장으로 돌아가 한 시간 십오 분을 쏟아지는 빗속에서 후턴행 버스를 기다렸다. 후턴은 이름만큼도 재미있지 않았다.

후턴은 이름도 우스꽝스러울 뿐만 아니라 기차역도 짜증났다. 판잣집 같은 대기실에는 빗물이 샜다. 물론 이미 흠뻑 젖어버린 나로서는 그리 중요한 문제는 아니었다. 다른 여섯 명의 승객들과 더불어 한참 동안 체스터로 가는 기차를 기다렸다. 체스터로 가서 다시 랜디드노로 가는 기차를 타야 했다.

랜디드노 행 기차는 다행히도 텅 비어 4인용 테이블이 딸린 자리에 앉았다. 곧 근사한 호텔이나 게스트하우스에 도착해서 뜨거운 목욕을 하고 풍성한 저녁식사를 할 수 있으리란 생각에 잠겼다. 잠시 동안 차창 밖 풍경을 보다가《바닷가 왕국》을 꺼내들었다. 폴 서룩스가 이 부근에 대해 뭐라 했는지 보고 내 멋대로 고치거나 아니면 슬쩍 표현을 홈

쳐올 심산이었다. 그도 나처럼 똑같은 기차를 타고 가는데 함께 탄 승객들과 즐거운 대화를 나눈다는 점에서 경악을 금할 수가 없었다. 어떻게 그럴 수 있지? 내가 탄 객차 안에는 다른 승객이 거의 없는 것은 차치하고 영국에서 낯선 사람과 이야기를 나눈다는 발상 자체를 이해할 수가 없었다. 물론 미국에서야 쉬운 일이다. 손 하나를 내밀고 이렇게 말하기만 하면 된다.

"저는 브라이슨입니다. 작년 연봉은 얼마나 되시죠?"

그러면 대화가 계속 이어지게 되어 있다.

하지만 영국 그것도 여기 웨일스 지역에서는 어려운 이야기다. 아니 적어도 내게는 그렇다. 기차에서 다른 승객과 이야기를 나누면 꼭 낭패를 보거나 후회스러운 사태를 맞이했다. 용기를 내서 교분을 쌓으려고 보면 상대는 대개 심각한 정신질환자로 중얼거리면서 계속 질질 짜는 증상을 보이거나 아니면 인테리어 시공업체 영업사원이어서 예의상 보인 관심을 다음번에 데일스에 오면 꼭 우리 집에 와서 견적을 내달라고 약속한 것으로 호도한다. 또는 최근에 직장암 수술을 받았다며, 상세한 묘사로 수술실황을 중계방송한 다음 인공항문이 어디 있을지 맞춰보란 퀴즈로 마무리한다.("모르겠다고요? 제 팔 아래 여기 있지요. 자 한 번 눌러 보세요.") 그도 아니면 사이비 종교집단에 인원을 확충시켜야 하는 전도인이었다. 그 외에도 1만여 사례가 아직도 남아있으니 필요하시면 더 말씀하시라. 그렇게 오랜 경험으로 기차에서 말을 거는 사람은 분명 절대로 함께 이야기를 나누고 싶지 않은 부류의 사람이라는 것을 체득하게 되었다. 그래서 요즘은 혼자 가면서 사람과의 대화가 주는 재미는 책을 통해 얻는 편이다. 장 모리스나 폴 서룩스 같은 사람들은 상당히 수다스럽다.

그러나 오늘 여행은 예상과 다른 얄궂은 사태가 숨어 있었다. 한참 혼자 생각에 잠겨있는 내게 아노락(두건 달린 방한용 재킷)을 버스럭거리면서 내 옆으로 다가온 남자가 내 책을 슬쩍 살펴보더니 "아, 써루 그 녀석!"이라고 탄성을 내질렀다. 나는 고개를 들어 건너편 좌석 손잡이에 엉덩이 반쪽을 걸치고 앉은 탄성의 주인공을 보았다. 60세 초반으로 보이는 그는 백발에 풍성하고 긴 눈썹이 산처럼 솟은 충격적인 외모를 가지고 있었다. 과자 반죽을 휘저어 거품을 낼 때 가장자리가 살짝 올라간 모양이 생각났다. 마치 누군가 눈썹을 잡아당겨 몸을 일으켜주려는 것만 같았다.

"기차를 전혀 모르는 친구죠?"

그가 말했다.

"네?"

나는 조심스레 되물었다.

"써루 말이요."

그는 고갯짓으로 내 책을 가리켰다.

"기차가 뭔지 전혀 모르는 친구요. 아니면 알고 있으면서도 책에는 쓰지 않고 혼자만 알고 있는 욕심쟁이든지."

그는 자기 말이 무척 재미있다는 듯 호탕하게 웃고 같은 말을 한 번 더 반복했다. 그리고는 두 손을 무릎에 얌전히 포개어 얹으며 미소를 지었다. 전에도 우리가 이렇게 재미있는 대화를 나눈 적이 있었는지 회상해보려 애라도 쓰는 걸까?

나는 그의 재치 있는 말을 인정한다는 표시를 매우 경제적으로 표하고는 다시 주의를 책으로 돌렸다. 당장 꺼지라는 내 무언의 메시지가 잘 전달되기를 바라면서. 하지만 그 남자는 대뜸 손을 뻗어 주제넘은 손가락으로 내 책을 아래로 내려버렸다. 기분이 아무리 좋은 상황에서도 발끈 화를 내게 되는 행동이었다.

"그가 쓴 다른 책 알고 있소? 위대한 철도 어쩌고 하는 건데? 아시아를 횡단하면서 쓴 거지. 읽어봤소?"

나는 고개만 끄덕였다.

"그 책에서는 라호르에서 델리 익스프레스를 타고 이슬라마바드로 갔다고 적었으면서 엔진 구조에 대해서는 일언반구도 없었던 것도 아시오?"

내가 뭔가 대꾸하기를 기다리고 있는 기색을 감지한 나는 "그래요?"라고 대꾸했다.

"정말 한 마디 언급도 없었소. 그게 말이나 되는 일이오? 철도에 관한 책을 쓰면서 기차엔진에 대해서 쓰지 않으면 그게 다 무슨 소용이란 말이지."

"기차를 많이 좋아하시는 모양입니다."

무심코 한마디 건네고는 곧 그런 말을 하지 않았다면 좋았을 거라 후회를 했다.

그 이후의 장면은 책을 무릎에 펼쳐놓은 채 이 세상에서 가장 지루한 사람의 접대를 받고 있는 나였다. 사실 그의 이야기를 그리 열심히 경청하고 있지는 않았다. 하늘로 치솟은 듯한 눈썹이 무척 흥미롭다는 사실을 발견했고 코털 역시 그에 못지않게 풍성하다는 사실을 새롭게 발견했다. 아마도 최고급 비료로 닦아주는 모양이었다. 그는 민간기차 감시원으로 역으로 들어오는 기차의 수를 세거나 기차번호를 기록하기를 좋아하는 사람은 아니었지만 기차 수다꾼이 확실했다. 후자가 더 위험한 존재였다.

"오늘 타고 가는 이 기차는 스윈던 공장에서 만든 메트로캠멜 자체기밀 연료탱크가 장착되어 있어요. 그러니까 아마 1986년 7월에서 9월 사이에 제조되었거나 1988년 9월 말에 제조되었을 거요. 처음에 딱 보자마자 스윈던 공장에서 1986년에서 1988년 사이에 만들어진 제품은 아니란 걸 알았죠. 등받이의 바늘땀이 아니었어요. 그러다가 옆에 댄 판에 올록볼록한 대못을 보고 생각했죠. 이런 키릴로스 성자님 맙소사, 이건 다른 기계의 부품과 섞어서 만들었던 겁니다. 세상사 확실한 게 얼마나 있겠습니까만은 메트로캠멜의 올록볼록 대못은 절대로 거짓말을 하지 않죠. 그런데 댁은 어디시오?"

나는 한참 만에 질문을 받았다는 사실을 깨달을 수 있었다.

"어, 스킵톤이요."

아주 틀린 말은 아니었다.

"거기라면 피버 맥기 크로스캠버가 있겠네."

뭐 대충 이와 비슷한 소리로 들리는 이야기를 했었다.

"나는 세번 강에 있는 업톤의…."

"그 '지리멸렬' 세번 강이군요."

나는 반사적으로 세번 강에 조수간만의 차가 있어서 붙여진 별명을 말했다. 하지만 동시에 다른 메시지도 담아 보았다.

"그렇소. 우리 집 바로 옆으로 강이 흐르고 있지."

그 남자는 초조한 기색을 보였다. 내가 그의 주요 학위논문 발표를 방해하려 한다고 생각한 모양이었다.

"자 그럼 어디까지 이야기했더라. 아 그래 Z-46 월풀 방식의 스핀사이클을 애보트와 코스텔로 수평 프로펠러를 쓰는 데까지 했군. Z-46은 금방 알아볼 수가 있는 게 봉합 부분에서 패투쉬-패투쉬 움직이지 캐토잉크-캐토잉크 소리를 내지는 않거든. 언제든 그 소리만 들어보면 알 수가 있지. 아마 댁은 몰랐을 거요."

나는 이제는 그가 불쌍하다는 생각이 들었다. 그의 아내는 2년 전에 죽었다고 했다. 아마 자살이 아니었을까 생각했다. 그 후로부터 기차를 타고 다니면서 대못의 개수를 세거나 좌석에 적힌 숫자를 쳐다보고 다녔던 것이다. 하느님이 자비를 베풀어 그를 데리고 가기 전까지 그런 식으로 시간을 보내고 있었다. 최근에 읽은 신문기사에 영국 심리학회의 대변인이 말한 바로는 기차번호를 맞추는 트레인스포팅 행위가 자폐증의 일종인 아스퍼거 증후군이라고 했다.

그는 프레스타틴에서 내렸다. 패고츠 그래비 회사의 12톤짜리 혼합기인지 분쇄기인지가 아침에 입수된다는 소문이 있다고 했다. 나는 차창 너머의 그에게 손을 흔들어 주었다. 기차는 다시 움직였고 갑작스레 찾아온 평화는 호사스럽게 느껴졌다. 나는 기차가 철로에 걸리며 덜커덩거리는 소리에 귀를 기울였다. '아스퍼거 증후군, 아스퍼거 증후군'이라는 소리처럼 들렸다. 랜디드노까지 남은 40분 동안 나는 멍하니 대못 숫자를 세어 보았다.

21

훌륭한
게스트하우스를
선택하는 법

랜디드노, 블라이나이
페스티니오그, 포스마독

존오그로츠

글래스고

에든버러

리버풀

랜디드노

루드로우

포스마독

블라이나이 페스티니오그

런던

본머스

도버

기차에서 보는 웨일스 북부는 지옥의 휴가지인 것 같았다. 쓸쓸해 보이는 땅 한가운데 포로수용소처럼 생긴 이동주택들은 끝도 없이 이어지고 있었다. 세찬 바람이 불면서 철로와 차도의 흉측한 모습이 드러났다. 그 너머 조수가 드나드는 젖은 모래사장에는 위험해 보이는 구멍이 여기저기 뚫려 있었고 훨씬 더 멀리 떨어진 곳에 바다가 슬쩍 보였다. 이런 곳에서 보내는 휴가는 정말 이상할 것 같았다. 영국 어디에서나 볼 수 있는 흐린 날씨에 깡통같이 생긴 곳에 들어가 자야하고 똑같이 아침부터 수백 명의 사람들이 깡통 같은 곳에서 일어나는 것을 봐야한다. 또한 그 수백 명의 사람들과 함께 철로와 차도를 건너고 구멍이 송송 뚫린 사막을 건너야 한다. 게다가 리버풀의 똥이 가득한 바닷물에 발가락을 적시며 놀라니. 나라면 이런 휴가는 절대 사절이다.

그런데 갑자기 이동주택들이 점점 드물어지더니 콜원 만 근처로 아름답고 웅대한 풍광이 펼쳐지기 시작했다. 기차는 북쪽으로 갑자기 방향을 트는가 싶더니 잠시 후에 랜디드노에 도착했다.

참으로 보기 좋게 잘 정돈된 곳이었다. 균형 잡힌 만에 자리 잡은 랜디드노의 넓은 해안도로를 따라 밀집한 19세기 호텔 건물들은 틀에 박힌 듯 보이기도 했지만 우아하기 그지없었다.

희미한 불빛 아래서 보니 그 장면은 마치 빅토리아 시대의 가정부들이 일렬로 줄서 있는 모습을 연상시켰다. 랜디드노는 1800년대 중반에 휴양지로 가꿔진 도시라 그런지 고풍스러운 맛이 물씬 풍겼다. 1860년에 루이스 캐럴은 꼬마 아가씨였던 앨리스 리델에게 이 한가로운 해안도로를 걸으면서 하얀 토끼와 물담배를 피워대는 애벌레 이야기를 해줬다. 그러는 중간에 이마에 흐르는 땀을 닦도록 속옷을 빌릴 수 있을지를 물어보거나 악의 없이 그녀에게 몇 번 덤벼드느라 바빴다는데, 사실 나는 그런 캐럴의 모습을 이곳에서 상상하기가 힘들었다. 아마 그는 지금의 랜디드노가 어떻게 변했는지 전혀 알아보지 못할 것이다. 물론 전기불이 들어오는 호텔은 예외다. 지금 앨리스의 나이는…, 엥? 140살 정도가 되었을 테니 그 불쌍한 변태수학자의 마음을 더 이상 심란하게 만들지는 못하겠군.

경악스럽게도 도시에는 주말여행을 나온 연금수령자들로 미어터졌다. 온갖 곳에서 온 버스가 골목마다 세워져 있었고 호텔이란 호텔은 다 만실이었으며 찾아가는 식당마다 사람들의 무리가 그야말로 바다를 이루고 있었다. 백발을 흔들어가며 스프를 떠먹거나 즐거운 대화를 나누고 있었다. 이 적막한 계절에 뭐 하러 웨일스까지들 왔는지는 신만이 아실 일이다.

해안도로를 따라 더 걸어가니 게스트하우스가 몇 채 보였다. 커다란 건물에 외관이 고만고만했다. 개중에는 창문에 빈 방이 있다는 표지판을 세워놓은 곳도 있었다. 8개에서 10개 정도 선택의 여지가 있었다. 이러면 약간 짜증나고 고민스러웠다. 언제나 본능적으로 최악의 선택을 하기 때문이었다. 아내라면 게스트하우스를 쭉 둘러본 다음 즉시 얌전한 성격에, 아이들을 좋아하는 백발의 과부가 운영하는 곳을 찾아낼 것이다. 눈처럼 하얀 침대보와 눈부시게 빛나는 화장실도 곁들여 있는 게스트하우스를 귀신같이 뽑아낸다. 하지만 내가 선택한 게스트하우스는 십중팔구 담배를 입에 물고 걸걸한 기침을 해대서 가래침을 좀 뱉었으면 하는 생각을 하게 만드는 탐욕스러운 남자가 주인일 게 분명하다. 오늘밤도 분명 같은 일이 일어날 거란 생각에 우울해졌다.

게스트하우스마다 해안도로에 알림판을 세워놓고 각종 시설을 자랑해놓았다. 컬러텔레비전, 식사제공, 중앙난방, 그리고 수줍은 듯 완곡어법을 사용해서 한 마디 덧붙여 놓는다. '전 객실 세트.' 개별 화장실이 딸려 있다는 말이다. 한 곳에서는 위성 텔레비전과 바지 전용 프레스다리미를 제공한다고 하니, 다른 곳에서는 호쾌한 이탤릭체 글씨로 이런 선전을 해놓았다. '최근 화재 인증.' 민박을 찾으면서 이런 게 필요하다고 생각한 적은 한 번도 없었다. 이 모든 것들은 나의 불안과 비운을 더욱 심화시켰다. 어떻게 해야 이 많은 선택의 기로에서 현명한 선택을 내릴 수 있을까? 낮이라면 좀 더 쉬운 일이 될 수 있다. 방에 세면대만 딸려있어도 좋겠다는 생각이 간절하기 때문이다.

결국 외관만 봐서 적당해 보이는 곳으로 정했다. 컬러텔레비전이 있고 커피를 마실 수 있는 설비를 갖추고 있다고 했다. 그만하면 원기 넘치는 토요일 밤을 보내는 데 필요한 것은 다 갖춘 셈이었다. 하지만 문안으로 들어서자 시멘트벽에 핀 곰팡이 냄새를 맡고 잘못된 선택임을 직감했다. 뒤로 돌아서서 냅다 도망치려는 데 뒷방에서 주인이 나와 심드렁한 "네?"라는 말로 나의 퇴각을 저지했다. 짧은 대화 끝에, 조식이 포함된 싱글룸 1박에 19파운드 50페니라는 것을 알았다. 이 정도면 사기다. 절도나 다름없는 가격에 음침한 방에서 밤을 지새우게 될 것이 자명했다. 그래서 나는 말했다. "괜찮군요." 그리고 서명을 했다. 거절은 참 어려운 법이다.

방은 내 예상에서 한 치도 어긋남이 없었다. 춥고 음산했다. 얇은 판자로 만든 가구에 벌레가 들끓는 카펫이 있고 천장에는 의문의 얼룩이 져 있었다. 바로 윗방에 버려진 시체가 있는 게 아닌가 하는 생각이 들었다. 얼음처럼 차가운 바람이 아귀가 맞지 않는 창문 틈으로 파고들었다. 커튼을 잡아당겼다. 당연히 세게 당겨야 조금씩 움직였지만 가운데쯤에서 끝자락이 만나는 둥 마는 둥했다. 커피세트가 준비되어 있었지만 컵 상태가 좋게 말해 역겨운 정도였다. 찻숟가락도 쟁반에 달라붙어 있었다. 화장실은 기다란 줄 하나를 잡아당겨 켜야 하는 희미한 불빛에 의지해서 일을 봐야 했고 바닥 타일은 끝자락이 떠있었다. 그 사이로 수년 묵은 똥이 구석구석 빈틈을 매우고 있었다. 욕조와 싱크대에 달라붙은 노르스름한 찌꺼기를 쳐다보면서 주인이 가래를 어디에 처리하는지 짐작이 되었다. 어차피 욕조 사용은 불가능했으므로, 차가운 물을 얼굴에 대충 뿌리고 실밥이 다 풀려 너덜너덜한 수건으로 물기를 닦아냈다. 그리고는 밖으로 후딱 나왔다.

입맛을 되찾으려 해안가를 한참 걸었다. 그렇게 한 시간이 지났다. 고요한 대기 중에서 갑자기 서늘한 기운이 전해졌다. 호텔라운지와 식당에는 여전히 수많은 백발이 고개를 까닥거리고 있었지만 밖에는 사람의 코빼기도 찾아볼 수 없었다. 아마도 파킨슨병 회의를 열고 있는 모양이었다. 거리의 이쪽 끝에서 저쪽 끝까지 걸으면서 차가운 가을 공기와 단정하게 손질된 주변 환경을 즐겼다. 왼편에는 은은한 불빛을 쏟아내는 호텔이 있고 오른편에는 쪽빛 바다가 일렁였다. 바다는 불빛으로 인해 반짝거렸고 가까이에는 점점이 흩뿌려놓은 조명이 있었고 멀리는 그레이트 리틀 오르메스 갑이 있었다.

솔직히 인정하겠다. 너무나 자명한 사실이라 외면할 수가 없다. 근방의 모든 호텔과 게스트하우스가 내가 묵는 곳보다 훨씬 좋았다. 거의 예외가 없었다. 또 거의 예외가 없이 모든 숙박시설의 이름이 다른 지역에 충성을 맹세하고 있었다. 윈더미어, 스트래트퍼드, 클로벨리, 더비, 세인트 킬다, 심지어 토론토도 있었다. 손님들에게 웨일스에 왔다는 사실을 상기시키면 큰일이라도 나는 줄 아는 모양이었다. 오로지 한 곳에서만 웨일스식으로 조식을 포함한다는 간판을 내놓고 있었다. 그제야 내가 기술적인 의미에서 엄밀하게 이국에 와있다는 느낌을 받을 수 있었다.

모스틴 가에 있는 어느 이름 모를 식당에서 간단하게 식사를 마치자 제정신으로는 우중충한 숙소로 들어갈 마음이 내키지 않았다. 그래서 술집을 물색해봤지만 이 중요한 시설이 랜디드노에는 몇 개 없었다. 조금 걷다가 들어갈 만한 곳 한군데를 발견했다. 내부는 전형적인 도시의 선술집이었다. 갈색 벨벳으로 둘러싸여 있고 김빠진 맥주냄새와 담배 연기가 진동하는 바로 그런 곳이었다. 사람들이 북적거렸는데 대개는 젊은이들이었다. 나는 바에 자리를 잡았다. 사람들이 뭐라고 말하는지 슬쩍 엿들을 수도 있고 잔이 비면 재빨리 채워줄 것이라 기대했기 때문이다. 하지만 둘 다 아니었다. 음악소리와 주변 소음이 너무 커서 옆 사람이 뭐라고 말하는지도 알아듣기 힘들었다. 종업원이라고는 단 한 명 있었는데, 계산대에서 우왕좌왕하느라 내 잔이 비는 것도 몰랐다.

그래서 나는 잠자코 앉아서 주는 대로 맥주를 받아 마시면서 주변에서 진행되는 일련의 흥미로운 과정을 살펴봤다. 이런 상황에 처하면 늘 이렇게 했었다. 맥주 한 잔을 시원하게 비운 손님들이 빈 잔을 바텐더에게 보여주면(하얀 거품이 잔 한가운데 줄을 남기고 바닥에는 황금빛 물이 조금 남았는데도 잔이 비었다고 말했다), 바텐더는 조심스레 술을 따라 마지막에는 살짝 넘쳐주는 센스를 발휘했다. 넘쳐흐르는 거품은 잔을 타고 내려와 플라스틱 쟁반으로 떨어졌다.(그 거품에는 보이지 않는 박테리아와 침과 부서진 음식의 미세한 파편이 듬뿍 담겨 있다.) 그 흘러내린 거품은 아주 조심스럽게(하마터면 과학적으로라고 말할 뻔했다) 깨끗한 비닐관을 타고 창고에 있는 술통으로 옮겨졌다. 저 약간의 불결한 물질들은 술통을 떠다니다가 맥주와 함께 섞일 것이다. 어항을 떠다니는 얇은 똥덩어리처럼 존재하다가 누군가의 잔으로 떠내려갈 시간만 기다리고 있는 것이다. 이렇게 희석한 술로 입을 헹굴 생각이었다면 편안하고 안락한 상태에서 하고 싶었다. 윈저체어에 앉아 이글거리는 벽난로를 앞에 두고 있는 그런 곳에서 말이다. 하지만 점점 불가능한 꿈이 되어가고 있었다. 가끔 이런 상황이 닥치면 나는 더 이상 맥주를 마시지 말자는 갑작스런 충동이 생긴다. 나는 자리에서 벌떡 일어나 바다가 보이는 숙소로 일찍 돌아갔다.

아침에 숙소를 나서자 눈앞에는 색이 바래서 사라진 세계가 펼쳐졌다. 묵직한 하늘은 손에 잡힐 듯 낮았고 해안도로를 따라 펼쳐진 거대한 바다는 생기 하나 없는 잿빛을 띄고 있었다. 길을 걷다보니 빗방울이 하나둘 떨어져 모래에 곰보자국이 생겨났다. 역에 도착했을 무렵에는 빗줄기가 더욱 거세어졌다. 랜디드노 역은 일요일에 문을 닫는다. 그래서 웨일스 최대 휴양지에는 일요일에 탈 수 있는 기차 편이 없었다. 너무나 맥이 다 빠져서 그 기가 막힘을 말로 다 설명할 수가 없었다. 하지만 블라이나이 페스티니오그로 가는 버스가 역 앞에서 11시에 떠난다고 했다. 정류장에는 앉아 있을 벤치도 없고 대합실도 없어 비를 피할 도리가 없었다. 영국에서 대중교통을 이용하다보면 금세 세상에서 환영받지 못하는 장애인이나 실업자 같은 서민층의 심정을 느낄 수 있게 된다. 모든 사람들에게 저리로 가버리라고 구박당하는 마음이 어떤지 절절하게 느껴진다. 지금 나도 그와 비슷했다. 하지만 나는 돈도 많고 건강하고 말도 못하게 잘생겼다. 정말 평생 가난하거나 장애가 있거나 또 다른 이유로 이 나라가 가파른 탐욕의 산 정상을 향해 무분별하게 질주하는 데 한몫하지 못한다면 어떤 기분이 들까?

지난 20년 동안 영국에서는 이러한 문제가 완전히 역전되어 버렸다. 과거에 영국에서 지내는 삶은 어딘지 모를 고귀함이 묻어났다. 그저 살면서 일을 하고 세금을 내고 이따금씩 오는 버스를 잡아타고, 유별나지 않은 그저 그런 보통 사람으로 지내는 것만으로도 이 점잖은 나라를 유지하는 데 작게나마 기여하는 것이었다. 모든 이들이 의료보험의 혜택을 받을 수 있었고, 대중교통은 쓸 만했으며, 텔레비전에서는 교양 프로그램을 볼 수 있었다. 사회복지가 널리 시행되는 등 관대하고 선한 사회였다. 그런 사회의 일원일 수 있다는 것에 자부심을 느꼈다. 하지만 지금은 무슨 일을 하던 죄의식을 갖게 되었다. 국립공원을 혼잡스럽게 만들고 보존이 필요한 구릉지에 길을 낸다고 땅을 파헤치는 행위는 냉정하게 따지면 바로 우리 자신이 하는 일이라는 걸 느끼게 된다. 스카치 하이랜드로 가는 길에 침대칸을 이용하거나, 지선철도를 타거나, 일요일에 랜디드노에서 블라이나이 페스티니오그까지 버스를 타보면, 뭔가 수상쩍다는 의심이 든다. 이런 교통수단을 운영하는 데는 상당한 비용의 보조금이 필요하기 때문이다. 차를 타고 드라이브를 하거나 구직 활동을 하거나 살 집을 찾아다니는 일을 해보면 이 모든 행동에는 매우 소중한 공간과 시간이 소요된다는 걸 알게 된다. 그렇다면 위급한 의료 처치는 어떻게 되느냐고? 어떻게 그렇게 이기적이고 생각이 없을 수가 있단 말인가?("안으로 파고든 발톱이야 치료해드릴 수도 있습니다, 스미스 씨. 하지만 그렇게 하려면 한 아이의 생명유지 장치를 떼어내야 합니다.")

주에서 운행하는 귀네드 교통 편이 이렇게 비오는 일요일 아침에 나를 블라이나이 페스티니오그로 운송하는데 얼마만큼의 비용이 드는지 생각하는 것도 두렵다. 버스 안에는 나 혼자뿐이었다. 나중에 베트스-이-코이드에서 젊은 아가씨 한 명이 탔다가 곧 폰트-이-팬트라는 이름의 장소에서 내렸다. 오랫동안 스노든 산을 가보고 싶었다. 하지만 비가 너무 세게 쏟아져 버스 유리창은 더러운 물방울로 얼룩져 있었다. 그 바람에 밖은 거의 아무것도 보이지 않았다. 그저 앙상한 양치류 식물이 흐릿하게 보이는 게 전부였다. 그 가운데 양들이 미동도 없이 불만 가득한 표정으로 그 풀을 뜯어먹고 있었다. 유리창을 두들기는 빗방울은 자갈 같았다. 바람이 한바탕 불어댈 때마다 버스는 심하게 흔들렸다. 폭풍 한가운데 항해를 하는 느낌이었다. 구불구불한 산길을 따라가다 마침내 구름 속에 숨은 고원에 도착했다. 버스는 서둘러 블라이나이 페스티니오그를 향해 내려가기 시작했다. 곁에서 보기에는 서두른다기보다 조정이 불가능한 게 아닌가 싶었다. 버스는 가파른 협곡을 지나고 있었는데, 부서진 석판이 비에 씻겨와 수없이 많은 찌꺼기들이 길을 덮어버렸다. 이곳은 한때 웨일스의 슬레이트 광산업의 중심지였다. 지금은 길을 덮는데 사용되는 석판 찌꺼기들은 섬뜩한 느낌마저 주었다. 영국에서 와서 처음으로 보는 낯선 풍경이었다. 이런 느낌의 진원지에 블라이나이 마을이 있었다. 블라이나이 자체도 석판의 한 조각으로 보였다. 아니면 빗속에서 희미하게 보이는 모습이라 그럴지도 몰랐다.

그 유명한 블라이나이 페스티니오그 철도의 종착역 근처에서 버스를 하차했다. 블라이나이 페스티니오그 철도는 지금은 광신자들이 민간철도로 운행하고 있었다. 나는 구름띠를 두른 산을 지나 포스마독으로 가고 싶었다. 승강장 문은 열려있었다. 하지만 화장실로 통하는 문만 열려있고 매표소는 굳게 닫혀 있었다. 주변에 얼씬대는 사람 하나 없었다. 벽에 걸린 겨울철 철도시간표를 보다가 실망스러운 사실을 알게 되었다. 방금 기차를 놓친 것이다. 말 그대로 방금 기차가 떠났다. 당황한 나는 구겨진 버스시간표를 주머니에서 꺼냈다가 더 실망스러운 사실을 알게 되었다. 버스는 블라이나이를 출발하는 기차를 딱 놓칠 시간에 도착하도록 운행되고 있었다. 기차시간표를 손가락으로 짚어가며 확인하니 다음 기차는 네 시간 후에 왔다. 그리고 다음 버스는 그 시간 직후에 왔다. 어떻게 이런 일이 있을 수 있을까? 도대체 이런 황량한 장소에서 비를 맞으며 네 시간을 어떻게 버티란 말인가? 승강장에 더 있어봐야 뾰족한 수도 없었다. 날은 춥고 빗줄기는 사선으로 떨어져서 아무리 구석으로 들어가도 비를 완전히 피할 수 없었다.

귀네드의 교통과 블라이나이 페스티니오그 철도, 영국의 기후, 나의 어리석음에 대한 신랄한 비평을 쏟아내며 마을을 가로질러 걷기 시작했다. 일요일인 까닭에 문을 연 가게는 하나도 없었고 좁은 거리에 살아 있는 생명을 하나도 발견할 수가 없었다. 그리고 지금껏 살펴본 바로는 호텔이나 게스트하우스도 없었다. 이런 날씨라면 기차가 아예 운행을 하지 않는 건 아닐까 하는 불길한 생각마저 들었다. 그렇게 되면 나는 옴짝달싹 못하는 신세가 된다. 뼛속까지 빗물이 스며들어 춥고 우울했다. 우울하고 또 우울했다. 도시를 거의 벗어날 즈음에 '마이패니'라는 이름의 식당을 발견했다. 기적적으로 영업도 했다. 나는 서둘러 매혹적인 실내의 온기 속으로 빨려 들어갔다. 흠뻑 젖은 윗옷을 벗고 다시 살아난 한줌의 머리카락과 함께 라디에이터 옆 식탁으로 갔다. 손님은 나 혼자였다. 커피와 요깃거리를 시킨 후 따스함과 보송보송함을 즐겼다. 어디선가 냇킹콜의 노랫소리가 들려왔다. 비오는 창밖 풍경을 바라보며 나는 생각했다.

'언젠가는 이날도 20년 전의 일이 되어 기억하게 되겠지.'

그때 블라이나이에서 배운 것 하나는 아무리 노력해도 커피 한 잔과 치즈오믈렛 한 접시로는 절대로 네 시간을 버틸 수 없다는 사실이었다. 최대한 천천히 음식을 먹고 커피를 두 잔이나 시켰지만 우아하게 깨작거리며 음식을 먹고 홀짝홀짝 커피를 마시는 데는 겨우 한 시간밖에 걸리지 않았다. 그곳을 떠나거나 집세를 내거나 둘 중에서 하나를 선택해야만 했다. 그래서 나는 짐을 주섬주섬 챙겼다. 계산대에서 나는 곤란한 상황을 상냥한 식당주인 부부에게 알렸다. 두 사람은 안쓰러운 표정으로 "어머나, 세상에"라고 말했다. 마음씨 착한 사람들이 위기에 처한 사람과 마주쳤을 때 내는 그 소리였다.

"슬레이트 탄광으로 가면 되겠네요."

부인이 남편에게 말했다.

"그래, 슬레이트 탄광으로 가면 되겠네."

남편이 맞장구를 치고 나에게 고개를 돌려 말했다.

"슬레이트 탄광으로 가시면 되겠네요."

마치 내가 두 사람의 대화를 전혀 듣지 못한 것처럼 똑같은 말을 다시 전해주고 있었다.

"아, 그런데 그게 정확히 뭐죠?"

나는 최대한 바보스러워 보이지 않도록 노력하면서 물었다.

"낡은 탄광이죠. 가이드 딸린 관광코스가 있어요."

"아주 재미있어요."

아내가 말했다.

"네, 아주 재미있죠."

남편이 말했다.

"하이킹을 하기에도 아주 괜찮죠."

"그런데 일요일에는 문을 안 열지도 모르겠네."

아내가 말했다.

"휴가철이 아니라서요."

아내가 덧붙여 말했다.

"그렇지만 이런 날씨에도 산책할 마음만 있다면 택시를 타고 올라가면 되죠."

남편이 말했다.

나는 남편을 쳐다보았다. 택시? 지금 '택시'라고 말한 거 맞나? 기적과 같은 일이어서 믿기 어려울 지경이었다.

"블라이나이에 택시가 있습니까?"

"당연하죠."

마치 블라이나이의 자랑거리라도 된다는 투였다.

"탄광까지 가시도록 택시를 불러드릴까요?"

"네, 그게…."

나는 잠시 할 말을 찾았다. 이렇게 친절한 사람들에게 배은망덕한 인상을 주고 싶지는 않았다. 하지만 쫄딱 젖은 상태로 슬레이트 탄광을 구경하러 나선다는 건 항문 병리학자를 방문하는 것만큼이나 흥이 나지 않는 일이었다.

"혹시 그 택시를 타고 포스마독까지 갈 수 있을까요?"

얼마나 먼지는 모르고 한 말이었다. 그저 너무 멀지 않기만을 바랄 뿐이었다.

"물론이죠."

남편이 말했다. 그가 택시를 불러주었다. 다음으로는 식당주인들의 무사안녕을 비는 일제사격에서 벗어나 택시 안으로 들어가 앉았다. 난파선에서 살아난 사람처럼 예상치도 못하다가 갑자기 안전한 곳으로 인양되는 느낌이 들었다. 뒤로 저 멀리 블라이나이가 사라지는 모습을 바라보면서 얼마나 큰 기쁨을 느꼈는지는 이루 형용할 수가 없다.

택시기사는 다정한 젊은이로 포스마독까지 가는 20분 동안에 리엔 반도에 관한 중요한 사회경제 정보를 잔뜩 알려주었다. 가장 놀라운 소식은 리엔 반도가 일요일에는 마른 땅이 된다는 사실이었다. 그리고 포스마독에서 에버데어까지 목숨을 부지하려면 알코올 성분 음료를 마셔서는 안 됐다. 이렇게 고지식한 곳이 아직도 영국에 존재하는지 미처 알지 못했었다. 하지만 블라이나이에서 벗어난다는 사실이 아주 기뻤기 때문에 더 이상 신경 쓰지 않았다.

포스마독은 무자비하게 쏟아지는 빗줄기를 맞으며 바닷가 옆에 쪼그리고 있었다. 회색빛 시내는 쉬이 잊힐 곳 같았다. 젖은 검은색 돌이 굴러다녔다. 쏟아지는 비를 맞으면서도 나는 몇 안 되는 호텔을 신중하게 탐색했다. 랜디드노의 음산한 게스트하우스에서 하루를 보냈으니 사치스럽고 안락한 하룻밤을 누릴 자격이 있었다. 나는 로열 스포츠맨이라는 이름의 여관을 골랐다. 객실 크기는 적당했고 청결했다. 특별히 훌륭하다고 할 수는 없을지라도 내가 원하는 것은 모두 갖추고 있었다. 나는 커피 한 잔을 준비했다. 주전자의 물이 보글보글 끓는 동안 마른 옷으로 갈아입었다. 커피 한 잔과 맛있는 비스킷 하나를 들고 침대 가장자리에 앉아서 웨일스어로 말하는 〈계곡의 사람들〉이라는 드라마를 봤다. 무척 재미있었다. 내용전개가 어떻게 되는지는 알 수 없었지만, 장담하건데 스웨덴이나 노르웨이, 오스트레일리아 같은 나라에서 제작되는 드라마와 견주어 볼 때 연기도 훌륭했고 제작수준도 높았다. 최소한 등장인물이 문을 쾅 닫을 때 세트가 흔들리지는 않았다. 영국에서 사는 게 분명해 보이는 인물들이(차를 마시고 막스앤스펜서 제품 카디건을 입고 있었다) 화성의 언어를 사용하는 걸 보니 기묘했다. 가끔씩 배우들의 입에서 영어가 튀어나오는 게 신기했다. "하이, 안녕!" "바로 그때" "오케이!" 아마도 이런 영국표현이 웨일스어에는 없어서 그랬을 것이다. 등장인물 한 명이 아주 중요한 사람과 만나면서 이렇게 말했다.

"어쩌고 저쩌고 불륜의 주말이야, 자네."

참 마음에 들었다. 금요일과 월요일 사이의 기간에 사회에서 인정받지 못하는 성교를 벌이는 것을 부르는 말을 만들지 않았다는 점에서 웨일스어가 참 매혹적이란 생각이 들었다.

커피를 다 마신 나는 다시 거리로 나갔다. 비는 잠시 소강상태였다. 하지만 거리에는 거대한 물웅덩이가 생겨났다. 양수기를 가동하지 않으면 물이 없어지지 않을 것 같았다. 내 말이 틀렸는지도 모르겠지만 배수시설에 관한 학문을 완성시켜야만 하는 나라가 있다고 한다면, 그건 영국이 되어야 할 것이다. 어쨌든 차들은 임시로 생겨난 호수 위를 수상스키를 타듯 질주하며 근처의 건물에 물을 던져버리고 있었다. 웨스턴에서 겪은 물웅덩이 사건을 기억하고 있는 나는 경계를 늦추지 않고 중심가로 진출했다.

관광안내소 근처를 탐색하다가 집어든 전단지에서는 알렉산더 매독이 19세기 초반에 블라이나이의 슬레이트를 실어 나를 항구로 포스마독을 세웠다는 사실을 알아냈다. 19세기 말에 이르러서는 일 년이면 수천 대 선박이 항구에 들어와 웨일스의 돌맹이 11만 6000톤을 실어 날랐다. 나는 부둣가 뒷길을 돌아다녔다. 거기에는 소형선박을 수리하며 지내는 사람들이 있었다. 그리고 주택가를 형성하고 있는 언덕을 올라갔다가 반대편으로 내려와서 조용한 보스-이-게스트라는 촌락을 발견했다. 말발굽 모양의 트레마독 만을 따라 벽돌로 된 저택들이 옹기종기 모여 있는 예쁜 마을이었다. 마을 한가운데는 간이우체국이 있었다. 파란색 차양이 달려 있었는데, 거기에는 '사탕과 얼음 있음'이라고 적혀 있었다. 근처에는 '바다전망대'라는 카페가 있었다. 〈섬에서 모험〉이라는 영화에서 통째로 떼어내 가져온 것 같았다. 그 건물을 보자마자 나는 홀딱 반했다.

바다 위쪽의 갑으로 가는 풀밭길을 따라 걸었다. 나지막이 걸린 구름 아래 건너편 글라슬린 하구와 스노든 지역을 바라보니 그 광경이 장엄하기까지 했다. 파도는 세찬 바람을 타고 바위 위에서 부서졌다. 그래도 비가 그쳤고 대기는 상큼했다. 바닷가에서만 맛볼 수 있는 느낌이었다. 어느새 햇빛이 스러져가면서 나는 저 아래 바위에 부딪치는 파도와 같은 신세가 될까 하는 두려움이 들었다. 그래서 다시 도시로 향해 길을 걸었다. 도심으로 들어섰지만 조금 전까지 문을 열었던 상점들이 모두 문을 닫은 뒤였다. 작은 횃불 하나만 어둠 사이로 어렴풋이 모습을 드러내고 있었다. 그 횃불의 정체가 무엇인지 궁금해진 나는 가까이 다가 갔다. 그 유명한 블라이나이 페스티니오그 철도의 본사이자 최남단 종착역이었다.

조금 전에 나에게 그 많은 불편과 고난을 안겨주었던 이 조직의 수뇌부가 누구인지 보고 싶었다. 나는 안으로 들어갔다. 다섯 시가 훌쩍 넘은 시각이었지만 역내 서점은 영업 중이었다. 여기저기 책을 살펴보는 사람들이 있었다. 그래서 나도 안으로 들어가서 콧구멍을 킁킁거리며 돌아다녔다. 선반에는 책이나 잡지가 빼곡하게 꽂혀 있었는데 하나같이 정상은 아니었다. 책은 다들《위니온 계곡의 철로》《마우댁 삼각주》《신호관리 대백과사전》같은 제목을 달고 있었다.《기차사고》라는 제목의 시리즈물도 있었는데 각 권마다 탈선, 충돌 등의 대참사에 관한 사진이 연이어 나왔다. 트레인스포팅을 하는 사람들에게는 살인 장면이 나오는 책이나 마찬가지일 거란 생각이 들었다. 보다 동물적인 쾌감을 추구하는 사람이라면 비디오를 볼 수도 있었다. 손에 잡히는 대로 비디오 한 개를 빼들었는데《1993년 헌슬렛과 수많은 기관차 랠리》라는 제목이 붙어 있었다. 굵은 글씨로 "50분간 즐기는 기관차 작동 모습"이라고 적혀 있었다. 그 아래에는 스티커 하나가 붙어 있었다.

"경고! 스트로크 0-6-0 해비 클래스 기관차와 GWR 하퍼 기관차가 짝짓기하는 노골적인 장면이 포함되어 있음."

사실 마지막 이야기는 지어낸 것이다. 하지만 충격적인 사실을 발견하니 이런 말을 덧붙이고 싶어졌다. 주변의 책을 뒤적거리는 모든 사람이 포르노 잡지에서나 찾아볼 수 있는 것에 숨죽이며 몰두하고 있는 것은 아닌가 싶었다. 트레인스포팅 취미에는 내가 모르는 어떤 특별한 면이 있는 것 같았다. 매표소 벽에 걸린 안내판을 보니 블라이나이 페스티니오그 철도는 1832년에 세워져서 지금까지도 운행하고 있는 최장수 회사였다. 철도협회에 6000개의 회원사가 있다는 것도 알았다. 6000개라니! 그 숫자는 어디를 가든지 내 앞에서 어른거렸다. 그날의 마지막 기차가 한참 전에 떠났지만 매표소에는 여전히 직원이 있었다. 그래서 나는 조용히 매표소로 가서 블라이나이에서 기차시간과 버스시간 사이의 협업이 이루어지지 않고 있다는 점에 대해 그 사람을 심문했다. 나는 침착하게 말을 했는데 어찌된 일인지 매표소 직원은 눈에 띄게 흥분하며 콧바람을 풍풍 내뿜었다. 내가 마치 그의 아내가 바람이라도 피운 얘기를 했다는 식이었다. 그는 성마른 목소리로 말했다.

"귀네드 교통에서 자기 손님들을 블라이나이에서 낮 시간대 기차에 태우고 싶다면 버스를 더 일찍 출발시켰어야죠."

"하지만 그건 양측이 마찬가지 아니요?"

나는 고집스레 말했다.

"기차를 몇 분만 늦게 출발시키면 되잖아요."

매표소 직원은 내가 크게 주제넘은 짓이라도 했다는 듯 빤히 쳐다보며 말했다.

"우리가 왜 그래야만 하죠?"

이거 봐라. 기차에 열광하는 족속들의 문제가 무엇인지 여실히 보여주는 사건이라 하겠다. 그들은 분별력도 없고 따지기나 좋아하며 위험할 정도로 법석을 떤다. 그리고 이번 사건에서도 보았듯이 종종 양끝이 아래로 굽은 코밑수염을 한 짜증나는 인물인 경우도 있다. 두 손가락을 쑥 내밀어 눈구녕을 쿡 찔러 버리고 싶은 충동을 준다. 게다가 기자 정신을 발휘, 서점을 조사해서 그들이 증기기관차가 나오는 비디오테이프로 부적절한 행위를 한다고 기사를 내보내도 이렇다 할 반증을 내놓지 못할 거라고 생각한다. 그들 자신을 위해서나 이 사회를 위해서나 저런 놈들은 가시철조망을 두른 수용소에 처넣어야 한다.

나는 아까 매표소에서 시민체포(중죄 현행범을 시민의 권한으로 체포하는 일)를 하는 장면을 상상해보았다.

"너를 여왕폐하의 이름으로 구금한다. 기차시간표와 관련해 짜증나도록 고집을 피운 혐의와 성질나게 안 어울리는 콧수염을 기른 혐의가 있다."

하지만 너그러운 마음으로 다시는 이런 일이 있어서는 안 된다는 경고를 주고, 다음에 그가 있는 철도역 근처에 한 번 들르겠노라고 말한 다음에 풀어주는 것이다. 그 정도면 말을 알아먹겠지.

22

영국에서
기차를 탄다는 것

포스마독에서 루드로우,
다시 맨체스터

존오그로츠

글래스고

에든버러

블랙풀

리버풀

루드로우   맨체스터

포스마독

런던

본머스   도버

다음날 아침 포스마독 역으로 걸어갔다. 철도회사 흉내를 내는 블라이나이 페스티니오그 철도 말고 진짜 영국 국철을 이용하는 거다. 승강장에는 몇 사람이 서로의 시선을 열심히 피하고 있었다. 아마도 매일 아침 저러고들 있는 것 같았다. 이렇게 확신하는 이유는 내가 잠시 생각에 잠겨있는데 양복 입은 남자 한 명이 오더니만 놀래다가 짜증스러운 표정을 지었기 때문이다. 그 승강장에서 그가 늘 있던 구역을 내가 차지한 것에 짜증이 난 것 같았다. 그런 후 내게서 몇 피트 정도 떨어진 곳에 서서는 미움과 증오가 가득한 표정으로 나를 노려보고 있었다. 영국에서 적을 만드는 건 아주 간단했다. 그저 조금 잘못 서 있거나 남의 집 진입로에서 차를 돌리기만 하면 된다. 승강장의 이 남자는 온 몸에 '회전금지'라고 써놓은 것 같았다. 아니면 무심코 기차에서 다른 사람의 좌석에 앉기만 해도 영국인들은 속으로 내가 죽을 때까지 증오할 것이다. 마침내 복도식 단거리 급행열차가 승강장으로 들어오자 모두들 느릿느릿 기차에 올랐다. 단거리 급행열차는 오로지 실용성에만 목숨 건 세상에서 가장 불편하고 절대로 사랑할 수 없는 물건이었다. 비좁은 좌석, 찬바람과 뜨거운 바람이 동시에 나오는 신비의 통풍장치, 조야한 조명, 오렌지색 줄이 신이 나서 갈매기 무늬를 그려대는 퇴폐적인 실내 디자인까지 마음에 드는 게 하나도 없었다. 기차 승객들이 수많은 오렌지에 둘러싸여 있는 걸 좋아할 거라는 생각은 누가 한 걸까? 그것도 이른 아침에?

영국에 처음 왔을 때 봤던 구식 기차가 그리웠다. 구식 기차는 복도가 없는 자체 시설이 완비된 칸막이가 연달아 이어져 있다. 객실에는 마주보고 앉도록 푹신하고 긴 의자가 놓여있었고 양쪽 끝으로 문이 달려 있었지만 인접한 객실로 통하지는 않았다. 다음 역에 설 때마다 누가 탈까하는 기대와 불안감이 주는 전율이 있었다. 텔레비전 게임쇼에 참가한 사람이 "3번 문을 선택하겠어요, 베리"라고 말할 때도 그런 느낌이 들었다. 문 너머에 뭐가 있을지 알지 못하기 때문이었다. 일면식도 없는 타인들이 가까운 좌석에 나란히 앉다보면 알게 모를 친근감이 생기기 마련이다. 실제로 많은 것을 알게 되기도 한다. 독서취향, 지루함을 이기는 그만의 방법 등. 그리고 아주 가까운 지인조차 알기 어려운 것도 알게 되는데 바로 잘 때 입을 벌리고 자는지 여부다. 그러다가 각자의 목적지에 도착하면 그대로 헤어져 다시는 만나지 못하게 된다.

가끔은 깜짝 놀랄 일이 벌어지기도 한다. 한번은 수줍은 얼굴의 트렌치코트를 입은 한 젊은이가 객차 안의 모든 사람들을 경악시킨 적이 있었다. 아마 젊은이 자신도 무척 놀랐을 것이다. 갑자기 바닥에 토사물을 쏟아놓고(당시는 독감 유행철이었다), 뻔뻔스럽게도 다음 역에서 내려버렸다. 나를 포함한 나머지 승객 세 명은 초췌한 얼굴로 발가락을 오므린 채 침묵하고는 별난 영국식 행동을 취하고 있었다. 마치 아무 일도 없다는 듯 굴었다는 말이다. 다시 생각해보니 그런 기차를 계속 사용하지 못하는 합당한 이유가 있는 것 같다. 하지만 아무리 그래도 오렌지 갈매기 무늬는 아니다.

기차는 해안가를 끼고 달려 넓은 회색빛 카디건 만의 옆을 지키는 바위투성이 산도 스쳐 지나갔다. 철로를 따라 조성된 마을은 흐르뎅귀릴, 모르파 마우다치, 디프린 아르듀뒤 등 하나같이 털뭉치를 토해내는 고양이가 내는 소리와 비슷한 이름이 붙어 있었다. 펜린듀드래스 역에 들어서자 다양한 연령대의 아이들이 기차 안을 꽉 채웠다. 모두 교복을 입고 있었다. 이내 고함소리와 담배연기와 뭔가가 여기저기로 날아다니며 소란스러워질 거라 생각했다. 하지만 아이들의 행동거지는 나무랄 데가 없었다. 한 명도 빠짐없이 얌전하게 굴었다. 아이들은 하레흐 역에서 모두 내렸다. 갑자기 객차 안이 텅 빈 것처럼 적막이 흘렀다. 어찌나 조용했든지 뒷좌석에서 웨일스어로 이야기를 나누는 남녀의 목소리를 들을 수가 있었다. 재미있었다. 바머스에서 우리가 탄 기차는 낡아빠진 제방길을 통해 또 다른 너른 만을 건넜다. 그 제방길이 무슨 이유에서인가 몇 년간 폐쇄되어 있다가 최근 들어서 바머스의 최종역이 되었다는 기사를 어디선가 읽은 기억이 난다. 요즘처럼 궁핍하고 인색한 시절에 영국 국철에서 재원을 마련해서 길을 수선하고 철로를 다시 개통하기 위해 노력을 기울였다는 건 기적에 가까웠다. 하지만 10년 후에 이곳에 다시 왔을 때는 블라이나이 페스티니오그 철도의 그 직원 같은 광신도의 손아귀로 넘어갈 게 분명하다. 그러면 나에게 웬 웃기는 콧수염을 기른 얼간이놈 하나가 슈루즈버리에서 환승이 안 되는 이유가 그쪽 기관이 만든 기차시간표가 자기네들에게 맞추지 않아서라고 말할지도 모를 일이다.

드디어 출발하고서 3시간 동안 105마일(약 170km)을 달려 온 끝에 슈루즈버리에서 환승을 할 수 있게 되었다. 하지만 여전히 선택의 여지가 남아 있었다. 원래는 북부로 다시 가서 존 오그로츠를 향해 장대한 여정을 시작하려 했었다. 그런데 역사를 가로질러 걸어가는 도중에 안내방송에서 루드로우로 가는 기차가 어쩌고 하는 말을 듣고는 충동적으로 그 기차에 올라 타버렸다. 지난 몇 년 동안 루드로우가 참 아름답다는 말을 많이 들은지라 갑자기 이번이 아니면 또 언제 가보겠냐는 생각이 든 것이다. 그로부터 20분 후 정신을 차리고 보니 한적한 루드로우 승강장에 내려서 도시로 이어지는 긴 비탈길을 따라 걷기 시작하는 나를 발견하게 되었다.

언덕 꼭대기에 있는 루드로우는 테메 강을 굽어보고 있었다. 이곳은 도시를 이루기 위해 필요한 모든 것을 갖추고 있었다. 서점, 극장, 근사해 보이는 찻집과 빵집, 그리고 '우리 가족 단골 정육점'을 자칭하는 몇몇 상점이 있었다.(나는 그런 곳을 보면 냉큼 들어가서 물어보고 싶다. "우리 가족을 처리하는 데는 얼마가 드나요?") 또 약사들이 각종 잡화를 파는 가게와 선술집이 질서정연하게 줄지어 서서 주변 환경과 조화를 이루고 있었다. 루드로우 시민협회는 건물에 팻말을 붙여놓고 예전에 누가 살던 곳인지 안내해주는 배려 깊은 일을 해놓았다. 옛날에 브로드 가는 역마차 길이었다. 그 길을 따라 생긴 여인숙인 엔젤의 벽에도 그런 팻말이 걸려 있었다. 슬프게도 그곳은 지금 폐쇄되어 있었다.(나는 임시적인 조치라고만 생각하고 싶다.) 팻말에는 그 유명한 오로라 마차가 런던까지 100여 마일의 거리를 겨우 27시간 만에 완주했다는 기록이 적혀 있었다. 우리가 얼마나 진보된 문명을 이루고 사는지 알게 해주는 단면이다. 현재 영국 국철은 그 반절의 시간이면 해낼 수 있는 일이었다.

그 바로 가까이에 '루드로우와 길고양이 보호동맹'이라는 어느 단체의 본부 건물을 우연히 보게 되었다. 호기심을 자극하는 곳이었다. 루드로우의 사람들이 고양이에게 무슨 짓을 했기에 특별 보호단체까지 만들 필요가 있었던 걸까? 다른 각도에서 이 문제를 봐야하는 건지도 모르겠지만 고양이에게 불을 붙여놓고 나에게 던져버린다고 해도 고양이들의 권익을 지키자고 자선단체까지 세울 만한 원동력이 도대체 뭐가 있을지 추리해낼 수가 없었다. '하부'라는 단어로 하는 농담 따먹기나 일기예보의 신빙성에 대한 감동적인 믿음을 가졌다는 점을 제외하고도, 나로 하여금 영국을 낯설게 하는 점이 바로 동물에 대한 이곳 사람들의 태도다. 왕립동물보호협회라는 재단이 설립되고 6년이 지난 후에야 그 분사의 하나로 국립아동보호협회가 설립되었다는 걸 알고 있는가?(그렇다. 영국 왕은 동물을 보호하는 일에는 앞장섰지만 어린이를 보호하는 문제에는 그렇지 않은 것이다.) 1994년에 영국은 동물 이동시 중간휴식시간을 법령에 의거해 정할 것을 주장하는 EU의 법안에는 찬성표를 던졌지만, 공장근로자의 법정휴식시간에 관한 법령에는 반대표를 던졌다.

아무리 특이한 국가문화적 배경을 염두에 두고 본다고 해도 루드로우와 길고양이들의 무사안녕을 위해 헌신하는 재단 사무실이 존재한다는 것은 역시나 이상망칙한 일이다. 그리고 이에 못지않게 흥미를 끄는 건 저 단체가 스스로에게 부과한 임무의 제한성이다. 오로지 루드로우 관할구역 고양이, 그것도 길고양이들의 무사안녕에만 관심을 기울이겠다는 그 생각이 참 씁쓸했다. 그 단체의 회원이 관할구역 밖에서 고양이를 괴롭히는 사람을 발견하면 어떻게 되는 것인가? 어쩔 수 없다는 듯 어깨를 들썩이며 이렇게 말할 텐가?

"우리 구역 밖이야."

너무 궁금해서 질문을 하러 건물로 다가섰지만 문이 닫혀 있었다. 분명 회원들이 점심을 먹으러 간 모양이었다.(이건 뭐 비꼬는 말이나 그런 게 전혀 아니라는 점 알아주기 바란다.)

나도 그럴 참이다. 길을 건너 올리브 브랜치라는 아담한 샐러드바 식당으로 갔다. 그곳에서 4인용 식탁을 차지하고 앉자 마치 내가 떠돌이 부랑자인 것처럼 보였다. 내가 도착했을 때는 손님이 거의 없었다. 배낭과 흔들거리는 접시를 가지고 씨름을 하면서 가장 처음에 보이는 빈 테이블에 앉았다. 하지만 내가 자리에 앉자마자 사방에서 사람들이 몰려들어와, 점심 먹는 내내 단골손님들의 눈총을 받아야 했다. 그들은 1인용 식탁이 아닌 게 분명한 넓은 공간을 나 혼자 독차지하고 있다는 사실을 알게 된 순간부터 고개를 돌려 나를 노려보기 시작했다. 그러고는 접시를 인기는 없지만 '자리는 더 많은 2층'으로 올려다 달라고 부탁했다. 마지못해 하는 부탁임이 분명했다. 나는 가능한 사람들의 눈에 띄지 않으면서 재빨리 음식을 해치우려 하는데 두 테이블 건너에 있던 사람이 다가오더니 괜찮으면 의자 하나를 좀 써도 되겠냐고 정중한 어조로 묻고 나서 내 대답을 기다리지도 않고 의자를 획 빼가버렸다. 음식을 다 먹은 나는 망신살이 제대로 뻗혀 몰래몰래 빠져나왔다.

역으로 돌아가 슈루즈버리와 맨체스터 피커딜리로 가는 가장 빠른 기차표를 샀다. 어딘가 기계의 문제로 기차가 40분 정도 연착한다고 했다. 기차 안은 사람들이 빼곡하게 들어차 있었다. 승객들은 잔뜩 성난 상태였다. 나는 내 좌석에 앉은 사람들을 방해해야만 자리에 앉을 수 있었다. 쩨쩨하게 내 자리를 되돌려준 그 일행은 경멸하는 눈초리로 나를 노려보았다. 원수를 대해도 그보다는 상냥하게 쳐다볼 것 같았다. 참 운수도 좋은 날이다! 나는 코트를 입은 채로 난방이 심하게 되어 있는 객차의 한구석에 웅크리고 앉아 무릎에 배낭을 내려놓았다. 이제는 블랙풀로 갈 수 있겠다는 생각이 얼핏 들었다. 하지만 근육조직을 하나도 움직일 수가 없는 형편이어서 도저히 기차시간표를 꺼내볼 수가 없었다. 그래서 가만히 앉아서 맨체스터에서 환승을 잘할 수 있을 거라 그냥 믿기로 했다.

하지만 영국 국철도 운이 없는 날인 모양이었다. 역에서 벗어나 1마일이나 되는 거리를 슬금슬금 기어가더니만 갑자기 이유도 없이 한참을 그냥 서 있었다. 마침내 안내방송의 목소리가 먼저 가던 철도에서 문제가 생겨 타고 있는 기차가 스톡포트에서 멈출 거라 말해주었다. 기차는 움찔하고 움직일 태세를 하더니 초록색 시골의 한가운데를 느릿느릿 지났다. 역마다 연착과 스톡포트에서 하차에 대한 사과방송이 울려퍼졌다. 드디어 스톡포트에 도착했을 때는 예정시간보다 90분이나 늦은 시각이었다. 모두가 기차에서 내릴 줄 알았다. 그런데 아무도 움직이지 않았다. 그래서 나도 그대로 앉아 있었다. 오직 단 한 명의 승객만이(일본인이었다) 얌전히 내렸다가 기차가 아무런 설명도 없이 그리고 그도 다시 태우지 않은 채 맨체스터를 향해 떠나는 모습을 망연자실하며 보고 있었다.

맨체스터에서는 프레스턴으로 가는 기차를 타야 했다. 그래서 안내

전광판을 쳐다보았다. 하지만 최종목적지만 나오지 중간경유지는 안내가 되지 않았다. 그래서 여행객들이 물어보는 행선지를 안내하도록 고용한 영국 국철 직원에게 문의하려고 줄을 섰다. 영국의 기차역 중에 '꺼져'라는 이름의 역이 없는 게 그 직원으로서는 매우 안타까울 것 같았다. 그가 사람들에게 꼭 해주고 싶은 말이 그것일 테니 말이다. 그 직원은 13번 승강장으로 가라고 일러주었다. 13번 승강장을 찾아 나섰지만 승강장 번호는 11번에서 끝이 났다. 그래서 다시 돌아가 13번 승강장을 찾을 수가 없다고 말했다. 알고 보니 13번 승강장은 비밀 계단과 다리를 건너야만 찾을 수 있는 곳이었다. 그런데 그 승강장에는 놓친 기차만 서는 모양이었다. 그곳의 여행객들 모두는 슬픔과 비탄에 잠긴 얼굴을 하고 있었다. 코미디 드라마인 〈몬티 파이튼〉의 우유배달부 편에서 나오는 사람들과 똑같았다. 우여곡절 끝에 우리는 3번 승강장으로 최종 이동하게 되었다. 기차는 역시나 급행열차였다. 평소와 다름없이 700명의 승객이 객차 안으로 구겨져 들어가 압축 당했다.

그리하여 아침에 포스마독을 출발한 지 무려 14시간 만에 블랙풀에 도착했다. 지치고 배고프고 수염도 다듬지 못했다. 고통과 비탄에 잠긴 상태로 각별히 가보고 싶지도 않았던 곳에 와버렸다.

23

해변이 하나도
없는 리조트

블랙풀, 모어캠비

　　　　블랙풀에는 매년 그리스보다 더 많은 방문객을 맞
아들이고 있고 포르투갈보다 더 많은 공휴일이 있다. 지구상에서 피시
앤칩스 소비가 가장 많은 곳이기도 하다.(감자 하나만 놓고 봐도 하루
에 40에이커의 밭에서 생산되는 양을 먹어 치운다.) 유럽 내에서 가장
많은 롤러코스터가 모여 있는 곳이고, 미국인들이 두 번째로 좋아하는
관광명소이기도 하다. 42에이커의 해변 유원지도 있다. 이 유원지를 찾
는 연간 방문객의 수가 6500만 명인데 이는 바티칸을 방문하는 사람 수
보다도 많다. 그리고 금요일과 토요일 밤에는 이 세상에서 공중화장실
이 가장 많은 곳이 된다. 문간이라고 불리는 곳은 어디나 시원한 배설
이 가능하다.

　사람들마다 블랙풀에 대한 생각이 다를 수 있지만, 그와 상관없이 블
랙풀은 자신이 가장 잘 하는 일을 해냈다. 매우 잘하지는 못한다고 해
도 성공적으로 해내기는 했다. 지난 20년간 바닷가에서 휴가를 즐기는
영국인들의 숫자가 5분의 1로 줄었다. 하지만 블랙풀은 방문객의 수가
7퍼센트가 늘었고 관광사업으로 연간 2억 5000만 파운드의 수입을 올
리고 있다. 영국의 기후를 생각해보면 정말 대단한 일이라 할 수 있다.

게다가 블랙풀은 흉측하고 더러우며 외딴 곳에 있는 데다 바다는 노천 화장실이요, 유원지의 놀이시설들은 죄다 싸구려에 촌스럽고 끔찍한 기계들뿐이었다.

전에 루미나리에 때문에 이곳에 온 적이 있었다. 그 유명한(영국에서 유명하다는 말이다) 조명축제를 가을에 열어 휴가철을 늘려보려는 시도였다. 오랫동안 소문으로 듣고 관련 기사를 읽었던 터라 정말로 간절히 보고 싶었다. 그래서 해변 뒷길에 있는 쓸 만한 게스트하우스에 방을 확보해놓고 부푼 기대를 품고 해변으로 서둘러 나갔다. 그렇지만 내가 할 수 있는 말은 블랙풀의 조명은 화려하기는커녕 아무것도 아니었다. 물론 오랫동안 바라던 것을 막상 확인하고 나면 어느 정도 실망이 따르기 마련이다. 하지만 그 환멸과 실망의 정도에 있어서 블랙풀의 루미나리에를 따라올 자가 없었다. 나는 레이저가 하늘을 슝슝 가르고 스트로보 섬광이 구름에 문신을 새기는 등 제정신을 차리지 못할 정도의 아찔함을 상상했다. 하지만 현실은 로켓이나 크리스마스 크래커로 장식한 낡은 시가전차가 덜컹거리며 하는 행진과 가로등에 얼마 되지도 않는 크리스마스풍 장식을 한 게 고작이었다. 전기가 어떻게 작동하는지 본 적이 없는 사람들이라면 꽤나 흥미진진하게 보일 수도 있겠지만 그마저도 어려워 보였다. 볼품없고 모자란 것이 딱 블랙풀 수준이었다.

루미나리에의 조명이 턱없이 부족한 사실만큼이나 놀라운 일은 그런 광경을 보겠다고 몰려든 엄청난 사람들이었다. 해안도로의 교통체증이 어찌나 심한지 꼬리에 꼬리를 문 자동차가 엉금엉금 기어가고 있었고, 차마다 아이들의 것으로 추정되는 얼굴이 차창에 척하니 달라붙어 있었다. 그런 와중에 널찍한 산책로를 따라 엄청나게 많은 사람들이 행복한 얼굴을 하고 천천히 걸어가고 있었다. 사이사이에는 야광 팔찌와 목걸이 같은 명 짧은 장난감을 파는 행상들이 고래고래 고함을 치며 장사를 했다.

어디선가 읽은 적이 있는데 블랙풀의 방문객 중 절반은 그곳을 열 번 정도 반복해서 찾아온 사람들이라고 했다. 이런 곳에서 어떤 매력을 발견했는지는 신이나 알 수 있을 것이다. 나는 1마일 정도 해안도로를 따라 걸으면서도 도무지 그 매력을 찾을 수가 없었다. 지금쯤은 독자들도 눈치를 챘겠지만 원래 나는 천박하고 초라한 것에 열광하는 사람인데 말이다. 아무래도 포스마독에서 시작한 긴 여행의 여독이 아직 풀리지 않아서 이러는지도 모르겠다. 하지만 도무지 흥이 나지 않았다. 환하게 불이 밝혀진 오락실을 슬쩍 엿봤지만 모든 사람들을 사로잡고 있는 축제 분위기가 나에게는 전염되지 않았다. 결국 매우 피곤하고 혼자만 다른 족속인 듯한 쓸쓸한 느낌만 받았다. 길가에 있는 생선전문식당으로 들어가 대구요리와 감자튀김과 콩을 먹었다. 거기서 타르타르소스를 찾았다가 런던에 사는 여자 같은 남자 취급을 받았다. 그것을 마지막으로 하루 일정을 마감한 나는 이른 잠자리에 들었다.

다음날 아침, 일찍 일어난 나는 블랙풀에게 다시 한 번 기회를 주기로 했다. 밝은 대낮에 보니 훨씬 더 좋게 보였다. 해안도로에 주철 장식도 괜찮았고, 양파 모양의 둥근 지붕이 있는 화려한 장식의 오두막집에서 사탕을 팔기도 했다. 이전까지 밤의 어둠에 가려 놓쳤던 풍경이었다. 광활한 해변은 텅 비어 있었는데 생각보다 느낌이 좋았다. 블랙풀 해변의 길이는 7마일(약 11km)이나 되는데 이상하게도 공식적으로는 존재하지 않는 것으로 되어 있다. 이건 꾸며낸 이야기가 아니다. 1980년대 후반 EU는 해안가의 오수설비 기준에 관한 법안에 따른 지시문서를 발행했는데, 그 문서에 따르면 영국의 해안도시 거의 대부분은 해변의 최소기준에도 미치지 못하는 걸로 밝혀졌다. 블랙풀 같은 큰 휴양지도 대개 혼탁상태의 기준이나 다른 측정기준에 아주 조금 못 미쳐서 탈락하고 말았다. 이것은 대처 수상이 이끄는 행정부에 문제를 안겨주었다. 대처 행정부는 무스티크와 바베이도스 같이 부자들을 위한 완벽한 해변이 있는데 굳이 다른 해변에 돈을 쓰고 싶지는 않았다. 그래서 공식적으로 법률과 같은 효력을 발생하는 명령을 내려 정책 하나를 만들었다.(믿기 힘든 말이라 나도 잘 받아들여지지는 않지만 맹세컨대 이 이야기는 사실이다.) 브라이튼, 블랙풀, 스카버러 같은 해변 유원지 지역을 엄밀하게 말하면 해변이 하나도 없는 것으로 처리하는 정책이었다. 그렇게 되면 저 광활한 모래밭은 뭐라고 불러야 한단 말인가? 중간 오수 완충제라고 할까? 어찌되었든 그 정책으로 인해 정부는 문제를 해결하지도 않고 국고도 한 푼 사용하지 않은 채 문제를 해결해버렸다. 당연히 이 부분이 가장 중요한 일이었다. 현재의 정부는 이 부분이 유일무이한 문제다.

그럼 정치 풍자도 이젠 그만! 발걸음을 재촉해 랭커셔 해안에 닿아 있는 또 다른 유원지인 모어캠비로 가보자. 나는 덜커덩거리는 단거리 급행열차를 연거푸 갈아타며 다음 행선지로 이동했다. 모어캠비로 가는 이유는 블랙풀과 신랄한 비교를 해보기 위함도 있지만 사실은 내가 모어캠비를 좋아하기 때문이기도 하다. 왜 그런지는 확실히 모르겠다. 그냥 좋다.

지금 다시 보니 과거 모어캠비가 블랙풀의 경쟁도시였다는 걸 믿기가 어려웠다. 사실 1880년에 설립된 후 몇 십 년 동안 모어캠비는 북부의 대표적인 해변 유원지였다. 영국에서 가장 먼저 바닷가 조명축제를 시작한 곳이기도 했다. 또 빙고게임장과 레터드 락(리조트의 이름으로 지은 끈적끈적한 사탕을 말하는데 왜 이렇게 지은 건지는 나도 모르겠다), 유원지에 가면 전통적으로 볼 수 있는 나선형 미끄럼틀이 처음 탄생한 곳이기도 하다. '웨이크 주말'이라 불리는 휴일 동안에 북부의 모든 공업도시들은 한꺼번에 휴가를 간다.(그들은 모어캠비를 '바닷가의 직물 생산지, 브래드포드'라고 불렀다.) 그래서 수십만의 사람들이 한꺼번에 하숙집과 호텔로 몰려왔다. 최고 절정을 이룰 때는 두 개의 메인 철도가 지나갔고 여덟 개의 음악당과 여덟 개의 극장이 있었으며 수족관과 놀이공원, 동물원, 공중회전 타워, 배를 탈 수 있는 호수, 대형 누각, 영국에서 가장 큰 수영장, 두 개의 부두가 있었다. 부두 중 하나는 멋진 탑이 있는 중앙부두로 영국에서 가장 아름답고 화려했으며 둥근 지붕이 있는 아라비아풍 궁전이 모어캠비 만에 떠 있었다.

수천만 개가 넘는 모어캠비의 하숙집은 엄청난 인파를 먹이고 재웠으며, 여기에 다소 사치스러운 오락시설도 함께 있었다. 올드빅과 새들러스웰스는 각각 극장과 오페라를 운영하는 회사로 일 년 내내 모어캠비에서 공연을 했다. 에드워드 엘가는 윈터 가든에서 오케스트라를 지휘했고, 넬리 멜바는 노래를 불렀다. 유럽의 비슷한 장소가 그렇듯이 이곳은 수많은 호텔의 본산지였다. 1900년 초, 그래드와 브로드웨이 같은 곳에서 유복한 손님들은 소금목욕, 거품목욕, 스파, 스코틀랜드식 관수욕灌水浴 등 온갖 종류의 온천 서비스를 골라 받을 수 있었다.

이런 것을 다 알고 있는 이유는 그 지역의 교구목사 로저 브라이엄

이 쓴《잃어버린 유원지, 모어캠비의 썰물과 밀물에 대하여》라는 책을 읽은 적이 있기 때문이다. 내용도 좋지만(그나저나 참 신기하게도 영국에는 지역사를 잘 정리해 놓은 문헌이 많다) 모어캠비의 전성기 사진이 가득 실려 있다는 장점도 있다. 기차에서 내려 눈앞에 펼쳐진 모습과 비교하면 많은 차이가 나는 사진들이었다. 승객 중에 오직 한 명만이 기차에서 내려 태양빛이 쏟아지는 빛바랜 마린 거리로 천천히 걸어 들어갔다.

언제, 무슨 이유로 모어캠비가 쇠퇴하기 시작했는지 말하기는 어렵다. 1950년대까지는 여전히 많은 인기를 누리고 있었다. 1956년대 후반까지도 300개의 호텔과 게스트하우스가 있었는데 지금은 그 10분의 1밖에 없다. 최고의 자리에서 내려가는 일은 순식간에 진행되었다. 중앙 부두는 1930년대에 화재로 상당부분 소실되어 처치곤란한 잔해로 변해 버렸다. 1990년이 되자 시 당국은 공식적으로 중앙부두를 지도에서 제외시켰다. 해안도로를 압도하며 바다로 이어져 있는 거대한 잔해를 그냥 없는 것으로 치부해 버린 것이다. 서쪽에 있던 부두는 1974년 겨울에 불어 닥친 폭풍으로 휩쓸려버렸다. 거대한 알람브라 음악당은 1970년에 화재로 무너졌고, 로열티 극장은 2년 전에 쇼핑몰을 만든다며 파괴되었다.

1970년 초반부터 모어캠비의 쇠락은 불이 붙었다. 지역의 명수들이 하나씩 사라져갔다. 유서 깊은 수영장은 1989년에, 윈터 가든은 1982년에, 호사스러움의 진수를 보여주었던 그랜드 호텔은 1989년에 사라졌다. 사람들이 모어캠비를 버리고 블랙풀이나 스페인 해안을 찾았기 때문이었다. 빙엄에 의하면 1980년대 후반에 접어들면서 런던에 다닥다닥 붙어 있는 주택을 살 가격으로 5층짜리 그로스베너 호텔 같은 한때 잘나가던 건물을 사들일 수 있게 되었다.

오늘날 모어캠비의 초라해진 해안도로는 거의 사용하지 않는 빙고게 임장, 1파운드 상점, 싸구려에 멋이라고는 공짜로 줘도 안 입고 버릴 옷을 파는 부티크 같은 것들만 늘어서 있다. 아이러니하게도 다시 한 번 바닷가의 브래드포드가 되어버린 것이다. 모어캠비의 재정 수준은 완전히 바닥이 나서 지난여름에는 갑판 의자를 소유할 사람도 찾지 못했다고 한다. 해변유원지에서 갑판용 의자 이권을 넘길 사람을 찾지 못했다고 하면 어느 정도 상황인지 짐작할 수 있을 것이다.

하지만 여전히 나름의 매력은 있다. 해안가의 산책로는 자체로도 아름답지만 관리도 잘 되어 있다. 또 거대한 만은(혹 기록해두고 싶은 사람이 있을까봐 말하자면 면적은 정확하게 174평방마일이다) 세상에서 가장 아름다운 곳으로 손꼽힌다. 레이크 지방의 푸르른 언덕으로 이어지는 전망은 강한 인상을 남긴다.

오늘날까지 남아 있는 모어캠비 황금시대의 유물들은 미들랜드 호텔이 전부다. 쾌활한 분위기를 풍기는 백색의 환한 예술장식을 한 대형건축물로 정면은 유선형으로 날렵하다. 호텔은 1933년에 해안가 도로에 세워졌다. 하지만 지역 건설업자들에게 콘크리트 사용은 무리였는지 벽돌로 지어졌다. 바로 그 점 때문에 나는 이 건물을 사랑한다. 지금은 가장자리가 조금씩 허물어져 내리고 여기저기 녹물 때가 묻어난다. 원래 있던 실내장식은 몇 년에 걸친 개조 작업으로 인해 거의 다 사라져버렸고, 커다란 에릭 길 동상 몇 개만 1930년대의 불후의 매력을 전해주고 있다.

이제는 미들랜드 호텔에서 손님을 어디서 찾는지 짐작도 못하겠다. 들어가서 보니 손님이라고는 단 한 명도 보이지 않았다. 나는 만이 내려다보이는 텅 빈 라운지에서 커피 한 잔을 마셨다. 모어캠비가 그나마 조금이라도 사랑받는 이유 중에 하나는 어디를 가든 애용해주셔서 감사하다는 인사를 받을 수 있기 때문이다. 그곳에서 나는 분에 넘치는 서비스와 아름다운 전망을 마음껏 즐길 수 있었다. 내가 아는 바로는 이 두 가지는 블랙풀에서 좀체 얻기 어려운 것이었다. 호텔을 나서는데 에릭 길 동상 옆에 있는 하얀색 플라스틱 인어 동상 하나가 시선을 끌었다. 다가가서 자세히 살펴봤다. 동상의 꼬리에 거대한 스카치테이프가 붙여져 있었다. 동상을 만드는 데 비용이 많지 않았으리란 짐작이 가능했다. 모어캠비의 상징물로는 적절하지 않다는 생각이 들었다.

나는 해안도로에 있는 무난한 게스트하우스에 방을 구했다. 그곳에서도 깜짝 놀랄 만큼 극진한 감사의 말을 들었다. 주인은 2층에 있는 방을 세놓으려던 사실을 잊기라도 한 모양이었다. 오후 내내 로저 빙엄의 책을 들고 거리를 돌아다니며 사진 속의 장소를 찾았다. 그리고 전성기의 모습을 상상했다. 한번씩 안쓰러울 정도로 고마워하는 찻집을 애용하는 것도 잊지 않았다.

온화한 날씨라 그런지 많은 사람들이(대개는 나이 많은 노인들이었다) 해안도로를 따라 산책하고 있었다. 하지만 누구도 돈을 쓸 기미를 보이지는 않았다. 딱히 할 일이 없던 나는 해안도로를 따라 무작정 걷다가 인접해 있는 칸포스 마을까지 갔다가 모래사장으로 되돌아 왔다. 썰물이 빠져나가서 가능했다. 문득 모어캠비가 놀라운 점은 그 급격한 쇠락이 아니라 번성한 경력이 아닐까 하는 생각이 들었다. 리조트가 들어설 만한 장소가 아니었다. 해변에는 끈적거리는 갯벌이 있고 그 거대한 만은 조수의 차가 심한 까닭에 물이 들어차는 경우가 드물었다. 썰물이 빠져나가면 컴브리아까지 6마일(약 9.6km) 길을 걸어갈 수 있게 된다. 하지만 안내원이 근처에 없으면 위험하니 하지 말라고들 한다. 예전에 그 안내원에게서 썰물이 다 나가지 않았을 때 말을 탄 조련사들이 불안정한 유사流沙에 빠져버려 다시는 그 모습을 볼 수 없었다는 이야기를 들은 적이 있었다. 지금도 사람들이 가끔씩 너무 멀리 걸어 나가다가 순식간에 물이 들어오는 바람에 걸음을 멈추고 아주 불쾌한 오후를 맞이하게 되곤 한다.

용기를 내서 모래밭에서 몇 백 야드 정도 바닷가를 향해 걸어보았다. 지렁이 허물과 빠져나간 파도가 만든 주름진 모래 무늬를 유심히 관찰하는 한편 유사가 없는지도 살폈다. 유사는 실제로 모래가 아니다. 모래보다는 잘지만 진흙보다는 굵은 침전토다. 여기에 빠지면 그대로 쑤욱 빨려 들어간다. 모어캠비의 바닷물은 급하게 빠져 나가거나 들어오는 법이 없다. 예상했겠지만 사방에서 스멀스멀 밀려 들어와서 오히려 더 위험하다. 생각에 잠겨 멍하니 있으면 자신도 모르는 새 교활하게 모든 것을 빨아들이는 거대한 모래톱에 서서 오도 가도 못하는 신세가 될 수 있다. 그러니 정신을 바짝 차리고 너무 멀리 나가는 모험은 삼가야 한다.

그래도 확실히 블랙풀보다는 훨씬 낫다. 해저 위를 걷는 건 참 특별한 느낌을 준다. 언제라도 30피트 물길이 들어올 수 있는 곳이라 생각하면 더욱 그렇다. 특히 이곳의 고독함이 마음에 들었다. 넓은 나라에서 살다 영국에 오면 가장 적응하기 힘든 일 중에 하나가 이곳에서는 문밖으로 나가면 좀처럼 혼자 있지 못한다는 점이다. 새를 관찰하려고 망원경을 보는 사람이 있는가 하면 산책 나온 사람이 근처 모퉁이를 돌아 나타나는 바람에 노천에 혼자 서서 마음껏 오줌을 갈길 수도 없다. 그래서 사방이 탁 트인 모래밭에서 고독함을 느낀다는 건 대단한 호사였다.

몇 백 야드 떨어져서 보니 저물어가는 오후 햇살에 비친 모어캠비가 꽤나 매력적으로 보였다. 그리고 모래사장에서 나와 산책로로 올라가 다시 자세히 살펴봤다. 황량한 빙고게임장과 상점들의 고약한 모습에도 불구하고 그리 나쁘지 않았다. 마린 거리의 동쪽 길을 따라 한 줄로 늘어선 게스트하우스는 깔끔하고 단정한 외관을 갖추고 있어서 앞으로도 괜찮을 것 같았다. 희망을 갖고 개발에 나섰던 곳이었을 텐데 이제는 죽어가는 리조트 일원이 되어버렸으니 그 소유주들이 안됐다는 생각이 들었다. 50년대에 시작된 하락세는 70년대에 들어서면서 어찌할 수 없을 정도로 심각해졌다. 이런 갑작스런 쇠락은 사람들을 당황스럽게 했을 것이다. 남쪽으로 20마일 밖에 떨어지지 않은 블랙풀은 날이 갈수록 성장하고 있었으니 더욱 이해가 어려웠을 것이다.

어리석게도 모어캠비 사람들은 블랙풀과 경쟁하는 인위적인 방법으로 대응책을 세웠다. 많은 돈을 들여 돌고래수족관을 세우고 새로운 야외수영장을 만들었다. 최근에는 텔레비전에 나오는 미스터 블라비라는 캐릭터를 앞세운 놀이동산도 개장하겠다는 반푼이 같은 계획도 세우고 있다. 하지만 이곳의 참된 매력과 진짜 희망은 블랙풀처럼 되는 데 있지 않다. 그건 바로 내가 좋아하는 모어캠비의 모습에 있다. 조용하고 친절하며 예의바른 사람들, 선술집에나 카페에는 언제나 자리가 있고 비틀거리는 젊은이들을 피하느라 차로 연석을 받을 일이 없는 곳, 버려진 플라스틱 판때기라도 타고 토사물 위를 서핑하면서 인도를 지나가지 않아도 되는 곳. 그런 곳 말이다.

언젠가는 영국인들이 해변의 이 조용한 휴식 공간의 참된 매력을 재발견하는 날이 오리라고 믿는다. 잘 가꾸어진 해안도로를 따라 산책을 즐길 수 있는 곳, 난간에 기대어 경치를 감상하며 맥주 한 잔을 마실 수 있는 곳, 책을 들고 카페에 앉아 있을 수 있는 곳, 그냥 여기저기 돌아다녀도 좋은 곳. 이런 곳이란 걸 알아주면 좋겠다. 그렇게 되면 모어캠비는 다시 예전의 번영을 맛보게 될 것이다. 정부에서 이런 방향으로 정책을 세워 모어캠비 같이 사라져 가는 유원지에 새로운 공기를 불어넣어 준다면 정말 근사할 것이다. 부두를 원래 자리에 원래 모습 그대로 다시 세우고, 새로 지은 윈터 가든의 운영을 위해 보조금을 지원하고, 해안도로 주변의 건물들의 복구를 종용하고, 또 행정기관 하나를 이곳으로 옮겨 1년 내내 생기를 잃지 않도록 도와주면 좋겠다.

약간의 투자와 장기적 관점에서의 신중한 계획을 마련해주면 자유롭게 책을 볼 수 있는 서점과 아담한 식당, 골동품가게와 갤러리, 그리고 한입거리 요리를 내주는 타파스 바와 묘한 부티크 호텔을 좋아하는 사람들이 몰려올 것이라 확신한다. 안 될 리가 없다. 그럼 모어캠비는 영국 북부의 소살리토나 세인트 아이브스가 될 수 있다. 사람들은 주말에 일부러 시간을 내서 찾아와 세련된 바닷가 식당에서 만을 내려 보며 식사를 하고 윈터 가든에서 콘서트나 연극을 감상하게 될 것이다. 여피족들은 밤을 지새우며 근처 레이크 지방에 일상의 중압감을 훌훌 던져버릴 수 있을 것이다. 이 모든 게 얼마든지 가능한 일이다. 물론 그럼에도 절대로 일어나지 않을 일이기도 하지만.

24

작은 나라 영국
보우니스, 윈더미어 호수

존오그로츠
글래스고
애든버러
윈더미어
리버풀
루드로우
런던
본머스
도버

오래전부터 가지고 다니면서 한 번씩 꺼내보고 좋아하는 신문 스크랩이 하나 있다. 〈웨스턴 데일리〉의 일기예보 기사다. 전문은 다음과 같다.

"날씨 전망, 건조하고 따뜻한 날씨입니다. 하지만 비가 조금 내려 기온이 내려갈 수도 있습니다."

영국의 날씨를 완벽하게 표현한 의미심장한 문장이다. 건조하고 비가 온다는 말을 따뜻하다는 말과 기온이 내려간다는 표현으로 얼버무려 놓았다. 〈웨스턴 데일리〉에서는 이 일기예보 기사를 매일 고대로 내보내도 틀리는 법이 거의 없을 게 분명하다. 그리고 내가 아는 그 신문사라면 정말 그렇게 하고 있는지도 모른다.

이방인이 영국 날씨에 대해 가장 놀라는 일은 그 날씨란 것이 별다른 게 없다는 사실이다. 다른 곳에서는 자연의 자극적인 성질과 예측불확실성, 토네이도, 몬순, 장마, 평생 계속될 것 같은 우박을 동반한 폭풍우 같은 현상으로 대변되는 위험을 실감하지만, 영국이라는 섬나라에서는 그런 것들 대부분을 모르고 산다. 그리고 이런 점은 나와 궁합이 딱 맞는다. 나는 일 년 내내 같은 옷을 입기를 좋아한다. 에어컨이 필요 없으니 감사하고, 잠자는 동안에 사지 손발을 물어뜯으며 포식하려는 날벌 레를 막기 위해 창에 망을 치지 않아도 되니 그 또한 감사하다. 2월에 집에서 신는 슬리퍼를 신고 스노든 산을 오르지만 않는다면, 이 온화하 고 잔잔한 기후의 나라에서 기후요건으로 인해 천수를 다하지 못할 일 이 없다는 사실도 마음에 든다.

이런 말을 하는 이유는, 모어캠비를 떠나 이틀이 지난 후, 보우니스- 윈더미어 구간에 있는 올드 잉글랜드 호텔의 식당에 앉아 〈타임스〉에 실린 철 이른 눈보라에 관한 기사를 읽으며 아침식사를 하고 있기 때문 이다. 〈타임스〉에 따르면 '폭설'이라고 하는 이 기후현상은 이스트 앵 글리아 일부 지방을 강타하고 있었다. 기사에서는 그 눈보라가 해당 지 역에 '2인치(약 5cm) 이상의 적설량'을 가져다 줄 것이며 '바람에 날려 쌓인 눈이 6인치(약 15cm)나' 될 것이라 했다. 이 기사를 읽고 나는 생전 안하던 짓을 했다. 노트를 꺼내 편집자에게 친절하고 자상한 어조로 2 인치 정도의 적설량으로는 폭설이 될 수 없으며, 6인치 정도 눈이 쌓이 는 건 바람에 날려 될 일이 아니라고 설명해주는 편지의 초안을 작성했 다. 그리고 진짜 '폭설'이 내리면 현관문을 열고 밖으로 나갈 수도 없을 정도가 되고, 바람에 날려 눈이 쌓이면 눈 속에 묻힌 자동차를 이듬해 봄이나 되어야 찾을 수 있다고 알려주었다. 그리고 현관문 손잡이나 우 체통 손잡이 등의 금속 물질에 손이 닿았을 때 살점이 붙어서 떨어지지 않는 정도가 될 때 추운 날씨라는 표현을 써야 한다는 것도 일러주었 다. 그런 다음 편지지를 구겨버렸다. 내가 어느새 경멸스러운 사고방식 의 소유자인 블림프 대령 부류와 같아지려는 심각한 위기에 처했다는 것을 깨달았기 때문이다. 그들은 콘플레이크나 오트밀을 완고한 아내와 함께 먹지만 올드 잉글랜드 호텔 같은 곳의 주요 고객이기도 하다.

나는 보우니스로 왔다. 런던에서 오는 두 명의 친구들과 만나 주말 등산여행을 같이 하기 전까지 이틀 여유가 있어서였다. 그 도보여행을 얼마나 학수고대하고 있었는지 모른다. 하지만 보우니스에서 하릴 없이 긴 하루를 또 보내야만 한다는 생각에 부푼 기대가 약간 시들해졌다. 차 마실 때까지, 할 일 없는 몇 시간을 때우기 위해 꾸무럭거리고 있었다. 상점마다 진열장 가득 행주, '피터래빗'이 그려진 식기, 무늬가 들어간 스웨터가 있었지만 그건 쇼핑에 관한 흥미가 시들해지기 전까지의 이야기며, 이제는 세상에서 가장 도발적인 매력이 넘치는 리조트들을 여기저기 쑤시고 돌아다니며 다시 하루를 보낼 자신이 없었다.

보우니스로 오게 된 건 게으름에 의한 과실이라 볼 수 있다. 호반지역에서 유일하게 기차역이 있는 곳이란 이유 하나 때문에 여기로 왔던 것이다. 게다가 모어캠비에서 잘 지내던 내게는 고요한 아름다움이 넘치는 윈더미어 호수의 바로 옆에서 이틀 동안 우아하고(값비싸며) 고풍스러운 호텔의 폭신한 안락함 속에서 뒹구는 일도 상당히 매력적으로 보였다. 하지만 하루를 보내고 또 하루가 남은 지금은 마치 물기슭으로 올라온 물고기처럼 안절부절못하게 되었다. 길고 지루한 건강 회복기의 마지막 단계에 들어선 사람의 심정과 같다고나 할까. 그래도 때 아닌 2인치의 눈이 갑자기 이스트 앵글리아 지역을 맹렬히 공격했다는 사실로 위안을 삼기로 했다. 지금쯤 그곳의 도로는 혼돈 속으로 휘말려 들어갔을 것이고 바람을 타고 날아와 발목 깊이까지 쌓인 위험한 눈더미를 헤치고 이동해야만 할 것이다. 그런데 그 무시무시한 눈보라가 자비심을 베풀어 이곳 영국의 한 모퉁이는 그냥 지나쳤다. 이곳의 기후는 온화하고 식당 창문 밖으로 보이는 세상은 창백한 겨울 햇살 아래서 어렴풋하게 활기를 띄고 있었다.

호수의 증기선을 타고 앰블사이드로 가야겠다. 시간을 죽이는데도 도움이 되고 호수 구경도 할 수 있기 때문이다. 하지만 무엇보다 보우니스처럼 해변 유원지 같지 않은 해변 유원지가 있는 곳 말고 진짜 도시가 보고 싶었다. 어제 보니 보우니스에는 스웨터와 행주를 살 수 있는 가게 18개와 '피터래빗' 제품을 파는 열두 개 정도의 가게가 전부였다. 그 외에는 정육점이 하나 더 있었다. 반면 앰블사이드는 비록 때로 몰려다니는 관광객들의 주머니를 강탈하는 각종 돈 먹는 기계는 별로 없었지만, 근사한 서점과 옥외 상점이 있었다. 나로서는 대단한 기분 전환이 되었다.(그러나 이유는 알 수 없다.) 배낭, 무릎양말, 나침반, 비상식량 등의 물건을 쳐다보다가 다른 가게로 가서 아까와 똑같은 물건을 다시 보는 일은 제대로 해낼 자신이 있었다. 그래서 아침을 먹고 곧바로 증기선 부두로 향했다. 나는 살아 숨 쉬는 갈망을 품고 있었다. 하지만 안타깝게도 증기선 운항은 여름에만 한다는 말을 듣게 되었다. 이렇게 온화한 겨울아침 날씨는 생각지 못한 근시안적 처사였다. 보우니스에는 지금도 소풍을 나가는 사람들로 북적이고 있었다. 그래서 나는 일단 철수를 한 후 배회하는 사람들 속을 헤치고 나가 조그만 페리호가 있는 곳으로 갔다. 보우니스에서 3400야드 떨어진 건너편 해안의 페리호 선착장 사이의 뱃길을 왕복운행하고 있었다. 그리 먼 거리를 가는 건 아니었지만 그래도 연중무휴로 운항하고 있었다.

줄지어선 몇 대의 차가 느긋하게 페리호가 돌아오기를 기다리고 있었고, 양털로 가장자리를 덧댄 재킷에 배낭을 메고 튼튼한 부츠를 신은 등산객들도 여덟아홉 명 정도 있었다. 그 중 한 명은 반바지를 입고 있었다. 영국 등산객들 사이에서 등산을 사랑하는 열정이 광기의 수준으로 넘어섰다는 증후로 알려진 패션이다. 등산을 영국에서는 워킹, 즉 보행이라고 말한다. 이 보행의 의미를 알게 된 건 비교적 최근의 일이다. 주머니가 많이 달린 반바지를 입을 경지에는 아직 이르지 못했지만 바짓단을 양말에 집어넣는 정도는 되었다.(그런데 아직도 이런 패션을 하면 뭔가 열심히 진지하게 할 것 같다는 인상을 주기는 하지만 실제적으로 어떤 도움이 되는지 명확하게 설명해주는 사람은 아직 만나지 못했다.)

영국에 와서 처음으로 서점에 갔을 때는 '보행 가이드'라고 적힌 코너가 따로 있는 걸 보고 깜짝 놀랐다. 기이하게 보이기도 했고 코믹하게도 느껴졌다. 내가 살던 나라에서는 이동의 방법을 익히기 위해 글로 적어놓은 지시문을 읽지 않아도 됐었다. 하지만 서서히 영국에는 두 가지 종류의 보행이 있다는 것을 알게 되었다. 다시 말해 선술집에 갔다가 멀쩡한 정신으로 집으로 돌아갈 때와 같은 일상적인 보행이 있고, 튼튼한 부츠를 신고 비닐 가방에 지도와 나침반을 넣고 샌드위치와 보온병에 차를 담아 배낭을 꾸린다음 날씨와 어울리지도 않는 카키색 반바지를 입는 일련의 활동과 연관된 보다 진지한 종류의 보행이 있었다.

몇 년 동안 이런 보행자들, 즉 등산객들이 악천후에도 구름 속에 숨은 높은 산을 애쓰며 오르는 걸 지켜보면서 정말 제정신이 아닌 사람들이라고 생각했다. 그런데 오래된 친구 존 프라이스가 부추기는 바람에 그를 포함해 다른 친구 두 명과 함께 나도 '산책'을 나서게 되었다. 그때 존은 분명 '산책'이란 단어를 썼다. 존은 영국 북부에서 나고 자라 레이크 지방의 깎아지른 바위 위에 올라 별 바보 같은 짓을 다하고 지냈었다. 그 주말 '산책'의 최종 목적지는 해이스톡(건초더미라는 의미가 있음)이었다. 힘 안들이고 쉽게 발음할 수 있는 '산책'과 '건초더미'가 함께 등장하는 데다 다 끝나면 맥주를 진탕 마시자는 말에 깜빡 넘어가 타고난 조심성이 느슨해지고 말았다.

"너무 힘든 일 아닌 거 맞지?"

내가 물었다.

"그럼. 그냥 산책이야."

존이 재차 확인해 주었다.

하지만 그건 절대로 산책이 아니었다. 몇 시간 동안 거의 직각으로 깎아지른 듯한 비탈길을 기어올라가 덜그럭거리는 바위 부스러기와 무성한 풀덤불을 밟으며 걸어갔다. 견고하게 높이 솟은 바위를 돌아가니 마침내 춥고 황량하고 높은 '저승'이 눈앞에 나타났다. 외진 곳이어서 사람의 발길이 뜸하다 보니 양들도 우리를 보고 화들짝 놀랐다. 그 너머에는 더 크고 더 멀리 떨어진 산 정상이 있었다. 수천 피트 아래 보이는 검은색 리본 같은 고속도로에서는 잘 보이지도 않을 높이의 산들이었다. 존과 그의 친구들은 세상에서 가장 무뚝뚝하고 무심한 태도로 내 삶의 의지를 시험에 들게 했다. 내가 계속 뒤로 처지는 걸 보면 큰 바위 주변을 천천히 걷거나 담배를 피우거나 잡담을 하거나 잠시 앉아 쉬면서 조금 기다려 줄 뿐이었다. 일행 옆으로만 가면 그대로 풀썩 주저앉고야 말리라는 생각에 간신히 일행을 따라잡으면, 다들 원기를 회복한 얼굴로 즉시 자리에서 벌떡 일어나 격려의 말을 몇 마디 던지고는 성큼성큼 먼저 나아갔다. 그러면 나는 다시 그 뒤를 쫓아 휘청휘청 걸어야 해서 조금도 쉴 수가 없었다. 나는 숨을 헐떡이며 온 몸이 쑤시는 걸 느졌다. 다급하게 소리를 내지르다가 순간 떠오른 생각이 있었다. 이렇게 비인간적인 일은 난생 처음이라는 것과 다시는 이런 바보짓을 하지 않겠다는 다짐이었다.

그런데 그때 내가 그냥 드러누워 들것을 가져다 달라고 하려는 찰나에 마지막 오르막길을 올라가게 되었고 이어 마법처럼 세상의 꼭대기에 서게 되었다. 그곳은 하늘의 승강장이었고 물결치는 산꼭대기의 한가운데였다. 그 아름다운 광경의 절반에 미치는 것도 본 적이 없었다.

"이런 제기랄!"

나는 멋진 말 한마디를 내뱉어야 하는 순간에 그렇게 말하고 말았다. 내가 이미 걸려들었다는 걸 깨달았기 때문이었다. 이후로 나는 그 친구들이 껴주기만 하면 군말없이 따라나섰다. 심지어 내 바짓단을 양말에 집어넣기까지 했다. 어서 내일이 되었으면 좋겠다.

페리호가 부두에 도착했기에 나는 다른 사람들과 함께 천천히 배에 올랐다. 윈더미어 호수는 온화한 햇살 아래 고요했다. 평상시와는 다르게 유리처럼 잔잔한 표면을 훼방놓는 유람선 한 척 보이지 않았다. 윈더미어 호수가 뱃놀이 하는 사람들에게 인기가 많다고 말하면 그건 지극히 소박한 표현이라 할 수 있다. 그 호수를 사용하겠다고 등록한 모터보트의 수만 1만 4000개다.(다시 숫자만 반복해 보겠다. 1만 4000개.) 한참 더운 여름에는 1600개의 모터보트만 물 위에 띄울 수 있다. 이중 상당수는 수상스키를 타는 사람을 끌면서 시속 40마일(시속 약 60km)의 속력으로 피용 소리를 내며 날아다닌다. 여기에 호수 사용에 대한 등록이 필요하지 않은 다른 물에 뜨는 것들까지 합세를 한다. 작은 딩기요트, 그냥 요트, 윈드서핑용 보트, 카누, 카약, 공기주입용 보트, 짧은 유람을 즐기는 증기선, 내가 타고 있는 칙칙폭폭 거리는 페리호까지 이 모든 물에 뜨는 물건들이 호수에서 자기 크기만큼의 물이라도 차지하려고 눈에 불을 켠다.

일 년 전에 호숫가에서 몇 주간 머물며 내셔널 지오그래픽에서 부탁한 일을 한 적이 있었다. 그때 순간의 흥분을 체험했다. 어느 아침에 국립공원 대형 모터보트를 타고 호수로 나간 것이다. 고성능의 탈것들이 가득한 환경에서 질주하면 얼마나 위험한지를 보여주기 위해 공원 관리인은 대형 모터보트를 호수 한가운데로 몰고서는 나보고 꼭 잡으라 말하고(그때는 그 말에 미소를 지었다. 정말이다. 이래뵈도 고속도로 위에서 시속 90마일(시속 145km)을 밟아본 사람이다) 속도를 높였다. 다음 이야기는 이렇게 마무리 하겠다. 모터보트를 타고 시속 40마일로 달리는건 도로에서 달리는 시속 40마일과 전혀 달랐다. 그 빠른 속도로 인해 배 밑바닥이 물 위로 붕붕 날아갔고 나는 뒤로 내팽개쳐졌다. 나는 목숨을 부지하려고 두 손으로 의자를 잡았다. 배는 납작한 돌을 총에 넣고 쏜 것처럼 붕붕 날았다. 그렇게 온 몸을 경직시키며 사색이 되는 일이 거의 없었다. 휴가철이 지난 조용한 아침임에도 윈더미어 호수에는 진로를 가로막는 장애물이 많았다. 배는 조그만 섬 사이를 쌩하고 지난 다음, 놀이공원에서 사람들을 놀래주려고 갑자기 나타나는 장애물처럼 난데없이 모습을 드러낸 호반의 돌출부를 지나면서 옆으로 기울었다. 이 공간을 1600개의 쏜살같이 달리는 배와 공유한다고 생각해 보라. 배를 모는 사람 대부분은 고성능 배를 한 번도 타본 적이 없는 반푼이들과 함께 다닌다. 거기에 온갖 쓰레기가 떠다니고 나룻배, 카약 등등이 가세한다. 호수에 사체가 둥둥 떠다니지 않는 게 희한할 지경이었다.

이 경험을 통해 배운 것은 두 가지다. 첫째, 뚜껑 없이 시속 40마일로 달리는 배에서는 토를 해도 다 증발해 버린다는 사실. 둘째, 윈더미어 호수는 크기가 매우 작은 곳이라는 점. 이게 바로 문제의 핵심이다. 지형학적 다양성이나 시간을 초월한 존엄성이 영국에 존재함에도 불구하고 그 규모는 매우 작았다. 영국에 있는 그 어떤 자연물도 세계적이라는 수식어와 함께 사용할 수가 없다. 알프스 같은 산맥이 있기를 하나 귀가 멍멍해질 정도로 커다란 계곡이 있기를 하나 심지어 큰 강 하나 변변한 게 없다. 영국 사람들은 템스 강을 나라의 동맥으로 생각한다지만 세계적 기준으로 보면 콸콸 흐르는 개울 정도에 불과하다. 미국에 가져다 놓으면 상위 100위권 안에도 들지 못한다. 정확히 말하면 108등이다. 세상에 잘 알려지지 않은 스컹크 강, 쿠스코큄 강, 그 작다고 소문난 밀크 강에 견주어도 훨씬 작다. 길이 10마일, 너비 0.5마일 크기인 윈더미어는 영국 호수 중에서는 뽐낼 수 있을지 몰라도 윈더미어 호수 표면적 12제곱인치는 슈피리어 호수의 4분의 1에 불과하다. 아이오와에는 댄 그린 슬로우라 불리는 수역이 있는데, 아이오와 사람들조차도 잘 모르는 이름 없는 장소지만 그런 것도 윈더미어보다 더 크다. 영국의 레이크 지방 전체 면적도 쌍둥이 도시라 불리는 미국의 미니애폴리스와 세인트폴보다 작다.

나는 이것도 나름대로 좋은 일이라 본다. 치수상으로 지형이 작은 게 좋다는 말이 아니라 사람들이 바글거리는 섬나라의 한가운데, 조촐하고 아담하면서 동시에 근사하고 멋진 모습을 간직해서 좋다는 것이다. 그건 정말 대단한 일이다. 그나저나 미국이 영국의 인구밀도를 따라잡으려면 일리노이, 펜실베이니아, 매사추세츠, 미네소타, 미시간, 콜로라도, 텍사스의 사람들을 통째로 끄집어내 아이오와에 죄다 집어넣어야한다는 걸 알고는 있는가? 하루면 다 돌아볼 수 있는 호숫가에서 살고 있는 사람들이 2000만 명이고, 매년 이곳으로 찾아오는 이들의 숫자는 영국 인구의 4분의 1에 가까운 1200만 명이다. 그러니 여름철 주말이면 앰블사이드를 통과하는 데만 2시간이 걸리는 것도 당연하다. 또 윈더미어 호에는 보트가 빼곡히 들어차서 배와 배 사이를 껑충껑충 뛰어서 호수를 건널 수도 있다.

하지만 이런 최악의 상황에서도 레이크 지방은 영국보다 더 큰 나라에 있는 절경보다 더 매력적이고 탐욕스러운 상업화의 진행도 덜하다. 군중들을 멀리 보내고, 행주와 찻집, 찻주전자, 베아트릭스 포터의 온갖 물건과 함께 보우니스와 호크셰드, 케스윅도 멀리 보내버리면 온전한 완벽만이 남게 될 것이다. 이런 생각을 하는 사이 페리호가 조심스럽게 상륙 장소로 다가갔다. 우리는 허둥지둥 배에서 내렸다. 잠시 동안 주변은 분주하게 돌아갔다. 한 무리의 차가 내리자 다른 무리의 차가 배로 올라섰다. 걸어서 배를 탔던 여덟아홉 명의 승객들은 사방으로 흩어졌다. 그리고 갑자기 모든 것이 침묵했다. 더없이 행복한 침묵이었다. 나는 호수 주변으로 난 수목이 우거진 예쁜 길을 따라 걷다가 내륙으로 방향을 틀어 니어 소리를 향해 걸었다.

니어 소리는 베아트릭스 포터가 귀엽고 다정한 수채화 그림을 그리고 감상적인 비문을 궁리해낸 오두막인 힐탑이 있는 곳이다. 힐탑은 연중 내내 도처에서 온 관광객이 넘쳐난다. 마을의 대부분은 커다란 주차장에 자리를 내어주고 말았지만 사려 깊게도 천으로 가려져 있었다. 찻집 앞에는 일본어로 가격을 안내하는 푯말도 세워져 있었다. 허, 거참!

하지만 마을로 가는 진입로는 영락없는 촌락이었다.(그나저나 마을과 촌락의 차이를 알고 있는가? 영어로 빌리지village와 햄릿hamlet이라 부르는 두 낱말의 차이는 간단하다. 전자는 사람들이 사는 곳이고, 후자는 셰익스피어의 연극이다.) 어디서 보나 아름답고 손상됨이 없는 마을이었다. 목초지의 초록빛이 아름다운 에덴에는 구불구불한 슬레이트 벽과 나무숲과 나지막한 하얀색 농가가 있었다. 농가의 뒤쪽으로는 우뚝 솟은 푸르른 구릉지가 보였다. 니어 소리에는 기쁨과 위안을 주는 조화로운 매력이 있었다. 하지만 그 뒤에는 유명한 집으로 느릿느릿 걸어가는 엄청난 사람의 무리가 숨어 있었다. 힐탑의 놀라운 인기는 실로 대단해서 문화보호협회는 이 지역 관광에 대한 광고를 그만두었다. 그럼에도 여전히 찾아오는 사람들이 있었다. 버스 두 대는 재잘거리는 백발의 침략자들을 게워내고 있었다. 내가 도착했을 때는 메인 주차장은 거의 다 차 있었다.

일 년 전에 힐탑을 가본 적이 있어서 그 오두막은 그냥 지나쳐 사람들이 잘 알지 못하는 길을 따라 영어로 탄tarn이라고 하는 산속의 작은 호수로 올라갔다. 그리고 걸음을 계속 옮겨 뒤쪽의 고지대로 올라갔다. 포터 부인도 이 산속 호수에 정기적으로 올라와 노 젓는 배를 타고 격하게 움직였다고 한다. 그것이 건강을 위한 운동이었는지 아니면 스스로를 단련하기 위한 편달이었는지는 나도 모르겠다. 하지만 매우 아름다운 곳이고 사람들의 손길이 닿지 않은 곳이었다. 그곳까지 올라오는 모험을 감행한 사람은 몇 년 만에 내가 처음이 아닌가 싶었다. 반대편에는 한 농부가 무너진 담벼락을 수리하고 있었다. 나는 적당히 떨어진 곳에서 서서 한참 동안 그 모습을 바라보고 있었다. 자연석 담벼락을 수리하면 마음의 큰 위로를 얻게 되고 차분해진다. 하지만 못지않게 마음을 진정시켜 주는 일은 바로 다른 이가 그 일을 하는 걸 지켜보는 것이다.(직접 경험을 한 장본인으로서 자랑스레 이야기하는 바이다.) 그 고풍스러운 담은 그야말로 멋진 풍경을 만드는 장본인이었다. 한 번은 이런 일이 있었다. 북부지역으로 이사 온지 얼마 되지 않았던 때에 산책을 나갔다가 우연히 이웃 농부가 외딴 언덕에 담을 다시 세우는 모습을 발견했다. 당시는 고약한 날씨의 1월이었다. 안개와 비가 허공을 날아다니고 있는 때에 굳이 담을 다시 세울 필요가 없어 보였다. 게다가 반대편 들판도 그의 소유였다. 두 토지 사이를 가로막을 생각이 아니라면 벽이 무슨 기능을 할까 싶었다. 나는 가만히 서서 일하는 모습을 한참 바라보다가, 마침내 왜 비오는 추운 날에 밖에 나와서 담을 다시 세우느냐고 물었다. 그는 요크셔 농부 특유의 성난 얼굴로 남부에서 이사 온지 얼마 안 되는 멍청이를 상대해 주었다.

"그야 담이 무너졌으니까요."

이 사건으로 나는 절대로 요크셔 농부들에게는 질문을 하지 말아야 한다는 것을 깨달았다. 물론 "괜찮다면 테트리 맥주 한 잔 줘"라는 말로 답을 할 수 있는 질문은 예외다. 그리고 또 하나 알게 된 것은 영국의 풍광이 형언할 수 없게 아름답고 시간을 초월해 그 절경을 유지하는 이유가 대부분의 농부들이 원래의 모습을 그대로 보존하려 수고하기 때문이라는 사실이었다.

돈하고는 전혀 상관없는 것이 분명했다. 정부가 국립공원을 찾는 사람 1인에게 1년 동안 사용하는 돈이 일간지 하나를 만드는 비용보다 적었다. 정부가 국립공원 열 개에 쓰는 돈보다 코번트 가든에 있는 로열 오페라 하우스에 쓰는 돈이 더 많다. 많은 사람들이 영국에서 가장 아름답고 환경적으로 중요하다고 생각하는 레이크 지방 국립공원에 책정된 일 년 예산이 2400만 파운드다. 규모가 큰 런던의 고등학교 하나에 들어가는 돈과 같은 액수다. 그 돈으로 국립공원 관리자들은 공원을 유지하고 열 개의 안내소를 운영하고 여름에는 127명의 정규직원과 40명의 아르바이트 직원의 월급을 대야 한다. 또 장비와 차량을 유지보수하고 자연환경 보존을 위한 기금 마련에 나서야 하며 교육 프로그램도 만들고 지역 개발도 담당해야 한다. 이 말은 공원 안에서 이루어지는 모든 개발계획을 평가하고 관리해야 한다는 말이다. 레이크 지방은 대체로 아름답고 용의주도하게 관리되고 있다. '이성과 감성 어느 쪽에도 해가 되지 않는 일이다'라는 말은 레이크 지방에서 일하는 사람들, 그 안에서 사는 사람들, 그 지역을 이용하는 사람들에게 성서처럼 계속 울려퍼졌다. 최근 읽은 바에 의하면 영국 사람들의 절반 이상은 자신의 나라에 대해 자랑스럽게 여기는 것을 단 하나도 생각해내지 못했다고 했다. 그렇다면 이 점을 자랑스럽게 여기면 될 것이다.

나는 몇 시간 동안 행복하게 코니스톤 워터와 윈더미어 사이의 화려하고 편안한 풍경을 즐기며 돌아다녔다. 비가 오지만 않았더라면 기꺼이 더 오래 머물었을 것이다. 줄기차게 내려 기운 없게 만드는 빗줄기에 대한 대비를 전혀 하지 못한 옷차림을 하고 있었다. 그리고 배도 고팠다. 그래서 보우니스가 있는 곳으로 되돌아갔다.

한 시간여 후 비싼 참치 샌드위치 하나를 해치운 나는 올드 잉글랜드 호텔에 되돌아왔다. 방안에서 나는 커다란 유리창 너머로 비에 젖은 호수를 바라보며 비오는 오후를 보낼 때 늘 떠올리는 지루함과 노곤함을 느끼고 있었다. 그렇게 삼십분 정도를 있다가 투숙객을 위한 라운지로 가서 커피 한 주전자를 급히 변통할 수는 없는지 알아보았다. 라운지는 나이 지긋한 대령과 그의 아내들의 차지였다. 아무렇게나 접어놓은 〈데일리 텔레그래프〉 사이에 앉아들 있었다. 대령들은 모두 짜리몽땅한 체격에 트위드 재킷을 입고 반들반들한 은발 머리로 겉으로는 퉁명한 채하면서 냉혹한 마음을 숨기고 있었다. 아내들은 입술연지와 파우더를 아낌없이 발라서 관을 맞추다가 나온 사람마냥 보였다. 아무래도 내가 있을 곳이 못되는 것 같았다. 그런데 그 중 한 명이 상냥하게 말을 거는 게 아닌가! 소규모 지진이 났을 때 립스틱을 바른 것 같은 백발의 부인이었다. 이런 상황에서 내가 꽤 믿을만한 외모의 중년 남자지 바나나 보트에서 막 내린 껑다리 어린 촌놈이 아니라는 사실을 기억해내기까지 시간이 좀 필요했다.

우리는 통상적인 방식대로 잔인한 날씨에 대해 몇 마디를 주거니 받거니 했다. 하지만 그 부인은 내가 미국인이라는 사실을 알게 되자마자 갑자기 태도를 바꿔 아서와 함께 했던 여행에 대한 이야기를 시작했다. 아마도 아서라는 이는 그녀 옆에서 수줍게 미소 짓는 멍청이의 이름인 것 같았다. 부인과 아서는 캘리포니아에 있는 친구를 최근에 방문했다고 했다. 이야기는 서서히 귀가 닳도록 들었던 미국의 부족한 점에 대한 성토대회로 변질되어갔다. 이런 말을 하는 사람들은 도대체 무슨 생각으로 그러는지 모르겠다. 내가 그 솔직담백한 태도를 높이 평가할 거라 믿는 걸까? 아니면 내가 그들과 같은 족속이란 사실을 그냥 잊어버리고 그러는 걸까? 특히 출입국 관리에 관한 이야기가 나오면 항상 같은 타령이다.

"너무 주제 넘는다고 생각하지 않나요?"

그 부인은 콧방귀를 뀌면서 차 한 모금을 마셨다.

"생전 처음 보는 사람이랑 5분 정도 이야기를 해놓고 마치 친구라도 된 듯 생각하잖아요. 엔시노에 아는 사람이 있거든요. 우체국인가 뭔가 하는 데서 일하다가 은퇴를 했어요. 그런데 내 주소를 묻더니 다음에 영국에 오면 한 번 들린다는 거예요. 그게 말이나 되요? 평생 한 번도 만난 적도 없는 사람이라고요."

부인은 다시 차 한 모금을 마시더니 잠시 생각에 잠겼다가 말을 이었다.

"참 특이한 허리띠 버클을 하고 있었어요. 순은에 작은 보석이 박혀 있었죠."

"저는 음식이 참 기억에 남네요."

부인의 남편이 자리에서 조금 일어나더니 혼잣말을 시작하는 듯했다. 하지만 곧 그가 화제의 첫 번째 문장만 말하는 그런 부류의 사람이란 사실이 분명해졌다.

"오, 그래요. 음식!"

부인은 환성을 지르며 이야기의 요점을 확 낚아챘다.

"미국 사람들이 음식을 대하는 태도가 정말 이상하더라고요."

"왜요? 맛있는 음식을 좋아해서요?"

나는 희미하게 미소 지으며 말했다.

"오, 아니요. 음식 양 말이에요. 미국에서 생각하는 음식 양이 너무 천박하더라고요."

"한 번은 스테이크를 먹는데 말입니다…"

남편이 혼자 웃으면서 말을 꺼냈다.

"그리고 말도 정말 웃겼어요! 여왕님이 쓰시는 표준 영어를 구사할 줄 모르더라고요."

잠깐. 미국인들이 생각하는 음식 양이 어쩌고 하는 말이나 화려한 허리띠 버클을 한 친절한 미국 남자에 대해서는 뭐라 한들 상관없었지만 미국에서 사용하는 영어에 대해서 말하려면 신경을 좀 써야 하는 법이다.

"미국인들이 왜 영국의 표준 영어를 사용해야 하지요?"

나는 조금 쌀쌀맞게 굴었다.

"미국에는 여왕님도 안 계시는데 말이죠."

"하지만 미국인들이 사용하는 표현이 이상했어요. 그리고 억양도 영 아니고요. 여보, 당신 마음에 들지 않았던 표현은 뭐가 있었죠?"

"'정상상태Normalcy'라는 말이었지."

아서가 말했다.

"어떤 사람이 이 말을 쓰는 걸 들은 적이 있어요."

"하지만 정상상태라는 말은 미국식 말투가 아닙니다. 영국에서 만든 신조어에요."

"어머, 나는 그렇게 생각하지 않아요."

그 부인은 쥐뿔도 모르는 게 분명한데도 짐짓 은혜라도 베푼다는 듯한 미소를 내게 지었다.

"그렇지 않다고요."

"1722년에 생긴 말입니다."

이 사이로 거짓말이 튀어나왔다. 그래도 기본적인 주장은 사실이다. '정상상태'를 의미하는 영어는 명명백백하게 영국식 표현이었다. 다만 자세한 내용이 생각나지 않는 관계로 빈칸을 적당히 때우는 것뿐이었다.

"대니얼 디포가 그 뭐냐⋯, 몰 플랜더스에서 말입니다."

나는 순간 퍼뜩 영감을 얻어 덧붙였다. 영국에서 미국인으로 살아가면 흔히 듣게 되는 이야기 중 하나가 미국이 영국의 무덤이라는 말이다. '내 생각'이라는 전제 하에 놀랍도록 자주 들었던 말이다. 특히 저녁식사 중에 평소 주량보다 더 마신 사람이 꼭 그런 말을 했다. 하지만 이번처럼 파우더를 덕지덕지 바른 쪼그랑할멈이 헛소리로 해댈 때도 있었다. 그럴 때 가끔 인내심을 잃고 울컥하는 경우가 있다. 그래서 나는 그 부인에게, 아니 그 부부에게 말했다. 남편도 뭔가 의견이랍시고 말할 태세를 갖추고 있었기 때문이었다. 당신들이 인정하던 안 하던 상관없이 영국의 말은 미국에서 만든 어휘로 인해 매우 큰 생명력을 지니게 되었다. 말이란 것은 이 생명력이란 게 없으면 존재할 수가 없다. '저능아'라는 뜻의 '모런'이 그 대표적인 예다. 나는 이를 드러내어 야만적 적의를 드러내 보인 다음 남아 있던 커피를 단숨에 마시고 다소 건방진 태도로 이만 실례하겠다고 말했다. 그러고 나서 〈타임스〉의 편집자에게 또 다른 편지를 쓰러 갔다.

다음날 아침, 존 프라이스와 데이비드 패트리지라는 매우 친절한 사람이 프라이스의 차를 타고 호텔에 나타났다. 나는 문가에 서서 두 사람을 기다리고 있었다. 나는 일단 보우니스의 커피숍 금지령을 내렸다. 더 이상 그 커피를 참아줄 수 없다는 이유를 대면서 프라이스가 미리 방을 예약해 두었다는 바슨스웨이트 호수 근처의 호텔로 가자고 재촉했다. 그리고 숙소에 가방을 던져놓고 커피를 마신 다음, 주방에 이야기해서 점심을 세 개 포장해 달라고 했다. 그리고 세련된 하이킹 패션으로 무장한 다음 그레이트 랑데일 계곡을 향해 출발했다. 그래 바로 이 거야!

험악한 날씨와 철 지난 시기임에도 불구하고 주차장과 계곡 주변 길 가는 차들로 북적였다. 어디를 보나 트렁크에서 장비를 꺼내거나 차 문을 열어놓고 앉아서 따뜻한 양말과 튼튼한 부츠를 신고 있는 사람들이 있었다. 우리도 발을 정성스레 치장하고 낙오한 등산객 무리에 끼었다. 모두들 배낭을 메고 무릎까지 오는 양모 양말을 신고 풀로 뒤덮인 길을 한참 걸어 밴드라는 이름의 곱사등이 언덕으로 올라갔다. 최종 목적지는 절경으로 소문난 보우 펠의 정상이었다. 레이크랜드 구릉지에서 여섯 번째 고지로 꼽히는 그 산의 고도는 2960피트였다. 앞선 등산객들은 천천히 움직이는 점이 되어 구름 뒤에 숨어 있는 정상으로 우리를 이끌어 주고 있었다. 완연한 겨울이 된 10월 말 어느 우중중한 토요일에 이렇게 많은 사람들이 산비탈을 고생고생하면서 올라가는 일이 재미있다고 생각한다는 점이 내심 놀라웠다.

우리는 풀이 덥힌 나지막한 비탈길을 지나 훨씬 황량한 지형으로 접어들었다. 그리고 거석과 바위 부스러기를 넘어서 마침내 가장자리가 너덜너덜 해어져 보이는 구름 사이에 도착했다. 구름 아래로 수천 피트 아래 있는 것으로 보이는 계곡 바닥이 보였다. 경이로운 전망이었다. 마주 보이는 곳에 랑데일 봉우리의 산꼭대기들이 들쑥날쑥 톱니모양으로 어긋나며 적당한 거리에 있는 좁은 계곡으로 밀고 들어가고 있었다. 계곡은 벽돌담이 쳐진 조그만 들판으로 장식되어 있고 서쪽으로 가면 중후한 갈색 구릉지가 광대한 지역에 걸쳐 부풀어 오르다가 안개와 나지막한 구름 속으로 사라져 버렸다.

계속 걸어가는 데 기상상태가 갈수록 악화되었다. 공기 중에는 얼음 분자들이 소용돌이치며 날아다니다가 면도날처럼 날카롭게 살갗을 쳤다. 쓰리 탄스 근처에 도착했을 무렵에는 정말 위협적인 분위기가 났다. 톱날 같은 서리에 짙은 안개까지 더해졌다. 안개 덕에 시계가 나빠져 한 치 앞도 보이지 않았다. 우리는 한두 번 잠시 길을 잃기도 했다. 그곳에서 죽을 생각이 없었던 나는 더럭 겁이 났다. 다른 건 다 그만두고라도 항공사 단골고객으로 받은 마일리지 1만 4700점이 아직도 남아 있었다. 어둠을 헤치고 앞으로 나가니 오렌지색 눈사람 같은 형상의 쩔쩔매는 모습이 눈에 들어왔다. 가까이 다가가 살펴보니 최신 기술로 만든 하이킹 옷이었다. 그 옷 안쪽 어딘가에는 사람이 들어 있었다.

"바람이 꽤 세죠."

덩어리가 절제된 음성으로 말했다.

존과 데이비드는 멀리서 왔느냐고 물었다.

"블리 탄에서 왔습니다."

블리 탄이라면 애 꽤나 먹이는 지형을 넘어서 10마일은 떨어진 곳에 있었다.

"그쪽도 안 좋은가요?"

존은 등산객들이 나누는 생략어법을 구사하고 있었다.

"손발이 바빴죠."

남자가 말했다.

모두들 알만하다는 듯 고개를 끄덕였다.

"곧 거기처럼 될 것 같은데요."

다시 한 번 모두들 고개를 끄덕끄덕.

"자, 즐거운 산행 빕니다."

마치 하루 종일 수다를 떨고 있을 수만은 없다는 듯 남자는 작별을 고하고 하얀 스프 속으로 굴러들어갔다. 그가 가는 모습을 보던 나는 뒤로 돌아 그만 계곡으로 돌아가서 뜨거운 음식과 차가운 맥주가 있는 아늑한 호스텔을 찾아보자고 말하려 했다. 하지만 프라이스와 페트리지는 이미 30피트 앞서 안개 속으로 사라져가고 있었다.

"어이, 기다려!"

나는 힘없이 말하고 바삐 두 사람을 뒤쫓아 갔다.

우리는 무사히 정상에 도착했다. 우리 앞으로 갔던 서른세 명이 다 있는지 세어보고 샌드위치와 보온병과 마구 펄럭거리는 지도를 들고 안개로 하얗게 변한 커다란 바위 사이로 끼어들어가 있었다. 외부에서 이런 모습을 보면 어떻게 설명할까 궁금했다. 서른여섯 명의 영국 사람들이 얼음 섞인 폭풍우가 내리는 산꼭대기로 소풍을 나왔다고 하면 되려나? 아무리 생각해도 뭐라 설명할 길이 없었다. 우리는 무거운 발걸음을 옮겨 바위로 다가갔다. 그곳에 남녀 한 쌍이 친절하게도 자신들의 배낭을 치워주며 소풍 장소를 우리에게 나눠주었다. 우리는 앉아서 살을 에는 듯한 바람을 맞으며 딱딱해진 삶은 계란 껍데기를 꽁꽁 언 손가락으로 두들겨 깨먹고 따뜻해진 청량음료를 홀짝인 다음에 속이 다 떨어져나가는 치즈피클 샌드위치를 먹었다. 그리고 꿰뚫어 버릴 수 없는 커다란 바위를 노려보았다. 저 바위를 넘어서 여기로 오는데 3시간이나 들었다. 나는 생각했다. 진지하게. '하느님, 이 나라를 사랑합니다.'

25

탄광촌의 기적

더럼과 애싱턴

존오그로츠

글래스고

에든버러

애싱턴

더럼

리버풀

루드로우

런던

본머스

도버

요크를 경유해 뉴캐슬로 가다가 그만 또 충동적으로 일을 저지르고 말았다. 더럼에서 내린 것이다. 원래는 대성당에서 한 시간쯤 이곳저곳 돌아볼 생각이었지만 더럼을 보자마자 완전히 사랑에 빠져버렸다. 일단 이곳은 너무나 아름답다. 소도시로서 모든 조건을 완벽하게 갖추고 있다. '왜 아무도 더럼에 대해 이야기하지 않았던 거지?' 이건 더럼을 걸으면서 계속 내 머릿속을 맴돌던 생각이었다. 물론 노르만 양식의 훌륭한 성당이 있다는 정도는 전부터 알고 있었다. 하지만 이렇게 눈부시게 아름다운 줄은 생각도 못했다. 영국에서 20년을 사는 동안에 어느 누구도 다음과 같이 이야기해주지 않았다니 믿을 수가 없었다.

"자네, 더럼에 가봤나? 이런. 꼭 한 번쯤은 가 봐야 하는 곳이야! 내 차를 내어줄 테니 어서 가보게."

일요일 신문에 실리는 주말여행에 관한 기사를 수도 없이 많이 읽었다. 요크, 캔터베리, 노리치, 바스, 심지어 링컨까지 관광명소로서 소개된 기사를 한 번쯤은 접해봤다. 하지만 더럼에 관한 기사는 단 한 줄도 본 기억이 없다. 친구들에게 물어도 가봤다는 사람이 별로 없을 것 같다. 이제 나라도 이야기해야겠다. 더럼에 한 번도 가보지 않았다면 지금 당장 가보시라. 내 차를 내어줄 테니 타고 가시라. 정말 아름다운 곳이다.

　적갈색 돌멩이를 산더미처럼 쌓아 만든 대성당은 우뚝 솟아 유유히 흐르는 위어 강 만곡부를 굽어보고 있었다. 당시의 영광이 그대로 재현되고 있었다. 모든 것이 완벽했다. 주변 환경이나 그 건축 솜씨뿐만 아니라, 정말 대단하게 생각되는 점은 그 운영방식이다. 일단 돈타령이 없다. '자발적' 입장료 같은 것이 없다는 말이다. 입구에 성당을 유지보수하는데 매년 70만 파운드가 소요되고 지금은 동쪽 별관을 개조하는데 40만 파운드가 들어가고 있으니 방문객들이 조금이라도 돈을 떼어 내주면 무척 감사할 것이라는 사실을 안내하는 조촐한 표지만이 있을 뿐이었다. 말로 형언할 수 없이 높이 치솟아 장관을 이루는 내부에는 명예를 떨어뜨리는 것이 아무 것도 없다. 적당한 크기의 모금함 두 개만 있을 뿐이다. 호객하는 소리도 없고 징징거리는 안내방송도 없다. 진저리나는 게시판도 없고 멍청이 아이젠하워의 깃발 따위도 찾아볼 수 없다. 날씨도 안성맞춤이었다. 스테인드글라스 창문을 통해 비스듬히 들어오는 햇살은 화려한 무늬를 새겨 넣은 두툼한 기둥에 밝은 빛을 비추고, 공중에 부유하는 각양각색의 고운 빛깔을 바닥에 흩뿌려 주기도 했다. 심지어 나무로 만든 등받이가 있는 긴 의자를 구비해 놓기도 했다.

　내가 이런 물건들을 볼 줄 아는 감식안을 갖고 있는 건 아니지만 내 생각에는 성가대석 끝에 있는 창문은 여기보다 더 유명한 요크의 창문과 똑같았다. 하지만 이 창문은 그 화려함을 마음껏 감상할 수 있다는 더 좋은 장점이 있다. 움푹 들어간 수랑transept으로 숨겨놓지 않았기 때문이다. 반대편 끝에 있는 스테인드글라스는 더욱 근사했다. 이 스테인드글라스를 말하면서는 입에 거품을 물지 않을 수가 없다. 눈이 돌아갈 만큼 눈부시고 화려하고 웅장하다. 열두 명의 방문객 중에서 한 명으로 있던 내게 지나가던 성당지기가 낭랑한 목소리로 안녕하시냐는 인사를 건넸다. 그 친근함에 완전히 매료당했고 이런 완벽함 한가운데 있다는 사실에 넋을 잃고 말았다. 나는 주저하지 않고 영국 최고의 성당으로 더럼 대성당에 한 표를 던지겠다.

양껏 감상을 마친 나는 모금함에 동전을 쏟아 붓고는 밖으로 나가 더 럼의 구시가를 최고 속도로 둘러봤다. 이 역시 고풍스럽고 완벽하기가 대성당 못지않았다. 기차역으로 돌아오면서 이 작은 나라에 볼 것이 얼마나 많은지에 감탄하는 동시에 불과 몇 주 안에 돌아볼 수 있으리라 생각했던 어리석음을 한탄했다.

도시 간 고속열차를 타고 뉴캐슬로 가서 완행열차로 갈아타고 북쪽으로 18마일(약 29km)을 더 달려 페그스우드에 도착했다. 나는 때아닌 눈부신 햇살을 만끽하며 애싱턴으로 가는 곧게 뻗은 길을 따라 1~2마일을 더 걸었다.

애싱턴은 오랫동안 세계 최대 규모의 탄광촌을 자처해왔다. 하지만 더 이상 채광을 하고 있지는 않다. 전체 인구가 2만 3000명에 불과해 마을이라 부르기도 민망한 지경이 되어버렸다. 유명한 축구선수를 많이 배출한 지역으로도 유명하다. 재키 찰튼과 바비 찰튼 형제, 재키 밀번 등 사십여 명의 프리미어리그 축구선수가 이곳 출신이다. 작은 지역에서 이 정도 선수가 나왔다는 건 놀랄 일이었다. 하지만 정작 내 마음을 끄는 점은 다른 데 있었다. 한 때 유명세를 떨쳤으나 지금은 거의 잊히다시피 한 '피트멘 페인터스' 이야기였다.

1934년 더럼 대학교의 교수이자 화가인 로버트 리온이라는 사람의 지도 아래 마을에서는 '애싱턴 그룹'이라는 그림 동호회가 생긴다. 생전 제대로 된 그림을 그려본 적도 없고, 제대로 된 작품을 감상해본 적도 없는 배타적이고 독선적인 광부 즉 피트멘pitmen(구덩이에서 일하는 사람)들은 매주 월요일 저녁마다 통나무집에 모여 동호회 활동을 하기 시작했다. 그들은 놀라운 재능을 보여서 '애싱턴의 이름을 회색빛 산 너머로 널리 알리게' 되었다. 마지막 말은 축구 말고는 아무것도 모르는 〈가디언〉 비평가의 말을 그대로 인용한 것이다. 이들의 이야기는 1930년대에서 40년대에 특히 많은 주목을 받으며 전국 신문과 예술잡지의 집중 조명을 받았다. 런던과 다른 대도시에서 작품을 전시하기도 했다. 내 친구인 데이비드 쿡은 실제로 '피트멘 페인터스'로 불리던 런던옵서버의 미술평론가 윌리엄 피버가 낸 삽화집도 갖고 있다. 내게 한 번 보여준 적도 있었다. 그림에 대한 설명이 꽤 매혹적이었다. 하지만 내 마음에 뚜렷하게 각인된 것은 무뚝뚝한 탄광노동자들의 사진이었다. 양복에 넥타이까지 차려입은 그들은 작은 오두막에 모여서 진지한 얼굴로 이젤과 화판 위로 몸을 구부린 채 앉아 있었다.

애싱턴은 기대했던 것과는 영 딴판이었다. 데이비드 쿡의 책에서 본 흑백사진에는 주변에 더러운 쓰레기더미가 쌓여있고 잡초가 무성한 마을이었다. 세 개의 채굴장에서 퍼져나오는 연기가 자욱하게 끼여 있기도 했다. 검댕으로 시커멓게 내리는 부슬비가 그칠 줄 모르고 좁은 진흙탕 길에 흩뿌리고 있었다. 하지만 지금 내 눈앞에 펼쳐진 애싱턴은 깨끗하고 상쾌한 대기 속에서 분주하게 돌아가는 현대적인 도시였다. 심지어 새로운 상업지구도 들어서 있었다. 커다란 깃발이 펄럭이는 상업지구에는 호리호리한 나무를 새로 심고 개간한 땅으로 보이는 곳에 벽돌로 지은 인상적인 입구가 있었다. 가장 번화한 거리인 스테이션 도로는 산뜻한 보행자전용 구역이 마련되어 있었고 거리의 많은 상점들은 장사가 잘 되는 것처럼 보였다. 하지만 애싱턴에 돈이 많지 않다는 건 금세 알 수 있었다. 대부분의 상점이 가격파괴 중이거나 슈퍼드러그처럼 1파운드 미만의 생활용품만 팔고 있었다. 창문에는 요란하게 특별가격 판매를 약속하는 종이들이 덕지덕지 붙어 있었다. 그래도 나름의 방식으로 열심히 돈을 벌고 있는 듯했다. 그러니까 브레드포드의 상점들과는 전혀 달랐다는 말이다.

시청으로 가서 한때 유명세를 탔던 문제의 오두막을 찾아가는 길을 물었다. 그리고 우드혼 도로를 걸어 내려가며 오래된 코업 건물을 찾았다. 그 뒤가 오두막이 있던 장소였다. 여기서 짚고 넘어가야 할 이야기가 하나 있다. 애싱턴 그룹의 명성은 상당 부분 온정주의에 기댄 면이 있었다. 런던이나 바스와 같은 대도시에서 열린 전시회에 관한 기사를 읽어보면, 비평가들과 자칭 예술애호가라고 하는 이들에게 애싱턴의 화가들은 존슨 박사가 기른 재주 부리는 개나 마찬가지였다. 그림을 잘 그렸다는 것에 놀라는 것이 아니라 그냥 그림을 그렸다는 자체에 감탄하고 있었다.

그러나 애싱턴의 화가들은 애싱턴과 같은 장소에서 출세하고자 하는 사람들의 강렬한 욕망의 일부를 보여주었다. 그런 곳에서 사는 사람들은 초등학교 몇 년의 교육도 감지덕지 했다. 2차 세계대전이 일어나기 전 몇 년 동안 애싱턴 사람들은 기회를 놓치지 않았고 윤택한 생활을 했다. 생각해보면 놀라운 일이다. 한 때 애싱턴에는 1년 내내 강연회와 콘서트가 열렸고 특강 형식의 철학회, 오페라회, 연극회, 노동자교육

협회, 탄광노동자복지협회, 정원관리동호회, 사이클링동호회, 육상동호회 등등 비스무레한 모임이 셀 수도 없이 많았다. 그들은 이런 점을 자랑했다. 한참 전성기에는 그 수가 무려 스물두 개나 되었는데, 노동자들이 만든 동호회에는 도서관과 독서실이 제공되기도 했다. 마을에는 인기가 좋은 연극홀이 있었고 무도회장과 다섯 개의 극장, 하모닉 홀이라는 이름의 실내악 연주홀도 있었다. 1920년대에는 뉴캐슬바흐합창단이 일요일 오후에 하모닉 홀에서 연주회를 가져서 2000명의 관객들을 매료시키기도 했다. 이 모든 일이 오랜 가난에 시달리던 황량한 탄광촌에서 일어났다.

그러다가 이 멋진 협회와 기구들이 하나둘씩 사라지기 시작했다. 비극배우들이 사라졌고 오페라협회가 사라졌고 독서실이 사라졌고 강연장이 사라졌다. 다섯 개나 되던 극장도 조용히 문을 닫았다. 현재 애싱턴에서 가장 활기찬 지역은 시끄러운 소음이 가득한 오락실이다. 수많은 비디오게임과 멍한 얼굴로 줄지어 선 젊은 실업자들을 찾아볼 수 있는 곳이다. 이 오락실을 지나쳐 좀더 걸으니 코업 건물이 나왔다. 그 뒤에는 포장되지 않은 흙바닥에 그냥 차를 세우도록 한 대형주차장이 있었다. 주변에는 나지막한 건물이 드문드문 서 있었다. 건축자재업자 건물도 있고, 보이스카우트 회관도 있었다. 그리고 목조건물에 현기증이 날 것처럼 아찔한 청록색 페인트칠을 해놓은 참전용사협회 건물도 있었다. 윌리엄 피버의 책에서 애싱턴 그룹이 사용했던 오두막이 참전용사협회 건물 바로 옆이라는 것을 읽었다. 하지만 왼쪽인지 오른쪽인지는 나오지 않았다. 이렇게 찾아왔어도 여전히 알 길이 없었다.

애싱턴 그룹은 마지막까지 이 지역을 지킨 조직이었다. 그 쇠락의 과정은 천천히 그리고 고통스럽게 진행되었다. 1950년대를 지나면서 회원수가 극감했다. 예전 회원들은 죽어갔고 젊은이들은 정장에 넥타이까지 매고서 물감통을 들고 계집애 노릇을 하는 일은 구닥다리라고 인식했다. 마지막 몇 년 동안은 회원이 단 둘이었다. 마지막 회원인 올리버 킬번과 잭 해리슨은 매주 월요일 밤마다 모임을 가졌다. 1982년 여름 두 사람은 그 오두막의 1년 치 임대료가 50페니에서 14파운드로 인상된다는 통보를 받는다. 피버의 기록에 따르면 "그것은 1사분기 전기 사용료인 7파운드를 제외한 금액이었다." 과도한 요구였다. 1983년 50주기 기념일이 얼마 남지 않은 어느날 연간운영비 42파운드가 없어서 애싱턴 그룹은 해체되고 오두막은 철거되었다.

이제는 주차장 외에는 아무것도 찾아볼 수가 없었다. 하지만 그들이 그린 그림은 우드혼 탄갱박물관에 잘 보관되어 있었다. 우드혼 도로를 따라 1마일 정도를 걸으니 박물관이 있었다. 나는 이전에 탄광노동자들이 사용했던 시골집들이 끊임없이 줄지어 늘어선 거리를 지나 박물관으로 갔다. 탄갱은 오래 되어도 탄갱이었다. 벽돌건물도 그대로였고 공중에서 대롱거리는 톱니바퀴는 박람회장의 신기한 놀이기구처럼 보였다. 휘어져 뻗어나가는 녹슨 철로도 그대로였다. 하지만 아주 조용하고 소리 하나 없다는 점이 달랐다. 철도의 조차장도 손질이 잘 된 잔디밭으로 변해 있었다. 내가 유일한 방문객인 것 같았다.

우드혼 탄갱은 1981년에 폐쇄되었다. 100주년 기념을 딱 7년 앞에 두고 있을 때였다. 한때는 영국의 채굴장 3000개 중에 200개가 노섬벌랜드에 있었다. 광산업이 전성기를 구가하던 1920년대에는 120만 영국인이 석탄 탄광에서 일했다. 하지만 내가 여행을 했던 당시에는 채굴장은 열여섯 개가 전부였고 그곳에서 일하는 노동자들의 수도 98퍼센트나 감소했다.

이 모든 일이 조금 서글프다는 생각을 할 수도 있지만 박물관에 들어서면 탄광일이 얼마나 고되고 비인도적이었는지를 알게 된다. 그리고 탄광일이 어떻게 가난의 대물림을 고착화시켰는지도 볼 수 있다. 애싱턴에서 그토록 많은 축구선수가 배출된 건 우연이 아니었다. 수십 년 동안 축구 외에는 그곳을 벗어날 다른 탈출구가 없었던 것이다.

박물관답지 않은 아담한 박물관을 만드는 건 영국인들의 장기였다. 이번에도 예외가 아니었다. 광산 안에서 보내는 생활과 그 위 마을의 번잡한 모습을 잘 보여주는 매력적인 전시물이 많았다. 광산에서의 생활이 얼마나 고되고 힘든지를 실제로 알 길은 없다. 하지만 21세기에 들어서도 매년 1000명 이상의 사람들이 광산에서 죽어가고 채굴장마다 한 번씩 대형 참사가 벌어지지 않았던 곳이 없었다.(우드혼 광산은 1916년에 폭발사고가 일어나 30명의 인명을 잃었다. 형법상 관리태만이 이유였다. 광산의 소유주는 다시는 그런 일이 일어나지 않도록 하라는 주의를 들었다. 그렇지 않으면 다음에는 정말 호되게 '야단'을 쳐줄 거라 했다.) 1847년까지 네 살밖에 안 된 아이들도(이게 말이 되나?) 하루에 10시간씩 광산에서 일했다고 한다. 1910년 즈음에도 열 살 난 남자아이들이 광갱 통풍구 담당자로 일했다. 빛 하나 들어오지 않는 깜깜하고 좁은 공간에 갇혀서 탄차가 지날 때마다 환기구 문을 열었다 닫았다만 하고 있었다. 오전 세 시에서 오후 네 시까지 일주일에 6일을 근무했다. 개중 수월한 일이라는 게 이랬다.

사람들이 어떻게 시간을 내고 기력을 아껴서 강연이나 콘서트, 그림

동호회에 갔는지는 도대체 모르겠지만 어찌되었거나 그렇게들 했던 모양이다. 환한 조명 아래 애싱턴 그룹의 그림 30~40점이 전시되어 있었다. 재원이 얼마 없었던지라 공정을 거치지 않은 에멀션 페인트로 신문, 카드, 섬유판에 그림을 그렸다. 캔버스에 그린 것은 거의 없었다. 애싱턴 그룹이 틴토레토나 호크니 같은 거장의 안식처였다는 식으로 이야기하는 건 사실을 몹시 호도하는 일이다. 하지만 그 그림들은 50년간 어느 탄광촌의 감동적인 삶을 흡인력 있게 기록하고 있다는 의의를 갖는다. 대부분 〈토요일 밤의 클럽〉, 〈경전차〉처럼 지역의 풍경이나 채굴장의 모습을 묘사하고 있는 그림이다. 그래서 뉴캐슬이나 브라이턴의 미술관 보다는 여기에서 그림을 보는 편이 그림의 진가를 더욱 분명히 느끼게 된다. 또다시 깊은 감동에 젖어 넋을 잃게 되었다.

자리를 뜨려다가 광산의 주인들 이름이 기록되어 있는 것을 보게 되었다. 채탄 막장에서의 그 모든 이들이 수고와 땀으로 이뤄낸 결과의 주요 수요자 중에는 벤팅크, 즉 포틀랜드 공작 5세가 끼어 있었다. 순간 영국이 참으로 좁은 동네라는 사실이 새삼스러웠다.

동시에 그게 영국의 매력이었다. 친근하고 아담한 나라지만 흥미로운 사건사고를 잔뜩 품고 있는 나라였다. 이점에 대해 늘 감탄하고 놀라워했다. 옥스퍼드에서 불과 몇 백 야드 떨어진 장소에는 크리스토퍼 랜의 집이 있고 핼리가 혜성을 발견했고 보일이 자신의 법칙을 처음으로 생각한 건물이 있으며, 로저 배니스터가 마의 4분이라던 1마일(약 1.6km) 코스를 세계 최초로 깬 거리가 있고 루이스 캐럴이 엘리스 아가씨와 산책을 했던 초원이 있다. 이 모든 사실을 깨닫자 느끼는 감정이 바로 그랬다. 윈저의 스노우 힐에 서서 윈저성, 이튼의 운동장, 그레

이가 그 유명한 《엘레지》를 썼던 교회경내, 〈윈저의 즐거운 아낙네들〉
이 초연되었던 장소를 한눈에 바라볼 때도 마찬가지다. 수세기밖에 안
된 짧은 기간에 걸쳐 부지런히 이뤄낸 풍부한 업적의 결과를 한가득 품
고 있는 나라가 세상에 또 있을까?

　페그스우드로 돌아왔지만 경외심은 아직 사라지지 않았다. 다시 기
차를 타고 뉴캐슬로 갔다. 뉴캐슬에서 호텔을 잡고 평소답지 않게 조용
하고 평온한 저녁을 보냈다. 밤늦게까지 한산한 거리를 돌아다니며 동
상이며 건물들을 존경심과 애정을 담은 눈으로 보았다. 하루를 마무리
하며 떠오른 생각은 이젠 그만 떠날 때가 되었다는 것이다. 사연은 이
렇다.

　이 경이로운 나라에서 어떻게 그런 일이 있을 수 있단 말인가? 그러
니까 천부적 재능과 진취적 정신의 자취를 가는 곳곳마다 목도하게 되
는 이 나라에서, 인류의 가능성이 어디까지인지 철저히 탐구하고 도전
하여 그 영역을 확장시켜 놓으며 공업, 산업, 예술의 위대한 업적을 이
룬 이런 나라에서, 어떻게 긴 하루를 보내고 호텔로 돌아와 켠 텔레비
전에서 〈캐그니와 레이시〉 재방송이 또 나올 수 있단 말인가?

26

스코틀랜드와
사랑에 빠지다

에든버러

촌오그로츠

글래스고

에든버러

리버풀

루드로우

런던

본머스

도버

어둠이 내린 서늘한 11월의 어느 저녁에 기차를 타고 도착한 곳은 에든버러였다. 에든버러는 세상의 그 어떤 도시보다 아름답고 현혹적이었다. 혼잡한 지하 웨벌리 역에서 빠져나와 아름다운 도시의 중심에 서면 정말 행복하다는 생각을 하게 된다. 한참 동안 에든버러를 방문하지 않아서 이곳이 얼마나 매혹적이었는지 그만 잊고 있었다. 기념비적인 구조물마다 황금빛 투광조명이 비치고 있어서 기묘한 웅장함을 더하고 있었다. 언덕 위로 에든버러 성과 스코틀랜드 은행이 보였고, 그 아래에는 발모랄 호텔, 대문호 월터 스콧 경을 기념하기 위한 탑이 있었다. 도시는 하루를 마무리하는 이들로 활기를 띠고 있었다. 버스는 프린스 가를 빠르게 지나고 있었고 상점과 회사에서 일하던 사람들은 인도 위를 허둥지둥 걷고 있었다. 서둘러 집으로 돌아가서 해기스(양이나 송아지의 내장을 오트밀 따위와 섞어 그 위장에 넣어서 삶은 요리)와 닭고기 수프를 먹고 백파이프에 심취하거나 태양이 지면 스코틀랜드 인들이 하는 다른 일을 하려는 것이다.

나는 미리 칼레도니안 호텔에 예약을 해두었다. 그건 무분별한 낭비였다. 하지만 근사한 건물이었고 에든버러의 명물이니 하룻밤은 그곳에 묵어야 한다고 생각했다. 호텔을 찾아 프린스 가를 따라 내려가다가 로켓선처럼 생긴 고딕양식의 건축물을 지나게 되었다. 바로 스콧기념 탑이었다. 서둘러 지나가는 인파 속에서 나는 어슴푸레 변해가는 저녁 노을을 바라봤다. 하늘에 윤곽선을 그리고 있는 험준한 바위산 위에서 에든버러 성의 모습을 발견하고는 신이 났다.

에든버러는 놀라울 정도로 영국이 아닌 것 같았다. 웨일스보다 더 심했다. 건물도 영국답지 않게 호리호리하고 높았다. 사용하는 돈도 달랐고 심지어 공기와 빛도 딱 꼬집어 말하기 어렵지만 영국의 다른 지역과는 달랐다. 서점의 진열대에는 스코틀랜드에 관한 책이나 스코틀랜드 작가가 쓴 책으로 가득했다. 말도 달랐다. 길을 따라 걷는데 벌써 영국을 멀리 떠나온 느낌이 들었다. 그러다가 낯익은 곳을 발견하고 깜짝 놀라고 말았다. '이런, 여기에도 막스앤스펜서 매장이 있네.' 레이캬비크(아이슬란드의 수도)나 스타방에르(노르웨이의 도시)에 있을 때도 기대하지 못한 것들이라 당연히 보지 못할 줄 알았다. 우연한 재미였다.

칼레도니안 호텔에 체크인을 하고 짐을 객실에 던져버린 다음 곧바로 거리로 나갔다. 탁 트인 공간에서 에든버러가 보여주는 모든 것을 만끽하고 싶은 마음이 간절했기 때문이다. 나는 언덕 뒤로 난 길을 한참을 걸어서야 성에 도착했다. 하지만 밤에는 정원이 개방되지 않았다. 그래서 나는 로열마일을 따라 걸으며 느긋한 산책을 즐겼다. 살아 있는 생명이라고는 아무것도 없어 보이는 이 거리는 스코틀랜드만의 엄격한 방식으로 잘 정돈되어 있었다. 거리에 늘어선 관광상품점의 진열장을 이리저리 살펴보다가 스코틀랜드 사람들이 이 세상에 선보인 물건이 얼마나 많은지를 생각하게 되었다. 킬트, 백파이프, 스코틀랜드 농부들이 즐겨 쓴 큼직한 베레모, 딱딱하게 구운 오트밀 케이크, 커다란 다이아몬드 무늬가 있는 환한 노란색 스웨터, 해기스 요리 등 스코틀랜드인 말고는 필요해하는 사람이 거의 없을 것 같은 물건들이었다.

이 시점에서 솔직히 털어놔야겠다. 사실 나는 스코틀랜드도 좋아하고 얼굴을 발그레 붉히고 있는 영리한 스코틀랜드 사람들을 무척 존경하고 좋아한다. 인구 비율을 감안해서 살펴보면 스코틀랜드는 유럽에서 가장 많은 대학생을 배출하는 나라다. 이 작은 나라는 다양한 분야에 걸친 유명인사를 그야말로 수도 없이 양산해냈다. 당장 몇 명만 꼽아도 로버트 루이스 스티븐슨, 제임스 와트, 로버트 번스, 월터 스콧, 아서 코넌 도일, 제임스 매튜 배리, 아담 스미스, 알렉산더 그레이엄 벨, 토마스 텔퍼드, 켈빈 경, 존 로지 베어드, 찰스 레니 매킨토시 등이 있다. 무엇보다도 우리는 스코틀랜드 덕에 위스키, 우비, 고무장화, 자전거 페달, 전화기, 아스팔트 포장재료, 페니실린을 사용할 수 있게 되었고, 대마초의 유효성분에 대해서도 알게 되었다. 스코틀랜드 사람들이 없었다면 이 세상이 얼마나 참기 힘든 곳이 될지! 스코틀랜드인들이여 고맙다. 그리고 월드컵 우승을 차지하지 못한 일 따위는 신경 쓰지 마시라.

로열마일의 막다른 곳에 이르니 홀리루드 궁전과 마주하게 되었다. 나는 어두워진 뒷골목을 연거푸 걸어가 어렵사리 번화가로 되돌아갔다. 마침내는 세인트 앤드류 스퀘어에서 타일스라는 특별한 선술집으로 들어갔다. 적절한 이름이었다. 그 선술집은 바닥에서 천장까지 우아한 빅토리아시대풍의 큰 덩어리로 만들어진 타일을 붙여 놓았다. 앨버트 공네 화장실에서 술을 마시는 느낌이 살짝 났다. 그리 나쁘지 않은 경험이었다. 어딘가 매력적으로 느껴지는 구석도 있었다. 그도 그럴 것이 어리석을 정도로 맥주를 들이부어 마셨기 때문이다. 밖으로 나왔더니 근방 식당이 거의 문을 닫은 후였다. 그래서 나는 아장아장 호텔로 돌아가서 심야 근무 중인 직원에게 윙크를 날리고 침대로 몸을 던졌다.

다음날 아침 눈을 뜨는데 배는 고픈데 기운이 나고 평소와 달리 머리도 맑았다. 칼레도니안 식당 입구에 도착하니 검은 정장을 입은 한 사내가 아침 식사를 하겠느냐고 물었다.

"당연한 말씀을. 왜 포스교가 포스만에 있냐고 물어보시지?"

나는 익살맞게 대꾸하고 팔꿈치로 남자의 가슴팍을 슬쩍 찔렀다. 테이블로 안내를 받은 나는 너무나 배가 고파서 메뉴판을 보지도 않고 아침정식을 가져오라 말했다. 아침으로 무엇이 나오든 상관없었다. 그리고 행복한 얼굴로 의자에 기대어 앉아 한가롭게 메뉴판을 쳐다보았다. 아침정식 가격이 14파운드 50페니라는 사실을 발견했다. 나는 지나가는 종업원을 낚아챘다.

"죄송한데요, 여기 아침식사가 14파운드 50페니라고 적혀 있네요."

"그렇습니다, 손님."

순간 두개골 위로 숙취가 훅 올라오는 것이 느껴졌다.

"지금 달걀 프라이에 귀리케이크 값으로 14파운드 50페니를 내란 말인가요?"

종업원은 본질적으로 보면 그런 말이라고 시인했다. 나는 주문을 취소하고 대신에 커피 한 잔을 시켰다. 허, 참.

그날 심술이 나버린 건 나의 행복에 오점을 남긴 아침 일찍 갑작스레 당한 그 일 때문이었을 수도 있다. 아니 어쩌면 밖으로 나와 맞이한 굵은 빗줄기 때문이었을지도 모른다. 어찌되었든 밝은 날 다시 보는 에든 버러는 어젯밤의 절반만큼도 멋지게 보이지 않았다. 우산을 쓴 사람들이 거리를 지나갔고 차들은 조급하고 성마른 소리를 내며 물웅덩이를 획 지나쳐 갔다. 신시가지의(에든버러 중심에서 비교적 덜 오래된 지역을 이렇게 엉뚱한 이름으로 부르고 있다) 중심인 조지 가는 비가 와서 우중충함에도 불구하고 장엄한 광장과 여러 조각상들로 인해 의심할 여지없이 훌륭한 전망을 선보이고 있었다. 하지만 너무 많은 조지왕조 시대 건물들에다가 어설프게 현대식으로 꾸며놓았다. 호텔에서 나와 모퉁이 하나를 돌면 보이는 사무용품 상점이 있는 18세기 건물 정면에는 판유리 진열창이 이식되어 있었다. 그 조악함은 범죄 수준에 가까웠다. 그리고 마치 정맥처럼 연결되어 있는 주변 거리를 타고 여기저기로 전염되어 있었다.

요기를 할 만한 곳을 찾아 돌아다니다가 프린스 가까지 오게 되었다. 그곳도 역시 밤사이 달라져 버린 것 같았다. 어제는 일을 마치고 집으로 향하는 사람들이 종종 걸음으로 달려가고 있어서 활기가 넘치는 매력적인 거리로 보였다. 하지만 지금은 흐린 날씨 속의 잿빛 거리로 무기력하게만 보였다. 천천히 걸음을 옮기며 카페나 작은 식당을 찾았다. 하지만 프린스 가는 부츠, 리틀우드, 버진 레코드, 막스앤스펜서, 버거킹, 맥도날드 같은 그 흔한 체인점 식당 밖에 없었다. 조금 눈에 띄는 곳이라고 하면 칙칙한 분위기의 모직물 상설매장 두 군데가 있었다. 그곳에서는 상품을 드롭킥(공을 바닥에 떨어뜨렸다가 공중에 떠오른 순간 차는 럭비기술)으로 차서 진열대에 올려놓는 모양이었다. 에든버러의 중심가에는 사람들의 사랑을 받는 유서 깊은 명물이 없었다. 비엔나양식의 커피전문점이나 오래된 찻집처럼 미끄럼방지 기둥이 있고 신문이 비치되어 있으며 그랜드피아노를 치는 뚱뚱한 아가씨가 있는 그런 장소가 아쉬웠다. 결국에는 성질을 내면서 분을 참지 못하고는 사람들로 붐비는 맥도날드 매장으로 들어가 느릿느릿 줄어드는 긴 대열에 합류했다. 긴 줄 덕분에 성질은 있는 대로 뻗치고 조바심은 극도에 달했다. 마침내 커피 한 잔과 에그 맥머핀을 주문하는데 내 주문을 받던 젊은 남자가 물었다.

"애플 턴오버 파이도 함께 드시겠어요?"

나는 잠깐 동안 질문 당사자를 쳐다보았다.

"죄송한데, 내가 머리에 총 맞은 사람처럼 보이오?"

"네?"

"내 말이 틀린 데가 있으면 틀렸다고 이야기를 해요. 내가 애플 턴오버 파이를 주문했었던가요?"

"어…, 아니세요."

"그럼 내가 애플파이를 먹고 싶어 하면서도 주문을 못하는 지적장애로 보이오?"

"아니. 저희는 그저 모든 손님들께 그런 질문을 하라고 지시를 받았어요."

"에든버러에 있는 사람들은 다 머리를 다쳤답니까?"

"저희는 그냥 손님들께 더 여쭈어 보라는 말에 따랐을 뿐이에요."

"뭐, 좋아요. 나는 애플파이를 먹고 싶은 생각이 없어요. 그래서 주문을 안 했죠. 자, 그럼 이번엔 또 어떤 음식을 안 먹을 건지가 궁금한가요?"

"저희는 그저 모든 분께 여쭈어 보라는 말을 들었을 뿐입니다."

"내가 먹고 싶다고 한 게 뭔지는 기억하고 있는 거요?"

종업원은 곤혹스러운 얼굴로 자신의 금전출납기를 쳐다보았다.

"그게 에그 맥머핀 하나와 커피 한 잔이시죠."

"오늘 아침내로 그 음식을 먹을 수는 있을까요? 아니면 이야기를 더 해야 하나요?"

"아, 알겠습니다. 곧 준비해드리겠습니다."

"고맙소."

허, 참.

식사를 하면서 성질을 아주 조금 누그러뜨리고 밖으로 나가니 빗줄기가 거세게 내리치고 있었다. 나는 전력질주로 길을 건너 충동적으로 스코틀랜드 왕립아카데미로 비를 피해 들어갔다. 고대 그리스풍을 흉내내 지은 거대한 건물의 기둥과 기둥 사이에는 현수막이 걸려 있었다. 그 바람에 베를린의 국회의사당 출장소와 같은 분위기가 났다. 입장료 1파운드 50페니를 주고 표를 끊은 나는 온몸을 개가 물 털듯이 털고 나서 천천히 건물 안으로 들어갔다. 아카데미에서는 가을 정기전시회 중이었다. 아니 어쩌면 겨울 정기전시회인지도 모르고, 그도 아니면 상설전시회일 수도 있다. 정확히 말할 수가 없는 게 그런 내용을 안내하는 표지판을 볼 수 없었고 그림에도 숫자만 표기되어 있을 뿐이었다. 뭐가 뭔지 제대로 알려면 2파운드를 내고 카탈로그를 사야만 했다. 방금 1파운드 50페니를 지불한 나로서는 짜증스러운 일이었다.(문화보호협회도 똑같이 이런 짓을 하고 있다. 정원에 있는 나무와 풀 같은 것에도 숫자를 붙여놓고는 카탈로그를 사게 만드는 거다. 이래서 문화보호협회 앞으로는 내 재산을 한 푼도 남기지 않을 생각이다.) 스코틀랜드 왕립아카데미 전시회는 여러 개 전시실에서 열리고 있었지만 요약하면 크게 네 범주로 나눌 수 있었다. 첫째, 해변의 보트. 둘째, 고즈넉한 고지대의 오두막. 셋째, 어떤 사연이 있는지 옷을 반쯤만 걸치고 변기를 사용 중인 여자 친구들. 넷째, 프랑스 거리 풍경. 적어도 한 개 이상의 매장에는 에피쎄리에나 블랑제리에라고 적혀 있어서 카누스티나 트룬 같은 스코틀랜드 도시와 혼동할 가능성은 절대로 없었다.

대다수 그림은 걸쭉한 작품이었다.(정말 거의 모든 그림이 그랬다.) 뒷면에 고무풀이 칠해져 붉은 동그라미가 붙어 있는 것을 보고는 '그림을 판매도 하는구나' 하는 깨달음만 얻었던 것은 아니었다. 갑자기 나도 그림 한 점을 사고 싶다는 마음이 들었다. 그래서 안내데스크의 아가씨에게 걸어가서 물었다.

"실례합니다만, 125번 그림 가격이 얼마나 하나요?"

아가씨는 카탈로그를 뒤적이며 찾아보고 내가 지불하려고 생각했던 것보다 수백 파운드가 넘는 가격을 알려주었다. 그래서 나는 다시 그림이 있는 곳으로 돌아갔다가 잠시 후에 안내데스크로 되돌아가 물었다.

"죄송한데, 47번 그림 가격은 얼마인가요?"

한순간 특별히 마음에 드는 그림을 발견했던 것이다. 콜린 파크라는 이름의 친구가 그린 〈솔웨이 강〉이었다. 안내데스크의 아가씨는 카탈로그에서 그 그림을 찾아보고 125파운드라고 알려주었다. 괜찮은 가격이었다. 그 즉시 그림을 살 생각을 했다. 존 오그로츠를 가는 내내 팔 아래 끼고 있어야 한다고 해도 상관없었다. 하지만 그때 안내데스크의 아가씨가 카탈로그의 가격을 잘못 본 것이라고 했다. 125파운드짜리 그림은 3제곱인치 크기의 작은 작품의 가격이었고 콜린 파크의 작품의 가격은 한참 더 높았다. 그래서 나는 다시 그림을 보러 갔다. 마침내 다리가 피곤에 절어갈 무렵 나는 방법을 바꾸어 안내데스크의 아가씨에게 50파운드 정도의 돈이면 살만한 그림이 있느냐고 물어보았다. 결과는 아무것도 살 수 없음이었다. 나는 그림 탐구 작전의 실패로 의기소침해져서 그곳을 떠났다. 하지만 그래도 카탈로그 값을 아꼈으니 2파운드는 번 셈이었다.

다음으로 찾아간 곳은 국립스코틀랜드 미술관이었다. 이전에 갔던 곳보다 훨씬 더 마음에 들었다. 입장료가 공짜여서만은 아니다. 국립 미술관은 스코틀랜드 왕립아카데미 뒤쪽에 숨어 있었다. 외관은 그리 대단치 않았다. 하지만 웅장한 내부에는 19세기풍의 화려함이 있었다. 붉은 모직 천으로 뒤덮인 벽, 요란한 액자에 넣어진 특대형 그림, 여기저기 흩어져 있는 벌거벗은 님프의 조각상, 금도금으로 장식한 가구들이 있어서 흡사 빅토리아 여왕의 침실을 산책하고 있는 것처럼 느껴졌다. 그림만 걸출한 것이 아니었다. 그 아래 붙은 이름표에는 작품의 역사적 배경과 작품 속 인물들이 어떤 사람인지에 대한 정보가 적혀 있었다. 높이 칭송해줄만한 일이라 생각한다. 사실 이런 일은 다른 모든 곳에서도 반드시 해야만 하는 것이다.

이 유익한 글들을 감사하는 마음으로 읽었다. 알게 되어 기쁜 일이 많았다. 가령 렘브란트가 자화상에서 그렇게 침울한 표정을 지은 이유는 그 직전에 파산선고를 받았기 때문이라는 것이다. 한 전시실에 가니 웬 남자가 열세 살 난 소년과 함께 있었다. 그 아이에게는 이름표 내용 따위는 전혀 필요 없었다.

엘리자베스 여왕 모후가 하층계급이라 했던 부류의 사람이 아닌가 싶었다. 그들의 모든 것이 빈약함과 물질적 결핍을 말해주고 있었다. 빈약한 영양상태, 빈약한 수입, 빈약한 치과 시술, 빈약한 장래성, 심지어 세탁 상태도 빈약했다. 하지만 남자는 그림에 정통한 애호가만이 할 수 있는 그림 설명을 정말로 친절하게 해주고 있었고 소년은 열중한 자세로 그 말 한마디 한마디를 경청하고 있었다.

"자 이게 고야의 후기 작품이란다."

아버지는 나직한 음성으로 말했다.

"붓놀림이 얼마나 억제되었는지 보렴. 초기 작품과는 완전히 다르지. 고야가 50세가 되어서야 위대한 작품 한 점을 그렸다고 했던 말 기억하니? 이게 바로 그 작품이야."

이건 잘난 척이 아니었다. 정보를 나누고 있을 뿐이었다.

영국에서는 종종 이런 일을 겪게 된다. 기본적인 인권도 누리지 못하는 출생배경을 가진 사람들이 어찌된 일인지 훌륭한 교육을 받은 경우가 정말 많다. 전혀 유식해보이지 않는 사람이 라틴어로 된 풀이름을 알려주거나 고대 트라키아의 정치나 고대 로마의 도시인 글라눔의 관수기술에 관한 전문가인 경우는 또 얼마나 많은지! 이게 영국이다. 이 나라에서는 〈마스터마인드Mastermind(위대한 지능의 소유자)〉 같은 텔레비전 퀴즈쇼에서(정말 어려운 문제들이 나오는 프로그램이다) 최종 우승자가 택시기사나 철도기관사 같은 사람인 경우가 종종 있다. 이런 현상을 보고 감동을 받아야할지 아니면 그저 아연실색해야 할지 아직도 결정을 내리지 못했다. 그러니까 기관사들도 틴토레토와 라이프니츠를 알고 있는 나라인 건지, 아니면 틴토레토와 라이프니츠를 알고 있어도 기관사 일밖에 할 수 없는 나라인 건지 모르겠다는 말이다. 분명한 것은 그 어디보다 이런 일이 많은 곳이 영국이라는 사실이다.

다음으로 나는 가파른 비탈길을 올라 에든버러 성의 정원으로 갔다. 묘하게도 정원이 낯설지 않았다. 오싹할 정도였다. 전에 한 번도 와본 적이 없는 곳이었기 때문이다. 어째서 이런 느낌이 드는지 알 수가 없었다. 그러다가 에든버러 성에서 들려오는 나팔 소리가 브레드포드에서 봤던 〈이것이 시네라마다〉에 나왔었다는 게 기억났다. 성의 경내는 영화에서 본 장면과 똑같았다. 기상상태가 다르고 다행히 점잔 빼며 서 있는 고든 지역의 하이랜더들이 없다는 점은 달랐다. 그러나 그 외에도 1951년 이래로 크게 달라진 점이 한 가지 더 있었다. 테라스에서 내려다보는 프린스 가의 전경이었다.

1951년에 프린스 가는 세계적으로 인정받는 번화가였다. 우아하게 달리는 차량들이 왕래하던 이 길의 북쪽에는 튼튼하고 우람한 빅토리아 여왕 시대와 에드워드 왕 시대의 건축물들이 있었다. 영국북부 상거래보험사 건물, 고전적이면서 화려했던 뉴 클럽 건물, 웨이벌리 호텔 등 이들은 이 나라의 자신감과 위대함과 강력한 왕권을 나타내주고 있었다. 그러다가 그 모든 것들이 수수께끼처럼 하나씩 하나씩 허물어져 버리고 그 자리를 회색 콘크리트 벙커가 대신하게 되었다. 프린스 가의 동쪽 끝은 세인트 제임스 스퀘어였다. 탁 트인 초록 공간의 주변에는 18세기에 지어진 아파트 건물이 밀집해 있었다. 그러나 지금은 모두 불도저로 밀어버리고 건축가가 펜으로 대충 그려낸 듯한 최고로 보기 흉하고 최고로 납작한 쇼핑센터와 호텔이 들어섰다. 이제 위풍당당한 위엄을 자랑하던 프린스 가에 남겨진 것은 발모랄 호텔과 스콧 탑과 제너스 백화점의 정면 일부 뿐이다.

나중에 집으로 돌아갔을 때 한 화가의 삽화집《자동차협회에서 본 영국의 마을들》에서 에든버러 중앙지역을 그린 그림을 발견했다. 비행기를 타고 공중에서 본 모습인 듯했다. 그림 속에는 프린스 가의 처음부터 끝까지 멋있는 옛 건물만 나온다. 영국 도시에 대한 다른 화가들이 느낀 생각도 모두 같았다. 이럴 수는 없는 일이다. 훌륭한 옛 건물들을 다 부숴놓고는 여전히 그대로 있는 척해서는 안 된다. 하지만 지난 30년 간 영국에서는 이와 같은 일이 벌어져 왔다. 비단 건물에만 국한된 이야기도 아니다.

그 불협화음에 대해 생각하며 나는 진짜 음식을 찾아 거리로 나섰다.

27

어딜가나
그곳은 영국이다
에버딘을 거쳐 인버네스로

이젠 고무적인 이야기를 좀 하자. 존 팰로우스에 관한 이야기다. 1987년 어느날 팰로우스는 런던은행의 창가에 서서 순서를 기다리고 있었다. 그때 은행털이를 할 뻔했던 더글라스 배스가 그의 앞으로 끼어들더니 권총을 흔들어대며 출납계 직원에게 돈을 요구했다. 팰로우스는 발끈 분개하며 배스에게 '가라'고 했다. 맨 뒤로 가서 순서를 기다리라 말한 것이었다. 줄을 서 있던 다른 사람들은 그래야지 하는 뜻으로 고개를 끄덕였다. 생각지도 못했던 상황 반전에 당황한 배스는 순순히 빈손으로 은행에서 도망갔다가 얼마 못가고 체포당하고 말았다.

영국인들의 특성 중 최고를 하나 꼽는다면 선천적으로 타고난 예의범절이 될 것이다. 영국에서 예의범절을 지키지 않겠다고 한다면 죽음을 각오해야 한다. 타인을 깊이 존중하고 배려하는 것이야말로 영국 생활의 기본 중에 기본이다. 배려와 존중이라는 두 가지 요소 없이는 대화를 시작할 수도 없다. 생면부지의 사람이 말을 건네는 경우라면 늘 다음과 같은 말로 시작된다.

"정말 죄송합니다만."

그리고 이어 다음과 같은 질문이 나온다.

"브라이턴으로 가는 길을 좀 알려주실 수 있을까요?"

"제 치수에 맞는 셔츠 찾는 일 좀 도와주시겠어요?"

"제발 선반용 여행가방을 제 발에서 치워주시겠어요?"

이런 질문이나 부탁을 들어주면 언제나 변함없이 주저하는 듯 그리고 미안해하는 듯한 미소를 지으며 또다시 죄송하다는 말을 하고 시간을 뺏은 점을 용서하라거나 가방 아래 자기 발을 놓는 부주의를 용서하라고 한다.

이런 내 생각을 생생하게 뒷받침할 만한 사건이 다음날 아침 칼레도니안 호텔에서 체크아웃을 하면서 겪게 되었다. 나보다 먼저 와 있던 여자가 곤혹스러운 표정으로 접수계 직원에게 말하고 있었다.

"정말 죄송한데, 제 방에 텔레비전을 도무지 켤 수가 없을 것 같아요."

로비까지 내려와 객실의 텔레비전이 작동하지 않는 것에 대해 사과하고 있었던 것이다. 영국 말고 이런 데가 또 있을까?

이런 일은 거의 무의식적이고 본능적이다. 영국에 온지 얼마 되지 않아 아직 낯설어하던 때였다. 한번은 기차역에 갔다가 열두어 개의 매표소 중에 두 개만 열려 있는 것을 보게 되었다.(이 시점에서 영국에서만 통하는 일반적인 법칙에 대해 한 가지 설명해 두어야겠다. 은행이든, 우체국이든, 기차역이든 제아무리 창구가 많아도 사람을 받는 건 꼭 두 개뿐이다. 물론 아주 붐비는 시간에는 예외다. 그때는 창구 하나를 더 열어 놓는다.) 그런데 창구 앞에는 모두 사람이 일을 보고 있었다. 만약 이게 다른 나라에서 일어난 상황이라면 다음으로 이어질 장면은 둘 중 하나다. 사람들이 창구로 마구 몰려들어 동시다발적으로 자신의 일을 봐달라고 외쳐대거나 아니면 각 창구 앞에 줄을 서서 다들 자기 줄이 다른 편 줄보다 더 빨리 짧아질 거라 믿는 것이다.

그러나 영국에서는 기다리는 사람들이 자발적으로 보다 현명하고 영리한 배열 방법을 생각해낸다. 두 개의 창구에서 조금 떨어진 곳에서 한 줄로 늘어서는 것이다. 어느 쪽이든 창구가 비면 맨 처음에 선 사람이 가서 일을 본다. 그럼 나머지 사람들은 조금씩 앞으로 움직여 빈 공간을 메운다. 대단히 공정하고 민주적인 방식이다. 더욱 놀라운 일은 그 누구도 명령을 내리거나 이렇게 저렇게 하자고 말하는 법이 없다는 사실이다. 그냥 알아서들 하고 있다.

이번에도 그와 같은 일이 벌어졌다. 고집이 세서 말을 듣지 않는 텔레비전을 만난 그 아가씨는 사과를 다 마쳤다.(호텔 직원은 흔쾌히 그 사과를 받아들였다. 그리고 심지어 그 아가씨의 방에서 또 다른 것이 고장이 나더라도 자책하지 말라는 암시까지 주었다.) 그러자 직원은 나와 옆에서 기다리고 있던 신사 한 분에게 고개를 돌리더니 물었다.

"누가 먼저 오셨습니까?"

그러자 그 신사와 나는 열심히 판에 박힌 '먼저 하시지요. 아닙니다, 먼저 하시지요. 먼저 하시면 좋겠습니다. 네, 정말 친절하십니다!'의 과정을 거쳤다. 정말 고무적인 현상이다.

그래서 에든버러에서 보내는 두 번째 날 아침에 나는 행복한 기분으로 호텔을 나섰다. 온 세상도 나와 같이 행복해 보였다. 기분 좋은 문명인과의 만남으로 한껏 고양된 나는 태양이 빛나고 있음을 알게 되었다. 에든버러는 다시 한 번 그 모습을 바꾸고 있었다. 조지 가와 퀸 가는 상당히 매혹적으로 보였다. 석조건물들은 태양빛을 받아 축축하게 깔려 있던 어둠의 기운을 완전히 쫓아내버렸다. 포스만이 멀리서 반짝이고 있었다. 작은 공원과 광장은 초록 기운에 힘입어 되살아나는 듯했다. 나는 인공언덕인 마운드로 힘들게 올라가 구시가를 바라봤다. 위에서 바라보는 도시의 모습이 너무 달라서 놀라고 말았다. 프린스 가는 여전히 건축학적으로 유감스러운 흉물이었다. 하지만 그 너머 구릉지에는 말쑥한 지붕과 의기양양한 첨탑이 도시의 개성과 품위를 돋보이게 만들었다. 어제까지 전혀 보지 못한 이미지였다.

오전에는 관광객의 본분에 충실했다. 세인트 자일스 성당도 가고 홀리루드 궁전도 봤다. 칼튼 힐 정상에도 올랐다. 그러고는 짐을 찾아서 기차역으로 돌아갔다. 에든버러와 화해할 수 있어서 행복했고 그러한 마음으로 이동하게 되어 기뻤다.

기차여행은 정말 멋진 일이다. 기차가 움직이기 시작하자 즉시 마음이 누그러워졌다. 기차는 덜컹거리며 에든버러를 빠져나가 조용한 근교를 지나서 포스교를 건넜다.(어이쿠! 이건 뭐 왜 이렇게 큰 거야! 스코틀랜드 사람들이 항상 이 다리에 대해 투덜거렸던 게 순간 이해됐다.) 객차 안은 손님이 거의 없었다. 침착해 보이는 푸른색과 회색으로 장식되어 있었다. 지난 며칠 간 타고 다녔던 급행열차와 극심한 대조를 이루며 마음을 차분하게 가라앉혀 주었다. 곧 눈꺼풀이 무거워져 뜨고 있을 수가 없었다. 고개는 고무재질의 물건으로 변했다. 이내 머리는 어깨 위로 풀썩 떨어졌다. 나는 조용히 몇 갤런의 타액 생산에 매진했다. 생산물은 안타깝지만 모두 따로 보관해두었다.

기차에서 잠을 자서는 절대로 안 되는 사람이 있다. 혹 잠이 들더라도 조심스럽게 방수포로 덮어줘야만 하는 사람들이 있다는 말이다. 유감스럽게도 나도 그런 부류에 속한다. 한참을 자던 나는 발정난 짐승처럼 콧김을 세게 내뿜고 손발을 거칠게 파닥거리면서 잠에서 깨어났다. 머리를 들어 올리고 보니, 입에서 흘러내린 액체가 턱수염을 거쳐 허리띠 버클까지 거미줄처럼 이어지고 있었다. 그리고 세 명의 승객이 묘하게 냉정한 표정으로 나를 쳐다보고 있었다. 그래도 보통 때에 비하면 이건 약과다. 전에는 자다가 일어나보면, 입을 헤 벌리고 나를 쳐다보던 몇 명의 조무래기들이 침을 흘리고 있던 거인이 살아 있었다는 사실에 놀라 꽥 비명을 지르며 도망가곤 했었다.

지켜보는 눈길을 의식해 위축된 나는 재킷 소매로 조심스레 입가를 쓰윽 닦고는 창밖의 전경에 시선을 주었다. 기차는 사방이 탁 트인 지형을 지나고 있었다. 인상적이지는 않았지만 눈은 그런대로 즐거웠다. 농경지는 어느새 커다랗고 둥근 구릉지로 변해가고 있었다. 잿빛 하늘은 잔뜩 무거워져 언제라도 무너져 내릴 만반의 태세를 갖추고 있는 것 같았다. 때때로 무기력해 보이는 레이디뱅크, 쿠퍼, 루샤 같은 작은 마을의 고요한 기차역에 멈춰 서기도 했다. 마지막으로 보다 규모가 크고 조금은 더 생기가 있어 보이는 세상으로 들어섰다. 그곳에 던디, 아브로스, 몬트로즈가 있었다. 에든버러를 떠난 지 세 시간 만에 기차는 바삐 사라지는 희미한 빛 속에 있는 애버딘으로 미끄러져 들어가고 있었다.

나는 유리창에 얼굴을 갖다 댔다. 전에 한 번도 와본 적이 없는 곳이었고, 이곳에 와봤다는 사람의 이야기도 들어본 적이 없었다. 애버딘에 관해서는 거의 아는 것이 없었다. 유일하게 알고 있는 정보는 북해 석유산업기지이고 자칭 '화강암의 도시'라는 정도다. 늘 멀리 떨어진 곳이라 생각했고 가볼 일도 없을 거라 생각했기에 어서 보고 싶었다.

내가 갖고 있는 여행책자에서 애정을 담아 설명하던 호텔에 예약을 해두었다.(그 방대한 안내책자는 나중에 불쏘시개로 전락했다.) 하지만 막상 가보니 뒷골목에 위치해 음산하고 가격도 바가지 수준이었다. 객실은 작고 조명도 흐렸다. 다 낡아빠진 가구에 감옥에서나 쓸 법한 비좁은 침대와 얇은 담요에 쩨쩨하게 베개도 단 하나였다. 벽지는 축축한 벽에서 달아나기 위해 최선의 노력을 기울이고 있었다. 한때 경영진이 큰 포부를 펴려던 시절이 있었는지 침대 옆에 조명과 라디오, 텔레비전을 제어할 수 있는 콘솔이 설치되어 있었다. 거기에는 자명종시계도 결합되어 있었다. 하지만 지금은 어느 것 하나 작동되는 것이 없었다. 자명종시계 손잡이는 내 손에서 절단이 나버렸다. 한숨을 푹 내쉬며 짐을 침대 위에 던져놓고 애버딘의 어두운 거리로 나갔다. 먹을 것과 마실 것과 화강암의 광채를 찾아야 했다.

지난 몇 년 간 내가 배운 게 하나 있다면 어떤 장소에 대한 인상은 그 도시로 들어가는 노선을 어떻게 정하느냐에 전적으로 달려있다는 것이다. 리치먼드, 반스, 푸트니의 나뭇잎이 우거진 근교를 지나 켄싱턴 가든이나 그린 파크 같은 곳에서 내린다면 사람들이 잘 보살핀 거대한 아르카디아 한가운데 왔다는 인상을 갖게 될 것이다. 하지만 사우스엔드, 롬포드, 리버풀 스트리트 역을 통해서 런던으로 들어가게 되면 완전히 다른 인상을 받게 된다. 그러니 호텔에서 시작한 내 노선이 문제였는지도 모른다. 확실한 건 거의 세 시간을 길을 따라 오르락내리락 했지만 조금이라도 흠모할 만한 것을 하나도 찾아내지 못했다는 사실이다. 간단하게 기분전환을 할 만한 고만고만한 장소는 있었다. 머캣 크로스라 불리는 고대의 명물 주변에는 확 트인 보행자전용 구역이 있었고,

존 던스 하우스라는 재미있게 생긴 조그만 박물관도 있었다. 인상적인 대학교 건물들도 몇 개 있었다. 하지만 애버딘의 중심가를 아무리 여러 번 돌아다녀봐도 보이는 건 겉치레만 번지르르한 대형 쇼핑센터였다. 도심을 지나는 데 방해만 되는 건물이었다. 그리고 하나밖에 없는 대로는 끝이 안보일 정도로 길었지만 그 옆으로 늘어선 상점들은 지난 6주 동안 다른 도시에서도 익히 보았던 곳과 정확히 일치했다. 어디에나 있는 것이기에 아무것도 없는 것이나 마찬가지였다. 작은 맨체스터나 리즈의 일부 같았다. 두 손을 엉덩이에 얹고 서서는 '흠, 여기가 바로 애버딘이로구나'라고 말할 수 있는 그런 장소를 단 한 곳도 찾아볼 수가 없었다. 어디선가 애버딘이 꽃 경연대회에서 브리튼 섬을 아홉 번이나 이겼다는 기사를 읽은 적이 있는데 정원이나 친환경적인 공간도 보지 못했다. 게다가 화강암으로 지어진 부유하고 당당한 도시의 한 가운데 있다는 느낌도 없었다.

무엇보다 식사를 할 마땅한 곳을 정할 수가 없었다. 뭔가 색다른 걸 기대하고 있었다. 이번 여행에서 수백 번도 더 했던 그 기대감을 여전히 품고 있었다. 타이 음식이나 멕시코 음식 아니면 인도네시아 음식도 좋고 심지어 스코틀랜드 음식도 좋았다. 하지만 아무데서나 볼 수 있는 중국 음식점과 인도 음식점 외에는 없는 듯했다. 골목길에 들어서면 언제라도 찾아볼 수 있는 그런 음식점은 보통 2층으로 올라가면 최근까지 오토바이 경주장으로 사용되었을 것 같은 실내가 나온다. 나는 무엇이 나올지 모르는 그 끔찍한 계단 오름을 용납할 수가 없었다. 아니 사실은 그 2층에서 무엇이 나올지 잘 알고 있었다. 흐린 조명에 스펀지를 넣은 등받이 없는 의자, 윙윙거리는 아시아 음악, 라거 맥주잔으로 뒤덮인 식탁, 스테인리스스틸 식기. 도저히 그 모습을 다시 마주할 자신이 없었다. 결국 거리 한 모퉁이에 서서 '어느 쪽을 고를까요, 알아맞혀 보세요, 딩동댕 어쩌고'를 처량하게 부르고는 인도식당으로 들어갔다. 음식은 지난 몇 주의 시간 동안 내가 경험했던 다른 인도 음식과 정확히 일치했다. 심지어 식후의 트림도 예전과 똑같은 맛이 났다. 호텔로 돌아가는 나의 마음은 우울하기 그지없었다.

다음날 아침 도시 주변을 산책하면서 진심으로 이번에는 상황이 좀 더 나아지기를 바랐다. 하지만…, 오, 슬프도다! 애버딘이 뭔가 문제가 있는 건 아니었다. 오히려 특별히 거슬리는 것이 너무 없어서 문제였다. 나는 천천히 새로 들어선 쇼핑센터 주위를 따라 상당히 많은 지역을 돌아다녔다. 하지만 모두들 특색 하나 없이 금방 잊힐 건물들이었다. 그리고 그때 깨달았다. 진짜 문제는 애버딘이라기보다는 현대 영국의 특성에 있었다. 영국의 도시는 한 벌의 트럼프카드 같다. 마구 뒤섞이다 끝없이 다시 나눠진다. 같은 카드인데 순서만 달라지는 것이다. 내가 다른 나라에 있다가 애버딘에 처음으로 왔다면 매우 독특하고 생동감 있는 도시라고 생각했을 것이다. 날로 번영하며 깨끗한 도시라고. 서점과 극장, 대학 등 도시에서 필요로 하는 거의 모든 시설이 갖춰져 있으니 사람이 살기 좋은 도시라고 확신한다. 다만 다른 곳과 너무나 닮아 있을 뿐이다. 영국에 있는 도시니 어떻게 그렇지 않을 수 있겠는가?

이런 생각을 하니 애버딘이 훨씬 좋아졌다. 물론 당장 짐을 싸서 이사를 오고 싶어 죽겠다는 정도는 아니다. 군이 그럴 필요도 없었다. 똑같은 상점, 똑같은 도서관, 똑같은 회관, 똑같은 선술집, 똑같은 텔레비전 프로그램, 똑같은 공중전화, 똑같은 우체국, 똑같은 신호등, 똑같은 공원과 벤치, 똑같은 횡단보도, 똑같은 바다 공기가 있고 인도 음식을 먹고 하는 트림도 똑같다. 그러니 어딜 간들 달라질 게 뭔가? 하지만 그러한 점이 오히려 편안한 느낌을 주고 있었다. 지난밤에는 새로울 게 하나 없는 지루한 장소로만 보였는데 말이다. 그래도 엄청난 화강암 한가운데 있다는 느낌은 여전히 조금도 받을 수가 없었다. 그래서 호텔에서 짐을 가지고와서 역을 돌아가 장엄한 북행을 계속 이어나가는 데 일말의 후회도 없었다.

이번에 탄 기차도 무척 깨끗하고 승객도 거의 없고 푸른색과 회색의 장식도 여전히 내 마음을 차분하게 가라앉혔다. 객차가 딱 두 개밖에 없었지만 모든 서비스를 갖추고 있었다. 인상적이었다. 다만 이 기차칸을 담당하는 젊은 녀석이 자기 일에 보기 드문 헌신을 바치고 있다는 어려움이 있었다. 입고 있는 빳빳한 새 제복을 보아하니 이 일을 시작한 지 얼마 안 된 친구였다. 차와 초콜릿비스킷을 나눠주고 거스름돈을 내주는 일이 한창 재미있는 모양이었다. 하지만 승객이라고는 나를 빼고 두 명이 더 있을 뿐이고 순회하는 길이도 겨우 60야드에 불과했다. 결국 그 친구는 3분에 한 번꼴로 내 곁을 지나갔다. 음식을 실어 나르는 손수레에서는 끊임없이 금속성 소동이 벌어졌기에 나는 고개를 끄덕이다 민망한 과다침분비 상태로 떨어지는 일을 막을 수 있었다.

기차는 아름답지만 딱히 흥미를 끌지도 않는 풍경 사이를 지나고 있었다. 전에 스코틀랜드 고지 하이랜드를 찾았을 때는 지금보다 흥미롭고 자극적인 서부해안가 못지않은 경험을 했었다. 그런데 이번에는 확실히 강도가 떨어졌다. 비교적 완만한 구릉지와 평평한 농장지대를 지나면서 이따금씩 회색빛의 인적 없는 바다가 보일 뿐이었다. 하지만 마음에 들지 않았다는 뜻은 절대 아니다. 별다른 사건은 없었다. 다만 네언에서 커다란 비행기 하나가 하늘에서 온갖 놀라운 일을 벌인 뒤 수직으로 수백 피트를 올라갔다가 천천히 뒤집어지더니만 땅으로 곤두박질쳐 내려오다가 가파른 경사로에서 거의 마지막 순간에 수평을 되찾았다. 공군에서 시험비행을 하는 것이라고 생각했다. 하지만 자살특공대 같은 이들이 비행기를 납치한 것이라 상상하면 더 재미있을 것 같았다. 그런데 정말 흥미로운 일이 벌어졌다. 그 비행기가 기차를 향해 날아오고 있었던 것이다. 비행기 조종사가 기차를 발견하고는 같이 데리고 가면 좋겠다고 생각했는지 그야말로 성큼성큼 다가오고 있었다. 비행기는 점점 커지고 기차와의 간격은 점점 좁혀져갔다. 초초하게 주변을 둘러보았지만 이 경험을 함께 공유할 이가 아무도 없었다. 마침내 비행기가 창문 가득 보이더니 불시에 기차는 뎅겅 잘리고 비행기는 시야에서 사라져버렸다. 나는 마음을 안정시킬 요량으로 커피 한 잔과 비스킷 한 봉지를 사고 인버네스가 나타나기를 기다렸다.

　인버네스는 첫눈에 마음에 들었다. 미美를 다투는 대회에 나가 일등을 할 정도는 아니었지만 사람들의 호감을 사는 면이 있었다. 낡은 구식 극장인 라 스칼라, 잘 보존되어 있는 시장 아케이드, 언덕 위에 세워진 과하다 싶은 19세기 장식의 샌드스톤 성, 감탄을 자아내게 하는 강가 산책로. 특히 내 마음에 드는 건 희미한 조명시장 아케이드다. 아케이드는 끊임없이 발전하던 1953년의 시간 속에 머물러 있었다. 그곳에는 이발소가 있었는데 문 앞에는 빙글빙글 돌아가는 삼색등을 걸어놓고 안에서는 영화 〈썬더버드〉에 나오는 등장인물의 헤어스타일을 따라한 사람들의 사진이 걸려 있었다. 장난감가게도 있었는데 수년 동안 찾아보지 못했던 재미있고 유용한 물건이 많았다. 재채기 가루, 플라스틱으로 만든 토사물(기차에서 자리를 맡을 때 아주 유용하다), 이를 검게 만드는 풍선껌 등등. 가게 문이 닫혀 있어서 나는 다음날 아침에 살 목록만 마음에 새겨 넣었다.

그리고 무엇보다 인버네스에는 정말 근사한 네스 강이 있었다. 유유히 흐르는 푸른 강물 위로 나뭇가지가 늘어져 있고 강변 한쪽으로는 저택과 손질이 잘 된 아담한 정원, 오래된 샌드스톤 성이 있었다.(지금은 고등법원이 있다.) 반대편 강가에는 뾰족한 지붕이 있는 오래된 호텔과 큰 저택, 노트르담 대성당처럼 웅장함과 투박함이 매력인 성당이 있다. 성당은 강가 옆의 넓은 잔디밭에 있다. 나는 아무 호텔에나 들어가 방을 잡고 흐릿한 석양을 받으며 산책을 나갔다. 강 양쪽으로는 쾌적한 산책로가 조성되어 있었다. 중간 중간 산책 나온 사람들을 배려해 벤치가 놓여 있었다. 저녁에 한가롭게 산책하기에 참 좋은 곳이었다.

강 주변으로 늘어선 저택들 대부분은 하인들을 부리던 시대에 지어져 사방으로 불규칙하게 퍼져나가는 형상을 하고 있었다. 빅토리아왕조 후기의 재산이 인버네스에 무엇을 가져다주었을까 하는 의문과 함께 저 멋진 건물을 유지하는 일은 누가 할까 하는 의문이 들었다. 성에서 그리 멀지 않은 곳에 있는 널따란 부지가 있었다. 부동산 개발업자들이 흔히들 좋은 입지라고 말하는 그런 곳이었다. 그곳에 매우 웅장하고 화려한 맨션이 하나 서 있었다. 지붕선이 구불구불하고 망루와 탑이 많았다. 자전거를 타고 돌아다닐 수 있을 것 같은 널찍하고 근사한 저택이었다. 그런데 판자가 대어진 채 버려진 집이었고 팔려고 내놓은 중이었다. 이렇게 마음에 드는 장소가 이렇게 버려진 이유를 도무지 상상할 수가 없었다. 길을 따라 걸으면서 헐값에 그 맨션을 내가 산다면 어떨까 공상을 해보았다. 맨션을 손질해 꾸미고 이 매력적인 강가 옆 커다란 부지에서 영원히 행복하게 사는 상상이었다. 그러다가 식구들 생각이 났다. 쇼핑몰, 100개의 텔레비전 채널, 어린애 머리통만한 햄버거가 있는 나라로 가지 않고 대신에 구중중한 스코틀랜드 북부로 가자고 하면 다들 뭐라고 할까?

여하튼 인버네스에서는 절대로 살 수 없겠노라 말했던 게 후회됐다. 중앙교 옆에 있는 지독히 못생긴 두 개의 현대식 사무실 건물 때문에 한 말이었는데 그 건물들 덕에 도심 상업지구는 회복이 불가능할 정도로 엉망이 되어 있었다. 도심으로 돌아가다 우연히 그 건물을 보니 눈길을 도저히 뗄 수가 없었다. 그 죽어있는 건물이 도시 전체를 망쳐버릴 수도 있었다. 그 건물들의 모든 것, 그러니까 규모, 건축자재, 형태, 디자인까지 모든 것이 주변 경관과 전혀 어울리지 않았다. 그냥 못생기고 덩치가 큰 것만 문제가 아니라 설계부터가 엉망이었다. 그 건물로 들어가는 정문을 찾으려면 못해도 두 번은 건물 주변을 뱅글뱅글 돌아야 했다. 덩치가 좀더 큰 건물 하나는 강변에 자리 잡고 있었다. 레스토랑이나 테라스가 있는 저택 아니면 적어도 상점이 근사한 전망을 바라보며 들어섰으면 좋았을 장소를 차지하고 있는 것이다. 도로 전면의 대부분은 거대한 하치장이 되어 사람 키를 훌쩍 넘는 철문이 달려 있었다. 영국에서 가장 근사한 강으로 꼽히는 곳을 굽어보는 장소에 이런 건물이 서 있다는 말이다. 끔찍하고 끔직해서 더 할 말을 못 찾겠다.

얼마 전에 태즈메이니아의 호바트 항에 다녀왔다. 그곳에는 셰라턴에서 그 아름다운 바닷가에 놀랄 만큼 평범한 호텔을 지어놓았다. 건축가가 실제로 현장에 한 번도 와보지 않았다고 들었다. 그래서 식당은 호텔 건물 뒤쪽에 붙어 있어 식사를 하면서 항구를 바라볼 수가 없게 되어 있었다. 그때는 건축학적으로 그렇게 바보 같은 소리는 더 이상 없을 거라 생각했었다. 인버네스의 이 두 건물도 바로 그 건축가가 디자인했을 가능성은 없다고 본다. 하지만 이 세상에 이렇게 실력 없는 건축가가 어디 한둘이겠는가. 이렇게 생각하니 세상이 너무 무시무시한 것 같다. 그래서 그 건축가가 일하고 있는 회사에서 이곳의 일도 한 게 아닐까 생각하기로 했다.

입김을 크게 불어 영국에서 휙 날려버리고 건물들이 있다. 해러게이트의 메이플 빌딩, 런던의 힐튼 호텔, 리즈의 우체국 건물들, 브리티시 텔레콤 건물 중 아무 거라도 하나 등등 많다. 하지만 이 중에서 으뜸은 인버네스의 못난이 건물 중에 하나라고 주저 없이 말할 수 있다.

그런데 여기 결정적인 한 방이 있다. 가슴 찢어지게 아픈 비극적 건물에는 누가 살고 있을까? 큰 건물에는 하이랜든 기업위원회 지역본부가, 다른 건물에는 인버네스 네언 기업위원회의 본사가 입주해 있었다. 이 아름답고 활기찬 영국의 한 고장의 안녕과 번영을 고취시키고 그 아름다움을 유지 발전시키는 일을 위임받은 위원회다.

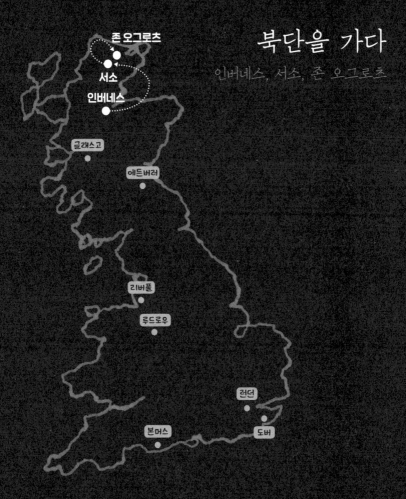

28

북단을 가다

인버네스, 서소, 존 오그로츠

존오그로츠

서소

인버네스

글래스고

애든버러

리버풀

루드로우

런던

본머스

도버

다음날 아침에는 거창한 계획이 있었다. 강둑으로 나가서 플라스틱 토사물을 사고, 인버네스 지역의 미술관을 구경한 다음, 아름다운 네스 강가를 따라 산책을 한 번 더 할 생각이었다. 하지만 늦잠을 자는 바람에 주섬주섬 옷가지를 입고 체크아웃을 한 다음에 뒤뚱거리며 역으로 가기에도 빠듯했다. 인버네스를 경유해 다른 곳으로 가는 기차 편은 그리 많지 않다. 하루에 3번 운행을 한다. 그러니 기차 시간에 늦어도 되는 형편이 아니었다.

다행히도 기차는 부드러운 시동소리를 내면서 기다리고 있다가 정시에 출발했다. 기차는 인버네스를 미끄러지듯 빠져나가 둥근 산과 평평한 뷸리 만을 뒤로 하고 달렸다. 곧 기차는 속력을 높여 빨리 달리기 시작했다. 이번에는 승객이 꽤 있었다. 손수레에 음식을 실어 파는 서비스는 또 있었다. 영국 국철을 타면 늘 받을 수 있는 서비스였다. 하지만 승객 중에 음식을 사먹는 이는 없었다. 다른 승객들은 거의가 죄수라서 자신들의 식량을 소지하고 있었기 때문이다.

탄두리치킨 샌드위치와 커피 한 잔을 샀다. 새삼 세상 참 많이 좋아졌다는 생각이 들었다. 영국 국영철도를 타고 롤 샌드위치를 사면 꼭 이것을 마지막으로 생명유지장치에 의존해 살아가게 되는 건 아닐까 의심하던 시절이 있었다. 하지만 정작 샌드위치를 살 수도 없었다. 식당차는 거의 영업을 하지 않았기 때문이었다. 그런데 지금은 하이랜드를 가로질러 가는 기차를 타고 가면서 자리에 앉은 채로 빠지지 않는 외모에 친절하기까지 한 젊은이가 탄두리치킨 샌드위치와 훌륭한 커피 한 잔을 먹고 마실 수 있다.

여기서 재미있는 통계수치 하나를 이야기해야겠다. 조금 지루할 수 있지만 반드시 숙지해 둘 내용이다. 철도인프라에 드는 1인당 연간 소비는 유럽이 30달러, 벨기에와 독일은 46달러, 프랑스는 75달러 이상이지만, 스위스와 영국은 7달러 50센트에 조금 못 미친다. 영국이 철도 보수에 사용하는 1인당 비용은 EU 국가 중에서 그리스와 아일랜드 다음으로 최소액이다. 포르투갈도 영국보다 많다. 그런데 이렇게 지원이 불충분함에도 불구하고 모든 면을 고려해서 보면 영국의 철도서비스는 훌륭하다. 기차는 예전보다 훨씬 더 깨끗해졌고 직원들도 대개는 참을성 많고 손님들을 많이 도와준다. 매표소 사람들의 입에는 항상 '부탁합니다'와 '감사합니다'가 붙어 있다. 거기에다가 기차에서 음식을 먹을 수도 있다.

그래서 나는 탄두리치킨 샌드위치와 커피 한 잔을 감사하는 마음으로 즐겁게 먹고 마셨다. 샌드위치를 아주 조금씩 떼어먹는 사이사이에 건너편 테이블에 앉은 백발의 노부부를 쳐다보았다. 두 분은 여행 경비를 철저히 조사한 다음 돼지고기 파이가 들어 있는 조그만 플라스틱 상자와 삶은 달걀을 꺼내 상을 차리고 보온병을 집어 들어서 뚜껑을 돌려 땄다. 그리고 소금과 후추세트도 찾아내놓았다. 정말 놀라운 일이다. 노인네 두 분이 캔버스 천으로 된 커다란 가방 하나와 밀폐용 용기세트, 보온병만 있으면 몇 시간이고 저렇게들 재미있게 지내실 수 있다니 말이다. 두 사람은 질서정연하고 꼼꼼하게 일을 해냈다. 음식을 꺼내고 나서 4분간 정말 맛있게 먹은 다음에 나머지 오전 시간을 말없이 그 모든 것을 치우는데 다 써버렸다. 정말 행복해 보였다.

그 부부를 보고 있으니 묘하게 가슴이 따뜻해지면서 엄마 생각이 났다. 엄마는 밀폐용 용기세트의 신봉자이셨기 때문이다. 엄마는 기차로 소풍을 나오시지는 않았다. 엄마가 사시는 곳에 여객열차가 없었기 때문이다. 하지만 엄마는 남은 음식종류를 다양한 밀폐용기에 담아서 냉장고 한 쪽에 쌓아놓는 걸 무척 좋아하신다. 참 이상하게도 대부분의 어머니들이 이런 것 같다. 자녀들이 장성해서 집을 떠나기가 무섭게 어머니들은 신이 나서 아이들이 유년기와 청소년기를 거치면서 내내 소중하게 모아 두었던 모든 것을 갖다 버린다. 야구카드, 1966년부터 1975년 사이에 발간된 플레이보이 잡지 전체, 고등학교 졸업앨범 등등. 하지만 어머니에게 복숭아 반쪽이나 완두콩 한 숟가락 정도를 주면 당장 밀폐용기에 넣어 냉장고 뒤편에 넣어두고 영원히 간직하실 것이다.

그러는 사이 한참을 달린 기차는 서소를 지나고 있었다. 기차가 덜컹거리며 달려갈수록 주변 풍경은 황량해지고 인적은 점점 드물어져갔다. 나무도 없고 기온은 내려갔다. 바위에 이끼가 낀 것처럼 헤더(자홍색 꽃이 피는 히스heath속屬의 상록 관목) 나무가 산비탈에 달라붙어 있었다. 그 사이에 있던 양은 기차가 지날 때마다 놀라서 허둥지둥 도망갔다. 이따금씩 구불구불한 계곡을 통과하기도 했다. 그런 계곡에는 농장이 반점을 찍은 듯 자리 잡고 있었는데 멀리서 보면 아주 낭만적이고 아름다울 것 같았다. 하지만 가까이 다가가보면 적막하고 쓸쓸한 곳이었다. 대개 소작지로 사방에 녹슨 주석이 있었다. 주석 오두막집, 주석 닭장, 주석 담장 등등 모든 것이 주석으로 되어 있는 황폐한 곳이었다. 날씨도 혹독했다. 우리는 이제 그 묘한 지역 중 하나로 들어서고 있었다. 내가 익숙한 세상에서 아주 멀리 떨어져 있다는 사실을 실감나게 해주는 그곳은 아무것도 버리지 않는 세상이었다. 농장마다 온갖 폐기물 더미가 어지럽게 쌓여 있었다. 농장주들은 132개의 담장기둥과 1톤이나 되는 부서진 벽돌, 1964연식 포드 조디악의 껍데기 같은 물건이 언젠가는 필요할 거라 생각하는 모양이었다.

인버네스를 떠난 지 2시간 후에 골스피라는 곳에 왔다. 커다란 공영주택단지가 있는 적당한 규모의 소도시였다. 구불구불한 거리에는 외벽에 자갈로 마무리를 한 회색 방갈로가 있었다. 공중화장실을 본 따만든 것 같았다. 스코틀랜드 사람들은 이상하게 화장실을 그렇게들 좋아했다. 하지만 공장이나 일터 같은 곳은 찾아볼 수 없었다. 저 집에 사는 사람들은 골스피 같은 곳에서 무슨 일을 해서 먹고 살까하는 궁금증이 생겼다. 그 다음에 기차는 브로라로 갔다. 이번에도 적당한 크기의 소도시였는데 해변은 있지만 아무리 봐도 항구는 보이지 않고 공장도 없었다. 이렇게 외진 곳에서 사람들은 무얼 하며 사는 걸까?

그 다음부터 창밖에는 그야말로 아무것도 없었다. 농가도 가축도 보이지 않았다. 수십 마일 동안 펼쳐지는 위대한 스코틀랜드의 진공 속을 영원과도 같은 시간 동안 달려가야 했다. 엄청나게 텅 빈 공간 한가운데 포시나드라고 불리는 장소에 섰다. 그곳에는 집 두 채, 기차역 하나, 도무지 이해할 수 없는 커다란 호텔 하나가 있었다. 잃어버린 세계와도 같은 그곳은 참으로 이상했다. 그리고 마침내 기차는 목적지인 서소에 도착했다. 영국 본토의 최북단에 위치한 서소는 말 그대로 진짜 종착역이었다. 나는 휘청거리는 다리로 기차역을 빠져나와 긴 중심가를 따라 도심으로 들어갔다.

무엇을 보게 될지에 대한 기대가 딱히 없었다. 하지만 첫인상은 좋았다. 단정하고 질서정연한 곳으로 사치스럽지 않고 안락해 보이지만 생각했던 것보다는 규모가 컸고 아담한 호텔도 몇 개가 있었다. 펜트랜드 호텔에서 방을 얻었다. 죽은 듯 고요한 세상의 끝에 있는 마을에 있는 것 치고는 괜찮다. 명랑한 호텔 직원에게 방열쇠를 받고 으스스한 분위기를 풍기는 꼬불꼬불한 복도를 한참 걸어 짐을 날라놓은 다음 주변을 둘러보기 위해 밖으로 나갔다.

시 기록물에 의하면 서소에서 가장 주목할 만한 사건은 1893년에 지역명사였던 존 싱클레어 경이 통계학이라는 말을 이 도시에서 만들어낸 일이라고 한다. 하지만 그 이후로는 그리 대단한 일 없이 조용히 지내왔다. 싱클레어 경은 신조어를 고안해내지 않을 때는 서소에서 대규모 재건축을 시행하기도 했다. 웅장한 도서관, 바로크양식의 아담한 광장, 그 광장 한가운데 작은 공원까지 세웠다. 오늘날 광장 주변에는 작지만 실용적이고 친근하게 보이는 상점들이 상가를 이루고 있다. 약국과 정육점, 와인판매점에 양품점도 한두 개있고, 은행도 여기저기 몇 개있었으며 미용실은 여러 개 있었다.(외딴 소도시마다 웬 미용실은 그렇게 많은지 모르겠다.) 한마디로 한 도시를 세우려고 할 때 있어야 한다고 생각하는 것은 모두 다 있다는 이야기다. 규모가 좀 작고 매장도 다소 촌스럽지만 울워스 소매점도 있었다. 하지만 울워스와 은행을 제외한 거의 모든 상점은 지역 사람들의 소유인 듯했다. 그래서 서소가 친근하고 집 같은 편안함을 주는 것 같았다. 진짜로 자급자족하는 지역 같았다. 무척 마음에 들었다.

상점가를 잠시 어슬렁거리며 돌아다니다가 뒷골목 같은 길로 들어가 바닷가 기슭으로 갔다. 텅 빈 주차장에 내팽개쳐진 물고기 창고 하나가 있고, 천둥처럼 파도 부서지는 소리가 들리는 인적 없는 거대한 해변이 있었다. 상쾌한 공기는 세찬 바닷바람이 되어 불어왔다. 온 세상은 북쪽 하늘의 우아한 빛으로 목욕하고 있었다. 그 빛이 바다에 떨어져 신비한 발광 현상을 일으키기도 했다. 아니 사실 모든 사물에 묘한 푸르스름한 빛을 던져주고 있었다. 새삼 집에서 멀리 떠나와 있다는 사실이 절절하게 느껴졌다.

해변의 끄트머리에는 옛 성의 일부인 유령 같은 탑이 하나 있었다. 그 탑을 조사하러 걸음을 옮겼다. 하지만 바위가 많은 개울 하나가 앞을 가로막았다. 그래서 퇴각하여 해변에서 조금 떨어진 육교로 갔다. 그리고 쓰레기가 여기저기 잔뜩 널려 있는 진흙길을 따라 조심조심 걸었다. 그 탑은 버려져 있었다. 낮은 창문과 문에는 벽돌이 덧대어져 있었다. 그 옆에 세워진 표지판을 보니 해안도로가 폐쇄되었다고 했다. 이유는 토양 침식이 우려되어서다. 나는 탑 옆에 서서 한참 동안 바다를 응시하다가 뒤로 돌아 도심을 향해 걸으면서 이제 무엇을 할까 고민하기 시작했다.

서소에는 앞으로 3일간 묵기로 되어 있었다. 이 많은 시간을 어떻게 채워야 할지 도무지 알 수가 없었다. 바다냄새와 궁극의 한적함이 흐르는 가운데 순간 덜컥 겁이 났다. 이 세상의 꼭대기에 나 혼자였다. 말을 건넬 사람도 없다. 가장 재미있는 오락거리는 벽돌로 막아놓은 오래된 탑이었다. 나는 왔던 길을 그대로 되짚어 시내로 돌아가서 뭐 좀 나은 걸 찾을 수 있을까 하는 마음으로 상점가 진열대를 어슬렁거리고 돌아다녔다. 그러다가 청과상 밖에서 일이 벌어졌다. 집에서 멀어져 장기간 여행을 해왔던 나에게 드디어 올 것이 와버렸다. 내가 가장 두려워했던 순간이었다.

혼잣말로 대답도 못할 질문을 스스로에게 해대고 있었다!

혼자 하는 여행이 길어지면 여러모로 사람에게 해롭다. 특별한 용건도 없고 아무 생각도 없이 낯선 곳에 있는 자신을 발견하는 건 자연스러운 일이 아니다. 그래서 결국에는 약간 돌게 된다. 그렇게 된 사람들을 종종 보았었다. 혼자 여행하는 사람 중에는 혼잣말을 많이 하는 사람이 있다. 웅얼거리듯 혼자 주거니 받거니 이야기를 하는데 다른 사람들은 듣지 못한다고 생각하고 있다. 어떤 이들은 필사적으로 낯선 사람과 친분을 쌓으려 한다. 가게 계산대나 호텔 접수계에서 느닷없이 잡담을 시작하다가 대화가 끝났다는 게 분명해지면 어색한 얼굴을 하고 꾸물거리며 서 있다. 어떤 이는 강박관념에 사로잡힌 듯 게걸스럽게 관광을 하기도 한다. 관광안내책자를 들고 혼자 여기저기 돌아다니며 모든 것을 다 보고야 말겠다고 의지를 불태운다. 내 경우는 질문 설사병이 생긴 것 같다. 대답을 할 수 없는 사사로운 질문을 혼잣말로 중얼거리기 시작한 것이다. 그래서 서소의 청과상 옆에 서서 입술을 오므린 채로 어두운 실내를 들여다보다가 그야말로 뜬금없이 '그레이프프루트를 왜 그레이프프루트라고 부르는 걸까?'라고 불쑥 내뱉었다. 서서히 증상이 시작되고 있다는 사실을 알아버렸다.

정신이 나간 걸 감안하면 이 정도는 그리 나쁜 질문은 아니다. 그러니까 '그레이프프루트를 왜 그레이프프루트라고 부르는 걸까?'라는 질문의 뜻은 다른 사람은 잘 모르겠지만 나라면 색은 노랗고 크기는 폭탄만한 데다 신맛이 나는 과일을 처음 본다고 하면 도저히 다음과 같이 생각은 못할 것 같다는 말이었다. '흠, 이걸 보니 포도가 생각나는데.'

그런데 정작 문제는 한 번 증상이 시작되면 도저히 멈출 수가 없다는 데 있다. 두어 집 건너 상점에서는 스웨터를 팔고 있었는데 그걸 보고는 이런 생각이 들었다. '영국 사람들은 왜 스웨터를 점퍼라고 부르지?' 사실 몇 년 동안 내내 궁금해 하던 것이기는 했다. 물론 그때는 가끔 생각을 했다. 서소처럼 한적한 곳에 있으면 자주 하게 된다. 진심으로 답을 알고 싶었다. 영국인들은 스웨터를 입으면 풀쩍 점프하고 싶어지는 걸까? 영국인들은 아침에 스웨터를 입으면서 이렇게 생각할까? '아직도 중앙난방이 당연하게 여겨지는 이 나라에서 이제는 걱정 없이 하루 종일 따뜻하게 지낼 수 있겠다. 또 혹시라도 점프를 해야 할 일이 생겨도 문제없겠다. 옷을 잘 챙겨 입었으니까.'

그렇게 계속해서 질문이 터져 나왔다. 나는 질문 세례 속에서 거리를 걸어갔다. 우유 배달용 소형차는 왜 밀크 플로트milk float라고 부르는 거야? 플로트는 뜬다는 말인데 배달차는 물에 뜨지 못하잖아. 셈을 치른다는 말은 왜 풋foot이라고 하는 거지? 발이라는 뜻인데, 손이란 말로 하면 안 되나? 콧물이 흐른다고 할 때는 왜 러닝running이라고 하는 거지? 그건 달린다는 뜻이잖아.(내 콧물은 미끄러져 내리던데.) 굴을 제일 처음 먹은 사람은 누구일까? 용연향이 향수를 제조할 때 최고의 휘발 억제제로 사용할 수 있는지는 도대체 어떻게 알아냈을까?

다년간의 경험으로 볼 때 이런 일이 생기면 혼자서 고문을 하고 있는 머리에 충격을 줄 만한 특별한 기분전환거리가 필요하다. 다행히도 서소에는 기분전환거리가 있었다. 골목길에서 우연히 파운틴이라는 이름을 가진 아주 조그만 식당을 발견했다. 그곳에서는 완벽하지만 완전히 다른 세 가지 요리를 팔고 있었다. 중국요리, 인도요리, 유럽식 요리였다. 아마 서소에는 이 요리 하나마다 식당을 낼만한 여력이 없었던 모양이다. 그래서 한 식당에서 세 가지 종류의 요리를 내놓는 것이다. 이 독특한 콘셉트가 마음에 든 나는 즉시 안으로 들어가 젊고 어여쁜 아가씨의 안내로 테이블에 앉았다. 아가씨가 건네준 메뉴판을 훑어보았다. 메뉴판의 표제를 보니 한 명의 스코틀랜드 요리사가 세 종류의 요리를 모두 하는 게 분명했다. 메뉴판에 적힌 목록을 뚫어지게 바라보면서 혹시 '탕수육 소스를 뿌린 오트밀 케이크'나 '빈달루 커리로 양념한 해기스' 같은 음식이 있지 않을까 기대해보았다. 하지만 모두 각 나라의 정통 요리였다. 나는 중국 음식을 골랐다. 그리고 의자 뒤로 몸을 기대고 더없이 행복하게 아무 생각 없이 있었다.

음식의 맛에 대해 평가하자면 한마디로 스코틀랜드 주방장이 요리한 중국 음식 맛이었다고 할 수 있겠다. 맛이 별로였단 말은 아니다. 지금껏 먹었던 중국 음식과는 전혀 다른 묘한 맛이었다. 먹으면 먹을수록 마음에 들었다. 최소한 별스러운 음식이었다. 지금과 같은 상황에서 나에게 꼭 필요한 음식이었다.

식당 밖으로 나와 보니 기분이 더 좋아져 있었다. 딱히 할 일이 없어서 물고기창고 근처로 다시 돌아가 저녁 공기를 감상하기로 했다. 어둠 속에 서서 부서지는 파도소리를 들으며 내 머리 위에서 반짝이는 별무리를 마음껏 감상했다. 그런데 또 이런 생각이 들었다. '영국에서는 사람들이 매우 행복하다는 말을 공중제비를 넘는다head over heel고 말하는 이유는 뭘까? 사실 우리 머리는 평소에도 발뒤꿈치heel 위에over 있는데 말이야.' 이제 그만 잠자리에 들어야 할 시간이란 생각이 들었다.

다음날 아침에는 자명종 소리를 듣고 일찍 눈은 떴지만 마지못해 몸을 일으켰다. 제일 좋아하는 꿈을 꾸고 있는 중이었기 때문이었다. 인적이 드문 커다란 섬을 구입하는 꿈이었다. 이곳 스코틀랜드 해안가에서 그리 멀지 않은 곳의 섬을 하나 사서 특별히 선별한 사람들만 초대를 하는 거다.(전구 하나가 나가면 전체가 다 나가버리는 크리스마스트리 장식용 전구를 발명한 사람, 히스로 공항에서 에스컬레이터 관리를 맡은 사람, PC의 사용설명서를 쓴 사람은 모두 다.) 그리고 그들에게 매우 적은 양의 비상식량을 던져준 다음 도망가라고 풀어준 후, 사냥개와 함께 무자비한 사냥을 하려 했다. 그런데 바로 그때 오늘 아주 신나고 재미있는 일이 기다리고 있다는 사실을 기억해냈다. 존 오그로츠를 가기로 한 날이었다.

존 오그로츠에 대해서는 오래전부터 들어온 이야기가 많다. 하지만 어떻게 생겼을지 짐작도 가지 않았다. 형용할 수 없을 만큼 이국적일 것 같았다. 어서 보고 싶어 몸이 근질거렸다. 그래서 펜트랜드 호텔에서 예민해진 상태로 아침식사를 했다. 식당 손님은 나 혼자였다. 그런 다음에 일곱 차례나 포드자동차 판매상인 윌리엄 더네트에게 찾아갔다. 며칠 전에 오늘 차를 쓰기로 예약해 두었기 때문이었다. 이맘때는 존 오그로츠에 도착할 수 있는 다른 방법이 없었다. 샤워 중이던 윌리엄은 한참 만에 내가 예약을 했었다는 사실을 기억해냈다.

"아, 당신이 남부에서 올라왔다던 사람이군요."

그의 말에 나는 조금 놀랐다. 요크셔 사람이 남부에서 올라왔냐는 말을 듣는 경우가 그리 흔하지 않았다.

"여기에 오려면 다들 남부에서 올라와야 하는 게 아닌가요?"

내가 물었다.

"네. 네. 그렇죠."

남자는 내 심오한 질문에 놀란 듯했다.

그는 친근한 사람이었다. 서소에 있는 사람들 모두가 친근하다. 내가 차 한 대를 빌리기 위해 필요한 두툼한 서류에 뭔가를 긁적이던 그는 이 한적한 문명의 전초기지에서 산다는 게 어떤 것인지 상냥하게 이야기를 해주었다. 런던까지 차를 몰고 가면 열여섯 시간이 걸린다고 했다. 그 정도 일을 해본 사람은 아직도 없다고 했다. 대부분의 인버네스 사람들은 남쪽으로 네 시간 정도 차를 타고 가는 게 고작이라고 했다. 그게 이곳 사람들이 알고 있는 남쪽 세상의 끝이었다.

다른 사람과 대화를 나눠본 것이 몇 달만이었던 나는 그 자동차 딜러에게 질문 공세를 폈다. '서소 사람들은 무얼해서 먹고 사나요?' '저기 성은 언제부터 저렇게 방치되었죠?' '소파를 사고 싶거나, 영화를 보고 싶거나, 스코틀랜드 출신이 아닌 요리사가 만든 중국 음식을 맛보고 싶으면, 그러니까 이곳에서 할 수 없는 그런 일들을 하고 싶으면 어디로 가나요?'

그리고 나는 배웠다. 길가에 서 있는 돈레이 원자로가 지역경제를 뒷받침하고 있었으며, 방치된 성은 한때 잘 유지되어 지역의 명물이었는데 그만 이상한 주인을 만나 급격히 노후되어 버렸다는 사연을 들었고, 이외에도 온갖 종류의 흥미로운 것들이 모여드는 본거지라는 것을 알게 되었다. 마지막 말을 듣는 순간에는 경악을 금할 수가 없었다. 웃으면서 아무렇지도 않다는 듯 이런 말을 했기 때문이다.

"여기에도 막스앤스펜서는 있어요."

윌리엄은 나를 밖으로 데리고 나가 포드 트레저스(뭐 대충 이런 이름이었다. 난 자동차 이름을 잘 모른다) 운전석에 나를 앉혀 주었다. 움직이는 막대기와 계기판의 단추에 대해 간략하게 설명을 해주었다. 그리고 자동차 옆에 서서 굳어진 얼굴에 불안한 미소를 띠었다. 내가 등받이를 뒤로 확 제쳐버려 사라지게 하고는 트렁크를 열고 와이퍼를 몬순기후 모드로 작동시키는 모습을 보고 있었던 것이다. 그러다가 기어에서 걱정스러운 삐걱거리는 소리가 나고 차가 덜컹덜컹 흔들리는가 싶더니 차가 움직였다. 나는 주차장에서 나가는 새로운 노선을 만들어 흔들흔들 나가다가 마침내 도로에 진입했다.

아담한 소서를 금방 벗어나 넓은 고속도로를 타서 가벼운 마음으로 존 오그로츠로 경제속도를 준수하며 달렸다. 아무것도 없는 풍경이 참 매력적이었다. 아무것도 없었다. 다만 겨울이 되어 탈색되어버린 풀들이 바다를 따라 함께 일렁이다가 오크니 제도 너머로 아득하게 사라져갔다. 하지만 그 광활함은 내 기운을 북돋았고 몇 년 만에 처음으로 운전을 하면서도 비교적 안전하다는 느낌을 받게 되었다. 충돌사고를 일으킬 만한 것이 정말 하나도 없었다.

스코틀랜드의 북쪽 끝에 가면 엄청난 텅 빈 공간에 들어가게 된다. 케이스네스 전체에 살고 있는 인구는 겨우 2만 7000명뿐이다. 면적은 대부분 영국의 어느 지방보다 훨씬 더 크다. 인구 중에서 절반은 서소와 윅, 두 곳에 집중되어 있다. 그리고 존 오그로츠에는 아무도 살지 않는다. 왜냐하면 존 오그로츠는 사람들이 모여 사는 곳이 아니라 잠시 들러 우편엽서와 아이스크림을 사는 곳이었기 때문이다.

이곳의 지명은 15세기쯤 페리호 운영을 했던 얀 드 구르트라는 네덜란드 인의 이름에서 따온 것이라 했다.(분별력이 있는 사람이었다면 암스테르담에서 운영을 했을 거다.) 그는 뱃삯으로 4펜스를 받았다고 한다. 그래서 사람들이 4펜스의 은화를 '그로트'라고 불렀다는 것이다. 하지만 이건 슬프게도 다 꾸며낸 이야기다. 보다 그럴듯한 것은 그루트의 이름이 '그로트' 동전을 보고 붙여진 것이라는 설이다. 하지만 뭐 어느 쪽이든 무슨 상관이 있나?

오늘날 존 오그로츠에는 넓은 주차장, 작은 항구, 혼자 외로이 서 있는 하얀 호텔, 두어 개의 아이스크림 판매점이 있고 토미 스콧이라는 가수가 나오는 비디오나 스웨터, 우편엽서를 파는 가게가 서너 개 있다. 나는 시드니와 로스앤젤레스에서 얼마나 멀리 떨어져 있는지 알려주는 유명한 손가락 모양의 표지판이 있을 줄 알았다. 하지만 하나도 찾아볼 수 없었다. 아마 휴가철이 지나서 치워버린 모양이었다. 나 같은 사람이 기념품으로 뽑아가지 못하게 하려는 것 같다. 문을 연 가게가 딱 하나 있었다. 나는 가게 안으로 들어갔다가 깜짝 놀랐다. 3명의 중년 여성이 일하고 있었다. 사방 400마일(약 643km) 이내에 관광객이라고는 달랑 나 혼자인데 이렇게 많은 인원이 일하는 건 고용과잉이 아닌가 싶었다. 중년 부인들은 과도하게 명랑하고 원기완성한 태도에 근사한 하이랜드 억양으로 따뜻한 인사말을 건넸다. 다소 딱딱하게 들릴 수 있는 어투였지만 그러면서도 귀가 즐거워지는 면이 있었다. 나는 스웨터 몇 개를 펼쳐 보았다. 그래야 내가 간 뒤에 저분들이 할 일이 생길 것 같아서였다. 그리고 토미 스콧이 해안의 여기저기서 바람을 맞으며 의기양양하게 스코틀랜드 노래를 부르는 모습의 비디오를 입을 헤 벌리고 감상했다. 우편엽서를 조금 사고 그 부인들과 날씨 이야기를 잠시 나눈 후 대화가 다 끝난 게 분명한데도 어색한 얼굴을 하고 꾸물거리고 있었다. 그러다가 그 자리에서 물러나와 바람이 세차게 부는 주차장으로 돌아갔다. 존 오그로츠가 아직 보여주지 못한 것이 있을지도 모른다는 생각을 했다.

나는 항구 위쪽을 막연히 걸었다. 손을 눈 위에 대고 작은 박물관 유리창 안을 뚫어져라 쳐다보기도 했다. 봄까지 문을 닫았다고 했다. 펜트랜드 강어귀에서 스트로마와 올드 맨 호이에 이르는 전경을 열심히 감상했다. 그리고 다시 천천히 차로 돌아갔다. 사람들의 의식 속에 존 오그로츠는 영국 본토의 최북단이라는 의미를 갖고 있다. 하지만 사실은 그렇지 않다. 그 명예는 던넷 헤드라는 곳의 몫이다. 근방 1차선 도로를 따라 5~6마일을 내려가다 보면 나오는 곳이었다. 던넷 헤드는 존 오그로츠처럼 기분전환 거리가 많지 않다. 하지만 근사한 무인등대가 있고 환상적인 바다 전경을 볼 수 있으며 아주 먼 곳에 와 있다는 느낌이 드는 것도 근사했다.

바람이 몰아치는 고지대에 서서 눈앞의 전경을 한참 동안 바라보면서 뭔가 심오하고 의미 있는 생각이 떠오르기를 기다렸다. 왜냐하면 이곳이 바로 마지막 장소였기 때문이다. 내 여행의 마지막 여정이었다. 마음 같아서는 페리호를 잡아타고 바다를 건너 섬으로 가서는 자갈길을 따라가다 저 멀리 있는 셰틀랜드까지 가고 싶었다. 하지만 시간도 없었고 그럴 필요도 없는 일 같았다. 제 아무리 황량하고 공허함에 매력이 있다고 해도 그곳 역시 영국 땅일 것이다. 똑같은 상점이 있고 똑같은 텔레비전 프로그램이 나오고 똑같은 사람들이 똑같은 막스앤스펜서 카디건을 입고 있을 터였다. 이런 것으로 기분이 나빠졌거나 의기소침해지지는 않았다. 오히려 그 반대라고 해야 할 것이다. 하지만 지금 당장 셰틀랜드까지 가야할 절실한 필요를 느끼지 못하겠다. 다음에 와도 여전히 그 자리를 지키고 있을 테니 말이다.

빌린 포드 자동차를 타고 들러야 할 곳이 한군데 더 있었다. 서소에서 6~7마일 정도 가다보면 홀커크라는 마을이 있다. 지금은 사람들의 기억 속에서 지워졌지만 2차 세계대전 당시에는 유명했다. 너무 외진 곳인데다 현지인들이 불친절하기로 소문이 나서 영국 군인들이 절대로, 절대로 군대를 배치하고 싶어 하지 않아서 유명세를 탔다. 군인들은 다음과 같은 매력적인 후렴구를 불렀다고 한다.

빌어먹을 마을이 빌어먹게 생겼네.
빌어먹을 전차도 없고, 빌어먹을 버스도 없네.

빌어먹게 우리에게 신경 써주는 이도 없네.
빌어먹을 홀커크에서는.

빌어먹게 운동도 못하고, 빌어먹게 게임도 못해.

빌어먹게 재미도 없고, 빌어먹게 여자도 없고,

빌어먹게 이름도 안 알려줘.

빌어먹을 홀커크에서는.

그리고 이어서 비슷한 애정 어린 가사로 10절 정도의 노래가 더 이어
졌다.(다들 궁금해 할 것 같은 질문의 답을 미리 알아 놓았다. 답은 아
니오다. 토미 스콧이 부른 인기곡 목록에는 위의 노래가 없었다.) 이리
하여 나는 홀커크에 가게 되었다. 한적한 B874도로를 따라 차를 몰았
다. 역시 홀커크에는 별다른 게 없었다. 간선도로에서 갈라지는 거리가
몇 개 있었고 그 길을 따라 정육점, 건축 자재업자, 선술집 두 개, 작은
식료잡화점과 전쟁기념관이 함께 있는 마을회관이 늘어서 있었다. 주
변의 공허함과 황량함에 홀커크가 한 번이라도 누를 끼친 적은 없는 것
같았다. 하지만 전쟁기념관에는 1차 세계대전에서 전사한 63명의 이름
과(그중 아홉은 싱클레어고, 다섯은 셰틀랜드였다) 2차 세계대전에서
전사한 18명의 명단이 있었다.

마을 가장자리에서 보면 수 마일이 이어지는 초록색 평원이 있다. 하
지만 그 어디에도 허물어져가는 병영의 흔적 같은 걸 찾아볼 수는 없었
다. 나는 탐색모드로 변신해서 잡화점으로 들어갔다. 그런데 참 이상한
잡화점이었다. 커다란 헛간 같은 실내에 어두운 조명이 켜져 있었고 문
근처에 금속 선반 두 개가 전부였다. 선반에도 딸랑 귀리 몇 봉지와 세
제 몇 개가 전부였다. 금전출납기 쪽에 한 남자가 있었고 나보다 앞서
들어온 노인 한 분이 뭔가를 사고 있었다. 나는 그 두 사람에게 군기지
에 관한 이야기를 물었다.

"아, 그거."

가게 주인이 말했다.

"빅 파우 기지가 있소. 전쟁이 끝났을 때 이곳에 1만 4000명의 독일군이 있었다오. 여기 이 책에 다 나와 있지."

조금 놀랐다. 물건이 이렇게 없는 잡화점에서 그림책이 금전출납기 옆에 놓여 있었던 것이다. 케이스네스의 전쟁 어쩌고 하는 그런 책이었다. 주인은 살펴보라며 책 한 권을 건네주었다. 뻔한 사진들이 가득 있었다. 집과 선술집이 폭격을 당하자 머리를 긁적이며 그 주변에 서서 경악하는 사람들이나 아니면 재난을 당한 사람들이 자주 보이는 멍한 미소를 짓고는 카메라를 바라보는 사람들이 있었다. 그런 사진 속 사람들은 마치 '그래도 우리 사진이 〈픽처 포스트〉지에 실릴 거야'라고 생각하는 것 같았다. 홀커크에 있는 병사들은 도무지 지루한 줄 모르는 얼굴을 하고 있었다. 색인에 마을에 대한 이야기도 없었다. 그런데도 가격은 야무지게도 15파운드 95페니나 했다.

"좋은 책이오."

주인이 신이 나서 말했다.

"가치가 있는 책이지."

"전쟁 중에 우리 마을에는 1만 4000명의 독일군이 있었다오."

노인은 귀먹은 사람처럼 크게 고함을 쳤다.

홀커크의 무시무시한 세간의 평에 대해 재치 있게 물어볼 방법이 생각나지 않았다.

"영국 병사들이 여기 있으면서 참 외로워했겠어요."

한 번 슬쩍 미끼를 던져봤다.

"오, 아니요. 그렇지 않았을 거요."

주인은 내 말에 동조하지 않았다.

"저기 간선도로를 따라 조금만 가면 서소도 있고, 거기가 질리면 웍으로 가도 되지. 그때는 춤을 출 수 있는 곳도 있었소."

주인은 애매모호하게 말을 하곤 내 손에 들린 책을 고갯짓으로 가리켰다.

"그게 참 가치가 있는 책이요."

"옛날 기지의 흔적이 남아 있는 데가 있나요?"

"물론, 건물은 다 사라졌소. 하지만 저쪽 뒤로 가면…."

남자는 손짓으로 방향을 가리켜 보이며 말했다.

"그 터랑 건물 기초 같은 걸 볼 수 있을 거요."

그리고 잠시 침묵하던 주인이 말했다.

"그런데 그 책은 살 거요?"

"아, 이따가 돌아오면서 살게요."

나는 거짓말을 하고 책을 돌려주었다.

"가치가 있는 책이요."

주인이 말했다.

"독일군 1만 4000명이 있었다오."

가게를 나서는데 노인이 다시 큰 소리로 말했다.

나는 다시 한 번 걸어서 마을 주변을 돌아보았다. 그리고 차로 다시 한 바퀴를 돌았다. 하지만 포로수용소의 흔적은 찾을 수가 없었다. 그리고 서서히 그런 게 뭐가 문제냐는 생각이 들었다. 그래서 결국 서소로 돌아가 차를 반납했다. 친절한 자동차 딜러가 놀라는 모습을 보였다. 오후 두 시가 조금 넘은 시각이었기 때문이었다.

"정말로 더 가고 싶으신 곳이 없었나요? 하루 온종일 쓰시는 걸로 계산을 하셨는데 유감이네요."

"어디 가볼 만한 데가 더 있나요?"

내가 물었다.

자동차 딜러는 잠시 생각했다.

"뭐 딱히 갈 만한 곳도 없네요."

그도 난감해 했다.

"괜찮습니다. 이미 많이 봤거든요."

이 말은 아주 넓고 다양한 의미를 담고 있었다.

29

세상으로
돌아가는
길을 찾다

글래스고

존오그로츠
서소
인버네스
글래스고
에든버러
리버풀
루드로우
런던
본머스
도버

행여나 서소에 올 일이 생기면 꼭 펜트랜드 호텔에만 묵기로 했다. 사연인즉슨 다음과 같다. 떠나기 전날 밤 접수계에 있는 친절한 아가씨에게 아침 다섯 시에 모닝콜을 부탁했다. 남부로 가는 새벽 기차를 타야 했기 때문이다. 그러자 아가씨가 말했다.(여기서 혹시 서 있는 독자들이 있다면 자리에 앉아주기를 부탁한다.)

"아침식사로는 정식을 준비해드릴까요?"

솔직히 그 아가씨가 살짝 이해력이 떨어지나 생각했다. 그래서 다시 말했다.

"죄송한데요, 새벽 다섯 시를 말한 건데요. 내일 아침 새벽 5시 30분에 떠날 거라고요. 아시겠어요? 새벽 5시 30분이요."

"네, 손님. 그럼 아침식사는 정식으로 드시겠어요?"

"새벽 5시 30분에요?"

"숙박비에 조식이 포함되어 있습니다."

그리고 이 훌륭하고 아담한 시설에서 예쁜 접시에 각종 튀긴 음식과 뜨거운 커피 한 주전자를 새벽 동도 트기 전인 5시 15분까지 나를 위해 준비해주었다. 그래서 나는 부분비만이 된 행복한 남자가 되어 호텔을 나섰고 어둠에 잠긴 도로를 따라 흔들흔들 걸어서 역에 도착했다. 그리고 거기서 그날 아침의 두 번째 깜짝 사건을 겪게 되었다. 역 안에는 여자들이 가득했다. 들뜬 분위기의 여자들이 승강장에 서서 입김으로 차갑고 어두운 대기를 채우며 즐거운 하이랜드식 잡담을 나누고 있었다. 열차 차장이 자기 일을 다 마치고 기차 문을 열어줄 때까지 다들 느긋하게 있었다.

그 중 한 아가씨에게 무슨 일이냐고 물어보니 모두들 인버네스로 쇼핑을 하러 가는 중이라고 답해주었다. 토요일에는 늘 이렇다고 했다. 넉넉잡고 네 시간은 걸리는 기차여행을 한 후에 막스앤스펜서 매장에서 속옷이며 인버네스에는 있는데 서소에는 없는 플라스틱 토사물 같은 물건을 잔뜩 사재기한 다음 저녁 여섯 시 기차를 타고 잠자리에 들 시간쯤에 집에 도착하는 코스였다.

새벽안개를 헤치며 기차가 달려가는 동안 거대한 무리를 이룬 우리는 기차에 편안하게 끼어 타고 앉아 행복과 기대감에 들떠있었다. 인버네스가 종착역이었기에 모두 기차에서 내려야 했다. 여성분들은 쇼핑을 하러, 나는 글래스고로 가는 10시 35분발 기차를 타러 가야했다. 여자들이 나가는 모습을 지켜보면서 조금 부럽다는 생각이 들어서 내심 놀랐다. 참 특별한 일 같았다. 인버네스와 같은 곳에서 간단한 쇼핑을 하려고 동트기 전부터 일어나서 밤 열 시나 되어서야 집으로 돌아간다는 건 정말 보통 일이 아니었다. 하지만 지금까지 내가 본 쇼핑객들 중에서 최고로 행복하게 보이는 쇼핑객들이었다.

글래스고로 가는 열차는 거의 비어있었고 숲이 무성한 시골 풍경이 이어지는 길을 달렸다. 기차는 연속해서 예쁜 장소만 지나갔다. 아비모어와 피트로크리, 퍼스를 지났고 유명한 골프코스와 단정하고 아담한 기차역으로 유명했던 글렌이글스도 지났다. 그런데 글렌이글스 기차역은 안타깝게도 현재 폐쇄되어 있다. 그리고 드디어 오늘 아침에 침대에서 일어난 직후부터 여덟 시간 만에 글래스고에 도착했다. 퀸 스트리트역에서 출발해 그렇게 오랜 시간을 여행했는데 아직도 스코틀랜드 안에 있다니 기분이 이상했다.

하지만 적어도 이번에는 시스템 때문에 놀라지는 않았다. 1973년에 처음으로 글래스고에 왔을 때가 기억난다. 숨 막힐 듯 어두운 가운데 검댕이 묻어나는 도시의 광경에 매우 놀라 어리벙벙해 했었다. 그렇게 까맣고 그렇게 지저분한 도시는 처음이었다. 도시 안의 모든 것은 검정색으로 보였고 활기도 없어 보였다. 지역민들의 독특한 억양도 이를 갈며 내는 잡음으로 들렸다. 세인트 멍고 성당도 너무 어두워서 바로 길 건너편에서 자세히 봐도 종이 위에 그려진 집처럼 보였다. 관광객도 한 명 없었다. 그런데 내가 들고 있던《유럽으로 가요》안내책자에는 일언반구 이런 사정에 대한 이야기는 없었다.

그 후로 글래스고는 눈부신 변신에 변신을 거듭했다. 도시 중심가에 있던 옛 건물 수십여 채는 표면에 분사처리하고 아름답게 연마제를 발랐다. 덕분에 화강암 표면이 새롭게 빛이 나게 되었다. 1980년대 활황기에는 새로운 건물 수십여 채가 새로 들어서게 되었다. 지난 10년간 새로운 사무실에 사용된 비용만 10억 파운드가 넘었다. 또 버렐 컬렉션 지역에는 세계에서 으뜸으로 뽑히는 박물관이 여럿 들어서 있다. 도시재개발 사업에서 가장 지혜로웠던 작품은 프린스 스퀘어의 쇼핑센터다. 작지만 환하고 통풍이 잘 되는 도심지 쇼핑몰은 한때 방치되었던 궁의 안뜰에 비집고 들어섰다. 갑자기 온 세상 사람들이 조심스레 글래스고를 찾아오기 시작했고 와서는 근사한 박물관, 활기찬 선술집, 세계적 수준의 오케스트라를 즐겼다. 사람들은 비슷한 크기의 다른 유럽 도시와 비교했을 때도 훨씬 많은 70여개의 공원이 빽빽하게 들어서 있다는 사실을 알게 되었다. 1990년에 글래스고는 유럽 최고의 문화의 도시라는 예명을 얻게 되었는데 그 누구의 비웃음도 사지 않았다. 한 도시의 평판이 이렇게 극적으로 변화하는 경우는 이곳이 유일무이하다.

내가 볼 때 이 도시의 보물 중에 가장 밝게 빛나는 것은 단연 버렐 컬렉션이다. 그래서 호텔에 체크인을 한 직후 서둘러 택시를 타고 버렐 컬렉션을 향했다. 오늘 하루는 돌아다녀야 할 때가 많았기 때문이다.

"길게 돌아다니진 않았나보쥬?"*(490~495페이지에 걸쳐 별표(*)로 표시된 문장들은 빌 브라이슨이 들은 글래스고 사투리를 짐작하여 표현한 것이다.)

폴록 컨트리 공원으로 가는 길에 운전기사가 말했다.

"죄송합니다."

나는 글래스고 사투리를 하지 못한다고 말했다.

"내 말이 웃기게 들리나 보쥬?"*

이런 일은 정말 싫었다. 글래스고 출신의 사람이 나에게 말을 거는 일 말이다.

"정말 죄송한데요."

나는 더듬더듬 변명을 했다.

"제 귀가 많이 안 좋아서요."

"니예, 길게 돌아다니지 않으신 것 같으오."*

그의 말은 대충 이런 뜻인 것 같았다.

"멀리 돌아가도록 해야겠네요. 백미러로 내 위협적인 눈길로 손님을 쳐다보겠습니다. 그래야 제가 폐쇄된 부두로 손님을 데려가 흠씬 패준 다음 돈을 빼앗아갈 사람으로 보여서 걱정을 하실 테니까요."

하지만 그는 더 이상의 말없이 차를 몰았고 아무 사고 없이 버렐 컬렉션에 내려 주었다.

버렐 컬렉션의 이름은 윌리엄 버렐 경의 이름에서 따온 것이다. 글래스고 지역 해운업의 거물로 1944년에 자신이 수집한 예술작품을 글래스고에 기증했다. 도심에서 멀리 떨어진 곳이기는 했지만 시골환경이 조성된 곳에 예술작품을 놓아야만 한다는 생각에서였다. 그는 대기오염이 예술작품을 손상시키지 않을까 노심초사 했었다.(불합리한 걱정이었다.) 글래스고 의회는 뜻밖에 얻은 이 횡재를 어떻게 처리할까 고심하다가 놀랍게도 아무 일도 하지 않았다. 그로부터 39년 동안 몇몇 뛰어난 작품들은 창고에서 나무상자에 싸여 묵혀지게 되었다. 하마터면 기억에서 사라질 뻔했던 것이다. 그러다가 1970년대 후반, 근 40년간 갈팡질팡한 끝에 글래스고에서는 배리 개슨이라는 재능 있는 건축가를 고용한다. 배리는 절제된 형식의 단정한 건물을 설계한다. 특히 이 건물은 숲을 배경으로 통풍이 잘 되는 전시실과 중세풍 출입구 등으로 버렐 컬렉션만의 독창적인 특징이 건물 구조에 잘 표현되고 있다는 점으로 아주 유명하다. 1983년에 수많은 사람들의 박수갈채를 받으며 문을 열었다.

버렐은 엄청난 부자는 아니었지만 그래도 그림을 볼 줄 아는 눈이 있었다. 전시실에는 8000점의 작품밖에 없지만, 전 세계에서 공수해온 물건들이다. 메소포타미아, 이집트, 그리스, 로마 등등. 게다가 작품 하나하나는(유화 광택제를 바른 꽃을 든 소녀 도자기 인형은 예외다. 작가가 열병이 나서 만든 작품 같다) 모두 뛰어나다. 오후 내내 흐뭇한 얼굴로 전시실 여기저기를 돌아다니며 이런 곳에 오면 늘 하듯이 혼자 상상을 했다. 스코틀랜드 사람들이 내 훌륭한 인격에 탄복하여 스코틀랜드가 주는 선물로 저 작품들 중에 하나를 골라 가져가라고 하는 것이다. 그래서 한참을 고민한 끝에 나는 5세기경 시실리에서 가져온 작품인 페르세포네의 머리를 골랐다. 아무런 흠이 없어서 마치 어제 만든 것처럼 보인다는 매력도 있었지만 텔레비전 위에 올려놓으면 너무 잘 어울릴 것 같아서 선택한 것도 있었다. 나는 버렐을 떠나 만족스러운 마음으로 잎이 무성한 폴록 공원으로 갔다.

날씨가 포근해서 그냥 걸어서 도심으로 돌아가기로 했다. 비록 지도도 없고 글래스고 중심가가 어느 쪽인지도 전혀 모르는 상태였지만 상관없었다. 글래스고가 원래부터 걸어서 여행하기에 참 좋은 도시였는지, 아니면 그저 내가 가는 곳만 그렇게 좋았는지는 모르겠다. 식물원과 켈빈글로브 공원의 초록빛 유혹, 화려한 비석이 끊임없이 이어지는 엄청난 규모의 공동묘지까지. 걸음을 옮길 때마다 잊지 못할 놀라운 것들을 보게 되었다. 공동묘지에서 떠나 세인트 앤드류 주행도로라고 불리는 대로변을 따라 걸어가니 어느새 근사한 주택단지 한가운데를 표류하게 되었다. 특별한 건축자재와 특별한 권리를 누리는 그 집들은 조그만 호수가 있는 공원 주변에 모여 있었다. 마침내 스코틀랜드 스트리트 공립학교를 지나게 되었다. 찰스 레니 매킨토시의 작품이라 생각되는 독특한 계단이 아름다운 건물이었다. 곧이어 보기 흉하지만 재미있기도 한 어떤 지역으로 들어가게 되었다. 결국 한때 저소득층 밀집지구로 악명이 높았던 고벌스가 틀림없을 거란 생각이 들었다. 여기까지 오자 다음으로 어디를 가야 할지 갈피를 잡을 수가 없었다.

때때로 클라이드 강이 보였지만 강으로 가는 방법도 모르겠고 그 강을 건널 방법은 생각도 할 수가 없었다. 연속해서 이어지는 뒷골목을 따라 한참을 헤매다보니 창문 없는 창고와 창고 문에 '주차금지', '차고 수시로 사용'의 글이 적혀 있는 죽음의 거리에 도착해 있었다. 계속 모퉁이를 돌아가 보았지만 점점 인간사회로부터 멀어지는 것만 같았다. 그러다가 실수로 들어선 작은 거리에 있는 선술집을 발견했다. 앉아서 술 한 잔 하는 모습을 머리에 그리며 술집 안으로 들어갔다. 어둡고 어지러운 분위기가 풍겼다. 손님이라고는 나 말고 두 명이 고작이었는데 이들은 바에 나란히 앉아서 침묵을 지키고 있었다. 바 뒤에는 아무도 없었다. 계산대 끝에 포즈를 잡고 서 있어봤지만 아무도 나오지 않았다. 나는 계산대에 손가락을 올려놓고 톡톡 쳤다. 두 볼에 바람을 집어넣고 입술은 잔뜩 오므리고 있었다. 기다릴 때 사람들이 흔히 하는 일은 다 해봤다. 그래도 다가오는 이가 없었다. 그러다가 바에 앉아 있던 한 사람과 눈이 마주쳤다.

"나를 두키라고 후크하는 건 아니겠죠?"*

그가 말했다.

"네, 뭐라구요?"

내가 대답했다.

"여기 주인장은 엉덩이를 까는 중일거요."*

그는 과격한 고갯짓으로 뒷방 쪽을 가리켰다.

"아, 네."

나는 사려 깊게 고개를 끄덕였다. 마치 그 말로 모든 상황을 이해했다는 표정을 하고 있었다.

그런데 그 남자가 나를 계속 쳐다보고 있었다.

"후와 푸가 있소?"*

첫 번째 남자가 내게 말했다.

"네? 뭐라고요?"

"후와 푸가 있난 말이요?"*

그가 다시 말했다. 약간 취한 게 아닌가 싶었다. 나는 희미하게 사과의 미소를 지으며 내가 영어를 말하는 나라에서 왔다는 사실을 설명해 주었다.

"5월에는 없었쥬?"*

남자가 계속 말했다.

"나를 도니로 도크한다면 말이쥬."*

"6월에 트룬에 우굴우굴하는데."*

그의 옆에 앉은 이가 말하더니 한마디 덧붙였다.

"숟가락을 들고 말이지."*

"아, 네."

나는 다시 한 번 천천히 고개를 끄덕이며 아랫입술을 살짝 내밀었다. 마치 이젠 정말 다 알아들었다는 듯 보였을 거다. 바로 그때 다행히도 바텐더가 나타났다. 행복한 얼굴로 손을 행주에 닦고 있었다.

"빌어먹게 커다랗네, 제길."*

그가 두 남자에게 말하고 나에게는 조금 짜증나는 투로 말했다.

"새로 누가 오셨네."*

질문인지 아니면 그냥 말을 한 것인지 구분할 수가 없었다.

"테넌츠 맥주 한 잔 주세요."

나는 혹시나 하는 마음으로 말해보았다.

바텐더는 성마른 얼굴로 콧잔등을 찡그렸다. 마치 내가 그의 질문에 답을 하지 않았다고 성을 내는 것 같았다.

"나를 후키라고 두크하는 건 아니겠죠?"*

"뭐라고요?"

"새로 누가 오셨다고 한 거에요."*

처음에 말을 건넸던 손님이 말했다. 나름 나를 위해 통역을 해주려는 것 같았다.

나는 입을 벌리고 서서 그들이 나에게 하려는 말이 무엇일지 상상해 보려 노력했다. 그러면서 이런 곳에 있는 선술집에 덜컥 들어가라고 충동질을 한 내 안의 자아의 정체는 무엇일까 생각했다. 그리고 작은 목소리로 말했다.

"그냥 테넌츠 맥주 한 잔만 주세요."

바텐더는 무거운 한숨을 쉬더니 나에게 맥주 한 잔을 주었다. 그리고 잠시 후 그들이 나에게 하려고 했던 말이 무엇이었는지 깨닫게 되었다. 세상에서 최고로 엉망인 선술집이란 이야기를 하려 했던 게 아닌가 싶었다. 라거 맥주를 시켰는데 내 손에 쥐어준 건 따뜻한 비누거품 한 잔이었다. 목숨이 붙어 있을 때 어서 이곳을 도망쳐나가야 했다. 나는 기묘한 조제음료를 두 모금 마시고 남자화장실로 가는 척 하다가 옆문으로 빠져나왔다.

그리하여 다시 어스름한 거리로 돌아온 나는 클라이드 북쪽 제방을 따라 걸으며 잘 알고 있는 세상으로 돌아가는 길을 찾으려 애썼다. 고벌스의 옛 모습을 상상하는 건 거의 불가능에 가까운 일이었다. 그러니까 요란하게 치장하고 교외에 들어선 세련된 아파트에 대담무쌍한 여피족을 모시기 이전의 모습이 어땠는지를 도무지 떠올릴 수 없다는 말이다. 전후 글래스고는 아주 특별한 일을 해냈다. 지방에 번쩍거리는 고층빌딩 단지를 조성하고 고벌스와 같은 도심슬럼가 사람들을 그곳에 입주시켰다. 하지만 사회기반시설도 함께 조성해야 한다는 사실은 깜빡 잊어버렸다. 40만 명의 사람들이 이스터하우스 단지로 이사를 가서 보니 화장실이 딸린 근사한 새 아파트에 살지만 극장도, 상점도, 은행도, 선술집도, 학교도, 직장도, 보건소도, 의사도 없이 살아야하게 생겼다. 그래서 뭔가가 필요하게 되면 그러니까 술을 마셔야 한다든가 직장에 가야 한다든가 병원 진료를 받아야 한다든가 할 때마다 버스를 타고 몇 마일을 달려 도시로 돌아가야 했다. 이런 결과에는 또 다른 문제도 있었다. 바로 언제나 고장이 나 있는 엘리베이터였다.(그런데 정말 유독 영국에서만 그렇게 에스컬레이터나 엘리베이터 같은 움직이는 운반기계들이 문제투성이인 이유가 뭘까? 솔직히 몇 사람 목이 뎅강 잘려야 하는 문제라고 생각한다.) 이런 이유로 사람들은 짜증을 내며 다시 슬럼가로 되돌아갔다. 그 결과 글래스고는 선진국 내에서 가장 심각한 주거문제에 봉착하게 되었다. 글래스고 시의회는 유럽에서 가장 큰 지주이다. 16만 채의 주택과 아파트는 글래스고의 전체 주택 보유량의 절반에 해당한다. 시의회는 자체적으로 견적을 낸 결과 주택공급을 어느 기준까지 끌어올리기 위해서는 30억 파운드의 돈이 필요했다. 하지만 여기에는 새로운 주택건설 비용은 포함되어 있지 않았다. 현재 있는 주택을 거주 가능하게 만드는 데만 그렇다는 것이었다. 그 때 주택사업 관런 예산은 매년 1억 파운드에 불과했다.

드디어 나는 강을 건널 수 있는 길을 찾아 다시 불빛이 반짝이는 도심으로 돌아갈 수 있게 되었다. 조지 스퀘어로 가보았다. 화려하게 장식된 시청과 무심하고 냉정하게 보이는 빅토리아왕조 시대의 건축물들로 인해 영국에서 가장 근사한 곳이라고 생각하던 곳이었다. 그러고 나서 터덜터덜 소우셔홀 가로 올라갔다. 거기서 내가 제일 좋아하는 글래스고 농담을 기억해냈다.(내가 아는 유일한 글래스고 농담이기도하다.) 썩 재미있는 농담은 아니었지만 그래도 나는 좋았다. 한 경찰관이 소우셔홀과 달후지가 만나는 모퉁이에서 도둑을 잡아서 머리채를 잡은 채로 수백 야드를 끌고서 로즈 스트리트로 데려간 다음에 경찰서로 가서 조서를 꾸미게 되었다.

"아이고, 워째서 내한테 이런데유?"

법률적 권리를 침해받은 용의자는 이마를 문지르며 물었다.

"로즈 스트리트 철자만 쓸 줄 아니까 그랬다, 이 구역질나는 도둑놈아."

경찰의 말이었다.

이게 바로 글래스고다. 근래에 들어 눈부신 경제성장을 이루어 세련되게 변했지만 그 한쪽 끝에는 늘 공갈과 협박이 남아 있었다. 글래스고의 이런 기질은 묘하게 유쾌한 구석이 있다. 지금의 나처럼 주말저녁 거리를 마음껏 배회하다가 모퉁이를 돌아서면 턱시도를 맵시 있게 갖춰 입은 젊은이들이 야단법석을 떠는 한가운데를 지나치게 될 수도 있다. 그러다가 그들이 날린 주먹에 맞아 그대로 뻗을 수도 있다. 재미로 내 이마에 그네들 이름 첫 글자를 새기는 만행을 당할 수도 있다. 이런 점 때문에 글래스고에는 톡 쏘는 맛이 있다.

30

나는 영국의 모든 것을 사랑했다

집으로

글래스고에서 하루를 더 묵었다. 내가 원해서라기보다는 일요일이었기 때문이었다. 칼라일 역을 경유해 집으로 가는 기차 편이 일요일에는 운행을 하지 않았기 때문이었다.(세틀-칼라일 구간 철도는 겨울철에는 일요일 운행을 중단한다. 수요가 없기 때문이란다. 그런데 수요가 없는 이유가 운행을 하지 않기 때문이라는 생각은 국영 철도청에 있는 사람들은 못하는 걸까?) 그래서 나는 겨울 거리를 구석구석 돌아다니며 박물관, 식물원, 공동묘지를 주의 깊게 살펴보았다. 하지만 정말 내가 하고 싶은 건 집에 가는 일이었다.

그래서 다음날 아침 들뜬 마음으로 8시 10분에 글래스고센트럴 역에서 칼라일 역으로 가는 기차를 타고 이동한 다음, 기차역 간이식당에서 커피 한 잔으로 기분 전환을 하고 11시 40분 세틀로 가는 기차를 잡아탔다.

세틀-칼라일 철도는 세상에서 가장 유명한 촌구석 철도노선일 것이다. 영국 국영철도에서는 수지가 맞지 않는다는 이유로 몇 년 동안 이 노선을 폐쇄하기를 원했다. 모든 것이 수지타산이 맞아야하고 그렇지 않으면 없애버려야 한다는 이 터무니없는 발상은 대처시대의 유산이라고 봐야 할 것이다. 많은 자유주의자들 사이에서 진리로 받아들여졌던 주장이기도 했다. 하지만 10억분의 1초만 시간을 내서 생각해보면 대부분의 가치 있는 일들이 처음부터 수지타산을 맞춰가며 행해진 것은 아니란 사실을 분명하게 알 수 있다. 이런 터무니없는 논리를 계속 따라가다 보면 교통신호등도 없애야 하고 대학이나 하수구 시설이나 국립공원이나 박물관이나 노인 등등 많은 것들을 없애버려야 한다. 그러니 철도 자체로도 충분히 유용하고, 노인들보다 훨씬 더 쾌적한 존재인데다, 낄낄거리거나 투덜대는 일도 없는 것을 경제적 실용성만 따져서 존폐를 결정하는 이유가 도대체 뭐란 말인가? 이것이야말로 당장 쓰레기통으로 던져버려야 하는 낡은 생각이다.

앞서도 말했지만 세틀-칼라일 노선은 기념비적인 바보짓의 결과다. 1870년 미들랜드 철도사의 총책임자인 제임스 올포트가 북부 잉글랜드를 관통하는 주요 노선으로 이 노선을 만들 생각을 해냈다. 이미 동부해안철도와 서부해안철도가 깔려 있었기에 한 가운데를 지나는 노선을 만들어야겠다고 생각했던 것이다. 어디서 시작해서 어디를 경유해 어디서 끝낼 것인가 하는 문제는 부차적인 걸로 치부해버렸다. 전체 공사비로 3500만 파운드가 소요되었다. 지금 기준으로는 그리 많지 않은 돈처럼 보이지만 물가를 고려해 지금 수준으로 환산해보면 4조 87억 파운드가 넘는 돈이다. 철도사업에 관해 조금이라도 아는 게 있는 사람이라면 누구나 올포트가 완전히 정신이 나갔다고 생각했을 일이었다. 그리고 실제로도 그는 제정신이 아니었다.

말도 안 되는 지역을 지나가도록 설계했기 때문에 기술자들은 온갖 종류의 값비싼 장치를 이용해 철로 공사를 해야 했다. 그래서 열네 개의 터널과 스무 개의 육교가 세워졌다. 이 구간은 천천히 여유 있게 여행하는 협괘철로가 아니었다. 19세기의 탄환열차 즉 고속열차가 있었다는 사실이다. 승객을 요크셔 데일스 국립공원 너머로 휙 던져버릴 수도 있는 기차였다. 물론 승객이 그런 서비스를 원하는 경우에 해당되는 말이다. 그리고 그런 서비스를 원하는 승객은 거의 없었다.

그래서 처음부터 이 철도는 손해를 보았다. 하지만 그게 무슨 대수란 말인가? 이 노선은 무척 아름답고 모든 면에서 근사하다. 그리고 19세기 철도의 모든 기술의 집약체이기도 하다. 그래서 나는 71과 4분의 3마일의 여정이 진행되는, 한 시간 하고도 40분의 매순간을 마음껏 즐길 생각이다. 세틀 근처에 사는 사람이라고 해도 이 철도를 이용할 일이 그리 많지는 않다. 나는 유리창에 얼굴을 바짝 가져다 대고 그 유명하다는 이 노선의 명물들이 나타나기를 기다렸다. 2300야드에 달하는 길고 긴 블리 무어 터널, 영국에서 최고 높은 고지에 있는 덴트 역, 0.25마일 길이에 104피트 높이를 자랑하며 24개의 아치문이 있다는 리블헤드 고가다리가 기다리고 있었다. 그 중간 중간 보이는 풍경도 아름다웠다. 단순히 희귀한 구경거리가 아니라 매혹적인 사이렌 요정의 목소리로 속삭여 주는 풍경이었다.

누구라도 한 번쯤은 말로 형용할 수 없을 정도 매료당한 풍경을 본적이 있을 것이다. 내 경우는 요크셔 데일스가 딱 그랬다. 그 구릉지에는 뭔가 특별한 것이 있었다. 모든 것에 감탄을 내지를 것 외에는 달리할 수 있는 일이 없었다. 한번은 우리가 사는 마을 선술집에서 데일스의 풍경을 진정으로 감상하려면 아이오와 같은 평지에서 태어나 20여년을 살아봐야 한다고 말한 적이 있다.(이런 내 말에 누군가는 태어나서 20여 년을 빗자루 함에서 살았다면 그 풍경을 더 잘 감상할 수 있었을 거라고 대꾸했었다.) 하지만 정말 이곳에는 뭔가 특별한 것이 있다고 생각한다. 굽이쳐 흐르는 개울, 산뜻한 마을, 군데군데 흩어져 있는 농장이 어우러져 목가적인 분위기를 물씬 풍긴다. 하지만 이와 반대로 초목이 무성한 계곡과 멀리까지 내다보이는 전망을 자랑하며 장중한 아름다움을 뽐내는 고지대도 있다. 데일스에서는 어디로 가든지 이 두 지역의 마법과 같은 변신을 경험할 수 있다.

역사적으로 데일스에서는 골짜기 사이를 연결하는 내부 연결망이 거의 없었다. 길이라고 해봐야 대부분이 구불구불 이어져서 그 끝에는 비탈진 구릉지가 있었다. 그래서 대부분 소박하게 자급자족하는 분위기를 지키고 있었다. 내가 아주 좋아하는 점이다. 지금 살고 있는 맬햄데일이라는 작은 계곡으로 처음 이사 왔을 때의 일이다. 집 앞 도로에서 쾅 하고 뭔가에 부딪치는 소리와 금속을 긁어대는 날카로운 소리가 나면서 자동차 한 대가 전복되는 사고가 일어났다. 알고 보니 운전사가 풀이 많은 강둑을 빨리 질주하다가 벌판에 세워진 담벼락에 부딪친 것이었다. 그 바람에 자동차가 튕겨져 나가 뒤집혔다. 서둘러 나가보니 인근 농부의 아내가 안전벨트를 한 채 거꾸로 앉아 있었다. 머리 상처에서 피가 조금씩 흐르는 가운데 뭐라고 중얼거리고 있었는데 치과의사에게 가야만 하는데 이런 일이 어떻게 생겼지 뭐 이런 말이었다. 내가 사고 주변을 깡충거리며 과호흡 증상에 시달리고 있는 와중에 랜드로버를 타고 가던 두 명의 농부가 차를 세우고 천천히 내렸다. 몇 년간 이 순간을 위해 준비해 온 사람들인양 그들은 천천히 부인을 차에서 꺼내어 바위 위에 앉혔다. 그리고 종이짝처럼 구겨진 차를 똑바로 세워서 길 밖으로 끌어다 놓았다. 그러고 나더니 한 명은 부인을 자기 집으로 데려가 차 한 잔을 주고 아내에게 머리 상처를 돌보게 하고, 나머지 한 사람은 기름이 흘러 반들반들해진 길에 톱밥을 뿌리고 길이 다 치워질 때까지 차량들이 우회하도록 수신호를 보내고 있다가 모든 일을 마치고는 나에게 윙크를 날리고 랜드로버에 올라타서 휑하니 사라져 버렸다. 이 모든 일이 5분도 채 안 되는 시간에 다 처리되었다. 경찰이나 구급차가 달려올 일도 없었고 심지어 의사도 불려오지 않았다. 그로부터 한 시간 정도가 지난 뒤 다른 농부가 트랙터를 타고 나타나더니 사고 난 차량을 견인해갔다. 그래서 우리 집 앞은 아무 일도 없었다는 듯 말짱해졌다. 정말 완전히 다른 세상이다.

그리고 데일스에 사는 사람들의 행동방식도 남다르다. 일단 그들은 남의 집에 마구 들어온다. 노크는 한 번 정도만 하고 큰 소리로 '안녕!' 하고 외친 다음에 곧바로 문을 열고 머리를 빠끔히 들이민다. 하지만 이건 그리 자주 있는 일이 아니다. 부엌 싱크대에 서서 혼잣말을 하다가 시원하게 방귀를 뀌고는 뒤돌아봤는데 식탁 위에 방금 가져온 우편물이 쌓여 있는 모습을 발견하고 깜짝 놀란 적이 한두 번이 아니다. 옷을 반쯤 걸치고 있는데 누군가 '어이! 안녕! 누구 없소?'라며 불쑥 소리치며 나타나는 사람 때문에 창고로 숨은 적은 수도 없이 많다. 한 2분 동안 부엌을 돌아다니고 냉장고에 붙여 놓은 메모를 살펴본 다음에 우편물을 들어 조명에 비춰 보고는 창고 쪽으로 다가와 조용하게 말하곤 한다.

"달걀 6개만 가져갈게요. 괜찮죠, 빌?"

런던에 살 때 친구나 동료에게 요크셔에 있는 농촌마을로 이사할 거라 말을 했을 때 많은 사람들이 놀란 표정을 감추지 못하고 몇 마디씩 했었다.

"요크셔? 요크셔 사람들하고 산다고? 어떻게…, 그래, 재미있겠네."

뭐 대충 이런 정도의 이야기였다.

하지만 요크셔 사람들이 천박하고 비열하다는 이런 지독한 평판을 갖게 된 이유를 도무지 이해할 수가 없었다. 이들은 언제나 예절바르고 개방적이며 솔직한 사람들이었다. 자신의 결점이 무엇인지 알고 싶다면 여기 요크셔 사람들이 기꺼이 도움을 줄 것이다. 이들의 애정어린 관심 때문에 정말로 숨 막혀 죽을 일도 없다. 물론 보다 관대한 풍토에서 살았던 그러니까 요크셔가 아닌 다른 곳에서 살았던 사람이라면 익숙해지는 게 다소 어려울 수도 있다. 내가 살던 미국 중서부지방에서는 누군가 마을에 새로 이사를 오면 주위 이웃들이 다 몰려와서 큰 경사라도 난 것처럼 다들 환영을 해주곤 했다. 그리고 모두들 파이 선물을 한다. 애플파이, 체리파이, 초콜릿크림파이를 모조리 먹을 수 있다. 그래서 미 중서부 지역에서는 그 파이를 먹으려고 여섯 달마다 이사를 하는 사람도 있다.

요크셔에는 이런 일이 절대 있을 수 없다. 하지만 시간이 지나면서 조금씩 마을 사람들의 마음 한 구석에 새로 이사 온 사람을 생각하는 자리가 생기게 된다. 그러면 차를 타고 지나가면서 맬햄데일 식으로 손인사를 해주기 시작한다. 그런 날은 새로 이사 온 이래로 최고로 신나는 날이다. 맬햄식 손인사를 하려면 운전대를 잡고 있다고 상상하면 된다. 그리고 운전대를 잡고 있던 오른손 검지를 매우 천천히 펴보라. 마치 작은 경련이라도 일어나는 것처럼 보이게 해야 한다. 이게 바로 맬햄데일 식 손인사가 되시겠다. 그리 대단치 않아 보일 수도 있지만 사실 그 간단한 동작은 많은 말을 전하고 있다. 이 손인사는 앞으로도 많이 그리울 것이다.

기차를 타고 이런저런 공상을 하느라 시간가는 줄 모르고 있었다. 어느새 기차는 세틀 역으로 들어서 있었고 승강장에는 아내가 나에게 손을 흔들고 있었다. 순식간에 여행이 끝나버렸다. 나는 당혹감을 느끼며 서둘러 기차에서 내렸다. 한밤중에 긴급한 호출을 받고 일어난 사람마냥 당황스러웠다. 어쩐지 이곳이 제대로 된 종착역이 아닌 것 같다는 느낌도 들었다. 모든 것이 너무나 갑작스러웠다.

아내는 이 동네 말로 돌격하듯 차를 몰았다. 형연할 수 없이 황홀한 6마일의 여정이었다. 비탈길을 따라 올라간 커크비 산 주변은 바람이 세게 불고 나무 하나가 없다. 그곳에 서면 멀리까지 내다볼 수 있다. 그러다가 다시 내리막길을 따라 내려가게 된다. 찻잔처럼 움푹하게 패인 잔잔한 그곳은 맬햄데일의 본거지다. 지난 7년간 우리 집이기도 했던 작은 세상이다. 내리막길을 반절쯤 갔을 때 아내에게 목초지 입구에 차를 세우게 했다. 내가 세상에서 가장 좋아하는 전경이 거기 있었다. 나는 차에서 내려 주위를 둘러보았다. 거기서는 맬햄데일을 한눈에 볼 수 있다. 녹음이 우거진 아늑하고 포근한 마을이 당당한 구릉지 아래 자리잡고 있다. 고지식한 자연석 담벼락이 비탈길을 따라 올라가고 있다. 인근의 마을 세 개도 다 보이고 작지만 아름다운 교실 두 개짜리 학교도 보이고 낡은 교회도 보였다.(그 교회는 1490년에 지어졌는데 그건 콜럼버스가 아메리카 대륙을 향해 출항하기 2년 전의 일이다. 나는 우리 집에 찾아온 미국인들에게 언제나 이 이야기를 들려주었다. 그러면 다들 매우 인상 깊은 일이라 좋아들 했다.) 그리고 우리 동네 선술집도 보였다. 그 한가운데 나무에 가려서 보이지는 않았지만 아름답고 고풍스러운 돌집 하나가 있었다. 나의 조국 보다 훨씬 더 오래된 우리 집이었다.

너무나 평화롭고 아름다워서 하마터면 울 뻔했다. 하지만 이 매혹적인 작은 나라에는 이곳 못지않은 장소가 너무도 많다. 갑자기, 순식간에, 영국에서 내가 가장 사랑하는 것이 무엇인지 깨닫게 되었다. 그러니까 나는 영국의 모든 것을 사랑했다. 좋든 나쁘든 영국의 모든 것을 사랑했다. 오래된 교회도, 시골길도, "불평하지 마"라고 말하는 사람도, "정말 죄송한데요"라고 부탁하는 사람도, 내가 모르고 팔꿈치로 툭 쳤는데도 먼저 사과하는 사람도, 병우유도, 토스트에 들어간 콩도, 6월에 건초를 만드는 일도, 바닷가 부두도, 왕립지도제작원에서 만든 지도도, 차와 핫케이크도, 여름 소나기도, 안개 자욱한 겨울날도 이 모든 것을 남김없이 모두 사랑했다.

영국은 참으로 신기하고 놀라운 장소다. 물론 완전히 미쳐 돌아가는 때도 있지만 그럴 때조차도 조금은 숭배할만한 가치가 있는 곳이다. 어떤 나라가 투팅 비(방귀 뀌는 벌)와 팔레이 월롭(팔레이를 흠씬 두들겨 패다) 같은 이름을 지명으로 사용할 생각을 하겠는가? 크리켓 같은 스포츠를 고안해 낼 나라가 이곳 말고 또 어디 있겠는가? 입헌군주제 방식의 정부 조직을 갖고 있으면서도 성문헌법은 없는 데가 또 있을까? 사립학교를 공립학교라 부르고, 판사들의 머리에 마대자루 같은 걸 올려놓고도 조금도 이상하다고 생각하지 않으며, 상원의원의 최고 책임자를 양모자루라고 불리는 것 위에 앉히고, 하디라는 이름의 동료에게 키스를 받는 것이 최후의 소원이었던 전쟁 영웅을 자랑스럽게 여기는 나라가 여기 말고 또 있을까?("하디, 제발 입술에다 해줘. 혓바닥은 살짝만 집어넣고.")
이 나라가 아니었다면 윌리엄 셰익스피어, 위가 납작한 중절모, 건축가 크리스토퍼 렌, 윈저 대공원, 솔즈베리 성당, 2층 버스, 다이제스티브 비스킷을 어디서 만났을 수 있었겠는가? 그리고 이렇게 근사한 전망을 어디서 또 구경할 수 있을까? 단연코 이런 곳은 다시는 없을 것이다.

이 모든 생각들이 한참동안 머릿속을 맴돌았다. 전에도 말했고 앞으로도 다시 말할 이야기지만 나는 영국이 좋다. 말로 다 전할 수 없을 정도로 좋아한다. 드디어 나는 목초지 입구에서 등을 돌리고 자동차로 올라탔다. 언젠가 다시 돌아올 것을 확신하면서.

영국식 용어해설

은행 휴일 *bank holiday* - 영국의 공휴일을 일컫는 말. 공휴일에는 은행이 문을 닫으니 이렇게 부르기도 한다. 잉글랜드와 웨일스에는 여덟 번의 은행휴일이 있다.(스코틀랜드에서는 약간 다르다.) 신년 첫날, 성 금요일(부활절 직전 금요일), 부활주일 다음날 월요일, 5월의 첫째, 넷째 월요일, 8월의 마지막 월요일, 크리스마스, 크리스마스 바로 다음날.

벨리샤 신호등 *Belisha beacon* - 경고등. 검정과 하얀색 줄무늬가 있는 기둥 위에 노란색 공 모양 전구가 있는 것으로 횡단보도에 있다. 1930년대에 처음으로 이 경고등을 도입한 전교통부장관 레슬리 호 벨리샤의 이름을 따서 '벨리샤 신호등'이라고 부른다. '줄무늬 횡단보도'란을 참고하라.

버크 *berk*(얼간이) - 상대의 명예를 실추시키기 위해 다양하게 사용하는 용어. 미국에서 쓰는 저크(멍청이)나 모런(정신박약아)과 대략 비슷한 뜻이다. 주유소에 정차했거나 옆길을 달리던 차량이 갑자기 앞으로 끼어들면 그 운전사가 바로 버크다. 런던 토박이들이 사용했다는 코크니 압운속어에서 유래되었다. 압운속어란 버크셔 헌트(버크셔 사냥)란 말에서 컨트(비열한 놈, 구역질나는 놈)를 만들어내는 식이다.

비스킷 *biscuit* - 쿠키를 말한다.

B 로드 *B-road* - 이면도로를 말한다. 모터웨이(고속 자동차 도로)를 제외한 주요 간선 도로는 A 로드라고 부른다.

건축자재상 *builder's merchant* - 건축 자재를 파는 사업을 하는 사람.

범 *bum* - 엉덩이.

버스/코우치 *bus/coach* – 헤아릴 수 없이 매우 심오한 이유로 영국에서는 많은 승객이 탑승할 수 있는 차량을 꼼꼼하게 분류해서 구별하고 있다. 지역을 돌아다니기 위해 주로 사용하는 경우와 보다 장거리를 이동하면서 바닷가 여행 같은 목적으로 타는 것을 구분한다. 전자가 버스이고, 후자는 코우치다. 실제 사용하는 차량은 거의 같다.

버티 *butty* – 영국 북부 지역에서 샌드위치를 부르는 말.

크리스마스 크래커 *Christmas cracker* – 원모양으로 된 크리스마스 상품. 축제 분위기가 나게 화려한 장식을 한 이것을 확 잡아당기면 폭죽처럼 조그맣게 터지는 소리가 나게 되어 있다. 하지만 대개는 그 소리가 잘 안 난다. 전통적으로 크리스마스 크래커에는 수수께끼, 파티 고깔모자, 조그만 플라스틱 장난감이나 싸구려 장신구가 들어 있다. 이런 것들은 결국 세탁기 구석 자리에 처박혀 있게 된다.

클로트 *clot* – 매우 유용한 버크(해당항 참고)의 변형어. 영국 영어에는 사람들을 약올리는 것에 관한 한 이상하리만큼 다양하고 풍부한 어휘를 보유하고 있다. 칭찬할 만한다. '프랫'항을 참고하라.

코크니 압운속어 *Cockney rhyming-slang* – 압운시켜서 사물이나 현상을 묘사하는 아주 오래된 관행. 사과와 배apples and pears라는 말이 계단stairs이 되고. 나무딸기 타르트 raspberry tart는 방귀fart가 된다.(우연인지 필연인지 나무딸기를 붙이면 방귀 소리가 난다.) 대개 마지막 말이 생략된다. 그래서 팃저(titjer, 맞받아 쏘아주기sit-for-tat의 줄임말)란 말이 모자 hat를 의미하고, 플레이트(고기로 된 접시plates of meat의 줄임말)가 발feet을 의미하고, 브레드(bread, 빵과 꿀bread and honey의 줄임말)는 돈money를 나타낸다.

대항 차선 통행 다발 지역 *contraflow blackspot* – 대항 차선 통행이란 도로의 바깥쪽 차선 하나나 두 개를 반대편에서 오는 차량에게 내어주어 거꾸로 달리게 하는 것을 말한다. 대개 도로 보수 공사를 원활하게 하기 위해 이런 조치를 취한다. 가령 자동차 전용 고속도로 재건 공사가 있다면 남쪽으로 가는 도로는 몇 달 간 폐쇄된다. 그러면 차량은 평소에 북쪽으로 가는 도로였던 곳의 차선을 이용하게 된다. 이렇게 되면 거의 언제나 엄청난 교통 지체 현상이 일어난다. 이런 지체 현상이 끊임없이 이어져 악명을 떨치게 되면 그 길을 다니는 사람들은 대항 차선 통행 흑반병에 걸려 버린다.('blackspot'이라는 말에는 '다발지점'이라는 의미도 있지만 '흑반병'이라는 의미도 있다.)

쿠커 *cooker* – 가스레인지

공영 주택 *council house* – 지자체에서 지은 집. 보조금을 주면서 임대해준다. 대개는 단지로 조성되는데 이를 공영 주택 단지council estates라고 한다.

덴비셔 *Denbighshire* – 전에는 웨일스 카운티였다. 웨일스 카운티는 1974년에 지역 경계선을 재편성하는 과정에서 없어졌다. 이 과정에서 새로운 카운티(에이번, 클리블랜드, 험버사이드)가 여러 개 생겨나기도 하고, 몇 몇 카운티(러틀랜드, 퍼서)는 사라지기도 했다.

불륜의 주말 *dirty weekend* – 대개 집에서 멀리 떨어진 곳으로 가서 위법적이나 탁월한 섹스를 하며 보내는 주말

도네르 케밥 *doner kebab* – 샌드위치 타입의 간식. 중동 등지에서 먹는 납작한 피타 빵에 양고기가 살짝 들어간 고기를 가공처리하여 만듦. 맥주 7~8잔을 마신 후에는 묘하게 땡기는 음식

왕복 분리 차도 *dual carriageway* – 중앙 분리대가 있고 양방향으로 각각 2차선으로 난 고속 도로

그레이시 필즈 *Fields, Gracie*(1898-1979) – 경제불황과 전쟁 중에도 지칠 줄 모르는 태도로 유명했던 코미디언 겸 가수. 사람들이 '우리의 그레이시'라고 불렀다.

플러바 워바 *flubba-wubba* – 과체중의 사람. 특히 아버지들이 많이 해당된다. 5세의 샘 브라이슨이 만든 신조어

조지 폼버 *Formby, George*(1905-1961) – 우쿨렐레(기타 비슷한 하와이의 4현악기)를 연주하는 코미디언. 랭커셔 억양이 도드라지는 말투로 유명.

게러지 *garage* – 차를 세우는 장소 외에 주유소의 뜻이 있다. 캐리지carriage와 운이 맞는다.

청과상 *greengrocer* – 야채와 과일을 파는 가게

하이 티 *high tea* – 가볍게 먹는 저녁. 현재는 잘 사용하지 않는 말.

아이스 *ices* – 아이스크림. 아이스크림 콘은 코넷cornet이라고 한다.

잼 롤리 폴리 *jam roly-poly* – 페이스트리와 잼으로 만든 디저트.

점퍼 *jumper* - 스웨터

닉커스 *knickers* - 속옷 팬티

쿠르샬 *kursaal* - 독일에서 마사지, 온천욕, 각종 테라피 등의 서비스를 제공하는 요양지에 있는 시설

레이디버드 북스 *Ladybird books* - 아동용 도서. 영국에서 말하는 레이디버드ladybird(무당벌레)는 미국에서 레이디버그ladybug 라 불린다.

레이 바이 *lay-by* - 고속도로 옆 주차할 수 있는 장소. 쓰지 않는 침대 메트리스나 가정용품 잡동사니의 저장소로도 이용된다.

레모네이드 *lemonade* - 레몬은 구경도 못해본 미적지근하면서 수포가 있는 음료. 아무리 좋게 봐줘도 고대 영국인들이나 맛있다고 마실 수 있는 음료.

루 *loo* - 변기. 화장실. 어원은 알 수 없음

로리 *lorry* - 트럭. 옥스퍼드 영어사전에서는 트럭 발명가 로리의 이름에서 유래된 것이라 함.(실질적인 증거를 대는 피곤한 일로 골치아프게 고생하지 않고 간단하게 설명하고 있음.) 커다란 로리는 저거너트juggernaut라고 부른다.

L-plate - 빨간색의 L자가 새겨져 있는 직사각형의 작은 금속판으로 지방법에 의거해 임시면허운전자가 운전할 때 차 뒤에 부착하게 되어 있다.

막스앤스펜서 *Marks & Spencer* - 체인 백화점으로 영국 생활에서 빠질 수 없는 주요기관. 그냥 '막스'라고만 부르기도 한다. 익살맞게 막스앤스팍스Marks and Sparks 라고도 함.

밀크 플로트 *milk float* - 전기동력 우유 트럭. 영국에서는 아직도 1파인트 들이 병에 담긴 우유가 집집마다 배달된다.

모어캠과 와이즈 *Morecambe and Wise* - 많은 사람의 사랑을 받은 유명한 코미디언 듀오인 에릭 모어캠 (1926-1984)과 어니 와이즈(1925-).

모리스 마이너 *Morris Minor* - 영국인들이 가장 사랑한 차. 1920년 단종 됨.

모터웨이 *motorway* - 고속도로. Ml, M25, M62 등등으로 표기된다.

구닥다리 *naff* - 의혹을 낳게 하는 스타일의 사물이나 일을 의미하는 은어. 어원은 불분명하다.

넘버 식스 *Number Six* - 플레이어 사에서 제조한 담배. 한때 유명했음.

패스티 *pasty* - 고양이 먹이와 모양이나 질감이 거의 흡사한 물질로 안을 채운 파이. 그래도 맛은 괜찮은 편. 콘월식 패스티와 얇은 패스티 두 종류가 있다. 운이 맞는 단어는 라이노플래스티(코 성형술)가 있다. 좀 더 짧은 단어도 있겠지만 지금은 생각이 나지 않는다.

포장도로 *pavement* - 포장한 인도

퍼스셔 *Perthshire* - 전 스카티시 카운티. 덴비셔를 참고하라.

파인트 *pint* - 선술집 전문용어. 맥주 용기의 기준이다. 미국의 파인트 잔 용량은 16온스인데 반해 영국의 파인트는 20온스다.

양귀비 꽃의 날 *Poppy Day* - 휴전 기념 일요일을 대중적으로 일컫는 말. 이날 대부분의 사람들이 제1 · 2차 세계 대전의 전사자를 기리기 위해 옷깃에 인공 양귀비 꽃을 꽂고 다닌다.

돼지고기 파이 *pork pie* - 페이스트리 껍질에 가공한 고기를 넣은 조그만 파이. 쳐다보지만 않고 먹으면 맛이 아주 좋다.

이동식 가건물 *Portakabin* - 가지고 다닐 수 있는 조립식 임시 가옥이나 오두막. 건설 현장의 사무실 같은 용도로 쓰임

포튼 다운 *Porton Down* - 월트셔에 있는 비밀 정부 연구 기관

프랫 *prat* - 바보 또는 멍청이. 원래는 엉덩이라는 의미로 쓰였다. 미국 영어에서는 '엉덩방아pratfall'라는 말에 아직도 남아 있다.

퍼블릭 스쿨 *public school* - 사립학교. 미국에서 퍼블릭 스쿨이라 부르는 공립학교를 영국에서는 스테이트 스쿨state school이라 한다.

푸딩 *pudding* - 디저트 종류는 대개 푸딩이라 한다.(심지어 영국에서는 아이스크림도 푸딩이다.) 또 가끔은 스테이크 키드니 푸딩 같이 고기 파이를 보고도 푸딩이라 하는 경우가 있다.

레일웨이 커팅 *railway cutting* - 기차길이 비탈길이나 다른 장애물을 통과하려 뚫어놓은 곳의 둑길

우회도로 *relief road* - 도심과 같은 교통 혼잡 지역의 통행량을 분산시키기 위해 도심

을 우회해서 지나가도록 만든 고속도로. 대개 도심을 빙 둘러 지나가는 터라 '환
상 도로'라고도 한다.

스콘 *scone* - 달콤한 작은 빵

스카치 에그 *Scotch egg* - 빵부스러기로 만든 껍질 안에 완숙 달걀이 들어간 요리. 설명
으로 듣는 것보다는 맛이 좋음.

시사이드 락 *seaside rock* - 엄청나게 단 막대 사탕. 대개 해변 리조트의 이름이 사탕 안
에 비스듬하게 들어 있다.

두 가구용 연립 주택 *semidetached hous* - 이웃과 담을 공유하는 집. 2가구용 집. 영국은
대부분이 연립주택이다. 테라스 하우스 항을 참고하라.

서비에트 *serviette* - 냅킨

셔츠 리프터 *shirt-lifter* - 남성 동성애자

숏 백 앤 사이드 컷 *short back and sides* - 머리를 아주 짧게 자르는 헤어스타일

제6학년 *sixth form* - 영국 고등학교의 최상급 학년

슬라우 *Slough* - 버크셔에 있는 도시 이름. 카우cow(소)와 운이 맞는다.

스트리키 베이컨 *streaky bacon* - 지방질이 많이 있는 베이컨

텔레비전 *television* - 영국에는 BBC1, BBC2, ITV, 채널4 이렇게 4개의 방송국이 있다.
그리고 위성 네트워크 방송인 BSkyB가 있다. BBC는 종종 빕Beeb이라 불린다.

테라스 하우스 *terraced house* - 연립주택

테스코 *Tesco's* - 영국의 수퍼마켓 체인

토스터 *Towcester* - 노샘프턴셔에 있는 도시. 발음이 토스터toaster와 같다.

트랜스포트 카페 *transport cafe* - 주로 트럭 운전사에게 음식을 조달해주는 식사를 위
한 영업소. 트럭 기사 식당. 종종 카프caff라고 말한다.

트렁크 콜 *trunk call* - 장거리 전화

트위 *twee* - 귀엽고 사랑스러운 - 종종 도저히 못 봐주게 귀여운 경우도 있음

VAT - 부가가치세Value Added Tax. 거래세. (영국에서는 대개 17.5%의 부가세를 징수한다.)

욥/요보 *yob/yobbo* - 놈, 녀석. 흉악한 기질이 있는 사람. 욥이라는 말은 보이boy(소년)
을 거꾸로 쓴 것이다. 19세기에 철자를 거꾸로 써서 은어를 만들던 풍습이 유일하

게 남아있는 사례다.

줄무늬 횡단보도 *zebra crossing* - 횡단보도. 검은색과 하얀색 줄무늬가 길바닥에 그려져 있다고 붙여진 이름. 발음은 '데보라'와 같다. 보행자가 단추를 눌러야 켜지는 신호등이 달려 있는 횡단보도는 펠리컨 크로싱이라고 한다. 일종의 말장난을 해서 만들어진 이름인데 보행자 신호등 제어 횡단보도_{pedstrian-light-controlled crossing}에서 각각의 첫소리를 따서 만든 것이다.

영국 여행을 위한 최고의 길동무,
빌 브라이슨

위키피디아에서 '여행기'라는 단어를 검색하니 다음과 같은 내용이 나왔다.

> **기행문: 기행문紀行文은 여행하면서 겪은 일을 적은 문학 양식이다.**
> **여행기旅行記라고도 한다.**

이걸 보면서 두 가지 새로운 사실을 알게 됐다. 여행기라는 말보다 '기행문'이 더 정확한 표현이라는 것과 기행문은 '문학'이라는 것이다.

이럴 줄 알았으면 이 책의 번역 작업에 덤벼들지 않았을 것을…. 하지만 이미 늦은 후회요, 버스 떠난 뒤 손수건 흔들기요, 빌 브라이슨 아저씨가 숙박 장소 아무렇게나 골라잡고 나서 하는 허탈한 후회와 같은 일인 것을.

문학작품 번역의 어려움에 대해 익히 알고 있던 나는 문학 번역계의 무궁한 발전을 위해 절대로 그 동네는 얼씬도 하지 않을 거란 결심 아닌 결심을 하던 사람이었다. 그런데 이번에 여차저차한 계기로 기행문이란 장르에 도전하게 되었던 것이다. 그것도 열혈 독자가 무수히 많은 빌 브라이슨 아저씨의 기행문을. 뒷목이 뻐근해지는 일이 아닐 수 없었다.

그러나 번역 작업을 하다 보니 이런 우려보다는 빌 브라이슨 아저씨와 함께 하는 즐거운 영국 여행의 묘미에 철없이 즐거워하게 됐다. 정직한 발음의 고지식한 영국인들을 만나고, 아름다운 유적지를 여기저기 돌아다니다 보니, 번역의 어려움이 주는 중압감보다 배낭 하나 둘러매고 대중교통을 이용해 다니는 고단한 여행의 즐거움이 더욱 크게 느껴졌다.

여행을 하며 그 지방의 풍토와 사람들의 정情, 생활상, 명소, 산업 등을 관찰하며 새로운 경험과 신기한 감흥을 기록하는 여행기는 글쓴이 자신에게는 자신의 경험을 정리하고 추억을 되새기는 즐거운 작업이 될 것이고, 읽는 독자에게는 흥미로운 간접 경험의 장이 될 것이다. 특히 여행 장소에 대한 무한한 애정을 지닌 글쓴이가 쓴 여행기라면, 간접 경험과 더불어 마음 따뜻해지는 감동까지 얻을 수 있다.

이번 빌 브라이슨의 영국 여행기가 딱 그렇다. 이 책은 20년 동안 결혼하고 아이를 낳아 키우던 '제2의 고향' 영국을 떠나, 미국으로 돌아가기 전에 치룬 이별여행의 기록이다. 사랑하는 여인을 마지막으로 바라보는 듯 그윽한 눈길로 쳐다 본 영국의 모습이 절절히 묘사되어 있다. 그래서 객관적인 정보 전달보다는 그가 생각하는 영국의 모습에 대한 설명이 주를 이루고, 그가 바라는 영국의 미래에 대한 주장이 또 한 축을 이룬다. 영국과 영국 사람들에 대해 이러쿵저러쿵 불만을 늘어놓을 때도, 20년 지기의 깊은 정이 배어나와 읽는 사람의 마음을 따뜻하게 만들기도 했다. 책이 쓰인 시점이 몇 십 년 전이어서 여행정보를 얻기 위해 읽을 책은 아니지만, 누구보다 영국을 사랑하는 입심 좋은 아저씨의 기행문으로 영국의 진면목을 알고 싶은 사람들에게 적극 추천하고